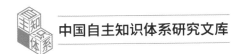

中国自主知识体系研究文库

宏观文艺学研究

陆贵山 著

中国人民大学出版社
·北京·

总　序

张东刚

2022 年 4 月 25 日，习近平总书记在中国人民大学考察调研时指出，"加快构建中国特色哲学社会科学，归根结底是建构中国自主的知识体系"。2024 年全国教育大会对以党的创新理论引领哲学社会科学知识创新、理论创新、方法创新提出明确要求。《教育强国建设规划纲要（2024—2035 年）》将"构建中国哲学社会科学自主知识体系"作为增强高等教育综合实力的战略引领力量，要求"聚焦中国式现代化建设重大理论和实践问题，以党的创新理论引领哲学社会科学知识创新、理论创新、方法创新，构建以各学科标识性概念、原创性理论为主干的自主知识体系"。这是以习近平同志为核心的党中央站在统筹中华民族伟大复兴战略全局和世界百年未有之大变局的高度，对推动我国哲学社会科学高质量发展、使中国特色哲学社会科学真正屹立于世界学术之林作出的科学判断和战略部署，为建构中国自主的知识体系指明了前进方向、明确了科学路径。

建构中国自主的知识体系，是习近平总书记关于加快构建中国特色哲学社会科学重要论述的核心内容；是中国特色社会主义进入新时代，更好回答中国之问、世界之问、人民之问、时代之问，服务以中国式现代化全面推进中华民族伟大复兴的应有之义；是深入贯彻落实习近平文化思想，推动中华文明创造性转化、创新性发展，坚定不移走中国特色社会主义道路，续写马克思主义中国化时代化新篇章的必由之路；是为解决人类面临的共同问题提供更多更好的中国智慧、中国方案、中国力量，为人类和平与发展崇高事业作出新的更大贡献的应尽之责。

一、文库的缘起

作为中国共产党创办的第一所新型正规大学，中国人民大学始终秉持着强烈的使命感和历史主动精神，深入践行习近平总书记来校考察调研时重要讲话精神和关于哲学社会科学的重要论述精神，深刻把握中国自主知识体系的科学内涵与民族性、原创性、学理性，持续强化思想引领、文化滋养、现实支撑和传播推广，努力当好构建中国特色哲学社会科学的引领者、排头兵、先锋队。

我们充分发挥在人文社会科学领域"独树一帜"的特色优势，围绕建构中国自主的知识体系进行系统性谋划、首创性改革、引领性探索，将"习近平新时代中国特色社会主义思想研究工程"作为"一号工程"，整体实施"哲学社会科学自主知识体系创新工程"；启动"文明史研究工程"，率先建设文明学一级学科，发起成立哲学、法学、经济学、新闻传播学等11个自主知识体系学科联盟，编写"中国系列"教材、学科手册、学科史丛书；建设中国特色哲学社会科学自主知识体系数字创新平台"学术世界"；联合60家成员单位组建"建构中国自主的知识体系大学联盟"，确立成果发布机制，定期组织成果发布会，发布了一大批重大成果和精品力作，展现了中国哲学社会科学自主知识体系的前沿探索，彰显着广大哲学社会科学工作者的信念追求和主动作为。

为进一步引领学界对建构中国自主的知识体系展开更深入的原创性研究，中国人民大学策划出版"中国自主知识体系研究文库"，矢志打造一套能够全方位展现中国自主知识体系建设成就的扛鼎之作，为我国哲学社会科学发展贡献标志性成果，助力中国特色哲学社会科学在世界学术之林傲然屹立。我们广泛动员校内各学科研究力量，同时积极与校外科研机构、高校及行业专家紧密协作，开展大规模的选题征集与研究激励活动，力求全面涵盖经济、政治、文化、社会、生态文明等各个关键领域，深度挖掘中国特色社会主义建设生动实践中的宝贵经验与理论创新成果。为了保证文库的质量，我们邀请来自全国哲学社会科学"五路大军"的知名专家学者组成编委会，负责选题征集、推荐和评审等工作。我们组织了专项工作团队，精心策划、深入研讨，从宏观架构到微观细节，全方位规划文库的建设蓝图。

二、文库的定位与特色

中国自主的知识体系，特色在"中国"、核心在"自主"、基础在"知识"、关键在"体系"。"中国"意味着以中国为观照，以时代为观照，把中国文化、中国实践、中国问题作为出发点和落脚点。"自主"意味着以我为主、独立自主，坚持认知上的独立性、自觉性，观点上的主体性、创新性，以独立的研究路径和自主的学术精神适应时代要求。"知识"意味着创造"新知"，形成概念性、原创性的理论成果、思想成果、方法成果。"体系"意味着明确总问题、知识核心范畴、基础方法范式和基本逻辑框架，架构涵盖各学科各领域、包含全要素的理论体系。

文库旨在汇聚一流学者的智慧和力量，全面、深入、系统地研究相关理论与实践问题，为建构和发展中国自主的知识体系提供坚实的理论支撑，为政策制定者提供科学的决策依据，为广大读者提供权威的知识读本，推动中国自主的知识体系在社会各界的广泛传播与应用。我们秉持严谨、创新、务实的学术态度，系统梳理中国自主知识体系探索发展过程中已出版和建设中的代表性、标志性成果，其中既有学科发展不可或缺的奠基之作，又有建构自主知识体系探索过程中的优秀成果，也有发展创新阶段的最新成果，力求全面展示中国自主的知识体系的建设之路和累累硕果。文库具有以下几个鲜明特点。

一是知识性与体系性的统一。文库打破学科界限，整合了哲学、法学、历史学、经济学、社会学、新闻传播学、管理学等多学科领域知识，构建层次分明、逻辑严密的立体化知识架构，以学科体系、学术体系、话语体系建设为目标，以建构中国自主的知识体系为价值追求，实现中国自主的知识体系与"三大体系"有机统一、协同发展。

二是理论性与实践性的统一。文库立足中国式现代化的生动实践和中华民族伟大复兴之梦想，把马克思主义基本原理同中国具体实际相结合，提供中国方案、创新中国理论。在学术研究上独树一帜，既注重深耕理论研究，全力构建坚实稳固、逻辑严谨的知识体系大厦，又紧密围绕建构中国自主知识体系实践中的热点、难点与痛点问题精准发力，为解决中国现实问题和人类共同问题提供有力的思维工具与行动方案，彰显知识体系的实践生命力与应用价值。

三是继承性与发展性的统一。继承性是建构中国自主的知识体系的源头活水，发展性是建构中国自主的知识体系的不竭动力。建构中国自主的知识体系是一个不断创新发展的过程。文库坚持植根于中华优秀传统文化以及学科发展的历史传承，系统梳理中国自主知识体系探索发展过程中不可绕过的代表性成果；同时始终秉持与时俱进的创新精神，保持对学术前沿的精准洞察与引领态势，密切关注国内外中国自主知识体系领域的最新研究动向与实践前沿进展，呈现最前沿、最具时效性的研究成果。

我们希望，通过整合资源、整体规划、持续出版，打破学科壁垒，汇聚多领域、多学科的研究成果，构建一个全面且富有层次的学科体系，不断更新和丰富知识体系的内容，把文库建成中国自主知识体系研究优质成果集大成的重要出版工程。

三、文库的责任与使命

立时代之潮头、通古今之变化、发思想之先声。建构中国自主的知识体系的过程，其本质是以党的创新理论为引领，对中国现代性精髓的揭示，对中国式现代化发展道路的阐释，对人类文明新形态的表征，这必然是对西方现代性的批判继承和超越,也是对西方知识体系的批判继承和超越。

文库建设以党的创新理论为指导,牢牢把握习近平新时代中国特色社会主义思想在建构自主知识体系中的核心地位;持续推动马克思主义基本原理同中国具体实际、同中华优秀传统文化相结合,牢牢把握中华优秀传统文化在建构自主知识体系中的源头地位;以中国为观照、以时代为观照,立足中国实际解决中国问题,牢牢把握中国式现代化理论和实践在建构自主知识体系中的支撑地位;胸怀中华民族伟大复兴的战略全局和世界百年未有之大变局,牢牢把握传播能力建设在建构自主知识体系中的关键地位。将中国文化、中国实践、中国问题作为出发点和落脚点,提炼出具有中国特色、世界影响的标识性学术概念,系统梳理各学科知识脉络与逻辑关联,探究中国式现代化的生成逻辑、科学内涵和现实路径,广泛开展更具学理性、包容性的和平叙事、发展叙事、文化叙事,不断完善中国自主知识体系的整体理论架构,将制度优势、发展优势、文化优势转化为理论优势、学术优势和话语优势,不断开辟新时代中国特色哲学社会科学新境界。

中国自主知识体系的建构之路,宛如波澜壮阔、永无止境的学术长征,需要汇聚各界各方的智慧与力量,持之以恒、砥砺奋进。我们衷心期待,未来有更多优质院校、研究机构、出版单位和优秀学者积极参与,加入到文库建设中来。让我们共同努力,不断推出更多具有创新性、引领性的高水平研究成果,把文库建设成为中国自主知识体系研究的标志性工程,推动中国特色哲学社会科学高质量发展,为全面建设社会主义现代化国家贡献知识成果,为全人类文明进步贡献中国理论和中国智慧。

是为序。

前言　创构宏观文艺学的重要意义和思维方式

一、创构宏观文艺学的重要意义

创构宏观文艺学具有重要的理论价值和实践意义。文艺是一个世界。这个世界一方面是对外部客观世界的反映，另一方面是由文艺内部无限多的更小的世界组成的。文艺的外部世界和内部世界历来是相关学者的研究对象，至今我们还没有穷尽对艺术的内外部世界的研究。这是因为文艺是复杂多变的。有人感叹道："艺术是不可界定的。"可见，探索美的秘密和艺术的秘密都是比较困难的。千般万样的学说都从不同的层次和角度透视了美和艺术的奥秘，至今没有形成统一的观点。艺术好比一幅壮丽的图画，既有宏伟的构图，又有精美的细部。微观研究对艺术细部的描写达到了前所未有的程度。相对而言，对艺术整体的宏观研究却显得十分匮乏。一方面，理应从与细节的联系中强化和优化对艺术整体世界的研究；另一方面，也需要进一步深化和细化对艺术本身的研究。恩格斯曾说过，"当我们通过思维来考察自然界或人类历史或我们自己的精神活动的时候，首先呈现在我们眼前的，是一幅由种种联系和相互作用无穷无尽地交织起来的画面"①。对事物进行宏观研究，虽然能正确地把握现象总画面的一般性质，却不足以说明构成这幅总画面的各个细节，而我们不知道这些细

---

① 马克思，恩格斯. 马克思恩格斯选集：第 3 卷 . 3 版 . 北京：人民出版社，2012：395.

节，便看不清总画面；也可以反过来这样说，不把握总画面，便看不清这些细节。从总画面和细节的关系来看，这种总画面不是虚无缥缈的，而是蕴含着细节的整体存在；细节也不能脱离总画面而孤立存在，而是表现为整体的一个有机的组成部分。总体寓于细节之中，并通过细节表现出来，两者是相互依存的关系。对艺术进行宏观把握，才能更加准确地了解这些细节所处的位置。从宏观研究和微观研究的关系来看，微观研究可以丰富和充实整体，使艺术世界变得更加宏伟壮丽，五彩缤纷；对艺术世界的宏观研究，可以使艺术的细节和整体相关涉，变得具有更加切实的意义和价值。从对艺术的辩证研究和形而上学研究来看，对艺术的辩证研究，可以把艺术的各个部分联系起来，确立它们的有机性和自洽性，使它们成为艺术家族的亲密成员；而对艺术的形而上学研究，可能会把艺术的各个部分生硬地分离开来，使它们变成没有联系的无机物。从综合思维和分析思维的关系来看，分析思维着眼于对象的局部和细节，把艺术生命体的各个部分割裂开来，形成许多"深刻的片面的真理"。当然，这些"深刻的片面的真理"也是具有一定价值的理论资源。综合是对艺术的整体研究，是从与局部和细节的联系中，俯视和驾驭艺术世界的总体风貌，把艺术的发展推向新高度。

创构宏观文艺学，对文艺的生存和发展具有宏观管理和综合协调的作用。宏观文艺学同宏观经济学一样，文艺生态也存在着疏导和布局方面的问题。不仅需要设计文艺的结构和发展方向，而且应当特别关注多样化和主旋律之间的关系——当代中国文艺创作应当多样化，同时更应当唱响社会主义文艺的主旋律。多样化和主旋律之间的关系处理不好往往表现为两种情况：一是多样化蓬勃发展，主旋律唱得不够响，多样化淹没和冲淡了主旋律，导致文坛既活跃又混乱；二是主旋律压抑多样化的发展，造成了文艺生态的沉闷和冷寂。健康的、多姿多彩的、生气勃勃的多样化永远是值得倡导的，但现在更需要唱响社会主义文艺的主旋律，号召作家、艺术家、评论家、理论家等文艺工作者深入现代化建设的社会实践，从文化上推动中华民族的伟大复兴。从宏大叙事和微小叙事的关系看，大量、常态、细微地描写普通群众特别是底层人物的生态和命运，贴近百姓的日常生活，这样的作品会受到广大读者和受众的欢迎；相对而言，为反映和表现新时代、新长征、新作为而努力创作的里程碑式的精品力作尚不多见。应当把唱响主旋律的宏大叙事和表现人们日常生活的微小叙事有机地结合起来，创造当代中国文艺的优质结构和良性生态。从题材视域来说，"题材决定论"和"题材无差别论"的说法都是片面的。题材是有差别的，题材蕴含的思想内涵对创作和作品具有不可忽视的制约作用。作家再有才能，面对微小题材，也很难从正面写出划时代的伟大作品。

创构宏观文艺学要有利于建设和谐有序的学术生态。第一，学术研究的根本目的是发展精神生产力，维护文学艺术的生态平衡。要抑制学术的畸形发展，钟爱和推介有价值的文艺观念和学术思想，努力发现和珍惜新说，重视、改造和整合那些所谓"深刻的片面的真理"，疏导各种观点的相互关系，使学术园地呈现出春意盎然的绿色生态。第二，尊重和协调学术对话之间的分歧。我们注意到，争论双方往往各执一端，需要互鉴，彼此吸纳，丰富、深化和发展自己。因此，我们要坚持公平和正义，减少无原则和无休止的"学术战争"，认真遵守"二为方向""双百方针""古为今用""外为中用""推陈出新"等一系列政策导向。第三，尊崇和鼓励学术创新。学术创新是学术发展的原动力，要从文化自知，上升为文化自觉，创造我们的学术系统，达到文化自立和文化自信，而后文化化人，文化化史，创构文化平台上的精神文明高地，提升人民的综合文化素质，建设高度文明的文化强国。第四，加强文风建设，营造一种开放而又务实的文化氛围，感召文艺工作者敢说真话、追求真理。古人说"巧诈不如拙诚"，要反对浮躁和矫饰，抵制虚夸和俗艳，防止和克服浮光掠影的形式主义，批判一切败坏人心和阻碍历史发展的社会文化思潮。只有这样，才能建设适应新时代的要求、创作导向以人民为中心、思想艺术过硬的浩浩荡荡的社会主义文艺大军。

二、创构宏观文艺学的思维方式

宏观文艺学实质上是大文艺学或元文艺学。宏观文艺学的思维方式需要宏大视野，实质上是唯物辩证法的运动和实践。这是一种立体感、全景式的思维方式，体现着宏观、辩证、综合、创新。运用这种思维方式时，既要有多元开放的心态，又要坚守以我为主、为我所用的原则，从大视域、多维度进行研究，具体表现为如下四个向度。

广度研究，指从横向上展开，从空间上拓展，对文艺进行全方位和多层面的研究。文艺触角所伸展到的领域，从外部世界，如与自然、社会历史、人、审美、文化和心理的关系，到内部世界，如与形式、语言、符号、结构、叙述、解释的关系，可谓阔大无疆。外部世界的诸多元素中，有与日常生活很贴近的艺术，如行动艺术、流行艺术、工艺美术和日常生活审美化之类的艺术；还有表现虚拟世界的艺术，如神话文艺、童话文艺、魔幻艺术、科幻文艺、电子声色图像艺术等。从相邻学科的关系来说，新兴学科、交叉学科、跨界学科、边缘学科等都能够拓展对文艺的研究。我们鼓励文艺工作者发挥创造精神，追求新开拓与新发现，勇当"未开垦的处女地"的拓荒者，不断扩展艺术疆域和文学版图。文艺研究者应当以宏观视野，从横向上对文艺进行全方位和全覆盖的研究，以揭示全面的艺术真理。我们应当重视、承接和吸纳"深刻的片面的真理"中所蕴含的有益营养，丰富和深化对真理的体认。真理不是片面，真理是全面。

深度研究，指从纵向上开掘，从本质上深入，对文艺的多层与深层本质进行探索。事物的本质是划分为层次的。列宁指出事物的本质分为一级本质、二级本质以至无穷。这意味着可以从对象中不断开掘更深层次的本质，向幽深的本质层钻探。作家应当与时代同步，和他笔下的人物共命运，深刻描写对象的意义，建构深层次的对话关系，为发掘作品的思想深度奠定基础。某位追求思想深度的作家在谈创作体验时曾深情地说："我要在生活中挖一口深井。"这个艺术经验是宝贵的。卓越的文学大师的作品都能反映出生活本质和历史发展趋势。文学创作理应杜绝浮面和平庸。宏观文艺学应当从纵深向度强化和优化对文艺的研究，以提升追求真理的思想深度。真理不是浮面、表层和浅薄，真理是深刻。

矢度研究，即动态研究。从时间上考察，包括文艺在内的世界上的一切事物，没有任何东西是凝固的，一切都在运动、变化、生成和消逝。这个道理，古希腊的哲学家们进行了初步的表述。这种原始的、朴素的思想是古希腊哲学的世界观。最先是由赫拉克利特明白地表述出来的："一切皆流，无物常住。"[1]"古希腊的哲学家都是天生的自发的辩证论者，他们中最博学的人物亚里士多德就已经研究了辩证思维的最主要的形式。"[2]黑格尔的"最大的功绩"只不过是"恢复了辩证法这一最高的思维形式"[3]。宏观文艺学通过动态研究把握对象的活性的存在方式，由动态的追问了解文艺运动的轨迹、发展的程度和演变的走向，从而准确驾驭文艺的发展趋势。真理不是静止、僵化、凝固和停滞的，真理是过程。

圆度研究，即关系研究。包括文艺在内的世界万物都是通过和依赖关系而存在的。关系界定往往凸显事物的性质。马克思把人的本质界定为社会关系的总和。狄德罗认为美在关系。这种界定简约地凸显出事物之间相

---

① 北京大学哲学系外国哲学史教研室. 古希腊罗马哲学. 北京：三联书店，1957：17.
②③ 马克思，恩格斯. 马克思恩格斯选集：第3卷. 3版. 北京：人民出版社，2012：394.

互联系的辩证法。包括文艺在内的一切对象都存在于关系中，或都通过关系而存在，在关系中嬗变，在关系中创新，在关系中发展，在关系中不断更替自己的生态和命运。时代、历史和社会关系的变化必然使依赖其生存的文艺发生相应的变化。物质生产决定精神生产的一般进程。通过圆度研究即关系研究，可探索关系中存在的真理和真理中存在的关系。真理不是封闭的、孤立绝缘的，真理是关系。

思维方式实质上是研究对象的对应物。我们之所以倡导宏观的大视野，运用宏观、辩证、综合、创新的思维方式，对文艺进行广度研究、深度研究、动态研究、关系研究，正是因为这四个向度恰好完整地反映了客观事物的生存状态。文艺的性质、功能和价值都存在于广度中，存在于深度中，存在于动态中，存在于关系中。宏观文艺学的思维方式体现了对文艺的存在和发展的一种多向度和全息性的体认。

目　录

导论　文艺的宏观世界和微观世界

文艺是一个世界。文艺世界作为对客观对象和外部世界的反映和表现，相对而言，可分为宏观世界和微观世界。人们按照主客体相对应的原则，运用宏观思维把握宏观世界，凭借微观思维解析微观世界。

一、文艺的宏观研究和微观研究

人们对客观事物的认识从知之不多到知之较多，是一点一滴积累起来的。对象的存在，从广度、深度、动态、关系诸多方面说，都是没有边界和无休止的，也可以说，是无法穷尽的。人们对外部事物的了解总是从个别的对象开始的。从广度研究拓展对象的本质面；从深度研究不断开掘对象的本质层；从动态研究不断追寻对象发展的本质踪；从关系研究不断探索对象之间全方位、全过程和具有纵深感的相互关系。宏观研究和微观研究是密不可分的，两者或共时存在，或交替进行。那种注重个别现象、感受、直觉、领悟、经验、体验和带有实证性质的微观研究，是不可或缺的，可以把这些感性材料，通过理论概括提升为文艺的观念范畴。应当防止和克服片面推崇宏观研究和微观研究的两种极端思维——一种是用微观研究贬抑或取代宏观研究，另一种是以宏观研究蔑视或消解微观研究。前者表现为痴迷于个别的认知、经验、感悟、体验，把只有局部意义的感性上升为具有普遍意义的理性，即所谓以点代面、以偏概全、一叶障目、只见树木不见森林。如实用主义、狭隘经验论、后现代主义和新自由主义都带有非理性主义的色彩，这些思潮淡化和否定了对客观真理和对象规律的宏观研究。后者表现为自觉不自觉地以大而无当的宏观研究消弭和替代注重个别的现象、经验、实证的微观研究，并走向极端，陷入"假、大、空"，诉说"伟大的空话"，滑向"无谓的思辨"，造成文风浮躁、飘而不正、华而不实。可见，脱离宏观研究的微观研究，或排斥微观研究的宏观研究，都不会取得最佳的研究效果。文艺世界好比一幅画，既有宏大的构图，又有精美的细部，应当把两者有机地融合起来。

掌握成熟的宏观思维是一个民族拥有先进智慧的标志。综合创新凸显思维发展的规律性，本书选择一些具有代表性和重要影响的文艺创作、文艺思潮、文艺学理、文艺观念作为宏观文艺学研究的基本内容，运用宏观辩证、综合创新的思维方式，从四个向度进行梳理和研究。前人从创作视域提出的现实主义和浪漫主义两大文艺根脉，从思潮视域标举的人本主义和科学主义两大文艺思潮，作为分析思维取得的思想成果，大体上符合研究对象的实际，形成了相对稳定的历史文化传统。但这种被公认的理论概括并非完全准确精到。如果说浪漫主义和人本主义钟情于人文主体元素，那么现实主义和科学主义则注重社会客体元素。两者存在着明显的含义的重叠，应当通过重读、检视、匡正、补充和完善，揭示所蕴含的文化奥秘，阐发文艺根脉和文艺思潮复杂多变的相互关系。本书的重要部分是笔者从关系研究视域，考察文艺与外部世界和内部世界的关系，从文艺与自然、文艺与社会历史、文艺与人、文艺与审美、文艺与文化、文艺与心理和文艺自身的关系，提炼出七大文论学理系统，即生态主义文论学理系统、历史主义文论学理系统、人本主义文论学理系统、审美主义文论学理系统、文化主义文论学理系统、心理主义文论学理系统和文本主义文论学理系统。这种理论概括，力求囊括文艺的一些重要关系，使其拥有更大包容性和覆盖面；同时，努力发掘这些学理的文化底蕴和思想内涵，并简约地论述它们之间的辩证关系。对于立于文艺本体论基础之上的各种文艺观念，诸如文艺的社会性和人文性、文艺的客体性和主体性、文艺的反映论和价值论、文艺创作论和艺术生产论，本书将突出论述其理论要点，阐发它们的间性关系。

中华民族的新时代文艺若要攀登世界文明的巅峰，便需要培育和增强文艺工作者的战略意识方面的宏观思维能力，确立中国文艺的大目标、大气度和大风范。有志向的文艺工作者，应当运用大视野，选研大题目，为尝试创构大文艺学而共同努力。

二、文艺宏观研究的主元和多元

文艺的宏观研究既有主元，也有多元。主元从主导方面体现文艺的性质和功能，多元从多方面体现文艺的性质和功能，两者是互补互动、互激互励的。为了促进文艺的繁荣，应当"弘扬主旋律，发展多元化"。主导机制应当自觉地扶持和哺育各种多元的创作思想、文艺思潮、文艺学理、文艺观念，反过来，这些多元的文艺形态也会对文艺的主导机制起到不可忽视的反哺作用。这是正常健全的文艺生态。文艺的主元和多元的关系既有统领性、统摄性，又有统治性和统一性，应防止把文艺的主元和多元割裂开来的倾向。我们也经常看到主元与多元不相协调的情形，两者会表现出这样那样的矛盾：或主元压抑多元，或多元排拒主元。无多元的主元可能会产生不同程度的专制和禁锢，无主元的多元又可能造成不同程度的失序和混乱。无多元的主元可能会显得空泛、虚弱、贫瘠和孤寂；无主元的多元又可能会变得散乱、浅薄、平庸和鄙俗。这两种极端是必须力免的。把主元和多元融通起来，可以表现出当代中国精神文化环境的开放、清新、豁达、包容、自信和丰富，可以借此开创展示独立自由思想的新天地。

社会主义国家的人民拥有主体地位，社会主义的文艺是人民的文艺。为人民创作，是社会主义文艺的宗旨，表现人民、肯定人民是社会主义文艺的主旋律。社会主义文艺的伟大目标和战略职责是历史地实现社会的全面进步和人的全面自由发展。人和人的社会历史是一体的、不可分割的，人是社会历史的人。马克思主义把人的问题置于特定历史条件下的社会结构和社会关系中加以考察，洞悉现实关系中人的本质。人是社会、历史和现实关系中的人，社会、历史和现实关系也是属于人的。宏观研究的主导和创作的主旋律，可以从两方面进行：从人的社会方面来说，文艺的使命是助推现代化的历史进程，实现民族复兴的战略目标和共产主义的伟大理想；从社会的人方面来说，文艺的职能是提升人的综合素质和伦理道德情操，净化人的灵魂，使人成为具有高度文明的"大写的人"。这两方面是相互促进、共同发展的。没有社会历史的发展，就不会有人的进步；没有人的思想观念的更新，也不会发生历史转向和社会变革。文艺工作者应当把这两方面融通起来，并把这两方面视为同一件事情和同一个过程。

文艺的宏观研究，应当凸显文艺主旋律，文艺应当努力表现主流意识形态和核心价值体系。

第一，表现主流意识形态。在我国，人民是国家的主人，是历史的创造者。人民的意识形态理应是主导和主流的意识形态，在社会中占统领和支配地位，强烈而集中地反映人民的意志和愿望。文艺所表现的主旋律，不是一般意义上的意识形态，而是主流意识形态；不是一般意义上的主流意识形态，而是具有审美特质的主流意识形态。我们应当协调好审美属性与意识形态属性特别是政治意识形态属性之间的复杂关系。通过审美，可以发扬批判精神，对非人的政治加以限制。从一定的意义上说，社会关系中的人，既是经济人，也是政治人。人与政治的关系是具有双重性的，既具有受动性，又具有主动性。文艺是不可能脱离政治的，不同历史时期的政治具有不同的表现形态，一直以各种形式和特性延续着。文艺为人民服务，包含着为人民的政治服务。文艺既要表现人对政治的受动性，反映一定情境下政治对人的压抑和伤害，也要表现人对政治的主动性、能动性和创造性的一面，发扬人对政治的建构和协调作用。

政治可以被划分为三种形态：生活形态、制度形态和观念形态。

具有主导、主元性质的主旋律作品反映政治的生活形态，表现人民生活的和谐的政治环境、自由的政治氛围、清朗的政治空气，以及人民作为社会历史主人公的安全感和幸福感。

具有主导、主元性质的主旋律作品表现政治的制度形态，推动政体和政权的制度建设、政府的廉政建设，帮助官员树立坚定的信念和亲民的公仆意识。负责任的文艺工作者应当力倡公平和正义，为实现政治体制改革鼓与呼。

具有主导、主元性质的主旋律作品表现政治的观念形态，在肯定中华民族拥有几千年的光辉灿烂的文化的同时，清醒的智者们也应当检视漫长稳定的社会历史结构所积淀下来的迷恋古训、冷淡变革的人文惰性和历史重负。后者多半酿成了一种滞后的集体无意识，一定程度上成为历史变革和社会转型的阻力。应当抑制中华传统文化中的负面元素，特别应当消除对封建中央集权制度下形成的那种官本位的社会政治思想体制的痴迷和崇拜，涤荡和清除长期固化的封建主义政治文化观念的遗毒和流弊，确立现代人的独立自由的人格、观念和习俗，建设与现代化的伟大目标相适应的新的政治文化和政治文明。这是文艺工作者不可推诿的历史使命。

第二，表现核心价值体系。主流意识形态和核心价值体系是密不可分的。文艺既有思想属性，又有价值属性；既有理论体系，又有价值体系。思想理论体系是价值体系的基础。作为思想理论基础的主流意识形态对核心价值体系具有一定的统领性和规范性，践行核心价值体系，有利于强化和优化主流意识形态的主导地位。两者的协调作用和互补作用对推动历史的变革和培育人的健全的社会心理都具有积极意义。践行核心价值体系，有利于塑造人的灵魂，从而增强变革现实生活环境的力量，促进社会转型。从这个意义上说，表现核心价值体系是文艺工作者的重要职责。表现核心价值体系应当和表现思想理论体系联系起来。价值体系不是孤立存在的，价值观与科学观、真理观、利益观之间的关系是复杂的。只有树立正确的科学观、真理观和利益观，才能有效地表现核心价值体系。因此，要坚持客观真理，发扬科学精神，秉持恰当的、合理的利益原则，反对无节制的拜金主义和片面追求利益最大化的私欲膨胀。确保社会的清廉、公平和正义，才能真正唱响具有主导、主元性质的社会主义文艺的主旋律。

从人类文明发展的大视域来看，宏观思维是符合学术思想的发展逻辑和运行规律的。学术思维总是包含了宏观的综合思维和微观的分析思维的。宏观的综合思维是以微观的分析思维为基础的。微观的分析思维经过长期的积累，形成一波又一波的螺旋式上升的推进，最终取得丰硕的思想成果，达到一个比较成熟的阶段，才能被宏观的综合思维吸纳，再经过梳理、总结、提炼和概括，铸成具有更大包容性和涵盖面的理论形态。宏观的综合思维的学术成果往往会成为具有划时代意义的标志。比如，人文学派的理念经过长期的积累和贮备，由于文艺复兴运动的兴起和激荡，才开始活跃起来，产生了争奇斗艳、丰富多彩的人本主义、人文主义和人道主义；社会历史学派的理念，经过漫长的、深刻的历史过程，直到意大利思想家维科那里，才形成比较系统的完备的理论形态。宏观的综合研究适应时代的需要，一次又一次把人类的思想推向与那个时代的社会历史条件相适应的顶峰。

运用综合思维的方式，人类对文艺世界进行宏观研究是可行的。特别是 19 世纪以来，由于分析思维的微观研究跨时代发展，文艺界取得了丰硕的学术成果。文艺创作、文艺批评、文艺思潮、文艺观念和各种理论、思想、学说如潮水般涌现，异彩纷呈，气象万千。这些成果的真理性和价值含量各有不同，好坏优劣，杂然并存。这些成果是可以被划分为不同层级的。它们所蕴含的真理是有边界的，这种边界又是相对的。一些综合思维的宏观研究取得了突出的实绩，也存在着理论上的是非争议。因此，对前人的学术探索进行梳理、鉴别、选择、重释和改写是完全必要的。本书采用的综合思维的宏观研究，实质上是对前人的宏观研究和微观研究的再研究。这种宏观研究力求对以往具有一定真理性和价值含量的丰富的思想理论资源及实证经验材料进行再次加工与重新发掘，把那些宏而浮泛、大而不当的宏观研究的成果变得更加真切和充实，对那些精致细腻的微观研究的成果，如那些所谓"深刻的片面的真理"进行改制，做出中肯恰当的评价，取其"深刻的真理性"，去其言过其实的荒谬性和绝对化。本书运用宏观的大视野，对现当代的思想理论资源进行研究，做出新阐发，建构新理论，以适应历史发展和人文进步的需要。

综合思维的宏观研究，对实现新时代的理论创新具有极其重要的意义。创新产生新学说和新理论，是科学生命延续和学科发展传承的基因。创新是真理之光，永远照耀着先进思想前进的道路。马克思主义正是人类思维史和思想史上创新的产物。综合创新不能脱离人类文明的康庄大道，一定要吸纳和传承前人的成果，使既往的学术思想中国化、民族化和当代化。马克思主义正是运用宏观思维进行综合创新的产物。只有大综合，才有大创新。人类思想史上发生过三次重大的理论创新：一是古希腊哲学，代表人物是柏拉图和亚里士多德；二是德国古典哲学和美学，代表人物是黑格尔、康德和费尔巴哈；三是马克思主义理论体系，提出者是马克思和恩格斯。可见，只有运用综合创新的思维方式，对文艺进行大视野的宏观研究，才可能尝试创构大文艺学。

第一编 | 文艺根脉和文艺思潮

　　人类经过长期的文艺实践和审美经验的积淀与传承，历史地形成了两大文脉和两大思潮。对现实主义和浪漫主义两大文脉的界定是多解的。研究这两大文脉的目的是更加充分有效地发扬文艺的现实主义精神和浪漫主义精神。两种思潮，即人本主义思潮和科学主义思潮，是从人类文艺活动中提炼和概括出来的两种基本思潮。科学精神实质上也是人的科学精神。研究两大思潮同样是为了更加有效地发扬文艺的人文精神和科学精神。

第一章　文艺根脉

文艺有两大根脉，分别是现实主义和浪漫主义。

第一节　现实主义和浪漫主义的历史演变

现实主义和浪漫主义是并驾齐驱的两大文脉。浪漫主义产生于现实主义之前，作为一种独立的、成熟的艺术样式，问世于法国。"浪漫"一词的法语为"romantique"，音译为"罗曼蒂克"。

人类的思维方式大体上表现出三种形态：一是钟情于现实的，二是追求幻想的，三是表现出兼有求实和幻想的复杂形态。实际上，无论是人们的现实生活中还是人们的审美活动中，都不同程度地存在着求实和幻想两种因素：或共时存在，或历时存在；或侧重于现实主义，或侧重于浪漫主义。

文艺中的浪漫主义与现实主义因素古已有之。但浪漫主义和现实主义作为成熟的具有理论形态的创作方法、文艺思潮、文艺流派、文艺观念和文艺精神，却经历了深刻而漫长的历史过程。

作为一种文学精神的浪漫主义，是欧洲 18 世纪末到 19 世纪中叶的文艺实践、文艺经验和文艺运动的结晶。浪漫主义文艺是反叛古典主义文艺，特别是冲破法国的古典主义文艺桎梏的产物。浪漫主义精神承接和弘扬了文艺复兴时期的人文主义精神，与后继出现的强大的现实主义文艺共同构成两大文脉，双峰并立，开启了文艺史上风靡欧美、灿烂辉煌的黄金时代。

创作方法是文艺观念的运动和实践。两大文脉所蕴含的文艺观念和与这两种文艺观念相对应的文学艺术的基本精神形成文艺发展和变异的驱动力。浪漫主义作为一种文艺观念和文艺思潮，产生于 18 世纪末到 19 世纪初，当时正值资产阶级民主革命和民族解放运动高涨的年代，政治上反对封建专制，艺术上反叛僵化的古典主义，因此，浪漫主义属于资本主义上升时期的意识形态。由于作家所秉持的历史观念和政治态度的不同，浪漫主义思潮内部分化为两种对立的流派，即积极浪漫主义和消极浪漫主义。前者是进步的潮流，引导人们向前看；后者属倒退的逆流，引导人们往后看。

从社会和历史发展的角度看，推动封建宗法制度发生历史变革和社会转型的，是法国大革命等欧洲的民主运动、民族解放运动。浪漫主义既接受了法国大革命的感召，又助推了法国大革命的历史进程，为法国革命的胜利进军扫除了思想障碍，并提供了精神支持。法国大革命带来的社会历史变革，促进了思想的大解放，实现了人类的又一次"文艺复兴"。自由主义思潮，以及个人的主体性、自由性和独立性，成为具有指导意义的浪漫主义文艺的核心思想。法国大革命的烈火点燃了具有革命意向的作家、艺术家的激情。为了庆祝攻陷巴士底狱，歌德等作家曾种下自由树。浪漫主义的领军人物雨果一生反对帝制，在他逝世的时候，全欧洲竟有 200 多万人参加这位杰出战士和天才人物的国葬。法国大革命带来的社会历史变革，激发了思想的大解放。这场深刻的历史变革，凝聚并迸发出强大的政治潜能和精神力量。"自由、平等、博爱"的新理念，强烈冲击着风雨飘摇的封建文化秩序的根基。

从思想根源来看，浪漫主义文艺的产生受到德国古典哲学和英法空想社会主义的深刻影响。康德关于"人给自然立法"和"人是最终目的"的理念，极大地调动了人的主体性和能动性。他的关于推崇天才的学说，激发了浪漫主义的自由想象。费希特对天才和灵感的崇拜，实质上把人的主观精神夸大为创造客观世界的神。黑格尔把人的历史描绘成人的精神史，把艺术创造阐释为自为的心灵活动，大力提倡"绝对的内心生活"和人的"精神的主体性"。他的"美是理念的感性显现"的观点，对精神创造活动的性质与对功能的主观性和自由性的界定，都具有引领世风的规范性。德国古典哲学和古典美学的这些带有明显的唯心色彩的哲学理念和美学思想为浪漫主义提供了理论支持。英法的空想社会主义为浪漫主义确立了人道主义的指导思想。圣西门和傅立叶对资本主义社会中的伪善的民主和自由、残酷的殖民掠夺等罪恶现象的揭露和批判，对摆脱贫困和压迫、憧憬未来、建立理想国的种种设计，启迪和激发了浪漫主义的文艺创作。富有浪漫主义情怀的作家和艺术家的乌托邦意识，正是受空想社会主义思想熏陶的结果。此外，启蒙思想家卢梭"天赋人权"的思想和他对资本原始积累时期资产阶级文明的揭露与批判，特别是他的酷爱自然和"回归自然"的主张，为浪漫主义表现人世间的丑陋和大自然的美丽注入了新鲜的活力。

浪漫主义的产生是艺术内部发展规律的必然的逻辑结果。浪漫主义强调创作的绝对自由，动摇并摧毁了统治欧洲文坛的古典主义的清规戒律，可视为西方文学的又一次文艺复兴。人类历史上没有任何一种文学思潮可以和风云变幻的社会变革结合得如此密切。浪漫主义文学是对科技理性、物质主义所催生的异化现象的反拨，是对宗法制度和教权制度的抵制，是对权力拜物教、商品拜物教、金钱拜物教的批判。浪漫主义颠覆了西方资本主义旧的价值理性，以强烈的反叛精神构建了一种新的文化精神。

现实主义，特别是批判现实主义实质上是 18—19 世纪西方各种社会矛盾凸显和激化的产物。现实主义最早出现在德国剧作家席勒的理论著作中。但是，"现实主义"作为一种文艺思潮、文学流派和创作方法的名称则首先出现于法国文坛。法国小说家尚弗勒里在 1850 年发表的《艺术中的现实主义》一文中，首次用这个术语作为批判现实主义文学艺术的标志。其后，法国画家库尔贝提倡绘画的现实主义，举办了一次个人画展，引发了一场"现实主义大论战"。他创办了名为《现实主义》的定期刊物，尚弗勒里又把他的文集定名为《现实主义者》，从此在欧洲文坛上正式树立起一面现实主义的旗帜。

现实主义的形成，一般认为是在文艺复兴时期，它经历了一个不断深化和演变的过程。从文艺复兴的现实主义到批判现实主义，其间又有启蒙时代和狂飙突进运动时期的现实主义。文艺复兴时期的现实主义着力描写人类的崇高和豪迈，刻画人物性格的完整、纯洁，而且富有诗意，但在分析社会关系方面不及启蒙时代的现实主义，后者具有更多的社会分析，强调创作要有明确的社会目的和思想教育作用。批判现实主义思潮既是历史的继承，又是现实的创新。这种富于批判精神的现实主义汇总了 18 世纪以前的文学经验，弥补了文艺复兴时期现实主义历史分析性的不足，摆脱了古典主义的僵化理性原则，克服了启蒙时代现实主义的说教因素和浪漫主义的泛主观性，又从文艺复兴文学中接受了性格描绘的具体性，从古典主义和启蒙时代文学中接受了社会分析性，从浪漫主义中汲取了一些激情。欧洲的批判现实主义思潮的崛起，反映了人们对启蒙运动标榜的"理性王国"的失望，对资产阶级革命中所倡导的"自由、平等、博爱"口号的质疑，对资本主义社会秩序的不满。所有这些历史条件，都是浪漫主义产生的外部因素。当时的现实，正如恩格斯所指出的，"真正的理性和正义至今还没有统治世界",所谓新制度"决不是绝对合乎理性的。理性的国家完全破产了","以前只是暗中偷着干的资产阶级罪恶却更加猖獗了","商业日益变成欺诈","贿赂代替了暴力压迫,金钱代替刀剑成了社会权力的第一杠杆","富有和贫穷的对立并没有化为普遍的幸福","总之,同启蒙学者的华美诺言比起来,由'理性的胜利'建立起来的社会制度和政治制度竟是一幅令人极度失望的讽刺画"[①]。当时的作家都对现实不满,企图寻求解决社会矛盾的途径。批判现实主义仿佛是文艺复兴和启蒙时代现实主义特点的有机融合,善于从事物的运动和发展中、从人与环境的多种关系中去描写人,特别是从再现典型环境中表现典型性格,再现社会生活的真实,直接分析社会的经济政治关系,其对现实做出的尖锐的揭露和无情的批判达到前所未有的广度和深度。巴尔扎克是对后世影响最深刻、最广泛的批判现实主义作家之一,他的《人间喜剧》堪称批判现实主义文学的范本。此后,相继涌现出司汤达、狄更斯、萨克雷、果戈理、托尔斯泰等伟大作家。19 世纪的批判现实主义文学,登上了欧洲资产阶级文学艺术发展的最高峰。

从浪漫主义、现实主义到现代主义,文学艺术呈现出翻天覆地的变化。第二次世界大战后,人们的精神世界蒙受压抑、折磨和创伤,作家、艺术家变得颓废了。由于战争机器的碾压,以及金钱拜物教、商品拜物教和权力拜物教的捉弄,人的生态和社会的生态变得病态、灰暗和丑陋,仿佛整个世界变成了无边的苦海。人们的生存像西西弗斯神话所描写的那样,陷入痛苦、无休止且无效的挣扎之中。文艺创作被空前地自我化、内向化、主观化和病态化了。存在主义只迷恋从茫茫苦海中救出自我,设计出一套自我实现的人生方向。迫于超强的资本统治,个人的反抗无济于

---

① 马克思,恩格斯. 马克思恩格斯选集:第 3 卷. 3 版. 北京:人民出版社,2012:778-779.

事。不触动压制人的社会制度，只在个体人的意识中谋求个体人的解放，必然流于美好而苍白的梦幻。弗洛伊德发现了人的潜意识、下意识或无意识，引导作家表现意识流动的梦魇，发出被压抑的呻吟，抚慰受害的灵魂。这并不意味着人们的现实生活会发生什么实质性的改变。波德莱尔的《恶之花》，使人们领悟到人的现实生活中无美可言。与其去赞颂美善，还不如去讴歌恶的美丽；与其去崇拜死去了的上帝，还不如去敬奉反叛者撒旦。卡夫卡的《变形记》深刻地揭露了资本主义重轭下的非人的异化现象。非理性主义的狂潮席卷了整个创作领域。这一方面是对僵化的、失去了历史进步性和合理性的旧理性的拒绝，另一方面是对正常的非理性和潜意识的演绎。然而，不能在反对旧理性的同时，把一切合理的理性一并反对掉。随着无产阶级革命运动的兴起，以科学理性和人文理性为基础，革命现实主义、社会主义现实主义、革命现实主义和浪漫主义相结合等文艺主张产生了。受到解构主义、后现代主义、各种现象学影响的创作和作品，反对大叙事，反对中心、权威、统一、稳定，反对逻各斯中心主义，反对理想和信仰，消解深度，削平价值。这种做法或许有助于表现处于边缘的社会底层普通大众的心态，但遮蔽了对生活本质和历史发展趋势的开掘和展示，甚至把文学活动蜕变为不承载任何社会内容的文字游戏。这些非理性主义的社会文化思潮，对现当代的文艺创作产生了深刻的影响。

第二节　现实主义和浪漫主义的基本特性

一、尚真情结和幻想情结

现实主义的基本精神是求实和尚真，浪漫主义的基本精神是纵情和幻想。应当全面地、辩证地理解与处理好求实和纵情、尚真和幻想之间的关系。人们的生活既是现实的，又是充满幻想和理想的。人们的幻想和理想是通过想象来追求和表现的。一些情况下，人们的生活过于沉滞和庸常，需要构筑幻想，放飞理想，给平淡的生活增添亮色，推动人的生态和社会的生态逐步飞升到美好的境界。幻想、理想和梦想可以是现实的，可以是超现实的，也可以在现实和超现实中间游移，表现出复杂多变的形态。

（一）尚真情结

真实是文学的生命。求真，并不是一件很容易的事。文艺创作应当尊崇、追求真实性，否则便是在讲假话，甚而沦为瞒和骗的文艺。善于表现生活的真实性和思想的深刻性的鲁迅先生对此深恶痛绝。他指出："不敢正视人生，只好瞒和骗，由此也生出瞒和骗的文艺来，由这文艺，更令中国人更深地陷入瞒和骗的大泽中……"他疾呼："我们的作家取下假面，真诚地，深入地，大胆地看取人生并且写出他的血和肉来的时候早到了。""中国人的不敢正视各方面。用瞒和骗，造出奇妙的逃路来，而自以为正路。……证明着国民性的怯弱、懒惰而又巧滑。一天一天的满足着，即一天一天的堕落着。"他祈盼"一片崭新的文场"和"有几个凶猛的闯将"。鲁迅指出："文艺是国民精神所发的火光，同时也是引导国民精神的前途的灯光。……没有冲破一切传统思想和手法的闯将，中国是不会有新文艺的。"[①]鲁迅先生对文艺批评的失真进行过非常尖锐的评判，他认为："批评的失了威力，由于'乱'，甚而至于'乱'到和事实相反，这底细一被大家看出，那效果有时也就相反了。所以现在被骂杀的少，被捧杀的却多。"他在《骂杀与捧杀》一文中一针见血地指出："其实所谓捧与骂者，不过是将称赞与攻击，换了两个不好看的字眼。指英雄为英雄，说娼妇是

---

① 鲁迅.鲁迅全集：第 1 卷.北京：人民文学出版社，1981：332.

娼妇，表面上虽像捧与骂，实则说得刚刚合式，不能责怪批评家的。批评家的错处，是在乱骂与乱捧，例如说英雄是娼妇，举娼妇为英雄。"他们沦为"'现在的屠杀者'。杀了'现在'，也便杀了'将来'——将来是子孙的时代"。一个对虚假趋之若鹜的民族是没有希望的。为了有利于构筑一个真实的社会和真诚的人生，积极开展精神创造活动中的打假运动，关涉到国家的前途和民族的命运。精准打假不是容易的事。精致的造假可以扰乱事实的本真。《西游记》中"真假美猴王"的故事里，妖精变成大圣，出现了两个真假难辨的美猴王，观音不能辨，龙王不能辨，阎王不能辨，托塔李天王的照妖镜不能辨，玉皇大帝不能辨，直至佛祖才辨出真假。可见，求真是何等艰难。

文艺的真实性和典型性原则必然随时代的发展而嬗变。新的媒介和新的科技手段，为文艺，特别是为影视文艺和网络文艺提供了更加奇特而广阔的天地，虚拟空间和真实空间之间的界限变得日趋模糊化。两者的变幻、转换和拼贴变得更加灵活和轻巧。虚拟的图像文本是信息时代传媒技术的产物，为受众开创了一个迷人的新天地。人们不仅可以从这个虚拟的世界中感受到现实生活的境况，领悟人生，了解社会和历史的态势，分享对美好未来的畅想、对光明前途的憧憬，而且可以通过科技复制等工艺手段，广泛而有效地传承精英文化经典，使秘藏深宫的传世名画得以面世，走向大众。占有精神瑰宝不再是贵族阶级的专利，平民百姓也可以通过鉴赏精仿的复制品，得到审美愉悦。读者不必亲自到巴黎的卢浮宫和北京的故宫博物院，在书店里，便可以观赏和购买达·芬奇的《蒙娜丽莎》和张择端的《清明上河图》的精仿品。科技复制技巧使艺术表现的手段更加绚丽多彩。人们从影视艺术和舞台艺术中，可以观赏到信息技术所营造的奇妙景象。炫动飞腾的光色效果，绚丽多彩，出神入化，激增了表现的形式美，提升了内容的感染力。但也要防止用形式的竞技掩盖内质和风骨的孱弱、苍白和贫乏。虚拟真实存在着一个切近现实真实的深刻性程度问题，即存在着一个"假得很真"和"假得不真"的关系问题。虚拟图像世界里，同样存在着"真"和"假"的矛盾，同样存在着真和美、善的协调，同样存在着美好和丑陋的博弈。这种境况下，如何理解与处理好生活真实和虚拟真实、真实空间和虚拟空间的关系，成为一个富有时代感的新课题。从学理上说，虚拟真实应当有助于表现生活真实，使艺术真实变得更加丰富多彩。同时应当防止和克服"以假乱真"的倾向。既要提倡创造虚拟空间，又要维护真实空间；应当既有原则性又有灵活性地坚守虚拟和真实之间的界限，尽可能地防止"虚假的艺术"和"伪造的艺术"，呵护真的人生和真的社会，这是富有良知的艺术家的职责。

艺术真实是对生活真实的心理反映。作为对现实生活的心理反映的艺术真实是可以被分析的。从生活存在的广度而言，艺术真实分为整体真实和局部真实。整体真实是由局部真实构成的，大真实是由小真实构成的。对"咀嚼个人悲欢"和"表现杯水风波"的创作和作品应做具体分析。个别虽然不是一般，但个别中有一般。个别对一般具有不同程度的辐射作用。展现整体真实时应防止过于浮泛和空洞，描写局部真实时也不要以小充大、以偏概全。局部真实只是整体真实的一个部分，因此不能用局部真实取代整体真实。局部真实总是富有个性的独特存在，因此，也不宜以对整体真实的一般性描写去消解和淡化局部真实的异质性和特殊性。对不同体裁和题材蕴含着的不同的生活容量，在反映社会生活的层面，应提出恰当合理的要求。长篇小说、大型戏剧、电视连续剧等鸿篇巨制，为便于进行大书写、大叙事，可以全景式地表现社会生活存在和发展的全方位和全过程，赋予作品以一定的时代感和史诗性。当代中国的文艺创作，既要表现局部真实，也要表现整体真实，或有所侧重、有所倾斜地把两者融通起来。人的个体生存总是和群体活动密不可分，个人的前途总是和国家的命运休戚相关。我们的创作和作品既应当反映普通百姓的生态，更应当展现推动时代变革和社会转型的伟大实践，以促进中华民族的伟大复兴。西方后现代主义社会文化思潮比较关注处于社会底层和生活边缘地带的普通大众与弱势群体的窘迫和困境，倡导描写小人物和小事件的"微观叙事"，使文学创作附带上一定的人民性和民主性，却漠视表现主流和全局的"宏大叙事"。事实上，任何一个民族的任何时候，都存在着关系到这个民族的前途和命运的"宏大叙事"。事物的轻重大小都是客观存在的。文学描写不应该"蝉翼为重，千钧为轻；黄钟毁弃，瓦釜雷鸣"。非"宏大叙事"化的文学主张是片面的。富有担当意识的作家、艺术家没有理由在严酷的、冷峻的、重大的社会问题面前闭上眼睛。

就生活存在的深度而言，艺术真实可以分为表层真实和深层真实。清醒、严肃的现实主义作家总是开掘社会生活的深层次，崇尚和追求作品的思想深刻性，使文艺创作尽可能地切近生活的本质。生活的本质是通过生活现象表现出来的。现象是本质的现象，本质是现象的本质。主张本质即现象，或认为现象即本质，都是违反本质和现象的辩证法的。过去相当长的一个时期，人们总是忽视现象，提出"写本质"的要求，造成作品的概念化、模式化、标签化、图解化的倾向。而现在似乎又从一个极端走向了另一个极端。一些存在主义者、现象学者、后现代主义者和解构主义者又特别强调现象，倡导非理性主义，厌烦本质，表现出现象即本质或用现象取代本质的倾向。这种"回到事物本身"进行"现象学还原"和"现象学直观"的企图导致文学反映生活的庸常化、平面化、表层化和肤浅化。这种认为"现象即本质"的理念和主张"本质即现象"的理念同样错误。"现象即本质"的理念，实质上把生活理解为只是现象的无序混乱的杂存，完全否定了艺术典型、艺术提炼、艺术概括的必要性。诸如"零度写作""消解深度""削平价值""毁灭理想""拒绝崇高"等主张只能造成作品的

"缺钙""贫血""没有风骨",导致创作的无思想性和浅层次性。非理性主义对反叛僵化的、教条的、过时的、失去了历史的合理性和进步性的那种"伪理性"具有积极作用,但不宜把正确的、有深度的思想观念也一并反对掉。富有良知的人文知识分子应当维护和弘扬人类历史上所取得的最可宝贵的精神财富,使优秀的理性思维传统得以延续和发展。

从生活存在的质态而言,艺术真实可以分为正面真实和负面真实。现实生活中,存在着真和假、善和恶、美和丑、清和浊、光明和黑暗。这些正面因素和负面因素作为矛盾的对子,构成社会和人生的相反相成的两个方面。具有历史使命感和时代责任感的作家、艺术家为了推动人的全面进步和历史的全面发展,理应惩恶扬善,崇美抑丑,激浊扬清,歌颂光明、抨击黑暗,这是文艺工作者的核心价值取向和基本伦理情操。在反映正面真实和负面真实的问题上,则往往表现出两种极端:一种是夸大正面真实,用正面真实掩盖和取代负面真实;另一种是夸大负面真实,用负面真实掩盖和取代正面真实。前者超越历史,粉饰太平,无视人世间的黑暗、丑恶、腐败、不公平、非正义的异化现象,遮蔽现实生活中那些冷酷、尖锐、严峻、重大的社会矛盾,如曾经喧嚣一时的"假大空""三突出"之类。片面地、虚浮地讴歌光明面的作品,实际上是以虚假的文艺舞台上的胜利掩盖现实生活中的失败,只能滋生浮夸的社会风气,使人们耽于幻想,并不能实际地、有效地提高人的素质,并不会使人的生态和社会的生态产生什么实质性的改变。后者专事描写社会生活的黑暗面,看不到人世间的真善美,以至消解理想和信仰,使人们心灰意冷,丧失希望和勇气。文艺作品应当揭示人民群众的祈盼、社会发展的动力和历史发展的趋势。值得引起注意的是,当代中国文坛也存在专事描写黑暗面的风潮和历史虚无主义的浊浪。因此,对描写黑暗面应当提出更高的要求,不仅要发掘所表现的黑暗面的深度,更要揭示其得以产生的土壤和根源。作家、艺术家应当发扬批判精神，通过作品，针砭时弊，诊出病灶，引起疗救的注意。现在的问题是粗陋有加，太泛过滥。揭露黑暗面还存在着一个带有普遍性的问题，即自觉不自觉地把黑暗面和光明面进行颠倒和错位，或把正面真实和负面真实模糊起来，或把真善美说成是假恶丑。这种颠倒性的艺术描写翻转了事件和人物的性质，把是非、好坏、善恶、祸福完全倒置。从整体、全局、主流的意义上说，土地革命和人民解放战争使被剥削、被压迫的广大群众获得了自由、幸福和解放，但一些小说却把革命活动描写成灾难。从局部、个别和非主流的境况来说，革命活动也存在着失误、曲折、血泪和苦难。波澜壮阔、狂风暴雨、风卷残云式的阶级斗争，可能会导致对革命对象的打击和剥夺出现扩大化，或因过程匆匆，来不及从容精准地鉴别和处理一些阶级划分和政治问题，诱发一些个人和家庭的悲剧，产生一些冤假错案，使遭遇者蒙受不幸。表现负面真实的作品，对总结历史经验，增强政策制定的恰当性，具有一定的合理性。即便如此，也不能以描写个别的负面真实为借口，否定整个革命事业的正当性和正义性，也不能用夸大的对局部、个别、非主流的负面真实的艺术描写取代对全局、整体、主流的正面真实的艺术描写。主要矛盾的主导方面决定事物的性质。只要是有益于千千万万人民大众的事业和活动，都是值得加以肯定的。

从生活发展的过程而言，艺术真实可以分为旧的真实和新的真实。生活不是静止凝固的存在，而是变动不居、发展变化着的。生活是永不休止的吐故纳新、除旧布新的过程。"苟日新，日日新"，日新月异，翻天覆地。创新是责，维新是命。那些过时的、陈旧的、失去了历史的合理性和进步性的东西终究会被新兴的、充满蓬勃生命力的事物取代。作家、艺术家应当高举时代变迁的旗帜，自觉地表现历史变革和社会转型，而不要迷恋过去，甚至阻挡社会前进的步伐，把历史引向倒退。社会转折的大变革时代，作家、艺术家都面临着历史选择问题。文艺工作者应当自觉地通过作品推进现代化的历史进程，向作为整体制度的封建宗法制社会揖别。一些伟大的作家和思想家，在历史选择问题上表现出了截然不同的态度。巴尔扎克、托尔斯泰的作品表现了人类社会从贵族社会向资本社会的全方位转型，堪称"历史的书记官"，而歌德和黑格尔在政治上却是保守的。黑格尔的辩证法是富于变革精神的，但他的历史观却是故步自封的，竟然把封建宗法制城邦普鲁士视为理想王国。狂飙突进运动时期的歌德作为新的社会政治思潮的旗手是非常革命的，但到了晚年，作为魏玛公国的枢密顾问，他甚至变成一个安于现状、惧怕革命风暴的庸人。恩格斯曾指出："黑格尔是一个德国人，而且和他的同时代人歌德一样，拖着一根庸人的辫子。歌德和黑格尔在各自的领域中都是奥林波斯山上的宙斯，但是两人都没有完全摆脱德国庸人的习气。"① 西方的一些消极的浪漫主义者，沉迷于过去，从传统的文化和陈旧的道德观点出发，讴歌宗法制社会的美妙与和谐，以对抗历史变革。作为一种与历史相联系的制度，封建宗法制具有独特的性质，但作为一种与现代文明相对抗的生产方式、社会体制和社会结构，它已经失去了历史的合理性。马克思在评判印度宗法制的田园公社时指出："从人的感情上来说，亲眼看到这无数辛勤经营的宗法制的祥和无害的社会组织一个个土崩瓦解，被投入苦海，亲眼看到它们的每个成员既丧失自己的古老形式的文明又丧失祖传的谋生手段，是会感到难过的；但是我们不应该忘记，这些田园风味的农村公社不管看起来怎样祥和无害，却始终是东方专制制度的牢固基础，它们使人的头脑局限在极小的范围内，成为迷信的驯服工具，成为传统规则的奴隶，表现不出任何伟大的作为和历史首创精神。"②

---

① 马克思，恩格斯. 马克思恩格斯选集：第4卷. 3版. 北京：人民出版社，2012：225.
② 马克思，恩格斯. 马克思恩格斯选集：第1卷. 3版. 北京：人民出版社，2012：853-854.

（二）幻想情结

人们的幻想是多种多样的。归纳起来，大体上有如下几种。

1. 社会幻想

西方思想史上，最早从哲学层面对社会理想进行创构和描述的当数柏拉图的《理想国》。《理想国》作为西方政治思想著作，通过苏格拉底的对话，不仅概括了前人的哲学思想，而且描绘了一个美好的城邦。这个城邦是一个真、善、美统一的政体，即理想的国家方案。柏拉图的理想国作为人类历史上初具雏形的乌托邦，是由具有知识、智慧、正义、美善的哲学家来主宰的。只有富于智慧的、高尚的、贤达的哲学家所构成的政体才是最好的政体，成为体现智慧、正义理念的"理想国家"或"模范国家"。柏拉图的"理想王国"对智慧、正义和美善的憧憬与向往强烈而动人。柏拉图心目中的"理想王国"即"哲学王国"。这是人类理想社会的核心。具有哲学素质和修养的人才是理想公民，具有哲学内涵和氛围的国家才是理想国家。人类预想创构的理想社会，必须建立于高超的哲学基石之上。柏拉图的哲学理念为人类追求和建设理想国家提供了一种富有价值的参照系。

乌托邦是人类思想意识中的理想的美好国家。西方早期"空想社会主义"提出的空想社会主义社会是一种美好、平等、没有压迫，像世外桃源那样的社会结构。莫尔的《乌托邦》最先揭露了"羊吃人"的悲惨现象，通过对黑暗和罪恶的现实的揭露、批判和嘲讽，追求善良美好的社会体制，表现出对"理想国家"的向往。莫尔的乌托邦是一个理性的共和国，他描绘了人们所憧憬的美好社会，倡导以人为本、和谐共处，主张全民所有、按需分配，人人热爱劳动，可以自由地从事科学研究和娱乐活动，没有堕落和罪恶。此外，培根的《新大西岛》、康帕内拉的《太阳城》、赫胥黎的《美丽新世界》、斯金纳的《桃源二村》、马尔库塞的《论解放》，都在不同的历史条件下以各自独特的方式擎举着乌托邦的火炬，蓬勃着强劲的生气和活力。最为难得的是，这些幻想形态的乌托邦理论提出一些对变革现实极富启发性的思想，如提倡自由、平等、公正，支持公有制度、按需分配，甚至尖锐地指出私有制度是万恶之源。

特别需要肯定的是 19 世纪的空想社会主义运动。空想社会主义作为马克思主义的科学社会主义的理论资源，提出了许多有价值的思想。空想社会主义作为资本主义社会的对立物，表现出强烈的批判精神。李嘉图时期，出现了"反对派——共产主义（欧文）和社会主义（傅立叶、圣西门）"[①]。欧文、傅立叶、圣西门作为空想社会主义的代表人物主张理想和正义，认为资本主义的剥削制度违反人类的本性，玷污了人类的道德规范，有悖于人类的法律尊严。他们中间的许多人都认为人类历史的起点是公有制而不是私有制，从而论证人们共同劳动、共享成果的合理性和必然性。空想社会主义者对未来理想社会的预测和设想，具有许多理论和实践上的积极价值。如欧文认为，从资本主义过渡到空想社会主义的公社制度，需要经过一个社会改造过程。正如恩格斯所指出的，欧文的空想实际上提出了"向完全共产主义的社会制度过渡的措施"[②]。所有空想社会主义者都批判资本主义制度，并确信资本主义应当为社会主义所替代：莫尔揭露了资本原始积累的罪恶；圣西门把生产的无政府状态称作"一切灾难中最严重的灾难"；傅立叶认为雇佣制度实质上是"恢复奴隶制度"，工厂是一种"温和的监狱"；欧文认为私有制是阶级对立纷争的根源，资本关系是一种剥削关系，工人创造的社会财富被贪婪的食利者所瓜分。这些观点尖锐地批判了资本的生产和分配的不合理性与非人性实质。更加可贵的

---

① 马克思，恩格斯. 马克思恩格斯全集：第 35 卷 . 2 版 . 北京：人民出版社，2013：209.
② 马克思，恩格斯. 马克思恩格斯选集：第 3 卷 . 3 版 . 北京：人民出版社，2012：651.

是，有的空想社会主义者还把他们的主张诉诸实践，进行了富有开创性的探索和试验。

2. 审美幻想

"审美乌托邦"事实上并非都是虚无的代名词，它同时也表明与现实社会不相协调的人们通过想象对理想生活的向往和追求。人类思想史上的不同历史阶段都涌现出各种形态的"乌托邦"或"审美乌托邦"。有的中国学者如蔡元培，主张把宗教审美化，用审美替代宗教，试图通过审美教育改变人生和社会。海德格尔倡导"诗意地栖居"，构建诗意的人生状态和人的精神状态，追求生命的自洽意识和绿色意识。其中影响最大的当数法兰克福学派的"审美乌托邦"思想。这个学派的审美意识和艺术想象尽管同样是审美的救世主张，却是法兰克福学派的理论家们由于社会政治领域探索的失败而做出的"学术转向"，形成了一种自以为行之有效的"理论自觉"。

法兰克福学派社会批判理论的代表人物马尔库塞的美学思想，把文学艺术作为现实对立面建构起来，是一个与现实相异在的虚构世界。文学艺术作品的结构，既是现实存在，又是对现实的展览和控诉；既是艺术意识形态，又是艺术的真理和幻象。这两者处于一种张力关系之中，有差异地和悖论式地包孕着特有的政治潜能。以文学艺术的感性的审美形式，对抗现实的社会秩序，通过审美形式培育和催生人们的新感性，被视为人的解放和社会解放的基点。市场经济和资本运动中的艺术生产和审美形式具有双重性——流于商品化，又必须抵制商品化。艺术作为一种审美形式，凭借复制，赋予作品不断翻新的新形态。经过复制的新设计，能够使审美产品不断具有新的意义和新的价值。复制实质上是一种新创造，使得经典、高雅、神奇的艺术品不再是文化精英的专利和特权，而通过印制和传输，为普通大众所观赏和共享，即所谓"旧时王谢堂前燕，飞入寻常百姓家"。

从经济视域来看，艺术生产作为社会生产的一个门类，必然被纳入生产与消费的总范畴和总规律，进入消费过程，追求消费价值和经济效益，增加资本和财富；从作为精神生产的文艺创作的角度来看，则必然重视文艺的自律，强调创作与观赏的关系，崇尚文艺的精神价值，追求文化价值和社会效益，从而引发艺术生产和文艺创作的二重矛盾。全面地、辩证地、有效地解决这种市场经济条件下的二重矛盾，构建指导性理论和制定恰当的政策，对当代文学艺术的健康发展具有重要的引领作用。

马尔库塞的美学思想同样具有明显的乌托邦性质。它虽然触及了许多尖锐敏感的现实问题，但从总体倾向上看，仍然带有耽于幻想的性质。马尔库塞关于文学虚构、审美形式的理论目标是破除人们的旧感性，培育和激发人们的新感性，妄图实现人的解放的政治功能。他处心积虑地把存在主义哲学、弗洛伊德心理学和马克思主义加以混合、改造和重塑，使他的美学思想具有一定的合理性。马尔库塞幻想通过新感性，改变人的思维结构，实现社会的政治革命，从而假手于美学的心理机制把文学艺术与政治革命联系起来。他认为，文艺的革命性质并非取决于作品的题材和内容，无须创作主体的介入，而是只凭借审美形式。他大体上或主要是一个形式主义者。他主张文本与作者、读者和现实疏离；不是通过变革现实获得人的解放，而是脱离现实才能实现人的新感性的解放；不是创作主体通过艺术的题材和内容反对处于异化状态的不合理的社会现实，而是凭借审美形式和新感性，反抗处于异化状态的不合理的社会现实。可见，马尔库塞的美学思想是现实性和幻想性、革命性和虚妄性杂然并存的。

3. 语言幻想

20 世纪 60 年代，法国发生了一次声势浩大、波澜壮阔的学生运动，旨在改变不合理的社会制度。但这场左翼学者们支持并参与的革命活动失败了。学者们认识到现存思想体制和政治制度的牢固性与自身力量的脆弱性，于是逃避到语言领域。这既是一次退却，也是一次转移。通过语言进行安全的反抗，不会遭遇风险，正如伊格尔顿所说，"钻到书斋里玩语言，不会被打脑袋"。在街上游行的满怀激情的学生们却这样高喊："结构结构，不如上街战斗！"必须承认，西方哲学进行"语言学转向"后，语言学取得了开拓性和开掘性的发展。"逻各斯"原有的"语言"和"理性"的双重内涵、"逻各斯"的理性意义均被消解，从"理性"中心主义转向"语言"中心主义，这是现当代西方学术思想的重大转向。语言主宰哲学和理性，被抬高到"造物主"那样的权威性地位，甚至有学者主张"不是人说语言，而是语言说人"。罗兰·巴特作为20世纪西方结构主义、解构主义的一个代表性人物，试图通过文艺批评，结构和解构语言，反对权威、反对中心、反对理性观念和意识形态对人的束缚，实现人的自由和解放。这实质上是一种"语言乌托邦"。巴特还提倡一种冷漠的、中性的"零度写作"，企图使现实的人摆脱社会道德价值的禁锢而获得精神的洽适，并通过对文本的解构，使人身心愉快，获得精神享受，实现对人的自由和解放的终极关怀。这实质上是一种语言诉求的人道主义。

各种语言学派之间是有差异的，但总体精神意向是趋同的。心理分析美学研究语言和无意识的关系；象征美学研究语言和隐喻的关系；存在主义美学研究语言和存在的关系；日常分析美学研究语言和生活形式的关系；视觉意象美学研究语言和视觉意象的关系；符号学美学研究语言与符号的关系；阐释学美学研究语言和阐释的关系；后结构主义美学研究语言和解构的关系；西方马克思主义美学研究语言和历史的关系；新历史主义和文化唯物主义美学研究语言和历史、语言和功利的关系；如此等等。德里达的解构主义哲学，一方面通过对语言文本的解构，表现出对现实的反叛意向和变革精神；另一方面又由于潜心于文本解构，而流于语言游戏。当代西方语言学界还出现了一种关于语言的人本主义革命的幻想。这种人本主义语言学革命的理论妄图通过语言的人本主义革命，实现历史变革和社会革命，从而改变人的生存状态。语言的人本主义革命或许有助于从舆论层面推动社会变革，但不可能取代伟大的社会实践。脱离人民、脱离改变环境的现实运动，只能使这种语言的人本主义革命流于"语言乌托邦"，成为美好而又苍白的幻想。德里达针对结构主义的整体理论，特别是针对"结构"概念提出"解构"（deconstruction）概念，用来拆解、消除和颠覆传统的阐释模式、文本结构和阅读习惯。德里达的批评理论被称为"解构主义"或"后结构主义"。他反对所谓"在场的形而上学"，即"逻各斯"中心主义，质疑"逻各斯"是支配一切、永恒不变的终极真理，近乎上帝的意旨和"神的法律"。德里达的解构主义或后现代主义的理论目标正是要打破和消解"逻各斯"中心主义的思想传统。通过颠覆、粉碎和重构既有语汇之间的关系，从逻辑上否定传统的基本原则，假手于改变语言秩序，打破传统的社会文化结构、道德秩序、婚姻伦理，包括个人意识，如创作、接受思维习惯和由于文化积淀形成的处于无意识和潜意识状态的民族性格。德里达的"解构主义"或"后结构主义"通过对语言的解构，谋求创建自以为合理的社会思想文化结构，发挥语言的辐射作用，产生了积极的思想影响。然而人们不禁要质疑，语言解构能够取代社会变革吗？精神、思想、舆论、语言的功能和作用是有限的。物质的存在必须依靠物质的力量去摧毁，企图运用语言手段，进行语言的人本主义革命，建立合理秩序和文化结构，实现社会变革和人的解放，只能是一种幻想。

幻想作为人类精神世界中的积极因素，是以虚幻的方式表现出来的改变人的生存和推动历史发展的驱动力。放飞幻想的翅膀，寻求人的美好的未来，实现自由、幸福和解放的梦想，是人类精神追求的伟大目标。只要人的生态和社会环境处于不相和谐的状态，幻想的精神火炬就永远不会熄灭。只要社会现实不是在肯定人，而是使人处于被压抑的困境之中，思想家或艺术家们一定会通过想象再创造出一个适合人生存和发展的新天地，依靠这个虚假的、幻想的新天地来抚慰自己和寄托自己的愿景。幻想、想象、理想是人们对世界进行精神掌握的重要方式，同时也是理解浪漫主义艺术的性质和功能的钥匙。

对人们的幻想情结需要进行具体分析。从精英和群众的关系来看，各种富有魅力的乌托邦构想，都是社会文化精英想象出来的。这些社会文化精英，以敏捷的智性引领时代风气之先，设计出带有空想性质的社会改革方案。这些幻想和想象出来的社会改革方案的现实性、合理性和可行性是值得考量的。社会精英们的运思尽管美妙动人，但同时也空幻、苍白而脆弱，缺乏现实基础，或纸上谈兵、述而不作，或无视实现理想的动力，漠视群众，不能化为大众的意愿。任何美好的思想，只有掌握群众，才能变成巨大的物质力量。只有掌握了先进思想的群众，才能成为革命的动力，通过实践改变自己的命运。社会精英们自以为是群众的解放者，而没有将解放视为被先进思想武装起来的群众自己的事情。脱离群众的超拔的精英意识，只能使精英们的幻想停留在他们的头脑中。从幻想和尚真的关系来看，人们需要幻想，但同时也需要强调幻想的真实性、现实性和可行性。完全脱离现实和群众的幻想只能是流于空洞虚假的痴心妄想。提倡理想精神，应当弘扬尚真精神，尽可能地把理想精神和尚真精神融通起来，让现实更理想些，让理想更现实些，追求现实的理想化和理想的现实化。人们不应当沉滞、困扰于现实生活。人们需要幻想，但也不能总是在幻想中过日子。时下的人们变得更加现实，可以预测，伴随着生活的逐渐改善，人们也会更加自觉地向往和追求更加理想的生存方式。从舆论和实践的关系来看，正确的舆论是非常重要的。没有革命的理论，便不会有革命的实践，进而可能导致人们的活动陷入无目的的盲目状态。因此，我们既需要有正确的理论，更需要能够变革现实、改变环境的社会实践。正确的理论、思想、舆论、设想、建议、愿望、规划是达到预期目的的关键，但这些有价值的思维成果必须付诸实践，不能只停留于口头上、书面上、桌面上、网络上。"一个实际行动，胜过一打纲领。"正确的舆论需要进行尝试和试验，通过伟大的社会实践来实现。

二、客体思想和主体思想

两大文脉的主客体结构的差异，导致两者在多个方面都有不同之处。现实主义侧重于反映对象的客观思想，而浪漫主义侧重于表现主体的主观思想。文艺的思想内容实质上是作为文艺表现对象的人物和事件所蕴含的客观思想与创作主体的主观态度和价值判断交互作用的产物，是作家、艺术家对富有思想和意义的社会生活现象进行情感选择和艺术概括的结晶。

从反映和表现的关系上看，现实主义强调对生活的反映、观察和体验，艺术描写遵从生活的形态和逻辑，注重通过细节真实表现生活的本质和规律。正如恩格斯所指出的，"除细节的真实外，还要真实地再现典型环境中的典型人物"[①]。而浪漫主义则追求主体的创作自由、个性解放、情感至上，表现强烈的主观色彩和主观思想，具有浓郁的主观性、抒情性，驰骋情感和想象，偏重表现作家的主观世界。所以浪漫主义又被称为"理想主义""自由主义""表现主义"。

主体性和客体性的关系，实际上凸显了反映论和表现主义两大理论体系的交叉与分歧。欧洲包括文艺观念在内的思想史上，有着两大稳定、持久、定型的精神流派：一种注重客体性，着力反映对象的客观属性和描写人物性格的客观逻辑，揭示外部世界和艺术形象蕴含的客观思想；另一种

---

① 马克思，恩格斯. 马克思恩格斯选集：第 4 卷. 3 版. 北京：人民出版社，2012：590.

强调主体性，表现对象的主观情感体验和人物的心灵世界，抒发创作主体的意向和主体的审美经验所蕴含的主观思想。创作主体所反映和表现的对象世界，或侧重于反映对象的客观思想，或通过表现对对象的情感体验，抒发创作主体的主观思想。实际上，这两种倾向并不是绝对的。反映客观思想的同时也不可能不表现创作主体的思想感情，表现主观思想时也不可能不反映对象的客观思想，两者各有侧重。反映客观思想，往往凭借创作主体抒发对对象的审美感受和情感体验来实现；同理，表现创作主体的思想感情往往通过反映对象的客观思想来完成。

从再现和表现的关系来看，现实主义注重再现，浪漫主义追求表现。两者并不是绝对的，只是有所侧重而已。再现中有表现，表现中有再现；通过再现来表现，凭借表现来再现。现实主义强调反映社会历史和人生的风貌及历史发展趋势，同时也表现作家的激情、价值取向和主观态度。巴尔扎克和托尔斯泰的作品尽管分别再现了法国和俄国从封建宗法制农耕社会向现代资本市民社会的时代转型和历史变革，但两人的历史选择却是很不相同的。巴尔扎克归附于市民阶级，托尔斯泰却成为农民的思想家。莎士比亚、但丁、歌德、拜伦的作品，表现出一种磅礴的浪漫气息，却具有强烈的历史进步性。德拉克洛瓦的《自由引导人民》，仿佛是一幅感召革命的宣传画。贝多芬作为浪漫主义音乐的创始者和探索者，他谱写的《英雄交响曲》，如狂飙烈火，抒发战斗的激情，冲击和挑战拿破仑专制帝国的权威。浪漫主义和现实主义艺术一样，都对社会进步和历史发展起到了推动作用。积极浪漫主义表现对历史进步的追求和渴望，消极浪漫主义则表现对旧的历史制度的迷恋，幻想超越生活，流露出逃避现实、怀念过去，走向虚无的倾向。

从感性与理性的关系来看，艺术作品都是感性形态的，但感性中蕴含着思想和理性。相对而言，浪漫主义更加凸显感性，而现实主义则比较强调思想和理性。波德莱尔曾说浪漫主义是"跟着感觉走"。这种观点作为对启蒙时代的反思具有一定的合理性。启蒙时代的思想家和艺术家把思想和理性提升到绝对化的程度。浪漫主义从一个极端走向另一个极端，把古典主义所宣扬的理性视为文艺创作的枷锁，反对古典主义的清规戒律，夸大自由的个性、感性、直觉、情感和想象力，甚至滑向了"非理性主义"。实质上，现实主义艺术和浪漫主义艺术都是有理想的。在理想的光照下，自由的个性、感性、直觉、情感和想象力都要具有一定的方向感和目标感，以比喻或象征的手法塑造艺术形象，表现和抒发艺术家的社会理想和审美理想，暗示和预示社会历史的走向和人生的未来。积极浪漫主义作家，敢于正视现实，批判社会的黑暗，鞭笞腐化堕落的封建贵族，同时揭露资产阶级本身所造成的种种罪恶现象，追求理想的未来，向往新的美好生活，表现出战斗的激情。有的赞成空想社会主义。英国的拜伦和雪莱、法国的雨果和乔治·桑、德国的海涅、俄国的普希金、波兰的密茨凯维奇、匈牙利的裴多菲的创作思想和实践都是同资产阶级民主革命和各国的民族解放运动紧密相连的。雪莱的《解放了的普罗米修斯》通过神话描写被压迫人民的苦难和残虐暴君的可耻下场，预言革命必然到来。人们把积极浪漫主义者所描述的那种个体的孤独、悲壮、崇尚反抗的典型形象称为"拜伦式英雄"。与之相反，消极浪漫主义者则不敢正视社会现实的尖锐矛盾，采取消极逃避的态度。他们对抗资产阶级革命运动，反对变革，留恋过去，美化中世纪的宗法制度，幻想从古老的封建社会中去寻找精神上的寄托与安慰。消极浪漫主义的出现，实质上是被打倒的封建贵族阶级没落的思想情绪在文学上的投影和折光。

三、思想逻辑和情感逻辑

就思维方式而论，现实主义遵循并服膺客体属性所蕴含的思想逻辑，而浪漫主义追求并崇尚主体精神的情感逻辑。思想逻辑是从对象的事理中提炼出来的，也可称为事理逻辑。情感逻辑放纵创作主体的自由想象，也可以称为自由想象逻辑。然而这两者不是绝对的。不能说现实主义没有情感逻辑，浪漫主义没有思想逻辑，只能说两者各有侧重而已。现实主义反映对象的客观属性，揭示对象所蕴含的客观思想，同时也表达自己的主观情感；浪漫主义抒发主体的主观情感，同时也展示对象的客观思想。诸如后羿射日、夸父逐日、女娲补天、盘古开天地、精卫填海、牛郎织女、嫦娥奔月、伏羲画卦、愚公移山都是崇尚情感逻辑的中国的神话故事的典型代表。《梁山伯与祝英台》描写一对恋人殉情而死，化为双蝶，相伴而飞，翩翩起舞，表现了一种情感逻辑。《西游记》塑造的齐天大圣孙悟空，是一个体现人间正义、降妖伏魔、神通广大的"超人形象"，不仅是人们的情感逻辑可以接受的，而且是人们的理智所能赞美的。浪漫主义从审美趣味出发，热情洋溢地歌颂大自然，以大自然的纯朴宁静，衬托和贬抑现实社会的龌龊喧嚣。一些作家响应卢梭"返回自然"的感召，通过对大自然的礼赞，表现人与大自然的诗意交融与和谐统一，诅咒和对抗工业文明所带来的丑陋和异化现象，求得精神上的慰藉。浪漫主义还重视挖掘民间文学的传统，使创作富于客观生活的蓬勃生气和质感。现实主义和浪漫主义反映和表现自然的着重点是不同的。如果说现实主义是直接描写大自然的美丽，同时表达创作主体的情感，那么浪漫主义则是首先从自身的情感和审美兴趣出发，有选择地通过表现大自然的雄奇，抒发主体的奔放豪迈的情感。现实主义和浪漫主义作品都以倾斜的形态表现客体思想和主体思想的这样那样的互相渗透和融通。普列汉诺夫认为，艺术既表现思想，又表现情感。这个论断从总体上说是完整和正确的。过于拘泥于对客观对象的描写，可能产生自然主义和机械唯物主义；完全置描写对象所内蕴的客观属性于不顾，不恰当地放纵主体的情感，可能导致唯情论和唯意志论。现实主义特别强调按照事物本来的客观面目来展开描写，遵循对象的本性，把对象写成实有或应有的样子。马克思和恩格斯评论《巴黎的秘密》时指出，信奉德国青年黑格尔派思辨哲学的作者用思辨哲学的原则安排情节和塑造人物，违背小说主人公的天性、人格特征和思想发展的客观逻辑，结果把人物的命运和情节的发展变成了对主体所信奉的抽象的哲学观念的书写。这部长篇小说实质上是演绎、阐发和宣扬德国思辨哲学的形象图解和宣传广告。无论是现实主义，还是浪漫主义，都要抒发主体的情感，但也应当表现描写对象所固有的内在逻辑和客观思想。作家、艺术家应当处理好"情"与"思"、"情"与"理"的关系，把创作的主观思想和客观思想、情感逻辑和思想逻辑，合理地、有所侧重地结合起来，赋予作品以深刻的思想性和浓郁的情感性，提升文艺的说服力和感染力。

第三节　发扬现实主义精神和浪漫主义精神

学界对现实主义和浪漫主义的界定是不同的：有的理解为两大创作方法，有的理解为两大艺术流派，有的理解为两大文艺思潮，有的理解为两大文艺观念，有的理解为文学艺术的两大基本精神，有的理解为两大文脉。应当允许和鼓励对现实主义和浪漫主义做多元阐释，这样有助于从不同视域多方面地理解现实主义与浪漫主义各自的内涵和相互关系。我们倾向于把现实主义和浪漫主义两大文脉理解为艺术的两大基本精神。

一、文艺家的历史使命

发扬现实主义精神，必须具有自觉的历史意识和执着的理想追求。面对时代变迁和社会转型，作家、艺术家都面临一个历史选择问题。先进的作家、艺术家总是站在历史进步的一边，为社会变革鼓与呼。西方启蒙运动时期、狂飙突进运动时期和法国资产阶级革命时期的作家、艺术家都站在社会进步的一边。早年的歌德充当了反对封建专制制度的旗手，还亲手为大革命种下了"自由树"。杰出的战士雨果一生主张共和，为社会进步战斗不息，被迫流亡海外，最终殉命，人们感戴他的业绩，竟有 200 多万人为他送葬。先进的作家、艺术家总是身体力行地表达自己的信仰，或通过塑造理想人物表达自己的艺术理想和社会理想。

恩格斯主张艺术理想应当是"较大的思想深度和自觉的历史内容，同莎士比亚剧作的情节的生动性和丰富性的完美融合"[①]。"较大的思想深度"是从"意识到的历史内容"中提炼和概括出来的，然后加以艺术呈现。我们当代中国应当被"意识到的历史内容"是什么呢？相当一部分作家没有意识到，或没有自觉地意识到，我们当代中国应当被"意识到的历史内容"是向现代化前进的时代变迁、历史变革、社会转型，实现中华民族的伟大复兴。这是新时代给当代中国的作家、艺术家、评论家、理论家等提供的历史机遇，也是赋予他们的光荣的时代使命。中国当代的人文知识分子作为具有现代意识的智者，不应当是现代化事业的局外人和旁观者，而应当是具有爱国志向和积极进取精神的参与者。顺应、描写和推动现代化的历史进程是中国当代艺术家的历史使命。文艺是引领人民前进的灯火和鼓吹时代变迁的号角，唱响主旋律、倡导大叙事、提升正能量、促进社会的全面进步和人的全面自由发展，是当代中国艺术家的神圣天职。当代中国同样需要中华民族的巴尔扎克和托尔斯泰。巴尔扎克用编年史的方式，生动而深刻地描写了从封建宗法制社会向市民社会的转折，记载了封建贵族被新兴市民阶级取代的历史过程。托尔斯泰表现了俄国封建宗法

---

① 马克思，恩格斯. 马克思恩格斯选集：第 4 卷 . 3 版 . 北京：人民出版社，2012：440.

制社会在新兴市民阶级日甚一日的冲击下，发生了"一切都颠倒过来，而且刚刚开始形成"的历史大变动，描写了经济关系的改变、政治权力的转换、文化关系的更替、宗教关系的重组、道德和家庭伦理关系的新变等整个社会全方位的跃动。

当代中国作家的历史使命是既要当好人类思想的工程师，又要像巴尔扎克那样，当好"历史的书记官"，为当代中国现代化的历史进程立传，为人民立言立德，为建设者、创业者、英雄人物和新人形象塑像，为普通百姓的生活开辟新天地。当代中国作家应当以巴尔扎克和托尔斯泰为榜样，全景式和全过程地表现当代中国的时代变迁、历史变革和社会转型。这是当代中国正在进行的前无古人的伟大事业。

我们有所领悟地注意到，当代中国的创作界，反映主旋律的、主流的、主导的、主潮的大叙事的作品并不多。只有大力塑造创业者和新人形象，才能唱响主旋律，才能展现核心价值体系，才能从正面集中、充分地体现推动历史变革和社会转型的创造精神，才能使当代中国文坛的面貌和格局发生结构性和根本性的变化。我们所号召的"深入生活"的主要内涵应当被理解为指引作家"深入"践行现代化的伟大实践中。我们所倡导的"扎根人民"的基本要求应当被理解为疏导作家"扎根"到现代化的创业者、建设者、英雄人物和新人形象中去。我们认为人民是推动历史发展的根本动力，实际上人民中那些具有变革意识、创造精神，有能力通过实践力量改造环境和变革社会现实的创业者、建设者、英雄人物和新人形象才能从正面充分集中地体现"历史发展的根本动力"。作家、艺术家只有去表现那些蕴含历史发展动力的人物，才能发掘和激发出历史发展的动力源，才能切实有效地推动历史的发展和社会的进步。有志向、有追求、有信仰的作家、艺术家应当投身到改天换地的伟大实践中去。新时代需要大作家，用大手笔书写大叙事、表现大事业。

二、塑造新人形象

发扬现实主义精神和浪漫主义精神主要是通过塑造理想人物反映审美理想和社会理想。中外文学史上，都有通过塑造理想人物对审美理想和社会理想进行生动描写的作品，如屈原的《离骚》，陶渊明的《桃花源记》，《牡丹亭》《西厢记》《孔雀东南飞》；文艺复兴时期，法国作家拉伯雷的《巨人传》，德国作家歌德的《浮士德》；雪莱的长诗《伊斯兰的起义》；车尔尼雪夫斯基的《怎么办?》；等等。它们都不同程度地表现出对理想社会和美好生活的追求。作家塑造的各种理想的人物形象，如歌德笔下的浮士德、雪莱笔下的普罗米修斯、拜伦笔下的"拜伦式英雄"、车尔尼雪夫斯基笔下的拉赫美托夫等，都不同程度地表达了对历史转折和社会变革的愿望。

文学创作和作品主要是通过塑造人物形象来实现自身的文化价值和社会功能的。塑造现代化的创业者和建设者，塑造社会主义新人形象和英雄人物，对推动和加速现代化的历史进程是至关重要的。马克思、恩格斯曾在《德意志意识形态》中把是否能够改变旧环境作为区分"新人"和"旧人"的根本标志。只有运用实践理性，通过实践手段改变旧环境的人，才是新人；如果不能改变旧环境，无论怎样宣称和表白自己是新人，实质上都仍然是"旧人"。马克思主义哲学的根本目的不是解释世界，而是改变世界，"对**实践的**唯物主义者即**共产主义者**来说，全部问题都在于使现存世界革命化，实际地反对并改变现存的事物"①。毛泽东在《在延安文艺座谈会上的讲话》中也指出，文艺要通过塑造典型人物，使人们"惊醒起

---

① 马克思，恩格斯. 马克思恩格斯选集：第 1 卷 . 3 版 . 北京：人民出版社，2012：155.

来，感奋起来，推动人民群众走向团结和斗争，实行改造自己的环境"，
"帮助群众推动历史的前进"①。当代中国面临着历史的大转折和社会的大
变化，正处于以中国式现代化全面推进强国建设、民族复兴伟业的关键时
期。这是每个当代中国人和当代中国作家都在面对的令人鼓舞的现实。这
个现实是富于理想的，这个理想是具有充分的现实根据和物质基础的，是
经过艰苦奋斗可以实现的。这个伟大理想和宏伟目标是通过实践干出来
的，然后才是写出来的、唱出来的和演出来的。真正改变人的命运，使当
代中国人站起来、富起来和强起来，使当代中国变成屹立于世界东方的高
度发达国家，必须靠掌握实践理性和具有实践力量的人，去改变旧环境，
创造新世界，真正实现人的自由、幸福和解放。这些掌握实践理性和具有
实践力量的人的主体正是新时代的中国的创业者、建设者、英雄人物和新
人形象。

以下几种题材的创作和作品，取得了突出的成就，给读者留下了深刻
的记忆。

一是革命战争题材的作品。过去是现在的过去，将来是现在的明天。
那些描写抗日战争和人民解放战争的优秀作品，激励人心，使我们难以忘
怀。这些作品表现出来的推翻旧世界、创建新中国的丰功伟绩，永载史
册，光照千秋。这些作品塑造的英雄形象，从领袖人物，到将帅形象，再
到普通战士，从他们身上迸发出来的英雄主义精神、艰苦奋斗的精神、无
私奉献的精神、爱国主义精神，与人民血肉相连、同甘苦共患难的精神，
以及这些人的人格力量、坚忍不拔和无坚不摧的钢铁意志，书写了光荣、
正确、伟大的中国革命史。这是一群忠诚、坚定和英勇无畏的人。这些人
是顶天立地的人，是开天辟地的人，是翻天覆地的人。这些大写的人铸造

---

① 毛泽东．毛泽东选集：第3卷．2版．北京：人民出版社，1991：861．

了值得我们骄傲的过去，是革命历史留存下来的最宝贵的精神财富，影响着我们的现在和将来。

二是科技战线题材的作品。近代以后，由于中国科技的落后，国力衰微，人民饱受欺凌和屈辱。科技是生产力中最活跃的因素，是衡量一个国家和民族是否强大的重要标志。科技战线题材的作品礼赞了科技战线取得的开创性的赫赫实绩，塑造了灿若群星的科学家们的光辉形象。他们无私献身，排除万难，把"两弹一星"送上了天空。蘑菇云的升起，仿佛是科学家们为人民燃放的礼花，绽开得绚丽动人。这些怀有"普罗米修斯情结"的人物为祖国带来火种，造福人民。这些作品把科学家们身上的科学精神和人文精神融为一体，可以使人们感受到科学精神和人文精神并不是对立的。科学精神是人的科学精神，体现人文精神的崇高风范。用这种崇高的科学精神武装起来的人和所凸显出来的人文精神是中华民族现代文明的标志。人文精神和科学精神在杰出的科学家身上得到了完美的融合。这些作品塑造的人民科学家的典型形象，用他们研发和创造的大国利器，壮了国威军胆，使中华民族挺直了脊梁，抬起了高傲的头。

三是农业题材的作品。中国是一个农业大国，广大农村的农业改革是整个中国社会改革的有机组成部分。中国拥有5亿左右的农业人口。从这个意义上说，当代中国现代化的基本问题，仍然主要是农民问题。解决农民问题的重点仍然是土地问题，如何发掘和利用土地资源，将其转变为农民的财富，是至关重要的。一些农业题材作品塑造的农业改革的带头人正是能够通过实践变革改变旧环境并创造新生活的"创业者"、建设者和"新人形象"。他们动员和带领农民群众，艰苦奋斗，改天换地，把沙漠变成绿洲，把荒山秃山变成金山银山，改善了农民的生存环境，提高了农民的生活质量，使广大农民脱贫致富奔小康。用先进的科技手段推动农业现代化的历史进程，建设文明富裕的社会主义新农村，对实现现代中国的社会转型和历史变革具有极其重要的战略意义。

三、坚守正确的历史观

发扬现实主义和浪漫主义精神，要求作家、艺术家当好"历史的书记官"，树立和秉持正确的历史观。作家、艺术家所创作的历史文本，应当正确揭示历史变革的根源、对象、动力、目的和前途，表现社会转型的合理性和正义性，充分展现人民的主体地位和创造精神，表现对审美理想和社会理想的向往和追求，反映历史变革和社会进步给广大人民群众带来的自由、幸福和解放。为此，必须坚守正确的历史观。

反对虚无的历史观。我们注意到，相当长的一段时期内，一些对革命史怀有异见的人，掀起了一股历史虚无主义的浊浪。他们否定公认的革命史实，毫无节制地揭露革命过程中的阴暗面，对艰苦卓绝的革命业绩和英雄人物进行颠覆性描写，伤害了人们热爱英雄的真挚情感。这种书写实际上已经自觉不自觉地超越了文学本身的界限，甚至达到了令人难以容忍的程度。这种通过"去革命化""非英雄化"，达到"虚历史化"的胡编乱造，陷入了非理性主义的泥淖之中。

防止和克服超越的历史。为做到这一点，应尽可能精准地把握中国的国情。我们是发展中国家，将长期处于社会主义初级阶段，国家财富并不充裕，人均财富指数较低，国民素质有待提高，广大农村实现现代化的历史性任务相当艰巨。全国力倡俭朴之风，万众一心，艰苦奋斗，劳动为荣，奢侈为耻，加强吏治，铲除腐败，抑制两极分化，同时借鉴发达国家的先进经验，努力追赶。但在此过程中也应注意选择恰当的发展速度，切莫随意超越历史，杜绝浮夸和骄纵，不当头、不称霸、不炫耀。全党全民应牢记"揠苗助长"的故事，吸取"大跃进"沉痛的历史教训。

抵制滞后的历史观。从农耕社会走向工业社会，无疑是历史的进步。诚然，我们必须实施"三农"的现代化。现代化进程确实给人的生存环境和精神世界造成了不同程度的污染。有的作家从生态视域和道德层面，赞赏田园牧歌式的生活方式，迷恋宗法制社会文化结构，对工业现代化历史进程表示不满；有的作家对农民的古老传统的生存方式非常熟悉，以精湛的艺术描绘，质疑工业现代化的历史进程。他们迷恋昨天的梦幻，对过时的社会组织形式一概加以美化和诗化，否定农村社会变革的必要性。这些作家应当警惕进入"历史倒退论"和"革命取消论"的迷途。长期阻碍生产力发展的封建宗法制社会形态或许留给人们一些美好的回忆，如家庭伦理范围内的温暖和亲情，工业化前期的大自然的清纯和净美，生态学意义上的明媚和绿色等。但作为一种整体的社会结构和文化体制，它已经失去了历史的进步性和合理性。此类作品警示我们必须加强农村的现代化发展和生态文明建设。田园牧歌式的农耕社会生活的和谐、清新、闲适和美妙背后往往掩盖着贫困、落后、愚昧和专制的一面。

消除幻想的历史观。人的解放和社会的变革应当被理解为一种现实的运动和实践，只有依靠强大的社会实践的力量，才能真正地、实际有效地改变人的生态，推动社会的进步。一些作家非常崇拜国外学术界宣扬的语言幻想和审美幻想。从语言幻想方面来说，他们认为应通过语言的重新编码，改变语言结构，发动语言的人本主义革命，以影响和促进现实生活的社会革命。实质上语言革命的作用是十分有限的，重组语言，并不意味着人的生态和现实生活会发生什么实质性的改变。这实质上是一种"语言乌托邦"。从审美幻想方面来说，文学理论和文学创作中反映出来的，诸如"审美救赎""审美乌托邦""诗意地栖居""以审美代宗教"，只具有舆论层面的积极意义，且带有明显的假定性和幻想性。美好的幻想可以使人分享审美愉悦，但并不能给人们带来真正的幸福。这种语言幻想和审美幻想，可能点燃人们的希望之火，但不能照亮人们解放的正确道路。马克思、恩格斯曾反对鼓吹人们在"**纯理论领域**"中的"解放"，认为"这是幻想"。他们把反对这种幻想视为"世俗社会主义的第一个原理"①。

优秀的当代中国作家应当努力攀登艺术高峰，创作出具有划时代和里程碑意义的史诗般的精品力作。达到艺术高峰的作品能够体现思想性和艺术性的完美融合，能够体现真善美的完美融合，能够体现历史的观点、人民的观点、艺术的观点和美学的观点的完美融合。当代中国作家既要有深切的现实关怀，又要有挚爱的浪漫情怀，努力发挥现实主义和浪漫主义相融合的综合优势，努力攀登艺术高峰。有理想、有志气、有信仰的文艺工作者应当自觉地意识到自身的历史使命，肩负起时代赋予的神圣职责。

---

① 马克思，恩格斯. 马克思恩格斯全集：第 2 卷. 北京：人民出版社，1957：121.

第二章　文艺思潮

文艺有两大思潮，分别是人本主义和科学主义。

人本主义和科学主义是主宰西方学界的两大思想主潮。它们或同时存在，或交替出现；或并驾齐驱，或轮流凸显。各式各样的思潮，归根结底，都可以归属于这两种涵盖面极大的社会文化思潮之中。如果说这两大社会文化思潮是母系统，其他领域中的各种思潮则都属子系统。人本主义和人文精神、科学主义和科学精神具有本质、功能和价值上的共同性和一致性。可以说，人文精神和科学精神是人本主义和科学主义在精神领域中的突出表现。我们论述人文精神，也意味着从人文精神的视域阐释科学主义。反之亦然，我们倡导科学精神，同时意味着从科学精神的视域解析人本主义，因为科学精神是人的科学精神。为了增强论述的说服力，我们选择从人文精神和科学精神的角度，对这两大社会文化思潮的性质、功能、价值和相互关系进行宏观辩证的综合分析。

第一节　关于人本主义文艺思潮

一、人文精神的内涵

欧美的人文精神发端于古希腊。哲学家普罗塔哥拉曾说过一句名言："人是万物的尺度。"① 他把人提升为衡量一切事物的最高标准，弘扬以人为本的精神，强调人的价值、尊严和自由。普罗塔哥拉的最初形态的人本主义和人文精神，推动和促进了历史上一切关于人的本体论研究。

（一）兴盛于文艺复兴时期的人本主义

这个时期的文艺复兴，实际上是人的精神觉醒，是人的精神解放，是人从神权和君权的束缚、压抑和奴役中挣脱出来走向自由和民主的康庄大道。人的创造精神得到了前所未有的发挥。这是一个适应历史发展需要，产生灿若群星的巨人的时代。达·芬奇、米开朗琪罗、拉斐尔都以他们的杰作显示出人的主体创造力量可以达到的巅峰。文艺复兴时期的哲学家把这一时期人的创造精神，概括为人的"主体性哲学"所取得的光辉成果。文艺复兴时期的人的"主体性哲学"对推动人文精神的发展，起到了划时代的历史作用。

文艺复兴之后相当长的一个历史阶段内，资本主义处于发展和上升的状态。此时，资本主义的理性王国的社会人伦秩序处于正常的培育和成熟时期。文艺创作和文艺作品中所表现出来的人文精神，从总体而言，是与资本主义理性王国的核心内容相一致的，是和"自由、平等、博爱"的口

① 北京大学哲学系外国哲学史教研室. 古希腊罗马哲学. 北京：三联书店，1957：138.

号相吻合的。一些具有代表性的作家及其作品都反映出那个时代的昂扬向上和奋发有为的进取精神、开拓精神和创造精神，尊重人的欲求，表现人的价值和尊严。这种古典的、先期的、传统的人道主义既是当时历史条件的产物，又反过来促进了历史的发展。伴随着资本主义王国的理性的褪色，西方的人文精神发生了根本性的转向，现实主义、浪漫主义和批判现实主义所表现的作为强音和主调的古典的、先期的和传统的人道主义蜕变为现代主义文艺所表现出来的新人本主义。这种新人本主义的出现，主要是受到当时历史条件的触发，特别是受到第二次世界大战的驱动。由于战争机器和工业机器的碾压，以及金钱拜物教、权力拜物教和商品拜物教的捉弄，资本主义上升时期的那种健康的、积极向上的人变得懦弱和颓唐了。作为对理性主义的反叛，非理性主义开始泛滥。非理性主义的文艺作品表现了人的命运的荒诞痛苦、人的心理的畸变和人的精神的病态。这种消极的新人本主义社会文化思潮对启发人们改变非人的异化状态，具有不可忽视的积极意义。

现代西方关于人文精神的理论，从总体的精神意向上来说，可以理解为反对客体理性的延续和发展。这些关于人文精神的学说，都不同程度地被个体化、主体化、内向化、意志化和非理性化了，不可能表现出强大的、具有威慑力和震撼力的精神力量。

（二）胡塞尔"现象学"的人本主义

作为凸显"主体性哲学"和"意志论哲学"的代表人物，胡塞尔的先验"现象学"人本主义，较之于文艺复兴时期的"主体性哲学"，开始发生一些明显的变异。它不再像文艺复兴的"主体性哲学"那样，认真正视和勇于面对客观对象与外部世界，基于对客体的认识，发挥主体的创造作用，体现高昂的人文精神，而是通过躲藏、掩盖和遮蔽"客体性"来表现

"主体性"。这种现象学的"主体性哲学"主张为"外部世界打括号",存而不论,悬置起来。这势必使人的主体性和人文精神的发挥受到囿限,表现出一种把人的主体性自我化和内向化的倾向,以及使人的主体性转向个体的人的主观意识的趋势。应当承认,胡塞尔的对象意识、主体意识,以及交互关系的理论是有价值的,尽管带有唯意志论的杂质,但对理解对象与主体的辩证关系富于启发性。虽然主体意识必须受制于对象,但不能说对象的存在完全依赖于主体。胡塞尔提出两个重要的哲学命题:"现象学还原"和"现象学直观"。这两个命题是相互联系的。"现象学还原"是通过"现象学直观"来实现的,即通过"现象学直观"所"还"的"现象"的"原","回到事物本身",而这种"还原"并非指客观对象和客观经验本身,而是在主体意向或自我意识的直观中所呈现、所显露、所暗示的直观视域中的对象。从神学的意义上说,是一种"奇迹""神启",即上帝的"显灵"。只有神的钟情人,才配当神的代言人。这种解释带有神秘主义色彩。他还认为,意向对象不是纯客观实体,意向作用也不是纯经验性活动,两者同聚于一种特殊的意向关系体内。现象学哲学主要研究对象在自我意识中的显现方式,即对象所呈现的"清晰度"和"透视性变形",而通过现象学直观和现象学描述所达到的现象学还原,是通过"意识的构成作用",即"意向关系体的统一化作用"来实现的。"现象学还原"和"现象学直观",作为对英国经验主义和大陆理性主义的双重反拨,一方面剔除了英国客观经验主义的现实内容,另一方面又拒斥了大陆的理性阐释,摆脱客体和理性的双重束缚,以便在"现象"和"直观"的"笼子"里谈论主体哲学和人文精神。

从"现象"和"本质"的关系来看,现象是蕴含着本质属性的;本质是对现象的高度和深层的抽象与概括。脱离本质的现象和滤净现象的本质,都是不存在的,认为本质即现象或现象即本质的哲学,也是不科学的。现象学描述和现象学还原排除实践和探索，妄图通过"直观"洞悉现象的本质，这实际上是一种幻想。从"直观"和"理论"的关系来看，文艺创作过程中的"灵感"和"顿悟"多半是长期贮存的心理积淀的迸发。这种心理现象是存在的，有的可以进行科学解释，有的则不可以。现象学直观带有极度夸张和神秘莫测的性质。人的认知活动规律是从感性和直观上升为理性。对事物的本质的洞察需要经验积累和实证研究，必须进行理论概括。只有科学的理论，才能把握现象的本质规律。一切厌烦理论的心理和行为，都会离真理更远。

"回到事物本身"是一个有魅力的口号，可以启发人们尊重生活中的客观事物和客观对象，重视经验探索，发扬实证精神。但对"回到事物本身"的解释是很不相同的。胡塞尔所主张的"回到事物本身"，并不是真正的回到客观事物和客观对象本身，而是通过现象学还原、现象学描述、现象学直观，经过主体意向的选择和构造，回到被内在化、主观化、自我化和意志化了的事物本身。其实质是离开了客观事物本身，并表现出一些不恰当的倾向。一是不谈"来源"，只谈"回到"，或把"来源"和"回到"都说成是自我意识的内部运动。事实上，只有从事物中来，才能回到事物中去，只有从实践和经验中来，才能回到实践和经验中去，只有从群众的生活中来，才能回到群众的生活中去。二是不谈感性经验的认知过程，只推崇现象学直观，把体验、感悟和创造，都理解为一种主观化和内向化的精神意向的自我繁衍和自我增殖。三是只谈"事物""现象""直观"，不加分析和鉴别地表现出反对、拒斥和厌烦一切理论的非理性主义倾向。诚然，我们应当反对僵化的、过时的、教条的、离开和歪曲事实的伪科学的理论和学说，但不应当把反映事物本质的正确的理论和学说也一并反对掉。人类的文明发展史上所取得的一切有价值的理论成果都理应得到爱护和尊重。胡塞尔现象学强调个体的人的意识活动中的意向的选择和构成作用，并重视主体间性、主体的多元性和主体的交互作用，这些思想尽管带有主观主义和意志主义的色彩，但对丰富和深化主体哲学和人文精神是有意义的。然而他后期的现象学逐渐演变为更彻底的脱离生活、脱离实践、脱离客观感性经验的主观先验唯心主义，变成一种"纯粹意识"或"纯粹自我"，把知识确定的"客观性"高度主观化、内向化和自我化。这些极端的先验主义和意志主义的观点，受到了来自现象学学派内部，特别是唯物主义、经验主义和现实主义现象学家的激烈批评，致使这位现象学的创始人的助手和学生，如被称为"现象学神童"的海德格尔以及萨特等人脱离了现象学的阵营，转向存在主义的人道主义。

（三）关于人的"存在"的研究

胡塞尔囿限于自我意识和自我意向中的现象，论述人的主体性和人文精神是虚脱无根、软弱无力的。海德格尔和萨特把这种内向化的意向内的现象研究转向对人的生存和生态的现象学研究，即转向关于人的"存在"的研究，不仅扩大和深化了研究对象的外延、内容和性质，而且更加贴近人文内涵，体现人文精神。这是一种跨越。关于人的存在的研究，是人学研究的基础。海德格尔 1926 年在托特瑙堡的山中小屋写作的《存在与时间》是一部有影响力的著作。他受到亚里士多德诗学中人的存在具有多义性的观点的启发，提出"在"和"在者"的概念。"在"是通过"在者"来显现的，而"在"是我的"在"，我的"在"即我的"世界"。"在"和我的"在"的最高境界是"澄明"。海德格尔强调的是世界的存在，世界依赖人的存在而存在。他显然是一个自我中心论者。他提出了"dasein"（此在）的基本问题，此在即人的存在。这是一个与外部世界相融通、相亲和的概念。海德格尔认为，只有我的"在"才是肯定我的。人与外部世界是矛盾的"非本真"的世界，总是处于被抛掷的无家可归的状态之中。

我们的生存充满着操劳、烦恼、痛苦、畏惧、沉沦，还要不可避免地面对虚无，走向死亡。人们的生，实际上都是"向死亡而生"。

为了缓解和摆脱人生的非本真状态，海德格尔提示人们要善于寻找、捕捉和抓住那些有益于人的"上手的东西"；因为人都生活在自己的语言中，故而应当守护好这个"语言的家"，行使语言权利，对不合意的事物保持沉默；追求人生的本真状态，凸显澄明，感受和实现"诗意地栖居"。海德格尔所标指的人生之路，有的比较现实，有的比较沉静，有的则充满浪漫主义的幻想。

萨特的存在主义较之于海德格尔的存在主义取得了一些重要的进展。萨特在《存在与虚无》《存在主义是一种人道主义》等著作中论证了人的"个体的存在和自由"，这一观点被称为"最充分的存在主义"。这种影响了法国并波及整个欧美的时尚理论，成为青年们信仰和推崇的激进主义的革命学说。萨特与一些述而不作的书斋学者不同，他是法国"五月风暴"的参与者和领导者，是革命青年的精神偶像和思想领袖。他作为一位社会主义者，从理论和实践的结合上，率领具有变革意识的广大学生，企图改变所置身的那个不合理的政治文化制度，这是十分难能可贵的。萨特扮演着青年导师的光荣角色。他对当时社会现实的认知较之于海德格尔更加深刻，指明人们生活在现实中时之所以感到操劳、烦恼、痛苦、畏惧、沉沦、面对虚无，走向死亡，是因为"生活是痛苦的，人生是荒诞的"。这是人们的不幸的根源。人与社会、人与人的关系，如同地狱，充满隔阂，遍布荆棘，不可调和。人们要想获得自由，就必须从痛苦的世界中拯救自己。为了给青年们寻找出路，促进他们的进步和成长，萨特创立了与海德格尔不同的人生哲学。和海德格尔的"此在"有别，他提出了"存在先于本质"的命题。萨特把存在放在第一位，把本质放在第二位，表现出轻视本质和厌烦本质的心态。其实，人的存在已经同时包括和蕴含了与之相适应的本质，没有无本质的存在，也没有无存在的本质。这个命题的客观意义是强调人和人的本质的可塑性，给青年们的自我进步、自我成长、自我发展开辟了一个更加广阔的天地。"存在先于本质"说明存在居于首位，本质是可被不断塑造的，用不断改制的本质丰富先于本质的存在，可使存在变得更加充实。这是一个不断优化的人生选择和实施的过程。为了克服法国的知识分子的苦闷、孤独，因被遗弃而消极颓废、悲观失望的情绪，以及因找不到出路而玩世不恭、放荡不羁的风潮，萨特设计了一套自我选择，追求个体自由，从人生的无边苦海中拯救自己的方略。"自由选择"原则，认为人的这种自由选择权是绝对的，是不受群体意志和历史决定论思想约束的。这种把个人的存在、自由放在首位的存在主义，被人文知识分子当作最时尚的人生哲学加以推崇。应当指出，萨特的"存在先于本质"和"自由选择"，都是以个体的主体和个体的自由为核心的。他竟然宣称："在人的世界，人的主体性世界之外，并无其他世界。"他从个体的存在和自由的视域，正视和面对人生，拒斥了基督教存在主义哲学，抛弃了克尔恺郭尔的宗教神秘主义，承接了胡塞尔的非理性主义，形成了一种自成体系的生存哲学，即无神论的存在主义的人道主义。萨特的存在主义的人道主义从个体的存在和自由的角度关爱人的生存和命运，丰富了人文内涵，揭露了人文病变，开掘了人文深度，强化了人文精神。但如果过度强调这种以个体的自由为灵魂的存在主义的人道主义，可能会对一个民族的主流意识和核心价值体系产生一定的负面作用。

（四）法兰克福学派的社会文化批判理论

法兰克福学派被视为"新马克思主义"，代表人物诸如霍克海默尔、阿多诺、马尔库塞、哈贝马斯等人，主要承接了马克思早期的异化思想，提出和建构了一套独特的社会文化批判理论，旨在对资产阶级的意识形态进行"彻底批判"。这种批判理论超越一切哲学，否定一切事物。由于当时的工人运动处于低潮，批判理论家们不再相信无产阶级具有强大的革命潜能。在《启蒙辩证法》中，霍克海默尔和阿多诺认为，自启蒙运动以来理性已经整个堕入实证主义思维模式的深渊，成为奴役人、压抑人的自由的理论工具。在《否定辩证法》中，阿多诺把这种"否定的辩证法"视为否定一切事物的普遍性原理，从而形成一种激进的批判主义，即认为现代工业、科学和技术都是具有统治作用的"意识形态"，它们实质上是在通过支配自然界实现对人的奴役。因此，想要在工业社会中和具有组织形态的资本主义制度内拯救人的精神价值，是毫无希望的。批判理论指出，现代社会不是一个健全的机体，而是一个病态的机体，存在着一个必须正视的"价值重估"问题。20 世纪 60 年代末青年学生运动失败后，作为法兰克福学派后期领导人的哈贝马斯开始转向，提倡一种温和的倾向于对话解释学的"沟通行动理论"，这标志着左翼激进的法兰克福学派社会文化批判学派的解体。

霍克海默尔和阿多诺的《否定辩证法》《启蒙辩证法》，马尔库塞的《单向度的人》《审美之维》《反革命和造反》和本雅明的《机械复制时代的艺术作品》等著作认为，启蒙带来了新的危机，使人们依附于工业社会的意志，伴随着机械化、自动化的劳动方式，以及被诱导的"虚假性需求"，大众满足和迷醉于福利与舒适，被社会"同化""平面化""一体化""整合""收编"。社会变得整齐划一，人们被技术理性、工具理性牵着鼻子走，沦为失去革命意志的"单向度的人"，变成失去怀疑、否定、批判和创造精神的"温顺的良民"。人们都被文化界的媒体广告操纵：流行文化使得现代人迷醉；唾手可得的快乐让人变得易于满足，失去革命意识和批判精神。受到技术主义和极权主义的奴役，人们丧失了人的个性、自由、尊严和价值，不同程度地被"异化"和"物化"。人们被表面上的民主和温暖的不自由绑架。"文化工业"铸成了加固思想文化结构的"社会水泥"。大众文化的商品化趋势助长了金钱拜物教和消费意识形态的疯涨。为了争得真正的民主和解放,批判理论家们号召人们采取"大拒绝"行动,对现存事物表示抗议,创造一种无压抑性秩序和肯定自由的形式,发动"新感性革命",通过"解放爱欲"摆脱处于异化状态的"非压抑性升华",回归人的本性。他们把美学视为缓解和克服社会压抑的重要途径和手段,从"现实原则"转换为"快乐原则"。这种理论实质上是一种虚假地解放人和培育人的爱欲的审美乌托邦设计。本雅明的机械复制主义揭露了伴随着工业化、技术化的程序化复制,艺术经典的"光晕"和"韵味"黯然失色,虽然带来了文化的普及,更大范围地满足了大众的文化需求和文化权益,却丧失了精神产品的原创精神,降低了艺术的膜拜价值,扩张了艺术的展示功能。文化生产越来越技术化、标准化、模式化,大批量的机械复制,不仅复制了作品,也强化了控制和奴役群众的官方的话语权力和意识形态。

总之,法兰克福学派作为西方马克思主义的一个流派,作为现当代欧美具有深远影响的人文知识分子群体,其中各个成员的见解不尽相同,但总的倾向是对他们所处的社会采取激烈的文化批判态度。这些具有进步思想的左翼学者,从不同层面揭示了新历史条件下现当代西方社会由于工业化、技术化的高度发展所出现的新情况和新问题。他们指出,现当代西方社会存在着严重的异化和物化现象,人文内涵变异,人文精神滑坡,大众的革命意识衰退,官方的意识形态强化。他们关于文化工业的理论、关于机械复制的论述、关于消费主义的阐释,都具有强烈的时代感和现实意义。他们所提出的应对方略各不相同。有的切中要害,有的富于幻想,有的失之偏颇,有的因交往对话理论而具有一定的可操作性。他们的研究成果,作为认识现当代西方社会的思想理论资源,具有一定的超前性的警醒和借鉴意义。

通观西方现当代的人文学说，多半都是非理性主义的。学者们的各种探索，多半揭示了人文内涵和人文精神的变异、堕落、软弱和形形色色的幻想，并没有表现出积极进取和奋发有为的人文精神，缺乏震撼人心的思想力量。人们应该看到，在自然科学的领域内，现代化工业，特别是航天事业，取得了前所未有的发展，表现出人的杰出的智慧和成就，展示出卓越的创造精神。

人文科学的人文精神和社会科学的人文精神不是完全等同的。它们之间诚然存在着同质性，但更存在着异质性。对人文科学意义上的人文精神的界说和研究，至今仍是一个未竟的事业。一些尊崇人文精神的学者对人文科学中的人文精神的内涵和特质，从精神、主体、意识、生命诸多方面进行了艰辛的探索。

精神现象学作为黑格尔哲学体系的一个有机的组成部分，围绕"精神"与"客体"的关系，对人的精神现象和意识经验进行了系统的论述。黑格尔的著作《精神现象学》以意识、精神为核心，确立了未来哲学的大纲。《精神现象学》是关于意识到达"绝对"的科学和哲学道路的科学。人类意识的发展经历了认识的主体方面和客体方面的长期矛盾运动，形成了特定的意识形态。人们通常把个人意识称为主观精神，把社会意识称为客观精神，把宗教意识称为绝对精神，而它们之间的转换都是通过意识的"异化"和"扬弃"来实现的。《精神现象学》强调否定的辩证法，体现出变革精神，但把全部历史都归结为颠倒了的"意识"与"对象"的关系。马克思揭露和批判了这种头足倒置的哲学。如果说黑格尔的精神现象学注重对人的认知和意识的研究，那么，康德的先验的批判哲学则比较完整地提出了人的精神结构的三大要素，即作为《纯粹理性批判》的研究对象的"知"、作为《判断力批判》的研究对象的"情"和作为《实践理性批判》

的研究对象的"意"。"知""情""意"是人的精神结构的基本内涵，应当在它们之间的相互关联中侧重探索其中的某一方面。康德关于人的精神结构的理论具有首创性，对后世产生了深远的影响。但他的思想是通过先验的方式描述人的精神和意志，必须遵从至高无上的"绝对律令"，带有一种很难理解的神秘色彩。

近代西方哲学史上，德国哲学家狄尔泰扭转了胡塞尔的先验现象学，在其中纳入他所提倡的基础存在论。这一学术转向被称为解释学的"哥白尼革命"。狄尔泰致力于批判"历史理性"和所谓"历史的相对主义"，尝试创立一种"生活哲学""生命哲学"，统称为"人的精神哲学"。在他的《精神科学引论》《诗人的想象力》《体验与文学》等一系列著作中，都论证和肯定了哲学的中心问题是生命。"精神科学"强调"生命体验"，研究对象是"人以及人的精神"。他认为，人既具有客观的社会历史属性，又具有主观内心的精神属性。不能用解释社会历史属性的形而上学和纯粹理性取代精神科学的体验和理解，包括人的直觉和诸多其他心理因素。与强调注重事实的实证主义方法相反，他特别倡导着力运用解释学的方法，追寻生命的本质、价值和超越性意义。

狄尔泰上承叔本华，下启海德格尔，在对人的精神哲学的研究方面，取得了突破性和开创性的成果。他为了确立人的精神科学的独立性，对社会历史理性采取批判的态度，以确定自然科学和社会历史科学与人的精神科学之间的界限，防止非人文科学对精神科学的僭越。在实证主义原则和经验主义基础之上追求科学知识的客观性尽管具有一定的合理性，但生命作为人类历史发展创造活动的主宰，是精神科学研究的真正对象，人的精神世界是人的生命的内在的宏观世界和纯粹世界。精神世界中，充满主体的情感、想象、意志，以及人类活动的观念、价值和目的等，不应要求精神科学像自然科学那样精确。强调非人文科学和精神科学的区别，才能使精神世界确立自己独立的疆域和领地，才能够卓有成效地探索人的生命意识和精神生活的底蕴。这样，才能使人文科学的独特性、人的主体性鲜明地凸显出来。只有实现人的"主体客体化"和"客体主体化"的完美融合，才能奠定现实世界统一性的基础。

狄尔泰不否定人的社会历史性，但要使之主观化和心理化，变成体现生命意向的精神世界。狄尔泰更强调艺术和诗与人的生命之间的密切关系。诗化人生，追求体验，使主客体相向而行，构成生命与世界的和谐关系。诗可以通过艺术体验去捕捉生命价值，增强生命的透明性，揭示生命的超越性意义。艺术体验对实现生命诗化具有特别重要的意义。理解和解释实质上是一种"再度体验"，通过人们的精神的相关性、互通性、统一性的普遍需要，使人与人之间的灵魂相沟通。狄尔泰企图通过体验—表达—理解，去追求人文世界中的客观知识，使理解具有客观有效性。他的这种观念，显然是想让精神科学具有自然科学观察者所具有的那种中立的态度。这种用心理学和精神科学去解释自然科学和社会历史科学，反过来又用自然科学和社会历史科学去解释心理学和精神科学的方法，势必会陷入一种"解释学的循环"，使狄尔泰本人感到困惑不解。这恰好说明狄尔泰对人的精神科学的研究触摸到了问题的深层。人本就是一个多重属性的共同体：人具有自然属性、社会历史属性，也具有精神属性。这些属性之间是交叉重叠、互动互释的。它们之间的关系并不是并列的、均衡的。从严格意义上说，物质现象决定和说明精神现象，精神现象只能在反作用的意义上解释物质现象。不可能存在完全脱离自然和社会历史的纯粹的心理现象和精神现象。人既是自然人，是社会历史人，又是精神人。生态精神、社会历史精神和人的心理、思想、意志，都是人的精神，都是人文精神，或都是人文精神的不可或缺的组成部分。只不过对人的精神科学的探讨过于滞后和模糊，缺乏规范的系统研究。狄尔泰的精神科学研究，对学科界限加以区分，初步确立了学理框架，投放了重要观点，指明了精神科学的基本特征，当然也留下了难以摆脱的困惑。他的研究提供了一个良好的开始，却是未竟的事业。应当肯定的是，弗洛伊德对潜意识的发现和关于释梦的理论，尼采提出的酒神精神和日神精神，现代派的文艺创作和作品对人的精神和意识活动的探索和表现，都为精神科学的研究增添了新的内容，提供了许多宝贵的思想资料。

究竟什么是人文精神，什么是人文科学的真理？至今即便是一些非常时兴的说法，也很不准确。有人说真理是权力，或可以转换为权力，但真理本身并不是权力，权力介入反而可能歪曲、污染真理；有人说真理是信仰，但也有非真理和非理性的信仰；有人说真理是一种先验的结构，但这种观点带有神秘色彩；有人说真理是一种"此在"的人生状态，这是把人和人所追求的真理抽象化了；有人说人文精神的真理是通过对话所达成的妥协、共识和默契，这否定了存在客观真理或真理的客观性；有人把人文科学的真理理解为人道主义的规范，人道主义者应当知晓，真理作为铁律具有刚性和定性。从语言学角度规定真理，也存在着这样那样的歧义。有的学者认为语言具有不可通约性，有的学者则认为语言具有可通约性和可交流性。前者如德里达，后者如伽达默尔、哈贝马斯。伽达默尔和德里达进行过一次对话，有人评价说，德里达参加这次对话的行为本身说明他的语言的不可通约性和不可交流性的理论不攻自破。如果语言不可交流、不可通约，语言还有什么用处？这和我们通过对话实现交流相悖。认为大多数人通过对话达成的共识为真理，也只有概率论意义上的相对准确性。因为，真理往往掌握在少数人的手中。例如，在历史变革时期，真理往往掌握在代表先进生产力、体现历史发展的内在要求、代表社会发展方向的新兴阶级先驱们的手里。那么，人文科学的真理是什么？人文科学的真理应当是真诚而美好的社会心理，是向往和憧憬未来的精神存在。人的心理、精神和意识内容、性质、功能与价值都应当随着时代、社会历史和现实生活的发展而演变。人文科学的真理应当是那种能体现历史发展规律和代表人民群众根本利益的社会心理，是大势所趋和人心所向的客观的社会理性和人文精神及其价值取向。

人文精神是多方面的，如坚持真理和正义的民主自由精神，与时代和社会相协调的和谐精神等。马克思主义不是在抽象地看待人，而是把人放在一定的历史范围内、历史结构里和历史过程中来解释人的生态和精神，倡导与客观规律相协调的人的历史的主动性、能动性和创造性。在社会转型时期，马克思主义则强调人的创新变革精神、怀疑批判精神，体现历史发展方向和最广大人民群众根本利益的价值取向和实现这种价值取向所表现出来的奋发进取、坚实昂扬的人文精神。新时代的人文理性和人文精神的最高目标和完美表现可以理解为通过实践实现了的新时代的新的人文理性和人文精神。

二、人文精神的演变

由于深刻的历史和社会政治原因，特别是两次世界大战之后，从总体上说，人变得孱弱和颓唐了，人文精神也相应地发生了巨大的变异。通观近代思想史，一些社会文化思潮竟然以贬抑人文精神为时尚。尤其是语言学转向后，那些钟情和心仪语言的结构和功能的学说，对人的地位和作用多半采取冷淡和否定的态度。好像语言不再是人的语言，语言活动不再是人的语言活动。对语言的极度崇拜，把语言变成了一个至高无上的王国，而人只不过是这个语言王国里的臣民。不是人支配着语言，而是语言主导着人。结构主义和解构主义都是通过对语言结构的分析和解构淡化人的主体性，消解和颠覆人文精神。结构主义语言符号学和人类学把人的问题转移到语言领域，用语言活动隐藏和取代人的现实活动，不再把语言视为承载人的生活内容的人的活动，反而认为语言是一个封闭、独立的系统，遮蔽着人，并不对人开放，也不肯定人的主体精神和人文精神。

德里达晚年曾发表过一个关于"人的终结"的讲话，认为作为主体的人已经死了。福柯指出作为主体的人只不过是人文科学构造的"一个幻象"，归终"像沙滩上的脸一样被抹去"。按照列维-施特劳斯的说法，"人文科学的最终目的不是构成人，而是消解人"，并公开呼吁"人的死亡"。其实，这只是一种假象。当德里达发挥自身的主体性，消解和颠覆语言结构，玩弄语言游戏的时候，当福柯发挥自身的主体性，通过语言获取权力的时候，当列维-施特劳斯发挥自身的主体性，破除人的"幻象"的时候，他们作为人仍然活着。学术活动中的人永远这样那样地存在着，只不过是用一种人的作用抹去另外一种人的活动而已。德里达、福柯、列维-施特劳斯反对他们不认同的主体性的同时，确实表明他们正发挥着自身的主体性，不同程度地体现着他们自身的人文精神。

海德格尔存在主义的人道主义提出与萨特的先于本质的"存在"不同的"此在"和"共在"的概念，来改写人的主体性和人文精神。"此在"即我的"在"，"我的在即世界"，甚至可以说"世界由于人的存在而存在"。"此在"超越一切从属关系，是一个普遍的概念。海德格尔实质上是一个自我中心主义者，他淡化和模糊"此在"的客观性，认为人不是存在，而是"去存在"，但他又强调"此在"具有普遍的"共在性"，主张"不存在世界的单纯主体"，不存在"无他人的绝对自我"，引申出"主体间性"或"交互主体性"的概念。这是一个值得重视的思想。海德格尔还强调"此在"的变化性、流动性和可塑性，认为人从来不是一种"现成状态"，而是一种不断变化着的"生成状态"和"流动状态"，形成一种"共在"同构的"关系场"。对人的这种"此在"和"共在"的关系场，理应进行动态的"过程的理解"。在海德格尔看来,人不是"定型化"和"本质化"的东西,而是在流变中不断生成多种可能性,具有多元的选择性。这些观点都是富有启发性的。他在《存在与时间》和《关于人道主义的书信》中,实现了人学观的转向。这种转向使对人的理解发生了变异,既是对传统的人文内涵和人文精神的消解,又是重塑和改写。他反对主客二分,认为"人是世界的人","人与世界交织在一起",反对把人与世界相剥离。海德格尔的思想既有以自我为中心的人类中心主义者的一面,又具有作为一个自然中心主义者的一面,无论在对人文精神的理解上,还是在对人与自然的关系的理解上,都表现出一些相互矛盾的两重性。海德格尔极其爱护自然,对工业现代化强烈不满,用"托架"(gestell,或译为阱架)来指称"技术世界"。他认为人通过把自然界对象化来剥削自然,造成对生态的破坏,因而呼吁拯救地球,反对主体成为人的专利,抑制人文精神和人的创造精神的恶性膨胀。

法国哲学家福柯被誉为"当代最伟大的哲学家"。他实际上是一个从现代主义转向后现代主义的学者。他的《词与物》《知识考古学》,对传统的人本主义思想进行了历史性的考察和审视。他的影响最大的理论建树是把人们最关心最敏感的权力问题单独拿出来加以研究,提出了知识和权力关系的理论。福柯认为,现代社会中,权力机制发生的变化强化了对人的自由的限制。实质上不可能存在无人的权力或与人无关的权力。他所指的权力不是传统意义上的政治权力和统治权力,而是通过知识渗透到各个方面,贯穿整个社会的"能量流"。他受到尼采的影响,又把尼采的权力意志泛化、细化、软化、边缘化了。这是因为只有分散,才能分享。传统的、主流的权力是压抑人的,而他倡导的带有后现代主义特征的权力则是肯定人的。他围绕权力问题,提出一些富有学术个性的命题,如权力无主体、权力是一种关系存在和网络存在、权力无压抑、权力非中心,等等。

这些论点都为知识分子和广大弱势群体反对主流政治权力的压抑以赢得边缘化权力提供了现实的可能性。福柯通过知识考古审视研究对象的历史存在，通过肯定对象的思想谱系和网络关系，揭示事物的现实存在，为学术研究提供了新的思路。他是一个后现代主义者，他的思想和德里达的思想相当接近。他的《词与物》中的主要观点是认为传统观念中那种先验的人"已死"，人只是不断地由知识重塑的产物。作为知识对象的人，主体是一种虚拟物。因此，他呼吁解构主体，预言"人的消亡"，这种思想是继尼采的"上帝死了"之后的又一次反叛，引起了学界的轰动。现代性理论中占有统治地位的主体，只不过是近代知识结构和话语霸权的产物。随着这种旧的话语霸权被解构，其必然被后现代性的知识结构取代，主体性也随之消失。所以，福柯所主张的权力实际上是无主体的。人既是权力的实施者，又是权力实施的对象，而不是操纵权力的主体。他动摇了西方人文精神的基础，否定了传统意义上的主体性哲学。他怀疑人是主体，试图把人变成客体，成为知识、权力和伦理的对象，从而把主体的人变成了对象的人，把人的主体变成人的对象。实质上，人作为主体的本性和功能是无法改变的。即便是后现代主义，在消解传统的现代主义的主体性的同时，也在倡导一种泛化或淡化的主体性。后现代主义者颠倒以往的主体性，特别是解构语言时，正是在发挥着他们的主观能动性。在人的主体性和客体性的关系问题上，福柯强调人的客体性，这对片面夸大人的主体性的观点是一种正确的反拨，对传统的人道主义思想是一种正当的回归。这种看法是有道理的，但企图用人的权力知识取代人的主体性和人文精神却是不可取的。人的主体性、人文精神和人的创造精神尽管伴随着历史的发展而嬗变，却是永恒的存在。人的主体性质和人文精神永远是"有"，而不会是"无"，所改变的只是存在的形式和质态。福柯认为，文艺复兴以来，知识型发生了深层断裂。早期启蒙运动的思想家们批判了工具理性，呼唤了人文理性，功不可没，但工业社会中的权力网络和技术理性塑造着现代人。通过自我启蒙可能实现自我解放和自我解脱，在一定程度上克服压抑；同时，激活对社会历史理性和工具理性的批判，可能改变人们作为启蒙理性所规定的历史存在。福柯对启蒙主义理性的批判，是和卢梭、尼采、海德格尔一脉相传的。福柯认为，人的概念和学说是 19 世纪才出现的，是短暂的、有限的、易逝的，必然要走向衰亡。这种说法是值得研究的。19 世纪产生的先期的、传统的、古典的人本主义思想虽然属于历史的范畴，是主宰那个时代的人学理论，但这种人本主义思想并不会因为历史的发展而成为历史的陈迹。作为一种思想文脉，其必然历史地延续，尽管它的内容和形式有所改变。即便是作为一种人学理论的历史性终结，其所体现的人文精神也是永存的。

福柯把权力、真理和主体的关系网络作为研究和批判的核心。他把真理视为运用权力的结果，而主体只不过是使用权力的工具。依靠真理系统建立的权力可以通过思考、知识、艺术对历史进行挑战。福柯感受到，古典的真理往往是通过理性而获得权力，现代的真理往往是直接占有权力本身。这样，福柯完全混淆了真理和权力。

权力本来是有主体的。当权者的意志是中心化、总体化和压抑人的。这种境况体现了社会生活中权力的肆无忌惮和对真理的有恃无恐。而福柯偏偏要反过来说。他认为权力应当是非主体化和非人格化的。这不过只是福柯对当权者占统治地位的权力所进行的抗争和所表达的幻想。实质上，他是把中心化和总体化的这种政治后现代主义化了，提倡一种泛主体化、泛真理化和泛权力化，即边缘的、多样的、片段的、不确定的、相对主义的主体观、权力观和真理观。福柯将官方的、主流的、占统治地位的权力和真理的反抗意识作为 1968 年"五月风暴"的产物，迎合了造反青年既对现实不满又对未来悲观的社会心理。福柯的真理观和权力观，带有后现代主义的特征，反映出弱势群体和下层大众的利益和愿望。

第二节　关于科学主义文艺思潮

一、科学主义文艺思潮的多种形态

科学精神的理论基础是与科学精神密切相关的科学主义社会文化思潮。基于科学主义社会文化思潮的考量，科学主义文艺思潮可以历史地分为三种形态：关于自然的科学，即自然哲学形态；关于人文的科学，即人文哲学形态；关于语言的科学，即语言哲学形态。

（一）科学主义首先表现为以自然哲学为基础的科学主义

最有影响的科学主义是自然基础主义、逻辑实证主义和分析哲学。这三种形态的科学精神经历过两次重要的学术转向：一是从本体论向认识论的转向，二是从认识论向语言学的转向。

自然基础主义的代表人物是笛卡儿。他是西方近代哲学特别是近代唯物主义的奠基人、"欧陆理性主义"哲学的创始者，是欧洲文艺复兴以来第一个为人类呼吁理性权利的人。他在《几何学》《方法谈》《形而上学的沉思》《哲学原理》等一系列著作中，论述了自然基础主义的原理。

概括起来，笛卡儿关于科学主义和科学精神的论述有下列一些主要观点。

科学是唯一的知识和永恒的普遍真理。笛卡儿的口号是"科学之外无知识"。这个观点树立了科学的权威性，确定了科学是知识和真理的源泉。这个思想对引导人们树立科学态度、追求科学精神是有价值的。但科学原理都是从实践经验中提炼和概括出来的，实践出真知，实践才是真理的唯一源泉。除书本知识外，还存在知识的生活形态和经验形态，因此，尽管科学是真理最普遍、最高级的形态，但还不能说科学是唯一的真理。虽然人们追求科学精神是永恒的、未竟的事业，但科学原理却是流动变化的，必然随着时代的发展而发展。从这个意义上说，不存在一成不变的科学原理和科学精神。

科学的目的是造福人类，使人成为自然界的主人。这个观点阐明了科学，特别是自然科学对人类的价值。人们通过自然科学掌握自然规律，开发和利用自然，为自己谋求福祉，是正当的、正义的事业，但也应防止人对自然的无休止掠夺，应当设立人与自然的合理的伦理关系，尊重和敬畏自然，防止对自然环境和自然生态的肆意破坏。

自然科学知识是确定的，具有阿基米德点，可以用坐标系标示，遵循能量守恒定律。这个观点论证了科学的客观性和准确性。尽管人们的行为具有不确定性、模糊性、多维性、流变性，但为了达到预期的目的，必须追求明确的方向感和目标感，深入准确地把握客观规律性，发挥自身的主观能动性。知识的明确性和清晰性，是获得行为的目的性和有效性的必要前提。

自然科学的方法应当成为一切知识的标准和范例。自然科学和人文科学的内容、性质、功能和价值是不同的。这两门科学的标准和范例也是有差异的。尽管如此，但这两个门类既然都是科学，就必然具有相同性和共同性，同样需要讲究科学知识的标准和规范。笛卡儿的这一思想对不同形态的科学而言，具有一定的借鉴意义。

科学也是解决人生伦理道德问题的重要途径，是人生中最有价值的部分。包括伦理道德在内的人文科学是有别于自然科学的。人文科学可以对照和借鉴自然科学原则的精神实质，但应当防止把人文科学自然科学化，机械刻板地套用自然科学的观念和方法解释伦理道德现象的倾向。笛卡儿具有坚定而崇高的科学精神，他的一生表现出了不畏艰苦的科学探索精神和勇气。他在自然科学、哲学和宇宙观等诸多领域都取得了他所属的那个时代的最高成就。作为无神论的唯物主义的科学家，他崇尚理性，富于怀疑精神和创新精神。他的科学精神和科学成果被载入科学史册，对后世产生了极其深远的影响。笛卡儿功留青史，被黑格尔称为"现代哲学之父"。

（二）逻辑实证主义和分析哲学是科学主义的主要学派

这个学派的创始者是著名的数理学家、哲学家弗雷格和罗素。他们认为科学的进步需要一种自然科学的精确的语言和清晰的逻辑，主张用数理逻辑化和高度公理化的人工语言，取代非科学的哲学语言和人文科学语言。这种改变只能通过语言学转向来实现。弗雷格是德国的数理学家，他认为真理是客观的，不是主观的、心理的；语词在语境中才能显示出意义；只有建立符合数理逻辑的人工语言，才能实现完全的定义。

数理学家、哲学家、著名的和平主义者，因《婚姻与道德》荣获诺贝尔文学奖的英国剑桥大学教授罗素，和弗雷格、维特根斯坦、怀特海一同创立了分析哲学。他们这个学术团体被称为人工语言学派。他们坚持实证原则，认为一切科学命题都必须依靠经验来证实或证伪，否则没有意义。

（三）"整体论"研究范式

获得哈佛大学博士学位的美国哲学家、逻辑实证主义者、科学史家库恩在《哥白尼革命》，特别是在《科学革命的结构》中，提出一种"范式理论"，对科学的发展起到了一定的推动作用。他强调打破学科的僵化的边界，主张对学科做"系统结构"分析，把哲学问题置于系统的语言框架中去考察，表现出一种跨学科宏观研究的趋向。库恩理论的核心是强调一种范式理论，即科学"词典"，或称为"科学的专业母体"，用对专业母体的信念来解释科学的发展和流变，如用哥白尼的"日心说"取代托勒玫的"地心说"。但在这一过程中，需要处理和解释事实和范式、词典、专业母体之间的关系。库恩的注重"系统结构分析"的范式理论带来了科学研究的哥白尼式革命，做出了变革性的贡献。但从学理上来说，他实质上是把研究范式和科学事实的关系颠倒了。从根本上来说，是科学事实的新发现带来科学研究的新范式，不是科学研究的新范式决定科学事实的新发现。例如先发现了地球围绕太阳转的这个科学事实，才打破了"地心说"，产生了"日心说"的研究范式，而不是相反。库恩的范式理论，同样表现出一种大视野，体现出一种宏观综合研究的优势。但他主张范式具有不可通约性和不可交流性。一方面，这种范式理论开拓了研究的宏观视域，另一方面又把这种范式孤立和封闭起来。这样势必使库恩的范式理论的影响范围受到局限。

从逻辑实证主义的科学观到后逻辑实证主义的科学观，两者之间有着一些明显的不同之处，具体表现为以下几点：从确认知识的客观性、确定性转向知识的主体性、相对性和约定性；从理性主义转向非理性主义；从科学主义转向人文主义，甚至认为自然科学和宗教、迷信、文学并无区别，从而把自然科学人文科学化。这是作为对人文科学自然科学化的反拨，从一个极端滑向了另一个极端，自觉不自觉地用自然科学精神取代人文科学精神，或以人文科学精神取代自然科学精神。

二、科学精神的演变

在对待科学精神的问题上，存在着两种倾向：一种是主张科学精神，另一种是反对科学精神。这两种倾向相互纠缠，表现出错综复杂的结构和形态。反对科学精神的社会文化思潮多种多样，实质上反映出科学精神的演进和变异。

（一）反对科学精神

以美国的哲学家和新实用主义为代表的一些学者是反对科学精神的。罗蒂在《语言学转向》和《哲学和自然之镜》等著作中，反对人工语言学，主张日常生活语言学。他们认为分析哲学力推的人工语言学会把语言封闭、孤立起来，表现出语言至上主义的倾向，而日常生活语言更贴近人的生活和经验。因此，他们企图消除形而上学对语言学的污染，比较相信日常生活语言。他们的口号是"把哲学从分析哲学的桎梏中解放出来，让哲学回到哲学的核心——人之为人"。他们认为分析哲学的语言学遮蔽和禁锢了作为主体的人学哲学思考，决心撕破思辨哲学编织的真理神圣化的皇帝的新装，实现从语言学向人学和人的主体性哲学的转向。他们反对客观真理，主张"有用即真理"，反对哲学的王权，主张各门学科地位同等、形态多元。他们认为人们应当关注日常生活，而不要妄想通过理论发现什么。他们消解本质主义，解构形而上学，认为真理是通过语言的隐喻来表达的。除语言和信念之外，真相并不存在。这种"小写哲学"只能凭借语言来探究真理的本源。他们竭力把哲学问题还原到语言层面上加以解析。罗蒂极端地夸大了语言的功用，但对于后现代语境中倡导怀疑精神、否定精神和批判精神而言则是可取的。这种多元的、开放的文化环境使人们更加注重实效精神，提倡"有用即真理"。这种实用主义的真理观，成为美国的主导哲学。随着人们对本质主义和基础主义怀疑的加深，哲学的权威被逐渐消解了，所有的文化都是平权文化，民主先于科学，形成一种"后哲学文化观"。所有这些论述都表现出用他们所理解的人文精神反对他们所理解的科学精神的企图和意向。

（二）德里达的解构主义思想

后现代主义的德里达反科学主义和科学精神的观点最为偏激。德里达作为法国的思想家，是后现代主义和解构主义的领军人物。他的思想动摇了整个传统人文科学的基础。在《论文字学》《声音与现象》《书写与差异》《播撒》《哲学的边缘》《立场》《人的目的》《马克思的幽灵》等一系列著作中，德里达阐述了他的解构主义思想。解构主义是针对结构主义而言的，是对结构主义的颠覆。

德里达的解构对象主要是传统哲学。他认为一切事物都是不确定的。他从语言入手，拆解逻各斯中心主义的"在场"，否认本体。事物不存在固定的、先在的根基和本质，一切都是变动的、不确定的，意义只寓于解释者的解释行为之中。逻各斯中心主义和形而上学的"在场"必须被解构。他不加分析地反对二元对立，反对语言有指称，反对一切权威，反对逻各斯中心主义。他把哲学变成一种游移不定、随意、寻求休闲与愉悦的游戏哲学。一切都在"播撒""分延""流动""不确定""非理性""任意性"之中。德里达后现代主义哲学显然是夸大了哲学原理的相对性、流动性、不确定性。这种哲学思想对反对僵化的、凝固的、教条的理论主张，提倡怀疑精神、批判精神，破除陈规陋习，促进思想解放是有益的。但不加鉴别地反对一切统一性、稳定性、确定性、共同性、权威性，又是失之偏颇的。德里达哲学的相对主义滑向了怀疑主义和虚无主义，他轰毁形而上学大厦的同时，也破坏了这个大厦内所贮藏的珍宝。他的非理性主义"去"一切理性主义，不加分析地随意消解和颠覆一切的精神意向是不可取的。他还主张语言的不可通约性和不可交流性。这也是值得研究的。语言的通约性和交流性是语言的基本功能，否定了这些功能等于从根本上消除了语言存在的必要性。德里达提出了一个"文本互文性"的概念，他认为文本之间是可以相互融通的。但他关于"互文性"的看法似乎与他所主张的语言的不可通约性相左。德里达因上述思想包含着矛盾的复杂的多面性和悖论性，成为当代学界最有争议的思想家之一。

（三）证伪主义学说

英国皇家科学院院士波普尔提出一种证伪主义学说，怀疑从经验中提炼真理的合理性和合法性。他认为科学的全称判断都是可以证伪的，如"天鹅都是白的"这个全称判断是错误的，我们只能说有的天鹅是白的，还有的天鹅是灰色的、灰白色的和其他颜色的。这种证伪说主要是反对归纳法：全称判断可以证伪，有限不能上升为无限，过去不能证明未来，单称判断不能跳跃到全称判断，归纳只有概率论的意义。这些思想是富有启发性的，但也是具有片面性的。第一，全称判断是可以证伪的，但全称判断是不可或缺的，它可以说明一般性、普遍性和共同性的东西，体现对事物的整体把握。但对象世界是复杂的，总会有逸出规律之外的个别现象。理论归纳和概括是相对的，不能绝对化，特别要防止和克服以偏概全、挂一漏万。但全称判断总是需要的，它是相对的、发展的。第二，有限不能上升为无限，但有限包含着无限的因子。第三，历史的发展是具有连续性的，过去是今天的过去，未来是今天的未来，过去和未来通过今天而衔接。过去不能证明未来，但过去可以预示未来，发现未来的走向。第四，至于单称判断能不能跳跃到全称判断，需要看是否具备提升和跳跃的条件。第五，理论归纳是以理论分析为基础的，应当尽可能地追求理论归纳的正确性，不能因为理论归纳可能发生偏差和遗漏，便否定理论归纳本身的必要性和重要性。

（四）观察渗透理论

英年早逝的美国哲学家汉森提出一种"观察渗透理论"。他认为理论对观察对象有影响、有干预，甚或有污染，因而不能确保观察的客观性。学者的主观倾向使得其对观察对象的选择、评述不可能是中立或完全客观的。审核主体的理论对事物的观察的渗透和影响，可以更加有效地发挥理论的导向作用。诚然，理论确有正负两面性。汉森的观点与主张发挥主体能力的理论相反，认为理论本身具有局限性而应当对其加以控制。有正确的理论，也有不正确的理论。抑制不正确的理论，是为了运用正确的理论。有的理论符合对象的实际，是对对象的概括和提升，有的理论是对对象的歪曲，甚至是污染。但也不能因为作为理论主体的学者和理论家具有不恰当的主观倾向，便去反对理论阐述本身。一个国家和民族没有理论是不行的，轻视理论是可悲的。不加分析地消解和颠覆一切理论是短视的表现。这样的行为必然出现盲目性，是行之不远的。古老的中国曾有一些民谚、成语、典故和诗词，诸如"盲人摸象""盲人瞎马""坐井观天""刻舟求剑""一叶障目""只见树木不见森林""不识庐山真面目，只缘身在此山中"等，都说明以小为大、以点代面、以偏概全的狭隘经验主义的视域局限。正确的理论会更加深刻地反映对象的本质和规律。汉森实质上是一位深刻的现象学论者。他指出的理论渗透、理论影响、理论污染的情况确实存在，具有一定的警示意义，但同时也比较明显地反映出现当代西方反本质主义、反理性主义潮流的弊端。

语言学转向以来，对科学的理解和阐释都带有明显的后现代主义的倾向。一些现象学、解释学、新实证主义、解构主义、非理性主义的哲学家，都这样那样地、不同程度地反对传统意义上的基础主义、形而上学、本质主义、理性主义，怀疑理论归纳和理论概括的必要性，解构统一性、共同性、普遍性、权威性、确定性、稳定性，强调事实、现象、边缘、底层、经验、多元、流动、变异、播撒、分延，采用微观叙事，表现出"大写哲学"和理性主义所承载与表达的科学内涵和科学精神的变异。从这个意义上讲，与其说他反对传统的科学精神，不如说他改写和重塑了科学精神的思想内涵和表达方式。

第三节　发扬人文精神和科学精神

一、人文精神和科学精神互动的基本特征

从理论层面来看，人文精神和科学精神这两种社会文化思潮的关系是：既兼容，又悖立；既互渗，又互激；相辅相成，竞相发展。

语言学转向后，人文精神和科学精神都有着愈演愈烈的非理性主义倾向。常态下，两者并存共在；特殊时期又各有侧重，轮流突出，表现出明显的轮回现象、钟摆现象或反刍现象。科学研究不能忽视社会科学和社会科学精神。20世纪70年代，英国爱丁堡大学"科学元勘小组"曾提出科学知识社会学（Sociology of Scientific Knowledge，SSK）的"强纲领"，他们认为科学研究不能脱离社会，要追求科学精神的社会价值，强调科学精神与社会的联系，并把自然科学纳入社会生活之中，探索自然科学的社会功能，以更好地服务于社会的进步和发展。这个思路是富有建设性的。在这个小组的一些学者看来，科学知识并不是对自然的反映，而是科学家们共同协商、谈判、妥协的结果。这种说法尽管对发扬科学民主、反对科学垄断和科学霸权、打破起支配作用的科学管理部门的专横而言是正义的，但否认科学知识和科学发现对自然的反映则是不妥的。不能因对研究成果的分配存在着不公正现象，而否定科学知识和科学发现的客观来源，将其视为科学家们主观磋商的结果。这个小组的一些成员甚至认为科学研究本身无意义，其根本目的应在于社会政治构造。这种说法混淆了自然科学和政治科学之间的界限。自然科学可以从属于或服务于政治构造，实现

政治功能，但科学本身并非都具有强烈的政治企图。这个小组倡导科学研究民主化，反对专制化，认为民主有助于排除非科学因素的干扰，为科学研究开辟一条更加畅通的道路。这个小组主张自然科学应当服从于社会科学。这样的观点是在有意识地把自然科学社会科学化、人文化，提出从社会的、政治的、经济的视角思考和把握自然科学的研究活动。这种"强纲领"借助权力和财富的力量，建立学术权威机构，与政治精英同谋，使科学更加自觉地服务于社会政治。

后现代主义者利奥塔对后现代主义社会科学的论述和福柯对知识与权力的阐述，都带有极强的政治色彩，他们的观点被称为"真理的政治学"。他们指出，西方世界的科学家为真理的制度所压抑和异化，逐渐走向堕落，沦为通过科学行为谋取权力的政客。这些思想对我们了解当代科学精神研究领域的新情况，认识权力和利益对科学、科学研究、科学主义和科学精神的危害，坚持真理和正义，反对科学政治化产生的科学垄断主义和霸权主义具有警醒作用。

由于多年来排斥客体性，有的学者又主张"强客体性"。科学研究中往往会出现一种带有规律性的文化现象，即一种观点说过头了，形成反弹，给另外一种与之对立的观点提供口实，使其获得重新兴起的契机，再度闪亮登场。主体性和客体性的关系正是如此。主体太强，成为"强主体性"，必然会"逼出"一个"强客体性"。那么主体性和客体性究竟谁更强呢？太强了，可能被弱化；太弱了，又可能获得反作用力，"东山再起"。

帕森斯力倡一种"客观的政治学"。这种"客观的政治学"主张逻辑的明晰性和精确性，这个看法是正确的。这种"客观的政治学"主张经验的合理性，经验是否具有合理性，应当考察经验切近事实的程度。这种"客观的政治学"主张无功利性，实际上这只能是一种愿望。科学本身无功利，但科学研究的动机和科学研究成果的运用，不可能是完全无功利的。这种"客观的政治学"主张自由平等地共享科研成果，强调科学的客观性和民主性。

学界还出现了一种物质性批评，主张从物的视域来观察文艺。精神产品应当满足和适应物的需要，人们要注意研究高级物理和科技所创造出来的、由电子技术所呈现的光、色、图的审美幻象对文艺的影响，推动社会物质生产的艺术化，并主张从社会科学、人文科学和自然科学的关联上，对文艺进行跨学科的整体研究。他们认为人与物的关系是平等的友好关系，如中国古语所说的"与物同春"和"善待万物"。

从总体上说，人文精神和科学精神呈现出既兼容又倾斜的状态。科学精神不应当是非人的。人文精神和科学精神，都是人的精神，都是人类宝贵的思想财富和精神之花。它们的关系好比是孪生兄弟、并蒂莲、姊妹花，如车之双轮、鸟之两翼。有的学者还将它们称为人类进步的发动机和方向盘。这两大精神理应和平相处，不应相互抑制、彼此消解。它们应当统一，但也要允许倾斜，这种倾斜要尽可能合理和适度。人不要轻视科学，借科学的部分缺点诟病科学；尊重科学，也要关爱人类，不要压抑和伤害人类。我们应既追求科学的尖端化，又追求科学的人性化；既要人性的科学化，也要人性的文明化，并通过两者的互化实现两者生态和结构的不断优化和良性循环。科学精神应当走向人文精神，人文精神应当走向科学精神，通过两者的不断互动，达到更高程度的融合。两种精神都是人的精神，关键在于人本身对这两种精神的调解和掌握。无人文精神的科学精神是盲目的，无科学精神的人文精神是空洞的。我们既要发展关于自然的"理性和真理"的哲学，又要发展关于人的"自由和价值"的哲学。人既是文明人，也是科学人，或至少应当是具有科学素质的人。我们既要发展"科学文化"，又要发展"人文文化"，使两者并驾齐驱，竞相发展。

二、反对把人文精神或科学精神极端化

人文精神和科学精神是互补的，应当发挥人文精神和历史精神各自的优势和融合优势。为了这两种精神的良性互动和健康发展，更加充分高效地提升人的综合素质和促进社会的全面进步，必须抑制以下两种极端的社会文化思潮。一种极端是用狭隘的人文精神反对科学精神，以科学技术的膨胀以及成果的转化所带来的危害为借口，抵制和消解科学精神。特别需要关注今日中国的国粹派和西方的后现代联手，或以激进的生态主义的面目出现，或迷恋所谓"温暖的过去"，钟情于田园牧歌式的生活，以反对现代化过程所带来的负面作用为理由，反对科学进步和科学精神。中国人民要想强大起来，挺起脊梁，抬起高傲的头，没有科技的支撑和武装是不行的，科技落后是要受欺挨打的。另一种极端是用强势的科学精神反对人文精神，主张"科学万能"，唯科学独尊，甚至以牺牲人的自由、尊严、价值、伦理为代价，造成人文精神的低落、滑坡、畸形和沉沦。

人与科学的关系、人文精神与科学精神的关系并非永远处于和谐的理想状态。两者的发展往往是不平衡的：有时人文精神阻碍科学精神，有时科学精神压抑人文精神，二者之间甚至会产生激烈的矛盾和冲突。此时确实存在着两种情形。一是一些习俗、观念、机构、体制不利于科学的进步和发展，甚至妨碍和破坏科学的腾飞。如中国古代的一些先哲，由于生产力的低下，认识不到科学的积极作用，重视人伦，蔑视科学，主张"君子不器"；一些民间的迷信风气则会助长人们的愚昧。长久以来，无论是低级的迷信还是高级的迷信都一直存在着，破除了旧的迷信，又会产生新的迷信。只有不断破除迷信，才能为科学的发展扫清前进的道路。昏聩保守的政治集团，如中国的晚清王朝，抵制科学维新，把火车等视为"怪物"。

历史发展到今天，在现代科学非常发达的国家，又出现了主宰掌控科学研究的垄断机构，它们操纵科学发明和科研成果，从生产、分配、发布到转化和运用，执行全方位和全过程督导，推行科学专制主义、霸权主义，扼杀科学的民主和自由。二是科学和科学的发展压抑人的生存和发展，甚至使人陷于一种异化状态。特别是资本主义原始积累时期，机器的运转取代了人的劳动，这是一种历史的进步，但同时使人成为机器的附庸。卓别林的电影《摩登时代》中，人跟着机器转，被机器碾压吞噬，仿佛成为有机的机器人。但科学的正面作用是占主导地位的。机器化、工业化、现代化都是靠科学进步来实现的。科学也是一把双刃剑。如核能的发现具有划时代的意义，但核能既可以造福人类，也可以毁灭人类。一些尖端武器可以保卫国家和民族的安全，但掌握在军国主义者、霸权主义者、恐怖主义者手中也可以成为暴力的工具。军备竞赛愈演愈烈，不仅耗去了巨额财富，也加深了社会危机和人们的心理危机。不知这种缺乏政治互信的军备竞赛何时是个尽头。

科学与人的关系，科学精神与人文精神的关系，不同国家的人的感受不是完全相同的。发达国家，特别是欧美国家的一些人文学者大多主张非理性主义，反对理性主义，特别是反对科技理性。他们认为科技理性和科技成果的转化会压抑、剥夺人的自由、民主和幸福。这种看法可能一定程度上适用于一些国家。这些学者多半只看到科学的消极面，而没有看到科学的积极面，无视科学的发展造福人类，推动社会进步，促进历史发展的作用。这种理论评估，从整体上说，并不适用于作为发展中国家的中国。真理是具体的，一切以时间、空间和条件为转移。所谓"橘生淮南则为橘，生于淮北则为枳"，如果说发达国家因科技理性的突飞猛进而感到压抑，中国则恰恰相反。中华大地上的智者普遍感受到，科技的落后才会使中国人民感到压抑。过去的中国，因科技落后而被动挨打，遭遇"百年屈

辱"。近代以来，中国人民对现代化建设进行了艰辛探索，人们开始体悟
到"科学种田""科技兴厂""科技强军"所带来的实惠。总的来说，中国
目前的科学发展取得了显著成就，但在一些关键领域仍需进一步提升。提
高产品的质量和军械的水平，改善人们的生活条件，提高人们的科学知识
水平，培育人们的与人文精神相适应的科学精神，是实现现代化伟业的历
史任务。

　　这里还存在着一个生态精神与人文精神和科学精神之间的关系问题。
生态精神是人的生态精神，表现为人的生态环境与自然环境和科学之间的
关系。自机器化、工业化、现代化以来，人和人的科学与自然之间的关系
发生了巨大的变化。一方面，凭借工业的力量，人利用、开发、改造了自
然，获得了物质财富；另一方面，人使自然环境遭到了破坏，带来了生态
危机。太阳系中唯一的绿色星球——地球为人类付出了太多，已不堪重
负。因此，科学既要开发自然资源，又要保护地球环境。应当把人类文明
视为一个有机的整体，使人的生态文明和科学文明、人的生态精神和科学
精神携手共进。这是人文精神和人的精神文明发展的重要标志。仅从当代
中国来看，不同地区、不同民族的科学发展与关爱自然环境和保护自然生
态的现状是不同的。东部沿海地区经济发展迅猛，现代化程度高，对自然
进行了深度开发，使生态环境被严重破坏，使人产生"乡愁"。相对而言，
那些还比较贫穷落后的"老、少、边、贫、西"地区，由于工业基础薄
弱，对自然资源的利用和开发还比较少，有些地方几乎还处于原始状态，
山青水绿，风景秀丽。但这些地方的人民，生活的现代化程度比较低，因
此这些尚未被开发或开发不足的地区也有另一种形态的"乡愁"，"愁"的
是大自然不能给人们提供充足的生产资料和生活条件。真是不同的乡，有
不同的愁。总的来说，人文精神、生态精神、科学精神应当统一起来，协
调发展，以保护生态，爱护自然环境。我们应反对以工业污染为借口抵制

科学、阻遏现代化历史进程的观点。科学的进步和发展，也要避免以道德滑坡和破坏自然生态为代价。从实质上说，科学精神和生态精神都是人的精神，都是人文精神的有机组成部分。为了优化和强化人文精神，必须强调科学精神和生态精神的和谐发展和良性循环。

然而，人文精神和科学精神并不总是协调统一的，有时可能会发生矛盾，甚至产生激烈的冲突。科学和科学成果的转化具有两面性，有利人的一面，但也存在不利的一面。核能可以为人的生活提供动力，也会对人的生存造成威胁。科学和科学成果的转化能够增强人的智慧和机能，提高工作效率和产品质量，也会造成人成为机器的附庸的后果。科学的进步有时是以道德的堕落和伦理的滑坡为代价的。现代化历史进程中，必须坚持生态文明、精神文明和科学文明的协调发展。科学和科学成果的转化不能不接受政府和科研管理部门的监管和掌控，这是因为在此过程中会不可避免地产生生产和再生产、占有和再占有、分配和再分配的矛盾。物的关系，掩盖着、遮蔽着、表现着、说明着人与人的关系，可以被还原、归结为人与人的关系。这个问题的实质是人对科学资源的占有和分配问题，它极其尖锐敏感地反映出相关的集团、机构、政权与科学利益之间的博弈，是人与人的利益冲突在科学领域中的具体表现。解决和改善人与科学的关系，实质上是优化人与人之间的关系，即构建由科学精神支撑的更加和谐的人文精神。

上述对两大文艺思潮的思想资源的推介和评析，可为中国当代的理论家和文艺家理解及表现人与科学之间的相互关系提供多维的参照系，具有一定的方法论启示。

第二编 | 文艺学理系统研究

狄德罗说："美在关系。"文艺和文艺的美也在关系。文艺是一个宏大的世界，在各种关系中存在，并面对各种关系，包括外部关系和内部关系。文艺面对各种关系：文艺和自然的关系，文艺和社会历史的关系，文艺和人的关系，文艺和审美的关系，文艺和文化的关系，文艺和心理的关系，文艺自身的关系。研究文艺和自然的关系，可以展现出生态主义文论学理系统；研究文艺和社会历史的关系，可以撷括出历史主义文论学理系统；研究文艺和人的关系，可以归纳出人本主义文论学理系统；研究文艺和审美的关系，可以提炼出审美主义文论学理系统；研究文艺和文化的关系，可以描述出文化主义文论学理系统；研究文艺和心理的关系，可以总结出心理主义文论学理系统；研究文艺自身的关系，可以阐发出文本主义文论学理系统；如此等等。文艺的这些相互联系的学理系统，从不同层面反映和表现出文艺的系统的本质、功能和价值。

第三章 生态主义文论学理系统

文艺面对的诸多关系中，常见的、大量的、重要的是与社会、人和审美的关系。自然具有先在的母元意义，绿色的生态美学正在崛起，我们遵循事物的生成逻辑，首先应当阐释文艺与自然的关系。

第一节 生态美学的哲学基础

马克思主义认为存在与思维的关系是一切哲学的基本问题。我们完全可以在马克思主义哲学的框架中探讨和研究生态美学的基本问题，即人与自然的关系问题。马克思主义哲学首先肯定外部世界，包括自然物质存在和社会历史存在的第一性原则。这种第一性的存在是靠人类的意识和思维来认识和把握的。既唯物又辩证地坚持存在、实践、认识、思维的同一性原则，是研究包括生态美学在内的一切理论问题的哲学基础。

两次世界大战给人们造成的精神创伤，使一些现当代学者产生了反叛理性哲学的狂热。为数不少的非理性主义哲学家对客观世界的存在感到厌倦和烦恼。这些哲学家多半强调内向化和个体化的自由意识的决定作用，从忽视主体走向崇拜主体的另一个极端。当代中国学界的学术语境略好一些。有的美学家提倡实践论美学、存在论美学和实践存在论美学。实践存在论美学的主要理论根据是马克思、恩格斯关于实践作用的两个重要论点：一是《德意志意识形态》中的"对**实践的**唯物主义者即**共产主义者**来说，全部问题都在于使现存世界革命化，实际地反对并改变现存的事物"①；二是《关于费尔巴哈的提纲》中的"全部社会生活在本质上是**实践的**"②。的确，实践在马克思主义哲学中占有十分重要的地位，但还不是第一性的地位。列宁曾说，实践虽然不是第一性的，却是第一位的。任何随意贬抑和无限夸大实践的地位和作用的言论都是不妥当的。在人与自然和人与社会历史的关系中，实践都起着引发变革的作用。但社会生活首先是一种社会存在，是一种历史结构。人们是在这种历史结构中从事实践活动，并通过实践活动改变社会生活的面貌的。"全部社会生活在本质上是**实践的**"，这里的社会生活首先指的是人们的活动，即人们求生存、图发展的社会活动。针对费尔巴哈把人的活动理解为"感性的直观"，马克思强调这种社会生活是一种自由的、有意识的活动，是由理性主导和支配的感性的实践活动，而并非静态的"感性的直观"。全部社会生活在本质上是一种实践活动或本质上是由这种实践活动所创造和改变的。社会实践的成果可以转化为社会的存在物，不是说社会实践等于社会存在。社会存在有被实践改变的部分，还存在着尚未被实践改变的部分。一定时代的社会历史结构既是实践活动的背景，又是实践活动变革的对象。社会实践的内涵和外延无法超越社会存在的内涵和外延。因此，不宜把社会实践和社会存在混淆起来，甚而用社会实践遮蔽或取代社会存在。从人与自然的关

---

① 马克思，恩格斯.马克思恩格斯选集：第1卷.3版.北京：人民出版社，2012：155.
② 同①135.

系来看，自然界的时空是无限的。从宇宙的视域看，存在着有着不可计数的天体的未知的自然界，已被人发现的自然界是非常有限的，也可以说是微不足道的。我们所栖息的地球上也存在着大量未知的领域。经过人化和被人改造及利用的自然，确证了实践的伟大力量。对那些尚未被接触和变革的自然而言，"外部自然界的优先地位仍然保存着"①。这种情况无法为"实践存在论"和"实践本体论"提供充分的事实根据。

对"实践的唯物主义"的解释也不应与辩证唯物主义和历史唯物主义割裂开来。我们应当坚持马克思主义学说的基本观点的有机统一性和整体一致性，不宜脱离辩证唯物主义和历史唯物主义，单纯孤立地凸显"实践的唯物主义"。"实践的唯物主义"，实质上是活性的、动态的、运动着的、"实践着"的辩证唯物主义和历史唯物主义。外部世界的存在，包括自然存在和社会历史存在，都是既唯物又辩证的，即既是客观存在的，又是相互联系和发展变化的。学者们不宜肢解马克思主义基本理念的统一性，论证"实践存在论"，不必贬抑"社会存在论"，应防止人为地制造两种马克思主义，用马克思主义的一种观点遮蔽和消解马克思主义的另一种观点。

关于主体和客体关系的理论是体现哲学基本问题的重要方面。有的生态美学学者为了维护生态的整体性和混沌性，力挺中国古代先哲所倡导的"天人合一"，反对"主客二分"。其实，天的"合"与"分"是一种相互补充的辩证关系。人从自然界分离出来，是人类发展史上的巨大进步。人不再依附和屈从于自然力的束缚，获得相对的自主性、独立性和创造性，利用和驾驭自然规律，造福人类，不断推进自然的人文化和社会的文明化。世界是可分的。自然物的构成，是可以不断细化的，从分子到原子、电子、质子、中子、介子，如此等等。所谓"一尺之棰，日取其半，万世

---

① 马克思，恩格斯.马克思恩格斯全集：第3卷.北京：人民出版社，1960：50.

不竭"。学科领域中的"分"，可以使研究视野更加专业化和精细化，延伸到更加微妙之处。"分"显示出人的认知能力的历史和学科的发展。但"分"得过细也会带来局限性，可能产生对外部世界的割裂和阻隔，掩盖对象的整体联系性和有机统一性。因此，学术活动中，分析研究是必要的。我们必须进行整体性和全局性相结合的宏观研究和跨学科研究，但又不能通过这种整体性的宏观研究和跨学科研究，抹去事物的差异性，回到杂然并存的处于原始状态的混沌世界。同理，对生态的整体性研究，并不意味着对局部生态领域的研究成果的否定，而应当是一种包括各种生态学所关注和取得的实绩的兼容与总体性吸纳、宏观性把握。自然生态和世界万物，既是一体性的存在，又呈现局部性存在。真理既是普遍的，又是具体的。因此，对自然和社会的宏观的综合研究与微观的分析研究都是必要的。既可以建构"整体生态观"，也可以创造子系统学科意义上的"局部生态观"，使生态学变得更加生动、丰富和精确。

对于生态美学与其他相邻美学的关系，我们需要正确处理生态论美学与存在论美学、主体论美学、反映论美学、实践论美学和价值论美学的相互关系。生态论美学属于存在论美学，或可以说是存在论美学的基本形态，主要研究人与自然的关系，研究自然生态和环境美学对人的生存和发展的意义，对建构新时代的生态文明、推动现代化的历史进程、促进社会的全面进步和健康发展具有重要作用。生态论美学和主体论美学是相互关联的。主体性和客体性的关系过去是、现在是、将来永远是美学和文艺学的基本问题。主体性和客体性之间存在着既对立又统一的辩证关系，脱离主体性无限夸大客体性，或脱离客体性不适度地推崇主体性，都是不合理的。有的学者反对主客分裂、主张主客一体是有道理的。但主客分裂，只是主客体理论中一种比较极端的观点，不能因为这种倾向的存在和泛化而反对正当的、常态的对审美主客体的辩证研究。对立统一规律完全适用于对主体性和客体性的相互关系的把握。主体性和客体性既对立又统一，对立中有统一，统一中有对立；强调对立不要忘了统一，强调统一不要排斥对立。认识客观规律性，发挥主观能动性，才能实现预期的目的。如果主体的主动性、能动性、创造性违反了客体的规律性，则可能会使主体的意图和意愿陷入盲目，从而使生态论美学和存在论美学所追求的宗旨落空。应基于新的客体性，开拓新的主体性，承接新的主体性，深化新的客体性，使两者的连续建构不断螺旋式上升，达到和谐的理想生态。

任何一种美学理论，都是以对研究对象的认识或反映为基础的。对象是不依赖主体的认识或反映而存在的，但只有被认识或反映了的对象才能成为对象化了的存在，才能成为使主体感到具有亲缘性、亲合性和亲密性的存在，才能建构起真正美学意义上的主客体关系。就认识论或反映论与实践论的关系而言，认识或反映是通过实践来实现的，实践是获得对外部对象世界的认识或反映的根本途径，不以认识或反映为依据的实践是盲目的，也是无法进行的。从认识论、反映论、实践论与价值论的关系来看，价值选择、价值诉求、价值预期、价值目标，都要通过有意识的认识、反映和实践的手段来实现。只有合规律性，才能合目的性。一概否定必要的认识、反映、实践，无法获得对客观世界的规律性体验，更不可能达到预期的目的。因此，我们不应当使上述这些相邻的美学理论割裂开来，或以一种形态的美学理论取代和消解另一种形态的美学理论；应当采取开放和包容的思维方式，尊重各种美学理论的合法性和合理性。

各种美学理论都要具有自身的适用范围和有效边界。因此，这些美学理论应当各司其职，在互补互渗互释、共生共存共荣的关系中，发挥自身的功能。生态美学只是这个学科在人与自然的关系这个领域中的新的开掘和新的拓展。我们应当和相邻美学开展更加亲密有效的合作，不要排斥它们的作用。如以生态美学贬抑艺术哲学便是错误的做法，我们不能因富有时代感的新崛起的生态美学的重要，而放弃艺术哲学对文学艺术的美学研究。

这里关涉到几个重要的理论问题。一个新学科在生成、培育和发展过程中，可能会产生学理关系方面的重叠、交叉和纠结。

在这些学理的可取代性与不可取代性的问题上，各种传统的美学和文艺学理论认为，在存在论与本体论出现后，价值论会被取代；价值论出现后，反映论会被取代；反映论，特别是审美反映论出现后，认识论会被取代；如此等等。实际上任何学科的学理都有自己的适用范围。后发学科的学理与先存学科的学理，最多是部分取代的关系，而并非完全取代的关系。一种学科的学理还没有失去合理性和进步性的时候，便仍然具有存在的价值，是不会轻易撤出历史舞台的，并往往以改变了的形式延续。如认识论，被解释为形象思维意义上能动的革命的反映论而继续被使用；当反映论被附丽于美的审美反映论取代后，却得到大多数学人的赞同。可见认识论和反映论的学理并没有过时，过时的只是对它们的教条的僵化理解。应当说，带有审美特性的认识论和反映论永远是一切美学理论演进、嬗变和创新的基础。只有通过带有审美特性的认识和反映，才能使存在和本体成为人所能体验到的亲缘的、亲密的、亲和的、亲情的审美对象。没有认识论和反映论为依托的价值论、实践论、本体论、存在论都可能会成为没有根基的空中楼阁。

人文领域内的任何一种思想文化，只要具有一定的价值，其生命力就是非常顽强的。人文领域中的以实践和知识为核心的思想传统，一直以新的变化了的形式延续着。与此相反，自然科学创新所带来的科技器物造成的取代性现象却比较频繁：对于书写出版系统来说，从古代的以绳记事，到了以木记事、以叶记事、以骨记事、以皮记事、以石记事、以竹记事、以陶记事、以布记事、以纸记事；各种印刷术的嬗变，从活版印刷、木版印刷、铅版印刷、铜版印刷，到了激光排版，当发明了先进便捷、效果极佳的激光印刷后，其他形态的书写印刷系统几乎完全被取代，成为只具有书写印刷史意义的文化遗存。就音乐收听系统而言，留声机被随身听取代，随身听又被电子音乐取代。电子产品的更新速度是惊人的。自然科学中的变革，也有一些无法完全取代的事例。爱因斯坦的相对论，在特定的意义上取代了牛顿的万有引力定律，但牛顿的万有引力定律仍然在它所适用的条件和范围内起作用，是常态境况下的"真理"。这一点连海德格尔都无法否认。海德格尔说："在牛顿之前，牛顿定律既不是真的也不是假的；这并不意味着这个定律所揭示出来的存在者以前不曾在。这些定律通过牛顿成为真的，凭借这些定律，自在的存在者对于此在成为可通达的。存在者一旦得到揭示，便成为'真理'的存在方式。"①

在传统与创新的关系问题上，我们认为任何一种学科的培育、建设和发展都要处理好传统与创新的关系，既要提倡锐意创新，又要维护和发扬优良的思想文化传统。在这个问题上，往往会出现两种倾向：一是不适度地向传统倾斜，甚至迷恋传统，抑制创新，主张向后看，把文化思想的走势拉向倒退，采取复古主义的态度，拒斥和阻挡学术理念的更新，抵制思想文化的嬗变，拒绝对当代中国的现代化的历史进程提供理论支持。二是认为历史上的一切资源均已过时，成为历史陈迹，不利于当代中国的思想文化和精神文明建设，这是一种历史虚无主义的态度。20 世纪 80 年代，当时中国美学界把先前存在的以康德和黑格尔为代表的德国古典美学视为至宝。进入新世纪，生态美学兴起后，学者们又开始看重中国古代的道家思想和老庄哲学。可见中国当代美学的建构和发展是无法摆脱传统的，只是根据不同的需要有所选择而已。要利用有价值的思想文化传统，尊重前

---

① 海德格尔. 存在与时间. 陈嘉映，王庆节，译. 北京：三联书店，1987：272.

人和先哲的智慧，既要为现代化的事业提供思想基础，又要防止把古人的思想现代化。一切历史上的思想文化理论资源，都应接受现代化伟业的检验和挑选，特别是要注意古代思想文化所包含的真理的具体性和时空差异性，同时要防止和克服不加分析地利用古人的生态智慧来化解当代中国的生态危机的倾向，因为这只是一种质朴美好的浪漫幻想。

在人类中心论和自然中心论的关系问题上，生态美学界存在着两种极端对立的观点：一是自然中心论，二是人类中心论。自然中心论推崇和敬畏自然，认为大自然是人类的母亲，人类只是自然界发展到一定阶段出现的一个物种而已。工业化和现代化凸显了人类所掌握的科技的伟大力量，既改变了自然的生态，又造成了对自然环境的破坏。太阳系中唯一适合人类生存的星球正处于危机之中：大气污染、能源枯竭、灾害频发、可耕土地面积锐减，人类的生存陷入困境，由于人类对自然资源的竭泽而渔式的开发和杀鸡取卵式的掠取，地球不堪重负。自然中心论者的警策，对唤起人们保护自然、珍惜自然的良知，延续地球的生命是适时且必要的。吸纳自然中心论的这些思想对尊重自然、摆正人类在宇宙中的位置是有益的。但人毕竟是自然的主体，是宇宙中最文明的高级动物和万物之灵长，不能不考虑自然的存在对人的意义和价值。合理适度地开发自然、利用自然、造福人类，是人类中心论的核心命题。

在自然中心论和人类中心论的关系问题上，大体上存在三种理论形态：一是两者的极端形态，用自然中心论反对人类中心论或用人类中心论反对自然中心论，认为两者的矛盾和冲突不可调和，这种看法显然是偏执的。二是两者的倾斜形态，或在不拒斥人类中心论的前提下，向自然中心论倾斜，或在兼容自然中心论的条件下，向人类中心论倾斜；或表述为以自然中心论为主，以人类中心论为辅，或表述为以人类中心论为主，以自然中心论为辅。三是尽可能地把自然中心论和人类中心论结合起来，两者并重,既善待自然,同时又善待人类,从理论构架上宣扬一种人文的自然主义或自然的人文主义。我们应当钟爱两者的融合形态,吸纳倾斜形态中的合理因素,同时也要尊重极端形态所包含的"深刻的片面的真理",建构起人文自然主义和自然人文主义和谐统一的具有母元意义的生态学。从思维方式上来说,自然中心论在爱护、崇拜和敬畏自然的同时,也应当适当地指出自然对人的负面作用。自然界对人是不讲伦理的,自然力是可怕的,而人在大自然面前是渺小的。自然界对人的恩赐和馈赠是不均等的,生活在恶劣自然条件下的人们的命运是十分可怜的。自然对人并非只有和善和亲情的一面,同时也存在着非人和害人的一面。自然界的荒山、大漠、地震、海啸、雪崩、风灾、旱灾、水灾、泥石流、山体滑坡、病毒,都会危及人的生命。自然中心论者应当思考并警醒自然非人的一面,从人类中心论那里吸纳关爱人的智慧。

我们应当考虑社会发展程度不同的国家、地区和民族在处理人与自然关系方面的差异性。真理是普遍的,但这种普遍性是通过差异性表现出来的。自然能源的分配和再分配、占有和再占有都要考虑发展中国家和发达国家所存在着的"时空差异"和"历史错位"。对正处于发展过程中、尚未实现高度现代化的当代中国而言,发展是第一位的,应当区分自然力和自然资源对人而言的美丑、善恶、益害、利弊,并分别采取不同的态度。由于当代中国的科技理性和工具理性还不发达,因而对自然资源的开发和利用也非常有限,开发利用的深度、广度和份额还急需增加。但同时,人类中心论者应当思考人利欲的膨胀和疯长给自然造成的破坏和伤害,从自然中心论那里学习维护和热爱自然的智慧。

第二节 马克思和恩格斯的生态理论

马克思、恩格斯的时代,资本主义的原始积累尚未结束,以工业化为标志的现代化历史进程已经开始。马克思、恩格斯亲眼看到了民主制市民社会取代封建宗法制社会的历史过程。他们正是基于这样的社会历史背景，从当时的现实生活和所能提供的思想材料出发，对资本和科技的力量给自然生态、社会历史生态和人自身的生态带来的巨变，进行了辩证的深入的解析。

一、社会变革和社会生态

马克思、恩格斯从他们的哲学所主张的物质第一性的原则出发，把探讨社会变革和自然科学变革结合起来，特别强调自然科学变革对人类进步和历史转折的划时代影响。马克思、恩格斯适应社会历史发展的需要，为推动历史变革和社会转型，充分肯定以工业化为标志的现代化的历史功绩。马克思、恩格斯说："资产阶级在历史上曾经起过非常革命的作用。"[①] 资本把一切封建的、宗法的和田园的关系都破坏了。它无情地斩断了把人们束缚于天然尊长的形形色色的封建羁绊。生产的不断变革，使一切固定僵化的关系以及与之相适应的被人们尊崇的观念和见解都被消除了，一切等级的和固定的东西都烟消云散了，一切神圣的东西都被亵渎了，人们终于不得不用冷静的眼光来看待他们的生活地位和他们的相互关系。作为全新的生产方式，"它第一个证明了，人的活动能够取得什么样的成就。它创造了完全不同于埃及金字塔、罗马水道和哥特式教堂的奇迹；它完成了完全不同于民族大迁徙和十字军证讨的远征"[②]。资产阶级开拓了世界市场，打破了地方和民族的自给自足、闭关自守的状态，克服了民族的狭隘性、局限性和片面性。资产阶级开拓市场，到处建立联系，

---

① 马克思，恩格斯 . 马克思恩格斯选集：第 1 卷 . 3 版 . 北京：人民出版社，2012：402.
② 同①403.

使一切国家的生产和消费都成为世界性的。资产阶级的生产方式炸毁了封建社会所有关系的"束缚生产的桎梏",从而解放了生产力,使它"不到一百年的阶级统治中所创造的生产力,比过去一切世代创造的全部生产力还要多,还要大"①。"它的商品的低廉价格,是它用来摧毁一切万里长城、征服野蛮人最顽强的仇外心理的重炮。它迫使一切民族——如果它们不想灭亡的话——采用资产阶级的生产方式;它迫使它们在自己那里推行所谓的文明,即变成资产者。一句话,它按照自己的面貌为自己创造出一个世界。"② 的确,资产阶级通过社会变革,创造了一个与以往历史完全不同的新的社会形态。这个新的社会形态的历史结构、经济结构、阶级结构、意识形态和文化思想结构完全是以新的生产方式为基础的,是以市场经济和利益原则为核心的。这种历史性的变革完全改变了以往的社会性质、社会体制和社会风气,把农民变成市民,把传统的宗法制社会形态变成了以市场经济和商品交易为标志的社会制度。这种社会制度使人与人的关系变成了冷酷无情的"现金交易",变成"赤裸裸的利害关系",一切都"淹没在利己主义打算的冰水之中","把人的尊严变成了交换价值","抹去了一切向来受人尊崇和令人敬畏的职业的神圣光环",把人文知识分子变成了"出钱招雇的雇佣劳动者","撕下了罩在家庭关系上的温情脉脉的面纱,把这种关系变成了纯粹的金钱关系"③。金钱关系和市场的交换原则与利益原则的触角已经被强化和泛化,延伸和渗透到生活的各个领域,形成一种具有顽强惰性和习惯势力的社会风气和社会生态。

---

①　马克思,恩格斯.马克思恩格斯选集:第1卷.3版.北京:人民出版社,2012:405.

②　同①404.

③　同①403.

二、科技革命和自然生态

马克思、恩格斯对工业革命和科技革命对社会进步和历史发展所起到的作用是充分肯定的。他们客观地描述了工业化和现代化所创造的实绩,揭示了科技力量和工业实践改造世界的事功。以实现现代化为目标的工业化是靠科技的力量来推动的。工业革命和科技革命是相互促进的,两者对社会变革和社会进步的推动,几乎是同一个过程和同一件事情。

科技革命是工业革命的动力。科学技术的每次重大发现,都出自社会生产的需要,是促进生产变革和刺激生产发展的重要杠杆。正如恩格斯所说的那样,真正推动社会前进的,绝不像哲学家们"所想象的那样,只是纯粹思想的力量。恰恰相反,真正推动他们前进的,主要是自然科学和工业的强大而日益迅猛的进步"[1]。马克思非常注重科学技术的发现和运用对历史变革和社会转型起到的革命作用。他对铁路、矿业、金属加工业、蒸汽机、纺织机的出现感到兴奋,并热情地赞颂道:"没有蒸汽机和珍妮走锭精纺机就不能消灭奴隶制;没有改良的农业就不能消灭农奴制。"[2]"在马克思看来,科学是一种在历史上起推动作用的、革命的力量。任何一门理论科学中的每一个新发现……当他看到那种对工业、对一般历史发展立即产生革命性影响的发现的时候,他的喜悦就非同寻常了。"[3] 恩格斯高度评价科学发展的划时代意义:"人自身以及人的活动的一切方面,尤其是自然科学,都将突飞猛进,使以往的一切都黯然失色。"[4]"甚至随着自然科学领域中每一个划时代的发现,唯物主义也必然要改变自己的形

---

① 马克思,恩格斯.马克思恩格斯选集:第4卷.3版.北京:人民出版社,2012:233.
② 马克思,恩格斯.马克思恩格斯选集:第1卷.3版.北京:人民出版社,2012:154.
③ 马克思,恩格斯.马克思恩格斯选集:第3卷.3版.北京:人民出版社,2012:1003.
④ 同③860.

式；而自从历史也得到唯物主义的解释以后，一条新的发展道路也在这里开辟出来了。"①

工业革命的对象是自然界。人类通过科学技术手段开发和利用自然资源和自然能源，获取生活资料和生产资料，创造自然财富，分享科技成果，促进社会的现代化和改善人的生存状态。恩格斯指出："政治经济学家说：劳动是一切财富的源泉。其实，劳动和自然界在一起才是一切财富的源泉，自然界为劳动提供材料，劳动把材料转变为财富。"② 由自然资源转化而来的自然财富，是作为加工材料的劳动客体与主体相互作用的产物，是作为劳动主体的工人对作为劳动客体的自然材料进行加工、改制的结晶。没有创造性的劳动实践，人类便不可能把自然资源和自然能源变成自然财富，为整个社会的人们所共享。为了不断增加自然财富，人们应当持续地向自然界的广度和深度进军，以满足人类不断增长的物质需要。这种需要促使人们通过科学技术的手段不断探索自然界的奥秘，发掘自然的价值。

只有尊重和敬畏自然，才能更加有效地维护自然生态，利用自然资源，增加自然财富，造福于人类。恩格斯说："我们连同我们的肉、血和头脑都是属于自然界和存在于自然界之中的；我们对自然界的整个支配作用，就在于我们比其他一切生物强，能够认识和正确运用自然规律。"③ "认识和正确运用自然规律"的含义，不仅指掌握自然的本性——它的物质属性和与之相关的价值属性，而且应当包括了解自然对工业开发所能承受的负荷程度。以工业化为标志的现代化的迅猛发展，一方面为人类创造和积累了大量的自然财富，另一方面也不可避免地一定程度上造成了对自然生态以及与此相关的社会生态和人的生态的破坏。一些国家对自然资源

---

① 马克思，恩格斯. 马克思恩格斯选集：第 4 卷.3 版. 北京：人民出版社，2012：234.
②③ 马克思，恩格斯. 马克思恩格斯选集：第 3 卷.3 版. 北京：人民出版社，2012：988.

的掠夺性开发和侵害性占有，使自然界不堪重负。马克思、恩格斯已经初步感受到人与自然的冲突所引发的生态危机，告诫和警示人们注意建立人与自然的和谐关系。恩格斯提醒道："我们不要过分陶醉于我们人类对自然界的胜利。对于每一次这样的胜利，自然界都对我们进行报复。每一次胜利，起初确实取得了我们预期的结果，但是往后和再往后却发生完全不同的、出乎预料的影响，常常把最初的结果又消除了。"① 马克思开始觉察到对自然的过度掠取已经造成了社会的病态。他在《人民报》创刊纪念会上的演说中指出，"作为我们 19 世纪特征的伟大事实"表现为，"一方面产生了以往人类历史上任何一个时代都不能想象的工业和科学的力量；而另一方面却显露出衰颓的征兆"，"在我们这个时代，每一种事物好像都包含有自己的反面。我们看到，机器具有减少人类劳动和使劳动更有成效的神奇力量，然而却引起了饥饿和过度的疲劳。财富的新源泉，由于某种奇怪的、不可思议的魔力而变成贫困的源泉。技术的胜利，似乎是以道德的败坏为代价换来的。随着人类愈益控制自然，个人却似乎愈益成为别人的奴隶或自身的卑劣行为的奴隶。甚至科学的纯洁光辉仿佛也只能在愚昧无知的黑暗背景上闪耀。我们的一切发明和进步，似乎结果是使物质力量成为有智慧的生命，而人的生命则化为愚钝的物质力量。现代工业和科学为一方与现代贫困和衰颓为另一方的这种对抗，我们时代的生产力与社会关系之间的这种对抗，是显而易见的、不可避免的和毋庸争辩的事实"②。

马克思和恩格斯开始考虑，不能只追求自然为人服务，还应当从伦理视域重视和构建被开发后的自然所形成的社会环境的人性化问题。马克思和恩格斯这样说道："既然人的性格是由环境造成的"，就"必须使环境成为合乎人性的环境"，"必须这样安排周围的世界，使人在其中能认识和领

---

① 马克思，恩格斯. 马克思恩格斯选集：第 3 卷. 3 版. 北京：人民出版社，2012：998.
② 马克思，恩格斯. 马克思恩格斯选集：第 1 卷. 3 版. 北京：人民出版社，2012：775 - 776.

会真正合乎人性的东西，使他能认识到自己是人"，"就必须使个别人的私人利益符合于全人类的利益"①。马克思和恩格斯指出的这一点是非常重要的。一些个体，如房地产开发商，不能只是为了攫取个人的利益，便向自然进行疯狂的掠夺，而应当考虑自己的行为是否符合全人类的利益和是否有利于营造人性化的生活环境，从而有所收敛和节制。例如大气污染是不利于人的健康生存的，马克思和恩格斯举例说，工业污染所造成的水环境，是不适合鱼的健康生存的。"鱼的'本质'是它的'存在'，即水。河鱼的'本质'是河水。但是，一旦这条河归工业支配，一旦它被染料和其他废料污染……已经成为不适合鱼生存的环境。"②

三、工业革命和人的生态

马克思深刻地指出了资本原始积累时期雇佣劳动的异化现象："工人生产得越多，他能够消费的越少；他创造价值越多，他自己越没有价值、越低贱；工人的产品越完美，工人自己越畸形；工人创造的对象越文明，工人自己越野蛮；劳动越有力量，工人越无力；劳动越机巧，工人越愚笨，越成为自然界的奴隶。"③"劳动为富人生产了奇迹般的东西，但是为工人生产了赤贫。劳动生产了宫殿，但是给工人生产了棚舍。劳动生产了美，但是使工人变成畸形。劳动用机器代替了手工劳动，但是使一部分工人回到野蛮的劳动，并使另一部分工人变成机器。劳动生产了智慧，但是给工人生产了愚钝和痴呆。"④"货币也是作为这种**颠倒黑白的**力量出现的。它把坚贞变成背叛，把爱变成恨，把恨变成爱，把德行变成恶行，把

①　马克思，恩格斯．马克思恩格斯全集：第2卷．北京：人民出版社，1957：166-167.

②　马克思，恩格斯．马克思恩格斯全集：第42卷．北京：人民出版社，1979：369.

③　马克思，恩格斯．马克思恩格斯全集：第3卷．2版．北京：人民出版社，2002：269.

④　同③269-270.

恶行变成德行，把奴隶变成主人，把主人变成奴隶，把愚蠢变成明智，把明智变成愚蠢。"① 马克思说："莎士比亚把**货币**的本质描绘得十分出色。"莎士比亚在《雅典的泰门》中说："金子！黄黄的、发光的、宝贵的金子！……这东西，只这一点点儿，就可以使黑的变成白的，丑的变成美的；错的变成对的，卑贱变成尊贵……懦夫变成勇士。"②

关于自然的"祛魅"和"复魅"，必须承认，自然界是"有魅"的。无论是大自然的宏观世界，还是大自然的微观世界都是"有魅"的。从大自然的宏观世界来看，星空无限，地球只是宇宙中一个微不足道但又宝贵的、唯一适合人类栖居的绿色星球。对于地球以外的浩渺的世界，人们还茫然无知。我国和一些国家通过智能航天器和太空望远镜，可初步了解到与地球相邻的一些星体的模糊图景。人类对宇宙的认识还处于昏昧的初级阶段。从大自然的微观世界来看，对于那些危害人体生命的病毒、细菌，人们尚未获悉其中的奥秘。大自然，充满着神奇、神秘和神圣。人们对大自然的体察，同样要经历一个不断深化的漫长过程，要经历一个从"有魅""复魅"到"祛魅"的螺旋式上升的过程。祛了旧魅，又会出现新魅；旧魅再现，又要"复魅"，使人们对大自然的认识一步步地在广度上不断拓展，在深度上不断发掘，使我们对大自然的理解达到与社会历史发展进程和科技进步水平相适应的最佳水平。

真理是相对的，相对真理又包含着绝对真理的因子。自然界的必然性往往寓于偶然性之中，并通过偶然性表现出来。人们的认识受到历史和科技条件的限制，所获得的真理只能是具体的、相对的和不断交替变化着的。正如马克思和恩格斯所指出的，只有"意识到他们在获得知识时所处的环境对这些知识的制约性；人们对于还在不断流行的旧形而上学所不能

---

① 马克思，恩格斯.马克思恩格斯全集：第3卷.2版.北京：人民出版社，2002：364.
② 同①360.

克服的对立，即真理和谬误、善和恶、同一和差别、必然和偶然之间的对立也不再敬畏了；人们知道，这些对立只有相对的意义，今天被认为是合乎真理的认识都有它隐蔽着的、以后会显露出来的错误的方面，同样，今天已经被认为是错误的认识也有它合乎真理的方面，因而它从前才能被认为是合乎真理的；被断定为必然的东西，是由纯粹的偶然性构成的，而所谓偶然的东西，是一种有必然性隐藏在里面的形式"[①]。

哲学家们，包括自然哲学家和宗教哲学家们，经常宣扬神秘主义，编造种种关于自然界或自然物的不可把握的怪论。恩格斯驳斥说，"对这些以及其他一切哲学上的怪论的最令人信服的驳斥是实践，即实验和工业。既然我们自己能够制造出某一自然过程，按照它的条件把它生产出来，并使它为我们的目的服务"，那么康德的神秘的"自在之物"一定会变成"为我之物"[②]。人们曾对茜素一无所知，感到其非常神秘。但当我们"已经不再从地里的茜草根中取得"，"而是用便宜得多、简单得多的方法从煤焦油里提炼出来"茜素时，这种困扰人们的神秘性立即被打破了；"哥白尼的太阳系学说有 300 年之久一直是一种假说"，"当后来加勒确实发现了这个行星的时候"，才被"证实"[③]。只有被实践和经验证实了的假说，才具有现实的可靠的真实性，才可能使我们消除对"地球中心说"的迷信，确立对"太阳中心说"的信念，恩格斯指出，"自然界是不依赖任何哲学而存在的；它是我们人类（本身就是自然界的产物）赖以生长的基础；在自然界和人以外不存在任何东西，我们的宗教幻想所创造出来的那些最高存在物只是我们自己的本质的虚幻反映。魔法被破除了"[④]，"思维对存在、精神对自然界的关系问题，全部哲学的最高问题，像一切宗教一样，

---

① 马克思，恩格斯. 马克思恩格斯选集：第 4 卷 . 3 版 . 北京：人民出版社，2012：250 - 251.
②③ 同①232.
④ 同①228.

其根源在于蒙昧时代的愚昧无知的观念"①，"人越是通过自己的劳动使自然界受自己支配，神的奇迹越是由于工业的奇迹而变成多余"②。

马克思通过对希腊神话的解析，论述了社会进步和工商业发展对神话的"祛魅"作用。他认为"任何神话都是用想象和借助想象以征服自然力，支配自然力，把自然力加以形象化"，"随着这些自然力实际上被支配"③，这些神话是必然要消失的。希腊神话作为"一种规范和高不可及的范本"是"通过人民的幻想用一种不自觉的艺术方式加工过的自然和社会形式本身"，"希腊神话不只是希腊艺术的武库，而且是它的土壤。成为希腊人的幻想的基础"④。但从历史发展的观点看，希腊艺术所反映出来的希腊人对自然的观点和对社会的观点不可能与已经发展了的社会历史状态相提并论。这些神话所塑造的神和神的功用"能够同走锭精纺机、铁道、机车和电报并存吗？""在罗伯茨公司面前，武尔坎又在哪里？在避雷针面前，丘必特又在哪里？在动产信用公司面前，海尔梅斯又在哪里？"⑤可见，社会进步和科技发展是不断祛除自然之魅，解开自然之谜的"钥匙"。我们相信，随着科技手段的突飞猛进，人类将不断破悉自然界的神奇密码，不断扩大宇宙的可知空间。

马克思和恩格斯说："历史可以从两方面来考察，可以把它划分为自然史和人类史。但这两方面是不可分割的"和"彼此相互制约"⑥的。人类是自然之子，人类史只是自然史的一部分。但人类史为自然史增添了人的内质。"历史是人的真正的自然史。"⑦自然史和人本身的自然史都应当具有发生、发展和消亡的过程。恩格斯说："自然科学预言了地球本身存

---

① 马克思，恩格斯. 马克思恩格斯选集：第4卷. 3版. 北京：人民出版社，2012：230.
② 马克思，恩格斯. 马克思恩格斯全集：第3卷. 2版. 北京：人民出版社，2002：275.
③④⑤ 马克思，恩格斯. 马克思恩格斯选集：第2卷. 3版. 北京：人民出版社，2012：711.
⑥ 马克思，恩格斯. 马克思恩格斯选集：第1卷. 3版. 北京：人民出版社，2012：146.
⑦ 同②326.

在的可能的末日和它适合居住状况的相当肯定的末日，从而承认，人类历史不仅有上升的过程，而且有下降的过程。无论如何，我们离社会历史开始下降的转折点还相当遥远，我们也不能要求……研究当时还根本没有被自然科学提到日程上来的问题。"① 天命不可违。尽管宇宙天体中这个唯一的绿色星球距离消失还非常遥远，但仍应唤起人们对这个绿色家园所面临的环境危机的警醒。人类应当更加爱护自然，同时也珍惜自身的存在。改善人类生态和自然生态的关系，建构人与自然和谐相处的生态文明和生态环境，这是富有良知的人的神圣天职。

马克思认为，"自然界的**人的**本质只有对**社会的**人来说才是存在的；因为只有在社会中，自然界对人来说才是人与**人联系的纽带**"。"只有在社会中，自然界才是人自己的**人的**存在的**基础**……只有在社会中，人的**自然的**存在对他来说才是自己的**人的**存在，并且自然界对他来说才成为人。因此，**社会**是人同自然界的完成了的本质的统一，是自然界的真正复活，是人的实现了的自然主义和自然界的实现了的人道主义。"② "哲学对自然科学始终是疏远的"，"然而，自然科学却通过工业日益**在实践上**进入人的生活，改造人的生活，并为人的解放作准备"③。马克思和恩格斯说："历史不外是各个世代的依次交替。每一代都利用以前各代遗留下来的材料、资金和生产力；由于这个缘故，每一代一方面在完全改变了的条件下继续从事先辈的活动，另一方面又通过完全改变了的活动来改变旧的条件。"④ "**工业**是自然界对人，因而也是自然科学对人的**现实的**历史关系。"⑤ "如果把工业看成人的**本质力量**的公开的展示"，则完全可以理解"自然界的

---

① 马克思，恩格斯.马克思恩格斯选集：第4卷.3版.北京：人民出版社，2012：223-224.
② 马克思，恩格斯.马克思恩格斯全集：第3卷.2版.北京：人民出版社，2002：301.
③ 同②307.
④ 马克思，恩格斯.马克思恩格斯全集：第3卷.北京：人民出版社，1960：51.
⑤ 同②307.

人的本质，或者人的**自然**的本质"，"成为**人**的科学的基础"，"在人类历史中即在人类社会的形成过程中生成的自然界，是人的**现实的**自然界；因此，通过工业——尽管以**异化**的形式——形成的自然界，是真正的、**人本学的**自然界"①。马克思指出："历史本身是**自然史**的即自然界生成为人这一过程的一个**现实**部分。自然科学往后将包括关于人的科学，正像关于人的科学包括自然科学一样：这将是**一门**科学。"②

应当恰当地估量生态美学对建构理想的生态社会的作用。有的学者显然夸大了生态美学对创造和谐的绿色家园的使命意识，非常明确地断定："自然保护的历史基础是美学。"③ 生态美学可以为关爱和呵护自然提供舆论呼吁和理论支持，但这种思想意识层面的设想，即便非常正确，也还需要通过实践转化为现实生活中的活生生的事实。这种生态美学意义上的实践带有相当狭义的性质。它只是社会实践的一个特殊的领域，并不能构成和充分体现"自然保护的历史基础"。"自然保护的历史基础"应当是通过社会实践不断进行着的社会生产力和社会生产关系的矛盾运动。基于社会生产力和社会生产关系的不断优化的创构，使社会生产力高度发展，也使社会生产关系更加和谐，同时不断使人与自然之间的关系变得更加密切。一方面，自然资源、自然能源和自然财富的日益丰富，可以满足人们不断增长的物质生活的需要，使地球村全体居民的生活环境更加美丽和富有诗意；另一方面，使人受到被美化了的自然环境和社会环境的陶冶和感染，更加热爱自然，敬畏自然，善待自然，自觉地运用伦理原则，平衡和调解人与自然的价值关系。这是一个与历史发展程度相适应的、更高水平的人化自然和自然人化交互作用、良性循环的生态建构工程。我们应当把自然

---

① 马克思，恩格斯.马克思恩格斯全集：第3卷.2版.北京：人民出版社，2002：307.
② 同①308.
③ 伯林特.环境与艺术：环境美学的多维视角.刘悦笛，等译.重庆：重庆出版社，2007：151.

的人性化和人性的自然化看作同一个过程和同一件事情。人类在开发自然的过程中，同时开发着自我。自然和人相向而行，使人成为自然的有机的身体，使自然成为人的无机的身体，在两者长期互化的过程中历史地实现自然的人文化和人文的自然化，建构生态人文主义和人文生态主义。这样，可以扬弃自然中心论和人类中心论各执一端的偏颇，综合融通自然中心论和人类中心论学理和实践上的优势。通过一系列的社会体制改革和生态文明建设，创建人与社会之间的和谐关系、社会与社会之间的和谐关系，进而创建人类社会与自然之间的和谐关系，使人道主义和自然主义得到理想状态的双重实现，逐步趋近共产主义的伟大理想。正如马克思所预见的，"这种共产主义，作为完成了的自然主义＝人道主义，而作为完成了的人道主义＝自然主义，它是人和自然界之间、人和人之间的矛盾的**真正解决**，……它是历史之谜的解答"①。

解决人类的自然生态问题，将面对一些深层次的原则问题。

（1）利益原则。自然生态问题，实质上是不同的国家、民族、地域、集团和人群对自然资源和自然财富的竞争所遵循的难于抑制的利益最大化问题。物质生活资料和物质生产资料的需求，特别是物质利益和经济利益的驱动，使得人类对自然资源的掠夺愈演愈烈。自然资源越是近于枯竭，这种竞争越会趋于疯狂。这种拼抢的实质是对自然资源和自然财富的占有和分配，是对自然界给人们提供的物质的占有和再占有、分配和再分配。利益的诱惑是无法遏制的。恩格斯说："鄙俗的贪欲是文明时代从它存在的第一日起直至今日的起推动作用的灵魂；财富，财富，第三还是财富——不是社会的财富，而是这个微不足道的单个的个人的财富，这就是文明时代唯一的、具有决定意义的目的。"② 马克思和恩格斯尖锐地指出，

---

① 马克思，恩格斯．马克思恩格斯全集：第3卷．2版．北京：人民出版社，2002：297．
② 马克思，恩格斯．马克思恩格斯选集：第4卷．3版．北京：人民出版社，2012：194．

"这种**利益**是如此强大有力，以至顺利地征服了马拉的笔、恐怖党的断头台、拿破仑的剑，以及教会的十字架和波旁王朝的纯血统"，并使人认为任何人的行为"一旦离开'**利益**'，就一定会使自己出丑"①。由于自然资源、自然能源和自然财富的诱惑，任何国家、民族、经济政治集团都存在着一个恰当地、正常地、合理地对待利益争夺的问题。这是不可避免的。面对自然资源日趋贫乏的现实，那些拥有经济实力和军事实力的国家和集团对自然资源和自然能源的发掘可以达到突破伦理底线的程度，除了正常的经济贸易手段、外交手段，有时甚至会以政治手段和政治手段的最高形式——战争手段，对自然财富、自然资源和自然能源进行掠取。自然资源的占有和再占有、分配和再分配是引发战争的深层动因。面对自然资源的锐减和极端贫乏，尽可能地遏制对自然资源的豪夺，化解地球的生态危机，保护人类的绿色家园，是富有良知的人的神圣天职。

（2）差异原则。不同的国家、民族、地域、集团和人群占有自然资源的能力和水平、开发自然资源的广度和深度、获取自然资源的比重和份额是大不相同的。对自然资源的占用和分配，同样明显地存在着两极分化的问题。由于自然资源地域分布的不均衡，国家和民族在自然能源拥有量方面的差距是非常大的。有的富源国，富到从地上冒油；有的贫源国，则穷得掉渣。特别是自然条件恶劣的属于第三世界的国家和民族，有些人处于赤贫状态，甚至在死亡线上挣扎。大自然对这些可怜的人不但没有施以阔绰的恩赐和馈赠，甚至没有给他们提供基本的生活条件。我们中国是一个人口众多、国土辽阔、资源丰富的国家，但人均占有的自然资源和自然能源的额度尚处于低位，对自然资源和自然能源的开发和利用的广度、深度都较低。合理、适度地开发和利用自然资源是当代中国实现现代化历史使

---

① 马克思，恩格斯. 马克思恩格斯全集：第 2 卷. 北京：人民出版社，1957：103.

命所必需的。对此，我们当保持清醒的头脑，切不要让各种自然中心论者对崇拜和敬畏自然的呼吁扰乱了自己的神经，束缚了自己的手脚。

（3）均等原则。自然资源是全地球人的共同财富，大家既有维护自然生态的义务，也有利用和分享自然资源、自然能源和自然财富的权利。从伦理、公正和平等的原则上来说，无论是发达国家还是发展中国家，人均占有自然资源的量大体上应当是均等的。我们理应防止和克服对自然资源的垄断，反对自然资源、自然能源和自然财富占有和分配上的殖民主义和霸权主义。从现实存在的生态境况看，不同国家、地区和民族对自然资源、自然能源和自然财富的占有和分配是很不均等的，自然资源、自然能源和自然财富的占有和分配问题上的两极分化现象十分严重，并愈演愈烈，既加深了自然生态的危机，又引发了国家之间经济关系和外交关系的紧张。这种对自然资源的占有和分配的不均等是造成全球范围内国际关系不稳定的重要原因之一。

（4）监督原则。应当建立一个国际性的管理、监督、协调机构，保障全球范围内对自然资源、自然能源和自然财富进行尽可能合理的占有和分配，注重向发展中国家和贫困国家倾斜，促进世界各民族的互惠共赢、协调发展。对此，马克思曾提出建立开发自然的国际监督机制，以实现"最先进的民族的共同监督"。他明确指出，"资本的集中……对于世界市场的破坏性影响，不过是在广大范围内显示目前正在每个文明城市起着作用的政治经济学本身的内在规律罢了。资产阶级历史时期负有为新世界创造物质基础的使命：一方面要造成以全人类互相依赖为基础的普遍交往……另一方面要发展人的生产力，把物质生产变成对自然力的科学支配。资产阶级的工业和商业正为新世界创造这些物质条件"，只有实施"最先进的民族的共同监督"，才能"支配""资产阶级时代的成果"以及"世界市场和现代生产力"，把自然资源和自然能源变成人类的共同的自然财富，从而让地球村的全球人都分享大自然的恩泽，"能喝下甜美的酒浆"①。马克思的论述实际上表达了人类对合理支配自然财富的共同要求，这种合理支配理应成为地球村中全球人的生态理想。诚然，完全实现人类的生态理想是很难的，不仅要依靠富有良知的财经精英和政治领袖人物的不懈努力，还需要经历一个深刻而漫长的历史过程。实际上，达到绝对的均衡是不可能的。但人们有权力要求尽可能建立起相对和谐的人与自然的关系，尽可能合理地占有和分配自然资源、自然能源和自然财富，追求和维护地球上人的生态和自然的生态的相对平衡。人的生态和自然的生态之间是互动关系，大自然是人类的母亲，人类是大自然的儿女。自然和人类的关系应当是哺育和反哺的关系，是恩赐和回报的关系，是馈赠和爱护的关系。人类应当与这个栖居的家园共生存、同命运。太阳系中只有一个这样的绿色星球，人类应当像保护自己的生命那样珍惜地球。

第三节　西方相关学理资源镜鉴

　　西方的一些生态美学理论对于建构系统的生态美学是有一定价值的，有利于营造现代的绿色生态环境。车尔尼雪夫斯基曾提出"美是生活"这一重要的生态美学思想。他显然受到了费尔巴哈的影响，其美学观念与先验的康德美学和黑格尔的理念美学判然不同。他既反对把美理解为感性的静观，也反对把美说成是绝对理念的感性显现，而主张"美是生活"。他的美学思想是最质朴、最明白、最接地气的。他说："任何事物，凡是我们在那里面看得见依着我们的理解想起生活的；任何东西，凡是显示出生活或使我们想起生活的，那就是美的。"② 这种生活不是一般的普通生活，

---

　　① 马克思，恩格斯. 马克思恩格斯选集：第1卷.3版. 北京：人民出版社，2012：862-863.
　　② 车尔尼雪夫斯基. 艺术与现实的审美关系.2版. 周扬，译. 北京：人民文学出版社，1979：6.

而是"应当如此的""美好的生活"。他的生态美学思想大体上可以分为以下几个层面。

（1）人的自然生态层面。他虽然认为"自然界的事物，只有作为人的一种暗示才有美的意义"①，但他特别自信地认为，"自然美的确是美的"②。他甚至认为"自然和生活胜过艺术"③，"艺术作品绝不能和活生生的现实相提并论"④。在他看来，初升太阳的绚丽光辉，即便是最出色的画作，包括莫奈的《日出印象》，也是无法比拟的。人所面对的自然环境、自然景色和自然界的动植物，凡是暗示和凸显人的健康、清新、丰满、优雅的情态和体态的，凡是能够表现出人的蓬勃的生命力的，凡是能够使人想起"应当如此的"生活的，都是肯定人的。

（2）人的社会生态层面。作为对唯心主义、唯美主义、形式主义的反拨，车尔尼雪夫斯基提出了"生活美高于艺术美"的命题。这个命题显然具有一定的片面性，却表现出他对美好生活的热爱。在他看来，人们处于和谐的社会关系中，能够"健康地活着"，从事辛勤的劳动，过着富裕的生活，展现出生命的活力和魅力，便是最美好的生存状态。

（3）人自身的自然层面。人的肢体是体现人的自然属性和自然生态的标志。车尔尼雪夫斯基以普通的农家少女和上流社会的贵族美人做比较，描绘了两种截然不同的人自身的自然生态。农家少女由于辛勤劳动而体魄强健、精力充沛、生活充实，拥有红润的面色，在她们的眼里，那些好逸恶劳、无所事事、弱不禁风的上流社会贵族美人是不漂亮的，是空虚、烦闷、苍白、柔弱、委顿、慵倦、消瘦的"病美人"。可见，健康蓬勃的生

---

① 车尔尼雪夫斯基.艺术与现实的审美关系.2版.周扬，译.北京：人民文学出版社，1979：10.
② 车尔尼雪夫斯基.车尔尼雪夫斯基论文学：中卷.辛未艾，译.上海：人民文学出版社上海分社，1965：35.
③ 同①86.
④ 同①106.

命力是人自身的自然生态的基本元素和重要基因。车尔尼雪夫斯基的这些美学思想带有朴素的唯物主义性质，但确实存在着一定的机械性和片面性。个别的自然景观和生活情境可能是非常美的，但从整体和全局上来说，"艺术是应当高于生活的"，只有那些拙劣的、粗糙的、鄙俗的艺术才是低等的，不能登上艺术的大雅之堂。车尔尼雪夫斯基主张生活高于艺术，否定艺术高于生活，贬抑作家、艺术家的创造精神，置艺术经典的永恒魅力于不顾，有违优良的艺术传统，不利于提高文艺创作的审美品位和思想文化水平。

20世纪中期，出现了一种"环境美学"。这种环境美学注重自然和自然环境的美，强调自然的开放性，并认为"自然的审美体验"在情感与认知层面上含义都非常丰富，"完全可与艺术相媲美"[1]。这种强调自然美和生活美的见解与车尔尼雪夫斯基的美学观念相接近，对自然美的肯定也出现了"自然全美"的言论，认为"任何处于自然状态中的事物都是美的"[2]。但这种看法是以偏概全的。

有的学者把自然提到本体论的高度，肯定自然对人的终极价值。认为"人是一切事物的尺度"这种传统的人类中心论的说法只不过表现了人对自然的轻浮和傲慢。这种生态美学的理念，多半尊崇自然，是对以主体论为核心的人的能动性和创造性的一种剥离，引导哲学和美学从人间走向荒野，认为"荒野在历史上和现在都是我们的'根'之所在"[3]，即"生命之源"[4]。"荒野是我们的第一份遗产，是我们伟大的祖先。"[5]

有的学者从自然与人的联系中界定自然美，认为"只有当自然被观看

---

① 卡尔松. 自然与景观. 陈李波，译. 长沙：湖南科学技术出版社，2006：6.
② 瑟帕玛. 环境之美. 武小西，张宜，译. 长沙：湖南科学技术出版社，2006：148.
③④ 罗尔斯顿. 哲学走向荒野. 刘耳，叶平，译. 长春：吉林人民出版社，2000：210.
⑤ 同③208.

和阐释时，它对于我们来说才是有意义的"①。自然界中的确存在着美的潜质，但只有靠人去点亮才能发出光芒。审美对象作为环境美学的"核心领域"是人选择的结果，作为受体的人才是真正的艺术家。同时他们还提出了人与自然之间的伦理原则。"人类按照自己的目标来改造环境，所有价值领域都有这些目的。但行动有伦理学的限制：地球不只是人类使用也不只是人类的居住地，动物植物甚至自然构造物也有它们的权力，这些权力不能受到损害。"② 人对自然负有不可推诿的伦理责任和道德义务。人们破坏了生态是欠了自然的账，人应当是感到愧疚并对自然进行补偿的还债者。

有的学者从系统论的视域，把自然环境视为一个健康的、平衡的、动态的、均衡的、和谐的、相互制约的整体性的生态系统。环境美学提倡一种仿佛依偎于母亲怀抱中的温暖宜人的家园意识，认为"自然美是一种愉快——仅仅是一种愉快……但是这种心态会随着我们感觉到大地在我们脚下，天空在我们头上，我们在地球的家里，……这是生态的美学，而且生态是关键的关键，一种在家里的、在它世界里的自我。我把自己所居住的那处风景定义为我的家。这种'兴趣'导致我关心它的完整、稳定和美丽"③。这些生态美学的观点都明显地表现出自然中心论的意向，强调生态系统的整体性，强化生态美学的家园意识，对爱护和美化自然生态和人所依附的环境生态具有重要价值。

有的学者持自然中心论的立场，反对人在自然之外并与自然对立的观点，反对"主客二分"的人类中心主义，认为自然之外无他物，人只是自然的有机的组成部分。实际上人既在自然之中，又与自然共存。人既合于

---

① 瑟帕玛. 环境之美. 武小西，张宜，译. 长沙：湖南科学技术出版社，2006：136.
② 同①149.
③ 伯林特. 环境与艺术：环境美学的多维视角. 刘悦笛，等译. 重庆：重庆出版社，2007：167 - 168.

自然之中，又相对可分于自然之外。如强调人合于自然之中，"人们生活在其中的环境"可以被理解为"是人们生活的自然过程"，"环境是被体验着的自然"。两者是一体化且共生并存的。"人们要警惕……滑向二元论和客观化的危险，比如将人放进环境之中，而不是与环境共生。"① 这种生态美学观念强调人与环境的一体化和整体性。如强调人相对独立于自然之外，必然注重人对环境的反作用，发挥审美主体的构成功能，主张用自然的价值属性取代物质属性，用对自然的体验美学取代对自然的实体美学，强调人的审美经验对营造家园意识和创造家园环境的重要作用。

有的学者从审美主客体关系论证人与自然的审美关系，倡导审美主体凭借审美经验和审美体验对自然审美的介入性和参与性。这种观点实际上仍然是在审美主客体的理论框架内论述审美关系的构成因素，正如有的学者所指出的："有两种审美品质：审美能力，仅仅存在于欣赏者的经验中；审美特性，它客观地存在于自然物体内。"② 从审美主客体关系中论述自然的生态美，证实了传统美学基础理论的不可取代性，又一定程度上表现出回归传统的趋势。

在现当代世界范围内的维护自然的生态美学思潮中，出现了一种令人关注的现象，即将非常具有现代性的海德格尔生态美学理论与中国古代的道家思想和老庄哲学的生态美学理论相融合。两者联袂同谋，形成一个具有巨大影响力的自然中心论学派。这个由现代生态美学和中国古代生态美学相结合表现出强烈的自然中心论意向的生态美学思潮起着主导作用。中国古代的道家思想和老庄哲学作为海德格尔生态美学的理论资源，它的再生和复活，使人们认识到了中国古代思想的当代价值，同时也凭借海德格尔的生态美学建构完成了当代转换。这是一个值得研究的社会文化现象。

---

① 伯林特. 环境美学. 张敏，周雨，译. 长沙：湖南科学技术出版社，2006：11.
② 伯林特. 环境与艺术：环境美学的多维视角. 刘悦笛，等译. 重庆：重庆出版社，2007：158.

海德格尔的生态美学思想是非常复杂的，其中有人道主义、存在主义的成分，也有现象学和结构主义语言学的元素。他反对传统的主客二元对立和逻各斯中心主义，不再把外在于人的客观世界解释为单纯的物质世界，而将其扩充为"把天、地、人、神四方聚集于一身"，并认为"这四方是一种原始统一的并存。物让四方之四重整体栖留于自身，这种聚集着的栖留乃是物之物化。我们把在物之物化中栖留的天、地、人、神的统一四重整体称为世界"①。实质上，海德格尔这里所说的世界的"四重整体"结构，还可以被简化为人与自然的双边关系。天和地皆属自然，神的问题，归根结底可以被还原为人的问题。神只不过是人的神化，或可以理解为被神化了的人。因此离开人的问题是无法理解神的，被神化了的人的问题尽管带有这样那样的神秘性、神奇性和神圣性，但终归可以被还原为人的问题。撇开人意是无法获悉神谕的。海德格尔把人与世界的关系界定为"此在"。"此在"是海德格尔哲学的核心概念，其含义带有一定的模糊性，甚至连海德格尔本人的解释也缺乏明晰性。可见，"此在"是多解的：从生存论的视域来看，它是肯定自我的存在；从现象学的视域来看，它是可以被还原为事实本身呈现出澄明状态的存在，他的生态学可称为"生存现象学"；从语言学的视域来看，它是一种语言的存在。海德格尔认为"语言是存在的家"②，他本来想用"此在"来取代他的老师胡塞尔的"先验的自我"，却未脱尽现象的胎记。他主张首先研究意识经验背后的基本结构，即所谓前反思、前理解与前逻辑的本体论结构——此在的结构。海德格尔把"此在"视为一种"基础存在论"，认为这种"基础存在论"具有不可忽略的先在性、先天性或先验性。不管是"存在论的优先地位"，还是"存在状态上的优先地位"都是预前规定和设计好了的"与生俱来"的

---

① 海德格尔. 在通向语言的途中. 孙周兴, 译. 北京：商务印书馆, 2004：13.

② 同①154.

先验结构。"此在"存于"天、地、人、神四方结构"之中。有人认为
"此在"体现了人本主义和存在主义；有人认为"此在"凸显了人的生存
的整体结构，反对主客二分和逻各斯中心主义。德里达却指出，"此在"
非但不反对逻各斯中心主义，反而是逻各斯中心主义的一种变体。从总体
的含义来看，"此在"作为对异化生态的反拨，主张具有亲缘性、亲密性、
亲和性和自恋性的个体的人的存在。在海德格尔看来，由于现代社会的各
种威逼，人生的真理被遮蔽着，人们处于无家可归的、被抛弃的状态中。
海德格尔意欲通过带有现象学意向的艺术的"开启"和"解蔽"，把存在
和存在者的真理"自行置入作品中"，引导人们走向澄明之境。海德格尔
说："人们用澄明境界来描述此在的展开状态。"① 这是一种"自然之光"，
表现为"存在论结构"，存在者作为"在世的存在"本身应当是"澄明
的"，"唯对于从生存论上如此这般澄明了的存在者，现成的东西才可能光
明通达。在晦暗中掩藏不露"②。

　　海德格尔同一些语言学家一样，非常痴迷于语言的功能。营造现实生
活中的家是第一重要的事情，只追求"语言的家"显然是不够的。早期的
海德格尔的生态学理论的侧重点，主要是研究和探寻人的社会生态，力图
从现象学的生存论视域"走向事情本身"③。他对人在现实生活中所遭遇
的诸多不幸进行了深刻的描述。由于面对"此在"的各种"因缘"，人们
对那些"照面""显示""触目""上手"的生存现象加以"领会""解释"
"陈述"，"言谈""此在"的"现身情态"，忍受、把握"此在"的表现样
式，特别是以"烦"为中心的"操劳""怕""畏""沉沦""死亡"等诸多
"被抛状态"，努力抑制和克服人的异化状态，使其回归人的"本己的本

---

① 海德格尔. 存在与时间. 陈嘉映，王庆节，译. 北京：三联书店，1987：179.
② 同①163.
③ 同①35.

质"，成为"'此在'的人"或"作为'此在'的人"，通过对"良知的呼唤"，返回人的"本真的生存状态"。海德格尔对人的社会生态的描述，很能引起在世者的关注和共鸣。但他也论证死亡，认为人们实际上都要"向死亡而生"，最后走向虚无。

如果说早期的海德格尔特别注重对人的社会生态包括人的社会心理生态和精神生态的研究，那么晚年的海德格尔则侧重于对人的自然生态的探索。现代化历史进程中的黑暗面，特别是市场规律和利益原则的驱动，使得人们对自然资源的掠夺和索取达到了令人忧虑的程度。科学技术的威逼形成一种"支配性暴力"，肆无忌惮地破坏了人与自然的和谐关系，无情地把人与自然的整合性结构"夷为平地"，使"'天地神人'那四种'命运的声音'的交响不再鸣响"①。1943 年海德格尔撰写《追忆》一文纪念荷尔德林逝世 100 周年，在文中援引这位诗人的话语，提出"诗意地栖居"的审美理想，为"我居住于世界，我把世界如此这般熟悉之，而依寓之，逗留之"② 做出了进一步诗化的描述。人的栖居是一种自我看守，"拯救大地、接受天空，期待诸神、护送终有一死者——这四重保护乃是栖居的素朴本质"③。荷尔德林和海德格尔所倡导的"诗意地栖居"，为我们对现实生活中的人的异化状态的抗争和反叛提供了精神层面的向往和推动，具有浪漫主义色彩和审美乌托邦性质。

综上所述，我们可以看到，海德格尔对人的社会生态和人的自然生态都有许多深刻而精彩的论述。我们恐怕很难断定海德格尔是一个反人类中心论的自然中心论者，也不好确定海德格尔是一个反自然中心论的人类中心论者。他的学术活动和学术成果表明，他既有自然中心论的思想资源，

---

① 海德格尔. 荷尔德林诗的阐释. 孙周兴，译. 北京：商务印书馆，2000：221.
② 海德格尔. 存在与时间. 陈嘉映，王庆节，译. 北京：三联书店，1987：63 - 64.
③ 海德格尔. 演讲与论文集. 孙周兴，译. 北京：三联书店，2005：167 - 168.

又有人类中心论的理论阐释，他可以说是一个兼顾人的社会人文生态和人的自然生态的"双栖人物"，是一位人文的自然生态论者，或是一位自然的人文生态论者。

中西生态美学界，有相当部分的学人似乎达成一种共识，即认为西方现代的生态美学思想和中国古代的生态美学理念存在着相融互通之处，进而认为中国古代道家思想和老庄哲学为包括海德格尔在内的西方的生态美学提供了学术思想资源和理论支持。对两者进行一些对比分析，是完全必要的，有利于这个新生学科的建设和发展。海德格尔的"天地神人四方游戏说"是他的生态思想的纲领，体现出一种生态的整体论构想，与中国古代道家思想和老庄哲学所主张的自然至上论、道为天下母、万物齐一论"灵犀相通"，具有惊人的一致性。道家思想和老庄哲学把"道"尊奉为世界万物的根基和源泉，并将其视为一种神秘的造物主。老子是这样描述"道"的法力的："有物混成，先天地生，寂兮寥兮，独立不改，周行而不殆，可以为天下母。吾不知其名，字之曰道，……故道大，天大，地大，王亦大。域中有四大，而王居其一焉。人法地，地法天，天法道，道法自然。"① 这里，老子把人放在了与"万物齐一"的位置上。"可以为天下母"的"道"又要以自然为法。这里似乎存在着"道"与自然的关系问题：究竟自然是"道"的载体，还是"道"是自然的规律？道法自然，是否存在"自然法道"，两者谁最需要研究？老子把"道"解释为一种"气"，世间万物都是阴阳相交的结果。所谓"道生一，一生二，二生三，三生万物。万物负阴而抱阳，冲气以为和"。老子的"道"是一个母源性的概念，"无名天地之始，有名万物之母"，"似万物之宗"。这个"道"无所不在，所谓"混而为一"，涵盖一切，呈现"无状之状，无物之象"。这

---

① 本书所引《道德经》为王弼注本，下文中不再说明。（老子道德经注校释. 王弼，注. 楼宇烈，校释. 北京：中华书局，2008.）

个"道"无所不包：既具有物质性，又具有人文性、精神性，所谓"其中有象""其中有物""其中有精""其中有信"。这个"道"无所不能，借用《中庸》的话说，可以"致中和"，安排万物的秩序，所谓"天地位焉，万物育焉"。这个"道"是带有原初性的世界的母体，在人的自然生态层面上，是完全源于自然，且服从和敬畏自然的，带有混沌一体的原始自然主义的性质。从人的社会人文层面来说，这个"道"通过宣扬"无为而治"，劝勉当权者尊道爱民，将"使民无知无欲"作为"圣人之治"，让下层百姓免受残酷无情的剥削和压迫而获得相对的自由，具有一定的人民性和民主性；从人自身的自然生态层面来说，这个"道"的主旨是培育完全自然化的人，即无私无欲、守中专一、自然虚静、"忘仁义"、"忘礼乐"、"堕肢体，黜聪明，离形去知"、"坐忘"、"同于大通"①。这些论述具有一定的消极性，道家思想和老庄哲学的世界观、人生观和价值观带有浓郁的原始自然主义和蒙昧主义的色彩。

我们注意到，中国生态美学界和西方生态美学界正在形成一种学术上的趋同和融合，特别是把海德格尔的现象学生存论与中国古代的道家思想和老庄哲学相结合。一方面，主张维护自然生态，反对破坏自然环境、掠夺自然资源，具有积极作用；另一方面，又以反对人类中心论为名，力倡自然中心论，贬抑科学主义，漠视认知理性和科技理性。这种带有非理性主义特征的海德格尔的现象学生存论和中国古代国粹派的原始自然生态论合谋的社会文化思潮，可为中国的生态建设提供镜鉴，但对实现中国现代化的历史使命和中华民族的伟大复兴具有不可忽视的负面作用。

人类、社会和自然的存在与发展都是有规律的。尽管具有非理性的因

---

① 本书所引《庄子》为中华书局 2010 年版，下文中不再说明。（庄子. 方勇，译注. 北京：中华书局，2010.）

素，但其中主导的、基本的、主要的、起支配作用的应当是理性。无条件地反对认知理性和科技理性是不明智的。人们通过认知活动和实践活动掌握外部世界的规律，才能达到预期的目的。只有合规律性，才能实现合目的性，才能实现价值选择、价值诉求和价值目标。被视为传统的主客二分的反映论是不应当被消解的。认识客观规律性，实现主观能动性，是人的理性活动的基本原则。在认识领域中，对象和主体是辩证地联系着的，对象是主体的对象，主体是对象的主体：对象为对象创造主体，主体也为主体创造对象。把握对象，实现主体的预期目的和价值诉求，是人们为了生存和发展，适应和改造外部环境，营造肯定人的和谐生态的根本需要。从生态学的视域来看，只有认识自然环境，才能创造宜人的自然生态。海德格尔的现象学生态论，欲想通过现象学直观和现象学还原，"回到事情本身"，捕捉"自然之光"，洞悉人的生态的"澄明的境界"，体现一种空泛、美妙的浪漫情怀，带有几分神秘的意味。在艺术创作和艺术欣赏中，确实存在着顿悟、灵感、主客相融和物我两忘的现象。但在现实生活和生态环境中，这种情境实属罕见。自然科学领域中的重大发现，都是经过千百次的实验，才获得了成功。在历史领域中，探寻社会正确的发展道路，甚至需要经过几代人的共同努力，才能找到正确的方向，逐渐走上坦途。任何领域中的客观真理的发现都不可能是一蹴而就的，感性的现象学的所谓"本质的直观"往往是靠不住的。从现象和本质的关系上看，认为本质即现象或认为现象即本质都是不正确的。认为本质即现象，排除了现象的相对独立性和丰富性，理论概括是有限度的，理论不能穷尽对外部世界各种现象的洞见，可能提示一些东西，同时也可能遮蔽一些东西。从这个意义上说，现象比本质更丰富、更活跃。认为现象即本质显然也是偏颇的。我们不能割断传统，不能采取文化虚无主义的态度，笼统地不加分析和鉴别地否定一切理性的学说，应当珍惜文化史上包括德国古典哲学、各种形态的形而上学、经验实证主义、逻辑实证主义和逻各斯中心主义在内的一切有价值的，至今仍然具有历史进步性和现实合理性的思想文化资源及理论研究成果。不应当在反对过时的、僵化的、教条主义的旧理性的同时，把一切理性，特别是那些还具有一定的历史合理性和进步性的理性也一并反对掉。

道家思想和老庄哲学尽管提供了一些朴素的辩证法和对事物的混沌、整体的认识，但对理性文化的贬抑和轻视是显而易见的。老子主张的"道"，诱使百姓永远昏昧，拒绝开化和成为有心智的文明人。这个"道"要求去"五色"、去"五味"、去"五音"，"绝圣弃智""绝仁弃义""绝巧弃利""见素抱朴""少私寡欲""绝学无忧"，"不欲以静""万物将自化""天下将自定"。"圣人皆孩之"，可使百姓"复归于婴儿"。"不出户，知天下；不窥牖，见天道。其出弥远，其知弥少。是以圣人不行而知，不见而名，不为而成。"这些论述从根本上否定认知的必要性和正当途径，全然违背"实践出真知"的认识论的基本原则，带有原始自然主义、愚民主义、蒙昧主义和虚无主义的性质。

海德格尔和老子的生态观的非理性主义不仅表现为对认知理性的拒斥，还表现为对科技理性的否定。海德格尔从现象学的意义上把"技术"设定为一种先于器物的本质。现代技术往往以数学方式的"谋划"和"预置"的方式展示器物、构造世界，使被技术改造过的自然物变成了人的"持存物"或"贮存物"，从而失去了自然的原始形态。他自造出一个叫作"托架"的概念，用以概括现代技术本质的运作方式。科技的这种托架式的生产活动，加速了原始自然向人工自然的沉沦，同时威逼人的生存，使人成为技术的附庸和奴隶，形成对人的自我本真生态的遮蔽，造成天地神人的灰暗、沦落、逃避、毁灭，导致人的自我忘记和创造性自由的丧失。这种无形、强大、不可掌握的力量，把自然和人类的生态都推向了毁灭的边缘。他强烈地感受到，"欧洲的技术环境工业的统治区域已经覆盖整个地球。……诗歌的大地和天空已经消失了，……大地和天空、人和神的无限关系似乎被摧毁了"①。寻觅拯救自然与人类生态的灵丹妙药，唤醒沉睡的深思，首先可借助语言的纯洁性和生命力，从被抛弃的无家可归的状态中，找回迷失和遗忘在器物与技术中的自我，重建天地神人四元一体的和谐结构，幻想人类走向"诗意地栖居"。

海德格尔的生态理论尽管带有贬抑科技和科技理性的片面性，但也并非全然排拒科技，其主张回到原始的洪荒时代，无非是祈求科技更加人性化，对自然的开发和利用更加合理化和适度化。有的学者认定海德格尔的现象学生态观吸纳了中国古代老子的生态思想，认为中国古代的道家思想和老庄哲学是海德格尔的生态理论的重要学术资源。老子和庄子的生态理论与海德格尔的生态理论相比，其负面意义和消极作用更加突出些。任何文化遗产，都要接受实现现代化历史使命的检验和选择。凡是有利于促进和加速现代化历史进程的，则用之；与之相反者，则弃之。道家思想的生态理论中对科技和科技理性的认识和评价与实现现代化的要求相去甚远，格格不入。科技是第一生产力，是促进社会发展的重要推动力。全球化时代的科技竞争愈演愈烈。无论在生产领域还是在军事领域，当代中国仍需要激发创造精神，树立"敢为天下先"的胆识和勇气，而老子却主张"不敢为天下先"，认为"民多利器，国家滋昏；人多伎巧，奇物滋起"。当代中国已经是拥有 14 亿人口的泱泱大国，老子却主张"小国寡民"。至于说"使有什伯之器而不用，……虽有舟舆，无所乘之；虽有甲兵，无所陈之；使人复结绳而用之"，主张"国之利器不可以示人"，不利于提高当代中国科技水平。至于主张"结绳而用"，则表现出复古倒退的意味。老子的思

---

① 海德格尔. 荷尔德林诗的阐释. 孙周兴，译. 北京：商务印书馆，2000：218.

想，太古旧了，他的自然生态理论太原始了。老子推崇自然人，主张维护自然人的自然生态。以海德格尔为代表的现代自然主义和以老子为代表的原始自然主义在全球化时代形成了生态学意义上的联袂和同盟。这是值得研究的文化现象，能够说明中国古代学术思想的当代价值；说明道家思想和老庄哲学在当代学界的重要位置；说明中国古代的先哲圣人可以和当代顶尖学者相比肩。维护自然生态已经成为关乎世界范围内人类生态安全的重要主题，激起了全世界学者们的焦灼感和迫切感。

（此节借鉴了当代中国著名生态美学家曾繁仁教授的研究成果）

第四章　历史主义文论学理系统

第一节　历史结构和文艺结构

　　文艺是一定历史条件和环境中的现实生活的产物。从学理上说，文艺是一定历史结构中的观念形态的上层建筑。"文学是社会生活的反映。"社会历史和现实生活都是属于人的。从文学和历史的关系而言，文学实质上也是具有人学内涵的情感化和形象化的社会历史学。文学具有人学元素，也具有史学元素。这是不可分割的两个方面，构成互补、互释、互动的共同体。当我们在谈论文学与人的关系的时候，实质上也是在解释文学与社会历史的关系；当我们在描述文学与社会历史的关系的时候，实质上也是在揭示文学与人的关系。脱离人文性的社会历史性和完全排斥人文性的社会历史性都是不存在的。两者的关系是辩证的对立统一关系，有时可能会产生这样那样的对立、矛盾和冲突，但从整体和全局上看，文学的人文性和文学的社会历史性是互养、互哺的，是相互依赖而存在和相互竞争而发展的。

马克思主义文艺理论属于强大的社会历史学派。肯定和研究文学和社会历史的关系是马克思主义文艺理论的优势和强项。马克思主义经典作家非常重视运用历史唯物主义的观点和方法考察和研究文学与社会历史的关系。马克思和恩格斯总是把一定时代的文学现象放到一定的历史条件、历史背景、历史范围、历史过程中进行透视和剖析。文学的性质、功能、价值、思想内容都植根于所属时代现实生活的土壤,文学结构受历史结构的决定、制约和影响。恩格斯在评价歌德的创作和作品时指出:"歌德在德国文学中的出现是由这个历史结构安排好了的。"① 歌德所处的德国的历史结构和文化思想结构充满矛盾的多重性,既有新兴资产阶级的文化思想元素,又有小市民的文化思想元素,还有封建贵族的文化思想元素。所有这些文化思想元素都反映在歌德的精神世界中,形成他的文化思想结构中的多重成分。他既有作为狂飙突进运动旗手的新兴阶级的启蒙思想家洋溢着的浮士德精神,又沾染了小市民阶级的鄙俗气,还表现出作为魏玛公国官僚的腐朽气。多面性的歌德的作品必然表现出歌德思想的多面性,流露出对充满矛盾的德国现实生活的矛盾态度。正如恩格斯所指出的:"歌德在自己的作品中,对当时的德国社会的态度是带有两重性的。有时他对它是敌视的;如在'伊菲姬尼亚'里和在意大利旅行的整个期间,他讨厌它,企图逃避它;他象葛兹,普罗米修斯和浮士德一样地反对它,向它投以靡非斯特非勒司的辛辣的嘲笑。有时又相反,如在'温和的讽刺诗'诗集里的大部分诗篇中和在许多散文作品中,他亲近它,'迁就'它,在'化装游行'里他称赞它,特别是在所有谈到法国革命的著作里,他甚至保护它,帮助它抵抗那向它冲来的历史浪潮。""在他心中经常进行着天才

---

① 马克思,恩格斯.马克思恩格斯全集:第 4 卷.北京:人民出版社,1958:254.

诗人和法兰克福市议员的谨慎的儿子、可敬的魏玛的枢密顾问之间的斗争；前者厌恶周围环境的鄙俗气，而后者却不得不对这种鄙俗气妥协，迁就。因此，歌德有时非常伟大，有时极为渺小；有时是叛逆的、爱嘲笑的、鄙视世界的天才，有时则是谨小慎微、事事知足、胸襟狭隘的庸人。"①

恩格斯关于歌德对当时德国现实的态度的分析，揭示出歌德的世界观中内在的文化思想结构的矛盾。这种内在的文化思想结构的矛盾，真实地、典型地反映出德国社会历史结构的矛盾，实质上，"是由这个历史结构安排好了的"。一定时代的社会历史结构决定相应的文化思想结构，而这种文化思想结构是所属的社会历史结构在文学创作和文学作品中的投影和折光。恩格斯从社会历史结构视域论述了它和文艺思想界的关系，为运用历史唯物主义的观点解析文学现象提供了具有指导意义的深刻的方法论启示。

社会历史结构和作家作品的文化思想结构存在着一定的对应关系。社会历史结构决定或制约着作家作品的文化思想结构，而作家和作品的文化思想结构又反过来展示和凸显与之相对应的社会历史结构。借用恩格斯的话来说，巴尔扎克的出现也是由这位伟大作家所置身的法国的社会历史结构安排好了的。当时法国的社会历史结构是封建宗法制和新兴市民制并存，贵族阶级和资产阶级正处于矛盾冲突之中。历史的发展趋势开始出现结构性的变化，在封建贵族母胎中萌动着的新兴市民阶级开始挣脱封建宗法制度的束缚走向独立。巴尔扎克隶属于封建贵族，但是他的文化思想结构中存在着先进的新兴的市民阶级的因素。他以伟大作家的敏锐眼光看到了新兴的市民阶级取代腐朽的贵族阶级的历史发展趋势，意识到自己所置身的营垒不配拥有更好的命运。于是他改变了自己的阶级立场，打破了自

---

① 马克思，恩格斯．马克思恩格斯全集：第4卷．北京：人民出版社，1958：256.

己的阶级同情和政治偏见，背叛了自己的保皇党的旧阵容，倒向了新兴的市民新营垒，调转笔锋，通过艺术描写，歌颂圣玛丽修道院的共和党英雄们。巴尔扎克的阶级转向是当时法国社会历史转折的深刻体现，从一个人可以看一个世界。巴尔扎克作为法国社会历史结构变革的"书记官"，记载了法国社会的变迁史。他在《人间喜剧》的"序言"中写道："法国社会将写它的历史，我只是当它的书记，编制恶习和德行的清册，搜集情欲的主要事实，刻画情格、选择社会的主要事件，结合几个本质相同的人的特点，揉成典型人物，这样我也许能写出许多历史学家没有想起的那种历史，即风俗史。"这种"风俗史"，"给我们提供了一部法国'社会'特别是巴黎'上流社会'的卓越的现实主义历史"，表现出法国从封建贵族社会向资本主义社会的转型。

托尔斯泰的出现是俄国的社会历史结构安排好了的。托尔斯泰和巴尔扎克面临大体相同的社会环境和历史状态。他们实际上都处于从封建宗法制贵族社会向新兴市民社会过渡的历史大转折的时期和境遇中。当时俄国的社会历史结构和法国十分相似，同样表现出贵族与农民、贵族与市民的矛盾和冲突。所不同的是，巴尔扎克尽管无情地揭露和批判了资本的贪婪和罪恶，却能顺应历史大潮，接受历史选择，投向新兴的资产阶级；而托尔斯泰则厌恶资本的势利、贪婪和罪恶，充满对资产者的鄙视和仇恨，拒绝历史向市民社会转靠，又对贵族阶级的腐朽和颓废感到烦忧和厌倦，对奢侈淫靡的生活感到郁闷和窒息，从而依附于农民，成为农民的思想家。托尔斯泰特别熟悉宗法制下的农民，对淳朴的农民怀有真挚深切的感情，心甘情愿地与他们为伍。他按照农民的习俗生活，放下豪华贵族的架子，修身躬行，节操简朴，被农民称为"戴着草帽，拿着镰刀的地主老爷"。托尔斯泰是可敬的。在托尔斯泰的精神世界中，充满着当时俄国社会历史结构中的各种矛盾，诸如资本、贵族和农民相交织的历史命运和利益冲突。正如列宁所指出的："托尔斯泰的观点和学说中的矛盾并不是偶然的，而是 19 世纪最后 30 多年俄国实际生活所处的矛盾条件的表现"[①]，"托尔斯泰学说不是什么个人的东西，不是什么反复无常和标新立异的东西，而是由千百万人在相当长的时期内实际所处的一种生活条件产生的意识形态"[②]，"托尔斯泰的观点中的矛盾，不是仅仅他个人思想上的矛盾，而是一些极其复杂的矛盾条件、社会影响和历史传统的反映"[③]。可见，托尔斯泰的作品和学说中表现出来的各种矛盾只不过是他所处的俄国复杂的社会历史结构的反映。这些复杂的社会历史结构寓于托尔斯泰的作品和学说中，并通过托尔斯泰的作品和学说表现出来。一定时代的社会历史文化结构是文学的根基和土壤。

第二节　文艺表现历史精神

一、文学反映社会风貌

特定时代的社会历史环境中产生的作家作品，必然反映出特定的社会历史风貌，是被主体化、情感化、虚构化、形象化了的社会史、风俗史、思想文化史。文学艺术是历史的一面镜子。从这个镜面上反映出来的应当首先是那些主要的基本社会关系与起主导和支配作用的阶级关系。这方面，巴尔扎克和托尔斯泰可以被称为描写社会历史状态和社会风貌的大师。最为杰出的代表人物当举巴尔扎克，他的作品出色地表现了法国社会的封建贵族被金融资产阶级取代的历史蜕变。他的由 90 余部小说辑成的

---

① 列宁．列宁选集：第 2 卷．3 版（修订版）．北京：人民出版社，2012：243.
② 列宁．列宁全集：第 20 卷．2 版（增订版）．北京：人民出版社，2017：103.
③ 同②23.

24 卷本皇皇巨著《人间喜剧》，被誉为当时法国社会的"百科全书"。巴尔扎克作为 19 世纪法国伟大的批判现实主义作家和欧洲批判现实主义文学家的杰出代表，在他短暂的人生中，凭借惊人的毅力和智慧，创作出具有崇高思想的博大精深的文学经典。在他逝世的时候，文学大师雨果曾这样诚挚地、慷慨激昂地评价道："在最伟大的人物中间，巴尔扎克是名列前茅者；在最优秀的人物中间，巴尔扎克是佼佼者。"《人间喜剧》通过高布赛克、葛朗台和纽沁根这三代人追逐金钱的经营史，再现了资本主义剥削方式的演进史和发迹史。这部《人间喜剧》通过表现私人生活、外省生活、巴黎生活、政治生活、军事生活、乡村生活六大场景，发掘贵族衰亡、资产者发迹、金钱罪恶等重大主题。

《人间喜剧》展示了贵族的衰亡史：通过《古物陈列室》《农民》等作品，表现老一代贵族如何为金钱所打倒；通过《高老头》等作品表现新一代贵族如何为金钱所腐蚀；通过《弃妇》《苏镇舞会》等作品表现上层贵族妇女如何为金钱所捉弄。巴尔扎克是贵族，但他看到了自己所处的阶级的必然没落，于是不得不改变他的阶级同情和政治偏见，在作品中表现贵族的衰亡史。正如恩格斯所说的："他的伟大作品是对上流社会无可阻挡的衰落的一曲无尽的挽歌。"

《人间喜剧》展示了资产者的发迹史：《高利贷者》中的高布赛克是一个具有资本原始积累时期特点的老一代资产者形象；《欧也妮·葛朗台》中的老葛朗台是一个具有自由竞争时期特点的资产者形象；《纽沁根银行》中的纽沁根是一个具有垄断时期金融寡头特征的新一代资产者形象。他们的经营方式和发迹手段是逐步深化递进的，从早期的吝啬积累，到机诈多变，再到欺骗冒险，表现出商业经营越界向政权渗透，展示了垄断资本的形成和崛起。

《人间喜剧》展示了金钱的罪恶史：通过《高老头》《贝姨》等作品，

表现出金钱如何使人良心败坏、情欲卑劣、道德堕落、物欲横流，一切美好的事物统统被淹没在利己主义的冰水之中；通过《欧也妮·葛朗台》《夏倍上校》等作品，表现出金钱成为性爱的唯一纽带，爱情、婚姻、家庭都是以金钱为灵魂的，钱色交易成为寡廉鲜耻的舞台；通过《幻灭》《交际花盛衰记》等作品，表现出金钱的魔爪如何无孔不入地渗入全社会的各个领域，成为当权者追逐和猎取的对象，金钱毒化了社会风气，玷污了文学艺术的神圣殿堂。金钱成为国家经济政治文化权利的重要杠杆，从而危害了社会的公平和正义。

《人间喜剧》描绘了一幅包罗万象的社会风俗画。正如恩格斯致哈克奈斯的信中所指出的："巴尔扎克，我认为他是比过去、现在和未来的一切左拉都要伟大得多的现实主义大师，他在《人间喜剧》里给我们提供了一部法国'社会'，特别是巴黎上流社会的无比精彩的现实主义历史，他用编年史的方式几乎逐年地把上升的资产阶级在 1816—1848 年这一时期对贵族社会日甚一日的冲击描写出来，这一贵族社会在 1815 年以后又重整旗鼓，并尽力重新恢复旧日法国生活方式的标准。他描写了这个在他看来是模范社会的最后残余怎样在庸俗的、满身铜臭的暴发户的逼攻之下逐渐屈服，或者被这种暴发户所腐蚀。""围绕着这幅中心图画，他汇编了一部完整的法国社会的历史，我从这里，甚至在经济细节方面（诸如革命以后动产和不动产的重新分配）所学到的东西，也要比从当时所有职业的史学家、经济学家和统计学家那里学到的全部东西还要多。"① 巴尔扎克作为"历史的书记官"，他创作的《人间喜剧》具有高瞻远瞩的历史眼光，富有独创性、深刻性和强烈的现实批判性。他从宏观的大视野，洞悉整个法国的政治、经济、文化、思想、道德，在整个社会的深度上开掘，并在

---

① 马克思，恩格斯. 马克思恩格斯选集：第 4 卷 . 3 版 . 北京：人民出版社，2012：590 - 591.

广度上拓展，娴熟地运用现实主义的典型描写，揭示出历史发展和社会转型的总趋势。

如果说巴尔扎克主要表现了新兴的金融资产阶级和腐朽的封建贵族的矛盾，那么托尔斯泰则主要描写了宗法制农民和专横的地主老爷的矛盾。托尔斯泰的名著《战争与和平》《安娜·卡列尼娜》《复活》，全景式地描绘了俄国社会历史的风貌和变迁。列宁指出，托尔斯泰的世界观是充满矛盾的："托尔斯泰的作品、观点、学说、学派中的矛盾的确是显著的。一方面，是一个天才的艺术家，不仅创作了无与伦比的俄国生活的图画，而且创作了世界文学中第一流的作品；另一方面，是一个发狂地信仰基督的地主。一方面，他对社会上的撒谎和虚伪提出了非常有力的、直率的、真诚的抗议；另一方面，是一个'托尔斯泰主义者'，即一个颓唐的、歇斯底里的可怜虫，……一方面，无情地批判了资本主义的剥削，揭露了政府的暴虐以及法庭和国家管理机关的滑稽剧，暴露了财富的增加和文明的成就同工人群众的贫困、野蛮和痛苦的加剧之间极其深刻的矛盾；另一方面，疯狂地鼓吹'不'用暴力'抵抗邪恶'。一方面，是最清醒的现实主义，撕下了一切假面具；另一方面，鼓吹世界上最卑鄙龌龊的东西之一，即宗教，力求让有道德信念的神父代替有官职的神父，……培养一种最精巧的因而是特别恶劣的僧侣主义。"①

托尔斯泰是一个"天才的艺术家"和"最清醒的现实主义"者，作为"俄国革命的镜子"映照出"革命的某些本质的方面"，创作出一幅"无与伦比的俄国生活的图画"，极其广泛深刻地反映了俄国社会的当代历史。托尔斯泰通过塑造各式各样的资产者形象、贵族形象，特别是农民形象，表现官场的专横和腐败，以及赤贫的劳动者所遭受的凌辱和苦难。列宁指

---

① 列宁. 列宁选集：第 2 卷 .3 版（修订版）. 北京：人民出版社，2012：242.

出，托尔斯泰是"曾经以巨大的力量、信念和真诚**提出**许多有关现代政治制度和社会制度的基本特点问题的思想家"①，"托尔斯泰以巨大的力量和真诚鞭笞了统治阶级，十分鲜明地揭露了现代社会所借以维持的一切制度——教会、法庭、军国主义、'合法'婚姻、资产阶级科学——的内在的虚伪"②。托尔斯泰以锐利的眼光和犀利的笔锋戳穿了沙皇俄国农奴制的经济、政治、法律制度和官方宗教的阶级本质。托尔斯泰所揭露的俄国社会的经济本质表现为地主霸占土地，对农民进行敲骨吸髓式的压榨和剥削，这是贫困农民的痛苦和不幸的根源。托尔斯泰借小说《复活》中的人物聂赫留朵夫之口，说出了"农民的真理"：造成农民贫穷和悲惨的主要原因是"唯一能养活他们的土地，都被地主从他们的手里夺去了"，"土地不能成为什么人的财产，它跟水、空气、阳光一样"，为了改变农民的生活，必须"把他们所迫切需要的，原先从他们手里夺去的土地，还给他们"。托尔斯泰所揭露的俄国社会的政治制度本质表现为沙皇的国家机器和官僚机构的专横、腐败和罪恶。《安娜·卡列尼娜》中的卡列宁是沙皇官僚制度的化身。"他不是人，他是政府的机器。"《复活》通过营救玛丝洛娃的情节，让聂赫留朵夫以目击者的身份拜访省长、律师、前国务大臣等，亲眼看到整个沙皇官僚制度的残暴、凶狠和腐化，官员实际上都是一些阿谀奉承的骗子和草菅人命的刽子手。托尔斯泰所揭露的俄国社会法律制度的本质是对人民的镇压和制裁。托尔斯泰借小说人物聂赫留朵夫之口指出："依我的看法，法律只不过是一种工具，用来维持那对我们的阶级有利的、现行的社会制度罢了。"《复活》通过玛丝洛娃的悲惨遭遇，尖锐无情地谴责了沙皇专制的暴力机关——法庭、监狱，以及整个法律制度的黑暗、昏聩和伪善，揭露了吃人的政治、法律专制制度的骇人听闻的种种

---

① 列宁.列宁全集：第20卷.2版（增订版）.北京：人民出版社，2017：39.
② 同①71.

罪行。托尔斯泰所揭露的俄国社会中作为专制制度精神支柱的官方教会的本质是对人民的愚弄和欺骗。官方宗教是官方统治的帮手，是沙皇政府用来与暴力镇压相配合，从思想信仰上麻痹、禁锢和欺骗人民的精神毒药。此外，托尔斯泰还对旧俄国的道德、教育、家庭、婚姻、妇女等问题进行了广泛深刻的批判。

尽管巴尔扎克和托尔斯泰的历史观是不同的，但他们大体上都是侧重于用编年史式的、主流的、传统的文学对历史进行正面描写和叙述。这是一种基本的、主导的、正常的表现方式，在今天看来仍然具有蓬勃的生命力。

二、文艺表现社会历史变革

（一）表现生活环境改变

马克思、恩格斯说："人创造环境，同样环境也创造人。"① 被环境创造的人不可能凭空创造新环境，而只能是在旧环境所提供的物质条件和精神条件的基础上进行创新。人的全面发展和社会的全面进步，都要依靠人的头脑、双手，特别是依靠人的社会实践，通过不断创造新环境取代旧环境实现持续的、螺旋式上升。旧环境的改变和新环境的诞生，都意味着人的新的解放，意味着给人带来新的福祉。新环境取代旧环境，把人拥上了一个新的历史平台。

真正实现对旧环境的变革，需要以下几个方面的因素。第一，必须遵循历史发展的客观规律。按客观规律办事，是达到人的预期目的的根本保

---

① 马克思，恩格斯. 马克思恩格斯全集：第 3 卷. 北京：人民出版社，1960：43.

证。恩格斯指出："历史进程是受内在的一般规律支配的。"① "人们自己创造自己的历史，但他们是在既定的、制约着他们的环境中，是在现有的现实关系的基础上进行创造的，在这些现实关系中，经济关系不管受到其他关系——政治的和意识形态的——多大影响，归根到底还是具有决定意义的，它构成一条贯穿始终的、唯一有助于理解的红线。"② 这里，客观规律首先表现为经济规律，按客观规律办事首先表现为按经济规律办事。当然，政治、精神、意志、传统也起着一定的作用。第二，需要提供和依赖一定的、必要的物质精神条件。正如恩格斯所指出的："我们自己创造着我们的历史，但是第一，我们是在十分确定的前提和条件下创造的。"③ 马克思和恩格斯在《德意志意识形态》中说："历史的每一阶段都遇到有一定的物质结果、一定数量的生产力总和，人和自然以及人与人之间在历史上形成的关系，都遇到有前一代传给后一代的大量生产力、资金和环境，尽管一方面这些生产力、资金和环境为新的一代所改变，但另一方面，它们也预先规定新的一代的生活条件，使它得到一定的发展和具有特殊的性质。"④ "历史不外是各个世代的依次交替。每一代都利用以前各代遗留下来的材料、资金和生产力；由于这个缘故，每一代一方面在完全改变了的条件下继续从事先辈的活动，另一方面又通过完全改变了的活动来改变旧的条件。"⑤ 第三，在遵循客观规律和利用客观条件的前提下，尽可能最大限度地发挥人的主动性、能动性和创造性，树立改造环境的明确目标和自觉意识。恩格斯说："人们总是通过每一个人追求他自己的、自

---

① 马克思，恩格斯. 马克思恩格斯选集：第4卷.3版. 北京：人民出版社，2012：254.
② 同①649.
③ 同①604.
④ 马克思，恩格斯. 马克思恩格斯全集：第3卷. 北京：人民出版社，1960：43.
⑤ 同④51.

觉预期的目的来创造他们的历史。"①

马克思、恩格斯认为，这种变革社会环境的创造精神，不是费尔巴哈所说的"感性的直观"，而是"感性的活动"。费尔巴哈"从来没有把感性世界理解为构成这一世界的个人的共同的、活生生的、感性的**活动**"，正是"这种活动、这种连续不断的感性劳动和创造、这种生产，是整个现存感性世界的非常深刻的基础"②。马克思、恩格斯告诉费尔巴哈，你所面对的"周围的感性世界决不是某种开天辟地以来就已存在的、始终如一的东西，而是工业和社会状况的产物……是世世代代活动的结果"③。"费尔巴哈在曼彻斯特只看见一些工厂和机器，而一百年以前在那里却只能看见脚踏纺车和织布机；或者他在罗马的康帕尼亚只发现一些牧场和沼泽，而奥古斯都时代在那里却只能发现……茂密的葡萄园和讲究的别墅"④，连樱桃树的出现，也是社会发展和商业活动的结果。"樱桃树只是**依靠**一定的社会在一定时期的这种活动才为费尔巴哈的'可靠的感性'所感知。"⑤人的社会环境和自然环境的改变，不能依赖于静态的"感性的直观"，而必须依靠创造性的社会实践。正如马克思、恩格斯所指出的："对**实践的**唯物主义者即**共产主义者**来说，全部问题都在于使现存世界革命化，实际地反对并改变现存的事物。"⑥

马克思、恩格斯认为，这种变革社会环境的创造精神，不是青年黑格尔派所宣扬的"自我意识"和"自我意识"的批判理论。马克思、恩格斯指出："历史向世界历史的转变，不是'自我意识'、宇宙精神或者某个形而上学怪影的某种抽象行为，而是纯粹物质的、可以通过经验确定的事

---

① 马克思，恩格斯. 马克思恩格斯选集：第 4 卷 . 3 版 . 北京：人民出版社，2012：254.
② 马克思，恩格斯. 马克思恩格斯全集：第 3 卷 . 北京：人民出版社，1960：50.
③ 同②48.
④⑤ 同②49.
⑥ 马克思，恩格斯. 马克思恩格斯选集：第 1 卷 . 3 版 . 北京：人民出版社，2012：155.

实，每一个过着实际生活的、需要吃、喝、穿的个人都可以证明这一事实。"① 青年黑格尔派在"纯粹精神"的笼子里谈哲学，把"自我意识"打扮成人格化了的批判家，认为只要消除了陈旧的观念，便等于改变了现实，认为"现实问题的哲学**词句**"即"现实问题本身"，断定"现实的人……他们自己的社会关系的现实意义都非实有，实有的只是**自我意识**这种赤裸裸的抽象词句，……即**实体**"，并"错误地把思想、观念、现存世界在思想上的独立化了的表现当作这个现存世界的基础"②。他们凭借这种哲学幻想，靠"改变了的意识、对现存诸关系的稍新的解释，能够把整个现存世界翻转过来"③。他们利用这种自诩为"震撼世界的思想"，把现实变成了观念，"把整个历史变成意识发展的过程"④。青年黑格尔派的"哲学变革"存在着明显的理论欠缺：一是这种哲学把法国的思想德国化后，失去了法国思想的先进性，严重脱离德国的实际，造成德国哲学和德国现实生活的两层皮；二是这种哲学飘游于"纯粹精神"的思辨王国，耽于幻想，表现出虚假性和主观随意性，没有切近现实生活的真理性和合理性；三是这种哲学排斥实践。正确的思想观念是变革现实的前提。从物质中产生的具有科学性的精神可以变成物质。但即便是正确的精神、意识、思想和观念，想达到变革现实的预期目的，也必须通过自觉的社会实践，转化为现实，变成生活中的物化形态。青年黑格尔派妄图通过改变哲学范畴来实现变革现实的天真烂漫的幻想，并不能实际地改变人的生态和社会的生态。不能触动社会环境和现实生活的现状，无异于"跪着造反"，只能流于"口头革命派"和"词句革命论"。这种自我意识的批判理论表面上看来很激进，实际上非常保守。正如马克思、恩格斯所指出的："青年黑格尔派

① 马克思，恩格斯.马克思恩格斯全集：第 3 卷.北京：人民出版社，1960：52.
② 同①93.
③ 同①95.
④ 同①77.

思想家们满口讲的都是'震撼世界'的词句，而实际上他们是最大的保守分子。"①

马克思主义认为，实践虽然不是第一性的，却是第一位的，具有极其重要的功能和价值。改变社会环境的唯一正确的途径是实践。只有科学思想指导的社会实践，才能把变革社会环境的理想、目标和蓝图变成活生生的现实。马克思、恩格斯提倡培育和造就拥有实践力量的新人，依靠这些新人的实践力量改变人的社会环境。他们认为，"既然人的性格是由环境造成的"，就"必须使环境成为合乎人性的环境"②。因此，必须改变旧环境，创造适合人生长和发展的新环境。变革旧环境，需要以先进的正确的思想为指针，但这种思想必须付诸实践，才能变成现实。思想本身并不能实现什么东西。正如马克思、恩格斯所指出的那样，"思想从来也不能超出旧世界秩序的范围：在任何情况下它都只能超出旧世界秩序的思想范围。思想根本不能**实现什么东西**"，"为了实现思想"必须"要有使用实践力量的人"③。马克思、恩格斯把是否能改变旧环境、创造新环境视为区分旧人和新人的重要标准。只要安于旧环境，他们"依然是'旧人'"，尽管"他们本身是多么不愿再做'旧人'以及他们是多么不愿人们再做'旧人'……只有改变了环境，他们才会不再是'旧人'"④。在马克思、恩格斯看来，只有靠有实践力量的新人和新人的实践力量才能改变旧环境和创造新环境。

（二）反映社会历史转折

环境可以分为小环境和大环境。个体的、群体的、集团的、民族的、

---

①　马克思，恩格斯．马克思恩格斯全集：第 3 卷．北京：人民出版社，1960：22.
②　马克思，恩格斯．马克思恩格斯全集：第 2 卷．北京：人民出版社，1957：167.
③　同②152.
④　同①234.

国家的环境的内涵和外延是不同的。小环境的改变是比较容易做到的。人民的、国家的、民族的大环境的变革，则需要历史变迁和社会转型，即从一个旧时代转换为一个新时代。这种改变大环境的伟大变革实际上是遵循历史发展的客观规律的。不管作家、艺术家是否自觉地意识到，他们的创作和作品所描写的社会生活的大改组、大分化和大变动都构成了这个时代和这个历史阶段的"中心图画"。文学大师巴尔扎克和托尔斯泰都清醒地表现了法国和俄国的历史变迁和社会转型的"中心图画"。这幅"中心图画"实际上表现了被历史发展规律驱动的法国和俄国社会的趋势和走向。两位文学大师不约而同地表现了一个划时代的重大主题：从封建宗法制社会向新兴市民社会的过渡，贵族阶级的没落和资产阶级的崛起；或可以描述为金融资本对农耕经济的取代和冲击。巴尔扎克的《人间喜剧》所描写的贵族人物都非常颓废、腐败、僵化、萎靡不振，苦苦挣扎也挽救不了即将灭亡的命运，无力回天，他们的人生好像走到了尽头；而巴尔扎克所刻画的资本家形象，都是善于钻营、贪婪机诈、咄咄逼人的人，善于利用金钱的魅力不择手段地达到自己的目的，每每充当与愚钝无能的旧贵族作战的胜利者。法国历史从宗法制社会向市民社会的转折不可避免，巴尔扎克顺应了这个历史发展的趋势，真实地表现了这一历史的大变动。恩格斯曾这样说："巴尔扎克在政治上是一个正统派；他的伟大作品是对上流社会无可阻挡的衰落的一曲无尽的挽歌；他对注定要灭亡的那个阶级寄予了全部的同情。但是，尽管如此，当他让他所深切同情的那些贵族男女行动起来的时候，他的嘲笑空前尖刻，他的讽刺空前辛辣。而他经常毫不掩饰地赞赏的唯一的一批人，却正是他政治上的死对头，圣玛丽修道院的共和党英雄们，这些人在那时（1830—1863 年）的确是人民群众的代表。这样，巴尔扎克就不得不违背自己的阶级同情和政治偏见；他**看到了**他心爱的贵族们灭亡的必然性，把他们描写成不配有更好命运的人；他在当时唯一能找到未来的真正的人的地方**看到了**这样的人，——这一切我认为是现实主义的最伟大的胜利之一，是老巴尔扎克最大的特点之一。"①

托尔斯泰的创作和作品，作为"俄国革命的镜子"，同样表现了俄国宗法制社会向资本主义社会过渡的历史转折。《安娜·卡列尼娜》的开篇说道："奥布浪斯基家里，一切都混乱了。"这是对当时处于大变动中的骚乱不宁、惊恐不安的整个俄国社会的富有寓意的概括，表现出俄国农奴制社会崩溃和资本主义崛起的动荡的时代氛围。由于资本主义势力对封建贵族的日甚一日的攻击，腐败的宗法制度呈现出不可挽回的颓势。尽管托尔斯泰的小说中所塑造的主要人物，都做出了殚精竭虑的尝试，想扭转乾坤，摆脱即将灭亡的命运，但都显得无济于事。《安娜·卡列尼娜》的主人公、托尔斯泰小说中的理想人物列文力图通过试验和改革，对俄国的农业道路进行新的探索，结果无功而返。《复活》中的主人公聂赫留朵夫想通过赎罪求得精神上的复活，但也毫无意义。《战争与和平》的主人公安德烈经过战争的洗礼，刚刚被唤起的追求新生活的愿望却淹没于苍白茫然的幻想中无法实现。俄国农奴制日暮途穷，已经被历史老人安排好了，大势已去，不可救药。列宁指出："在《安娜·卡列尼娜》一书中，托尔斯泰借康·列文之口非常清楚地道出了这半个世纪俄国历史所发生的转变……'现在在我们这里，一切都颠倒过来，而且刚刚开始形成'，——很难想象还有比这更能恰当地说明 1861—1905 年这个时期特征的了。""那'颠倒过来'的东西"，正是"农奴制度以及与之相适应的整个'旧秩序'。那'刚刚开始形成'的东西……正是资产阶级制度"②。

巴尔扎克和托尔斯泰这两位文学大师以史诗般的精品杰作，为我们描述了人类历史上从宗法制度转变为资本主义制度的社会转型。最为难能可贵的是，他们都是贵族，因看到并顺从了历史发展的大趋势而背叛

---

① 马克思，恩格斯. 马克思恩格斯选集：第 4 卷 . 3 版 . 北京：人民出版社，2012：591.

② 列宁 . 列宁全集：第 20 卷 . 2 版（增订版）. 北京：人民出版社，2017：100 - 101.

了自己的阶级。尽管他们的历史选择是不同的，但他们都不约而同地表现了贵族的没落和资产阶级的崛起。巴尔扎克实质上从精神意向上投身到市民阶级的营垒，而托尔斯泰由于俄国的宗法制度被快速摧毁，世界观发生了根本性的变化。但托尔斯泰对资产阶级感到恐惧和仇恨，不理解工人阶级的历史地位和作用，最终依归于农民，成为农民的思想家。这两位文学大师都是伟大的天才人物，他们的作品至今仍是难以超越的典范。这两位文学巨匠的创造性的文学活动，对启示中国当代文学家学习大师、珍惜经典，创作出史诗般的划时代的精品力作具有重要的借鉴意义。

第三节　文本历史主义解析

一、事实文本与文学文本

克罗齐曾说，一切历史都是当代史。这种说法是有道理的。历史是今天的昨天，作为过去时的历史的生命不会终结，而是会延续到现在。当代人在书写过去的历史时肯定会寻求并赋予历史以当代意义和当代价值，开掘对当代人和当代史具有驱动作用的基因元。因此，历史经过当代人的书写，必然会打上当代人的印记，从而具有一定的当代性，即能体现书写人所代表的当代人的意志、利益、愿望和价值诉求。这里，必然存在着一个书写的史书和客观史实的关系问题。由于书写人的主体性和能动性，其所书写的历史文本一定程度上符合和切近历史事实。当然，历史的子孙们都没有也不可能亲眼看到历史老人，都无法亲历历史，都无缘亲眼看到原生态的历史。马克思主义文艺理论的一位有影响的代表性人物詹姆逊这样说道："历史并不是一个文本，因为从本质上说它是非叙事的、非再现性的；

然而，还必须附加一个条件，历史只有以文本的形式才能接近我们，换言之，我们只有通过预先的文本化才能接近历史。"① "历史并不是一个文本"，但又"只有以文本的形式才能接近我们"，这是一个悖论，历史具有既是文本又不是文本的二重性。说历史不是文本，是因为历史是不以叙事再现为转移的第一性的客观存在；说历史是文本，是因为处于现在时的人们无法亲自经历过去时的历史，他们只能通过历史的书写文本来了解历史，通过对历史的文字记载来考察历史。这种历史实质上是文本主义的历史。这种历史主义实际上是文本的历史主义。

这里，存在着一个非常重大的原则性问题，即客观存在着的第一性的历史事实和主体与通过书写和叙述形成的第二性的历史文本之间的关系问题。应当考察和核证历史文本对历史事实的切近程度和吻合程度。历史文本中符合历史事实的书写和叙述只能是相对的，但又不属于绝对的相对主义，相对中包含着绝对的因子。即便是传统的正史也存在着两面性和多重性，应当进行具体分析：有切近史实的、客观程度比较高的、相对正确的书写，也有主观随意性比较强的充满偏见的书写。根据史书切近和吻合史实的程度的不同，应当充分考虑执政集团和普通百姓之间的生态和利益关系，而分别采取不同的态度，不应笼统地、全面地加以肯定和颂扬，或一概加以消解和颠覆。对历史的书写实质上都是重写。而每一次重写，都会附加上统治阶级的意志、政治倾向、价值诉求和意识形态改制，从而体现当权者的利益，为原生态的史实蒙上一层又一层的时代烟尘和历史迷雾。马克思主义主张用科学的态度，即用历史和逻辑相统一的观点和方法来观察和评价历史。运用历史的方法，把属于历史的东西还给历史；运用逻辑的方法解读、阐释历史，但应当尽可能地符合历史事实。历史逻辑制约文

---

① 詹姆逊. 政治无意识. 王逢振，陈永国，译. 北京：中国社会科学出版社，1999：70.

本逻辑，文本逻辑遵循历史逻辑。历史唯物主义坚守物质第一性、精神第二性的基本原理，但并不否认历史活动中的人的主体性和能动性所发挥的作用。马克思、恩格斯曾这样指出："**历史什么事情**也没有做，……历史**不过是**追求着自己目的的人的活动而已。"① 恩格斯多次肯定人的意志、思想、激情、目的和理想对创造历史的驱动。恩格斯说："历史是不自觉地，但必然是为了实现某种预定的理想目的而努力"②，"在社会历史领域内进行活动的，是具有意识的、经过思虑或凭激情行动的、追求某种目的的人"③。晚年的恩格斯提出历史创造力的"平行四边形"的理论。他说："历史是这样创造的：最终的结果总是从许多单个的意志的相互冲突中产生出来的，……有无数互相交错的力量，有无数个力的平行四边形，……产生出一个合力，即历史结果，……每个意志都对合力有所贡献，因而是包括在这个合力里面的。"④ 恩格斯还对他和马克思曾不恰当地强调客观的经济因素的决定作用进行反思："我们大家都有同样的过错。……首先是把重点放在从基本经济事实中**引出**政治的、法的和其他意识形态的观念以及以这些观念为中介的行动，而且**必须这样做**。但是我们这样做的时候为了内容方面而忽视了形式方面，即这些观念等等是由什么样的方式和方法产生的。"⑤

然而，反对机械的、绝对的、简单的历史决定论，适当地重视各种中介，包括人的意志和目的的作用，并不意味着从根本上否定历史唯物主义关于社会存在决定社会意识的基本原理，消解和颠覆根本意义上的历史决定作用。各种中介因素，包括个人和集团的意志参与对历史的创造时，都从主体意志化了的历史因素变成客体化了的历史存在。不能随意颠倒第一

① 马克思，恩格斯.马克思恩格斯全集：第 2 卷.北京：人民出版社，1957：118-119.

②③ 马克思，恩格斯.马克思恩格斯选集：第 4 卷.3 版.北京：人民出版社，2012：253.

④ 同②605-606.

⑤ 同②642.

性的东西和第二性的东西，把历史的发展解释为第二性的东西的循环螺旋和内部增殖。恩格斯在《自然辩证法》中指出："每一个时代的理论思维，包括我们这个时代的理论思维，都是一种历史的产物，它在不同的时代具有完全不同的形式，同样具有完全不同的内容。因此，关于思维的科学，也和其他各门科学一样，是一种历史的科学，是关于人的思维的历史发展的科学。"[1] 马克思、恩格斯还在《德意志意识形态》中这样坚定地说："我们仅仅知道一门唯一的科学，即历史科学。"[2] 可见，在马克思、恩格斯看来，历史是一种具有权威性的客观存在，历史的概念是一个具有决定作用的母源范畴。

新历史主义是一种具有广泛而巨大影响的文本历史主义。新历史主义诞生于 20 世纪 80 年代的英美文化界。新历史主义的代表人物有斯蒂芬·格林布拉特、路易斯·蒙特罗斯、海登·怀特、乔纳森·多利莫尔、维勒等人，葛林伯雷还把新历史主义理解为"文化诗学"。新历史主义是一种不同于传统的历史主义的"新"的批评模式。新历史主义的出现是对庸俗刻板的历史主义和孤立强调文学本体的形式主义、结构主义批评思潮的双重反驳，从文化视域介入历史，着重从政治权力、意识形态、文化霸权等角度对文本进行整体性把握和综合性解读，通过文本把文学与历史、文学与人生、文学与权力联系起来，从而消除文本的僵硬结构，同时打破文字游戏的解构策略。德里达把文本视为孤立的结构，说什么"没有文本之外的世界"，筑起了文本与外部世界之间的铜墙铁壁和高墙深壑。这种文本的封闭主义实际上只在"文本逻辑的笼子里"谈历史、谈人生、谈文学。福柯首先从政治和权力的视角，向结构主义的文本主义发起冲击。他主张对结构进行再理解，通过新理解确立新建构，还原历史和对历史的记忆。

---

① 马克思，恩格斯.马克思恩格斯选集：第 3 卷.3 版.北京：人民出版社，2012：873-874.
② 马克思，恩格斯.马克思恩格斯选集：第 1 卷.3 版.北京：人民出版社，2012：146.

　　新历史主义是有贡献的。它打破了形式主义和结构主义的封闭自足、孤立绝缘、僵死凝固的藩篱；它主张赋予文本以历史和人生的内容，并通过文本向历史和人生开放；它关注政治、种族、女权、后殖民、意识形态、权力话语，恢复和强化了被形式主义和结构主义消解和遮蔽了的社会责任意识；它在更高的、螺旋式上升的意义上，从单纯的对文学的内部规律研究返回到对文学的外部规律研究；它通过文本投向历史和人生，引发人们对社会问题，特别是对政治权力和意识形态的关注，调动起大众对人的生态和历史命运的思考，对社会的财产、利益和权力的占有和分配、再占有和再分配的警醒和叩问。诚然，这些精神意向都是要通过文本解析来实现的。

　　新历史主义提出"互文性"这样一个核心概念。这个核心概念把历史视为一种文本，认为文学文本和历史文本具有互文性，从而把文学文本和历史文本联系起来，进而通过文学文本介入、叙述、解读、阐释历史文本，给批评主体通过文本干预历史、社会、人生、政治、权力、意识形态开辟巨大的阐释空间。显然，这种文本的历史主义与结构主义的语言游戏大异其趣。实质上文本历史主义具有多样的表现形态：有的追求对历史的认识，可称之为思辨哲学的文本历史主义；有的强调对历史的批判，是一种批判主义的文本历史主义；有的推崇对历史的解构，是一种解构主义的文本历史主义；有的善于对历史进行解释，是一种解释学的文本历史主义；有的注重对历史的叙事，是一种叙事学的文本历史主义；如此等等。文本历史主义的各种形态，实质上都不同程度地受到了思辨哲学、社会文化批判理论，特别是"解构主义"和"语言学转向"的深刻影响。

　　新历史主义的合理性和局限性是并存的，既存在着超越传统历史主义、形式主义和结构主义的优长，同时又存在着由崇拜和迷信文本所带来的共同欠缺。这种文本历史主义的两面性表现为既把文本和历史联系起来，同时又把文本和历史不同程度地混淆起来。这种混淆多半是有意识、有目的的，表现为把第二性的东西变成第一性的东西，用逻辑取代历史，以文本或文献取代史实。首先，把史实变成话语、言说、故事、编码、隐喻、叙述、解释、文化语境、文字游戏，把史实变成对史实的书写、叙述、阐释、解构、重组、重构，颠倒史实史和文本史、文字史、文献史的相互关系；其次，把历史科学变成历史诗学或文化诗学，用文学逻辑取代历史逻辑，把第二性的历史变成第一性的历史，在历史文本和历史叙述中，通过无节制地发挥主体能动性和主观随意性，放逐自我意识，歪曲或颠倒历史真相，改写和重塑历史风貌，甚至有人主张对历史进行"语言颠覆"和"文本造反"，妄图通过所谓"人本主义修辞学革命"实施社会变革，改变历史结构。这是左翼人文知识分子富于浪漫情怀的审美幻想。实际上，文本语言的改写、重组和变革并不意味着使其所指称的活生生的、确凿凿的历史事实发生实质性的改变。一些书斋学者和文化精英，由于脱离群众，缺乏实践力量，他们的变革意识只能通过他们所擅长的文化手段和语言途径，曲折地、间接地对现实施加影响。这是西方的精神文化和思辨哲学的持久悠长的传统。他们没有能力改变现实的社会环境，便去改写社会环境的替代物，即语言世界，运用意志、思想和精神力量，通过对语言世界各种关系的演绎、改写和重塑来实现对社会历史的变革。因此，他们往往用文字史、文本史、文献史取代史实史。这种文本主义的历史观承受不住历史事实的检验。

一些带有革命倾向的左翼理论家让语言和文本承载着实现政治、权力、意识形态的使命。他们的动机或许是真诚的，但文本主义的历史观使他们企图通过改变语言结构促进社会历史变革的精神意向受到阻遏。从根本上说，文本主义的历史观是无法取代科学的唯物史观的。马克思、恩格斯在批评德国思辨哲学时说过，"这种历史观和唯心主义历史观不同，它不是在每个时代中寻找某种范畴，而是始终站在现实历史的**基础**上，不是从观念出发来解释实践，而是从物质实践出发来解释观念的东西，由此还可得出下述结论：意识的一切形式和产物不是可以用精神的批判来消灭的，也不是可以通过把它们消融在'自我意识'中……来消灭的，而只有实际地推翻这一切唯心主义谬论所由产生的现实的社会关系，才能把它们消灭"①。文本历史主义者多半是语言崇拜和观念至上主义者。他们总是靠文本语言所承载和表达的观念和思想意志来把握真实的历史，往往幻想利用"假定观念和思想支配着迄今的历史，……把人们关于自身的意识的历史变为人们的现实历史的基础之后，……把意识、观念、**圣物**、固定观念的历史称为'**人**'的历史并用这种历史来偷换现实的历史"②。我们不应当笼统、不加鉴别地承认文本和历史的"互文性"。马克思、恩格斯曾经非常严格地把"文献的历史"和"现实的历史"区别开来。他们在批判实质上是语言观念的历史主义者——所谓"真正的社会主义者"时指出："这些'真正的社会主义者'像所有德国的思想家一样，经常把文献的历史和现实的历史当作意义相同的东西而混淆起来。……他们把自己的始终非常丰富的幻想和现实等量齐观。"③ 事实胜于雄辩。每当有文物、古迹被发现时，文字的历史和文本的历史立即便会被改写和重塑，这证明了史实的权威性和史实对史书即历史文本和文本历史的决定性作用。文本历史主义提倡通过文本回到历史、说明历史，实现历史意识的回归和历史意识的觉醒，使语言文本更加重视社会、人生、政治、权力和意识形态的作用，但又不能用文本的、文字的、文献的历史取代史实，忽视和遮蔽真实的历史。

---

① 马克思，恩格斯. 马克思恩格斯全集：第 3 卷. 北京：人民出版社，1960：43.

② 同①200.

③ 同①551.

历史观念和文艺创作。历史观、人生观、价值观和文艺观是紧密联系着的。不同历史观指导下所产生的各种文艺作品反映出来的历史观是存在差异的。书写历史题材，特别是描绘革命历史题材的作品，总是自觉不自觉地、有意识无意识地受到一定的历史观的决定或制约。具有正剧性质的革命历史题材作品的宏大叙事，表现了人民群众作为革命的推动力，经过艰苦卓绝的斗争，实现了人民的解放的光辉历程，人民群众推动了社会的进步和历史的发展，此类作品凸显了人民革命事业的光明面。这些正面的宏大叙事，可能多多少少带有一些线性描写的痕迹，但这些正统的、郑重的、严肃的创作和作品，作为当代文学艺术的主流、主潮、主导和主旋律，从正面充分体现了历史唯物主义精神。而那些实质上以文本历史主义为指导的探索性艺术和实验性小说多半表现了被大历史描写遗漏的另一面。新历史主义或文本历史主义实验小说所书写的中心领域是通过微叙事描绘小历史，并表现出复杂多元的格局。有的新历史主义实验小说作者的批判锋芒主要是针对被革命宏大叙事遮蔽和淹没的阴暗面。这样的创作和作品不仅在艺术技巧和叙述方式上有许多新探索和新突破，而且对了解革命历史进程中的艰巨性，从而更加全面完整地认识革命事业的复杂性，具有积极的意义。

然而，从新历史主义或文本历史主义实验小说的总体实践中，可以捕捉并提炼出一些值得深入研究的理论问题。

宏大叙事和微小叙事的关系问题，即主线、主流、主导、主潮、主旋律的"大写大史"与处于边缘区域和空疏地带的"小写小史"的关系问题。实验小说对历史存在和历史过程中的夹缝、断层、漏洞、边缘、破碎、粗犷、芜杂、怪诞、灰暗角落、微小地带、潜隐方位的意外发现和开拓，使作为描写对象的历史变得更加完整、充实、丰富和细腻。新历史主义实验小说所秉持的历史观作为对各种非历史化的历史理论、历史观念和历史创作的反叛，作为对各种形式主义文艺观念的反拨，作为对各种痴迷于内部规律研究的反拨，作为对各种纯审美、纯文学、空心化、反功利文学创作的反拨，作为对正统的历史主义的反叛，作为对主流的、官方的、郑重的、严肃的、刻板的、维护统治阶级的话语权力和政治经济利益的官方正史的反叛，带有明显的批判性、消解性和颠覆性，表现出强烈的政治倾向性和意识形态性。同时，其也是对历史虚无主义的校正，通过对野史稗史、趣闻逸事的发掘，专事勾勒和描绘小历史，诸如民族史、氏族史、村落史、家族史、家庭史、个人史，或通过这些小历史填补、充实和丰富大历史，或通过这些小历史颠覆、改写和重塑大历史。在书写正史和野史的关系问题上，新历史主义在叙述中，为了增强历史的趣味性和民间性，特别重视野史的传奇和逸闻趣事，或用于补充严肃刻板的正史，或用于消解史家确认和秉承的正史；在书写外部世界史与内在心灵史的关系问题上，新历史主义为了增强史的说服力、感染力、吸引力和艺术魅力，往往痴迷于表现人的内宇宙的心灵史，或补充、丰富外宇宙的世界史，或淡化、隐蔽外宇宙的世界史，不同程度地表现出去大历史化的意图和非历史主义的倾向。概括地说，"小写小史"对"大写大史"而言意义的复杂性表现为：或是补充，或是颠覆；既是补充，又是颠覆；或主要是颠覆，或主要是补充；颠覆中有补充，或补充中有颠覆。究竟属于哪种情况，则需要细读文本，具体问题具体分析。

关于客体性和主体性，主要表现为客观规律性和主观能动性的关系问题。对象、人物和事件作为确定的客观存在，都具有内在的客观规律和客观逻辑。书写主体的思维逻辑，包括形象思维和想象思维的艺术逻辑和心理逻辑，原则上应当与之相适应。世界上存在着逸出客观规律之外的偶然的个别现象，但艺术真实和心理真实总体上应当遵从历史真实。文艺创作和文艺作品中确实存在着"真"与"假"的问题：有真实深刻地反映历史的发展趋势、社会转型、人的生态和人生真谛的创作和作品，也有违背历史真实而胡编乱造的"瞒和骗的文艺"。真是美的基础，美是善的光辉。作家、艺术家只有自觉地创造真善美的作品，才能为建构公平正义的社会助一臂之力，培育纯洁真诚的人心，涤荡笼罩在人世间的虚假气息和精神雾霾。富有良知的社会人文知识分子应当清醒地体察到，"虚假"是酿造一切"丑恶"和"罪孽"的毒菌，必须坚决彻底地加以铲除。文艺工作者应当把"真意识"和"美意识"融合起来。文艺创作需要"写真事""讲真话""抒真情"。诚然，文艺作品需要自由想象和合理虚构，同时需要充分考虑现实主义艺术和浪漫主义、表现主义与现代主义艺术的性质和功能的同质性和异质性，遵循不同艺术的特征，处理好客观规律和艺术规律之间的张力关系，既允许和倡导创作的自由度，但又要防止和克服不受任何约束、极端膨胀的主观随意性。同时，敬畏历史，尊重历史存在和历史事实，顺应历史变革和历史转折。实质上，人的心理需求和价值取向都是一定历史条件下的现实生活的产物。人的主体性、能动性、创造性都应当有助于推动历史的健康发展，而不应当像胡适先生所说的，把历史变成"任人随意打扮的小姑娘"，随意地歪曲、丑化和亵渎历史。

关于必然性和偶然性的关系问题。历史的存在和发展都是有规律的。作家描写的一定历史条件下的事件和人物及其存在和发展也是有规律的。当然，规律的必然性往往是通过偶然性凸显出来的。"无巧不成书"，特别是在以历史为题材的创作和作品中，偶然性不仅是不可或缺的，并且起着非常重要的作用。规律性寓于偶然性之中，并通过偶然性表现出来。历史小说不可能赤裸裸、孤零零地披露历史的必然性，也不可能是无数个偶然性的没有逻辑关系的编织和连缀，使历史和历史人物的发展成为不可思议的谜团。深刻的、史诗般的历史小说，总会一定程度上借助偶然性揭示出历史发展的大趋势和不可抗拒的历史发展的必然性，而不会停留于偶然性的徘徊、飘浮和游弋上。恩格斯曾经批判说："旧唯物主义在历史领域内自己背叛了自己，因为它认为在历史领域中起作用的精神的动力是最终原因，而不去研究隐藏在这些动力后面的是什么，这些动力的动力是什么。不彻底的地方并不在于承认**精神的**动力，而在于不从这些动力进一步追溯到它的动因。"① 不管"历史研究如何重要，它丝毫不能改变这样一个事实：历史进程是受内在的一般规律支配的。因为在这一领域内，尽管各个人都有自觉预期的目的，总的说来在表面上好像也是偶然性在支配着。……但是，在表面上是偶然性在起作用的地方，这种偶然性始终是受内部的隐蔽着的规律支配的，而问题只是在于发现这些规律"②。

创作主体的洞察力和表现力并不在于捕捉、寻觅和巧妙地运用个别的偶然现象，而在于展现个别性中隐藏的一般性、偶然性中所潜伏的必然性，从各种诸如心理、意识、意志等精神原因中，发掘历史发展和历史人物行动的"原因的原因"和"动力的动力"。一味地痴迷于对个别的偶然现象的书写，不恰当地夸大偶然性，掩盖体现历史发展规律的必然性，可能会导致历史叙事的假象。这种描写手腕往往会造成这样一种阅读的数学方面的心理效果：把革命活动中可能存在着的偶发的苦难事件描写成常态的苦难事件；把革命活动中事实上存在着的光明面加以遮蔽，反而把个别偶发的阴暗的苦难事件大加张扬。这样可以制造出一种虚假的文学事实：少数的、个别的变成了大量的、常态的；不去讴歌革命给大多数人带来的自由、幸福和解放，而专事揭露革命使极少人所蒙受的不幸、痛苦和灾难。还有的历史小说，由于没有正确描写历史的必然性和偶然性的相互关系，自觉不自觉地陷入"历史循环论""历史虚无主义""革命取消主义"的误区。

---

① 马克思，恩格斯. 马克思恩格斯选集：第 4 卷 . 3 版 . 北京：人民出版社，2012：255.
② 同①254.

二、历史文本与文学虚构

文学具有多种形态。有写实的文学，但完全写实的文学，实际上是不存在的。文学作为书写主体的创造活动所产生的作品，必然存在着虚构和想象的元素。文学实际上都是虚构和想象的文本。历史题材的文艺作品，或各种历史小说，实际上都是历史的文本，或是文本的历史，都隶属于文本的历史主义，或归附于历史的文本主义。因此，想象和虚构的文学，都理应从文本历史主义或历史文本主义的范畴加以考察。换言之，书写历史通过虚构和想象所产生的文本都是历史文本或文本历史，都不同程度地体现历史文本主义或文本历史主义。

历史题材的创作活动，书写主体作为有意识的、有思想情感的人，对史料的选择、剪裁和编织，肯定会表现出他的好恶、褒贬、美刺，流露出一定的主观意图和政治态度，顽强地、执拗地展示出他的主体意识、价值诉求、目的追求、意识形态性质和权力功能指向。

经过虚构和想象所形成的历史文本，无疑是具有双重性的，既反映史料所体现的客观思想，又表现书写主体的主观思想，两者错综复杂地纠缠在一起，形成一种非常复杂的思想文化结构。

想象和虚构对提高历史事件和历史人物的影响力，从而确立作品的权威性，具有十分重要的意义，甚至可以有助于铸造划时代的经典。广大读者注意到，史学家和评论家们在讨论《三国志》和《三国演义》所反映出来的"史"与"文"的关系时，更加关注《三国演义》对三国时期历史事实的虚构性描写。小说首先要处理好历史真实与艺术真实、心理真实之间的关系问题。《三国演义》对这种关系的处理多半是"七分事实，三分虚构"。这部奇书既有忠于史实的描写，也有偏离史实的虚构。刘备的灵魂是以"忠"为核心的"仁"和"义",其行为的驱动力是扫平乱世、重扶汉室、回归正统。这位"明君"即便在兵败垂危之际也不忍割舍跟随他的黎民百姓,凸显了儒家的仁爱情怀和"民本"思想;刘备为关羽报仇,发兵伐吴,损兵折将,元气大伤,是"溺于义"造成的恶果;刘表托孤,禅让荆州,刘备则"力辞不受",是出于"仁义"之羁绊;"青梅煮酒论英雄",刘备为了求生存、图发展,机敏地表现出"大智若愚"的韬晦和示弱的智谋。至于诸葛亮,更是被神化了的千古奇人。"隆中对""出师表",身未离庐,已定三分天下,表现出他的雄韬伟略;"舌战群儒"展现他儒雅的英姿和超群的辩才;"借东风"把诸葛亮描绘得神乎其神。作者对诸葛亮的钟爱,使这个经典形象成为中华民族智慧的代表人物。他"鞠躬尽瘁,死而后已"的忠诚敬业和他的"淡泊以明志,宁静以致远"的高尚情操,已经成为后人们的座右铭。据专家考证,史书对刘备和诸葛亮的君臣际遇的记载中,并非将这个过程描述为刘备主动找诸葛亮。《三国志》中二人相见只用了"凡三往,乃见"五个字,但《魏略》和《九州春秋》却说是诸葛亮主动找刘备。如果这个说法成立,可以完全颠覆"三顾茅庐"。"草船借箭"和"空城记"的神奇故事则并非诸葛亮所为,"草船借箭"本是吴军统帅孙权所为,"空城记"实为曹军营垒中的大将荀彧所为,书写主体运用"移花接木""张冠李戴"之法,掠人之美,借光生辉,给诸葛亮的头上戴上光环,加以神化和美化。鲁迅在《中国小说史略》中评《三国演义》时说:"至于写人,亦颇偏失以致欲显刘备之长厚而似伪,状诸葛之多智而近妖。"由于尊儒崇汉正统思想的驱动,《三国演义》的作者把自己钟爱的人物描写得过于完美。正如鲁迅所言,人物刻画应当适度,过于极端不可取,将会导致失真。

研究文本的历史和文本历史主义需要解析以下重要的理论问题。

文本中的文与史的关系,即文学文本的历史性和历史文本的文学性问题。孔子说："质胜文则野，文胜质则史。"① "质"指文本中描写的事实。"质胜文"，指如果被写的事实胜过文采，则会流于本然状态的"野史"；文采胜过文本中的事实，才能成为经过修饰的"正史"。常人云"文史不分家"，似有道理，因为史书中有文学。如《史记》的文学色彩很浓郁，文学成分很厚重。《史记》本是史书，但其中的《封禅书》有华美的文字描写，《项羽本纪》则可以被称为精彩的传记文学和生动的人物特写。这篇历史记述书写的是"楚汉相争"的宏大叙事，富有跌宕起伏的戏剧情节、活灵活现的历史人物、绘声绘色的文学语言描写。这个极其富于戏剧性的历史故事，成为后人创作京剧《鸿门宴》和《霸王别姬》的珍贵历史素材。鲁迅称《史记》为"史家之绝唱，无韵之《离骚》"是十分恰切的。但这只是问题的一个方面，还有问题的另一个方面，即文学中也有历史。人们从"三言二拍"中可以看到晚明时期市井生活的真实情景；对《红楼梦》可以有不同解读，但这部名著确乎记录了封建宗法制社会逐渐走向颓败的没落史和衰亡史。至于以历史为题材的文艺作品中更是含有全面、丰富的历史面貌、历史过程、历史人物和历史事件。但也不能因为文中有史、史中有文，便把文和史混为一谈。新历史主义通过"互文性"的概念把文和史联系起来。但联系不意味着混淆，文还是文，史还是史。文和史之间是有界限的，这种界限是相对的，也是相通的，但又不能随意越过。既不能无根据地把历史视为文学，也不能把文学视为历史。历史的泛文学化和文学的泛历史化都是不妥当的。书写历史需有文学才华，创作历史文学则需有历史根据，不可游戏历史、随意消解历史和编造历史。

20世纪60年代，学界曾围绕历史剧的性质和功能进行过一场论争。史学家和文学家的看法大不相同：史学家认为历史剧应当是通过剧表现历

① 本书所引《论语》原文出自中华书局《论语·大学·中庸》，下文中不再说明。（论语·大学·中庸．陈晓芬，徐儒宗，译注．北京：中华书局，2011.）

史，文学家认为历史剧则是以历史为题材演绎出来的剧。"史剧之争"的双方所秉持的观点都是有一定道理的。以历史为题材的文艺作品应确立一个总体性的基本原则和框架结构，即以历史事件为中心进行虚构和想象，并以活生生的细节烘托主题思想。同时，也要注意处理好历史文艺的主导形态和其他形态的关系：可追求历史元素和文学元素的完美融合；也可合理地向历史元素或向文学元素倾斜，有所偏重，但不可偏废；尽可能避免两者的极端形态，防止和克服无文学元素的历史，或无历史元素的文学。

历史客体与书写主体的关系。研究历史题材的文艺作品，必须考察作为历史客体的历史风貌、历史结构、历史过程、历史人物、历史事件与作为书写主体的历史意识、历史观念、历史虚构、历史想象的关系。从历史发展的客观规律性和人的主观能动性的关系来看，带有后现代主义特征的新历史主义强调文学与历史的互文性，主张主体向历史的介入。关于主体对历史的干预和主体对历史的改写，对已经过去了的历史事实来说，主体只能正视它的存在；对于尚无认知、未曾相识的对象，根本无法寻觅和建构文学与历史的互文性关系，也就无法对史实施展主体的虚构能力和想象能力，进行隐喻性的指涉，从而进行阐释、改写和重塑；对从事历史活动的人们来说，只有让主体的主观能动性遵从并在此基础上驾驭历史的客观规律性，才能达到自身的目的；书写主体对历史题材的描述，应当尽可能地忠于历史真实，切忌随意把历史主体化、人性化、道德化、情感化和意志化；对用语言符号书写的历史文本来说，作为解读和阐释主体的主观能动性表现为可以按照自己的理解进行再书写和再创造，也一定会流露出自己的爱憎好恶的情感评价。在此过程中要特别关注是否采取了严肃的科学态度和正确的价值标准。

历史文本是现实的人创造的。现实的人作为书写主体，必然会一定程度地把自身的历史观、人生观、文艺观和价值观渗透和融入他所创作的历史作品中去。历史小说或历史戏剧的创作者绝不会为了书写历史而书写历史，而总是这样那样地为了影响和启示现实而进行创作，并期待能够对现实产生正面或负面的作用。创作主体表现历史对象或历史客体时，一定会或多或少地、不同程度地流露出书写者的爱憎、褒贬、美刺，表现出处理历史材料、遵从历史客体方面的差异。原则上，我们要强调历史书写应当尽可能地切近或符合历史事实和历史事实所蕴含的历史规律，通过艺术真实揭示历史真实，但这只是相对的。作者"蕴诗心"，必然"具史笔"，因而不能"只知诗具史笔，不解史蕴诗心"①。

　　"唯历史化"和"去历史化"的关系。这个问题多半表现为历史性和人文性的关系。我们书写历史作品和评论历史作品时，应当遵循一个基本原则：把历史创作中属于历史的归还给历史，把历史创作中的人文元素归还给人文。既强调历史的科学性，又重视历史的人文性。历史编纂学，只单纯地记录历史事实，把编纂个别的历史事实视为至高无上的原则，既不揭示历史发展的规律和趋势，也不汲取历史过程的经验和教训，只以还原历史面貌为己任。这实际上是以史料学代替历史学，也消解了历史作品的人文性和创作历史作品的主体性、能动性和创造性，陷入一种"去人文化""去科学化"的极端"唯历史化"。这种"唯历史化"的倾向并不能从整体上真正地维护历史面貌、历史结构、历史过程和历史发展的趋势和走向，对历史小说和历史戏剧的繁荣和发展是不利的。尊重历史事实，并不意味着拘泥于历史事实，把历史视为一些枯燥的、僵硬的、刻板的事实的堆积和罗列，完全排拒历史的人文维度。与"唯历史化"相反，还存在着"去历史化"的误区。历史是我们民族的根，是我们民族的过去，是我们的祖先和前辈走过的足迹，是他们的生存史、发展史和创业史。历史是一

---

① 钱钟书.谈艺录.北京：中华书局，1984：363.

座丰碑，它铭刻着我们民族的丰功伟绩，标示着我们民族的雄伟英姿，昭示着我们民族的魂魄，记载着我们民族的历史经验和历史教训。无论是先进的历史人物，还是变革的历史事件，都是后人之师，都为我们积累了极其宝贵的精神财富。背离和抛弃我们民族光荣优秀的文化传统是"掘根叛祖"的行为。这是非常危险的，正如有的学者所指出的：欲灭一国先灭一国之文化，欲灭一国之文化先灭一国之历史。此言甚当，令人警醒！我们应当尊崇和敬畏自己民族的历史，应当是中华民族历史精神的忠实继承者和发扬光大者。我们的今天是过去的延续，否定历史无异于否定现在，因此，不能也不应当对我们中华民族的历史文化持历史虚无主义的态度，至少"去历史化"是偏执的。我们应当廓清历史中的阴暗和糟粕，而不应抛弃历史的光明和精华。

第五章　人本主义文论学理系统

第一节　人民是文艺的主体

研究文学与人的关系，对增强文学的人文思想内涵，改善人的生态，提高人的综合素质，促进人的全面自由发展，从而逐步实现人类的伟大理想，都具有十分重要的意义。

人民是文学表现和服务的主体。"文学是人学。"文学是人写的，是写人的，是写给人看的。作为作家的人是写作主体，作为被写作者的人是表现对象，作为欣赏者的人是阅读主体。文学和人学都是历史的概念。文学中的人和人民也是历史的概念。

人民群众是历史的创造者，理应成为文学艺术的主人。但自古以来，由于统治阶级主宰历史，描写和表现人民，特别是下层劳苦大众的文艺作品是极少的。中国古代的《诗经》中，有一些描写普通劳动者的生活、情感和愿望的诗篇，如《硕鼠》《伐檀》等作品，表达了下层人民对不劳而获者强行掠取和占有他人劳动成果的嘲讽、愤恨、诅咒和控诉。其中一首题名为《七月》的诗，生动细腻地描绘了一个长年累月奔波忙碌才勉强糊口的庄稼人的农耕生活的流程。这位农夫的春夏秋冬都是十分紧张和劳累的，农活的日程表排得满满的：授衣、修犁、剪桑、养蚕、割稻、煮豆、搓绳、纺织、田猎、习武、编门、涂窗、打枣、收谷、拾麻、赋税、服役、藏冰、敬神、祭天等。这首诗以第一人称，全方位、全过程、全景式地表现了一个普通劳动者的生活画面，勾勒出古代农民生活的农耕图和风俗画。这类作品在中国的诗歌史上是极为罕见的。

一般而论，人们在社会历史中的地位决定着、制约着人们在文学中的地位。人的社会历史地位和人的文学地位大体上是相适应的。没有社会历史地位的人是不会有文学地位的。只有作为社会历史主体的人，才可能成为文学的主体。在阶级分化和阶级对立并不非常尖锐的情况下或在出身贫寒的作家的作品中，或许会出现一些普通小人物的形象。中国古代的庄子首创了一种"齐物论"的思想，认为人与自然、人与人都是平等的。老子主张的"无为而治"，实际上是限制统治者对劳动者的残酷贪婪的盘剥。老子充当了处于社会底层的弱势群体的护法，他宣扬"大制者，以天下之心为心"，"天地不仁，以万物为刍狗"。因此，在老庄那里，人民是有一定的社会地位和文学地位的。我们从他们的带有文学性的叙事中，可以读到下层劳动者的故事。如庄子给我们讲述了一个老木匠带领小木匠寻树选材的故事。师父向徒弟讲解寻树选材的学问，体现出老木匠作为一个行家里手多年积累起来的经验和智慧。忽然遇到一棵大树，徒弟乐不可支，对师父说，此树可裁而用之；师父说不可，此乃一棵大而无用、树腹空朽的"散木"，尽管枝叶交织、其形如盖、硕大如棚，但并无实用，只好供人畜纳凉，以为"不用之用"。上文中的农夫和木匠，都是故事的主体。这种写法在古代文本中并不多见，实属难能可贵。

被马克思赞颂为"古代无产阶级的真正代表"的斯巴达克斯早年是一个角斗士，他与兽拼死相搏、以供贵族观赏娱乐，才成为与兽对等的斗兽场上的主角。把人降低到兽的水平，等于把兽上升到人的地位。如果说只有把人当作兽的时候，人才能成为这个特殊舞台上的主人公，就只能说明那个社会的残酷。斯巴达克斯为了摆脱这种凶险的职业和悲惨的命运，率众起义，最终从奴隶变成一个伟大的领袖人物。《汤姆叔叔的小屋》所描写的汤姆叔叔是一个坚强而善良的奴隶，小说顺应那个时代反对奴隶制度的需要，成为引发美国南北战争的导火索之一，改变了美国的历史。这部小说在文学史上实属独例。

自然主义、现实主义和批判现实主义的崛起，开拓了文学的题材，扩展了文学表现的现实生活图景，唤起一些具有人民意识和民主意识的作家、艺术家的社会责任感和同情心，使其更加同情并着手描绘社会底层小人物的生态。《红与黑》叙述了一个小市民阶层、具有钻营心的青年为了改变自己的命运，扯着贵族夫人的芳裙向上攀升的故事。小市民阶层的人物是此类文学故事的主角。法国画家米勒的画作《拾穗者》，把拾穗的农妇形象放在画面的中央，表现了她们爱惜粮食、辛勤劳动的纯朴与艰辛。俄国批判现实主义画家列宾的画作《伏尔加河上的纤夫》描绘了一群袒肩赤脚、团结一心、坚忍不拔的纤夫，他们拉着纤绳逆水行舟，执着地艰难前行，给人以强大的冲击和震撼。

在阶级社会里，小人物只能充当作品的配角。这是由他们低下的社会地位决定的。随着资产阶级社会矛盾的暴露和无产阶级力量的壮大，被压迫阶级的生活和命运越来越得到具有革命倾向、人民意识和民主意识的作家、艺术家的关注。狄更斯的墓志铭上这样写道："我是贫穷和受苦的被压迫人们的同情者。"他的小说中的主人公不再是"国王和王子"，小说描绘了穷人和受轻视的阶级的"遭遇和命运、欢乐和痛苦"，马克思和恩格斯意识到狄更斯的创作，认为其使"小说写作的风格发生了一场彻底的革命"，堪称"时代的标志"①。以狄更斯为代表的"一派出色的小说家"的出现启发并促使马克思和恩格斯深入思考人民群众的历史地位和文学地位。在历史和文学中为无产阶级谋地位、争权力，成为马克思和恩格斯的自觉意识。恩格斯评哈克奈斯的小说《城市姑娘》时，指出作家的创作应当适应时代发展的需要，塑造改变现实生活的积极人物，不应描写麻木的消极人物。"在《城市姑娘》里，工人阶级是以消极群众的形象出现的，他们无力自助，甚至没有试图作出自助的努力。想使他们摆脱其贫困而麻木的处境的一切企图都来自外面，来自上面。"② 换言之，即没有揭示出蕴藏于他们自身的历史的主动性、能动性和创造性。他们本来是历史主体，却被历史的重轭压弯了腰。恩格斯疏导哈克奈斯学习巴尔扎克，像巴尔扎克那样，"真实地再现典型环境中的典型人物"③，敢于表现社会变革中的先进人物，应当像歌颂圣玛丽修道院的共和党英雄那样去描写工人阶级改变现实生活的革命创举。人民群众应当逐步自觉地意识到自己是社会主体。"工人阶级对压迫他们的周围环境所进行的叛逆的反抗，他们为恢复自己做人的地位所作的令人震撼的努力，不管是半自觉的或是自觉的，都属于历史，因而也应当在现实主义领域内占有一席之地。"④ 这里，恩格斯所强调的是新人物应当具有改变环境的变革意识。马克思、恩格斯在《德意志意识形态》中把是否改变环境作为鉴别和区分"新人"和"旧人"的试金石。"只有改变了环境，他们才会不再是'旧人'"，改变环境的新人"在革命活动中，在改造环境的同时也改变着自己"⑤。实际地改变环境并不能靠思想的演绎和观念的批判，而是要培育和造就"有使用实践力

①　马克思，恩格斯. 马克思恩格斯全集：第3卷. 2版. 北京：人民出版社，2002：556.
②③④　马克思，恩格斯. 马克思恩格斯选集：第4卷. 3版. 北京：人民出版社，2012：590.
⑤　马克思，恩格斯. 马克思恩格斯全集：第3卷. 北京：人民出版社，1960：234.

量的人"①，通过他们改造环境、实现社会变革。

中国社会中的工农群众，特别是广大农民实质上都是"有使用实践力量的人"。中国农民是旧社会的被压迫者，同时也是中国革命的动力。"人民，只有人民，才是创造世界历史的动力。"② 中国农民长期为封建宗法制的思想和制度所束缚，但内心蕴藏着不甘忍受阶级奴役的反抗性的革命因素。被历史尘封、积垢深厚的传统压抑着中国农民。毛泽东不为世俗的偏见所惑，发现了中国贫苦农民蕴含着革命的主动性、能动性和创造性，于是把他们改变命运的要求视为革命的动力与源泉。具有革命要求的劳苦大众，经过革命教育和先进思想的武装、土地革命成果的调动和感召、严格的政管和军训，可以被培育和锻炼成勇往直前、战无不胜的革命队伍。这与伟大作家鲁迅和茅盾所描写的中国农民形象似有很大的不同。鲁迅笔下的闰土和茅盾笔下的老通宝等农民是那样地软弱、绵善、昏昧，那样地不能自助、委曲求生，驯服地屈服于命运。《在延安文艺座谈会上的讲话》指出，文学通过典型化的艺术描写，集中表现现实生活中的矛盾，可以使被压迫、受剥削的广大人民群众惊醒、感奋，走向团结和斗争，"实行改造自己的环境"，从而"推动历史的前进"。人民群众创造历史的活动，必然使他们成为文学的主体和文艺舞台上的主角。列宁从人民是历史的创造者和人民是革命的动力的视野，考察和肯定广大群众的社会地位和历史作用，鲜明地指出：文艺不应当为少数人服务，或只为胖得发愁的贵妇人服务，文艺应当为千千万万的劳动人民服务。中国共产党的几代领导人都主张文艺为人民服务，从根本上说，文艺源于人民，文艺属于人民，文艺服务人民，文艺为了人民，应与人民的社会主体地位相适应，确立人民的文学艺术的主体地位。他们都倡导文艺应当表现"新的

---

① 马克思，恩格斯. 马克思恩格斯全集：第 2 卷. 北京：人民出版社，1957：152.
② 毛泽东. 毛泽东选集：第 3 卷. 2 版. 北京：人民出版社，1991：1031.

人物，新的世界"，表现"新人形象"和"创业者"。他们的这些思想是深刻的。因为只有先进人物和新人形象，才能作为新的意识形态、新的思想体系和新的价值体系的主体和载体，才能代表时代前进的方向，才能从正面充分地体现出人民的美好愿望、根本利益和历史发展的总体趋势。历史的创造者理应成为文学艺术的主人公。这完全是理所当然和合乎逻辑的事情。

然而，不同时代和历史条件下的文学和人学的关系是很不相同的。文学中的人和人民作为历史的存在表现出不同的质态。人民的内涵是复杂的、多层面的，会被打上所属时代的社会历史印记。从奴隶制社会，到封建社会，再到资本主义社会，小说的主人公基本上都是统治者以及拥有权力的上流人物，处于下层社会的弱势群体多半是小说中的陪衬、附庸。因为下层人民没有占据社会的主体地位，当然也不会占据文学的主体地位。列宁曾把人类文化区分为两种：统治阶级的文化和被统治阶级的文化。被统治阶级的文化中，特别是那些具有相对独立性的民间文学创作中，作为小说的主人公，下层人民往往会表现出追求自由平等的美好愿望，具有比较强烈的人民性和民主性。在阶级分化和阶级对立还不明显的社会中，劳苦大众往往能通过文学和诗歌发出反对剥削者和压迫者的心声。

漫长的中国历史上存在着一个相对独立的"士族阶层"。作为知识分子的"士"实际上是科举制度培育出来的特殊族群。这个有着复杂的多元结构的士族群体的阶级属性并不十分清晰，其中的下层士人，可能不同程度地存在着对下层人民的同情和关爱；有的则可被划入人民阵营，特别是一些被上层统治阶级贬谪的落难者和失意者，往往会表现出一定程度上的人民性和民主性。历史上确实存在一些抨击时政、关爱人民的仁人志士，他们的语言和行为有利于社会的进步和改善人民的生活。因此，人们在强调人民群众的主体地位的同时，切不可忽视士族阶层的积极作用。我们大体上可以把士族阶层分为上、中、下三级。上层士族实质上是当政者权力结构的重要组成部分，受禄奉命，为统治阶级论证人治或治人的合理性，制造让百姓忍受压迫的幻想，是君主文治的帮手。这些人多半属于权贵，人身和命运紧密依附于统治权力。中层士族介于君主与百姓之间，政治思想态度非常复杂，不能一概而论。下层士族有的能够了解民情，关心民瘼；有的受到排斥和贬谪，沦为庶民，逸为隐士，退居田园。除此之外，还存在一个清官阶层，他们能够体恤民生，为平民百姓所追捧。有些士人受民本思想的影响，或从统治阶级的长远利益出发，或为维护处于社会底层的弱势群体的生态考虑，往往能秉持公平和正义，敢于抨击时政，针砭时弊。《礼记》中有"苛政猛于虎"[①] 的描述，揭露暴政的肆虐；杜甫有"朱门酒肉臭，路有冻死骨"的诗句，揭露社会的贫富悬殊；曹松有"一将功成万骨枯"的诗句，揭露战争的残酷。这些描述都反映了大众立场，表现出比较鲜明的人民性和民主性。

士民文化和大众文化是相互影响的。大众文化往往接受士民文化的培育和浸染，士民文化也从大众文化中吸取有益的因素，或为大众文化所改塑。士民文化只有扎根于大众文化之中，或客观上代表大众的利益和要求，才能拥有蓬勃的生命力。士民文化的意义和作用取决于是否尊重大众利益。衡量士民文化的最重要的价值标准是看其"对人民的态度如何"和"对历史发展有无进步作用"。即便是属于统治阶级的上层人物，由于各种复杂的深刻的社会政治原因，也可能会从自身阶级的营垒中分化出来，改变自己的社会立场和政治态度，受历史潮流、社会理性和政治良知的驱动，投身下层人民的阵营中。著名作家巴尔扎克和列夫·托尔斯泰提供了

---

① 本书所引《礼记》原文出自孙希旦《礼记集解》，下文中不再说明。（孙希旦. 礼记集解. 沈啸寰，王星贤，点校. 北京：中华书局，1989.）

非常鲜明的例证。这两位伟大的文学家都是贵族。巴尔扎克认为自己的阶级不配拥有更好的命运，从而背叛了自己的阶级，投身市民阶级，倒转笔锋，歌颂圣玛丽修道院的共和党英雄们。列夫·托尔斯泰看到了自己阶级的颓败、黑暗和腐朽，又不满和痛恨资产阶级的势利和贪婪，最终成为农民的思想家。这两位文学大师的贵族身份的改变，极有说服力地表明，尊重和肯定人民的历史地位，做出有利于推动社会进步的政治转向和价值选择，表现人民的意愿，揭示历史发展的趋势，是具有一定的历史合理性和先进思想性的。

第二节　文艺表现人文精神

表现人的生活和命运是文学的永恒主题。人活着总是要有一点精神的。人的实践活动，培育着一种健全进取的人文精神。这种人文精神，是人的生存和发展的驱动力。

一、文学应当表现奋发有为的人文精神

历代著名的人文思想家，都极其推崇人的崇高地位。中国古代先哲称人是"天、地、人"三杰中的一杰，人是天地人整体结构中的一种存在。庄子主张"齐物论"，"天地与我并生，而万物与我为一"，认为世界万物是对等的，没有尊卑、优劣、贵贱之别，所谓"道大，天大，地大，王亦大"。海德格尔主张"天、地、神、人四方"，人是其中的一方。这些思想家只把人视为与天地对等和平列的一种"受动"的存在，没有强调人是天地、宇宙和自然中最富有主体性、能动性和创造性的"万物的灵长"。汉代大儒董仲舒则强调人为天下贵，认为"天地人，万物之本也。天生之，

地养之，人成之"，"人之超然万物之高，而最为天下贵也"①。中国古代的《周易》论证了人文具有"化成天下"的伟大作用。一些具有先进思想的圣人的经典中阐述了开启心智、催人奋进的哲理。如《周易》宣称"天行健，君子以自强不息"；《论语》昭示"士不可以不弘毅，任重而道远"，秉持"仁者不忧，知者不惑，勇者不惧"的信条；《孟子》展示了这样的人生理想——"居天下之广居，立天下之正位，行天下之大道"，"如欲平治天下，当今之世，舍我其谁"，并阐述了通过自我修养实现伟大抱负的途径，"天将降大任于是人也，必先苦其心志，劳其筋骨，饿其体肤，空乏其身，行拂乱其所为，所以动心忍性，曾益其所不能"，以达到人生之大目标；范仲淹"居庙堂之高，则忧其民"，追求"先天下之忧而忧，后天下之乐而乐"的崇高的人生境界；张载立下"为天地立心，为生民立命，为往圣继绝学，为万世开太平"的宏伟志向。这种积极进取、奋发向上的人文精神是难能可贵的。被鲁迅誉为"史家之绝唱，无韵之《离骚》"的《史记》的作者司马迁对中国古代杰出的仁人志士进行了热切深沉的讴歌："文王拘而演《周易》；仲尼厄而作《春秋》；屈原放逐，乃赋《离骚》；左丘失明，厥有《国语》；孙子膑脚，《兵法》修列；不韦迁蜀，世传《吕览》；韩非囚秦，《说难》《孤愤》；《诗》三百篇，大抵圣贤发愤之所为作也。"这些先哲的醒世警言，都充分表达了中华民族的坚贞不屈、临危不惧、自强不息，追求人生和社会的真理、正义、信仰和理想而发愤进取的人文精神。马克思曾说："愤怒出诗人。"这句话是非常深刻的。

近代中国，百年忧患。腐败、残酷、专横的封建帝制是中国人民痛苦的深渊和灾难的地狱，积贫积弱，国运衰竭，民不聊生，任人宰割。为了

---

① 本书所引《春秋繁露》为上海书店出版社 2012 年版，下文中不再说明。（董仲舒. 春秋繁露. 朱方舟，整理. 上海：上海书店出版社，2012.）

挽救中华民族的危机，寻求救国救民的真理，众仁人志士，抛头颅、洒热血，前仆后继，英勇献身，可歌可泣，可敬可仰。中华民族求生存、求发展的百年奋斗史和抗争史，充分展现出中华民族优秀儿女奋发有为的人文精神。

描写辛亥革命、北伐战争、抗日战争、解放战争、抗美援朝战争的文艺作品中刻画的一批批英雄人物所表现出的中华民族的赤胆忠心和不屈不挠的意志，充分展现出中华民族优秀儿女奋发有为的人文精神。

当代中国涌现出来的《青春之歌》《林海雪原》《红岩》《红旗谱》《红日》《野火春风斗古城》等著名小说塑造的主人公和先进人物也都充分地展现出中华民族优秀儿女奋发有为的人文精神。

当代中国处于大变革和大转折的时代，实现中华民族的伟大复兴，必然要求掀起中华民族的文化复兴。中华民族的文化复兴，必然产生一批批划时代的、具有里程碑意义的天才巨匠和文学大师。恩格斯评价意大利文艺复兴时热情地讴歌："这是人类以往从来没有经历过的一次最伟大的、进步的变革，是一个需要巨人并且产生了巨人的时代，那是一些在思维能力、激情和性格方面，在多才多艺和学识渊博方面的巨人。"① 这些巨人和书斋里的那些"唯恐烧着自己手指的小心翼翼的庸人"不同，他们具有"成为全面的人的那种性格上的丰富和力量"②。

"两弹一星"精神是表现中华民族优秀儿女积极进取、自强不息、奋发有为的人文精神的典型范例。百年来，中国屡遭列强欺凌，被动挨打，其根源除国力孱弱、经济委顿外，和科技落后息息相关——善良淳朴的中国人民没有先进的保家卫国之利器。事实证明，晚清时代义和团的大刀长矛是抵挡不住侵略者的洋枪洋炮的。腐败的政治制度和简陋的武器装备是

---

① ② 马克思，恩格斯. 马克思恩格斯选集：第 3 卷 . 3 版 . 北京：人民出版社，2012：847.

打不过日本军国主义的坚船利炮的，最终造成"甲午之殇"，成为中国人民长期不能化解的痛。割地赔款，丧权辱国，曾经无比强大的泱泱大国一蹶不振，沦为半殖民地半封建社会。可见，先进的科学理性和科技成果的良性转化，是卫国的利器、护民的法宝，是维护民族独立和保持民族尊严的根本保证。第二次世界大战以后，西方涌现出一种反对科技理性和科技成果转化的思潮。这种非科技理性主义的社会文化思潮认为，是科技拜物教造成了人的异化，使人的生活和精神生态受到压抑。这种情况或许一定程度上是存在的，但由于当代中国和西方世界存在着历史发展程度上的差异，笔者多次强调，如果说科技理性和科技成果的转化对发达国家的人产生压抑，那么从总体和全局上来说，当代中国人民则是由于缺乏先进的科技理性和科技成果的转化而受到压抑。例如，曾有一柄名为"核威慑"的寒光闪闪的利剑高悬在爱好和平的中国人民的头上。我们为祖国拥有一大批卓越的科学家而感到骄傲和自豪，他们不信邪、不怕鬼，顶着巨大的凶险和压力，弘扬科学精神，攀登科学高峰。他们是真正具有科学精神的科学家。他们用科学精神支撑着中国人的天空和共和国的大厦。为了取得先进、尖端的科技成果，他们心无旁骛、锐意创新，耐得住清贫和冷寂，表现出强烈的事业心和责任感。一位令人敬佩的科学家，为了维护科学精神，"不为物欲所惑，不为权势所屈，不为利害所移"，坚守一个科学家的本心，达到了"非淡泊无以明志，非宁静无以致远"的文化气节和道德境界。这种科学精神体现出来的高尚的人文精神是十分宝贵的。

一些相关的文学作品和影视作品展现了老一辈科学家的奋斗历程和光辉业绩，塑造了航天人的精锐团队和英雄群像。"两弹一星"精神体现了中国人民的志气和骨气，彰显了中国当代科学家的自主创新能力和潜力。没有外援，没有借鉴，没有足够的理论知识和雄厚的物质基础，中国当代的科学家们不畏艰险，攻关克难，勇攀高峰，使我国的军事和航天技术接近或达到了世界的先进水平，占领了科学技术高地，扬国威、壮军胆，使中华民族挺起坚强的胸，抬起高傲的头，屹立于世界的东方。

二、文学应当努力表现无私奉献的人文精神

中国古代曾有"女娲补天""大禹治水""愚公移山"等神话传说，讴歌先人们为人类造福的无私奉献的人文精神。

希腊神话中的普罗米修斯因为为人类盗天火而冒犯了最高的天神宙斯。这位暴怒的天神派人用铁链把普罗米修斯悬吊在高加索山陡峭的悬崖上，在他的胸脯上钉了一颗金刚石制成的钉子，还派一只神鹰每天去啄食普罗米修斯的肝脏。普罗米修斯承受了为人类造福而带来的无比的痛苦和折磨，为了关爱人类而宁愿牺牲自己。从一定意义上说，普罗米修斯创造了人类，使人类成为万物之灵。普罗米修斯具有替人类承受苦难的高尚品格，便是遭到苛刻的惩罚，也不改初衷，毫不动摇，是人类的创造者和护法神。正如马克思所指出赞美的："普罗米修斯是哲学历书上最高尚的圣者和殉道者。"

当今人类社会，仍然需要普罗米修斯，仍然需要普罗米修斯这样为人类造福而英勇牺牲和无私奉献的人文精神。为人民的解放和中华人民共和国的建立而牺牲自己、英勇献身的先进人物和英雄人物，实质上都是新时代的普罗米修斯，他们的身上都不同程度地凝结着、焕发着普罗米修斯精神。作为普罗米修斯精神载体的各式各样、丰富多彩的无私奉献的人文精神，如红船精神、井冈山精神、长征精神、延安精神、西柏坡精神、抗美援朝精神、大庆精神、"两弹一星"精神、抗洪救灾精神、抗疫精神等献身精神，都一定程度上体现出普罗米修斯精神。董存瑞手托炸药包炸毁敌人的碉堡，为新中国开辟前进道路的英雄业绩，永远激励着人们；铁

人王进喜为了抢救井喷，跳进泥浆池中搅拌水泥的特写镜头，永远铭记在人们的心上；焦裕禄带领群众治沙脱贫的坚忍不拔、无私奉献的党性美和人性美，令人感动不已、潸然泪下……我们可以列举出一连串的牺牲自己、无私奉献的先进集体和英雄个人的名字。这些体现和弘扬着普罗米修斯精神的人，实质上都是当代的中国化的普罗米修斯。这些普罗米修斯式的人物，都在当代中国的文艺作品中得到了生动而深刻的表现。

当代中国正在从事实现中华民族伟大复兴的宏伟事业，社会转型、历史变革和现代化的伟大实践中涌现出千千万万的奋发进取、无私奉献的人杰才俊。我们的文学艺术表现得还很不够。从理论上说，艺术美应当高于生活美，但实际上，大量的事实表明有的生活美会高于艺术美，例如每年《感动中国》节目中先进人物的英雄事迹，令观者为之动容，思绪万千，热血沸腾，心潮澎湃。

三、文学应当努力表现宽容仁爱的人文精神

孔子倡导"仁者爱人"是有道理的，是值得传承和弘扬的。尽管"仁者爱人"带有抽象的泛爱主义的色彩，但作为一种伦理道德原则具有普遍的适用性。孔子不仅是"仁者爱人"的首创者，还是"仁者爱人"忠实的践行者。《论语》载，孔子不用渔网捕鱼；不射宿鸟；马厩失火，首先关注人是否受伤。这些都表现出他的仁爱之心。传承和弘扬中国的传统美德和仁爱精神，有利于建设现代文明，创构和谐社会，实现中华民族的伟大复兴。

当代人所拥有的亲仁关爱的人文精神大体上表现在如下几个方面。

关爱自然。大自然是人类的母亲。大自然与人类是哺育和反哺、互养

和互生的关系。自然中心论和人类中心论的理念都是片面的。我们既要关爱自然，又要关爱人类。庄子把人类和自然视为齐一的、平等的。这种观点实际上体现了"民胞物与"的思想。我们在关爱自然时，并不意味着消解人的主体性、能动性和创造性；我们在关爱人类时，并不意味着抛弃对自然的合理取用和适度开发。那种对自然的竭泽而渔式的掠夺和杀鸡取卵式的攫取，必然造成对自然生态的严重破坏，导致对生态环境的严重污染，进而危及人的生存和发展。这是明智的人们所不取的。

关爱国家。人民热爱祖国，祖国热爱人民。无人民支持的祖国是可悲的，无祖国的人民是可怜的。人民的命运和祖国的命运休戚相关。爱国主义理应成为人民信仰的根基、主调和底色。人民的国家，为人民服务的国家，必然得到人民的拥护和爱戴。因为没有国家的关怀，人民的利益、人民的生存和发展得不到根本的保障。正是由于这种生命与共的关系，爱国主义才成为文艺永恒的主题，反映以爱国主义为核心的民族精神是文艺创作和文艺作品的主旋律。国家和民族的利益高于一切，决不允许个人利益侵犯国家和民族的利益，当然，也不能容忍与民夺利、吞占个人合法正当的利益。理解、处理和表现好个体与国家、民族的关系体现了作家、艺术家的良知和操守。

关爱社会。个人不可能孤立地生存。各式各样的人都生活在一定时代的社会结构和社会关系中。一般情况下，社会的发展带动个体的发展，个体的发展又反过来推动社会的发展，两者是互动、互利、互惠的。社会集体与个人是互哺、互养、同生、同进的关系。用大河和小河的关系来比喻，过去相当长的一个时期内，为了突出集体利益，需强调"大河没水小河干"；现在，人们开始意识到合理的个人利益同样需要得到尊重，也就是"小河没水大河干"。其实，只有小河和大河都水源丰富，才能达到国强民富。从全球视野看，个人平均收入已经成为衡量一个国家发达程度的标志。为大众谋求更大的利益，则是衡量一个负责任政府的政绩的重要标准。个体与国家和社会并不总是协调的，往往会产生这样那样的矛盾，主要表现为权力、财产和利益的占有和再占有、分配和再分配之间的不平等、不均衡。社会上出现的两极分化，往往是这种矛盾的集中表现。毋庸讳言，消除不平等的土壤和根源，是非常必要的，也是特别困难的。

关爱他人。社会公民都生活在人际关系中。人与人之间应当平等竞争、友好相处。社会的发展和历史的进步是人们共同努力的结果。存在主义者萨特认为"他人即地狱"。这种看法揭露了资本主义社会中人与人之间关系的险恶，但只看到人际关系的消极面，显然是不正确的。社会主义国家中人与人的关系的主导方面是积极的。个人的事业往往需要他人的帮助，共同的事业则是由合作来完成的。没有人与人之间的合作，便无法做成事。损人利己或损人不利己的行为应当得到舆论的谴责，社会大家庭中的每个人都应当尊重他人并发展自己。

关爱自己。社会上的每个公民都应当自觉地意识到，自己是所处的生存环境的主体，也是改变生存环境的动力。自己的生态、命运和理想都是靠实践活动来实现的，都是自我设计和自我奋斗的结果。当代中国社会给每个人的自由发展提供了广阔的空间。个人的命运是和国家、民族的命运紧密相连的。蓬勃发展的社会为每个人的奋发进取提供了前所未有的良机。公民的自我关爱主要表现为应当发挥自己的历史主动性、能动性和创造性，努力提高自己的综合素质和创新能力，培育坚定的信仰和崇高的理想，燃烧自己，照亮别人，争做社会的先进模范人物，为人类社会的发展做出更大的贡献。要把个体的追求融入中华民族伟大复兴的社会实践中去。个人的利益理应得到尊重，但唯利是图的极端的个人主义、绝对的自由主义以及各种以私废公、徇私舞弊、侵犯与损害国家和民族利益的行为都应当受到道德和法律的约束。

四、文学应当全面正确地表现市场经济条件下的人文精神

市场经济，对推动社会经济的发展而言是重要的，同时也会刺激人们追求利益和获取物质财富的强烈欲望。市场经济条件下的人文精神，既存在着发展的新机遇，又面临着严峻的新挑战。市场经济受利益原则和消费原则的驱动，可以提高人们的设计谋求意识、创意更新意识、竞争意识、质量意识、效率意识、营利意识，但也具有一定的负面作用。为了社会主义文艺的健康发展，防止和克服新历史条件下滋生消极因素是非常必要的。

防止和克服拜金主义的滋长。正确理解和处理新历史条件下的人生观、价值观和金钱观、利益观的相互关系是一个关涉到社会发展和人的进步的重大理论和实践问题。社会的发展应当带动和促进人的进步，人的进步应当引领和推动社会的发展，两者双向互动，良性循环。创造人与社会发展的生态结构，需要深刻而漫长的历史过程。一个社会需要财富的增加和积累，这是保障社会成员富裕的基本条件。金钱不是万能的，但没有金钱又是万万不能的。追求金钱和财富无可厚非，但拜金主义却是不可取的。正常情况下，金钱是好东西；病态情况下，金钱又是坏东西。必须清醒地看到金钱的两面性，发扬金钱的正能量，限制和消除金钱的负面作用。如果一个民族只是"向钱看"，而不是"向前看"，整个社会和每个公民都掉到"钱眼里"，沾满了"铜臭气"，真的是很可怕、很危险的事情。中国古代圣贤注重道德操守，鄙视金钱的邪恶。《资治通鉴》载，晋惠帝时，有一位叫鲁褒的人曾作《钱神论》揭露和抨击金钱的魔力："钱之为体，有乾、坤之象，亲之如兄，字曰孔方。无德而尊，无势而热，排金门，入紫阁，危可使安，死可使活，贵可使贱，生可使杀。是故忿争非钱

不胜，幽滞非钱不拔，怨仇非钱不解，令闻非钱不发。……凡今之人，惟钱而已！"①《钱神论》讽刺了金钱的奇功异效。当代中国的现实生活中，一种泛化的等价交换原则已经无孔不入，伸展到各个领域，包括人际关系中。为了获取利益，有人竟然置公平、正义和法律于不顾，出卖灵魂，胆大妄为，甚至沦为罪犯。战争时代没有被真枪实弹打败的英雄，和平时期竟然被糖衣炮弹击倒。令人痛惜的是，即便是一些改革开放以来取得突出政绩的官员，也因非法追逐个人利益而断送了自身的政治前途。只有涤清笼罩在人们头上的拜金主义的毒雾，净化人的心灵和社会的风气，才能保证现代化历史进程的健康发展。

防止和克服权力至上主义的侵蚀。树立正确的健全的权力观，处理好人生观和权力观的关系，对掌权人和非掌权人都是至关重要的。"权力异化"的概念是切中时弊的。掌权前的好人，在掌权后可能会变成另外一个人。这种情况的确是存在的。权力是人民赋予的，应当使用权力为人民服务。纵令是一些伟大的思想家，都谦称自己是人民的儿子。人民的官员理应成为人民的公仆。作家、艺术家应当坚守人民权力至上的原则，以老一辈革命家为榜样，努力塑造焦裕禄式的模范官员形象，以正党风，树立吏治和治吏的先进典型。市场经济条件下，尤其容易形成权力与资本的同流合污，导致官商勾结、权钱交易，破坏市场经济的正常运转。有人把升官视为发财的敲门砖，官本位的思想根深蒂固。"以官为本"影响"以人为本"的实施，造成官民关系紧张。权力崇拜和权力的自我崇拜，导致权力支配下的人身依附关系的产生。无权人尊重有权人，实质上是敬畏有权人手中掌握的权力。为了利用权力追逐利益，有人竟然置党性、公平、正义、良心、道德、法律于不顾。面对巍然的权力，一些人不敢讲真话，曲

---

① 本书所引《资治通鉴》为中华书局1956年版，下文中不再说明。（司马光．资治通鉴．北京：中华书局，1956.）

意逢迎，阿谀奉承，流露出奴颜婢骨。屈从权力而造就的阳奉阴违、人格畸变、人性退化，使社会呈现出某种程度的虚假和媚上的氛围。个别学人领悟到科技理性的压抑可能使完整的人成为"单面人"，殊不知官僚主义的威慑也可能使纯真的人成为"双面人"和"多面人"。例如，高校的过度行政化管理不利于学术的发展。学府官化诱使学人追逐权力。有的青年教师本来不适合担任行政职务，但仍然"学而优则仕"。被官气和商气笼罩的大学校园严重影响学人的心灵，很难培养出优秀的学者。建构健全的、先进的政治文明，特别需要力挺民主和民权的作品。

我们的重点常放在反对资产阶级的腐化现象上，却在一定程度上忽略了反对封建主义思想的残余和流毒。民主革命的历史使命并没有彻底完成。几千年来中央集权制的思想不同程度上造成了与"官本位"相适应的以权力为中心的人身依附关系，包括裙带关系、宗派关系、哥们义气关系，这些关系都是带有专制色彩的封建主义思想体制的痼疾。自由化的资产阶级思想和体制与专制性的封建主义思想和体制结合，资本和权力同谋，会对社会主义的思想和体制、社会主义核心价值体系造成强烈的冲击和挑战。因此，批判和逐步廓清资本主义与封建主义思想和体制的结合及同谋，是当代中国政治思想战线和文学艺术战线的迫切任务。

防止和克服极端欲望主义的膨胀。文艺应当表现人的正常、健康的欲望。只要是有益无害的作品，都应当在文艺界占有一定的位置。由于人们的审美和娱乐日渐趋于多元，文艺创作应当满足多族群、多样式、多层次、多方面的需要。文艺应当把最精美的食粮奉献给人民，通过"寓教于乐"努力表现深刻的思想和优美的情感，以提高人们的综合素质和道德情操，促进人成为现代化公民。处理好文化的提高和普及的关系，处理好雅文化和俗文化的关系，处理好精英文化和大众文化的关系。大众文化也要不断提升自己，培育自己的经典，扩大自己的影响，充分发挥有利于精神文明建设的功能。同时，要反对和抑制那些粗俗的、庸劣的、丑陋的、有害的东西；反对和抑制那些疯狂表现性本能、原始欲望，痴迷追求生理和感官刺激的东西；反对和抑制膨胀的极端欲望主义；反对和抑制单纯遵循"快乐原则""利益原则""消费至上原则""票房第一原则""经济效益第一原则"制造出来的粗俗的劣文化和有害的毒文化。这些文化产品宣扬"娱乐至死"，不利于精神文明建设，不利于创构新时代的积极进取和奋发有为的人文精神。应当防止、克服和消除各种形态的拜物教，如金钱拜物教、权力拜物教、商品拜物教和极端欲望主义的显在的或隐性的思想文化流弊，使新历史条件下的人文精神得到重振和发扬。

五、中西文学中的人文精神比较研究

求生存、求发展、积极进取、奋发有为是人文精神的核心和灵魂。研究中西人文精神的共同性和差异性、主导面和侧重点，对建构中国特色的人文精神是有益的。

（一）和与分的关系

中国古代人是尊崇"天人合一"的。这种"合"是一种"合而不同"，允许多元化和差异性，具有一定的"包容性"。万物合于天，天是万物的统摄者和主宰者。从孔子到孟子，到荀子，到董仲舒，再到"二程"，都认定"天即理也"。这些说法实际上都是要求人合于天理，尊理事天才能达于至善。"天人合一"的学说，实质上把"人和天"视为由天理统摄的同质同构的存在。如果说儒家所标举的人是社会伦理的人，道家所倡导的人则是一种原生态的自然人，"天人合一"则指人对自然的皈依。道家认为人与自然是一种对等的关系，对儒家的社会伦理观念和行为标准采取批判态度。中国的圣人和先哲探索了人与整个宇宙，包括自然、社会的关系。上天、天道、天理代表着自然、神灵、君王、纲常、伦理、秩序、公平、正义等多元意义。这种天人观体现了人生命的最高价值。"天人合一"实质上是要求"人合于天"，只有"人合于天"才能趋向"终极的善"。中国的天人观和西方的天人观，表现出明显的差异性。西方信奉宗教的人所持的观念，与中国古代的自然和社会伦理观大不相同。西方人尽管在中世纪受到过教廷的压抑，但文艺复兴后，理性得到张扬，启蒙理性、科技理性、道德理性空前高涨，提高了人的主体性、能动性和创造性。人向自然的进军达到了前所未有的程度，人更加突出地从自然中分化出来。尼采曾说"上帝死了"，鼓吹一种狂飙烈火式的非理性主义的酒神精神，促进了人们思想意志的解放。总体而言，中国的人文精神讲"和"的精神，西方的人文精神讲"分"的精神。中国的"和"的精神具有"分"的元素，西方的"分"的精神也具有"和"的成分，只是侧重点不同。全然有"和"无"分"，或有"分"无"和"，都是不可能的。人与自然的关系和人与社会的关系均是如此。中国的文化精神讲"和"，但实际上中国历史上也曾战乱不断，也对自然进行了开发和利用。总体而言，中国作为发展中国家对自然资源的利用还很不够，且为了避免和缓解生态危机，十分注重开发的合理和适度。西方的文化精神讲"分"，强调进取、征服和冒险精神，对自然的掠夺性开发造成严重的环境恶化，经过深刻反思，又力倡关爱自然、保护生态。自然生态学、文艺生态学和生态美学赫然崛起，社会人文领域也开始强调通过对话共同建构民主、和平、稳定的社会状态。可见，"分"与"和"都是相对而言的，或同时存在，或交替存在。

应当特别指出的是，当代中国，尤其是改革开放以来，"和"与"分"的人文精神和文化精神发生了实质性和根本性的变化。我们整合了中国侧重于"和"的文化精神和西方侧重于"分"的文化精神，吸纳古今中外的相关思想成果，进行综合辩证的创新，该分则分，该合则合，合中有分，分中有合。这种"和合精神"不再是消极保守的，而是和中求进，和中奋取；这种"合"不再是"庸合""滞合""降合"，而是"竞合""赢合""胜合"。我们注意到，中国古代的"和合文化"所体现的当代中国的人文精神，正在凸显出富于时代精神且适应现代化要求的历史性转型和创新性发展。

（二）主体与客体的关系

关于人文精神所体现出来的主客关系，中西方各有侧重、很不相同。中国古代的先哲和圣人比较尊崇宇宙，主张"道法自然"。中国人文精神的主体性，多半表现为人的自我修养、人格和道德涵养，或表现为伦理层面，以忠孝为核心的对江山社稷和父权社会秩序的恪守。西方人文精神的主体性，主要表现为发挥个体的自由精神，通过实践实现对外部世界的征服。对于现当代的人文精神的主体性和客体性的关系，中西方的表现形式存在着重叠、交叉、错位和轮换的情况。当西方强调主体性时，中国重视客体性；当中国追求主体性时，西方又转向客体性，通过文本回归历史。因此，还是应当把人文精神的主体性和客体性辩证地统一起来。

人文精神的内在性和外在性的关系与人文精神的主体性和客体性的关系相联结。如果说西方人文精神强调内在性是为了更充分地向外辐射和扩张，中国人文精神则更加推崇内圣外王，培育内敛式的人格操守，以道德信仰和礼仪原则管控人事、治理天下。整合中西人文精神的主体性和客体性、内在性和外在性的各自的优势，则可以把人文精神的主体性和内在性、客体性和外在性辩证地、有机地统一起来，建构新时代适应历史发展要求的、更加健全有力的人文精神，把自我修身和改造世界结合起来，发挥人文精神的主体性、能动性和创造性，对促进社会转型和加速现代化的历史进程，起到发动机的作用。正确理解和处理人文精神的主与客、内与外的关系，对充分发挥人文精神的内在的主体性、主动性、能动性和创造性，对恰当地、适度地开发作为外宇宙的自然界，求得人类的健全生存和良性发展，都具有特别重要的意义。

（三）古与今的关系

从总体上说，中国的人文精神注重历史传统，偏向于过去，形成一种向后看的历史痼习。孔子把周朝视为心目中的理想社会，并将其确立为样板和典范。他说"郁郁乎文哉！吾从周"，主张"克己复礼"，一切以周礼为准，唯命是从。历代儒家都这样那样地强化了封建宗法等级制度，形成一种超稳定的社会历史结构和思想文化结构。汉朝董仲舒提倡"罢黜百家，独尊儒术"后，终结了"百家争鸣"的局面，使儒学所维护的封建宗法制思想和体制根深蒂固，并在中国封建社会的晚期更加僵化和异化。可谓"天不变，道不变，祖宗之法不可变"，闭关锁国，夜郎自大，被其他国家远远地抛在后面，积贫积弱，国衰民孱。这种崇古性文化直至受到新文化运动的强烈冲击和批判，方被动摇。从正面说，中国拥有几千年光辉灿烂、博大精深的文化，对世界文明做出了不可磨灭的伟大贡献；从负面说，超稳定的国史结构使中国社会的发展迟滞。这是一个值得研究的问题。

我们开始兴奋地感受到，当代中国自改革开放以来，在理解和处理传统与创新的关系问题上，不再固守传统，而是坚定、鲜明地主张锐意创新，特别是自主创新。这种思维方式的变革，使中国充满活力、奋勇向前，以惊人的速度接近一些发达国家，开始成为世界强国。一个民族不能只是向后看，而应当努力向前看，不能固守传统，而要打破陈规，锐意创新。在古今关系、传统与创新的关系上，西方国家是竭力主张除旧布新的。特别是工业革命后，科学技术的飞跃带动了整个社会的进步和历史的发展，人类取得了一系列前所未有的伟大成就。我们在西方的文艺作品，特别是表现主义的小说中，经常看到"父与子"的矛盾，即传统与创新的冲突，结局往往是子辈的锐意创新战胜了父辈的固守传统。为了国家、民族和人民的利益，我们应当在尊重优良传统的基础上大胆创新，特别是要勇于自我创新。

（四）理性与非理性的关系

中国是东方的理性王国和礼仪之邦，以政治理性和道德理性为核心的以礼治国和以理治国占据主导和支配的地位。克己复礼，遵循古代礼仪治国的传统，一直延续至封建王朝末期。直到新文化运动才开始强调科学和民主，这种要求"德先生"和"赛先生"当家的人文精神，对近代中国历史的发展起到了催化剂的作用。当代中国为了实现现代化的历史使命，特别强调理性和理想。理性的科学发展观和科学发展路线，指引社会实践按客观规律办事。这种科学的思想体系和价值体系是科学行为的基础。追求合规律性，才能达到合目的性，体现出空前的科学的理性精神或空前的理性的科学精神。这种理性的科学精神是新历史条件下的新人文精神的突出表现。

自古希腊以来，西方社会中一直存在着强大的理性文化传统。以苏格拉底、亚里士多德为代表的人文理性科学是人类思想史上的标志性成果。漫长的中世纪打断了西方科学发展的态势，专横、黑暗的教权和神权竟然以科学为敌，屡屡发生残酷迫害科学家的惨剧。文艺复兴后，启蒙理性、人文理性和科学理性的大旗促进了文化的繁荣和社会的进步。经过一个时期的发展，资产阶级所建构起来的以自由、民主、平等为基础的"理性王国"，开始暴露出一些病态的弊端和尖锐的矛盾。鲜亮的"理性的旗帜"开始褪色。正如恩格斯所指出的，这个"永恒的理性实际上不过是恰好那时正在发展成为资产者的中等市民的理想化的知性而已"，所谓"理性的国家"和"理性的社会"也"决不是绝对合乎理性的"，"富有和贫穷的对立并没有化为普遍的幸福，……商业日益变成欺诈。革命的箴言'博爱'化为竞争中的蓄意刁难和忌妒。贿赂代替了暴力压迫，金钱代替刀剑成了社会权力的第一杠杆。……总之，同启蒙学者的华美诺言比起来，由'理性的胜利'建立起来的社会制度和政治制度竟是一幅令人极度失望的讽刺画"①。二战以后，对这种旧理性和旧理性王国的批判激起了愈演愈烈的西方的非理性主义。思想理论界和文学艺术界掀起的非理性主义的狂潮，揭露和指控了旧理性的观念、体制和制度对人的压抑和对社会发展的阻滞，同时论证了非理性的必要性，给非理性以适当的合法位置，认为它是人类文化思想结构中一个不可或缺的组成部分。非理性主义对批判僵化的、过时的、失去了历史的进步性和合理性的旧理性具有不可磨灭的历史功绩。重视非理性的地位和作用以及处理好其与理性的相互关系，是学界必须关注的新命题。

宣扬非理性主义，对旧理性主义进行激烈无情批判的学者中，最极端者当推尼采。尼采的非理性主义是通过反对虚伪的宗教道德加以宣扬的。他的专著《朝霞》的副标题为"关于道德偏见的思考"，该书开启了"反道德的进军"；他的《查拉图斯特拉如是说》塑造了一个道德破坏者的狂飙形象；他宣称"我是第一个非道德论者"，确认道德带有"颓废的性质"。"道德本能"实际上是一种"颓废本能"。为了解放本能，必须抛弃道德；他认为，"整个道德发展，没有出现任何真理"；这种道德酿成偏执和惰性，使"人的理性老是有理"；他竟然歌颂抹去了圣洁光环的"兽性化艺术"，特别是"艺术叫我们想起了兽性的生勃状

---

① 马克思，恩格斯. 马克思恩格斯选集：第3卷.3版. 北京：人民出版社，2012：643-644.

态"，成了刺激"兴奋感的兴奋剂"。尼采主张用本能和理性抗衡，认为肉体和感性的功能至高无上，"肉体的信仰胜过对精神的信仰"，哲学家们虚构的"理性的世界"充满了"欺骗和伪造"，导致"自我蔑视、自我狭隘化和平庸化"；反对以理性为圭臬，他在《偶像的黄昏》中谩骂苏格拉底，指斥苏格拉底"把理性变成了暴君"，使人成为"荒谬的理性的人"；"为了把价值倒转过来，而且为达此目的，把他们隐藏的大量的遭人非议的本能，缓缓地、谨慎地释放出来"；他的《权力意志》的副标题是"重估一切价值的尝试"，鼓吹虚无主义，"因为虚无主义是我们彻底思考出来的伟大价值和理想逻辑学"，"人类几千年来只不过把谬说神化为真理"。尼采的这种狂妄的目无一切的虚无主义态度，使他扮演了一个横扫一切文化的破坏者角色，全盘否定了从苏格拉底到柏拉图、笛卡儿、斯宾诺莎、莱布尼茨、黑格尔的众人，试图把人类的理性文化和精神文明变成一片废墟。尼采是一个从提倡非理性到把非理性绝对化，从反对理性到把理性妖魔化的典型例证。他置人类一切理性文明于不顾，不加分析地造一切理性的反，不讲辩证法，陷入形而上学的偏执。殊不知"棒杀"他者，无异于以极端的方式"捧杀"自己。实际上完全脱离理性的非理性和完全脱离非理性的理性都是不存在的。不能只看到理性和非理性的对立，忽视理性和非理性的统一。

明智的学者应当坚持理性和非理性的辩证法。对理性和非理性及其相互关系，都应当采取具体问题具体分析的科学态度：有好的理性，也有不好的理性；有好的非理性，也有不好的非理性。第二次世界大战后，西方的人文精神发生了蜕变。由于战争机器的碾压和权力拜物教、金钱拜物教、商品拜物教的侵蚀，许多人变得消极了、颓废了、孱弱了。人变成了像卡夫卡的小说《变形记》中所描写的异化的"大甲虫"，变成了"非人"。非理性主义开始泛滥，受到伤害的人们不再关心群体和他人，只想在苦难中拯救自我。存在主义者萨特认为："他人即地狱。"萨特的个人主义的存在主义给青年预想出一套保护和发展自我的出路，即自我设计、自我满足、自我实现。追逐个人利益成为西方社会的一种常态。回头来看，非理性主义虽然十分强劲，但实际上不过是喧嚣一时的杂音。由于宗教信仰和理性认同的正面影响，特别是 20 世纪中叶以后，欧美的经济社会和科学技术取得了长足的进步和飞跃。我们应当尊重中西人文精神的共同性，理解两者的差异性，通过交融、对话和互鉴，采长补短、优化组合、综合创新。

不能因为反对不好的理性，把好的理性也一并反对掉了。不要因主张合理的非理性，把没有任何价值的理性捧上天；也不要因维护合理的理性，而使理性僵化，变成一种教条。不要因主张有价值的非理性，硬要打倒尚未失去历史的合理性和进步性的理性文化与理性文明。不合理的理性消解不了合理的理性，用不合理的理性也批不倒合理的非理性。实际上，具有合理性的理性和非理性，都拥有自己生存和发展的空间，两者是互补互通、共生共长的。这两种意识结构和思维方式都是人类文化和人类精神不可或缺的。我们应当使两者有机地统一和融合起来。排除旧理性的局限性，吸纳非理性的合理性，创构扬弃了非理性和旧理性的新理性，这种新理性表现为实践理性，即被实践实现了的、变成生活的物化形态的新理性。

（五）群体与个体的关系

中国的人文精神是以群体性为主导的，也可以说，中国的人文精神是以群体性为核心的人文精神。这是因为几千年来中国社会是宗法制中央集权社会，君权高于一切、压倒一切、统摄一切、掌控一切。宗法制度的政治利益、文化思想结构和体制要求每个社会成员必须服从君主的意志，维护、延续和巩固江山社稷的存在。孝、义、仁、礼、智、信，都是以忠为基础、为目标、为宗旨的。以孔孟为代表的儒家强调了人应当克制个人利益和欲望，以国家社稷和君王为重的原则，提出"克己复礼""杀身成仁""舍身取义"的行为准则。道家从自然人性出发，抨击儒家的仁义道德，但主张无私、无欲、无为。自先秦以后，漠视人的个性和个人利益、个人欲望的儒、道成为主流。但也出现过张扬个体人欲的"不和谐音"。战国初期杨朱学派中的个别士人曾倡导"为我""贵己"；魏晋时期的人文学者继承了老庄思想，主张"越名教而任自然"，反对儒家的纲常名教对人的教化和对人欲的束缚，倡导"越名任心""无为自得"。其中，魏晋学者反对儒家以德论人，注重人的才情、胆识、风度、仪态，形成魏晋时期轻灵、飘逸、潇洒、脱俗的人文风格。魏晋时期崇尚自然、无为、自由，漠视人的社会责任，实现了所谓"人的觉醒"，但附丽着玄学虚脱和空灵的氛围。明清之际，一批以李贽、顾炎武、黄宗羲、王夫之为代表的人文学者对程朱理学提出的"存天理，灭人欲""革尽人欲，复尽天理"的理论学说进行了批判，具有启蒙意义。但这些思想最终都没有成为主流。从孔孟思想到宋明理学，儒家一直占据着压倒性的强势地位。这种正统思想和体制对中央集权制的强化，使人文精神的个体性长期受到压抑。这种情况直至近代的新文化运动才有所改变。革命领袖人物为了革命的胜利，提出了"天下为公""为人民服务"的口号，对当时人们的思想和行为产生了重大而深远的影响。为了挽救民族危机，理应强调爱国主义精神。战争时期和计划经济时期，一度强调克己奉公的集体主义思想，对人文精神的个体性重视不够，对人文精神群体性和个体性之间的关系缺乏辩证的理解。弘扬爱国主义和集体主义的思想和价值观念是正确的，但不应对人文精神的个体性有所忽略。实际上，只有充分发挥人文精神的个体性，才能使人文精神的群体性得到更加有效的保障，才能使爱国主义和集体主义更加深

入人心。因此，应当发挥人文精神的群体性和人文精神的个体性两个方面
的积极性。

从总体上而言，西方的人文精神是以个体性为主导的。个体的自由和
民主，始终是西方具有深刻影响力的人文精神的组成部分，但为了民族的
利益，也强调爱国主义精神。20 世纪中期后，西方社会总体上开始步入
和平发展时期，社会秩序比较稳定，阶级矛盾趋于缓和，随着西方传统的
进取精神、创业敬业精神和以民主、平等、自由为核心的个体性的人文精
神的驱动，以及生产工具的改进和生产能力的提高，特别是科技理性的高
度发展，西方社会的经济水平和人民的生活质量都得到了前所未有的提
高。从这个意义上来说，个体性的人文精神对推动历史发展和社会进步是
不可或缺的。但个体性的或以个体性为主导的人文精神既有积极的一面，
也有消极的一面。发扬爱国主义、集体主义的同时，也要抑制极端的个人
主义和自由主义。

我们应当尊重中西人文精神的共同性和差异性，通过交融和对话，采
长补短、优化组合、综合创新。既要发动群体力量，又要调动个体的主动
性、能动性和创造性，形成人文精神的群体性和个体性的强大合力，集东
西方的先进文化和优秀的人文精神于一身，形成富有时代感和中国特色的
新质态的人文精神。

第三节　文艺和人的解放问题

一、文艺的永恒主题

从根本上说，为人民服务即为人民的解放事业服务，追求和描写人的
解放问题，始终是文艺的一个永恒主题。阶级社会中的人是不平等的，存

在着各种差别，如社会地位、社会角色、社会职务、财富、权力等的差别，甚或存在着严重的两极分化。弱势群体贫穷、落后、愚昧、软弱，有的甚至在生死线上挣扎。广大群众的劳动成果被掠夺，陷入被奴役、被蹂躏的境地。特别是那些身处社会底层的小人物，十分渴望自己痛苦和悲惨的命运能够得到改变。同情人民的作家、艺术家，为了社会的进步和人民生活的改善，把追求、描绘人的解放问题，崇奉为美学理想和社会理想，秉持公平正义感，代表社会良心，发出人民的呼声。人文知识分子始终不懈地燃起人类解放的精神火炬，探寻人类解放的道路，为实现共产主义的伟大理想而努力。马克思、恩格斯是这样界定共产主义的："共产主义对我们来说不是应当确立的**状况**，不是现实应当与之相适应的**理想**。我们所称为共产主义的是那种消灭现存状况的**现实的**运动。"① 这样的论述实际上阐明了人的解放问题的理想与现实的相互关系。他们强调的不是适应现实的一面，而是改变现实的一面。人的解放的理想不能仅停留在满足现实和肯定现实上，而要通过改变现实，把人的生态和社会的生态推向更高的境界。人的解放的理想不能拘泥于现实，而要超越现实，达到更高的水平。理想在何方？理想在脚下！在人的解放的理想和现实的关系问题上，存在着两种倾向：一是保守的态度，抱着既存的、陈旧的现实不放，不想去触动和变革现实生活中的那些非人性的东西，即便是追求理想，也只是局限在与现实"相适应"的范围内。这是一种故步自封、裹足不前的态度。二是盲目冒进的态度，不考虑人的解放的理想是否具有现实依据，社会发展是否已经显露出理想的萌芽，随意超越历史发展阶段，脱离实际，搞盲目的"大跃进"和虚幻的"乌托邦"，对现实和理想造成双重损害。随意拘泥于现实和超越现实，摈弃理想和营造"假大空"都是不科学的。

---

① 马克思，恩格斯. 马克思恩格斯选集：第1卷 . 3版 . 北京：人民出版社，2012：166.

共产主义理想不是假想和梦幻，不能囿于精神、意识、道德、心理、舆论、语言层面，正如马克思、恩格斯所指出的："我们所称为共产主义的是那种消灭现存状况的**现实的**运动。"①

二、解放道路的多种形态

解放道路是各式各样的。这些谋求人的解放的道路可能都是必需的，但其中或许有精美和粗俗、真实与幻想之别。可见人的解放的道路是多维的、多义的、多解的。

（一）宗教幻想的解放

世上千千万万的人信奉宗教。这不是偶然的。比较粗俗的原始宗教通过培育对某些自然物的迷信和崇拜，把人的命运寄托于一定的对象上，使人获得一种能够带来快乐和满足的尊崇感或屈从感。在这个过程中，人需要先想象出一个偶像，再跪拜在它的脚下，如古代部落推崇的"牛神"和"盐神"等。

大型宗教，如佛教、基督教（天主教、东正教）、伊斯兰教等几大教派，都是经过有文化、有教养的高级教徒论证和修饰的精致的宗教。宗教使人们对偶像的崇拜上升为信仰，并具有一种至高无上的伦理和人身依附关系。信奉宗教的人，其宗教观与世界观、人生观和价值观融为一体。可以说，宗教观寓于相应的人的世界观、人生观和价值观之中，并通过相应的人的世界观、人生观和价值观表现出来。实质上，宗教对人的功能具有两面性。马克思指出："**人创造了宗教**，而不是宗教创造人。"② 因此，宗

---

① 马克思，恩格斯. 马克思恩格斯选集：第 1 卷 . 3 版 . 北京：人民出版社，2012：166.
② 同①1.

教本是"一种**颠倒的世界意识**"或是对"**颠倒的世界**"的幻化的反映。他还说："**宗教是人的本质在幻想中的实现**，因为**人的本质**不具有真正的现实性。""**宗教里的苦难既是现实的苦难的表现**，又是对这种现实的苦难的**抗议**。宗教是被压迫生灵的叹息，是无情世界的情感，正像它是无精神活力的制度的精神一样。宗教是人民的**鸦片**。"① 马克思看到了宗教产生的根源和它的负面作用。马克思这个深刻的思想源于费尔巴哈。费尔巴哈的《基督教的本质》一书揭露了基督教的假定性和虚幻性。他认为，不是上帝创造了人，而是人创造了上帝；人为了精神和心理上的需要，制造了一个偶像，并信奉和崇拜自己制造出来的这个偶像；不是人应当服从上帝的意志，而是上帝应当服从人的意志；上帝并不能拯救人，人只能靠自己决定自己的命运。费尔巴哈告诉人们："自然界是不依赖任何哲学而存在的；它是我们人类（本身就是自然界的产物）赖以生长的基础；在自然界和人以外不存在任何东西，我们的宗教幻想所创造出来的那些最高存在物只是我们自己的本质的虚幻反映。魔法被破除了。"② "这部书的解放作用，只有亲身体验过的人才能想象得到。那时大家都很兴奋：我们一时都成为费尔巴哈派了。"③ 在那个上帝主宰世界的情况下，费尔巴哈《基督教的本质》一书的横空出世令学界仰慕，似春雷般振聋发聩，使青年马克思和恩格斯受到强烈的震撼。

令人遗憾的是，费尔巴哈破除了神的宗教、上帝的宗教，却臆想创建人自身的宗教，即爱的宗教或泛爱主义的宗教。可见，人们缺乏信仰、没有精神支撑是不行的。由于费尔巴哈唯物主义的不彻底性，即历史领域中的非唯物主义思想的驱动，特别是由于"对于爱的过度崇拜"，他和当时像瘟疫一样流行于德国的"真正的社会主义"一样，"以美文学的词句代

---

① 马克思，恩格斯．马克思恩格斯选集：第1卷．3版．北京：人民出版社，2012：2.
②③ 马克思，恩格斯．马克思恩格斯选集：第4卷．3版．北京：人民出版社，2012：228.

替了科学的认识，主张靠'爱'来实现人类的解放，而不主张用经济上改革生产的办法来实现无产阶级的解放，一句话，它沉溺在令人厌恶的美文学和泛爱的空谈中了"①。恩格斯讽刺道："可是爱啊！——真的，在费尔巴哈那里，爱随时随地都是一个创造奇迹的神，可以帮助克服实际生活中的一切困难——而且这是在一个分裂为利益直接对立的阶级的社会里。这样一来，他的哲学中的最后一点革命性也消失了，留下的只是一个老调子：彼此相爱吧！不分性别、不分等级地互相拥抱吧！——大家都陶醉在和解中了！"② 恩格斯指出，费尔巴哈的"上半截是唯心主义者"，"他本人除了矫揉造作的爱的宗教和贫乏无力的道德以外，拿不出什么积极的东西"③。在历史的领域内，应当把费尔巴哈的抽象的人还原为现实的、活生生的人。人的解放问题，不是抽象的人的解放问题，而是历史的、社会的、现实的、具体的人的解放问题。人的解放问题不是抽象的，或不能抽象地谈论人的解放问题。"费尔巴哈没有走的一步，必定会有人走的。对抽象的人的崇拜，即费尔巴哈的新宗教的核心，必定会由关于现实的人及其历史发展的科学来代替。"④ "对抽象的人的崇拜"掩盖了人的社会关系的本质，消弭了具体的现实的人的种种差异和对立。

与费尔巴哈相反，尼采是反宗教的，他郑重宣布"上帝死了"。尼采是一个彻底的无神论者，他的精神世界和崇拜基督的信徒相左。他极端地认定上帝不是救星，而是灾星。他对宗教和上帝的罪恶进行指控，认定基督教道德"是一切弊病的根源：逆来顺受、贞洁、忘我和绝对服从"，以"在上帝面前人人平等的名义"制造"迄今为止登峰造极的荒唐"⑤。在他

---

① 马克思，恩格斯.马克思恩格斯选集：第4卷.3版.北京：人民出版社，2012：229.
② 同①246.
③ 同①248.
④ 同①247.
⑤ 尼采.悲剧的诞生.北京：商务印书馆，1911：119-120.

看来，与其选择上帝标榜的人类文明道德，还不如选择未经驯化的"野兽道德"，鼓吹带有野性本能的日神（阿波罗）精神和酒神（狄俄尼索斯）精神，提倡"权力意志"和"超人哲学"，认为具有日神和酒神精神和"权力意志"的"超人"才配当"悲剧时代"的"国际种族群体"的代表和未来的"地球主人"，掌握人类的命运。尼采赋予这种狷介不驯、狂飙烈火般的非理性主义以英勇斗狠的好战性质。他欲想通过酒神精神宣扬残酷、阴险、血腥、疯狂的战争。尼采宣告"历史无正义，自然无善"①，"罪犯"是"好汉"，"生命是战争的结束，社会本身只不过是战争的手段"②，甚至在《看哪这人》中坦陈"我是好战的"，"进攻是我的本能之一"。罗素曾点破尼采所树立的"好战的超人"即"白日梦里的他自己"③。这样，尼采实质上把他的具有权力意志和酒神精神的"好战的超人"变成了扮演战神角色的"解放者"，让芸芸众生接受这个特殊的解放者的解放，即"被解放"。费尔巴哈的泛爱主义变成了暴力征服、破坏和战争。尼采则完全走向了与费尔巴哈相对立的另一个极端，客观上为战争制造了舆论，使人步入痛苦和灾难的深渊。尼采反对宗教道德的禁锢和伪善做法是正义的，反对僵硬的旧理性对人的压抑和摧残也是必要的，但不能在反对宗教道德和理性的同时，把正当的合理的理性也一并反对掉了。这样，非但不能使人得到解放，还必然会对人造成新的束缚。

毋庸置疑，宗教是具有两面性的。正确评价宗教和宗教文艺的功能和作用是完全必要的。一个国家和民族，没有信仰是不行的。大众的信仰自由理应得到尊重。从群体层面来说，宗教对稳定社会秩序，凝聚人民力量，维护、调解和改善各个民族和群体之间的关系具有积极作用。从个体

---

① 尼采. 悲剧的诞生. 北京：商务印书馆，1911：354.
② 同①564.
③ 罗素. 西方哲学史：下卷. 马元德，译. 北京：商务印书馆，1976：320.

层面来说，教义劝说人心向善，生活可以增强人们的信心和勇气，表达对美好未来的追求和愿望，并使人的内心得到慰藉、调解、平衡和补偿，帮助人们渡过艰苦的岁月。在一般情况下，上帝是信徒们的精神支柱，宗教一定程度上是人的救星。宗教确实也具有不能忽视的负面作用。黑暗的中世纪，宗教与封建宗法制联袂同谋，宣扬神主宰一切，实行禁欲主义，通过设置宗教裁判所打压"异端"，特别是严惩冒犯上帝权威、有新发现的科学家：关押培根，处死伽利略，火烧布鲁诺……宗教剥夺了信徒们的人身自由和思想自由，让人们听从命运之神的捉弄和摆布，逆来顺受，委曲求全，用忍耐和承担今世的痛苦来换取对来日升入天堂的企盼；有的邪教谋财害命，蓄意颠覆国家政权；有的利用宗教发动所谓"圣战"，进行恐怖袭击；有的通过宗教从事分裂民族的罪恶活动，严重滋扰和破坏人民的正常生活与社会的安定和繁荣。

（二）审美幻想的解放

审美和人的解放问题是紧密相关的。黑格尔明确地说："审美带有令人解放的性质。"① 审美具有现实和幻想的双重品格。现代中国的一位著名教育家曾主张把"美育变成宗教"，把美育上升到宗教信仰层面，充分发挥审美对人的教化功能，甚至作为"教育救国"的一个组成部分加以实施。这种主张显然夸大了审美的作用。

西方的一些学者存在着浓郁的"审美情结"，为了谋求人的精神和意识的解放，用各种方式表达"审美幻想"。弗洛伊德把文艺创作比喻为"白日梦"，创作过程如同在"白日"的"梦"中实现人在潜意识中被压抑的幻想和欲望，并从中得到补偿、慰藉和虚假的满足。有的学者在语言领

---

① 黑格尔. 美学：第1卷. 2版. 朱光潜，译. 北京：商务印书馆，1979：142.

域追求人的精神和意识的解放，通过对语言的阐发、解构、对话和狂欢，得到快慰和愉悦。实际上，人在语言层面的解放是十分有限的。这种解放只能规约在人的语言活动中，局限在书写、述说和讲演中，停留在口头上、纸面上、桌面上、电脑上、媒体上和一些使用语言的领域中，只能有助于但并不能从根本上实现人的社会解放。后现代主义者的"语言游戏"可以拆解和重组语言结构，但想通过这种语言行为实行人文主义解释学革命，唤醒和培育人们的解放意识并改变现实是不可能的。巴赫金认为"对话与狂欢"具有不可忽视的正面作用。"对话"有助于不同族群之间的沟通，有利于思想交流和学术发展，但有的对话是平等的、有诚意的、有效果的，有的对话则是不平等的、没有诚意的、无效果的。语言的"狂欢"可能使语言主体获得快感，但短暂而有限，行动的"狂欢"场面令人动容，不分富豪和穷人、皇帝和平民，人们欢聚一堂，欢呼跳跃、歌酣舞烈，但这种"大团结"的局面同样短暂而有限，一旦结束，皇帝被簇拥着返回宫殿，而平民们只能回到贫民窟或钻进地下铁里铺着稻草的管道中。海德格尔曾援引荷尔德林的诗作《人，诗意地栖居》来说明人的精神追求。但人们在精神上做到"诗意地栖居"、获得一点心灵的自由都是不容易的，在物质上实现"诗意地栖居"更是何等艰难。诸如王尔德、本杰明、马尔库塞、阿多诺和一些基督教神父等宣扬的"审美救赎"理论，尽管人们在不同的领域，用不同的方式，构想出各种"审美救赎"的蓝图，但都是美妙而苍白的。这种审美幻想，表达了人们对现实生态的不满和对美好生活的向往，用心造的"太虚幻境"摆脱和取代现实生活的苦难。审美有助于但不能从根本上实现对人的"救赎"。这里，笔者不禁想起了两个成语："画饼充饥"和"望梅止渴"。"画饼"在心理上是可以"充饥"的，但实际上是不能"充饥"的；"望梅"在心理上是可以"止渴"的，但实际上是不能"止渴"的。

关于"审美乌托邦"的设计。乌托邦的本义是指"不存在"的"好地方",即"空想的国家"。空想社会主义的创始人托马斯·莫尔的名著《乌托邦》中虚构了一个航海家航行到奇异的"乌托邦"的故事。那里的财产公有,人民平等,物资按需分配,铲除了私有制这个"万恶之源",没有堕落和罪恶。乌托邦像一个"世外桃源",展现了人类对美好社会的憧憬。富于审美幻想的思想家对乌托邦的设计和追求一直没有间断过,最早如柏拉图的《理想国》,后来有培根的《新大西岛》、康帕内拉的《太阳城》、赫胥黎的《美丽新世界》、奥威尔的《一九八四》、马尔库塞的《论解放》等。还有一些空想社会主义者,不仅创造出人的解放的理论,发出人的解放的精神呼吁和道德诉求,还从实践层面创构出实施理想社会的方案,建立示范性的公社组织机构,如欧仁·苏的长篇小说所描写的"模范农场"那样,使每个人都拥有财产、平等和自由。空想社会主义者的乌托邦审美幻想,是人类渴望和追求自身解放的精神之梦,具有一定的积极作用。然而,在存在着尖锐的阶级对立和严重的两极分化的情况下,人不可能得到真正的、普遍而持久的解放。一切空想社会主义的乌托邦,"梦想用试验的办法来实现自己的社会空想,创办单个的法伦斯泰尔,建立国内移民区,创立小伊加利亚,即袖珍版的新耶路撒冷",都只不过是"空中楼阁"。马克思、恩格斯指出"批判的空想的社会主义和共产主义的意义,是同历史的发展成反比的",尽管"它们提供了启发工人觉悟的极为宝贵的材料","这些体系的创始人在许多方面是革命的",但"这些主张本身还带有纯粹空想的性质"①。

(三)理论幻想的解放

人的宗教幻想的解放和人的审美幻想的解放,都是以人的理论幻想的

---

① 马克思,恩格斯.马克思恩格斯选集:第1卷.3版.北京:人民出版社,2012:432-433.

解放为基础的。人的理论幻想的解放是多方面的：通过舆论喊话、精神呼吁和道德宣讲等途径和手段，向社会发出诉求，揭露人世间的不公正和不平等；从舆论、精神和道德层面提出诉讼，规劝贪婪的剥削者改恶从善，体恤穷人；叩请暴富的资产者慷慨解囊，救助弱势群体；建议当权者强化和优化社会福利系统，改变贫富不均，抑制两极分化，缓解劳资矛盾，改善官民关系，平抑物价指数，扩大就业范围，提高工资待遇，充分考虑和尽可能地满足"为大多数人谋利益"的基本原则，保障处于社会下层的平民百姓的基本生活需要，打击与民夺利的非法行为，促进社会和谐。舆论喊话、精神呼吁和道德宣讲虽然不能切实解决问题，带有一定的幻想性质，但作为一种思想意识形态导向，对实现人的解放是不可或缺的。

特别是西方的一些书斋学者，非常重视语言的解放。这不但指语言的自由，即说话的自由权利，而且指对书面语言进行随意阐释、解构、重组的自由行为，从语言行为中获得语言世界的解放。后现代主义或解构主义者们企图通过语言游戏，在语言中施加语言主体的自我意识，凭借对语言的拆解和重构，推动实现社会的人文主义的解释学变革，从而凭借语言幻想表达社会幻想，假手语言解放促进社会解放。这种书斋中的"语言造反"有助于改变现实环境，但不可能对改变现实环境产生什么实质性的影响。

作为思想工作者的人文知识分子尤其强调思想的解放。一些智者认为，观念变革和思想解放，是社会解放的前提和历史转折的先声。这种看法是有价值的。在正确理解和处理思想解放和社会解放的相互关系的过程中存在着以下两个问题。一是正确理解和处理思想解放与客观规律的关系问题。思想解放必须实事求是，实事求是尊重客观规律，秉持科学态度，按客观规律办事。既不能保守滞后，又不能盲目冒进，重演"大跃进"的闹剧。思想解放只有合规律性，才能达到合目的性，以期实现社会进步和人的解放的宏伟目标。二是正确理解和处理思想解放与社会实践的关系问题。思想解放、观念更新可以提高人的文化素质和创新精神，对推动历史变革和社会转型、开创新的发展道路是非常必要和重要的。新观念、新思想是实现人的社会解放的路标和灯塔。它指明和照亮了要求解放的人的前进的道路，使探索真理的志士们充满希望，无须再在黑暗的迷途中踌躇和徘徊。找到一条社会解放和人的解放的正确道路，往往需要几代人的艰苦卓绝的奋斗。因此，必须珍惜具有启蒙作用和变革意义的新思想。思想解放是社会解放和人的解放的前提条件。

然而，更为重要的是，新思想必须变成新现实，思想解放必须转化为社会解放，通过社会变革实现人的真正解放。最宝贵的思想不能仅停留在精神层面，就像好的兵械不能只摆放在刀架上，而是要变成手中的武器。精神要变成物质，新思想要变成新现实，一定要落到实处，并诉诸行动，切忌"述而不作""坐而论道""纸上谈兵"。社会理想和人的解放的美妙前景可唱、可画、可写、可说，但从根本上说，是实践出来的。一个实际行动胜过一打纲领。先进的、能引发环境改变的思想是对人的解放事业有所助力的，但思想本身是没有实践力量的。正如马克思、恩格斯所指出的："**思想**从来也不能超出旧世界秩序的范围：在任何情况下它都只能超出旧世界秩序的思想范围。思想根本不能**实现什么东西**"，"为了实现思想"必须"要有使用实践力量的人"①。他们认为，"'解放'是一种历史活动，不是思想活动，'解放'是由历史的关系……促成的"，"只有在现实的世界中并使用现实的手段才能实现真正的解放"②。这里，马克思、恩格斯所说的"历史活动""使用现实的手段""要有使用实践力量的人"③，都是在强调社会实践对人的解放的重要性。人的解放，首先要求

---

① 马克思，恩格斯. 马克思恩格斯全集：第 2 卷. 北京：人民出版社，1957：152.
② 马克思，恩格斯. 马克思恩格斯选集：第 1 卷.3 版. 北京：人民出版社，2012：154.
③ 同①.

改变人的生存环境，马克思、恩格斯曾把是否能改变旧环境界定为区别"新人"与"旧人"的标志。我们注意到，当代中国的一些文艺作品，特别是一些农村题材的影视作品，塑造了许多农业改革的带头人形象。他们作为能"使用现实的手段"、有"实践力量"的新人，带领农民创造新环境，改变旧环境，开始把当地的农民从贫穷、落后、愚昧中解放出来。人的解放需要真抓实干。如果脱离历史发展的客观规律和社会实践，只局限于纯理论领域内，侈谈思想解放和人的解放，只能是苍白的、空洞的和虚假的，是"水中月、镜中花"。马克思、恩格斯十分鲜明地反对在纯理论领域内谋求人的解放。他们把"否认纯理论领域内的解放"视为"世俗社会主义的第一个原理"，认定"为了真正的自由它除了要求唯心的'意志'外，还要求完全能感触得到的物质的条件"①。

综上所述，人的解放问题，无论是宗教幻想的解放、审美幻想的解放，还是理论幻想的解放，虽然有助于人的解放，但都不能从根本上通过遵循历史发展的客观规律的社会实践活动，实现真正的人的解放。不具备充分的物质条件，不尊崇历史发展的客观规律，不注重社会实践的改造力量，只在幻想中追求人的解放，则只能停留在心理、意识或精神层面，并不意味着对人们的现实生活环境产生什么实质性的改变。

三、解放的根本道路和崇高目标

人的解放，需要经过深刻的、漫长的历史过程。只有到达共产主义的理想社会，才能彻底实现人的解放。这是建立在生产力高度发展、生产关系高度和谐、三大差别基本消除的基础之上的。我们要依靠群体的自由自

---

① 马克思，恩格斯 . 马克思恩格斯全集：第 2 卷 . 北京：人民出版社，1957：121.

觉的社会实践活动，不断改造人的现实的生活环境，持续推动历史变革，促进社会转型，为历史地、具体地实现人的解放创造各种必须具备的条件。马克思、恩格斯指出："对**实践的**唯物主义者即**共产主义者**来说，全部问题都在于使现存世界革命化，实际地反对并改变现存的事物。"①

马克思、恩格斯认为，共产主义是靠不断改变现状的历史活动和历史过程来逐步趋近的，是靠生产力、生产方式和交换方式的一系列"变革"来实现的。但变革的宗旨是各不相同的。他们反对那些不利于人民的所谓的"变革"。此类"变革""既不会使人民群众得到解放，也不会根本改善他们的社会状况，因为这两者不仅仅决定于生产力的发展，而且还决定于生产力是否归人民所有"，尽管可以"为这两者创造物质前提"②。促进社会变革，创造物质条件，马克思、恩格斯特别强调体现生产力发展水平的生产工具和科技进步的重要作用。他们指出，只有发明了蒸汽机和珍妮走锭精纺机，才能把人们从奴隶制中解放出来，只有"改良的农业"，才能把人们从农奴制中解放出来。③ 恩格斯说，真正推动历史转折和社会发展的，不是"纯粹思想的力量"，而"主要是自然科学和工业的强大而日益迅猛的进步"④，"人自身以及人的活动的一切方面，尤其是自然科学，都将突飞猛进，使以往的一切都黯然失色"⑤。恩格斯写道："在马克思看来，科学是一种在历史上起推动作用的、革命的力量。任何一门理论科学中的每一个新发现……当他看到那种对工业、对一般历史发展立即产生革命性影响的发现的时候，他的喜悦就非同寻常了。"⑥ 可见，科学可以创

---

① 马克思，恩格斯．马克思恩格斯选集：第1卷．3版．北京：人民出版社，2012：155.
② 同①861.
③ 同①154.
④ 马克思，恩格斯．马克思恩格斯选集：第4卷．3版．北京：人民出版社，2012：233.
⑤ 马克思，恩格斯．马克思恩格斯选集：第3卷．3版．北京：人民出版社，2012：860.
⑥ 同⑤1003.

造新的生产工具，是生产力发展的重要支点。

终归必然要实现的共产主义社会，作为人类的伟大理想，虽然是非常遥远的事情，人们还不能清晰地描述出这种理想社会的风貌，却可以进行一些憧憬式的预测和想象。这个理想的社会，经过漫长的、递进的、螺旋式上升的飞跃发展，肯定会把人与自然的关系、人与社会的关系、人与他人的关系提升到更加和谐的境界：自然主义和人道主义有机统一；人与社会高度融合；人与他人的关系十分欢洽；私有制被消灭或得到扬弃；三大差别被铲除；社会公正合理；封建主义和资本主义的思想残余与体制流弊被肃清；"自由、平等、博爱"的口号变得更加真诚；真善美的光辉普照大地；诚挚的爱充满人间；家园似画，生活如歌；以权力为核心的人身依附关系被消灭；国家成为生产、分配和人际关系的管理和调解机构；领导干部真正成为人民的公仆；社会分工不再苛刻；精神文明臻于完美；物质财富极大丰富，按需分配成为现实。正如恩格斯所指出的："当人们还不能使自己的吃喝住穿在质和量方面得到充分保证的时候，人们就根本不能获得解放。"①

共产主义社会应当是一个包括不同族群在内的高度和谐一致的"共同体"。这个"共同体"是历史的、具体的、现实的、真实的"共同体"，而不是资产阶级所宣扬的那个"虚幻的共同体"。资产阶级所宣扬的"共同体""不过是一些虚幻的形式"，"普遍的东西一般说来是一种虚幻的共同体的形式"②，"以便把自己的利益又说成是普遍的利益"③。共产主义的"社会共同体"是对"资本主义社会共同体"的承接、改制、重塑和超越。当市民阶级还不够独立成熟，还没有把自身的图谋发展成"特殊利益"的时候，要自觉地意识到："占统治地位的将是越来越抽象的思想，即越来

---

① 马克思，恩格斯．马克思恩格斯选集：第1卷．3版．北京：人民出版社，2012：154.

② 马克思，恩格斯．马克思恩格斯全集：第3卷．北京：人民出版社，1960：38.

③ 同①164.

越具有普遍性形式的思想。……为了达到自己的目的不得不把自己的利益说成是社会全体成员的共同利益，……赋予自己的思想以普遍性的形式，把它们描绘成唯一合乎理性的、有普遍意义的思想。"① 到了共产主义社会，去掉掩饰某一阶级或阶层的私利和伪善的面纱，使任何一个阶级或阶层都没有自己的特殊利益，实现生产和分配的公开化和财富占有的透明化，是消除潜规则、不公平的最有效的方法。高度的民主化生活和管理是泯灭虚假的最有效手段。共产主义社会的共同体是保证全民利益最大化和尽可能均衡化的管理和分配的社会机构。在这种肯定和培育全民利益的环境中，要为人的全面自由发展提供充分、适宜的生存条件。正如马克思、恩格斯所指出的："在这个共同体中各个人都是作为个人参加的。它是各个人的这样一种联合（自然是以当时发达的生产力为前提的），这种联合把个人的自由发展和运动的条件置于他们的控制之下。"② 这种"共同体"使人拥有不以对"**物**的依赖性为基础的人的独立性"和"建立在个人全面发展和他们共同的社会生产能力成为他们的社会财富这一基础上的自由个性"③，创建一种全新的"以每个人的全面而自由的发展为基本原则的社会形式"④。"代替那存在着阶级和阶级对立的资产阶级旧社会的，将是这样一个联合体，在那里，每个人的自由发展是一切人的自由发展的条件。"⑤ 以社会的全面进步为基础的人的全面自由发展，实质上是人向最高境界和最高形态的"自我"回归。共产主义社会中的人不再受严格刻板的分工的局限，这将大大提升人的生活的自由度。"在共产主义社会里，任何人都没有特定的活动范围，每个人都可以在任何部门内发展，社会调

---

① 马克思，恩格斯.马克思恩格斯选集：第1卷.3版.北京：人民出版社，2012：180.
② 同①202.
③ 马克思，恩格斯.马克思恩格斯全集：第46卷：上.北京：人民出版社，1979：104.
④ 马克思，恩格斯.马克思恩格斯全集：第23卷.北京：人民出版社，1972：649.
⑤ 同①422.

节着整个生产，因而使我有可能随我自己的心愿今天干这事，明天干那事，上午打猎，下午捕鱼，傍晚从事畜牧，晚饭后从事批判。"① 马克思认为，"**共产主义是私有财产即人的自我异化的积极的**扬弃，因而是通过人并且为了人而对**人的**本质的真正**占有**；因此，它是人向自身、向**社会的**即合乎人性的人的复归，这种复归是完全的，自觉的和在以往发展的全部财富的范围内生成的"，因而"这种共产主义""是人和自然界之间、人和人之间的矛盾的**真正解决**，是存在和本质、对象化和自我确证、自由和必然、个体和类之间的斗争的真正解决。它是历史之谜的解答"②。

① 马克思，恩格斯. 马克思恩格斯全集：第 3 卷. 北京：人民出版社，1960：37.
② 马克思，恩格斯. 马克思恩格斯全集：第 3 卷 . 2 版. 北京：人民出版社，2002：297.

第六章　审美主义文论学理系统

第一节　审美观念的历史发展

审美观念是历史范畴。中外古代先哲都有一些相关的论述。如柏拉图的"理式说"，亚里士多德的"模仿说""美在形式说"，孔子的"诗无邪"说、"兴、观、群、怨"说、"兴于诗，立于礼，成于乐"说，孟子的"口之于味也，有同耆焉；耳之于声也，有同听焉；目之于色也，有同美焉"说、"充实之谓美"说、"天下皆知美之为美"说，老子的"大音希声，大象无形"说、"无状之状，无物之象"说、"大直若屈，大巧若拙"说、"上善若水"说、"见素抱朴"说、大道之美"其中有象""其中有物""其中有精"说，庄子的"五色乱目""五声乱耳""使性飞扬"说、"天籁、地籁、人籁"说，等等。

一、鲍姆嘉通的美学思想

具有初步学科形态的审美观念产生于 18 世纪中期。德国哲学家鲍姆嘉通受到英国经验主义"情感论"的影响，改制和重塑了以莱布尼茨为代表的唯理主义哲学思想。唯理性主义的世界观，是贬抑感性的，认为这种认知方式属于直观的、朦胧的、暧昧的、模糊的、"低级的"表象世界。鲍姆嘉通把人的知识结构和心理活动分为知、情、意三个方面。研究"知"有逻辑学，研究"意"有伦理学，研究"情"有"aesthetic"，即"感性学"，通译为"美学"。鲍姆嘉通反对哲学理性主义和艺术古典主义对感性的漠视和压抑，力倡一种学科形态的感性主义，主张感性同样具有反映世界本质的功能，能够表现对象的和谐与秩序，达到完满的境界。这种感性的真也是一种美。他认为"感性学"，即美学，可以被界定为关于感性认识的科学，美即"感性认识的完善"，体现为形式上的圆满和多样性的统一，同时与人的欲求相关联，具有善的意向，通过象征性的直观，激发"感性的活泼性"，产生"审美的灿烂"，使人获得"审美的愉快"。鲍姆嘉通从感性学的意义出发，把美学系统化为一门新科学，这是他的发现和贡献。因此，鲍姆嘉通被人们称为"美学之父"。

客观地说，鲍姆嘉通的美学思想打破了理性主义的一统天下，填补了人们思维结构中的空白，确立了感性的合法地位，表现出学术思想的原创性，这是值得肯定的。但他的美学思想初具规模，过于简朴，不够丰富和深刻，带有先天性的缺憾，对美学的学科定位有所偏失，并不准确。他把美说成是"感性认识的完善"，只是阐明了美的最基本的前提和条件，但没有指明美的特殊性的本质和功能。任何一门学科，都需要以感性认识为基础，都理应达到"感性认识的完善"。感性是美的必要条件，但不是美的充分条件。鲍姆嘉通对美的界说，实质上把认识与审美混淆起来，把真等同于美，把感性等同于审美，把感性学等同于审美学，把认识论等同于审美论。他的感性主义尽管填补了唯理性主义哲学体系中的一个漏洞，但审美情感不能完全脱离理性，形象思维不能完全脱离逻辑思维。只有借助理性的运思方式才能创建美学的基本概念范畴和相关逻辑系统，增强美学学科的学理性。人的感性世界同样是有规律可循的，同样需要理性的洞察和逻辑的规范。拒斥感性的理性必然铸成刻板和僵化，撇开理性的感性，又可能助长感性的主观随意性和学理内涵的不确定性。鲍姆嘉通的美学思想对感性的把握只停留在对表象的直观简约的描述上，缺乏充分的理论深度。鲍姆嘉通重视感性，忽视理性的学术思想，对启发人们如何解决审美领域中的感性和理性的融合问题，具有极其重要的启示。

二、康德的美学思想

鲍姆嘉通的美学思想对康德产生了直接而深刻的影响。康德是德国古典哲学和古典美学的旗帜性人物。他用艰涩、深奥的语言和充满矛盾的论述，表达和构建了宏大的思想体系。他的《纯粹理性批判》《实践理性批判》《判断力批判》分别对"真、善、美"或"知、意、情"进行研究。《判断力批判》是专门探讨"美"和"情"的。他认为人类的知识并不是从实践中产生的，他把知识存在设计为一套先验的逻辑范畴，把知识结构划分为"先验的逻辑"和"先验的美学"，即"先验的感性理论"。康德把对象世界区分为"自在之物"和"自为之物"。"自在之物"，即"物自体"，是一种神秘的存在，是人们的认识能力所不能把握的。这是康德哲学中的"不可知论"和"虚无主义"的思想杂质。康德的学术思想与新兴资产阶级崛起倡导启蒙理性紧密相关，都是以人本主义为核心。他提出两个著名的口号，即"人给自然立法""人是最终目的"。按照一般的理解，首先是自然给人立法，其次才是人遵循自然规律，制定把握自然的法则。康德极端地夸大了人的主观能动性。他给自然立的法究竟多大程度上符合自然的本质规律，只能构成一个概率论意义上的约数。人是不能随意剪裁和超越自然的。人的自主性和自由性取决于人的思想和行为是否能够自觉遵守自然规律。从第一性的意义上说，不是人给自然立法，而是自然给人立法。恰如中国古代的先哲老子所说："人法地，地法天，天法道，道法自然。"康德发挥主体性，给自然立法，是将"人是最终目的"的总原则作为出发点和落脚点。为了贯彻和实现人的最终目的，他给人类几乎所有的知识领域全面立法，不仅给哲学立法，给伦理学立法，也给审美立法。这是康德的总体性思想。他的《判断力批判》，实际上正是从实现人的目的出发，给审美立法。他提出的鉴赏判断的四大特征，便是给审美立法。康德的审美趣味判断标准，比较切近审美本性，是他的重要的理论发明，影响深远，得到后代学人的赞赏。但康德运用二元对立的思维方式所表达的审美法则是值得进行分析的。

（1）审美是一种不带任何利害关系的愉悦。康德认为审美是纯粹的，不应掺入任何愿望、需要、意志、欲望、功利。审美是静观的、明净的，抽空一切实践和政治的内容，流于排除一切功利的纯粹的形式主义。从总体上说，康德主张审美非功利和去功利的见解是不恰当的。审美与功利的关系是复杂的，有轻重之别，不可能泾渭分明，完全脱离功利关系的审美实际上是不存在的。

（2）审美具有不涉概念的普遍性。审美判断不是认知判断，审美不但和"善"有别，也不是"真"，不能用于发现规律和真理，而是一种静观和赏玩对象的表象和形式。康德的这种说法过于绝对化。真是美的基础，表现社会的真理和人生的真谛是艺术的天职。美不应脱离真和善。情感不能脱离思想，形象思维不能脱离逻辑思维，不涉思想和概念的审美学普遍性是应当被质疑的。

（3）审美带有无目的的合目的性。这种说法与他本人提倡的"人是最终目的"的总原则相左。应当承认，有的审美的目的性比较含蓄和隐蔽，有的审美的目的性和价值取向非常鲜明。

（4）审美具有体现必然性的主观性。这种基于普遍人性的审美状态是存在的，恰如中国古代的圣人孟子所说的"口之于味也，有同耆焉；耳之于声也，有同听焉；目之于色也，有同美焉"。但这种论述显然是夸大了人的主观性。有的主观性能够一定程度上体现人性的普遍性和对象的必然性，有的主观性非但不能体现人性的普遍性和对象的必然性，反而可能违反人性的普遍性和客观世界的必然性。人的主观性和事物的必然性的吻合，人的主观性和外部世界的客观性的统一是有条件的。

康德给审美立的法的适用范围是十分有限的，大体上只能适用于纯粹的优美的作品，如图案和花纹之类的艺术作品。但即便是这种"有意味的形式"，也会或多或少地流露出创作主体和鉴赏主体的审美趣味，不可能达到纯而又纯。康德为了论证他的审美立法的合理性和有效性，提出审美主体的"审美判断力"和接受主体的"审美共通感"相协调的理念。两者的互动和配合产生审美的"普遍有效性"。他认为审美的人都会"人同此心，心同此感"。主体的意向和对象的表象相契合，产生审美愉悦。从普遍人性的意义上说，这种观点不无道理。但普遍人性论同样存在着两面性，只拥有一定限度、一定程度和一定范围内的合理性和有效性。显然，康德只看到了人性和对象的共同性、同质性、统一性的一面，而没有关注人和对象的异质性、特殊性、多样性的一面，如阶级、阶层、社会地位、职业角色、风俗习惯、价值追求、文化修养、审美趣味等诸多方面的差别性。康德主张纯粹美，只把纯粹美理解为一种能引起心理愉悦的抽象形式，实际上滤掉了丰富多彩的现实生活的图景，排除了审美的认知功能和艺术的思想性，把审美和艺术的内容空心化、模糊化和抽象化了。

康德面对崇高现象时，同样感到他是难以运用自己所主张的纯粹美的理论进行确切解释的。他的《论优美感和崇高感》对优美感和崇高感进行了对比分析，指出两者具有不同的特点：优美是静态、纤细、小巧、和谐、令人爱怜；崇高则是巨大、宏丽、威严、粗犷的"壮美"，让人畏惧，被康德称为"可怖的崇高"。优美和崇高属于两个不同的范畴。崇高美往往与思想和道德理念紧密相关。康德提出了崇高美的概念：夜间灿烂的星空和人心里的道德律是世界上最崇高的东西。他阐发"纯粹美"和"纯形式"后，把作为"依存美"的"崇高"和"壮美"确定为美学研究的对象。他把"崇高"和"壮美"划分为数学的量和力学的力两种形态。他对"崇高"和"壮美"的界说，比较接近历史唯物主义，似乎是对他的纯粹美理论的调整。康德在"先验论"和"主观论"学说受到社会现实生活的启迪、震撼和威逼之后，不得不一改他的理论偏见，自觉不自觉地向唯物辩证法"转身"，把理性、思想和道德的内容置于他所主张的理论之中，承认"美是道德的善的象征"。这是社会生活的胜利、现实主义的凯旋。我们在一些唯心主义的哲学著述中，往往会发现有的思想竟然是非常唯物和相当精彩的。因为其主观构想对强大的社会历史过程和现实生活来说，是脆弱的、苍白无力的。严格地说，所谓"纯审美""纯形式"在现实生活中并不多见，只存在于康德的头脑中和想象里。

康德生活于一个封闭的田园式的环境里。由于脱离社会生活和艺术实践，他的美学思想带有"先验论"和"主观论"的色彩，表现出多方面的二元论结构：调和"唯心主义"和"唯物主义"的二元存在；提出"自在之物"和"自为之物"的二元存在；"先验论"和"主体论"的二元存在；"纯粹美"和"依存美"的二元存在；"优美感"和"崇高感"的二元存在；等等。但康德的美学思想的主导方面仍然是以"先验论"为核心所体现出来的审美理论体系。

以"先验论"为核心的康德的美学理论，是以主观主义的话语形态和叙述方式表达出来的。这种"二元共存"美学研究的成果，丰富而又深刻，既有合理性，又有局限性，对后继学者的启发是多方面的。一些重要的美学流派和艺术思潮都可以从康德的美学思想中追寻到崛起的源头：特别强调审美判断的"主体性"；赋予艺术以规律的"天才论"的人本主义的美学思想和艺术思潮；形式主义的美学思想和艺术思潮；浪漫主义的美学思想和艺术思潮；非理性主义的美学思想和艺术思潮；等等。

三、黑格尔的美学思想

黑格尔构建了宏大的哲学体系和美学体系。如果说康德的美学思想是主观唯心主义的"先验论"，黑格尔的美学思想则是客观唯心主义的"理念论"。不管是"先验论"还是"理念论"，都是研究主体臆想的产物，都不是外部对象和客观世界的真实反映，只能颠倒地、曲折地或部分地表现事物的某种存在和过程。康德只限于在主体的"审美判断力"的范围内探讨纯粹的优美和带有依附性质的崇高美。康德的美学思想是有贡献的，但他的研究视阈比较狭小。黑格尔创构了宏大的哲学体系和美学体系，几乎蕴含了整个大千世界。他所论述对象的辩证发展的逻辑演绎过程，使他的哲学思想和美学思想具有宏大而又纵深的历史感。他是在与哲学体系的联系中论述美学体系的，是在与哲学体系和美学体系的交汇和融通中论述审美范畴体系的，又是在与审美范畴体系的联系中论述审美的。狄德罗说："美在关系。"辩证法大师、德国古典哲学和古典美学思想的集大成者黑格尔真正做到了"在关系"中研究美学问题，给人以博大精深之感。从哲学体系方面看，他创立了宏大的客观唯心主义的理论体系，以"绝对精神"作为核心理念，并视其为世界万物的本源，认为自然、人类社会和人类的精神现象都是"绝对精神"不同发展阶段中的不同的表现形式。研究不同发展阶段中的"绝对精神"的学科形态是逻辑哲学、自然哲学和精神哲

学。黑格尔以颠倒的学理逻辑和话语形态，揭示了"绝对精神"自身发展
的辩证规律，把人类历史的发展视为一个总体性的动态过程。这是人类思
想史上的伟大发现。恩格斯对其进行了高度评价："近代德国哲学在黑格
尔的体系中完成了。……黑格尔第一次——这是他的伟大功绩——把整个
自然的、历史的和精神的世界描写为一个过程，即把它描写为处在不断的
运动、变化、转变和发展中，并企图揭示这种运动和发展的内在联系。"①
恩格斯兴奋地说："这是一次胜利进军。"在黑格尔的哲学大厦中可以"发
现无数的珍宝"，在包括美学在内的一切博大的领域中，"黑格尔都力求找
出并指明贯穿这些领域的发展线索；同时，因为他不仅是一个富于创造性
的天才，而且是一个百科全书式的学识渊博的人物，所以他在各个领域中
都起了划时代的作用"②。

　　黑格尔哲学的基本出发点是以客观唯心主义的提问方式解决思维和存
在的同一性问题。"绝对精神"采用正、反、合的三段论，遵循质量互变、
对立统一、否定之否定等规律，经历逻辑、自然和精神的发展阶段，使存
在回归和统一于"绝对精神"，实现"绝对精神"的长途旅行。"绝对精
神"既是这个运动过程的出发点，又是这个过程的落脚点，呈现了绝对精
神自我发展的循环圈。黑格尔的哲学思想，是以假说的形式表现出来的对
人类真实世界的天才的设想和猜测，实质上是以颠倒的形态表现出来的自
然、世界、社会历史和审美的一般规律。我们如果把他的"绝对精神"替
换成"现实世界"，便可以说他所论述的思想几乎是完全正确的。黑格尔
哲学作为人类智慧的精华，成为马克思主义哲学思想的重要来源之一。

　　从美学体系方面看，黑格尔认为审美领域是绝对精神运动过程的一个
阶段，他把美界定为"理念的感性显现"。这个理念就是绝对精神。这个

　　①　马克思，恩格斯 . 马克思恩格斯选集：第 3 卷 . 3 版 . 北京：人民出版社，2012：793.
　　②　马克思，恩格斯 . 马克思恩格斯选集：第 4 卷 . 3 版 . 北京：人民出版社，2012：225.

理念和柏拉图的"理式"不同，柏拉图的"理式"是"理在式外"，超然独立于感性世界；黑格尔的"理念"却是"理在事中"，客观蕴含于感性世界之中。黑格尔美学以"理念的感性显现"这个命题为核心，提出并论证了审美和艺术两大范畴，并认为艺术范畴作为审美范畴的组成部分，体现了审美范畴的演变。他提出的审美范畴更加全面，如美、崇高、悲剧性、喜剧性、丑、讽刺、滑稽等。更为重要的是，他所构筑的美学范畴体系，作为绝对理念精神某一阶段发展的对应产物，形成了自在自为的定性存在。尤其值得关注的是，黑格尔不但提出审美范畴和艺术范畴，而且按照这两大范畴的对应关系，阐发它们之间的辩证关系，从发展过程中把握审美范畴和艺术范畴之间的有机统一。黑格尔没有忽视自然美，但认为自然美的感性的"杂多"不能充分体现"整一"的理念精神。由于自然美存在着这种缺陷，黑格尔更加看重艺术美。黑格尔认为自然美是不完满的，只有艺术美更加符合理念，所以艺术美高于自然美。黑格尔把研究艺术美的学科称为艺术哲学。他把艺术由一般到特殊再到个别的发展过程作为艺术哲学的美学范畴体系建构的线索：一般的部分，研究艺术美的普遍理念；特殊部分，研究艺术美的特殊表现形式，分别论述"象征型艺术""古典型艺术"和"浪漫型艺术"；个别部分，研究艺术美的种类系统，特别阐发了悲剧性和喜剧性等美学范畴。黑格尔领悟到了审美范畴和艺术范畴之间的某种对应关系。在他看来，象征型艺术更能体现崇高，以未定型的形式表达无限的企图，提升人和神的伟大和庄严。古典型艺术适合表现优美、和谐与宁静，艺术形象自在自为，内容与形式融为一体，圆满实现"理念的感性显现"，使充满生气的人物形象表现出理念的自觉。古希腊艺术是古典艺术的典范，作品里的希腊人从自由变成了自觉，仿佛生活在"明朗的王国"。浪漫型艺术往往展露丑，由于丧失了古典型艺术的优美、和谐与宁静，只表现内心的精神骚动和无限的内在主体性，聚焦于情感和想象，造成内容外在于艺术领域，把现实的枯萎现象变成鲜花般绚丽的美。浪漫型艺术使艺术走向终结，被更强大、更完美的绝对精神——宗教取代，从而攀上绝对精神的顶峰。

然而，黑格尔的"艺术终结论"和"理念顶峰论"是很值得研究的。黑格尔根据审美范畴和艺术范畴的对应关系，对艺术的审美特性进行了理论概括，投放了自己的观点，但究竟在何种程度上切近他所论述的艺术样式的实质，可以说只具有概率论意义上的合理性，如把浪漫型艺术界定为丑，虽然大体上适用于消极浪漫主义，但并不符合积极浪漫主义的精神特性。黑格尔的"艺术终结论"则是很难使人认同的。黑格尔把自然哲学和精神哲学，把象征型艺术、古典型艺术和浪漫型艺术都视为低级和高级的关系、被取代和取代的关系。实际上，它们之间的关系不是一个吃掉另一个的关系，而是多元共存的关系。仅以艺术而论，从古至今，现实主义艺术和浪漫主义艺术作为人类社会的两大文脉都经历了自身的发展，共同存在了两千余年。各种艺术之间不是至少不完全是相互取代的关系。即便是到了电子读图时代，传统艺术也不会消失。黑格尔的"艺术终结论"为现当代的非艺术思潮提供了理论依据，对艺术发展产生了一定的负面影响。黑格尔的"理念顶峰论"是违背他自己所倡导的辩证法的。事物的发展是无穷尽、无止境的。黑格尔的辩证法是不彻底的，最终陷入形而上学。他把最能体现绝对精神的宗教艺术视为"绝对理念"的顶峰，实质上是礼敬上帝、崇拜神权、和他维护普鲁士王国君权的心态相吻合。黑格尔作为辩证法大师，从尊崇达到绝对精神顶峰的宗教艺术走向神学，用形而上学终止辩证法，以宗教精神取代人文精神和历史精神，这是黑格尔哲学思想和美学思想的倒退，反映出他的保守的精神意向。

黑格尔的美学思想中具有丰富而宝贵的理论资源。黑格尔从与宏大的哲学体系和美学体系的联系中研究审美问题。他认为"美是理念的感性显现"。这个命题具有创造性的深刻的理论内涵，以客观唯心主义的方式，表现出感性和理性相融合的思想，提倡以理性为主导的理性与感性的有机统一，对审美理论而言是一个独特而重大的贡献。鲍姆嘉通只把审美学界定为感性学。康德认为美是由审美主体的"审美判断力"和接受主体的"审美共通感"相融合所产生的审美愉快，实际上也把审美归于感性范畴。

黑格尔强调理性对感性的制约。他把"绝对精神"当作"最高的真实"和"普遍的力量"，使其成为艺术表现的意蕴，体现理性与感性的统一、内容与形式的统一、主观与客观的统一。康德为审美立法。他认为美不是纯客观存在，也不是纯主观意识，美也不是主客观统一。审美只源于人的判断力。判断力作为主体能力，对存在之物施加判断，赋予对象的形式以美，而鉴赏者从中获得的主观感受即为美感。黑格尔则视审美为绝对理念的存在方式，认为其具有感性、理性、感性与理性相统一的基本表现形态。当绝对理念得到感性表现时，便产生了美。所以他把美界定为"理念的感性显现"。康德认为，美源于主体能力符合人类生存发展之需要，关涉人的目的性和选择性。美源于感性，真源于知性，善源于理性，真、善、美三者彼此相关又各自独立。美存在于作为主体鉴赏判断力的感性领域。因此，黑格尔在他的《小逻辑》中指出，康德的美学思想是"主观的唯心论"。他把对象之美限定于"感觉之我"。黑格尔对康德的这种批评只具有片面的合理性。康德提出主体的鉴赏判断力，作为一种学术思想，是正确的。任何审美都必然是人的心灵活动，表现人的主观因素。不能因为康德夸赞了这种主观因素，便从根本上否定审美的主观因素的存在。其实，黑格尔作为客观因素的绝对精神同样是主观臆想出来的，具有一定的假定性和神秘性。黑格尔主观想象出来的貌似客观的绝对精神和康德提出来的主观的鉴赏判断力，都带有主观唯心主义的性质。从这个意义上说，客观唯心主义实质上也是主观唯心主义，"本是同根生"。客观唯心主义打不倒主观唯心主义，反过来说，主观唯心主义也打不倒客观唯心主义。一个主张"绝对精神"这种假想的虚浮的"客观性"，另一个主张以"鉴赏判断力"为核心的主观性，双方各执一端，但只有合起来才是正题。任何审美活动和艺术活动都是主观与客观的这样那样的统一。黑格尔的绝对理念不受康德所强调的个人主观的意识的支配，美源于"客观的"绝对理念。美作为绝对精神的感性形式的产生、存在和发展都是必然的，是带有普遍性的，并富有巨大的历史感。正是这种绝对精神的客观性、普遍性和必然性，使作为绝对精神的感性显现的美从属于客观理念。黑格尔反对康德的主观的审美的鉴赏判断力，但他同样主张凭借感性而显现出来的美是经过"心灵化"的，是从属于"心灵的东西"，他认为艺术不应拘泥于客观的物质世界，而应当注重"心灵的创造"。这里，黑格尔几乎完全运用了他所反对的康德的论述方式，只不过黑格尔企图把理念与感性统一起来，通过理念的运动把握理性与感性的统一。黑格尔关于"美是理念的感性显现"的命题是对理性主义和经验主义两大美学思想的辩证综合。既超越了康德和席勒的二元对立，也超越了谢林所主张的无差别的"绝对同一性"。在黑格尔看来，美是借"绝对精神"的运动过程表现出来的理性与感性、自由与必然、主体与客体、认识与实践、一般与个别、内容与形式的高度统一。

黑格尔的美学思想表现出了实践观点的萌芽。黑格尔在著述中，提出了"劳动"和"实践"的概念。诚然，他所说的"劳动"是"精神劳动"，他所说的"实践"指"精神实践"。但他主张的理念美的"主客观统一"说中包含着实践观点的萌芽。黑格尔认为外部世界是人的实践的对象，人的实践活动必然会被打上主体的烙印。人通过实践活动把"自在的"变成"自为的"，把"内在的"转化为"外在的"，即把"理念的"变成"现实的"。人的实践活动把主体世界与客体世界的对立状态转化为统一体。美作为心灵实践的产物，肯定自己，确证自己的本质存在。这种实践观点实质上表现出人的本质力量的物化和对象化的思想，展示出人的创造性活动的特性。对此，黑格尔举了一个例子：一个小孩把石头抛到河水中，以惊奇的神色观看和欣赏抛到水中的石头所激起的水纹，觉得这是他的创作和作品，表现、确证和肯定他自己的创造精神和本质力量。

相对而言，黑格尔讳谈生活美，也忽视自然美，因为这两种美都不能圆满地体现绝对精神。他比较钟爱艺术美，因为艺术美最能展示绝对理念。尽管艺术精神终究会被宗教精神取代，但艺术美作为高级美，具有丰富的定性，特别为黑格尔所看重。黑格尔对艺术美的论述是系统的、深刻的。

（1）黑格尔首先提出评价艺术的"美学观点和历史观点"，指出艺术具有审美因素和历史内容两大疆域，既是艺术评价的标准和尺度，又反映艺术的性质和功能。这个宝贵的思想，为别林斯基所发挥，又为恩格斯所吸纳。

（2）黑格尔论证了人物性格与环境的辩证关系，提出"情致说"。他把人看作艺术描写和表现的中心对象，刻画人物性格成为艺术创作的灵魂。能否塑造出富有代表性的艺术形象是优秀艺术的标志，塑造的关键在于创作出充满情致、生气的艺术典型，即被恩格斯赞赏的"老黑格尔所说的，是一个'这个'"。黑格尔的《精神现象学》和《美学》的中译本都没有这样的直接表述。这是恩格斯在给明娜·考茨基的信中对黑格尔主张塑造文艺的典型人物的系统理论的概括。黑格尔主张的"这个"具有深刻的思想内涵。黑格尔认为美是理念的感性显现，但又反对抽象的寓言性作品，主张抽象和具象、共性和个性、一般和个别的统一。为了实现理念的感性显现，黑格尔特别重视和强调人物形象的感性、个性和特性。具象"这个"实际上都是生命灌注、生机勃发的"单个人"。文艺创作把感性和理性、个性和共性、特殊性和普遍性融通为一个具象的统一整体，实现理念的感性显现，创造出被恩格斯称为"老黑格尔所说的，是一个'这个'"的典型人物。

（3）黑格尔不像鲍姆嘉通那样把审美单纯地理解为与认知相混同的感性，也不像康德那样把审美阐述为主观鉴赏判断所限定的范围内引起的审美愉悦，从而极大地拓展了艺术的功能，特别是把审美与人的解放问题联系起来。黑格尔认为，"审美带有令人解放的性质"，不限于单纯的鉴赏和愉悦。因为美本身是无限自由的。人可以通过审美实现理性认识和自由意志的统一，实现有限和无限、必然和自由、主体和客体的融合。这种审美能使人获得相对的独立人格，一定程度上可以防止外界利用欲望对自我进行滋扰，避免压抑、逼迫、侵袭和征服。审美解放首先是自我保护，然后达到自我完善。正如席勒所说的那样，通过审美可以使人逐步高尚起来，把人间的高尚感情加以升华，成为一种能够与神为伍的高尚的、完善的人。

综上所述，鲍姆嘉通的美学思想、康德的美学思想、黑格尔的美学思想都提出了不同的审美观念，都对美进行了富有创造性的界定。应当说，他们都对审美观念的发展做出了不可磨灭的历史性贡献，具有标志性意义。然而，无论是康德还是黑格尔，他们的美学思想都表现出这样那样的局限性：有的强调感性，忽视理性；有的崇尚理性，贬抑感性；有的注重主观性，推崇"鉴赏判断力"；有的臆造假定的"客观性"，推崇"绝对精神"。都忽视自然美；都用美感界定美；都缺乏学理的完整的全面的科学性；都把美学作为一种书斋中的学问，脱离实践和人民的需要，拒绝社会历史发展对审美观念演变的制约作用。鲍姆嘉通、康德和黑格尔虽然对创建美学功不可没，但他们的思维方式，注定了他们不可能把美学变成一种植根于生活的真正独立的学科。康德和黑格尔美学思想从整体和全局上来说是唯心主义的，但值得一提的是，他们论述美的主观性质的过程中，却流露出一些有价值的唯物主义的思想成分。

意大利文艺复兴传播到法国后，建立了唯理主义的美学体系，经历法国哲学的德国化，同时接受了英国经验主义美学的影响。英国的社会变革改变了人们的生活情调，文学中开始表现市民阶层。人们对自然的爱好蔚然成风，作为资产阶级的自由发源地的荷兰绘画，描绘现实世界中生命力旺盛的各色人物和朴素的社会生活现状。康德面对这些活生生的艺术现象，觉得他的纯粹优美的观点不足以圆满地解释它们。艺术美对反映丰富多彩的社会生活和人生内容而言，不像优美那么纯粹，因此怎么处理艺术美和纯粹美的关系，成为一个无法回避的问题。康德不再把艺术美说成是不带任何利害的、不涉任何概念的、具有无目的的合目的性的、由主观性体现必然性的精神产品，提出艺术属于依存美的范畴。艺术不可能摆脱对现实生活的依赖，艺术的生命力来源于外部客观世界的馈赠和恩赐。康德提出依存美的概念，本质上接近历史唯物主义，是对他的关于优美即纯粹美的理论的匡正。现实生活是艺术的根基和源泉，艺术反映社会和人生。黑格尔所崇尚的"绝对精神"只不过是用假想的方式虚构出来的偶像，实质上是"头脚倒置"的人类生活及其规律，相当于中国先哲所说的"道"。这种神圣而神秘的理念对强大的人类的社会历史而言，同样是脆弱的。令人惊异和震撼的是，当黑格尔面对荷兰绘画所表现出来的市民生活的富裕、安宁和欢乐的图景时，通过对产生这种绘画的历史条件和社会环境的叩问，竟然得出了与历史唯物主义非常接近的结论。他说，"荷兰绘画艺术的题材内容是从他们本身，从他们的当前现实生活中选择来的"，要洞察荷兰绘画的秘密，"必须追问他们的历史"[①]。黑格尔对荷兰绘画的论

---

① 黑格尔. 美学：第 1 卷 . 2 版 . 朱光潜，译 . 北京：商务印书馆，1979：21.

述，可以理解为历史唯物主义的胜利和现实主义的凯旋。

我们发现，不管是主观唯心主义哲学家，还是客观唯心主义哲学家，他们的著述中，往往都会表现出一些很精彩的唯物主义的思想成分。现实生活的绚丽多彩的魅力和无比强大的震撼力、威慑力、感染力、吸引力和说服力是不可抗拒的，这使得一些富有良知的思想家尊重现实生活，保持头脑清醒，在他们迷魂走神的时候，往往回归和转向现实主义和唯物主义的思维方向。这真是十分耐人寻味的文化现象。

四、车尔尼雪夫斯基的美学思想

车尔尼雪夫斯基是俄国革命家、哲学家、作家、批评家和美学家，人本主义的代表人物。他的《艺术与现实的审美关系》一书否定了康德的"二元论"和"不可知论"，特别是批判了黑格尔的"美是理念的感性显现"，提出了"美是生活"的定义。他的长篇小说《怎么办？》被誉为"生活的教科书"。列宁称赞他是"未来风暴中的年轻航海长"。普列汉诺夫把他比作俄国的普罗米修斯。车尔尼雪夫斯基承接和发展了别林斯基和赫尔岑的批判精神。他是费尔巴哈的追随者、信仰者和崇拜者。费尔巴哈的唯物主义哲学思想对他的世界观的形成起到了关键性作用。他以费尔巴哈的哲学思想为指导，肯定世界的物质性和物质的同一性，认为人世间和自然界之外不存在任何"精神实体"。他针对黑格尔的美是"理念的感性显现"，提出了"美是生活"的命题，认为美是那种"看得见依照我们的理解应当如此的生活，……凡是显示出生活或使我们想起"的生活。"使我们想起生活""显示出生活""应当如此的生活"符合"依照我们的理解"的生活。这些审美判断充分表达了美的现实性、人民性和理想性，既否定了黑格尔的客观唯心主义的"绝对精神"，又消除了康德的主观唯心主义的"鉴赏判断力"。

车尔尼雪夫斯基特别强调文艺的认识和教育功能，坚决反对"为艺术而艺术"，认为文艺的主要任务是"再现生活"，"对生活下判断"，文艺应当成为"生活的教科书"。他认为艺术表达思想的方式"不是用抽象的概念而是用活生生的事实"。他有限地肯定了黑格尔的辩证法，但认为这种"假设"性的包罗万象、蕴含一切的抽象思维不能准确地解释丰富多彩和千殊万类的对象世界，因为真理是具体的。他不同意黑格尔主张艺术美高于自然美的观点，认为生活美和自然美往往高于艺术美。他举例说，旭日东升，光芒万丈，朝霞似锦，绚丽而灿烂，不是任何艺术家的画笔所能描绘出来的。车尔尼雪夫斯基肯定生活美和自然美的观点是有道理的。自然界的生态美，如色彩、声音、线条、画面，以及跃动和变幻着的美，都是艺术家寻觅和效仿的对象。黄山的奇峰、怪石和青松造就了不少画家，人们登上泰山之巅观赏日出的景色，但有的知识分子更加赞赏莫奈的《日出印象》。因此，生活美、自然美、生态美与艺术美的关系似乎还是一个值得继续研究的问题。从唯物论的视域看，应当充分肯定生活美、自然美、生态美；从辩证法的角度看，又应当充分肯定艺术美。从唯物辩证法的观点论述，艺术美源于生活美、自然美、生态美，又应当高于生活美、自然美、生态美，至少不要忽视生活美、自然美、生态美。

车尔尼雪夫斯基提出的"美是生活"的命题，包含着他主张的人本主义原理。他所说的"美是生活"是属于人的，是人的美的生活。但车尔尼雪夫斯基所理解的人还没有脱离费尔巴哈"对抽象的人的崇拜"。他把人的生活理解为"人的生命"，把人性界定为"永恒不变的人类本性"，归结为被"利益"支配的抽象的"善"。他不可能科学地解释人的社会本质，不可能阐明人的意识与社会历史实践活动的关系。正如列宁所指出的，费尔巴哈和车尔尼雪夫斯基所宣扬的人本主义原理是狭隘的、肤浅的和不彻底的。尽管如此，但车尔尼雪夫斯基的美学思想继黑格尔的美学思想之后，运用费尔巴哈的唯物主义思想解释审美现象，提出"美是生活"的命题，做出了具有历史标志性的杰出贡献。他的美学在美学思想发展史上是最生活化的、最接地气的美学。车尔尼雪夫斯基的美学思想达到了马克思主义美学思想诞生之前的最高峰。

综上所述，从鲍姆嘉通的美学思想，到康德的美学思想，到黑格尔的美学思想，再到车尔尼雪夫斯基的美学思想，都以各自特有的方式表达了多种不同的审美观念。这些审美观念都既有合理性，又是不完整和不科学的，具体表现为以下几点：有的只强调感性，有的推崇理性；有的注重主观性，有的宣扬客观性或假定性的"客观性"；有的辩证而不唯物，有的唯物而不辩证；如此等等。这些审美观念应当升华到辩证唯物主义的思想高度。这些审美观念作为不全面的"深刻的真理"，为运用宏观、辩证、综合、创新的思维方式进行改制和重塑，形成真正科学形态的美学体系，提供了丰富宝贵的思想理论资源。

第二节　当代中国审美观念的理论探索与实际运用

一、当代中国审美观念的理论探索

（一）审美反映论

1. 关于文学的形象特征和情感特征

传统的文艺理论普遍认为文学是对现实生活的形象反映。这个观点来源于别林斯基。他认为科学是用逻辑思维表现的，而文学则是用图画和形象表现。这种说法是有一定的道理的。文学是感性的、表象的，但这只是文学形态的一个方面，作为对文学的界说，是不完整的。能体现文学的性质和功能的另一方面，是文学的情感因素。审美反映论超越传统的形象说，强调文学的情感说，是对文学的性质、功能和价值理解的一个飞跃。一些学者认为审美反映是一种情感反映。这里，应当解析两个相关问题。

一个问题是形象和情感的关系。情感是通过形象表现出来的，形象是情感的载体，脱离形象的情感是虚化的，是无法令人动容的，是不可能引起人们的情感体验和情感冲动的。塑造动人心魄的艺术形象是引发人们的情感反映的基础。反之，饱蕴情感的形象才能增强艺术的魅力和感染力。从这个意义上说，文学的形象特征和情感特征是互相提升的。粗鄙、低劣的形象不配表现高雅的、真诚的情感；虚假的、恶劣的情感也会造成对形象的玷污和亵渎。作家、艺术家、表演家应当赋予形象高度真善美的意义。

另一个问题是情感因素和思想因素的关系。审美反映论能够凸显文学的情感特征。但这里关涉到两个相关问题：其一是情感的主观化和客观化的关系问题，其二是情感性和思想性的关系问题。人的情感是主观化的，但以感性形态表现出来的情感的主观化是不能脱离对象所蕴含的客观内容的。这种客观内容是情感所选择的社会和人生的状态。以生活的客体性为基础，表现客体性的主体化，或表现主体性的客体化，通过感性展示两者的统一或倾斜，都是正当的、合理的。向主体倾斜，会产生浪漫主义、现代主义、表现主义和泛表现主义以及一切抒情性强的创作和作品；向客体倾斜，则会产生现实主义和写实主义以及一切纪实性和叙事性强的创作和作品，从而把现实主义精神和浪漫主义情怀融合起来。

2. 关于文艺的情感性和思想性的关系

文艺的情感性和抒发情感性的诗性理应得到关注和强调，这是对文艺的思想性和表现思想性的一种补充。但这两方面是不能割裂的。人们的思维结构中，有"诗意识"，也有"思意识"。文艺有"诗性"也有"思性"，没有完全脱离"诗性"的"思性"，也没有完全脱离"思性"的"诗性"。人们的思维结构中，有情感性，也有思想性。文艺有情感性，也有思想性，没有完全脱离情感性的思想性，也没有完全脱离思想性的情感性。一些学者把情感性视为文学的本质特征。有人把马克思主义的反映论说成是冷漠的、机械的反映论，这是一种误读和偏见。马克思主义是非常重视人和作为人学的文学的情感因素的，只是开掘和凸显得不够充分。马克思认为"愤怒出诗人"，主张文艺应当对现实生活进行"诗意的裁判"，认为情感是人的精神世界中所固有的内在结构。他说："激情、热情是人强烈追求自己的对象的本质力量。"① 马克思还提出"人的激情的本体论本质"这个概念，并追求"在其总体上、在其人性中存在"②。然而，艺术中的感情又是不能脱离思想的。艺术中的高级情感更是不能脱离思想的，脱离思想的艺术会导致低俗的情绪化和艺术的非思想化和非理性化。恩格斯认为文学应当通过"莎士比亚剧作的情节的生动性和丰富性"揭示"较大的思想深度和自觉的历史内容"。普列汉诺夫明确地反对"艺术只表现情感"的片面性观点，他主张："艺术既表现人们的感情，也表现人们的思想。"别林斯基曾说，脱离情感的思想会导致冷漠，可能会变成"黑色的恶魔"。可见，唯情感化和唯思想化、非情感化和非思想化都是违反艺术辩证法的。对待两者时可以倾斜，但不可以偏废。

3. 反映论和价值论的关系

文学研究从反映论走向价值论，是一种提升和进步。审美反映论否定传统的反映论，特别是反对"机械反映论"。需要说明的是，批判对马克思主义反映论的僵化的、庸俗的、教条主义的理解是有意义的。但马克思主义的反映论并不是"机械反映论"，而是革命的、能动的反映论。马克

① 马克思，恩格斯.马克思恩格斯全集：第3卷.2版.北京：人民出版社，2002：326.
② 同①359.

思说意识对生活的反映需要"主观的加工";恩格斯认为这种反映是人的"自觉的反映";列宁说这种反映是带有主观性的"二重化的反映";中国马克思主义领导人认为这种反映需要"改造制作的功夫"。马克思主义哲学的根本特点不是认识世界,而是改造世界。批判对马克思主义反映论的教条主义理解是正确的,但也要防止借反对·"机械反映论"和"庸俗社会学",把马克思主义的革命、能动的反映论也反对掉了。普列汉诺夫认为,人们对事物的审美评价首先是从实用的观点来考量的,随后才演变为对事物的审美评价。可见,从对审美的反映论研究走向对审美的价值论研究是历史的必然。这里存在一个反映论和价值论的关系问题。有的学者认为,美不是对象本身的固有属性,而是对象的价值属性。这种见解是有一定道理的。但对象的价值属性也不能脱离对象的固有属性,正是对象的固有属性,为满足人们的价值诉求提供可靠的现实基础。价值论不能脱离反映论。脱离反映论,会使价值选择和价值诉求失去明确的方向感和目标感。没有价值论的反映论是空的,没有反映论的价值论是盲的。从价值论本身对审美的关系而言,似乎存在着一个"适度"的问题。审美和功利、审美和价值作为一副"对子",既不能脱离功利和价值,倡导纯审美,也不能脱离审美,追求超功利和超价值。极端的功利主义,如拜金主义和不可遏制的欲望主义无疑是会破坏审美的。

4. 审美超越论和审美介入论的关系

面对理想和现实的关系,审美存在着两种选择:一是审美和理想的关系,二是审美和现实的关系。富有责任感和使命感的作家、艺术家、评论家、理论家大多会选择对现实生活进行干预和介入,发挥文学的怀疑精神、批判精神和变革精神,改变人的生态和社会历史的生态。这是一种清醒的现实主义态度,相信事在人为,经过不懈而执着的努力,人生和社会是可以向好的方向发展的。一切不公平的、不合理的、畸形的、丑恶的、腐败的、龌龊的现象都是暂时的，将在历史发展的进程中逐渐被淘汰。另有一些人文知识分子往往对病态的人生和病态的社会感到悲观失望，由于无力改变严峻冷酷的现实而躲避和逃逸，追求审美幻想，转向审美乌托邦。有的学者一方面强调审美反映论的实践视域，另一方面又倡导审美超越论，而这两种说法彼此抵牾、不相协调。崇尚审美幻想和审美乌托邦作为人文思想的一种传统，对人类憧憬美好未来具有一定的积极意义。审美确实具有一定的精神补偿、自我救赎、安顿灵魂、通过幻想满足人的价值诉求的作用。但这种社会文化思潮，由于自身的虚假性和幻想性，由于极端的精英化和高雅化，脱离人民改造社会的实践，势必使艺术的功能受到局限。我们追求理想，是为了改变现实，使生活变得更加美好，而不是厌恶和逃避现实，置中华民族伟大复兴的事业于不顾，通过审美"做白日梦"，或在幻想中过日子。我们应当力求把理想和现实结合起来，让理想更现实些，让现实更理想些。

（二）审美意识形态论

1. 审美意识形态论的主要观点

（1）关于审美意识形态论与人学和社会历史。

"文学是人学。"这个命题实质上是审美意识形态论的思想基石。有的学者认定，"文学是人学"，是人的审美意识形态学。这种人的审美意识形态论，作为一种审美观念和文艺观念是具有一定程度的合理性的，可以说明一些具有审美内含的文学现象，也可在解析艺术性浓郁的创作和作品时表现出明显的优势。但这里存在着两个重要的理论问题。一是对人的理解。有的学者提倡"应该建构一个以人为思维中心的文学理论研究系统，即把人作为文学的中心来思考"。这个"人"，不是抽象的，而是社会的、历史的、现实的、具体的、活生生的人。首先要考虑人和人所属的时代和社会历史的关系。时代和社会历史是人的时代和社会历史，人同时也是一定时代和社会历史的人，要防止把人加以抽象化，即人道主义化和泛人道主义化。二是不能把人的审美意识形态单一化。人的审美意识形态同时也是一定时代的和社会历史的审美意识形态。一定时代的和社会历史的人的审美意识形态，只是诸多意识形态中的一种，而并非全部。文学艺术中的意识形态也不仅限于审美意识形态，除审美意识形态外，还有通过审美的形式、手段和途径表现出来的各式各样的意识形态，如政治意识形态、法律意识形态、宗教意识形态、伦理道德意识形态、哲学意识形态等。文本中所表现出来的多种意识形态，都判然有别，相对独立，不能用审美意识形态所包容、所溶解、所遮蔽、所取代。况且，文学艺术中还存在着非意识形态因素和非审美因素。因此，用泛审美意识形态化来解释文学艺术时，理应采取严谨而审慎的态度。

（2）关于审美意识形态论与文学的主体性、自律性和独立性。

应当说，中华人民共和国成立后，受苏联文艺学的影响，中国文学比较强调文艺的客体性、他律性和依附性，对文艺的主体性、自律性和独立性的关注很不够。审美意识形态论，主张"向内转"，"向审美回归"，"由客体论向主体论倾斜"，强调审美的自主性、自律性和独立性，具有历史的合理性，是对传统的以反映论为基础的文艺理论的补充、丰富和发展。这是值得肯定的。然而，文学的主体性、自律性、独立性都是相对的。文学的主体性和客体性、文学的自律性和他律性、文学的独立性和依附性之间都是既对立又统一的辩证关系。

从主体性和客体性的关系而论，两者是彼此依存和相辅相成的。文学的创作和作品都是主体性和客体性这样那样地融合的产物，是客体性的决定作用和主体性的反作用之间交互作用的结果。根据历史文化条件的不同，两者可以倾斜，但不能偏废。"去客体化"和"去主体化"都是不正确的。脱离主体性再现客体性，或脱离客体性表现主体性，都是行不通的。应当注意到，通过审美中介的过滤，被主观化了的、情感化了的、心灵化了的、幻想化了的所谓"客观性特征"可能变得非常稀薄、隐匿和微弱。文艺创作中的主观能动性和创造性的发挥是为了更加深刻全面地反映和表现社会与人生的真理。不同流派、风格、门类的主体性和客体性具有不同表现，其中的真善美具有不同的倾斜。求真是现实主义文艺的优良传统，审美意识形态理论应当防止用美淡化真、使美脱离真。"艺海求真"，还是"艺海求美"，抑或追求真善美的有机统一，是作家、艺术家选择的自由。从严格的意义上说，完全排斥主体性的客体性，可能导致机械反映论和庸俗社会学；而纯然脱离客体性的主体性又可能滑向唯心主义和唯意志论。片面地、极端地、单方面孤立自足地夸大主体性和客体性，都会给文学事业带来同样的损害。

从文学的自律性和他律性的关系而论，只有把文学的自律性和他律性结合起来，才能完成两者的双重实现。自律性是通过他律性来实现的，同理，他律性是通过自律性来实现的。文学的"向内转"和"向外转"、文学的"内部规律"和"外部规律"都是非常重要的。"向内转"，注重对"内部规律"的研究，对强化和优化文学的特性是完全必要的。但其目的仍然是更加精湛地反映"外部世界"中的人生和社会历史。因此用"外部规律"去"内部规律"，或用"内部规律"去"外部规律"均不可取。"向内转"和"向外转"都存在一个"适度"的问题。如果向外转过头了，会削弱和损害艺术性，如果向内转过头了，又可能造成对人生和社会历史的疏离。一位文艺理论界的学者曾把文学的"内部规律"和"外部规律"比喻成地球的"自转"和"公转"的关系。地球通过"自转"实现"公转"，但只能在"公转"的轨道上"自转"，如离开"公转"的轨道"自转"，地球将消失在茫茫宇宙中。这个生动而又深刻的比喻令人警醒。

从文学的独立性和依附性的关系而论，文学的独立性只能是相对的。马克思主义的社会结构理论认为文学意识形态或审美意识形态隶属于观念形态的上层建筑。尽管社会意识对社会存在具有反作用，但归根结底，社会存在决定社会意识。这个基本原理规定，文学的独立性只能是相对的、有限的。夸大文学的"工具论"是不妥当的，但文学确实具有"服务论"的一面。"文学是人学"和"文学是社会生活的反映"这两个极其重要的命题，都阐明了文学对人生和社会的服务性。为人民服务，为社会主义服务，为社会转型和历史变革服务，为推动现代化的历史进程服务，为实现中华民族的伟大复兴服务，这正是文学艺术的光荣，正是当代中国的作家、艺术家、评论家和理论家的社会责任和历史使命。那种纯然孤立于人生和社会之外的"为艺术而艺术""为审美而审美"或"为形式而形式"的主张理应得到抑制。

（3）关于审美意识形态论与文学的审美性、情感性和诗意性。

有的审美意识形态论者主张审美性、情感性和诗意性是文学的根本特性，并认为这种界说具有广阔的阐释空间和理论涵盖面：纳入审美轨道，更符合创作实践；强调感性的主观性、情感性、审美性；认为文学的根本特征是审美意识或诗意情感，而不是形象，形象只是反映生活的一种形式；文学所反映的对象的价值属性是审美属性；文学从内容到形式都是审美的，文学的特质是审美的；审美反映的对象是生活的"整体性""诗意联系""诗意本质"。传统意义上的文学概念被普遍理解为通过形象对现实生活进行反映。有的审美意识形态论者把文学的本性从对现实生活的形象反映推进为以感性形态呈现出来的审美性、情感性和诗意性。这是一个很大的进步。然而，对文学的审美本性的阐述过于抽象和笼统，缺乏更加明确清晰的论证。从形象性和审美性的关系而论，审美性寓于形象性之中，并通过形象性表现出来。审美性不能完全取代形象性，形象性反而是引发审美性的重要契机。文艺创作的关键在于捕捉饱含审美性、情感性和诗意性的感性形象。从情感性和思想性的关系而论，情感性固然是文学的特质，但情感性不能完全脱离思想性。艺术精品往往是把情感性和思想性水乳交融地融合为一体。有侧重揭示思想性的文学，也有侧重表现情感性的文学，现实主义艺术和浪漫主义艺术都是为了满足人的心理需要。从诗意性和思想性的关系而论，"诗"与"思"都是人们把握世界的方式，诗性是以思性为基础的。没有反映论和价值论为依托的诗性是没有说服力的，是飘浮、空泛而盲目的；缺失诗性的思性是冷漠的，是没有艺术的魅力和感染力的。情感性的浓烈和思想性的深邃，都是优秀的文艺作品不可或缺的。过去相当长的一个时期内，都在强调创作和作品的思想性，现在却反其意而为之，贬抑思想性，弘扬情感性。强调情感性时，应避免导致思想性的浅薄；宣扬思想性时，则要防止情感性的弱化。实质上两者是互补的，不是互逆的。"合"则两者共存，"分"则两者俱伤。因此，应当尽力把两者有机地统一起来。

2. 审美意识形态论的贡献与问题

审美意识形态论是有一定贡献的。长期以来，中国文学和意识形态的关系处于非常紧张的状态。夺取政权时期，人们把文学理解为是具有战斗性的。这种观点是具有历史合理性的。中华人民共和国成立后的和平发展建设时期，一段相当长的时期内，人们仍然不适当地强调文学的政治性和意识形态性，没有根据新的历史条件和现代化建设的需要，及时做出新的调整。在文学与政治的关系和文学与意识形态的关系问题上存在着两个极端的片面性的观点：一是强政治化和强意识形态化，二是去政治化和去意识形态化。审美意识形态理论既反对强政治化的观点，又反对去政治化的观点。其承认文学是一种特殊的意识形态，把传统意义上的意识形态界定为审美意识形态。这种理念企图用审美对文学和政治、文学和意识形态的关系加以限制，适当地拉开文学和政治、文学和意识形态之间的距离。这种理论策略是对文学和政治意识形态关系的一种缓冲和调节，力图建构审美和意识形态之间的张力与合力的平衡点。这种温和的、带有一定弹性的文艺观念，遭到了来自左右两翼学人的夹击。主张文艺是非意识形态的学人认为，把自主自律的艺术纳入马克思主义意识形态的框架里，是一种屈从和妥协；主张文艺是社会意识形态的左翼学者认为，把意识形态审美化是对意识形态的软化和弱化。实际上，审美意识形态理论对文学与政治和文学与意识形态的关系的新的探索和新的表述是有益的，体现了文学既不能完全从属于政治又不能完全脱离政治的基本精神。这一观点大体上符合新时期到新世纪的和平发展时期的历史要求和实际情况。

审美意识形态理论强调文学与人学和文学与审美的关系是完全必要的。"文学是人学"的命题是正确的，但没有得到良性的延续和发展。有的学者曾对这个命题进行过人性化和泛人性化的解释。这种歪曲的评论从内部败坏了"文学是人学"的声誉。马克思主义文艺理论家也没有对这个重要的文学命题进行科学的解析。人不是抽象的人，社会历史实质上是人的创造性的实践活动。审美意识形态理论继承、发掘和拓展了"文学是人学"这个重要命题，对推动建设以人民为中心的文艺理论功不可没。审美意识形态理论进而以人学为核心，主张文学的审美意识形态性，强调文学的主体性、自主性、自律性、独立性、情感性和诗意性，尽管有的学者在论述上有所失衡，但弘扬这些属性，对提高艺术的批判精神、创造精神和人文精神是大有助益的。

从审美反映论到审美意识形态论，当代中国审美学派建构了一个框架式的雏形。应当说，审美意识形态理论尚待成熟，依然是未竟的事业。审美意识形态理论的倡导者们的观点大体相同，但也存在着明显的差异。在文学的人文精神和社会历史理性的关系问题上，他们都强调审美的人学意识、人文关爱和人文精神，但对社会历史理性的态度则很不相同。有的学者富于现代意识，注重审美的现代性，强调文学和现代化历史过程的联系，使审美意识形态理论具有一定的社会历史内涵。一些学者主张文学的人文关爱和人文精神，但漠视社会历史理性。在感性、情感、诗性与社会历史理性的关系问题上，有的学者更钟爱感性、情感和诗性，不怎么看重社会历史理性；有的学者意识到文学本质的系统性质，主张审美最能体现文学的本性，同时反对"纯审美"和"唯审美"；有的学者注重感性和情感，认为"最具体的和最主观的是最丰富的"，同时又强调思想性，鲜明地提出新理性的概念，即旧理性过时了，非理性行不通，只有新理性才能赋予文学强大的生命力，这种新理性被他们解释为实践理性，即在实践中产生、发展和在实践中发挥创造作用的理性。这个思想是新时期重要的理论成果，产生了广泛而深刻的影响。有学者以实践理性为指导，从反映论引申出价值论，指出审美向人回归的发展趋势；同时不怎么重视文学对生活的参与和干预，主张"审美超越论"，表现出一种不同流俗的清高纯净的精英意识。在对审美的本质和功能的理解上，审美学派的内部和外部的看法是大异其趣的。有的学者认为审美是文学的根本特性，审美本质更能切近文学的内在本质，具有广阔的阐释空间和理论涵盖面。有的学者认为审美只能起到"中介"和"超越"的作用。有的学者指出，审美意识形态理论只谈审美，不谈意识形态，或只通过审美限制、淡化和消解意识形态，表现出"审美中心论"和"审美一元论"倾向。

审美意识形态理论存在着一些值得深入研讨的问题，这说明审美是难的，界定审美也是难的，界定审美意识形态同样是难的。审美意识形态论者对审美意识形态的本质和功能还没有一个简明清晰的论述。审美意识形态理论，只注重用审美规范和限制意识形态的一面，而忽略和消解了通过审美强化和优化意识形态的一面。审美意识形态理论是一种只谈审美而不讲意识形态的理论。从审美和意识形态的关系而论，需要建立两者相融合的有效机制。审美是感性的，意识形态通常被理解为集中体现和表达阶级意志的自觉的思想体系；审美是柔性的，而意识形态则是刚性的；审美是不崇尚功利的，而意识形态却具有强烈的功利性；审美是个人的行为，而意识形态则能够体现一个民族和国家的精神意向。审美意识形态理论作为一种美学观念不宜被夸大为涵盖一切美学观念的总理念。审美只是一种观念，不可定为一尊。从各种学派的关系来说，除审美学派之外，还存在着强大的社会历史学派、人学学派、生态学派、文化学派、形式语言符号学派。从真善美的关系来说，不仅存在着美意识，还存在着真意识和善意识；从审美范畴的内部关系而论，审美意识形态论适用于和钟情于审美范畴中的柔和的优美，而比较冷落和忽视丑、滑稽、荒诞、悲剧和崇高。由于用审美淡化、规约和限制意识形态，壮丽的崇高美和忠贞的信仰美可能会受到羁绊。从不同艺术流派之间的关系来说，唯美主义、形式主义、浪漫主义、表现主义和泛表现主义、现代主义及一切抒情性作品比较强调审美；相对而言，现实主义和一切叙事性作品则非常强调反映现实生活中的人生和社会历史内容。从艺术中的思想和情感的关系来说，追求思想深度的文艺家或作为思想家的文艺家注重对人生和社会历史的开掘，而情感型作家擅长主体内心情感的抒发，热爱审美趣味。

应当对审美意识形态论和文艺意识形态论加以区别，文艺意识形态尽管也要通过审美来表现，但内涵和外延、性质和功能要更加广阔博大，审美多半只是用于展示这些内容的载体。如果把政治、宗教、法律、哲学和伦理道德的内容统统纳入审美意识形态之中，岂不让审美"撑破了肚皮"。这种无所不包的审美意识形态理应"减肥瘦身"。界定文艺的意识形态性不能只限于审美，而应从根本上根据作品所表现的内容来做判断：如描写政治的或战争的作品所体现出来的文艺意识形态，主要表现为政治意识形态；文艺表现的内容是宗教的，则是宗教意识形态；文艺表现的内容是法律的，则是法律意识形态；文艺表现的内容是哲学的或蕴含浓郁的哲学韵味，则属于哲学意识形态；文艺表现的内容是伦理道德的，则归为伦理道德意识形态。上述不同境况下的审美只是一种载体、途径、手段和形式，应当充分研究文艺表现意识形态的复杂性。从总体上说，文艺具有意识形态性，但也具有非意识形态性。具有人类学意义上的表现人性的共同性的作品，不具有明显或强烈的意识形态性。夺取政权的革命战争时期和以建设为中心的和平发展时期的创作和作品的意识形态性是不同的。那些革命性、战斗性和倾向性强烈的现实主义和浪漫主义文学的意识形态性浓郁，形式主义和唯美主义作品的意识形态性则较淡，描写自然的生态文学（如山水诗和花鸟画）和描写人体的生理属性的文艺意识形态性很弱；制造图形和花纹的工艺美术作品和以娱乐为旨趣的大众文化的意识形态性最为稀薄。

有的青年学者质疑个别的老一辈专家所倡导的"审美第一原理论""审美溶解论""审美超越论"。他们据理阐明审美并非第一原理，社会历史和人的现实生活才是审美的第一原理；不宜尊崇和夸大审美溶解的奇功异效，防止用过度肯定的方式否定审美，从"审美溶解论"走向"溶解审美论"；审美具有超越现实的作用，但更应当强调深入生活、扎根人民，强化干预意识和担当意识，发扬批判精神，推动社会进步和人的全面自由发展。

二、当代中国审美观念的实际运用

（一）关于人生艺术化

新文化运动后，一些著名的人文知识分子为了强化和优化审美的教育功能，提出各种形态的关于人生艺术化的设想。有人倡导"以美育代宗教"的主张，认为应像看待宗教那样注重审美，赋予审美以宗教般的虔诚信仰，用其培养身心全面发展的人。这是美育思想的重要变革。为了防止和克服审美的宗教化，有的学者主张"科学的人生观"和"艺术的人生观"并重；有的学者主张"将人生纳入艺术之中"，对人生艺术化思想的阐发"已经达到了一代大师的化境"。人生艺术化具有多种形态。

1. 介入现实人生

此类人生艺术化思想具有鲜明的历史使命感和社会责任感。中国人生艺术化的思想不是与世隔绝、隔岸观火，不是"象牙塔"中的自娱自乐，不是"桃花源"中的自恋自洽，不是"采菊东篱下，悠然见南山"的隐居生活，而是通过审美教育的手段和途径，改变低俗的、丑恶的、颓废的、龌龊的生活环境，追求高尚的、美好的、健全的、清新的理想境界。富有良知的作家、艺术家、评论家、理论家，尤其要揭露和批判市场与官场中的腐败现象，呼唤真理、公平和正义，以提升和净化社会和人生，逐步地实现审美理想、人生理想和社会理想。关于文学、审美和人生艺术化的关系的理解存在着两种片面性：一种是随意脱离生活，超越历史，无视现实生活是否提供了必要的条件，随意畅想，坠入假想的幻境，掩盖社会生活中重大的、严峻的、冷酷的矛盾；另一种是"去理想化"和"非理想化"，看不到现实生活中的新生事物和光明面，对国家和民族的未来丧失信念，对现实生活中的腐败现象、丑陋现象、龌龊现象感到悲观和无奈。在一些人看来，"人生艺术化"缺乏现实基础，生活本身好像"一地鸡毛"，令人厌烦。自改革开放以来，中国大地发生了翻天覆地的变化，奔向理想的道路已被打通。实现现代化的宏伟目标激励人心。这个理想的蓝图是可以实现的。任何停滞的、悲观的、不作为的思想和行为都是没有根据的。从总体上说，我们的文学艺术的理想性是不够的，作家、艺术家、评论家、理论家应当更加积极地参与和介入处于伟大历史变革中的当代中国的现实生活，努力表现和推进现代化历史进程，创作出闪耀着理想光辉的无愧于新时代的精品力作。

2. 美化人格品质

完善人生和改变社会的关键是提高人的综合素质，特别是美化人的品格，提升人的精神境界。这是人生艺术化的核心。人生艺术化是和社会艺术化紧密相关的，二者几乎是同一件事情和同一个过程。人的生态和社会的生态是互动互养的。美好的社会生态为艺术化的人的生态提供了和谐的、绿色的生存环境。优化人格结构、人格魅力和人格力量是人生艺术化的基本要求。为了实现中华民族的伟大复兴，创建艺术化的社会，需要具有艺术性、拥有高水平的综合素质、富有人格魅力和人格力量的一代新人。长期的历史积垢和传统的因袭重担的压抑，给中国人造成了巨大的精神创伤。因此，人本身艺术化的文明建设成为立人强国的关键。从一定的意义上说，综合国力竞争的成败，实际上取决于人的综合素质和人的精神文明。

人的文化素质建设工程是浩大而艰巨的。人生的艺术化和人的品格修养的目标是不同的，大体上有两种取向：一是内敛出世型，二是外拓入世型。前者主要受到中国古代道家思想的影响，讲究自我修身，遁入内心，追求人生态度和品格境界的自我磨砺，逃逸流俗，超然物外，洁身自好，"出淤泥而不染"，清高而儒雅，"淡泊明志，宁静致远"，"两耳不闻窗外事"。此类作品中的艺术形象多作为旁观者和局外人，离群索居，追求人格的自我封闭和自我完善。这种出世的人生态度，多半是退隐者和失意者的人生哲学。他们的心志清纯，人格高迈，自诩"世人皆醉我独醒"。这种慎独而又净美的人格堪称道德典范。但由于孤高自傲，顾盼自雄，这种人生态度不可能对健全人生和改造社会起到切实有效的作用。后者，即外拓入世型，作品中的人物形象恪守"天下兴亡，匹夫有责"的古训。这些融真善美于一体的艺术形象多半具有"普罗米修斯精神"，表现出英雄主义和献身精神。先进模范人物美好而坚韧的品格，高尚而壮美的风范，忠贞不渝的情操，刚毅不屈的意志，"先天下之忧而忧，后天下之乐而乐"的人生境界，都起到了"人生和生活"的教科书的作用。中国的革命史、建设史和改革史上，涌现出大批英雄人物。由成千上万中华民族的优秀儿女的坚忍不拔的意志、高超卓越的爱国主义精神所绘成的英雄人物的画廊和所谱写的英雄人物的交响曲，激励着那些向往和追求美好生活与光明未来的人。他们的忠诚和勇敢，他们的纯正和崇高，他们的无私和伟岸，他们的人格力量，他们全新的人生观和价值观，对推动人生的艺术化，对健全人生和改造社会具有示范性的引领作用。

3. 追求审美幻想

人的追求有审美理想和审美幻想之区别。审美理想有现实生活的依据。相对而言，审美幻想比较微弱。我们推崇可以预示美好的前景和光明的未来的可以实现的审美理想，同时也应当肯定那些描绘人类和谐社会蓝图的审美幻想。审美理想和审美幻想的关系大体上呈现三种形态：两者相结合的形态；向审美理想倾斜的形态；向审美幻想倾斜的形态。我们所追求的是有现实生活的根据、体现历史发展要求、经过艰苦奋斗可以实现的社会理想、人生理想和审美理想。审美理想和审美幻想有共同的思想特征，即超越现实生活的脱俗性，摆脱世俗欲望和狭隘功利的纯洁性，人生的自由自觉的和谐性，与他人关系、社会关系、自然关系的融洽性。这是一种超越平庸和世俗的精神生活方式。人生艺术化是臻于真善美统一的生活境界。人生理想化的设计感召和呼唤人们向实现人生的审美理想挺进。美好的、绿色的人生境界正在通过伟大的社会实践逐步生成和逼近的，中华民族几代人的强国富民的社会理想、人生理想和审美理想即将实现。

人生艺术化，即通过艺术美的培育和教化，陶冶人的情操，铸造纯净的心灵，提升个人的人性美、人情美和品格美，达到尽善尽美的心性境界。只有艺术化和审美化的人，才能有艺术化和审美化的人生和社会。为了达到这个目的，我们应当持入世的积极进取的态度。人生的艺术化和审美化是基于社会实践的，我们要激活生命活力，积极开展建构审美品格和人生态度的创造性活动。

审美理想可以被视为对个体的人格修养的砥砺和淬炼，目的是超越庸常的、鄙俗的、压抑人的精神自由的异化状态，想方设法开辟出各种"美妙的逃路来"，遁入"审美"的港湾，安顿自己的灵魂。这些富于审美幻想的人多半丰衣足食，没有生活的忧患，因而能够精致优雅、闲适洒脱，凭借虚拟的幻境释放内心的苦闷，获得暂时的、假定的人生的自由和幸福。这是一种主张"审美救赎"的幻想。推崇审美对人生的奇功异效，实际上只能给人提供精神上的抚慰和解脱，不可能使人的真实的生态发生什么实质性的改变。这些高雅孤傲的精英忘记了，人离开物质生活的保障，是无法真正实现人的精神自由的。人的全面自由发展和社会的全面自由进步是以生产力的高度发展为基础的，否则只能陷入空想的"审美乌托邦"。追求艺术化的生活，无论是在精神上还是在物质上实现"诗意地栖居"，都需要足够的财富和基本的物质条件。一部分先富起来的人可以衣食无忧，享受艺术化的人生；但大多数人还在为生活而劳碌奔波。革命战争年代，为了救亡和生存，强调文学的战斗性，审美显得并不那么重要。和平发展时期，为了追求舒适幸福的生活，则要凸显文学的审美性。可见，不同历史时期的文学的主旨是判然有别的。

（二）关于日常生活审美化

21世纪以来，西方大众文化理论一波又一波地传入当代中国，掀起大众文化研究的热潮。一代中年学者鲜明地提出"日常生活审美化"问题。他们认为,美学研究不要再停留或禁锢在纯理论领域,应当走出书斋,回归人们的现实生活,更多地关注人民大众的生活美、修饰美、环境美、产品美、设施美。他们对美学研究转型的建言,不应当被阐释为受西方后现代主义社会文化思潮的影响,而主要是为了适应现实生活的审美需要。普列汉诺夫曾说,人们对待事物的态度首先是实用,然后才转移到审美观点上来。随着历史的发展,人们总是既要考虑实用,又要讲究审美,把实用和审美紧密地结合起来。实际上,只有和实用结合的审美,才会使审美更加具有实效性、亲切感和生命力。脱离人民大众的审美无论如何曼妙和炫秀,都会显得空洞和苍白。富裕起来的人们开始追求时尚,希望美化自己和自己的生活。"日常生活审美化"使学者们想起了车尔尼雪夫斯基"美是生活"的著名论断。这种明快的美学思想对我们关注生活的美和追求美的生活是何等重要。

与传统美学研究相比,"日常生活审美化"这个美学命题具有一些鲜明的特点:(1)摆脱了美学的书斋化和精英化,走向生活化和大众化,极大地拓展了美学研究的空间,把美学从少数学人的专利,变成了大众所掌握的审美文化权益,加速了审美文化的人民性和民主性的历史进程,所谓"旧时王谢堂前燕,飞入寻常百姓家"。(2)改变了美学的空想、艰涩和玄奥的性质,使生活化的审美变得明快、简洁、晓畅和实用;"审美距离说"被重写,拉近了审美和大众的距离。(3)审美实践的创造性活动得到凸显。审美不再停留在思维中、想象里、幻想中,而通过审美实践的创造性活动延伸到并覆盖现实生活的各个领域,全方位地美化人们的生活。审美实践与工艺美学相结合,提高了大众文化产品的审美质量,对人的环境进行美的设计、美的改造、美的修饰,使人所创造的世界变得更宜人、更温馨、更舒适、更漂亮。人们的审美理想正在通过"日常生活审美化"的实践逐步变成现实。人们有权美化自己的生活，人们的现实生活中到处展示着"按照美的规律来构造"的赫赫实绩。（4）审美和功利的关系得到了重新解释。传统的美学观念认为美是无利害的。从康德的美学思想，到各种唯美主义和形式主义的美学思想都主张美是不沾功利的。由于市场的需求和生产与消费的相互拉动，出现了一些新情况。"大众审美文化""日常生活审美化"已经成为社会大众性的生产，被纳入整个社会的生产系统，变成提高文化软实力和增强综合国力的不可或缺的组成部分。按照市场规律和美的规律相结合的原则，尽可能地获取更大的文化价值和文化利益是理所当然的事。这中间，或许存在着极端的消费主义、拜金主义、功利主义的干扰，存在着资本的和技术的控制，但在注重大众文化的审美属性的前提下，适当地追求大众文化的效益是更加合理的。通过大众文化产业实现"日常生活审美化"必然使非功利和纯审美的传统发生适度的调整。

关于大众审美文化和精英审美文化的相互关系，从主导方面而论，两者应当是共存共生、互补互进的关系，是人类审美关系中不可分割的两翼。但事实上可能存在着这样那样的复杂性，经常发生关于两者的主权和边界的纷争。有的学者呼吁文艺学的"超界与扩容"，把"日常生活审美化"的内容包容到精英审美文化之中，自觉不自觉地用精英审美文化对大众审美文化进行收编，文艺学的学科范围的膨胀压制了"日常生活审美化"的发展空间，实际上取消了"日常生活审美化"的生存权利。还有人忌惮"大众审美文化""具有极强的侵略性"，认为"大众审美文化"对"精英审美文化"的消解、侵吞和扩张屡见不鲜，因此，应对"大众审美文化"采取警觉和防范的态度。这些观点都是值得研究的。事实上，一个国家和民族，既有大众文化，又有精英文化，这两种文化相比较而存在，相竞争而发展，作为文化"共同体"，二者都有生存的权利和发展的空间。

用"精英审美文化"去"大众审美文化",或以"大众审美文化"去"精英审美文化",都会导致文化的不完整性。

由大众文化生产支撑的"日常生活审美化"运动,和高雅的、严肃的、经典的、主流的艺术相去甚远,仅使"精英审美文化"和"大众审美文化"的界限变得模糊。人们总是本着"实用和审美相融合"的原则创造和修饰自己的生活环境,他们的日常生活都不同程度地包含着艺术元素。人们的生活开始为审美的光晕所笼罩。艺术生活化和生活艺术化的互融过程将会愈演愈烈。文化精英视域中的大众文化逐步走向平庸化、平均化、平面化、机械化、复制化、标准化、模式化,艺术个性开始消失,艺术灵性和审美韵味悄然隐去。文化精英们对艺术生产的市场化忧心忡忡,但大众却因通过机械复制的手段便捷获得达·芬奇、米勒、莫奈、塞尚的名画而乐不可支。"精英审美文化"和"大众审美文化"的互融互动、共生共进需要一个漫长的历史过程。两者只有相互走近、相互靠拢、相互渗透、相互滋养,才能实现良性循环。"精英审美文化"的大众化和"大众审美文化"的精英化的相向而行,是一个精英和大众在新历史条件下相结合的问题。这个问题关涉到大众综合文化素质的提升,关涉到精英们的文化价值取向,关涉到一个民族的精神文明建设。健全的精英文化是一个时代的先进文化的代表,是体现一个民族的文明程度的标志,具有带动和引领精神文明建设的作用。高雅艺术和精英文化理应高于生活。大众文化也要努力培育自己的经典。但无论是"精英审美文化",还是"大众审美文化",无论是"精英审美文化"的大众化,还是"大众审美文化"的精英化,都不能只着眼于外在的审美形式,而应更加强调内在的审美特质。文化"化人",应当努力追求人性美、人格美、人情美,提升人的综合素质美,培育人的心灵美,特别是增强人的雄健、阳刚、坚韧、伟岸、崇高的人格力量,让人和人的生活变得更加美好。

第三节　真善美的和谐统一

一、真善美体现文艺的本质和功能

真善美不仅是艺术普遍而永恒的母源性标准，而且全面深刻地体现着艺术的本质和功能，统摄文艺创作、文艺批评、文艺研究的全方面和全过程。从创作对象的角度来说，文艺尤其要选择和表现社会生活中的真善美的人物和事件；从服务对象的角度来说，文艺承担着推动和促进建构真善美的社会和培育真善美的人的神圣职责；从作为创作主体的作家、艺术家，作为评论主体的批评家，作为研究主体的理论家的角度来说，只有树立真善美的坚定信念，追求和赞扬真善美，誓做真善美的人，才能有助于文学艺术实现建构真善美的社会和培育真善美的人的历史使命。简言之，只有文艺工作者是真善美的人，才能有利于表现真善美的人，才能有利于为社会培育和造就真善美的人。

马克思主义文艺理论根据马克思主义的社会历史结构理论，把文艺视为一种观念形态的上层建筑。从总体上说，文学艺术属于意识形态的范畴。无论是上层建筑，还是意识形态，都必然与真善美发生深层的关联。从学理上说，意识形态应当具有真善美的属性。有真的意识形态，也有假的意识形态；有美的意识形态，一些当代中国学者曾提出审美意识形态的理论，实质上是在探索意识形态和美的关联，追求美，当然也有丑的意识形态；有善的意识形态，也有恶的意识形态。真善美的意识形态体现了文艺的本质和功能，追求真意识、善意识和美意识的有机统一是文艺的使命。文艺描写人生和社会时必然通过意识形态的折射。"文学是人学""文学是社会生活的反映"，这些界说，都说明文学所表现的人生和社会，必然会与真善美发生深层的关联。讴歌真善美的人生和社会，抨击假恶丑的人生和社会，体现了文艺的本质和功能。

真善美是一个有机和谐的整体。真、善、美对应着知、意、情。三者各司其职，不可以彼此混淆，相互取代。美学思想史上一些著名的美学家，如鲍姆嘉通把美界定为"感性认识的完善"，黑格尔把美说成是"理念的感性显现"，实质上都是认真为美，以真代美，把审美范畴和认知范畴混淆起来。康德认为美不涉概念、不沾功利，实质上是只把美视为纯形式。这种纯形式负载的纯审美非真非善，把审美范畴和认知范畴、道德范畴割裂开来。这些美学家的美论实质上都是不完整的，都没有把真善美统一起来。艺术表现真善美可以偏重，但不能偏废。从真、善和美的关系而论，真是美、善的基础，不真的善是伪善，不真的美是虚美；从真与意识形态的关系而论，不真的意识形态是虚假的，甚至是有害的；从真与人生和社会的关系而论，不真的人生和社会是虚假的，甚至是有害的。因此，真实是艺术的生命。求真、向善、尚美，是作家、艺术家、评论家和理论家的基本素质。真是对人生真谛和社会真理的叩问，善是对真的道德要求，美是真和善相得益彰迸发出来的灿烂光辉。

二、表现对象的真善美

现实生活中，既存在着真善美，同时也存在着假恶丑。真善美和假恶丑是一个问题的两个方面。任何社会都有正面和负面，都有光明面和阴暗面，这是很正常的。作家、艺术家可以歌颂真善美，可以暴露假恶丑，也可以表现真善美和假恶丑的矛盾、冲突和搏斗。这是创作主体选择表现对象的自由。应当鼓励作家、艺术家正面表现社会生活和先进模范、英雄人物的真善美，推动社会的全面进步和人的全面自由发展；也提倡作家、艺术家反映现实生活中的假恶丑，以引起疗救的注意，利于社会治理和精神文明建设。

（一）文艺与真

真是艺术的生命。真是善和美的基础。诚然，艺术需要通过虚构和想象把生活真实转化为心理真实和情感真实，但这种高于生活真实的艺术真实应当更深刻地反映社会的真理和人生的真谛。假是滋生"丑"和"恶"的温床。虚假的东西是苍白的，是没有力量的，甚至是有害的。鲁迅先生曾坚决反对"瞒"和"骗"的文艺，并告诫作者如果"社会阅历不深，观察不够，那也是无法创作出伟大的艺术品来的"①。恩格斯要求文艺创作应当追求"较大的思想深度和自觉的历史内容，同莎士比亚剧作的情节的生动性和丰富性的完美融合"②。他把这种"完美融合"称赞为"戏剧的未来"。我们通常把恩格斯提倡的"艺术的未来"理解为艺术理想。

体现艺术理想的艺术真实是可以划分为"大真实"和"小真实"两个层面的。"大真实"和"小真实"是相对而言的，"整体真实"和"局部真实"是相比较而存在的。从国和家的关系而论，国即大家，家即小国。创作主体有权利选择书写普通百姓的日常生活和他们的创造性劳动。民生、民权、民主，乃民众之大事。大众的命运是和民族的命运休戚相关的。作家、艺术家所描写的题材主要为他们所亲自体验过的、被他们的情感温暖过的，特别是下层群众的打拼与挣扎，分享他们的艰辛和喜悦，从中折射出社会的进步和历史的发展。从唯物史观看人民的历史地位，普通老百姓即是共和国的"天"。人民群众的事再小也是大事，关涉到社会的稳定和历史的发展，"小家"与"大家"处于一个休戚相关的"命运共同体"中。

①　刘运峰. 鲁迅全集补遗. 增订本. 天津：天津人民出版社，2018：459.
②　马克思，恩格斯. 马克思恩格斯选集：第4卷. 3版. 北京：人民出版社，2012：440.

读者期待着有更多这方面的精品力作问世。从宏观和全局上看，当代中国的作家、艺术家应当清醒地、理性地、自觉地"意识到"当代中国社会的"历史内容"，豪情满怀地承担起艺术的历史使命。当代中国的"历史内容"是推动现代化历史进程的伟大社会实践，促进历史变革和社会转型，实现中华民族伟大复兴的中国梦。当代中国的这种特定的"历史内容"是"大真实"，关系到整个国家、民族和人民的前途和命运，应当成为当代中国文学艺术的"大叙事"。后现代主义反对"大叙事"，认为其不适应作为发展中国家的当代中国的国情和文情。当代中国的"历史内容"体现出来的"大真实"带有主导性、统领性、全局性、整体性的特征。作家们不仅要表现这个历史阶段正在改变着的丰富多彩的日常生活，描写普通百姓的痛苦和欢乐、挣扎和祈盼，同时更应当全景式地反映当代中国现代化历史进程中整个社会的总体风貌和发展趋势。处于变革时代的中国，理应涌现出大作家，用大手笔，书写"大真实"。有志向、有抱负、有理想的艺术家应当扮演"历史的书记官"的光荣角色，像文学大师巴尔扎克和托尔斯泰那样，深刻地表现当代中国的社会转型和历史变革。

艺术应当表现真善美，揭露和批判假恶丑也是为了弘扬真善美；艺术应当表现光明面，揭露和批判阴暗面也是为了扩大光明面。笼统而不加分析地反对写阴暗面是不正确的。但对写阴暗面理应提出更高的要求，确立必要的原则和规范。诸如，不满足于罗列和展览假恶丑的表面现象，应当努力揭示滋生阴暗面的土壤和根源；坚定理想和信念，防止和克服阴暗心理；增强批判力度；给人以改变的希望，鼓起人们变革的勇气；区分表层真实和深层真实、整体真实和局部真实、主流真实和非主流真实。假恶丑现象的存在是不合理的，应当写出阴暗面的暂时性以及必然为光明面所取代的发展趋势。应当尊重和正确描写革命历史。革命是人民解放的正义事业。革命过程中可能会经历苦难和悲剧，甚至产生失误和冤案，付出沉重的代价，造成令人痛惜的牺牲。书写革命过程中的曲折和苦难，是为了记取历史教训，理应防止和克服用历史虚无主义的态度否定革命的历史。真实是艺术的生命。只有反对造假的文艺，才能确立真意识，才有利于建构真的人生和真的社会。

（二）文艺与善

长期以来，学界一直流行一种观点，认为"恶是历史发展的动力"，据说这是恩格斯的看法。这种论调是值得研究的。恩格斯在《路德维希·费尔巴哈和德国古典哲学的终结》中说："在黑格尔那里，恶是历史发展的动力的表现形式。这里有双重意思，一方面，每一种新的进步都必然表现为对某一神圣事物的亵渎，表现为对陈旧的、日渐衰亡的、但为习惯所崇奉的秩序的叛逆；另一方面，自从阶级对立产生以来，正是人的恶劣的情欲——贪欲和权势欲成了历史发展的杠杆。"[1] 黑格尔的前一种说法阐明历史进步需要除旧更新，无疑是正确的；后一种说法认为"人的恶劣的情欲——贪欲和权势欲成了历史发展的杠杆"，具有深刻的片面的真理性，但显然夸大了"恶"的历史作用。有的学者把黑格尔宣扬"恶"的"情欲——贪欲和权势欲"是"历史发展的杠杆"提升为"历史发展的动力"，并"张冠李戴"地强加于恩格斯，将其认定为恩格斯的历史观，这是非常荒谬的。

恩格斯表示"在黑格尔那里"，指的是黑格尔的看法和主张。黑格尔对恶的历史作用的论述十分审慎，似有分寸感，他并没有直接说"恶"是历史发展的根本动力，而只是讲"恶"是历史发展动力的"表现形式"，换言之，从表现形式上来看，历史发展的动力是"恶"，而历史发展的动

---

[1]　马克思，恩格斯．马克思恩格斯选集：第 4 卷．3 版．北京：人民出版社，2012：244.

力究竟是什么，黑格尔并没有坦言相告。

在马克思主义经典作家的论述中，无论是经典马克思主义，还是中国化的马克思主义，都找不到肯定"恶是历史发展动力"的明确论述。对于马克思主义关于历史发展动力的见解，我们熟知两个带有指导性的观点。一是认为历史的发展取决于生产力和生产关系的矛盾运动，二是"人民，只有人民，才是创造世界历史的动力"①。这两种观点是紧密联系的。人民是最重要的生产力，或是生产力中最活跃的因素，人与人的关系是社会生产关系中最根本的关系。历史的发展实际上是代表先进的生产力和生产关系的人民群众的社会实践的创造性活动。人民的历史主动性、能动性和创造性才是历史发展的根本动力。这种人民创造历史的唯物史观和其他一切形形色色的非科学的历史观划清了原则界限。当然，善恶斗争也会对历史的发展起到一定的助推作用。

人民是历史的范畴。资产阶级上升时期，其作为先进生产力的代表，由于"实行习惯性的伪善"，刺激追逐财富的强烈欲望，扩张资本的原始积累，推动了经济的发展和历史的进步。这种历史过程具有一定的必然性、合理性和正当性。尽管如此，正如马克思所指出的："这种历史合理性现在不仅消失了，而且剥削不论以什么形式继续保存下去，已经日益妨碍而不是促进社会的发展，并使之卷入越来越激烈的冲突中。"② 可见，马克思、恩格斯非但没有把"人的恶劣的情欲——贪欲和权势欲"说成是"历史发展的杠杆"，而且指出，资产者"用激起人们的最卑劣的冲动和情欲"来聚敛财富，只能"日益妨碍而不是促进社会的发展"，是引发社会冲突和人世间纷争的破坏性力量。恩格斯在《家庭、私有制和国家的起源》中，对食利者通过刺激人们的"恶劣的情欲——贪欲和权势欲"追逐

① 毛泽东.毛泽东选集：第3卷.2版.北京：人民出版社，1991：1031.
② 马克思，恩格斯.马克思恩格斯全集：第28卷.2版.北京：人民出版社，2018：621.

和聚敛财富进行了无情的嘲讽和深刻的批判：资产者认为"鄙俗的贪欲是文明时代从它存在的第一日起直至今日的起推动作用的灵魂；财富，财富，第三还是财富——不是社会的财富，而是这个微不足道的单个的个人的财富……是文明时代唯一的、具有决定意义的目的"，殊不知如此这般地追逐和聚敛财富是"以损害人们的其他一切禀赋为代价而使之变本加厉的办法来完成"① 的。

在实现中华民族伟大复兴的进程中，社会主义市场经济是一个伟大创造。这种宏伟壮丽的事业体现了最伟大、最崇高的善。正确表现当代中国社会新历史条件下市场经济中的善恶关系，是当代中国作家、艺术家的职责。市场经济培育了新的道德观念，增强了人们的主体意识、自由独立意识、创新意识和竞争意识，为传统道德带来了前所未有的冲击和挑战。毫无疑问，市场经济是有两面性的。商品交换原则大行其道，拜金主义不时出现，造成道德失范和道德滑坡，因此，强化和优化社会与人生的道德关系刻不容缓。作家、艺术家应当努力表现和激发市场经济中的善的动机、行为和目的，以弘扬正能量，反映和遏制市场经济中的恶的动机、行为和目的，以抵制负能量，求得市场经济的健全发展。社会主义的文艺创作应当引导大众善待国家、善待人民、善待他人、善待自己，发扬爱国主义精神和中华民族精神，忠于国家和民族，恪守职业道德、社会公德和家庭伦理道德，提升整个社会的伦理道德水平。不应把创作、表演和批评极端地世俗化和超功利化，将其视为嗜金夺银的买卖关系和商业行为。作家、艺术家应当秉持道德良心，扬善惩恶，表现"善有善报"和"恶有恶报"，切忌违背道德律令，煽动和鼓励"恶有善报"，亵渎和惩罚"善有恶报"。可以将其理解为文化人的崇善宗旨和行善方式。善是文艺的灵魂，只有反

① 马克思，恩格斯. 马克思恩格斯全集：第28卷.2版. 北京：人民出版社，2018：205.

对宣扬恶的文艺，才能确立善意识，建构善的人生和善的社会。

（三）文艺与美

作家、艺术家可以选取不同的表现方式，既可以用正面的表现方式，直接肯定和表现真善美，也可以用负面的表现方式，通过否定假恶丑来肯定和呼唤与之相对应的真善美。表现的关键在于作家、艺术家的政治信仰和价值取向。中国传统文化和文艺作品比较推崇优美。自古至今，和谐与优美的作品，或和谐的优美，或优美的和谐，尤其是体现中华传统文化特色的作品，是非常值得强调、珍爱和传承的。随着时代的变迁、历史的发展和现实生活的凸显，其他重要样式的审美，也应引起文艺工作者足够的重视。

绿色美。我们在相当一段时间内，比较忽视自然美，否定自然美的独立性，或只把自然美视为人化的存在物，没有充分肯定广阔的非人化领域的自然美的神奇和魅力。现代工业化的历史进程改变了社会面貌，提高了人的生存状态，创造了丰富的物质财富，但同时造成了对自然和人的生存环境的污染。工业化和现代化的历史进程是一把双刃剑，既赐予人类福祉，又带来了对社会的惩罚。现代工业化的负面作用，使人们深切地感受到必须热爱、尊重和敬畏自然，优化和美化人和社会的生存环境至关重要。对此，当代中国的作家、艺术家、评论家负有不可推卸的职责，应促进和推动绿色文学、生态文学和环境文学的发展，为建构绿色的人生环境和美丽中国而不懈努力。

心灵美。当代一些家庭、学校和社会环境重视仪表美而忽视心灵美，看重人的外表，实际上对人的综合素质和综合能力培育的强调和落实很不足。一些年轻人追求"颜值"而忽略人的文化价值，逐潮美容而轻薄美心，如此等等。作家、艺术家、评论家作为"人类灵魂的工程师"，应当通过创作和评论塑造青年群体美好、健康、充实、奋进的心灵，培育一代新人强大的人格力量。

崇高美。崇高美可以理解为对优美的补充。我们不仅需要柔曼和谐的优美和明媚清纯的秀美，同样需要阳刚、风骨、伟岸和壮美，以凸显中华民族的高超、强健、雄悍和不可战胜的力量。实现现代化的伟大壮举，是前所未有的宏伟事业，成为中国当代文学艺术的"宏大叙事"。任何开创性的历史新篇章都要经历千辛万苦的过程，都需要付出艰苦卓绝的奋斗。实现中华民族的伟大复兴，需要几代开路人和创业者的以爱国主义和理想主义为基调、为主旋律的献身精神、牺牲精神、崇高精神和悲剧精神。中国当代文艺创作所塑造的先进典型和英雄人物都应当具有一种中国化的"普罗米修斯精神"。中国古代哲人力倡"天行健，君子以自强不息"，"地势坤，君子以厚德载物"，内养"充实而有光辉"的"浩然之气"，外显威武不屈、不畏强暴的英雄气概。这种追求崇高精神的文化传统理应得到传承和弘扬。他们以硬汉和伟人的崇高精神，独标范风、激浊扬清，扫荡生活中的鄙俗气、庸人气、小家子气和市侩作风，构建崇高的社会风尚，培育崇高的人性美、人情美和人格美。

朴素美。朴素美是一种古朴、稚拙、简约、素巧、自然、原始的大美。文学艺术应当具有充实动人的内容，也需要绚丽多彩的形式，以求锦上添花。但也要防止一味追求光色图像效果，炫耀形式，掩盖内容的空虚、苍白和贫乏。时尚主义往往追求浮艳和奢侈。唯美主义崇美和尚美是有价值的，但"唯美"是不可取的。实质上，世界上并不存在纯粹的"唯美"。内容胜过形式的朴素美更加清纯，自然可爱。"绚烂之极，归于平淡"，正如诗仙李白所云："清水出芙蓉，天然去雕饰。"贵珠来自贱蚌，美玉出于丑璞。老子、庄子、孔子、孟子等古代先哲都非常崇尚和钟爱质朴和简约之美。老子说，"信言不美，美言不信"，认为未经雕饰的朴素的语言才是真美可信的。他主张"道法自然""返璞归真",崇尚"大音希声""大象无形""大巧若拙"。庄子说,"朴素而天下莫能与之争美","澹然无极而众美从之",视质朴、简约和平淡为"美中之美"或美中之大美。当代中国尚属发展中国家,文艺应当在追求美妙和华丽的同时恰当适度地表现原始本能和野性欲望,抑制那些丑陋、低俗和粗鄙的东西。文艺的创作和表演应当有助于倡导清纯简朴之风,抵制和扫荡奢侈淫靡之气,以提高人的综合素质。美是文艺的本质特征。只有倡导弘扬美的文艺,反对渲染丑的文艺,才能确立美意识,建构美的人生和美的社会。

三、创作主体的真善美

真善美既是评价艺术的尺度和标准,也能够体现艺术的本质、功能、价值和作用。文艺弘扬真善美、提升正能量,关键在于文艺队伍,在于作家、评论家、理论家树立和坚定真善美的信念,创作真善美的作品,培育真善美的人。我们有理由要求作家、艺术家、评论家和理论家诚实热情,德艺双馨,誓做真善美的人。

真善美具有鲜明的导向作用。提倡以人民为中心的创作导向,实质上可以理解为以人民的真善美和人民生活中的真善美作为文艺的导向,包括文艺创作的导向、文艺评论的导向、文艺研究的导向。"为人民服务,为社会主义服务"也可以理解成为发现和表现人民的真善美服务,为发现和表现社会主义的真善美服务。社会主义核心价值体系也可以理解为以真善美为灵魂的核心价值体系。"德艺双馨"实质上要求文艺工作者应当具备"真善美"有机统一的文化操守和综合素质。可以这样说,只有作家、艺术家、评论家和理论家拥有"真善美"的内功、修养和信仰,才能优化和实现"为人民服务,为社会主义服务",才能优化和践行"社会主义核心价值体系"，才能优化和落实"德艺双馨"，才能强化和提升"正能量"。

为了培育和坚定创作主体、批评主体、研究主体追求真善美的理想和信仰，应当尽可能地防止和克服如下一些社会文化思潮对作家、评论家和理论家的思想影响。

关于文化精英主义。精英负载着时代思想的精华，是一个民族的智慧、机能和素质的代表，是体现社会文明发展程度的标志。我们需要新时代的精英。文化精英和精英文化对提高整个社会和全体大众的思想文化素养和伦理道德水平具有示范性的引领作用。问题的关键在于建构文化精英和人民大众的亲密友善的良好关系。新时期以来，文学艺术的发展造就了相当多的文化精英和艺术明星。已经成长为文化精英和艺术明星的作家、艺术家，特别是表演艺术家，拥有显赫的地位、骄人的荣誉和巨额的财富。我们觉察到，他们中间的一些人的思想意识和价值观念发生了明显的变化，如平民意识弱化，与劳动大众和弱势群体的生活和趣味多有隔阂，成长和创业时期含辛茹苦地打拼的意志逐渐消退，经验的积累和生活的库存开始枯竭，对尚处于贫困状态的小人物的情感日趋疏远。别林斯基曾将艺术典型界定为"熟悉的陌生人"。在一些精英的视野中，人民大众很大程度上都变成了"不熟悉的陌生人"。能像作家柳青那样长期扎根农村，深入体验生活，触摸时代的律动，洞察农民心灵的奥秘，不辞辛劳，以"十年磨一剑"的功夫打造文学经典，近年来实属罕见。笔者作为老一辈的"追星族"，特别希望那些受广大观众爱戴的影视明星争当人民的艺术家，不做社会的特殊公民。只有抑制那种脱离群众、脱离生活的精英主义，倡导富有民主意识和人民精神的精英主义，才能真正做到扎根人民，不仅"身入"，而且"情入""心入"，从人民生活中汲取诗情，追求真善美，提升正能量。

关于拜金主义。文艺作为一种精神产品，必然会通过消费过程获得利润。这是理所当然和完全必要的。精神产品承担着为国家创造软实力和提高综合国力的职责。在确保文艺的文化思想质量的前提下，获取更大的文化利益，是正当的。非功利和纯审美的观点是行不通的，但同时，非纯美唯功利的观点也是不可取的。圣洁高雅的艺术，应当注意防止铜臭气。金钱是具有两面性的，既可以调动创作激情，也具有一定的腐蚀作用。作家、艺术家、评论家应当树立正确的金钱观、利益观、功利观、价值观，处理好文艺的审美属性和商品属性、社会效益和经济效益之间的关系，这对弘扬真善美、提升正能量是至关重要的。

关于崇洋媚外主义。我们应当是人类一切优秀文化遗产的批判继承者和发扬光大者。狭隘、封闭的民族主义会堵塞通向真理的道路。新时期和新世纪后，当代中国文论界有选择地承接和吸纳了西方现当代文论的有益滋养，使传统的中国文论产生了结构性的优化，得到了重塑和新变。这是值得充分肯定的。毋庸讳言，西方现当代文论中国化的过程中，也存在一些值得深入研究的问题。以后现代主义为主调的各式各样的非理性主义的文艺思潮和文艺观念，对作为发展中国家的当代中国来说，表现出明显的时空错位，并非完全适合当代中国的国情和文情。这些文论思想过于精英化和书斋化，脱离实际，脱离群众，多半停留于语言层面。这些社会文化思潮"化中国"的谋略和企图大大超越了"中国化"的改制和重塑。这些以反中心、反稳定、反权威、反统一、反深度、反价值、反理性为特征的所谓"片面的深刻的真理"，对提升人民的思想文化素质和推进现代化的历史进程，具有不可忽视的负面作用。因循守旧、故步自封是没有出路的。但崇洋媚外，唯西方马首是瞻，丧失文论的独立性和话语权，将会危及中国文化的魂魄。有志气、有骨气的中国当代的作家、艺术家、评论家、理论家，应当更加尊重和珍惜中国经验和中国精神，本着"以我为主"的原则，吸纳中西文论的精华，交汇融通，优化组合，择善而从，推动中国特色的文学艺术和文艺理论的新发展。

关于历史虚无主义。中国革命和中国建设，是作为创造主体的千千万万的劳动人民通过伟大的社会实践取得的赫赫实绩，从根本上改变了中国的面貌，具有划时代和里程碑式的意义。中国的革命史和改革史理应得到尊重和敬畏。作家、艺术家、评论家、理论家遏制和反对历史虚无主义时应当注意以下两种倾向。

从历时态的意义上说，应当防止和克服宣扬"向后看"的历史观，防止用过时的旧历史的"实"来"虚"掉革命和建设的新历史。现代化的历史进程必然取代封建宗法制社会的历史结构和文化思想结构，这是不可抗拒的历史潮流。一些受到现代主义、后现代主义、新历史主义社会文化思潮影响的小说，专门消解主流的历史和历史的主流。有的作品把革命过程中的阴暗描写得相当细腻、巧妙和精湛，很有文化底蕴和思想深度。但此类作品是颇有争议的。对此类作品的看法归纳起来，大体上表现为两种。一种看法认为革命即苦难，这种看法显然是不正确的。革命过程中有苦难，但革命不等于或不全是苦难。作家、艺术家表现革命历史时，应当把握住革命事业的主导性质。另一种看法认为这种描写实质上是"非革命化"或"去革命化"的。如果把此类描写视为对革命历史的"全称判断"，认定其为革命历史的"整体真实"，则是对革命历史的否定、消解和颠覆。

还应当防止和克服用阴暗面"虚化"和取代光明面的历史观。我们应当"虚"掉那些虚假的或黑暗的历史，但不能同时把那些本真的或光明的历史也一并"虚"掉。其实，历史虚无主义并不"虚"，它只是想"虚"掉和颠覆革命的光明面，"实化"和凸显革命的阴暗面，通过把"实"的"虚化"和"虚"的"实化"，加以改写和重构，表现革命活动所造成的苦难。作家、艺术家作为勇者和智者，以卓越的胆识揭露和批判革命过程中的阴暗面，吸取血和火的教训，指出通向胜利的坦途，完全是正当的义举。光荣而崇高的革命业绩是通过千千万万的英雄人物抛头颅、洒热血换来的。革命是改天换地的伟大事业。革命是人民的盛大节日，给广大劳动群众带来自由、幸福和解放。这是人民革命的基本的、重要的、主导的方面。当代中国的作家、艺术家、评论家、理论家应当树立和弘扬正确的革命史观，抵制和拒绝通过"虚历史化""非英雄化""去革命化"对革命历史、革命业绩和革命英雄人物进行颠覆性描写。革命英雄人物体现着我们的民族灵魂。革命英雄主义是中国人民战胜一切艰难险阻、赢得美好未来的法宝。当代中国的文学艺术应当唱响新时代革命英雄主义的主旋律。

第七章　文化主义文论学理系统

第一节　文学的文化内涵和功能

一、文学的文化内涵

文学是一种特殊的文化，属于文化大系统中的子系统。文化有广义和狭义之分。无论是何种意义的文化，文学都在其中占有重要的位置。文学的文化内涵是通过文学的形式表现出来的文化的性质、意义和价值。文学作为文化的载体，可以展现出一定历史条件下的精神文明、人文精神和时代精神。文学作为一种文化，其文化属性和文化内涵通常通过文化符号表现出来。文学是一个世界，这个世界折射着文化世界，文化世界则反映和表现着人类世界。文学世界、文化世界和人类世界，同样博大精深、源远流长。

文学的主客体，严格地说，不是一般意义上的主客体，而是对象化的主客体。对象化需要文化化。进一步说，对象化的主客体是具有文化意味的主客体，文学客体实质上是文化化的文学客体，文学主体实质上是文化化的文学主体。具有文化品位的文学作品是具有文化属性的文学主客体交互作用的产物。

对于文化客体和创作对象来说，文学的文化内容是多维的，也可以说是包罗万象的。名目繁多的各种文化都可以作为文学表现的对象，如历史文化、人文文化、经济文化、政治文化、法制文化、宗教文化、生态文化、精英文化和大众文化、高雅文化和通俗文化，都可以通过创作过程反映到各种文学样式和艺术部类的作品之中。

对于作为文化主体的作家来说，文艺工作者都是文化人。他们的思想素质、文化结构和文化兴趣对选择表现对象具有制约作用。康德把人的精神世界划分为"知、情、意"三维结构。以这种思想文化结构为标准来衡量中国当代的文学大师"鲁、郭、茅"，可以大体上觉察到：茅盾以"知"为主，兼有"情、意"；郭沫若以"情"为主，兼有"知、意"；鲁迅则将"知、情、意"完美融合。鲁迅是最清醒的现实主义者。他对旧中国的认知最为深透，情感炽烈、爱憎分明，且有坚贞不屈、坚忍不拔的钢铁意志。鲁迅的骨头是最硬的，没有奴颜媚骨，卓然挺立，被誉为民族魂，标识和体现出中国最宝贵的文化人格。"鲁、郭、茅"的思想结构和文化人格特征必然会反映到他们的创作和作品中。

从文化客体和文化主体交互作用产生的文化产品来看，文艺作品表现和反映出来的现实生活和历史生活，实质上是一个被文化化了的世界。中国古典小说"四大名著"，即《红楼梦》《三国演义》《水浒传》《西游记》，都描绘了风云变幻、绚丽多彩、神奇诡谲的世界，有着深邃的文化意蕴。

《红楼梦》作为雅文学的代表，不仅表现了宗法制国家兴亡的历史文化，而且表现了普通民众的日常生活文化，如经济文化、交际文化、家庭伦理文化、婚姻爱情文化、诗词文化等。"荣国府"已经败落到既不能"荣国"也不能"荣府"的惨境，即便是有凤姐这样精明强干的出色的高级管家，也于事无补、无力回天。情投意合的贾宝玉和林黛玉作为宗法制仕途经济的叛逆者，是一对具有觉醒意识的典型人物。他们的爱情悲歌吟唱着人生的冷暖。宗法制社会并不尊重女性。书中辟出一个"大观园"这样的女儿的王国，"怡红院"是青年姑娘纵情愉悦的场所，那些清纯可爱、美丽风华、才华横溢的女孩儿们从嬉戏欢歌、"作诗斗诗"到"花落花飞"、香消玉殒，折射出世态的炎凉。《红楼梦》把历史悲剧、家族悲剧和个人悲剧融为一体，把宗族文化、家园文化和精神家园文化相连缀，并加以纵深细腻的描绘，最终登上了高雅文化的巅峰。这部醒世之作的最大历史价值、人文价值和文化价值是启发世人如何避免"悲剧的诞生"。

《三国演义》全景式地表现了忠义文化、政治文化、军事文化、外交文化、人才文化、智谋文化的演练和博弈，描绘了以曹操、刘备、孙权为领袖的三大政治军事集团为争夺天下发动并开展的战争。这些战争既是政治军事战争，同时也是文化战争。作者以大手笔全景式地把这些战争书写得大开大阖、大起大落、大悲大喜。战争局面博大宏伟、波澜壮阔、风谲云诡；各阵将士英姿飒爽、纵横捭阖、驰骋疆场；文人谋士雄韬伟略、才华盖世、出谋划策。经过拼争苦斗，三大领袖各取三分之一天下。三国演义是一场大智大勇的角逐。从政治文化、军事文化和人才文化综合观察，只要遵循历史发展的"合久必分，分久必合"的客观规律，有一个英明的领导集团，组成一个强大的文武兼备的军事文化团队，发挥创造精神，总会行必果、事必成。《三国演义》启示人们，人才政策和人才文化是成就伟业的关键。没有足智多谋的文化人才和英勇善战的军事人才，是不可能获得胜利和夺取天下的。命运多舛、"山穷水尽"的刘备集团"三顾茅庐"请出孔明后，才得以峰回路转、柳暗花明。可见人才对事业成败的重要性。诸葛亮是中华民族智慧的代表，是一个几乎被神化了的人世间的北斗星。尽管"借东风""空城计""草船借箭"等改写是作者对他的一种移花接木式的偏爱，但"隆中对""舌战群儒"则是对孔明雄韬伟略的真实写照。诸葛亮的历史功勋给后人以深刻的思想启示。他的"隆中对"体现了他尚未出山便知三分天下的宏观战略眼光。他的审时度势，他"联孙抗曹"的统一战线决策，以及他忠诚的信仰，"淡泊以明志，宁静以致远"的人格修养和道德操守，"鞠躬尽瘁，死而后已"的敬业境界和献身精神，遣将布阵的兵法，卓越过人的辩才，广博的学识和神机妙算，让人不由感叹他真乃旷古之奇才。当代中国，更需要像诸葛亮这样的人才和人才群体。

《水浒传》书写了一曲农民起义军的凯歌和悲歌。前半部分写官逼民反，众多英雄好汉被逼上梁山，造反有理；后半部分写归依朝廷，接受招安，投降遭殃。以现代意识审读这部奇书，至少可得出如下一些启示：从当权者的角度来看，无论是开明的好皇帝，还是昏庸的坏皇帝，为了求得社会的公平、稳定和发展，为了维护、巩固自己的统治，都必须有严格的吏治，对贪官污吏、恶官霸吏、狠官酷吏，特别是对大小衙内的仗势欺人、胡作非为加以限制或惩治，以免引起民愤和诱发威胁政权存续的社会危机。从起义者的角度来看，绝不要半途而废，以致前功尽弃，而应当把义旗高举到底，不要听信劝降者的甜言蜜语，切莫走回头路，不可与奸臣当道的朝廷合作。《水浒传》深刻描写了"忠"与"义"的矛盾：前半部分表现聚义叛逆，"以义去忠"，经过梁山兄弟的艰苦奋斗和浴血奋战，正义的事业生机蓬勃、发达兴旺；后半部分，正值巅峰时刻，梁山泊的政局却风云突变，义军首领接受招安，一心想归顺朝廷，把"聚义厅"改为"忠义堂"，从此改辕易辙，效忠皇帝，充当朝廷的鹰犬。正如鲁迅所指出的："一部《水浒》，说得很分明：因为不反对天子，所以大军一到，便受招安，替国家打别的强盗——不'替天行道'的强盗去了。终于是奴才。"① 宋江妄想以义效忠、忠义两全，实质上是"以忠去义"。堡垒是最容易从内部攻破的，在梁山，宋江作为朝廷的代理人起到了高俅所不能起的作用，因而应当严防"内奸""叛徒""投降派"的出现。一把手的政治文化路线是何等重要，一个领导者的政治文化路线将决定一个集团或团队的命运，宋江作为梁山好汉的领导者，他的决定关涉到起义军的兴衰胜败和生死存亡。领导集团的性质变了，立即江山易帜、山河变色。这是《水浒传》从政治文化视域留给人们的必须警惕和铭记的惨痛的历史教训。

《西游记》把我们带进了一个神魔鬼怪的世界。小说的主题是信仰问题，即文化信仰和宗教信仰问题。《西游记》以唐代玄奘法师受命赴印取经的真实事件为依托，演绎出唐僧师徒团结一心、坚忍不拔、共历磨难的惊险故事。这部小说给中国当代人的启迪是为了追求信仰、获取真经，必须具有出生入死的献身精神。唐僧等人的行为源于信仰、忠于信仰、为了信仰。对他们来说，信仰统摄一切、高于一切、压倒一切，信仰至上，真经至伟。为了取得真经，需要组织一个精诚团结的小分队。书中塑造了取经人的护法神"齐天大圣"孙悟空这个"超人"形象。信仰是需要武力来保卫的。孙悟空忠心耿耿、武功盖世、英气冲天，以他的超卓的本领，一路披荆斩棘、降妖伏魔，他的能腾空而飞的身躯和他的能识破人间一切邪恶的"火眼金睛"，以及他的威力无穷的"金箍棒"，相当于当代的洲际导弹、超级雷达等尖端武器。为了取得真经，需要请求帮助，请求天神的支持，佛祖、观音都在危难之时伸出援手。妖魔多为上界神物下凡而成，在人世间兴妖作怪，成为唐僧师徒取经路上的拦路虎。问题在人间，根源在天宫。当大圣告到天庭时，神仙们便把它们收服回去。为了取得真经，需

---

① 鲁迅. 鲁迅全集：第 4 卷. 北京：人民文学出版社，1981：155.

要坚强的意志、牢固的信念和共患难的献身精神。这是至关重要的。唐僧心如铁石，不为权力、金钱、财富和女色所动，超常地、隐忍地承受着不断袭来的生死考验。成功是从苦难的磨砺中酿出的甜美果实。伟大的事业必然要经历千辛万苦。没有信仰或失去信仰将一事无成或功败垂成。信仰是中华民族的灵魂，只有秉持虔诚的信仰和坚定的意志，才能修成正果，取得真经。

中国当代小说中，着意从文化视角表现农村生活的，当推《白鹿原》。该书作者非常熟悉农民的生活，以深切灵性的艺术体验、一流的艺术描绘和老到精当、多姿多彩、感人肺腑的笔触，书写了封建宗法制社会中人们的挣扎和所遭受的动荡和苦难。书中的主人公白嘉轩实质上是白鹿精灵的化身，正统儒家思想的代表。应当承认，在中国大地上，由于传统的儒家思想的濡染、弥漫和主宰，像白鹿原那样的村落和白嘉轩那样的个人确实是存在的。这是毋庸置疑的。

小说以氏族斗争为主线，描写白、鹿两家的明争暗斗。这种氏族斗争实质上也是阶级斗争的一种表现形式。作者一改传统的文学观念和表现手法，用氏族斗争蕴含和引领阶级斗争。作为族长的白嘉轩是传统的儒家文化的代表。他心地纯正、率先垂范、尊仁重义，恪守体现儒家教化思想的乡约村规，执法公正、家教严谨、体恤族民，是封建宗法制社会的一个理想人物和领军人物。被美化了的朱先生是白鹿原上诸葛亮式的智星，而冷先生则是白鹿原上华佗式的神医。《白鹿原》对阶级社会的阶级矛盾和阶级斗争进行了大胆的消解性和颠覆性描写。白嘉轩和长工鹿三本是主仆关系，这种主仆关系在旧社会绝大多数情况下表现为不同程度的剥削和被剥削、压迫和被压迫的阶级关系。《白鹿原》运用逆向的思维方式，把这种主仆关系写成一种以仁、爱、义结成的亲缘性的莫逆之交。长工鹿三安于仆人身份，恪守劳资界限，毫无非分之想，对白嘉轩恭顺有加，把东家视为靠山，享有生活的安全感、舒适感和幸福感。白嘉轩把鹿三视为虽不在编却不可或缺的家庭成员。白嘉轩从来没有摆出贵族老爷的气派，而总是表现出善待仆人的谦逊。他们之间以兄弟相称，客气周到。白嘉轩资助和操办了鹿三父子两代人的婚姻。他的三子孝义因生理缺陷不能生育，白嘉轩不介意血统差异，竟然"借"长工鹿三次子兔娃的"种"以"传宗接代"，随后又给兔娃完婚，盖房赐地，帮其成家立业。鹿三的长子黑娃被捕后，白嘉轩尽弃前嫌，以恩报仇，以德报怨，设法搭救打断了自己腰的罪人。《白鹿原》中存在着一些不分主仆、互为主仆的艺术描写。如白嘉轩请鹿三议事，把他让坐在祖传的太师椅上；白嘉轩情愿与鹿三同睡在又脏又乱、又酸又臭的"马号"里；闹饥荒时，白嘉轩让儿子把从远山背回来的粮食送给鹿三，并表示即便是到了要饭的地步，也望生死与共，愿与鹿三搭伴而行。天下哪里有这般好的地主老爷！被誉为"原上最好的长工"的鹿三本是需要改变命运的人，却有极其自觉、渗入骨髓的奴隶意识。他受封建道德恶习的驱使，竟然把儿媳田小娥一刀杀死。他对道貌岸然的主人那样温顺，却对可怜的弱女子这般凶残。

评论《白鹿原》，不禁使我们想到红色经典歌剧《白毛女》。两相比较，暴露出尖锐的理论冲突。《白毛女》表现出的恶霸地主黄世仁和佃农杨白劳的关系是残酷的剥削和被剥削、压迫和被压迫的关系。杨白劳无钱还债被逼死，喜儿抵债被掠无奈逃向荒山。黄世仁等地主为富不仁，使杨白劳们生活趋于赤贫、死于非命。现实生活中，被艺术典型化了的像黄世仁那样的坏地主和被艺术典型化了的像白嘉轩那样的好地主都是存在的。但这两种极端形态的地主的数量并不是很多。这里产生了一个重大的理论问题，即艺术描写的真实性和合理性问题。地主与农民的关系究竟是剥削关系，还是合作关系，抑或是既合作又剥削的关系？事物的主要矛盾和主要矛盾的主要方面决定事物的本质。应当说，地主和农民的关系的基本的、重要的、大量的、主导的方面表现为不同程度的压迫和被压迫、剥削和被剥削的关系。这种关系的现实存在，正是土地革命、农民运动和人民解放的根源所在。《白鹿原》反映的特殊的局部真实性可视为对整体普遍的真实性的补充。如果把《白鹿原》所描写的社会文化结构不适度地加以夸大，说成是中国农村社会整体普遍的真实性，则是对阶级矛盾和阶级斗争学说的消解和颠覆。

尽管《白鹿原》的艺术描写是精湛的、一流的，但这部作品的历史观是值得商榷的。在朱先生和白嘉轩看来，历史事件和阶级斗争都只不过是翻来翻去烙饼的"鏊子"。这种比喻显然是受到了"历史循环论"的影响。历史发展过程中，有时确实存在"三十年河东，三十年河西"的现象。但从总的趋势上来看，历史是进步的，时代是向前的。任何曲折，包括倒退，都不能视为简单的重复。特别是朱先生，这个脱凡入仙的圣人，对日寇入侵表现出壮怀激烈的抗战决心和坚贞不屈的民族气节，但对国共两党的斗争却持超然世外的清高冷漠的态度，把这种斗争讥为"窝里咬"，认为其没有什么正义和真理可言，看不到农民革命的必然性、合理性，看不到农民作为革命动力的主动性、积极性和创造性，看不到历史变革的光明面，感受不到人民革命给贫苦农民群众带来的自由、幸福和解放。这部小说中的一些情节迷恋封建宗法制田园公社的传统古老的生活方式，没有理解这种从整体上已经失去了历史的合理性和进步性的宗法制田园生活方式必然被现代化历史过程取代的发展趋势。在中国当代文学历史题材的文艺创作中树立正确的历史观，是一个重要的问题。

二、文学的文化功能

（一）优化文学的文化品位

强化和优化文学的文化品位是非常重要的。文学作为文化的一个组成部分，其中的文化方向、文化特性、文化底蕴、文化格调、文化趣味对提升文学的文化内涵不可或缺。文化哺育着文学，文学滋养着文化。文化水准、文化质量对提升文学的文化境界至关重要。没有文化品位的"劣文化"和"丑文化"是有害的。对于"反文化"的创作和作品，应当进行具体分析，主要看"反文化"的内容，考察它"反"的是什么样的"文化"。文化贵在建设，只要是有益于精神文明建设的"文化"，原则上都应当对其采取支持和包容的态度。

世界上的文学大师，实际上都是文化思想的大家。说起伟大的文化思想家，当推鲁迅先生。鲁迅先生是 20 世纪的文化巨人，是中国的民族魂和硬骨头。他生活和战斗在风雨如磐的黑暗旧中国，是忠贞不渝的爱国者。他是茫茫黑夜中高擎火炬、拯救中国的探索者和领路人。鲁迅的文艺思想和文艺创作的文化品位具有如下鲜明的特点。

第一，多层面的广阔性。首先，表现为体裁的多样性。鲁迅在小说、散文、杂文、美术、各类诗作、名著译介、古籍校勘和现代学术研究等领域都做出了巨大贡献。其次，他作为中国现代文学的伟大奠基者，以全新的文化内容和文学形式，"显示了文学革命的实绩"；他的创作和作品几乎全方位地反映了中国社会结构的全部文化风貌，如政治文化、法律文化、宗教文化、道德文化、哲学文化，乃至社会心理文化、民族习性文化、民风民俗文化、婚姻伦理文化……从文化视域对他所处时代的现实生活进行了百科全书式的描绘。再次，鲁迅被视为中国现代小说之父，通过文学创作和文学作品为中国现代文学的艺术殿堂塑造了反映不同文化内涵的多姿多彩、栩栩如生的典型形象，如阿 Q、闰土、祥林嫂、吕纬甫、子君、孔乙己、四铭等。最后，鲁迅作为翻译家，翻译了大量的外国文学作品、自然科学著作，为开启民智、引入外域的科学文化思想做出了卓越且不可磨灭的贡献。可见，鲁迅作为一个文化思想的耕耘者和外域文化思想的"窃火者"，为中国的救亡图存提供了丰富的、先进的、宝贵的文化思想和理论资源。

第二，极为透辟的深刻性。鲁迅的作品不仅从广度上拓展了中国现代生活的方方面面，而且从深度上开掘了中国现代生活的底蕴，从而全方位地反映了中国现代生活的深层次的文化内涵。他对旧中国旧文化本质的揭露和批判达到了摄魂勾魄、敲骨吸髓的深刻程度。

首先，鲁迅作为 20 世纪的文化巨人揭示了中国旧文化的深刻本质。中国旧文化尽管具有宜人、光明的一面，但延续到清朝晚期时已经异化为畸形、病态、极端专制的压迫人的工具。这种孱弱而又残暴的文化已经不可救药了。作为中国现代小说开山之作的《狂人日记》塑造了一个狂人形象。这个狂人表面上作疯癫状，实质上却是一个清醒、睿智的现实主义者。他质疑世代相袭的旧文化："从来如此，便对么?"这位狂人道出了中国传统仁义道德的治人功能和"吃人"本质："我翻开历史一查，这历史没有年代，歪歪斜斜的每叶上都写着'仁义道德'几个字。我横竖睡不着，仔细看了半夜，才从字缝里看出字来，满本都写着两个字是'吃人'!"[1]

其次，鲁迅洞察了旧中国的国民性，揭示出中国病态的传统文化所熏染出来的民族的劣根性。他的著名小说《阿 Q 正传》表现了病态文化氛围笼罩下的中国人的生态和命运，指出这类文化诱发了中国人的精神病变。这部小说以辛亥革命前后的社会为背景，通过对雇农阿 Q 被反动势力杀害的悲剧，揭示了当时的阶级矛盾，对阿 Q 饱受欺凌与摧残的不幸遭遇寄予同情。"哀其不幸，怒其不争。"小说通过对阿 Q 精神胜利法的批判，力图唤醒农民，促使他们起来革命。可怜又可悲的阿 Q，因莫须有的罪名要被杀头了，他本人却浑然不觉，还用心把那个送命的圈画圆，如

---

[1] 鲁迅. 鲁迅全集：第 1 卷. 北京：人民文学出版社，1981：12.

此这般的麻木昏昧，令人冷噤和战栗；他已经失去了尊严，还要凌辱弱者，强求"爱"和"摸"的权力；已经是个屠头，还要表现强横和霸气；已经失去了往日的荣耀和曾经有过的辉煌，成为落魄的下人，却高喊"我祖宗比你们阔多了"，用过去的富有和强势掩盖今天的穷酸和屠弱；已经没有维护自身尊严的力量，却吟唱"手执钢鞭将你打"，用虚假的精神上的胜利来遮蔽和消解现实生活中屡屡的失败……这种阿Q精神高度概括了国民的劣根性，而且这种精神畸形的普遍性，使人们联想到晚清王朝割地赔款、签字画押时奴颜婢膝的丑态，揭示出昏庸的统治者对列强的奴性和对国民的霸性畸形混合的精神病变。

最后，鲁迅先生彻骨地揭露出中国晚清社会腐烂变质的吃人本质。他说整个中国像个"大染缸"和"黑屋子"，无声而又黑暗，没有一点生机。人们的生活被病态文化压抑着，所谓"软刀子割头不觉死"，令人窒息。鲁迅先生为了寻求光明，呼吁"打开黑暗的闸门"。但他体会到，变革现实是十分艰难的。"中国大约太古老了，社会上事无大小，都要恶劣不堪，像一只黑色的染缸，无论加进什么新东西，都要变成漆黑。可是除了再想法子来改革之外，也再没有别的路。"①

第三，洋溢着战斗激情的批判性。鲁迅作为现代中国的民族魂，具有强烈的怀疑精神和批判精神。他的著述的深刻性是通过发挥他的怀疑精神和批判精神表现出来的。鲁迅不畏强暴，展示出一个正直的斗士的姿态和气概。他的思想的深刻性主要是通过对以儒学为主流的传统文化的批判凸显出来的。鲁迅作为新文化运动的旗手和主将，以犀利而锋锐无比的笔锋，深刻揭露和无情批判了以变态的儒家学说为主流的没落了的中国传统文化。鲁迅是中国的一代伟人。他正直高尚的人格和光辉灿烂的业绩得到

---

① 鲁迅. 鲁迅全集：第9卷. 北京：人民文学出版社，1993：18.

了世界各国名人的高度评价，有的称鲁迅为"中国的高尔基"，有的认为"鲁迅是现代中国国民文化之母"。毛泽东对鲁迅有极其崇高的评价："鲁迅是中国文化革命的主将，他不但是伟大的文学家，而且是伟大的思想家和伟大的革命家。鲁迅的骨头是最硬的，他没有丝毫的奴颜和媚骨，这是殖民地半殖民地人民最可宝贵的性格。鲁迅是在文化战线上，代表全民族的大多数，向着敌人冲锋陷阵的最正确、最勇敢、最坚决、最忠实、最热忱的空前的民族英雄。"①

（二）提升人的文化素质

文学是人学。文学是作为创作主体的人写的；是写人的，把人作为主要的表现对象；是写给人看的，看的人是作为接受主体的读者。人的文化素质包含以下三个方面：作为创作主体的人——作家的文化素质；作为表现对象的人物的文化素质；作为接受主体的人，即广大读者的文化素质。这三个方面是密切联系的，其中提升作为创作主体的作家的文化素质最为关键。只有优秀的作家，才能写出精品力作，才能把最好的精神食粮奉献给作为读者的广大人民群众。

文学的创作主体，应当是具有高文化素质、文化涵养和文化境界的人。

作家理应自觉地树立敬重和热爱人民的思想感情，把服务人民视为神圣的天职。教育者必须先受教育，先当人民的学生，再当群众的先生。作家应当是一个时代的先进文化思想的先行者和引领者，是文化的启蒙者和授道者，是人民中间的智者和贤人。他们承担着提升人的文化素质的崇高使命，应是"德艺双馨"的"人类灵魂的工程师"。

---

① 毛泽东. 毛泽东选集：第 2 卷 . 2 版 . 北京：人民出版社，1991：698.

从表现对象来说，作家所选择的描写对象和所塑造的人物形象应当是蕴藏文化内涵的艺术典型，至少包含和体现着先进的文化元素。文艺不仅应当塑造各式各样的人物，从不同层面表现文化的价值取向，更应当表现先进的英雄模范人物。因为只有表现先进的英雄模范人物，才能更加充分地从正面凸显先进的文化思想。先进的英雄模范人物作为先进文化思想的主体、载体和授体，一定会产生积极、强烈的正面影响，有利于增强艺术效果的有效性和正能量。

从接受主体来说，作为读者和受众的广大人民群众，通过欣赏具有先进文化思想内涵的文艺作品来提升自己的文化思想素质和滋养自己的精神世界。艺术精品对熏陶、净化、改制、重塑、升华人们的灵魂具有不可忽视的作用。人创造文艺作品，文艺作品反过来也塑造人。革命战争年代，有多少有志青年，因受到革命的文艺作品的影响，慷慨悲歌，投身革命，走向战场。文艺创作塑造新人形象，有助于培养和造就现实生活中的社会主义的一代新人。通过艺术作品把现实生活中的雷锋、王进喜、焦裕禄等英雄模范人物表现出来，培根铸魂，为实现中华民族伟大复兴造就和输送创业者与生力军，这是社会主义文学艺术不可推诿的历史使命。

第二节　文学的文化研究和批评

一、文学的文化研究

文学艺术是一种文化，不论从广义上还是从狭义上说，都是如此。特别是一些具有划时代意义的作品，往往具有社会转型和历史变革过程中的文化特征，从中可以看出一个时代和这个时代的文化标志。恩格斯曾在《共产党宣言》（意大利版序言）中指出，意大利人但丁是"封建的中世纪的终结和现代资本主义纪元的开端", 以这位大人物为标志, 可以使人感受到一个变革时代的社会风貌, "他是中世纪的最后一位诗人, 同时又是新时代的最初一位诗人"①。恩格斯的评价准确地表明但丁及其创作具有跨时代的意义。文艺是映照文化的镜子和了解文化的窗口。文学艺术最能集中地、充分地、形象地、多姿多彩地表现所属时代的文化。理论家和评论家们总是将一个时代的文化镜面作为观察社会的显微镜和望远镜, 来窥探那个时代的现实生活的整体风貌。

对文学艺术的文化研究是非常必要的和重要的。这里, 不禁让人想起学者们对文艺复兴的文学艺术的文化研究。这种全方位和全过程的文化研究取得了赫赫实绩, 为当代学者提供了范例。对文艺复兴的文化研究是全面而深入的。不同观点思路开阔, 各显风采, 百家争鸣, 标示出各式各样的参照系统, 给人以宝贵的思想启示。以探讨文艺复兴的起源而论, 学者们发表了一些具有代表性的观点。有的从经济方面探讨文艺复兴的产生。西欧各国封建社会母胎中先后产生的资本主义的社会关系和生产关系为了给自己的发展扫清道路、取得经济上的主导地位, 首先扫荡神学统治和封建主义意识形态。文艺复兴是以资本主义生产关系为基础的。文艺复兴最早发端于意大利的佛罗伦萨绝非偶然, 因为此地工业发达, 商业贸易规模宏大, 为催生和发展资本主义新文化提供了充分的物质基础。有的学者从政治方面考察了文艺复兴的起因。意大利之所以成为文艺复兴的摇篮, 是由于某些城市政权的支持。当时的执政者推动佛罗伦萨进入了黄金时代, 使佛罗伦萨的文化达到最高峰。出于统治的需要, 执政者重用人文主义者, 这对推动文艺复兴运动发挥了积极作用。有的学者从文化方面研究文艺复兴的起源。意大利一直是古罗马文化的中心, 传承了古代文化, 在文

---

① 马克思, 恩格斯. 马克思恩格斯选集: 第1卷. 3版. 北京: 人民出版社, 2012: 397.

化方面优于西欧各国，拥有丰富的古典藏书和完备的图书馆系统，促进了文化的世俗化和开放性，加速了物质生产和消费的文化转型，这些成为意大利作为文艺复兴起源地的重要原因。

随着文化研究视野的拓展，各学科之间的联系越来越紧密。学者们对历史现象的考察变得多角度、多层次，越来越从微观和宏观相结合的视域进行历史阐释和文化解读。经过长期研究，学界对文艺复兴的起源基本上取得了比较一致的看法，即认同文艺复兴是政治、经济和文化等多方面因素交互作用的产物。马克思、恩格斯解析文艺复兴的起源时，指出了几个非常重要的动因，即古代文化和现实生活的影响、必要的教育、社会历史条件和时代发展的需要。就古代文化和现实生活的影响而论，马克思、恩格斯对文艺复兴时期的大师，如佛罗伦萨派的达·芬奇、罗马派的拉斐尔、威尼斯派的提戚安诺①分别进行了具体的比较分析，指出"拉斐尔的艺术作品在很大程度上同当时在佛罗伦萨影响下形成的罗马繁荣有关，而列奥纳多②的作品则受到佛罗伦萨的环境的影响很深，提戚安诺的作品则受到全然不同的威尼斯的发展情况的影响很深"③。就必要的教育和社会历史条件而论，马克思、恩格斯认为"和其他任何一个艺术家一样，拉斐尔也受到他以前的艺术所达到的技术成就、社会组织、当地的分工以及与当地有交往的世界各国的分工等条件的制约"，拉斐尔之所以能够成为艺术天才，"完全取决于需要，而这种需要又取决于分工以及由分工产生的人们所受教育的条件"④，社会历史条件是首要因素。从时代发展的需要而论，马克思、恩格斯非常明确地说，这"完全取决于需要"。因为文艺复兴所体现的历史转型，正如恩格斯所指出的，"这是人类以往从来没有

---

① 又译"提香"。——引者注
② 即达·芬奇。——引者注
③④ 马克思，恩格斯. 马克思恩格斯全集：第3卷. 北京：人民出版社，1960：459.

经历过的一次最伟大的、进步的变革，是一个需要巨人并且产生了巨人的时代，那是一些在思维能力、激情和性格方面，在多才多艺和学识渊博方面的巨人"①。意大利的文艺复兴，除了内部和外部的政治经济因素的推动，古希腊精美绝伦的艺术杰作也起到了极其重要的作用，正如恩格斯所描述的："拜占庭灭亡时抢救出来的手稿，罗马废墟中发掘出来的古代雕像，在惊讶的西方面前展示了一个新世界——希腊古代；在它的光辉的形象面前，中世纪的幽灵消逝了；意大利出现了出人意料的艺术繁荣。"②

研究意大利的文艺复兴，有助于促进当代中国的"文艺复兴"。无论从理论还是从实践方面说，当代中国都已经具备了文艺复兴的条件。当代中国处于时代变革和历史转型时期，实现民族复兴的伟大目标呼唤着大师级人物的产生。借用恩格斯的话来说，这同样是"需要巨人"的时代。由于中国传统文化的传承和优化，由于世界先进文化的互动和融通，由于分工的精细和合作，由于现实生活中改天换地的伟大实践的鼓舞和激发，当代中国出现文艺复兴的社会历史条件趋于成熟。我们热切地期待着。

如果说传统的文化研究主要是或侧重于对处于主流地位的、郑重的雅文化的研究，到了 20 世纪 60 年代则发生了标志性的历史性变化——大众文化研究勃兴。1964 年在英国伯明翰大学成立的当代文化研究中心，对社会文化进行了富有特色的广泛的研究。这个研究机构的奠基人是理查德·霍加特，核心人物是雷蒙·威廉斯，还有重要成员爱德华·汤普森、斯图亚特·霍尔等。这是一些具有平民精神的知识分子。他们以大众文化为中心，追求大众的文化需要和文化权益，开一代先风，使大众文化研究成为影响和风靡世界的学术思潮，同时也形成了伯明翰学派。这个学术团队带有鲜明的左翼色彩。他们的学术立场是站在工人大众一面的。这显然

---

① 马克思，恩格斯. 马克思恩格斯选集：第 3 卷 .3 版 . 北京：人民出版社，2012：847.
② 同①846.

和这些成员的政治背景相关，他们有的出身于工人，或来自英属殖民地的第三世界国家。其中还有所谓"新左派"。他们认为只强调经济因素的"生产力论"无法解释资本主义后期的权力和文化与意识形态、消费资本主义对工人阶级的文化影响。他们不再注重从政治和经济入手进行社会改造，倡导从经济唯物主义转向文化唯物主义研究，抵制资本主义社会的主导思想。尽管强调文化研究是正确的，但不应把文化研究与经济研究割裂和对立起来。从与经济研究的关联中进行文化研究，才能取得更加有效的成果。

应当说，英国伯明翰大学当代文化研究中心对文化，特别是对大众文化的研究是有突出贡献的。这个学派的主要特点是：（1）把文化理解为"人类生活的全部方式"，即文化是物质、知识与精神所构成的生活整体。这个定义淡化了主流文学，抑制了文化精英主义，对传统文化不屑一顾，把包括电视图像在内的大众文化纳入研究领域。（2）打破精英文化和平民文化、高雅文化和低俗文化之间的界限，表现出去精英化、去高雅化、去经典化、去中心化、去神圣化的倾向，把所有的文化视为一个共同体。（3）号召工人阶级对霸权文化进行反抗。一位巴基斯坦学者强调文化实践和权力的关系，揭露了权力对文化实践的影响，持激进的文化批判立场，对社会进行政治批评和道德批评，企图借此改变不合理的社会结构。（4）主张跨学科的研究方法，打破传统学科分类的界限，把大众文化作为一种有意义的生产，从文学、文化学、大众传媒学、社会学、历史学和人类学的融合方面进行宏观的综合研究。

我们可以通过伯明翰学派与法兰克福学派的不同的文化研究的对比分析，进一步说明以英国伯明翰大学为主体的当代文化研究学派的主要特征。

在对大众媒体的看法上，法兰克福学派从文化精英的价值诉求出发，对大众媒体文化表现出清高和蔑视的态度，存在着固执的偏见，认为大众文化只能体现统治阶级的意志，是资产阶级使人发生异化和物化的工具，是失去了艺术灵魂的苍白的审美手段，只能是一种"无望的救赎"。总而言之，法兰克福学派表现出一种消极悲观的论调。而伯明翰学派则以比较开放和积极的态度，抵制文化工业的机制，虽然同样意识到意识形态的干预，但认识到了大众媒体作为一种大众文化具有相对的独立性，拒绝精英文化，重视边缘文化，使文化研究从学院书斋走向普通人的日常生活。

大众文化是表达大众的心理和意愿，表达工人的不满和反抗意识的重要渠道。就作为受众的工人阶级的看法而论，法兰克福学派多半只看到受众被压抑、被愚弄的消极方面，认为国家主义、主流意识形态、资本力量已经用"文化工业"取代了"大众文化"，发挥对媒介的"收编功能"，使其灌输统治阶级意识，具有隐蔽的欺骗性，是当权者用来麻醉人们的鸦片，这些做法使大众成为"文化工业"的附庸和奴隶。应当说，工人阶级革命意志的衰退，不完全是由于官方媒介的训导，更主要是因为现实生活中的传统工人阶级正在消失，相当部分变成了中产阶级。官方媒介确实会从政治上对大众进行压迫，但也不能不从经济利益出发，考虑如何迎合受众的文化需要和文化趣味，获取更大的文化资本。法兰克福学派的学者们对这些新时代出现的新情况缺乏全面的分析。有的左翼学者指出，转型了的"公共领域"正在承受着"权力意识形态"和"资本意识形态"的双重夹击。还有人主张用"亚文化工业"的生产方式，对主流媒介所表现出来的意识形态进行改造、消解和颠覆，对主流媒体文化进行反抗。客观地说，大众文化领域确实存在着"为了谁的利益"而角逐，即收编和反收编、压抑和反压抑、控制和反控制、征服和反征服的较量。与法兰克福学派相反，伯明翰学派没有把大众视为傀儡文化的主角和被控制的臣民，而认为作为受众的工人阶级是大众媒介中主动的积极力量，应当摆脱精英知识分子的固执的偏见，反对国家权力意识形态和资本意识形态对大众文化的控制；他们站在民间立场，鼓动工人阶级为了自身的利益参与"大众文化"实践，成为一种强大的社会解放和文化解放的资源和动力；受众应当通过文本解码，拒绝主流意识形态的污染，发现和创立自身的意义，通过与大众文化生产的互动，发扬批判精神。关注大众文化和权力、意识形态的关系，始终是一个热点问题。葛兰西提出著名的文化霸权理论，主张无产阶级的任务是全面彻底地破除统治阶级的文化霸权，夺取市民社会的文化领导权。然而真正实现这个鲜明的政治目标是十分艰巨的。因为，不掌握政治权力，是不可能轻而易举地拥有文化权力的。葛兰西的这个思想击中了要害，对启发工人阶级重视文化权力问题，具有重要的指导性意义。

大众文化和大众文化理论的崛起，重新引起了人们对高雅文化和低俗文化、精英文化和大众文化、主流文化和非主流文化之间关系的思考。实际上这两类文化都是重要的。从总体上说，它们之间有对立的一面，也有互补互动、同存共生的一面。高雅的、经典的、精英的、主流的文化往往是一个国家和民族的文化精神的代表和标志。民间的大众文化也是不可或缺的。如今已经进入了电子媒介时代，以声色图像为媒介的大众文化的发展势不可挡、日新月异。不同时代的文化学者们都就经典文化和大众文化的研究取得了历史性的、多方面的、有价值的成果。这些对经典文化和大众文化的研究理论构成了人类对文化的品种、样式、性质和功能的全面性认知，值得珍惜和爱护。用民间的大众文化去精英的经典文化，或用精英的经典文化去民间的大众文化都是不妥当的，也是行不通的。应当防止和克服以下两种极端化的倾向：一是经典文化鄙视大众文化，滑向精英主义；二是大众文化消解和颠覆经典文化，陷入低俗化、鄙俗化、媚俗化、劣俗化和恶俗化。只要是健康的、清新的、益人的、合理的、先进的文化，都是人和社会所需要的。

二、文学的文化批评

文学的文化批评是建立在文学的文化研究基础之上的。有研究的批评才是有说服力的。文化研究实质上是追求一种文化观念，即对文化的基本见解。而文化批评实质上是文化观念的运动，是实践着的文化观念，即文化观念在批评层面书写活动的展开。没有文化研究的文化批评是盲的，摈弃文化批评的文化研究是空的，文化研究和文化批评两者密不可分。文化研究家和文化批评家应当把两者视为文化工作的同一件事情和同一个过程，尽可能地把文化研究和文化批评有机地结合起来。如果说，文化研究是侧重于从文学看文化，那么，文化批评则是侧重于从文化看文学。

对文学传统的文化批评，有社会历史文化批评、人学文化批评、政治文化批评、道德文化批评、审美文化批评、文本文化批评等。现当代西方，除法兰克福学派的社会文化批评和英国伯明翰文化批评外，具有代表性的、影响比较大的文化批评大体上有以下几类。

（一）人类学文化批评

19 世纪的欧洲，出现了人类学文化批评。创始者是英国的爱德华·泰勒，被称为"人类学之父"。另一个领军人物詹姆斯·弗雷泽做出了重大贡献，不仅有理论著述，而且创作了代表性作品《金枝》，产生了深远的影响。人类学文化批评并不强调文学艺术中的审美因素，并不注重审美，而专志从人类学的理论出发，研究和评论作品所体现出来的人类生活中那些共同性和普遍性的文化因子。文化人类学强调文化的多样性、相对性，注重经验实证，通过整体性的、宏观的跨文化比较研究进行文化批判。人类学将人作为直接的研究对象。人既有自然属性，又有社会属性。与研究人种、身体、遗传、生理的自然人类学不同，文化人类学是从文化角度研究人类的种种行为，包括文化的起源和演变、不同民族和地区之间的文化差异，探索人类文化的性质、功能和发展规律。文化人类学蕴含考古学、语言学和民族学，以种族、殖民、女权、风俗、文化、语言、婚姻家庭、亲属关系、宗教、巫术、原始艺术为研究对象。其中，以博厄斯为代表的文化历史学派比较接近马克思主义。马克思主义认为一切文化，包括政治文化、法律文化和意识形态，都是由经济基础和生产方式决定的上层建筑。因此，文化人类学对各种人类文化的研究，应当和人类社会发展的历史条件结合起来。以美国人类学家哈里斯为代表的文化唯物主义只从文化角度考察对社会历史的作用。这种文化唯物主义似乎把文化思想和社会存在的关系颠倒了。文化人类学尽管还是一个不够成熟的新兴学科，但影响力越来越大。这种文化思潮的批判锋芒主要指向民族霸权主义和极端种族主义，总的思想倾向是进步的。文化人类学对人类文化的基本的、共同的、多样的文化现象的研究，淡化和躲避了马克思主义对经济、政治和阶级的研究，但补充、丰富和深化了马克思主义所忽视的文化方面，对马克思主义文化思想内容的空白和模糊区域进行了细腻的填补。人类学文化批评开拓了新的领域，研究人类文化的共同性、普遍性和多样性是十分必要的。然而，这些有益的文化人类学的思想资源，存在着明显的理论缺陷，面临着马克思主义的改制、整合和重塑。有的学者由于受到马克思主义影响，开始结合民族文献资料进行人类学的社会历史研究。如何吸纳各种文化人类学的研究成果，建构马克思主义的文化人类学，应对和回答全球化时代人类普遍面对的新课题，是当代中国理论家的学术职责。

（二）中国传统文化批评

1. 人治的思想和体制

中国古代的人治思想和体制是根深蒂固的。长时期的君主制、等级制、中央集权制、封建宗法制，塑造了统治者的权贵思想、指令意识，以及被统治者的奴隶意识、服从意识和权力依附意识。仁、义、礼、刑都变成了统治者的特权。所谓"礼不下庶人，刑不上大夫"，"道德仁义，非礼不成；教训正俗，非礼不备；分争辨讼，非礼不决。君臣上下父子兄弟，非礼不定"。孔子主张"仁者爱人"，但又强调"民可使由之，不可使知之"，"唯上知与下愚不移"，坚持一种严格的等级制度，任何人都要各安其位，不得擅离，严禁对天子礼仪的冒犯和僭越。儒家视界内的天下只不过是一家一姓之天下，所谓"普天之下，莫非王土；率土之滨，莫非王臣"，"天子作民父母，以为天下王"。孟子赞"人皆可以为尧、舜"，又曰："劳心者治人，劳力者治于人；……天下之通义也。"孔孟都把劳力者视为被统治、被治理的对象。人治和治人的政治思想伦理文化体制，酿成了中国以官本位为核心、以权力中心主义为灵魂的顽症和痼疾，这种政治体制和政治文化强化了整个社会对权力的迷信和崇拜，助长了官员的权力权威意识和大众对权力的依附意识，有碍社会的良知、真理、公道和正义的培育和运行，对人和社会的健康发展都是极其不利的。

我们注意到，老子是漠视以官本位为核心的权力中心论的，是反对人治的，是否定通过仁、义、礼进行人治的。老子的非官制、非人治的非理性主义思想体现出一种自然的人民意识、纯真的民主意识和朴素的自由思想。老子认为，人为的治理是违反人和一切有生命的动物的自然本性的。他以伯乐养马为例，说伯乐驭马，有悖于马的自然本性，即马的野性，结果把马都治死了。这种情况或许是存在的，但不经过人的驯养的马是不能为人服务的，有战斗力、善战的军马都必须进行严格的驯养。同理，老子认为，以仁治和仁义为手段的"人治"也是有违人的自然本性的。这种人治不见得对人的生态和生存有什么益处。最好的管理方式是"无为而治"，"处无为之事，行不言之教"，不要屈从于圣人的仁治。对社会和天下的治理问题，老子主张"无为而治"。这种"无为而治"，实际上是顺其自然、任其发展的"不治"。老子说："不尚贤，使民不争；不贵难得之货，使民不为盗；不见可欲，使民心不乱。是以圣人之治，虚其心，实其腹；弱其志，强其骨。常使民无知无欲，使夫智者不敢为也。为无为，则无不治。"老子认为"无为而无不为。取天下常以无事，及其有事，不足以取天下"，"我无为而民自化，我好静而民自正，我无事而民自富，我无欲而民自朴"。实际上，不仁和不义、"乱"和"患"都是被称为"圣人"的当权者们"治"出来的。"大道废，有仁义；慧智出，有大伪；六亲不和，有孝慈；国家昏乱，有忠臣。""道德不废，安取仁义？性情不离，安用礼乐？五色不乱，孰为文采？""毁道德以为仁义，圣人之过也。""圣人"把"仁义""知识""智慧""礼教"当作"治人""治世"的手段，造成了百姓的苦难。老子认为运用仁义对百姓进行教化，是违背他们的自然本性和天然禀赋的。无休止地滥施人治和仁义，如同用胶漆绳索束缚和禁锢人的天生的自由本性。然而本性是无法改变的。与其乱治，不如不治；与其去"治"，不如"去"治。

"圣人"利用"知识"愚弄和盘剥"人民"是应当加以抨击的。但存在着昏庸霸道的"圣人"，也存在着贤达英明的"圣人"。不鉴别好坏、优劣、善恶、益害、利弊，笼统地反对一切"圣人"是不明智的。这无异于因噎废食，陷于一种泼水弃婴的昏昧状态。庄子指出，"攘弃仁义，而天下之德始玄同矣"，主张"无仁义而修，无功名而治"，"此天地之道，圣人之德也"，只有"夫恬惔寂漠，虚无无为，此天地之平而道德之质也"，庄子以史为鉴，揭批虞舜标榜仁义搅乱了天下；夏、商、周三代非但没有改变人的本性，反而使"天下何其嚣嚣也"。庄子得出结论："玄古之君天下，无为也，天德而已矣"，"无欲而天下足，无为而万物化，渊静而百姓定"，"藏金于山，藏珠于渊；不利货财，不近贵富；不乐寿，不哀夭；不荣通，不丑穷；不拘一世之利以为己私分，不以王天下为己处显，显则明。万物一府，死生同状"。

在"仁治"和"无为而治"的关系问题上，孔子和老庄的思想都是既有合理性，又有局限性的。随着人类历史的持续发展和社会的不断进步，人独立于自然、超越自然和利用自然的程度日新月异。人的自然本性也在不断地被历史化和社会现代化。因此，凝滞地固守淳朴的自然状态是不可能的。社会历史发展的过程中，也会必然地、不可避免地出现一些不文明的负面现象，甚或有害的违反人性的丑恶现象和异化现象。缺乏有效的治理是不行的。真诚的仁义和仁政所体现的"人治"是不可或缺的。孔子的人治和仁政思想是具有合理因素的；老子反对违反人的自然本性的"无为而治"所体现出来的朴素的人民性、民主性和自由性也是有意义的。如果将孔子的"人治"和"仁政"融入老子的"无为而治"，并对所体现出来的人民性、民主性和自由性加以综合和优化，对建构现代社会的管理方式和治理方式是具有借鉴意义的。人和社会治理体制的发展趋势和正确途径应当是从老子的"无为而治"所体现出来的"不治"，到孔子的仁政和仁治所体现出来的"人治"，再到超越"不治""人治"走向"法治"。换言之，"法治"应当优于"不治"和高于"人治"。当代中国的人和社会的管理方式正经历着历史性的伟大变革和现代性的转型与创新。

2. 向后看的历史观

中国古代先哲的历史观多半是向后看的，这种向后看的历史观铸成了超稳定的社会历史结构和思想文化结构。孔子曰："周监于二代，郁郁乎文哉！吾从周。"孔子对周公念念不忘，"久矣吾不复梦见周公"。孔子主张"克己复礼为仁"，"一日克己复礼，天下归仁焉"，令人们"非礼勿视，非礼勿听，非礼勿言，非礼勿动"，都要"齐之以礼""约之以礼"，恪守周礼古训，避免离经叛道。肯定、学习、借鉴、传承先人前辈的治国经验是完全必要的。周公的文治武功，为后人治国提供了优异的范例。《诗经》中有许多赞美和歌颂周王的诗。如"君子万年，保其家邦"，"君子万年，福禄绥之"，"报以介福，万寿无疆"。可见，周王之治是得到庶民百姓的认同的。缅怀历史，是为了发展历史，不是为了冻结历史。敬慕周王之治，不是止步于周王，而是应当在周王之治的基础上继续前行，开创历史的新生面。任何好的过去，都不能取代美好的未来。

这种向后看的历史观和被体制化和人格化了的"仁政"延续了漫长的历史时期，一直是中华民族处于主流地位的思想和制度。这种等级体制铸成一种凝固的历史积淀，支撑着大一统的中央集权，以"官本位""权力中心""极度行政化"的社会机制管理国家和人民，形成一种超稳定的社会历史结构和思想文化结构。

这种向后看的历史观维护了农耕社会的宗法制度，阻碍了社会的进步和历史的发展。老子的历史观实际上是静止和僵化的，他不关注历史的发展和社会进步，在他的论著中，很难找到关于历史的言说。他心仪和宣扬"小国寡民"的理想，望"使人复结绳而用之。甘其食，美其服，安其居，乐其俗。邻国相望，鸡犬之声相闻，民至老死不相往来"。如是，社会历史还能够得到发展吗？老子的思想实在太老旧了，他的自然观也确实太自然了，而且他实际上是用自然观取代了历史观。即便是自然界也有自身发展的历史，纵令是自然史，也理应包括生存于自然界中的人类发展的历史。但应当肯定的是，老子在当时的历史条件下，呵护和关爱处于社会底层、属于弱势群体的小人物的生存和安全，宣扬一套"明哲保身"的哲学，表达老百姓的生存智慧，为其指点迷津，充当了普通小人物的保护伞和护法神。

老子所倡导和建构的是一种自然人与自然界的亲和性关系。这种关系力图躲避社会体制和外部各种强制性因素的束缚和滋扰，具有牢固的自洽性和封闭性。老子建构的这种自然形态的人文思想，在远古的时空条件下，无疑是具有历史的合理性和正义性的。然而，这种古老的生存方式和人与自然的原始关系，在受到现代工业革命的猛烈冲击后，必然面临着被改变的命运。我们看到，只有在尚未被机器的触角染指的深山老林和蛮荒区域，人与自然的关系才能作为一种地缘文物一息尚存。我们只有从绿色的生态文学和描写社风民俗的寻根文学中，才能看到朴素的自然人和清纯的自然界以及两者相交融所构成的审美关系。自然人和自然界的审美关系的现代转型，是一个扬弃的过程，不意味着对自然人与自然界相互关系的全然消除，而是要努力保持自然人的纯真和自然界的净美，在更高的历史发展阶段中，重构人的自然本性，抵御金钱、财富和利益对人性的扭曲和污染，确立"人性回归自然"的主题。

漫长的农耕社会，塑造了一批批、一代代维护和坚守宗法制度的君主和士人。历代的先哲和帝王都把以宗法制度为基础的田园公社作为理想的、几千年一贯的社会政治体制和文化思想体制，一直支撑和延续到腐朽的晚清王朝。这种已经失去了历史的进步性和合理性的社会思想模式有着超稳定的历史惰性的结构，使维新和变法屡变屡败，也使社会的内部改革丧失了动力和生机，无力回天。我们感受到工业革命后西方发达国家对东方落后的封建帝国的猛烈冲击。这种从外部对腐朽思想、凝固僵化的社会体制的侵扰，对封建帝国根深蒂固的政治基础起到了瓦解和颠覆的作用。马克思批判大英帝国对印度的殖民政策时，一方面愤怒地揭露和控诉了侵略者的罪恶和秽行，另一方面客观地描述了这种非法占领促进了封建宗法制田园公社的解体。马克思指出，大英帝国尽管采用了"愚蠢"的方式，"完全是受极卑鄙的利益所驱使"，但"这个革命毕竟是充当了历史的不自觉的工具"①。马克思在描述印度的封闭、贫困、落后的田园公社时写道："我们不应该忘记，这种有损尊严的、停滞不前的、单调苟安的生活，这种消极被动的生存，在另一方面反而产生了野性的、盲目的、放纵的破坏力量，甚至使杀生害命在印度斯坦成为一种宗教仪式。我们不应该忘记，这些小小的公社带着种姓划分和奴隶制度的污痕；它们使人屈服于外界环境，而不是把人提高为环境的主宰；它们把自动发展的社会状态变成了一成不变的自然命运，因而造成了对自然的野蛮的崇拜。"② 马克思深情地说："从人的感情上来说，亲眼看到这无数辛勤经营的宗法制的祥和无害的社会组织一个个土崩瓦解，被投入苦海，亲眼看到它们的每个成员既丧失自己的古老形式的文明又丧失祖传的谋生手段，是会感到难过的；但是我们不应该忘记，这些田园风味的农村公社不管看起来怎样祥和无害，却始终是东方专制制度的牢固基础，它们使人的头脑局限在极小的范围内，成为迷信的驯服工具，成为传统规则的奴隶，表现不出任何伟大的作为和历史首创精神。"③

工业的现代化是一柄双刃剑。它既推动了历史的发展，改变了世界的面貌，创造了社会的物质财富，提高了大众的生活质量，改善了人们的生活方式，也带来了这样那样的负面因素，如环境污染、贫富分化、欲望膨胀、拜金主义、道德滑坡、价值失衡等。尽管如此，绝不能因为这些负面因素的存在和滋长而否定工业化和现代化伟大的历史作用。理应从历史的观点看待社会的进步，不能只从道德的观点来评价和指责历史发展过程

①②　马克思，恩格斯. 马克思恩格斯选集：第 1 卷 . 3 版 . 北京：人民出版社，2012：854.
③　同①853 - 854.

中所出现的一些弊端。工业现代化的历史功绩是首要的、主导的，大方向和大趋势是正确的。可以缅怀历史，回忆历史中那些使人感到温暖的东西，将其作为治理当代社会的参考。但不必迷信过去或诅咒历史，甚或把历史拉向倒退。一些激进的启蒙主义者无情地批判了原始积累时期资本的罪恶和秽行，这是正义的。但也有一些复古主义者和消极的浪漫主义者通过赞美淳朴的古风来指控工业现代化所造成的"苦难"，妄图倒转历史。这些人不满于工业化对传统生活方式的冲击和破坏，"为此流下的感伤的眼泪"，"用几乎是田园诗的笔调"，宣扬传统美德的"归善"，来取代资本所酿成的"新恶"，马克思批判道："辱骂任何一种发展"便是"辱骂了整个**历史**"，"在轰轰烈烈的革命时代，……例如 18 世纪，出现了正直而善良的大丈夫，出现了以停滞状态的**田园生活**来同历史的颓废相对抗"的"田园诗人"①。当改变现实的历史转折到来时，"反动势力便发出悲叹，祈求回到封建主义，回到美好的宗法式生活里，恢复我们祖先的淳朴的风尚和伟大的德行"②。他们既怀旧，又厌新，像封建社会主义者那样，不时发出愤怒的呼号："半是挽歌，半是谤文，半是过去的回音，半是未来的恫吓；它有时也能用辛辣、俏皮而尖刻的评论刺中资产阶级的心，但是它由于完全不能理解现代历史的进程而总是令人感到可笑。"③

3. 漠视认知理性和科技理性

对待理性问题，从总体和全局上来说，相对而言，中国古代的先哲、圣人比较重视道德理性，而比较漠视认知理性和科技理性。孔子是比较倡导"知"和重视"知行"关系的。孔子说，"知之为知之，不知为不知。是知也"，"学而不思则罔，思而不学则殆"，"敏而好学"，"听其言而观其

① 马克思，恩格斯. 马克思恩格斯全集：第 4 卷. 北京：人民出版社，1958：329.
② 马克思，恩格斯. 马克思恩格斯选集：第 1 卷. 3 版. 北京：人民出版社，2012：263 - 264.
③ 同②423.

行"，"知者不惑"。这些表述也偏重于体验和感悟，使人们尚德尊礼，多半徜徉在人伦和伦理范畴。老子是崇尚自然的。他强调对自然的整体把握。老子的自然观包括两个方面，一是指人体外部的自然，二是指人体内部的自然。老子所崇尚的自然和自然的道，表现为多种形态：自然的本体规律，自然本性，自然生态。老子理解的自然和道的关系是"道法自然"，"道"是自然之道，以自然为法，遵循自然的规则。人的行为不能违反自然规则、自然本性，有碍自然生态。《庄子》的《至乐》篇中有一典型例子：鲁国王侯捕养了一只海鸟，把宫廷的美味佳肴供给这只鸟，并让此鸟听《九韶》圣乐，结果把这只鸟喂死、吓死了。因为海鸟只喜欢悠闲自在，只吃小鱼和泥鳅，这种不适当的供养，是违反海鸟的自然本性的。受宠的鸟反而亡命于主人的美意，这种行为可称为"爱杀"。《应帝王》篇则叙说了这样一个故事：北海大帝、南海大帝和中央大帝三人是挚友。中央大帝名为浑沌，实际上是一个浑然不分的气团。北海和南海两位大帝经常相聚于浑沌之地，浑沌对他们十分友善，为了报答浑沌的美意，两位大帝决定为这位没有七窍的朋友开出七窍，使其有眼耳口鼻，便于视、听、吃和呼吸。他们每天凿出一窍，到第七天，浑沌悄然而逝。这种开七窍的行为违背了浑沌的自然本性，是一种出于善意和美意的"爱杀"。

　　老子没有对道进行清晰的界定。他认为道是一种决定一切、包容一切、涵盖一切、高于一切的"大"的东西，是不可言说、无法言说的"浑沌"的东西。自然之道和道的自然是万物之母、天地之心，无边无界、无限无极、无形无声、似虚若有、恍惚隐微、晦暗不明，但"其中有象""其中有物""其中有精"，自然之道外化为有形世界。老子对自然的道和道的自然的认知带有神秘色彩的朴素的整体把握，告诉人们存在着一个外在于自身的客观第一性的东西，"孔德之容，唯道是从"，"人法地，地法天，天法道，道法自然"。老子的这些思想对人类敬畏自然、尊道尚德、规范自己的行为，都具有重要且积极的意义。

然而，人们不能总是被动地屈从于自然，而应利用自然，合理地开发自然，从自然中获取必要的生存资源，主动认识自然生态，遵循自然规律，发挥认知理性和科技理性的作用，达到自己的目的。然而，令人感到遗憾的是，孔子、老子、庄子，对认知理性和科技理性竟然采取轻视的态度。其中老子和庄子的非认知理性和非科技理性的主张更加突出。老子倡导"绝圣弃智""绝学无忧"，让人们"复归于婴儿""圣人皆孩之"，认为"民多利器，国家滋昏；人多伎巧，奇物滋起"，"善为道者，非以明民，将以愚之。民之难治，以其智多"。这些观点带有浓郁的愚民色彩，极大地囿限了人的智能和科学精神的发展。老子对科技理性和科技成果是漠视的。他主张"绝巧弃利"，不用车船、兵器等大机械。《庄子》的《天地》篇讲述了一位灌园老人拒用一种被称为"槔"的器械，即运用简单的杠杆原理制成的打水吊杆，认为使用吊杆打水是投机取巧，助长机心，恐引发机变，会导致"道之所不载也"，故"羞而不为也"。老子贬抑"五色""五音""五味"，认为"五色令人目盲，五音令人耳聋，五味令人口爽"，庄子认定"失性有五"："五色乱目""五声乱耳""五臭薰鼻""五味浊口""趣舍滑心，使性飞扬"，"此五者，皆生之害也"。在庄子看来，离朱迷乱五色，混淆文彩；师旷纵情五声，放任六律；曾参和史鰌标榜仁义，沽名钓誉；杨朱和墨翟多言逞能，机诈诡辩。他们都是违反人的天然本性的"左道"。老子认为，"绝圣弃智，民利百倍；绝仁弃义，民复孝慈；绝巧弃利，盗贼无有"，"见素抱朴，少私寡欲"。"不出户，知天下；不窥牖，见天道。其出弥远，其知弥少。是以圣人不行而知，不见而名，不为而成。"老子力倡清虚无为。"若一志！无听之以耳而听之以心，无听之以心而听之以气。听止于耳，心止于符。气也者，虚而待物者也。唯道集虚，虚者，心斋也。"仲尼问颜回："何谓坐忘？"颜回答："堕肢体，黜聪明，离形去知，同于大通，此谓坐忘。"人们都应当做到清虚无为，以"复归于婴儿"，"复归于朴"，"复归于无极"，"同乎无知，其德不离；同乎无欲，是谓素朴；素朴而民性得矣"。"天下每每大乱，罪在于好知。""善为道者，非以明民，将以愚之。民之难治，以其智多。故以智治国，国之贼；不以智治国，国之福。……常知稽式，是谓玄德。玄德深矣，远矣，与物反矣，然后乃至大顺。""小国寡民，使有什伯之器而不用"，"虽有舟舆，无所乘之；虽有甲兵，无所陈之；使人复结绳而用之"，"执无兵，乃无敌矣"。庄子曰"工为商"，即把手工技巧视为下类的商贾行为，老子警示："国之利器不可以示人。"老庄的非理性主义的智慧都淹没在浑然一体、集虚无形的大道之中。孔子比较重视知识，如注重人身修养、仁者礼教、人文智慧和道德理性，但同样忽视工艺技能和科技理性，如主张"君子不器"，即不接触机械器物，把从事农、工、商的人贬为"下达"，认为这些是"下愚"们的行当，为上流社会所鄙夷。

轻视认知理性和科技理性的作用，特别是不看重体现生产力发展水平的生产工具的不断更替和创新，拘泥和满足于古老传统的农耕手段和生产方式的简单延续，是造成中国封建宗法制社会长期停滞不前的重要原因。

4. 缺乏思想力量和创造精神

中国历史上从来不缺优秀的、雄健的、昂扬奋进的人文精神。如"天行健，君子以自强不息"，"士不可以不弘毅，任重而道远"，"天将降大任于斯人也"，"立天下之正位，行天下之大道"，"先天下之忧而忧，后天下之乐而乐"，"为天地立心，为生民立命，为往圣继绝学，为万世开太平"。

但中国古代的和合文化所显露出来的负面要素是十分缺乏力量的。这种没有力量的文化表现在诸多方面。中国古代体现社会生产力发展的科技发现和物质文明较为稀少，表现不出足够的推动历史前进的驱动力。其中一些有益的人文思想，君主或士人们大多述而不作，表现不出实践理性和改革创新的精神和力量。被传统的礼教、仁爱、权力依附关系塑造出来的百姓，过于拘礼守德、安身护生、听天由命，表现不出刚健、威武、奋勇的精神素质。器物质量的低下、人的素质的孱弱和一些统治阶级的腐败，使当时的中国承受不住任何具有野性的、强大的外部侵略者的冒犯、践踏和蹂躏。每当遭遇异族铁骑的践踏或外族洋枪洋炮的袭击，在人民头上作威作福的当权者或不堪一击，抱头鼠窜，逃之夭夭，以求苟安，或置普通老百姓的生死和苦难于不顾，割地赔款、丧权辱国。晚清王朝之后现代中国的屈辱史，与中国古代文化的软弱性和局限性息息相关。中国古代的传统文化本质上是一种静态文化、柔和文化、弱美文化、水性文化。老子以水喻道，宣扬"弱之胜强，柔之胜刚"，认定"守柔曰强"，把虚静视为合乎天理自然王道的"常态"。

长深思之，在弱与强、柔与刚、和与斗、水性与石性、善良与罪恶的关系问题上，存在着种种误解。须知，弱、柔、和、水性、善良等，只是世界对立统一的矛盾事物中的一个方面和一种范式；弱与强、柔与刚、和与斗、水性与石性、善良与罪恶的界限本来是非常分明的，是不可以随意相互混淆和相互取代的。不能把强国说成是弱国，也不能把弱国说成是强国。手榴弹赶不上原子弹，普通飞机无法超越航天飞机，这里，优势和劣势、有力量和无力量是显而易见的。诚然，军事上往往采取诸如哀兵政策、示弱姿态、以柔克刚、以逸待劳、兵不血刃、不战而胜等策略，但这些都是在特殊条件下才能生效的。不能泛化和滥用它们，并将其上升为必然取胜的普遍规律。水可穿石，但需要时间、耐心和毅力，同理，铁杵磨成绣花针，同样需要付出超强的意志。凡是以柔克刚获胜的战事和人事，都要付出重大的牺牲和残酷的代价。以卵击石非智者所为，因为这种愚蠢的行为会酿成惨痛的悲剧。

如上所述，中国古代以和合文化为根基、为灵魂的静态文化、柔和文化、弱美文化、水性文化表现不出强大的、雄健的、锋锐的思想力量和实践力量，表现不出改造现实、变革社会的坚强的决心和意志。世世代代的中国老百姓由于受到和合文化的熏陶和驯教，变得绵善可驭、唯命是从，安于现状、不求新变。一种消极自洽的心理和行为世代相传，积成厚重历史的沉疴和痼疾，顽而不化，不得解脱。几千年一贯制的生活方式、生产方式、分配方式、交换方式，把人们局限于一个狭小的生活空间，使人们安于停滞、低水平的稳定与和谐。这种经过世代因袭不断延续及加固的历史惰性，铸成一种没有生气和活力的习俗和风尚。特别是到了腐朽的晚清王朝，人文氛围令人窒息。凶残的清朝统治者制造了多次镇压变法图新运动的惨剧。实为老子所言中："勇于敢则杀，勇于不敢则活。"所谓"不敢为天下先"，"舍后且先，死矣"，中国作为文化古国一直延续着，至晚清时积弱积贫，丧失了基本的创造精神和自新能力。俗语说"枪打出头鸟"，"出头的椽子先烂"，有诗曰"木秀于林，风必摧之"，这些"不敢为天下先"的说法，极大地禁锢了中华民族的生命力量，阻碍了中华民族的发展。

我们理应义无反顾地抛弃中国传统文化中那些缺乏思想力量和创造精神的负面因素，抓住历史机遇，积极进取，用先进思想武装"站起来了"的中国人民，以"敢为天下先"的意志和勇气，争先恐后，追求卓越，"为有牺牲多壮志，敢教日月换新天"，建成先进的现代化国家，使中华民族傲然屹立于世界的东方。

（三）后现代主义文化批评

当历史的脚步跨入资本主义社会的后现代阶段，发达国家的人们的生活达到了相当自主自由的状态，不希望受到任何束缚和限制。存在决定意识，反映到精神领域，便催生出后现代主义社会文化思潮。这种后现代主义社会文化思潮势头雄劲，阵容强大，影响深远。德里达是一个旗帜性的领军人物，其中的主将还有波普尔、库恩、弗罗姆、福柯、利奥塔、罗蒂、哈桑、詹姆逊、哈贝马斯等。尽管他们每个人的学术观点都稍有差异，但存在着明显的一致性和共同性。他们思想中的正面元素和负面元素是并存的，是交织在一起的。

从正面说，后现代主义社会文化思潮表现出如下几点：（1）怀疑精神。后现代主义者们多半操逆向思维，对传统的理性精神进行批判、颠覆和解构，开拓了新的思想空间，打破陈规，破除僵化的观念和体制，反权威、反中心、反主流、反整体、反稳定、反同一性，客观上有助于思想解放。（2）具有一定的民主性。后现代主义的怀疑精神、批判精神、解构精神拒绝压抑性的思想和体制，拆解束缚性的精神羁绊，倡导生活的随意化、语言的游戏化、娱乐的嬉戏化，为表达民意、发扬民主提供了舆论支持。（3）具有一定的大众性。由于后现代主义去精英化、去经典化、去神圣化、去权威化、去主流化，主张边缘化、碎片化、散泛化，客观上为处于社会底层的贫苦大众和弱势群体改善生存状态和人生命运提供了思想依托。

从负面说，后现代主义社会文化思潮的局限性也是十分突出的。（1）非理性主义。不加鉴别和分析地反、非、去一切理性和理性主义是后现代主义的共同特征，颠覆结构、打破固定的模式，通过无休止的"延异"进入"无道"，追求"意义的完全自由游移"，张扬不确定性，动摇传统人文科学的基础，否认本体和本质的存在，漠视规律的"在场"，拒绝把真理视为神话，反对逻各斯中心主义，推倒形而上学大厦。我们应当尊重和珍惜一切有价值的理性成果，承接和弘扬从亚里士多德，到笛卡儿，到黑格尔，到马克思的思想成就，不能因为有的理性过时了、僵化了，失去了历史的合理性和进步性，便将那些有效的、有意义的理性智慧和思想资源也一并抛弃了。人类的理性精神永存，不继往，就无法开来。生活之树常青，理性之花不谢。（2）价值虚无主义。后现代主义从主张多元主义、相对主义，到虚无主义，削平价值、消解深度，无信仰、无追求、无目标、无理想，反对和超越启蒙，使思想和理念空心化。（3）后现代主义导致对维护稳定与和谐的生活秩序的失控。其对文明的思想和体制的瓦解，如消解人们所共同遵守的秩序、规范，人们所共同信仰的理想精神，人们所共同追求的爱国主义精神、民族精神、科学精神，只能造成人类文明的倒退。值得充分肯定的是，后现代主义的营垒也不是铁板一块。哈贝马斯发出了不同凡响的声音，他清醒地认定，问题的关键不在于理性本身，而在于冲破日益膨胀的官僚机构和资本主义文化意识形态对人的压抑和禁锢，通过交往、对话达成共识，创立"新理性"，重建人类关系。哈贝马斯的这个愿望可能带有幻想的色彩，但符合时代的发展潮流，凸显出难能可贵的人文知识分子的良知。

当代中国尚属发展中国家，和后现代发达国家相比，存在着历史发展程度上的不同，且表现出明显的时代反差式的历史错位，这是必须被正视的现实。当代中国的国情定位大体上可以被表述为从前现代向现代的过渡与生成。因此，从整体和全局上说，后现代主义社会文化思潮并不完全适合当代中国的国情和文情。由于社会经济发展的不平衡，尽管在高度发展了的大城市开始出现后现代现象，但中国有些地区还比较落后。为了实现中华民族的伟大复兴，必须发扬科学精神，按客观规律办事，理性做人、理性兴邦、理性治国。这种历史发展的需要，使我们理应对后现代主义社会文化思潮保持清醒的认识，以免把当代中国现代化的时间性问题空间化。真理是具体的。所谓"橘生淮南则为橘，生于淮北则为枳"，适合于发达国家的，不一定符合作为发展中国家的当代中国的国情和文情。如后现代主义反对"宏大叙事",但当代中国不应照搬套用,因为中华民族正在浓墨重彩地书写着实现现代化伟业的"宏大叙事"。因此,我们面对爆热走红的后现代主义社会文化思潮时,应当本着"以我为主"的原则,择善而从,化而用之。

(四)大众传媒文化批评

如今,人类已经步入了电子时代。在发达国家,由于全球化运动的推动和国际资本的发酵,带有后现代主义特征的媒介和媒介理论得到空前发展,以图像为主体的视觉文化开始取代以文字为主体的纸质文化,使信息世界和舆论空间发生了重大变化。媒介理论家、思想家麦克卢汉,试图从文化角度解释媒体,认为"媒介即讯息","媒介是人的延伸"。他在《理解媒介》一书中,采取多维视角开展研究,反对对事物进行分裂和切割,主张放弃实证研究和逻辑推理,对媒介采取艺术家的态度,一反忽视媒介的传统,把媒介视为一种信息。麦克卢汉对媒介的性质、功能和价值的发现得到了学界的高度评价,被誉为"继牛顿、达尔文、弗洛伊德、爱因斯坦和巴甫洛夫之后最重要的思想家","电子时代的代言人,革命思想的先知"。新媒介的出现意味着人的能力有了新的延伸,也带来了传播的信息内容的变化。媒介的思维方式由平面思维进入立体思维,从微观思维进入宏观思维,由单一片面思维进入全面思维。媒介之间只有相互作用才具有自身存在的意义。发达的传媒使地球变小了,成为"地球村",人们的交往方式以及人的社会和文化形态都发生了巨大变化。交通工具的发达使地球上的原有"村落"都市化,电子媒介则着力实施着"重新村落化",消解城市的集权。这种新兴的感知模式将人类带入了一种极其融洽的环境之中,消除了地域的界限、文化的差异,把人类大家庭结为一体。旧的价值体系已经开始崩溃,新的体系正在建立,一个人人参与的新型的、整合的地球村即将产生。"地球村"理论，是全球化理论的萌芽，对后来研究全球化的学者产生了深远的影响。

无论是科学领域还是人文领域，凡是能把握自己行为和当代新知识的含义的人，都是艺术家。艺术家是具有整体意识的人。技术是人体和感官的延伸，全球化、信息化、网络化、数字化的迅猛发展使人领悟到麦克卢汉媒介理论的预见性。法国哲学家、现代社会思想家鲍德里亚被推崇为"新的麦克卢汉"。他的关于"模拟"和"拟像"的理论，关于媒介和信息、科学和新技术、"内爆"和"超现实"的理论都带有明显的后现代特征。通过媒介的"模拟""拟像""内爆"使媒介从再现、反映和表征现实，到创构一个媒介的新现实，即"比现实更现实"的"超现实"，可能会导致真现实的消融。这些带有臆想和畅想性质的媒介理论都为研究新时代的电子形态的大众文化开辟了广阔的空间，提供了新的思路。

以电子技术为支撑的媒介文化的崛起，催生了一些新的文化现象，诱发出一些新的文化理论。特别是机械复制技术的推广，使批量生产的图像产品充满市场，经过快餐式消费，进入了人们的日常生活，加速了日常生活的审美化过程，使文化功能更加大众化、普及化、娱乐化、休闲化、游戏化。这种新的文化现象的出现面临着两个问题：一是怎样应对大众文化对经典文化、精英文化、高雅文化、严肃文化、主流文化的冲击和挑战；二是大众文化如何协调与这些文化的相互关系，催生两者的互动共生、良性发展。同时大众文化也存在着一个净化和提升的问题。大众文化也应当培育和创造自己的经典，大众文化经典化，经典文化大众化，两者的互化，可能是文化发展的趋势。这里还出现了一个新历史和新文化条件下的生活真实和艺术真实的关系问题。"模拟""拟像"和媒介信息新技术带来的"内爆"功能，可以把现实"超现实"化，由此产生人造的电子图像的艺术真实、心理真实与生活真实的关系问题。对于我们来说，一方面应当

有效地防止高级造假，制赝作伪，随心所欲地用虚拟的电子图像画面取代
生活真实，以假乱真、以假当真；另一方面更要研究和推动提升光、色、
图、声带来的视听效果，使其既忠于现实，又高于现实，使文艺所反映的
现实生活更加绚丽多彩，更加生动和深刻地反映人生的真谛和生活的
真理。

第三节　中国传统文化阐释

一、中国传统文化的魅力与局限

中国传统文化的构成要素，不应仅限于中国古代的文化传统。除中国
古代的文化传统外，还理应包括新文化运动的文化传统和中国化的马克思
主义的文化传统。这三大文化传统的融合构成了中华民族的文化传统。从
时间跨度来看，中国古代文化传统最长，拥有几千年的悠久历史，而新文
化运动和中国化的马克思主义的文化传统只有一百多年的历史。从文化的
性质来看，漫长的中国古代的文化传统已凝成一种超稳定的文化思想结
构，而新文化运动，特别是中国化的马克思主义文化传统对中国古代的文
化传统进行了性质上的改造和重塑。从大框架的总体倾向来看，长期以
来，中国古代文化是主流的、占统治地位的"正题"；新文化运动对其发
起的批判和冲击，实际上是做了一个"反题"；中国化的马克思主义则将
两者的"正题"和"反题"进行了宏观辩证的综合，完成了一个"合题"，
即实现了"正""反""合"的有机统一。中国化的马克思主义文化传统既
吸收了中国古代文化传统的正面元素，又扬弃了中国古代文化传统的负面
元素；既吸收了新文化运动文化传统的正面元素，又克服了批判新文化运
动文化传统的激进倾向；把中国古代文化传统和新文化运动文化传统的合

理、先进的思想成分集于一身，建构了具有时代感和民族特色的新文化。此处所论的内容主要指中国古代的文化传统。

（一）中国传统文化的魅力

1. 中国传统文化对世界和自然都有朴素的总体性把握

《易经》的乾卦中最先提出"元亨利贞"的卦词。对这个卦词的解释众说纷纭，颇有争议。大多数人所能接受的说法是认为四个字分别代表乾卦的四种基本性质。"元"，大哉乾元，万物资始，乃统天下，万物始生，得其元始之序；"亨"为交感亨通，万物之长；"利"为美利，义之和也，各正性命，持盈保泰，维持一种高度的和谐状态；"贞"为正固、坚定、诚信，万物之成。从人事上说，"元亨利贞"分别代表仁、礼、义、智，被称为"四德"，蕴含万物创始的伟大天元、亨通顺利、祥和有益、贞正坚固。作为第一卦的乾卦是创造万事万物的初始和动力，统领着天道自然，万物化成，是世界的本源。

《易经》中的金玉良言"天行健，君子以自强不息""地势坤，君子以厚德载物"，体现了中华民族的精神和灵魂。比较通俗的解释是，天的运行康泰良好，君子应该效仿天而自强不息；地的形势取法坤相，君子应该效仿地而厚德载物。天地相配，乾坤互补，刚柔相济，健顺相喻。天坚强劲健，人应该像天那样坚强；地势博大无垠，人要像大地那样仁爱，有孕育包容万物之胸怀和气度。古代圣贤特别强调"合和"或"中和"，谓"中也者，天下之大本也；和也者，天下之达道也。致中和，天地位焉，万物育焉"。

老子把"道"确立和推崇为具有母源性的概念，认为"道""为万物之始""万物之母"，是天地万物的根本，支配着世间万物的变化发展，正所谓"有物混成，先天地生"，"道生一，一生二，二生三，三生万物"。

"道"产生原初混沌的元气，生出万物，并成为万物的主宰。老子把自然视为规范万物的最高原则，认为"人法地，地法天，天法道，道法自然"。以老庄为代表的道家思想认为人、地、天、道这四域中，人居其一，主张"物无贵贱"，"天地与我并生，而万物与我为一"。老子的人与自然齐一的思想，作为生态学的先驱，具有超前意识，为今人提供了宝贵的理论资源。如果说老子的生态学思想偏重于"自然中心论"，孔子的仁学思想则偏重于"人类中心论"。以孔子为代表的儒家学说特别强调人在宇宙中的崇高地位和价值。人"受命于天"，故能凌驾于自然之上，成为万物之灵、万物的尺度。老子反对以人为中心，主张以自然为中心，反对孔子把人从自然中剥离出来并推崇为自然的主宰。老子提出人只不过是自然的一部分，不能凌驾于自然之上，要顺应自然，呵护人的自然本性，返璞归真，回归自然。老子所说的自然包含两个层面：一是指外在于人的自然界，二是指人自身的自然本性。如果说孔子所倡导的是社会伦理人，那么老子所主张的则是自然人；如果说孔子心仪的是偏重于"人类中心论"，那么老子钟情的则是偏重于"自然中心论"。时下全球学者正在进行着的关于"人类中心论"和"自然中心论"的论争，原来可以追溯到几千年以前的古代中国，早在中国的春秋时代，就已经产生了偏重于"人类中心论"和偏重于"自然中心论"的两大观念系统。我们真应当为我们的祖先感到骄傲和自豪。

2. 中国传统文化中具有非常宝贵的民本思想

中国古代文化中具有丰富的民本思想，充满着执着的人文精神。以民为本的价值诉求，像一根红线贯穿于中国古代先哲的论述之中。古代圣贤都主张"以民为本"，人"最为天下贵"，认定"夫民，神之主也"；"民者，君之本也"；"民惟邦本，本固邦宁"；主张敬鬼神而远之，人乃万物之灵。孔子说："鸟兽不可与同群，吾非斯人之徒与而谁与?"孟子指出，人天生有仁、义、礼、智四端，这是人高于禽兽的根本原因。人贵而物贱的思想是儒家人文精神的精髓。孔孟由此提出"泛爱众，而亲仁"，"仁者爱人"，主张圣人君子应当以"仁"为本。孔孟主张以天下百姓为己任，济世救民。孟子提出"民为贵，社稷次之，君为轻"这样可贵的思想。《礼记》宣示"大道之行也，天下为公"。荀子认为"人有气、有生、有知，亦且有义，故最为天下贵也"。董仲舒也说："天地之精所以生物者，莫贵于人"，"人之超然万物之上，而最为天下贵也"。朱熹认为由于人的禀气不同，"精英者为人，渣滓者为物"。这些"以民为本"的思想产生了广泛而深远的影响。

老子把"小国寡民"作为自己的社会政治理想。为了呵护"小国"中的"寡民"，竟然反对孔子的圣人之治。他亲爱"寡民"，强调君主们应当"无为而治"，不要苛酷地敲诈、盘剥和掠夺百姓，给小民以休养生息的机会。老子认定，权力和"仁义"都是所谓"圣人"压迫百姓的器具，都是酿成人的生存危机的根源。庄子认为，由于"上诚好知而无道，则天下大乱矣"，因此主张"攘弃仁义"。从实质上说，老庄反对孔子的仁义和仁治都是为了亲民爱民，保护百姓的利益不被滋扰和侵犯，同样体现出以民为本的思想。表面上拒斥仁义，实质上更加呵护小人物的生存和命运，这是倡导另外一种形态的更深层面的仁义。这里似乎存在着这样一个问题：标榜仁义者并非完全仁义，反对仁义者并非完全不仁义。对孔子的仁义存有非议的老子实际上也讲仁义。老子为了维护他的"小国"中的"寡民"，反对打着仁义旗号实施的假仁义或非仁义，而践行真正的仁义。老子认为"圣人无常心"，本应"以百姓心为心"，但"圣人不仁"，却往往"以百姓为刍狗"。面对当时"窃钩者诛，窃国者为诸侯"的严酷现实，庄子宣称"圣人不死，大盗不止"，"圣人已死，则大盗不起，天下平而无故矣"。老庄反对无道不仁的"圣人之治"，为民众主持公道，他们充当了普通小人物的护法神。

3. 中国传统文化中存在着系统的礼治思想

对于中国古代的礼治思想，《礼记》中有初步而完整的表述。孔子推崇"礼治"，并将之与他的仁政思想合为一体。中国古代统治者以"礼"治理社会，规范人伦秩序，一般以周礼为范本。刚开始时是和神权、族权相联手，后来"礼"逐渐成为掌控国家政权的一种统治方式。"礼治"不是"法治"。"礼治"遵循道德传统，"法治"则通过自上而下的政令来实施。"法治"和"礼治"曾经进行过相当长时间的论争，但"法治"未能成为主流。其实，"礼治""德治"和"法治"也不是完全对立的。"礼治"实质上是一种"人治"，是人以礼而治。孔子靠"礼"实施他的"仁政"。"合礼"即合于等级制的"礼"。"礼"有和善的一面，也有残酷的一面。西周以来形成了一套以维护乡土社会宗法等级制度为核心的礼制，其作用是维系以血缘为纽带的家族内部关系，巩固世袭特权。孔子通过"礼治"实施仁政的儒家的道德规范，被封建统治者长期奉为正统思想。"泛爱众，而亲仁"，"礼之用，和为贵"，"道之以德，齐之以礼"。儒家的礼治主义使贵贱、尊卑、长幼、亲疏各守其礼，建立"君君、臣臣、父父、子子"的社会秩序，并致力于人格培育和灵魂塑造，实现修身、齐家、治国、平天下的社会理想。老子则反对孔子所倡导的"礼治""德治""法治"和他所标榜的"仁政"，认为那是"仁义"的"人治"。

古人把"仁"提高到"道"的境界并加以推崇，使其与阴阳并列，谓"立天之道曰阴与阳，立地之道曰柔与刚，立人之道曰仁与义"。"尧、舜帅天下以仁，而民从之"。孟子力倡"仁者爱人"，"仁人无敌于天下"，"人有恒言，皆曰：'天下国家'，天下之本在国，国之本在家，家之本在身"，"天下有道……顺天者存，逆天者亡"，"君子之于物也，爱之而弗仁；于民也，仁之而弗亲。亲亲而仁民，仁民而爱物"，"心正而后身修，身修而后家齐，家齐而后国治，国治而后天下平"，"恻隐之心，仁也；羞恶之心，义也；恭敬之心，礼也；是非之心，智也。仁义礼智，非由外铄我也，我固有之也，弗思耳矣"。《诗》曰："天生烝民，有物有则。民之秉彝，好是懿德。"孔子认为："为此诗者，其知道乎！故有物必有则，民之秉彝也，故好是懿德"，"仁，人心也；义，人路也"，"善教得民心"。孟子把尚志解释为"仁义而已"，"居仁由义"，"仁民而爱物"。"不信仁贤，则国空虚；无礼义，则上下乱"，"不仁而得天下者，未之有也"，"仁也者，人也。合而言之，道也"。

应当说，孔圣人所主张的"仁者爱人"，作为一种"为民""亲民"的信仰是真诚的。孔子把知识作为践行"仁"的工具，认为其是造福于人的。他不时流露出仁爱之情和恻隐之心。他到处游说，规劝"圣君""明主""贤人"们施行仁政，抚爱人民。但孔子所采用的方式是通过等级制度把人们框定于一个等级森严的社会结构和人伦体制中，任何人都要安于其位，不得擅离，严禁对天子礼仪的冒犯和僭越。

对如何对待仁治和仁义，老子和孔子的见解是不同的。这两位先哲曾经进行过坦诚的交流和对话。孔子把仁义解释为"兼爱无私"。老子批驳说："夫兼爱，不亦迂乎！"他认为："夫子亦放德而行，循道而趋，已至矣；又何偈偈乎揭仁义，若击鼓而求亡子焉？意，夫子乱人之性也。""通乎道，合乎德，退仁义，宾礼乐，至人之心有所定矣。"庄子不迷信古人的说教："古之人与其不可传也死矣，然则君之所读者，古人之糟魄已夫！"老子对圣人的仁治也有分析和评论："黄帝之治天下，使民心一"；"尧之治天下，使民心亲"；"舜之治天下，使民心竞"；"禹之治天下，使民心变"；"三皇五帝之治天下，名曰治之，而乱莫甚焉"。仁治将导致道德的衰落。燧人氏、伏羲氏统驭天下，只能顺应民心，却不能保持和回到完满纯一，最终使德下滑；神农氏、黄帝治理天下，虽能安定人心，却不能顺应民心，最终使德再次衰落；唐尧、虞舜统治天下，离道而为，大兴教化，舍其本性，弃置质朴，又附加博学文采，迷乱心性，再无法返回到恬淡自然的本初。孔子对老子说，他致力于研究《诗》《书》《礼》《乐》《易》《春秋》六经，不知为什么却很难得到天下的认同和施行。老子指点说："夫六经，先王之陈迹也，岂其所以迹哉！今子之所言，犹迹也。夫迹，履之所出，而迹岂履哉！"通俗地说，先人留下的只是书写的文本，人们并没有看到他们的实绩，好比只看到他们的足迹但并没有看到他们踏出这些足迹时所穿的鞋子。更为重要的是，这些圣人违反"造化"的行为是不会起到什么作用的，关键在于"得道"，顺应造化，无为而治。孔子竟然被老子说服了。"久矣，夫丘不与化为人。不与化为人，安能化人！老子曰：'可。丘得之矣！'"

孔子和老子对仁治和仁义的理解是不同的。他们的不同解析表现出真理的复杂性和具体性，以及对仁义的不同见解的合理性和局限性。因此，不宜抽象化和绝对化地理解仁治和仁义的内涵和意义。老子笼统地反对仁义和仁治似有所偏颇。孔子主张仁义和仁治是真诚的，是需要信仰和践行的。虽然他周游列国宣扬仁义和仁治并未取得理想的实绩，但他却始终如一。不少爱民的圣人和君主也是崇尚仁义和仁治的，也博取了普通老百姓的拥戴。对燧人氏、伏羲氏、神农氏、黄帝、尧、舜、大禹以仁义治理天下的行为一概加以贬抑，岂不辜负了先人的辛劳和美意？只有对那些标榜仁义而不仁义的伪善者，即不仁者，才是应当持否定态度的。老子对假仁假义的批判是深刻的、犀利的。老子的"无为而治"的政治主张，表面上反对孔子的仁义和仁治，实质上是为了维护社会底层弱势的小人物，指控统治者对老百姓苛刻的压榨和盘剥，这无疑是一种义举，是一种更朴素、更实在的仁。与"仁者"不仁相反，这种"不仁者"之仁，显得更加可贵。不能因为存在仁者不仁，便不加鉴别地反对仁者之仁；也不能因为存在不仁者之仁，便不加分析地反对一切必要的、合理的、正当的仁义和仁治。

4. 中国传统文化中充满着亲和有序的伦理道德思想

以孔子、孟子为代表的儒家的伦理道德思想是礼治的有机的组成部分，实质上是为礼治服务的，也可以说，是礼治思想在伦理道德领域中多层面的具体表现。儒家伦理道德学说的主要内容和思想精华，被不同时代的贤人概括为"三纲"，即君为臣纲，父为子纲，夫为妻纲；"四维"，即礼、义、廉、耻；"五常"，即仁、义、礼、智、信；"五伦"，即君臣有义，父子有亲，夫妇有别，长幼有序，朋友有信；"八德"，即孝、悌、忠、信、礼、义、廉、耻；还倡导温、良、恭、俭、让。其中忠、孝、仁、义为人伦的核心和道德的灵魂。伦理道德，称为人道，即通向圣贤之道也。

孔孟是儒家孝道思想的创始人，他们把孝道称为"诸德之首"，认为其具有导向意义。孝道要求"善事父母"，扩而大之，则表现为对国君的忠及对他人的仁和义。儒家的孝道作为中国传统孝道的根基和主体，对中华传统道德的发展产生了广泛而又深远的影响。《左传》赞曰："孝、敬、忠、信，为吉德。"吉者，美也。孝是美德，仁爱精神是从孝道生发出来的。"君子务本，本立而道生。孝弟也者，其为仁之本与！"《孝经》强调父慈子孝的同时，还高度重视君臣关系，即"夫孝，始于事亲，中于事君，终于立身"。孝道对"事亲""事君""立身"，协调人和人之间的道德关系、维护社会稳定、提高人的道德素质和行为规范，具有特别重要的意义。

孝是忠的基础。"立身"者既要"事亲"，又要"事君"，对父亲尽孝，对皇帝效忠，做到忠孝两全。虽然有时难以全面做到，甚至表现出愚忠愚孝，但不应因此影响对"忠""孝"的践行。从古代到现代，"忠"的概念内涵，发生了转义性的巨大变化。"忠"，除延续"忠"于"君主""领袖"的含义外，还被赋予忠于祖国、忠于人民、忠于民族、忠于事业、忠于信仰、忠于操守、忠于职责等重要意义。"忠诚""忠贞""忠信"等词，表现了崇高的道德境界。

忠孝仁义的正面意义，是中华传统伦理道德文化的宝贵精神财富。中华传统伦理道德思想积极的总体精神理应得到传承和弘扬。

（1）"克己奉公"的精神。"兴天下之利，除天下之害"乃道德境界的最高表现。仁人志士一直倡导和践行这种人生境界。孔子曰"无求生以害仁，有杀身以成仁"；孟子曰"生亦我所欲也；义亦我所欲也。二者不可得兼，舍生而取义者也"；杜甫咏叹"安得广厦千万间，大庇天下寒士俱欢颜"；范仲淹表白"先天下之忧而忧，后天下之乐而乐"；孙中山力倡"天下为公"，追求国家利益、群体利益和他人利益至上的原则。中国传统道德追求崇高的精神境界，"富贵不能淫，贫贱不能移，威武不能屈"的"大丈夫"精神和"天下有道，以道殉身；天下无道，以身殉道"的殉道献身精神以及"为天地立心，为生民立命，为往圣继绝学，为万世开太平"的理想精神，其核心思想，都是要求人们以国家、民族和人民的正义事业作为伦理道德思想和行为的最高境界。

（2）仁爱精神。孔子以"仁"作为伦理道德的核心内容，把"爱人"作为"仁"的根本要求，倡导"己欲立而立人，己欲达而达人"，"博施于民而能济众"。

（3）自我修身精神。儒家学派树立了修身的"三纲"，即"大学之道，在明明德，在亲民，在止于至善"和"八目"，即"古之欲明明德于天下者，先治其国；欲治其国者，先齐其家；欲齐其家者，先修其身；欲修其身者，先正其心；欲正其心者，先诚其意；欲诚其意者，先致其知；致知在格物"。他们认为，道德修养是社会上所有人共同的立身之本，上至天子下至庶人，皆以修身为本。儒家的伦理学说不仅充分肯定了道德修养的极端重要性，还为指导人们进行道德修养提出了许多可行的方法，诸如"立志""学习""克己""内省""慎独"等。

中华传统伦理思想提出的一系列道德范畴，规范和协调了人与人之间的各种道德关系。如人与君主的关系、人与上辈的关系、兄弟之间的关系、人与他人的关系等，表现出中华民族对和谐的人际关系的追求，增强了中华民族的亲和力、向心力和凝聚力。重视伦理道德，强调人伦情感，是中华民族为人类文明做出的突出贡献。

（二）对和合文化的辩证分析

1. 和合文化的基本内涵

"天人合一"实质上是一种和合文化，是中国古典哲学的一个基础性和根本性的观念。"天人合一"与"天人分二"是一对对立统一的概念。何谓天？答案是多解的，如天是万物的主宰；天是决定人的命运的存在；天是与人发生感应关系的存在；天是人敬畏、崇拜的对象；天即真龙天子，真龙天子即皇帝，君主是上天在人世间的代表。最普通的解释是天即大自然，大自然即人的天。"天人合一"即天人一体，天人感应、天人相通。人作为小自然只是外部的大自然的一个有机的组成部分，两者密不可分。人的自然规律与宇宙的自然规律一致，人与自然相和谐。诚如庄子所言："其一也一，其不一也一。其一与天为徒，其不一与人为徒。天与人不相胜也，是之谓真人。"最早明确提出"天人合一"命题的是汉代大儒董仲舒，他认为"天""与人相副"，"以类合之，天人一也"，"天人之际，合而为一"。所谓"天人一物"，"内外一理"。老子把地、道、法、天、自然视为一个共同体，并以自然为至上："人法地，地法天，天法道，道法自然。"

"天"和"天人合一"的观念具有极大的包容性和涵盖面。"礼之用，和为贵"，"中庸之为德也"，"君子和而不同，小人同而不和"。作为一个母源性的元概念，"和"可以包蕴各种亲缘性和亲和性因素，但"和而不同"，所谓"海纳百川，有容乃大"，蕴含着千殊万类的差异性和多样性，表现为一体性中存在着差异性，同一性中存在着多样性，构成一体性和差异性、同一性和多样性的和谐统一。展开来说，一体性不消解差异性，差异性不颠覆一体性；同一性不压抑多样性，多样性不破坏同一性和主导性，形成一体、主导、多样的文化思想结构。这是最合理、最理想的"天人合一"和人与自然和谐相处的文化生态关系。

2. "天人合一"和"天人分二"

毫无疑问，和合文化是具有两面性的。我们应当以开放的心态和科学的精神解析"天人合一"和"天人分二"的相互关系。不要笼统地把西方提倡的"天人分二"与中国古代先哲强调的"天人合一"简单地割裂和对立起来，从而对"天人分二"采取贬抑的态度。对天人之间的"合""分"关系，理应进行中肯的分析。"天人合一"与"天人分二"都是既具有合理性，又具有局限性的。在这个问题上，对立统一规律同样是适用的。两者既对立，又统一。既对立，又统一，是它们的相互关系不可分割的一个问题的两个方面，构成两者有机生态的常态化。只强调两者的统一，排斥两者的对立，或只强调两者的对立，否定两者的统一，都是违反两者的生存和发展的辩证法的。如果"分"压倒了"合"，可能会使自然生态受到损害；如果"合"压倒了"分"，又可能会延缓、限制或阻碍人类社会的发展，使发展中国家无法尽早摆脱贫困落后的状态。对发展中国家来说，问题的主导方面还是"分"得不够。要取得人与自然的生态关系的和谐，寻求和确定两者之间的平衡点至关重要。强调"合"，应重视必要的"分"；强调"分"，应尽可能地避免破坏人与自然的"合"。"合"中谋求

"分","分"中维护"合"。该"分"则"分",该"合"则"合",追求"合""分"关系的和谐生态和良性循环。

人类摆脱自然状态,从自然界中分离出来,是人类历史的进步。唯二元对立的思维方式与唯二元不对立的思维方式都是不妥当的,应当全面地、完整地、准确地理解和运用马克思主义的对立统一的辩证规律。讲对立,不讲统一,或讲统一,不讲对立,都要依据一定的条件,坚持真理的具体性。形而上学和绝对化的思维方式都是不可取的。有的学者对对立统一规律存在着这样那样的、不同程度的误读。对立统一规律不是只讲二元对立,也讲二元统一。当事物的矛盾双方趋于极度简化,处于鲜明相峙的状态时,二元对立起主导作用,如战时双方的两个营垒,表现为一个要吃掉另一个。即便是那些具有一致性的事物,也必须通过恰当和适度的斗争实现"和合"。这说明必须采取二元对立的手段,通过斗争才能求得统一。

马克思主义中国化的思想成果对"天人合一"和"天人分二"的辩证关系具有精确的表述,即不同质的矛盾需用不同质的方法去解决,又斗争又团结,通过斗争达到团结。多重复杂的事物,其中也存在着起支配作用的二元对立的因素。多重因素的对立可以理解为二元对立结构的功能的扩大和辐射。纵使到了共产主义社会,也会存在特殊形态的矛盾,二元对立也不会完全消失。完全排斥二元对立的思维方式,将看不到包含着二元对立的事物,或看不到事物的二元对立性质。而差异、矛盾和冲突是事物特别是荒诞的社会境况和人生状态的常态,是西方现代主义和西方马克思主义文论强调和宣扬批判精神的现实生活中的根据。因此,完全忽视二元对立,掩盖现实生活中的矛盾和冲突,遮蔽现代社会中重大的、严峻的社会问题,隐遁困顿和危机,客观上会冲淡、消解文艺的怀疑精神和批判功能,制造虚假、和谐的"天人合一"的歌舞升平的幻象,酿成对不公平、不合理的社会现实的随遇而安和自我麻醉,从而可能会使人丧失社会良知和人文精神。"分"与"合"都是事物的存在和发展的规律。两者或同时进行，或交替进行。大至宏观世界，小至微观世界，都是可分的。如小宇宙可分为分子、原子、离子、中子、质子等；大宇宙可以探索到只能用天文数字表示的千殊万类的星系。从国家发展的不同程度上说，国家可以分为发达国家和发展中国家；从历史发展的不同阶段上说，国家可以分为第一世界、第二世界和第三世界；从社会成员的构成来说，人类可以分为不同的阶层和族群；从自然生态上来说，自然可以分为原始自然和人造自然；从人与自然的关系上来说，已经开始有一定程度上独立于自然的民族，还存在着几乎完全屈服于自然的民族。

中国古代先哲们是强调"合"的，但同时也是讲"分"的。孔子把人"分"成不同的等级，如君子和小人。老子的著作中充满了"合"与"分"的辩证法。老子是特别推崇"合"的。他认为人肯定是要"合"于"天"的。"圣人抱一，为天下式。""万物负阴而抱阳，冲气以为和。"即便是"合"于"天"的世间万物必然也是可以"分"的。老子说："曲则全，枉则直，洼则盈，敝则新，少则得，多则惑。""大直若屈，大巧若拙，大辩若讷。"事物可分为两个方面：阳与阴、有与无、福与祸、轻与重、静与躁、上与下、大与小、难与易、刚与柔、强与弱、雄与雌、荣与辱、白与黑、益与损、巧与拙。

同理，事物也是可以"合"的。中国古人，往往以同道、同仁、同义、同德、同礼"合"成兄弟和团体；当代中国56个民族"合"成一个中华民族；不同国家和阶层可以"合"成统一战线；即便是存在着不同的政治倾向，也可以求同存异，追求经济上的互惠双赢，"合"成一个"利益共同体"；还有的国家基于政治军事企图，"合"成各式各样的同盟关系。

"合"与"分"的相互作用和辩证运动是事物存在和发展的规律。对立统一规律存在着普遍的适用性。《三国演义》开篇的"话说天下大事，合久必分，分久必合"，便是对这种规律的体悟。这个对立统一的辩证规律是不以人的意志为转移的客观存在。人们只能自觉不自觉地认识和服从这个规律，而不能违反这个规律。违反"合"与"分"的对立统一的辩证法，是不能不受到惩罚的。逆事物的性质和规律而行，诸如该"合"不"合"，该"分"不"分"，不该"合"的"合"进来，不该"分"的"分"出去，都会对社会、国家、人民和民族造成不同程度的损害，甚至造成灾祸和苦难。

真理是具体的。对"分"与"合"的功能、价值和作用，对两者的好坏、利弊，应当本着"具体问题具体分析"的原则加以阐述。时间和空间是事物存在的方式。不同时期的"合"与"分"的表现是大不相同的。工业革命前，封建宗法制社会体制下的中国处于世界领先的地位，延续、传承和弘扬了几千年光辉灿烂的文化。工业革命后，由于没有及时地把西方先进的科技和文化学过来、"合"进来，没有及时地把宗法制度的旧东西"分"出去，近现代中国社会呈现出贫困和落后的局面。一味地强调"天人合一"，造成超稳定的社会结构和思想文化结构，使人的视野封闭和狭隘，阻滞了社会的进步和历史的发展，限制了人的历史主动性和人的原创性的发挥。这种超稳定的社会历史结构使一个泱泱大国失去了生机和活力。斗争激烈的时期，特别是残酷的战争岁月，"合"不会成为主流，"分"和"斗"更加适应人民解放和历史发展的需要。但为了战争的胜利，也要重视"合"，巩固人民内部的团结，把一切有利于对敌斗争的积极的力量"合"进来，发挥统一战线的作用。和平发展时期，"合"必然成为主导性和引领性的总趋势。"合作""合谈""合赢"成为共同追求的目标。为了共同的利益和共同的命运，可以求同存异，悬置分歧，"合"起来，组成"利益共同体"和"人类命运共同体"。但和平发展时期，同时也是和平竞争的时期，离不开必要的"分"和适当的"竞""斗"。合作必然有竞争，竞争是为了更好地合作，以使国家和民族获取更大的利益。

"合"与"分"都要根据对象而定，按照事物的不同性质处理"合"与"分"的相互关系。不同性质的矛盾要用不同性质的方法去解决，不能脱离事物的性质孤立地强调事物的功能。我们对人民的朋友是应当讲"合"的，但原则上对敌我矛盾是不能讲"合"的，对霸权主义、军国主义、分裂主义、恐怖主义、违法行为、贪污腐败现象是不能讲"合"的。我们要把社会上的罪恶现象、专制现象、丑陋现象、奢侈现象、异化现象和各种畸形的病态现象，从人民生活的有机体中"分割"出去，以求得人的素质的提高和社会的健全发展。同时，敌对势力是非常顽固的，它是不会跟你讲"合"的。因此，"合"绝不是一厢情愿的事。对不应当讲"合"的人宽容和忍让，无异于与虎谋皮，对人民、国家和民族有百害而无一利。

应当严肃指出的是，历史上的"和合文化"并没有起到稳定社会的积极而有效的作用。中国古代的历史主要表现为斗争史。由于天灾和人祸，农民起义时有发生；宗法制政权体制内部的"窝里斗"使权谋文化畸形发展，宫廷政变屡见不鲜。中国历史上，"合"的局面并不持久，和平稳定时期十分短暂，战乱频仍，人民遭受着深重的苦难。中国的古代史，从一定程度上来说，是一部苦难史。为了揭开中国古代历史的真面目，有必要用史实说话。孟子说："春秋无义战。"《春秋》一书记载共发生战争 448 次；战国时期发生大规模战争 222 次。秦始皇修建阿房宫和秦皇陵动用民工 130 万人，竟然有 70 万人受到宫刑。秦末战争消灭了原来人口的 70%；汉武帝伐匈奴，使全国人口减半；西汉末战争，使全国人口损失了 65%；黄巾起义和三国混战，活下来的人只有 1%；南北朝混战，人口损失达 60%；隋朝的宫廷政变和同高丽的战争，人口损失达 73%；安史之乱，人口损失达 76％；金元灭两宋，人口损失高达 91％；明末混战，自李自成起义到吴三桂灭亡，全国人口锐减 80％，并接连屠城，杀掉几百万人；清代的白莲教起义，人口损失达 1.1 亿；太平天国运动，使人口损失达 2 亿，其中十几万人死于内讧。

可见，中国历史上确实存在着黑暗、血腥和恐怖的一面。间隔几百上千年，或许会出现一个短暂的所谓"太平盛世"，如古代的"周王之治"、西汉初期的"文景之治"、唐朝的"贞观之治"和"开元之治"，还有清代的"康乾盛世"，等等。即便是"康乾盛世"，也是强制推行文化专制主义，大兴文字狱，使无数具有先进思想的"异类人士"死于非命。中国古代的宫廷政变，秦汉隋唐，代代皆有；宋元明清，俯拾皆是；魏晋南北朝，"禅让"相替；五代十国，兵变迭兴。为了夺取皇位，不知上演了多少子弑父、臣杀君、兄弟阋墙、夫妻母子之间互相残杀的骇人听闻的悲剧。为了权力，均把道、仁、义、德、礼抛到九霄云外，毫无亲情和人性可言，充满血腥、残忍和恐怖。近代中国社会，列强入侵，军阀混战，武装割据，使中国四分五裂，积弱积贫，成为一盘散沙。可见"和合文化"并没有对维护中国统一和领土完整起到应有的作用。

当代中国，有的青年学者并不了解中国的历史，向往古代社会，憧憬田园牧歌式的生活，回忆"温暖的过去"。上述史实说明，过去并不像人们想象的那么温暖、美好与和谐。在唐诗、宋词中，读者或许只看到了雄奇、绚丽、亲情、清纯、高雅、闲适、净美、宁静、飘逸、自然、和谐的一面，而忽视了封闭、专制、权谋、机变、奢侈、丑陋、禁锢、僵滞、落后、贫困、重税、灾荒、战乱的另一面。诗中的社会生活也有"朱门酒肉臭，路有冻死骨"；写战争和厮杀时也有"一将功成万骨枯"。以道、仁、义、德、礼、理支撑着的"和合文化"本身是富有魅力的，但历代当权者中的大多数人并没有坚守。文化本身的作用是有限度、有边界的，再好的文化也需要诉诸实践。

3. "和合文化"的精神意向

"和合文化"是一种有特色、有魅力的文化。但这里存在着一个不能回避的宗旨性和方向性问题,即"和合文化"要"合"到哪里去?老子说,要"合"到自然那里去,"合"到"道"和"德"那里去;孔子说,要"合"到"圣人"那里去,要"合"到"仁""义""礼"那里去;宋明理学主张要"合"到"天理"那里去。在政治学的意义上,老子的"道法自然"似乎忽视了帝王的权力,而儒家思想毫无例外地都带有鲜明的政治倾向。尽管表述不同,但二者内在的精神意向是一致的:要"合"到"上天",即"皇帝"那里去。皇帝是"上天"在人世间的代表,即"真龙天子"。为了表示这样的天意,古代的一位书法家臆造了一个非常特别的字,即在"帝"字旁加缀一个"龙"字,读为"龙"音,说明"龙"就是"帝","帝"就是"龙",帝便是"真龙天子",是天上的龙在人世间的化身,皇帝下发文诰的首句常用规范化、神圣化了的"奉天承运,皇帝诏曰"。皇诏便是最高指示和绝对命令,各色人等,都要听皇帝的,都要"合"到皇帝那里去,即所谓"一人定国""朕即国家"。政权只不过是一家一姓之天下,所谓"普天之下,莫非王土;率土之滨,莫非王臣"。天下的意志都为皇帝所掌控,世代相袭,形成一种牢固的、不可摇撼的"官本位""家长制""一言堂"。这种带有专制性、集权制的体制,实质上只把道、仁、义、德、礼、理作为一种辅助性的陪衬,把一切权力归于"天子","合"到皇帝、政府那里去。

这种官僚政体下的行政关系和上下级关系都是命令和服从的关系,培育了权贵的霸权意识和下属的权力依附意识、奴隶意识。各级官员只对上司负责,而不对庶民负责,不对公平、真理、正义和事业负责。封建宗法制社会曾设置过一种行政区,称为"牧",相当于一个州。领"牧",实质上是把这个区域的百姓当作"羊"一样的被"牧放"的对象。庶民是没有人身自由的。有的学者把中国这种等级森严的政体文化，刻薄地称为"羊狼文化"，即对上司是"羊"，对下属是"狼"。正如鲁迅先生所描述的那样："凶兽样的羊，羊样的凶兽。他们是羊，同时也是凶兽，但遇见比它更凶的凶兽时便现羊样，遇见比它更弱的羊便现凶兽样。"① 老百姓的命运，取决于遇上一个什么样的官。如摊上一个好官，民之福也；如摊上一个坏官，民之祸也。黎民百姓只能把他们的生存和命运寄托在好皇帝、清官的身上。如果一个王朝的一把手即皇帝讲仁义道德，老百姓会得到休养生息，社会也会相对稳定和繁荣。

与政治专制并行的是文化专制。政治专制要求文化专制，文化专制维护政治专制。封建社会的统治者对社会思想界和人文知识分子的精神压制更加严酷。"防民之口，甚于防川。"朝廷大搞舆论一律，所有言论和文字都要"合"于君权的意志，不允许有违皇权的异端思想的存在。乾隆敕令编纂的《四库全书》实际上并不是"全书"。编修者按照封建王朝统治者的意志和需要，对入选的作品进行了极为严格的过滤和筛选，有 3 000 余种典籍被销毁。这个历史上规模空前的文化工程，虽然集成了丰富的、体现中华民族智慧的典藏，但令人痛惜的是，大量有价值的中华民族优秀文化成果同时被铲除、被戕害，造成一次无法弥补、触目惊心的文化浩劫。可见，封建专制文化的"合"是有条件的。

"和合文化"推崇"中庸之道"，强调"不偏不倚"。实质上这种文化之道"并非中庸"，且"有偏有倚"。这种带有一定的虚伪性的"中庸之道"多半在没有尖锐对立的社会境况下才能得以运用。通常情况下，"中庸之道"作为一种思维方式，具有一定的合理性，是一种与西方不同的思

---

① 鲁迅 . 鲁迅全集：第 3 卷 . 北京：人民文学出版社，1981：46.

维方式：与西方偏重于思辨性、抽象性、分析性的逻辑思维不同，偏重于感悟性、具象性、笼统性的整体思维；与西方偏重于异向性思维不同，偏重于同向性思维；与西方偏重于前瞻性（向前看）思维不同，偏重于后顾性（向后看）思维；与西方偏重于综合的复线性思维不同，偏重于孤立、垂直的单线性思维；与西方偏重于消解性思维不同，偏重于凝聚性思维；与西方偏重于分解性思维不同，偏重于和合性思维；与西方偏重于原创性思维不同，偏重于因袭性思维；与西方偏重于多元化思维不同，偏重于大一统思维；如此等等。

需要说明的是，上述思维方式的对比分析不是绝对的，而是相对的，是从总的倾向和总的模式上来谈的。"和合文化"的思维方式，可能会造成人的封闭和狭隘，甚或阻滞社会的进步和历史的发展，限制人的历史主动性和原创性的充分发挥。

可见，中国古代的传统文化，从社会历史结构，到政治思想体制，再到文化思维方式，都不能适应新的历史条件下社会发展的需要，理应接受现代化历史进程的检验和选择。我们应当从实现中华民族伟大复兴的历史使命出发，运用科学精神，对中国古代的文化思想和文化传统加以鉴别和分析，取其精华，去其糟粕，加以改制和重塑，使中华文化实现现代性转型和创新性发展。

4. "和合文化"与构建和谐社会

构建和谐社会是人类的伟大目标。对实现人类的这个伟大目标，马克思主义经典作家发表过一些富有指导性和启发性的见解。从社会发展的纵向视域看，历史唯物主义关于社会形态不断演变的理论揭示了，到达共产主义社会尽管要经过一个艰苦、曲折而漫长的历史过程，但共产主义终归是要实现的。

当代中国正处于和平建设时期。夺取政权时期的暴风骤雨式的阶级斗争已经结束，"斗""和"关系发生了历史性的转换。新时代虽然还会有斗争，但从全局和整体上说，已不再是占主导地位、起支配作用的强音和主调。全球化背景下的国际环境，存在着人类的"命运共同体"和"利益共同体"。通过对话、交往和合作，可以实现互惠双赢，共同发展。中国先哲倡导的"和合文化"作为一种卓越的智慧，是处理人类的经济关系、政治关系和文化关系的富有成效的法宝。但这并不意味着应当放弃必要的斗争。"和"中也有"斗"，"和"是通过必要的竞争和斗争来实现的。我们追求"和赢"，更应当崇尚"竞赢"和"胜赢"。是否采取"和合"的方式处理问题，要看对象，区分矛盾的性质。"和合"不是"一厢情愿"的事情。极端的霸权主义、军事主义、恐怖主义和一些"亡我之心""围我之心"不死的势力是不会同我们讲"和合"的。"树欲静而风不止。"和平时代同样不能滋生和平麻痹思想。我们应当具有居安思危的忧患意识。饱受百年屈辱的中国人民应当保持清醒的头脑和理性的警惕，"丢掉幻想，准备斗争"①。

就国内的现代化建设而言，只有通过伟大的社会实践，从根本上消除一切社会生活中的不和谐因素，才能建构现实的、理想的和谐社会。建构和谐社会，必须以"和合文化"或"和谐文化"为支撑。

中华民族经历了"百年忧患"和"世纪伤痛"。尽管改革开放改变了旧中国积弱积贫的面貌，但当代中国仍然是发展中国家，调动和激发人民群众的历史主动性、积极性和创造性，进一步发展生产力，加速现代化的历史进程，跟进和赶超经济大国，屹立于世界民族之林，是迫切、庄严而神圣的历史使命。"发展才是硬道理"，国家的发展关系到民族的前途和命运。与发达国家相比，当代中国矛盾的主要方面是"人"与"天"还

---

① 毛泽东.毛泽东选集：第4卷.北京：人民出版社，1991：1483.

"分"得不够，向大自然进军的深度和广度还十分有限。长期处于宗法制度控制下的自然经济极度推崇"天人合一"，导致了社会的封闭、狭隘和发展的迟缓，形成了超稳定的社会政治和思想文化结构。同一时期的西方国家注重"天人分二"，强调征服自然和改造自然，使工业生产、市场经济和科技事业取得了惊人的成就。因为科技手段的滞后，我们从大自然中分取的资源和财富相当有限。在保护自然环境和维护生态平衡的前提下，进行合理的开发和索取，在"天人合一"的总原则的统摄下，从大自然中分取更多的资源和财富是合理、正当的，是当代中国的社会发展所需要的，符合人民的利益和愿望。我们要理解和处理天人关系问题，强调"以人为本"，同时又注重"人与自然和谐相处"。注重"人与自然和谐相处"，要考虑环境的伦理原则，这一做法并不意味着"屈服于自然"和"回归自然"，而是为了人民的福祉，遵照自然生态的规律，增强"绿色意识"，更加合理和有效地利用自然，以免由于对自然的肆意掠夺而受到自然的惩罚。

"和谐文化"是宏观的、动态的，是包含着差别、矛盾、对立冲突和斗争的。历史的经验和教训值得注意。只斗争，不讲和谐，或只和谐，不讲斗争，都是不符合实际情况、违反辩证法的。和谐与矛盾、对立与冲突往往表现为一个问题的两个方面。事物本身既存在着差异、矛盾、冲突与对峙的一面，又存在着同一、统一、融合与和谐的一面。与外部世界不相协调的痛苦和荒诞的人生状态，正是文学创作、文学批评、文学理论强调和宣扬的批判精神的根据。强调创造和谐文化，建构和谐社会，更要居安思危，正视现实生活中潜在的不稳定因素，不能掩盖社会矛盾，遮蔽重大、严峻的社会问题，制造虚假的幻象，酿成对不公平、不合理的社会现象的随遇而安和自我麻醉，否则可能会丧失正常的社会良知和健全的人文精神，客观上冲淡、消解文艺的批判精神和批判功能。我们既要强化和优化文学的批判精神，又要培育和弘扬文学的和谐精神，通过揭露、批判和抨击现实生活中专制的、腐败的、丑恶的社会现象，促进人与自然的和谐、社会的和谐和人际关系的和谐。

　　和谐与不和谐是一个问题的两个方面。只有克服现实生活中大量的不和谐现象，才能逐步走向高境界的和谐状态。"以人为本"是指导性的根本原则。但人不是抽象的，社会中的人的地位和作用是很不相同的。工农大众曾在夺取政权时期和新中国成立初期建立了卓越的历史功勋，但随着现代化进程的不断深入，他们的社会地位和社会作用呈现出相对下降的趋势。维护工农大众的历史主人公地位，提高工农大众的知识化和科技化程度，势在必行，至关重要。改革开放取得了丰硕的成果，但在现实生活中，城乡间、区域间的发展水平还存在较大的差距，社会资源分配不均的问题亟待解决。我们传承和倡导"和合文化"，应当把改革开放的成果"合"到和"分"到普通老百姓和劳动人民那里去，使他们享有更多的实际利益，以便稳定社会和温暖人心。

　　人民群众中发生的不和谐的事件和现象，多半是不合理的思想、体制、政策和传统恶习导致的。从根本上说，都是由权力关系和利益关系的合谋与互动引发的。社会主义文学艺术应当从推动现代化的历史进程和维护人民群众的根本利益出发，坚决反对邪恶的、专横的、腐败的、消极的、丑恶的社会势力对社会安定和社会和谐的干扰与破坏，努力揭露产生不和谐社会现象的土壤。对权力的崇拜和滥用，是不平等、非正义、不民主现象的根源。中国长期封建社会宗法制专制主义的"官本位"的政治文化和政治体制酿成一种以权力为中心的人身依附关系。一些官员忘记了权力是谁赋予的，他们只对上司负责，不对人民和人民的事业负责，肆无忌惮地搞权钱交易和权色交易，破坏社会的安定与和谐。因此，防止和克服权力的膨胀和恶性运作，"把权力关进笼子里"加以规范和限制是非常必要的。

和谐文化的理想状态是适度。哲学非常讲究"度"的概念。社会各方面诸如经济的、政治的、文化的发展，都需要有节制地协调发展。社会的现代化进程，既要发展，又要科学发展；既要快速，又要稳定。人的进步，既要强调创新能力和基本素质的提高，又要追求和谐、全面、自由发展；既要市场经济，又要宏观调控；既要改革开放，又要坚持社会主义的基本原则和基本道路。古代圣贤主张"过犹不及""恰到好处""极高明而道中庸""致中和"是颇有道理的。外部世界对人来说，都存在着一个和谐和适度的问题。风调雨顺，方能国泰民安。不开发自然，就无法摆脱长期贫穷落后、被动挨打的状态，向自然进行无限度的掠夺性索取，又会破坏生态的和谐，甚至会受到自然严酷的报复。只有适度，才能有益于人类。和谐即美。和谐才能真正体现"以人为本"的宗旨，才能体现人民的根本利益；不和谐，则会不同程度地损害和牺牲人民的根本利益，甚至酿成不幸和灾难。

和谐文化应当是科学文化、先进文化和创新文化。科学、先进、创新的和谐文化在促进人与自然的和谐、人与社会历史的和谐、人际关系的和谐、人的生存状态和生存方式的和谐的同时，主要是通过塑造社会主义新人形象，重塑人的思想灵魂，将其内化和优化为人的一种思想、素质、操守和习惯。建构和实现和谐社会的理想，需要表现崇高、壮美、血性、阳刚、英雄主义气概，需要表现人民的主体意识、创新意识、自强意识、变革意识、竞争意识、效益意识、忧患意识，培育和发扬人民的奋斗精神、进取精神、冒险精神、献身精神，抵制拜金主义、享乐主义和无节制的欲望主义，涤荡社会中和舞台上那种近于病态的带有腐蚀性和麻醉性的孱弱的、惰性的、畸变的、奢靡的社会文化氛围，以防止造成民族生命力的退化，使中华民族失去"敢为天下先"的锐气和勇气。社会主义的文学艺术应当大力弘扬新历史条件下的时代精神、民族精神和爱国主义精神，使人民始终保持奋发进取和昂扬向上的精神风貌，以推动社会的全面进步和人的全面自由发展。

二、中国传统文化的推陈出新

（一）新文化运动批判中国传统文化的历史经验

1. 一种轮回现象

鲁迅为批判孔子思想提供了宝贵的历史经验。反孔和拥孔，在历史上多次出现"循环往复"这样一种规律。人们不难发现，一个朝代或一个政党，对孔子的态度往往会随着境遇和身份的改变而呈现出截然相反的价值取向。夺取政权和巩固政权的不同时期，对孔子会表现出判然有别的政治态度。政治人物和政治集团往往是尊孔的，有的为了造反举事而反孔，夺取政权后，又必然尊孔。中国历史上多次出现这种"尊孔—反孔—尊孔"的"循环"和"轮回"。鲁迅先生说，刘邦本是反孔的，"贵为天子"后，立即尊孔；朱元璋本是"一修道和尚"，"危坐龙庭"后，立即尊孔；"爱新觉罗氏入主中华，也要存汉俗，尊儒（孔）术"[①]；太平天国一路高举反孔大旗，兵下南京后，旋即改旗易帜，宣布尊孔。但这些改朝换代的风雨未能动摇孔子思想的根基，只触动了孔子思想的表层。这说明孔子思想的文化基因已渗透进了世人的骨髓，具有超强的稳定性。

这种反复出现的带有规律性的政治文化现象也说明，夺取政权时，需要推翻旧制度，打破旧秩序。然而反孔的人文知识分子毕竟是极少数。狂风暴雨式的革命过程中，不可能进行有效而彻底的文化革命，扫除儒家学

---

① 鲁迅. 鲁迅全集：第 7 卷. 北京：人民文学出版社，1981：562.

说和孔子思想的根基；夺取政权后，变革者变成了统治者，为了巩固政权，从乱到治，建立新秩序，必然要借助儒家学说和孔子思想。这是因为，儒家学说和孔子思想是治人治国的方略，其功能是通过仁、义、礼、德，稳定社会秩序和维护人伦秩序，从根本上拒绝、阻碍、限制造反、消解和颠覆。变革者为了改变旧环境，破除旧秩序，必然是反孔的。反孔运动伴随着夺取政权斗争的全过程，但以夺取政权为目的的政治变革，来不及也不可能从根本上撼动儒家学说的基础，廓清孔子思想厚重而牢固的历史积淀，因而其在劫后的重生和复活是非常容易的事。一个新政权需要人文知识分子的支撑，被儒家学说培育起来的庞大的"士人"阶层步入仕途，成为权贵和新政的强有力的支持者。鲁迅先生曾说过这样的话："若向老百姓们问孔夫子是什么人，他们自然回答是圣人，然而这不过是权势者的留声机。……孔夫子在中国是被权势者们捧起来的，是那些权势者或想做权势者们的圣人，和一般的民众并无什么关系。……孔子这人，其实是自从死了以后，也总是当着'敲门砖'的差使的。"① 鲁迅先生的话或许有点偏激，却也道出了几分真理。

2. 新文化运动对儒家负面文化思想的批判

众所周知，新文化运动对中国古代文化，特别是儒家思想的负面和消极影响发起过猛烈的冲击和无情的批判。首先必须指出的是，这次反孔运动所反的"孔"是中国封建社会晚清王朝已经异化的孔子思想，批判的锋芒主要指向异化状态下的社会痼疾和精神病变。这次反孔运动把晚清王朝推行和贩卖的孔子思想讥讽为"孔家店"，鲜明地提出"打倒孔家店"的口号，表现出明显的激进主义思想倾向。但回过头来加以反思，这里存在着一个必须正视的对这次思想解放运动的再评价问题。

---

① 鲁迅. 鲁迅全集：第 6 卷. 北京：人民文学出版社，1981：251-252.

由于受到西方先进的科学、自由、民主的社会文化思潮的积极影响，以及风雨飘摇的晚清王朝的屈辱、孱弱和腐败所引发的有志青年高涨的爱国激情的强有力的推动，伴随着辛亥革命而产生的以清算孔子思想的负面影响为旨意的新文化运动开启，领导者和参与者都是那个时代的社会精英乃至学界泰斗。以鲁迅为旗手的一代人文知识分子都是那个时代的人杰才俊，也可被称为那个时代的圣人和文化思想先驱。当然，他们要求改变现状的思想和行为是非常激进的，以至于有些青年提出拒读"发黄的线装书"，甚或以古为敌。即便像鲁迅先生这样清醒的人士也曾喊出这样的宣言："苟有阻碍这前途者，无论是古是今，是人是鬼，是《三坟》《五典》，百宋千元，天球河图，金人玉佛，祖传丸散，秘制膏丹，全部踏倒他。"①鲁迅一代人十分清醒地看透了旧的文化器物作为旧的文化思想的载体对人的精神奴役和压抑，它们实际上是统治阶级"治人"的思想工具。这种思想枷锁是应当和必须被打破的。鲁迅先生指明："我们此后实在只有两条路：一是抱着古文而死掉，一是舍掉古文而生存。"②鲁迅先生认定，再原封不动地承袭孔子的负面思想，"保存旧文化，是要中国人永远做侍奉主子的材料，苦下去，苦下去"③，"社会上多数古人模模糊糊传下来的道理，实在无理可讲；能用历史和数目的力量，挤死不合意的人"④。

鲁迅的反传统精神和他对传统文化负面元素的冷峻批判，简直达到了摄魂勾魄、敲骨吸髓的程度。被中国古文化缠绑着的国民，围观志士被处决，毫无痛苦之表情，只是以看热闹的心态欣赏。当时的中国民众承受着像鸭子被"倒提"那样的命运，整个中国像个"大染缸"和"黑屋子"，无声而又黑暗，没有一丝生机。人们的生活被病态的古文化压抑着，所谓

① 鲁迅.鲁迅全集：第3卷.北京：人民文学出版社，1981：45.
② 鲁迅.鲁迅全集：第4卷.北京：人民文学出版社，1981：14.
③ 鲁迅.鲁迅全集：第7卷.北京：人民文学出版社，1981：427.
④ 鲁迅.鲁迅全集：第1卷.北京：人民文学出版社，1981：243.

"软刀子割头不觉死"，令人窒息。鲁迅先生为了寻求光明，呼吁"打开黑暗的闸门"，但他体认到，变革现实是十分艰难的。"中国大约太古老了，社会上事无大小，都要恶劣不堪，象一只黑色的染缸，无论加进什么新东西，都要变成漆黑。可是除了再想法子来改革之外，也再没有别的路。"①鲁迅先生深切地体认到中国古代文化传统的超稳定性和极端的牢固性，指出了实施这种变革的必要性、紧迫性和艰苦性。他说："可惜中国太难改变了，即使搬动一张桌子，改装一个火炉，几乎也要流血；而且即使有了血，也未必一定能搬动，能改装。"② 鲁迅塑造了阿 Q 和狂人两个深刻、典型的文学形象，对吃人的文化的专横和伪善进行无情的揭露和批判。中国传统文化氛围笼罩下的人的生态和命运，诱发了社会和精神的病变。他说："孔夫子曾经计划过出色的治国的方法，但那都是为了治民众者，即权势者设想的方法，为民众本身的，却一点也没有。"③ 关于阿 Q 和狂人，前文中已有详述。鲁迅先生对中国传统文化中腐朽部分批判的主要锋芒指向强横的官本位体制：崇拜权力至上的人身依附关系，即以官方的霸道和百姓的奴性相互补充的、表层和谐实则专制的政治文化思想体系。鲁迅先生一针见血地指出，史学家"修史时候设些什么'汉族发祥时代''汉族发达时代''汉族中兴时代'的好题目，……有其更直截了当的说法在这里……一，想做奴隶而不得的时代；二，暂时做稳了奴隶的时代。……而创造这中国历史上未曾有过的第三样时代，则是现在的革命青年的使命"④。鲁迅先生告诫和鼓励青年们说："中国各处是壁，然而无形，像'鬼打墙'一般，使你随时能'碰'。能打这墙的，能碰而不感到痛苦的，

---

① 鲁迅. 鲁迅全集：第 9 卷. 北京：人民文学出版社，1981：18.
② 鲁迅. 鲁迅全集：第 1 卷. 北京：人民文学出版社，1981：274.
③ 鲁迅. 鲁迅全集：第 6 卷. 北京：人民文学出版社，1981：254.
④ 同②312.

是胜利者。"① 鲁迅先生指明："旧像愈摧毁，人类便愈趋步。"② "我们蔑弃古训，是刻不容缓的事情了。"③ "幸存的古国，恃着固有而陈旧的文明，害得一切硬化，终于要走到灭亡的路。……说到中国的改革，第一自然是扫荡废物，以造成一个使新生命得到诞生的机运。五四运动本也是这机运的开端。"④

可见，鲁迅先生对新文化运动是充分肯定的。当代中国学者认为，对于新文化运动所表现出来的文化激进主义，应当以推进现代化历史进程的全球化新视域进行全面、科学的历史分析。以鲁迅先生为代表的一代新的文化思想潮流的先驱者对变革的态度是坚决而又激进的。他们体察到以孔子的负面思想铸成的中国传统文化中的腐朽部分，有着根深蒂固的极端的牢固性和超强的稳定性，也意识到了变革这种社会历史文化结构的必要性和迫切性。他们的思想和行为即使非常激进，也丝毫不能化解由厚重的历史积淀和凝滞的人文基因所铸成的社会的顽症和痼疾。而日本的明治维新，使日本突破了封建宗法制的牢笼，经济、政治、文化、科技都得到了高度发展，成为富强之国。中国的戊戌变法却被顽固的反动保守势力血腥镇压，仁人志士亡命"菜市口"，壮烈牺牲。这是一种鲜明的对比，再次说明改良的脆弱性和晚清腐朽王朝的顽固性。当时，腐朽的封建文化和政治体制已经到了令人不能容忍的程度，中华民族到了最危险的时候。苦难的中国人民饱受封建主义的压迫和摧残，以及侵略者、殖民者的践踏和蹂躏，革命和救亡成为中国 20 世纪最重要、最迫切的历史主题。与救亡相联系的启蒙，都是在变革现实的革命实践中同时进行的。当然，救亡是最基本的方面，启蒙是服从并服务于救亡的。在救亡与启蒙的过程中，造就

① 鲁迅.鲁迅全集：第3卷.北京：人民文学出版社，1981：56.
② 同①406.
③ 同①41.
④ 人民文学出版社编辑部.鲁迅译文集：第3卷.北京：人民文学出版社，1958：284.

了一大群舍生忘死地追求、投身于社会变革的仁人志士，培育了灿若群星的大师级人物。

文化激进主义从反对文化唯古主义和文化复古主义到走向文化虚无主义，这是偏执的，但也存在着一定的历史合理性和进步性。我们完全有理由为文化激进主义进行辩护。第一，以鲁迅先生为代表的新文化运动的左翼所反对的是中国传统文化中的糟粕，特别是反对清末已经严重腐化、退化和异化了的儒家学说。这种病态的文化已经失去了历史的合理性和进步性，成为阻碍社会变革和历史发展的桎梏。被新文化运动感召而兴起的进步的文学创作和文学作品普遍反映了封建专制主义对人的压抑和毒害。如背叛家庭、离家出走，宣扬个性解放和妇女解放，追求民主自由，憧憬美好未来等，这些主题在当时成为时代的强音和主调。第二，以鲁迅先生为代表的新文化运动的左翼对维护旧的社会秩序的中国传统文化的本质和功能的揭露与批判是正义和深刻的。虽然应当剔除其中激进的思想成分，但也不能因此否定其中正确和先进的精神价值诉求，特别是对中国传统文化中的腐朽部分的"治人"和"吃人"本性的声讨与对宗法式封建主义、官本位和人身依附关系的鞭笞。对新文化运动是非功过的评价，也要全面、客观。我们在清算新文化运动对中国传统文化的批判走向文化虚无主义的同时，也要防止对新文化运动所表现出来的文化激进主义采取文化虚无主义的态度。我们理应清醒地认识到，没有新文化运动，便没有中国的新民主主义革命和社会主义革命。第三，新文化运动为中国的社会进步和历史发展，即中国的新民主主义革命和社会主义革命制造了革命舆论。这一成就表现为唤起了民族觉醒，开展了思想启蒙，引进了西方的科学和民主等先进思想。这一切都促进了对旧中国和旧文化的变革，为改变现实提供了强有力的舆论支持。

3. 新文化运动的反思

诚然，新文化运动对以孔子为代表的中国传统文化的声讨和批判缺乏科学、全面的辩证分析，表现出一定程度的文化激进主义和文化虚无主义的倾向，思维方式上暴露出一点论、绝对化和走极端的偏执。虽然从"治人"和"吃人"的专制文化的本质而论，这种判断是切中要害的，但我们不能只看到一种政治文化的阶级性，完全无视这种政治文化所蕴含的人民性。这些政治文化的一些核心范畴，如"忠""孝""仁""义""礼""智""信"，在特定条件下也具有积极意义，能起到稳定社会和人心的作用。这种政治文化的意义可以从两方面来说。从主观方面说，从一些开明君主、清官廉吏，到大小人文知识分子，再到淳朴的人民，都接受传统的以"四书""五经"为教本的私塾教育，儒家思想已扎根在他们的头脑中，融在他们的血液中。他们虔诚地信奉孔子的思想，并订立修身、齐家、治国、平天下的法则。从客观方面说，孔子学说的倡导者、信奉者和实践者，他们维护的人治和推崇的忠、孝、仁、义、礼、智、信，虽然都是为了实现政治集团的目的，但客观上往往具有一种利益的普遍性，建构了一种利益的共同体，从而在一定程度上可以体现大众的利益，一个执政党如处于上升阶段，则尤其如此。孔子学说和儒家思想对不同的人员和集团而言，有伪善，也有真善，有消极面，也有积极面。作为几千年来传承和积淀下来的、经过历史检验的一种富有生命力的"治人"和"治国"方略，在社会的和平发展时期，孔子思想具有妙用，应因势利导，化而用之。

我们应当根据新时代历史发展的需要，对五四时期的文化激进主义采取鉴别和选择的科学态度。我们需要肯定他们不应当否定的东西，同时否定他们不应当肯定的东西。我们应当防止以保守的态度对待保守，又以激进的态度对待激进。我们同样不能对文化激进主义采取虚无主义的态度。不应当对陈旧的东西鼎力守护，更不能对追求变革的新的文化思想全盘否定，从而抹杀和淡忘以鲁迅先生为代表的新时代文化先驱者的历史功绩。这是不公正的。我们理应把这种被颠倒的态度再颠倒过来，把属于历史的归还给历史，把变革历史的成果传承和馈赠给今天。

（二）中国传统文化的现代性转型和创新性发展

中华民族的伟大复兴，需要文化复兴；实现文化复兴则需要文化变革。中国传统文化与马克思主义和现代化的伟大实践相结合后，开始实现现代化转型和创新性发展。具体表现在以下几个方面。

1. 完成了一个文化"合题"

自儒家学说产生以来，从总体和全局上说，历代王朝和大多数士人对它的态度都是竭力维护、传承和延续。其间或有一些变革者掀起反孔运动，不过都像一阵风，从未撼动过孔子思想的牢固根基。一个政治集团夺取政权之后，为了建构新秩序，通常会以孔学作为治民治国的方略，使自己的统治得到强化。自汉朝大儒董仲舒提出"罢黜百家，独尊儒术"后，孔子思想被定为一尊，上升为占有统治地位的主流意识形态，从此结束了中国历史上"百家争鸣"的局面。对孔子思想的充分肯定世代相传，孔子思想成为持续、悠久的"正题"。直至新文化运动发起对孔子思想的批判，人们才开始对这种文化的性质和功能提出全面质疑。以鲁迅先生为代表的文化先驱非常清醒地、彻骨地揭露和鞭挞了封建宗法制专制文化和腐朽文化的黑暗与罪恶。新文化运动对儒家学说做了一个基本否定的"反题"。诚然，这种批判带有明显的激进主义的偏执。"文化大革命"期间的批孔运动对孔子思想的全盘否定，可以说是这种激进主义思潮的恶性膨胀和极端发展。直到改革开放以后，当代中国马克思主义者和学界人士才开始对几千年来主宰中国历史的儒家学说和孔子思想做出历史的、科学的、公正的评价。一方面对孔子思想采取鉴别和分析的态度，取其精华，去其糟粕，从"正题"中肯定其中合理的思想成分，选择其中的优秀文化，作为实现现代化的思想理论资源，以满足新时代、新社会建设新文化的需要。

另一方面，对新文化运动的批孔运动采取鉴别和分析的态度，去其激进主义的偏执，取其合理性的思想元素，承接和弘扬文化先驱们的变革志向和批判精神，更加全面、完整地认识中国古代的文化思想遗产，以重塑中华民族的传统文化，开阔文化视野，制定战略决策。这样，从肯定性的"正题"，到否定性的"反题"，再到选择"正题"中那些应当肯定的东西和扬弃"反题"中那些应当否定的东西，我们交汇融通，完成了辩证、综合、创新的"合题"，使中华民族的优秀文化开始实现现代化转型和创新性发展。

实现中国传统文化的现代化转型和创新性发展，关涉到实现中华民族的伟大复兴。这是一个具有战略意义的伟大的新文化建设工程。尽管根除封建主义思想和体制的余滓尚需时日，但当前我们已经雪洗了历史的屈辱，涤荡了旧社会的污泥浊水，粉碎了旧文化赖以生存和延续的宗法制社会的经济基础，破除了封建主义思想和体制的滞后性、凝固性、狭隘性和封闭性，打开了锁国之门，实施和推进了现代化的历史进程，使当代中国融入全球化国际社会，走向世界，并开始作为一个大国，屹立于世界的东方，取得了重要的国际地位。"中国巨龙"已经腾飞，酣舞在世界的舞台上。"东方雄狮"已经苏醒，睁大眼睛，以国际视野，勾画战略宏图。中国传统文化应当接受现代化历史进程的检验和选择，其中与现代化相适应的有用的精华部分，应被吸纳和弘扬；而那些失去了历史的进步性和合理性的糟粕应被淘汰和抛弃。

2. 实现了中华文化全方位的"美丽转身"

中国传统文化是一个多元集合的复杂的文化系统。因此，中国文化可以、应当和必须是多解的。历代学者对中国传统文化的基本属性做出了各式各样的界说和阐释。有人说，中国文化是崇古文化。这种说法不全对。当代中国的新文化不再迷恋过去，而是更加憧憬未来。有人说，中国文化是守成文化。这种说法不全对。当代中国的新文化，尊重传统，更强调创新和发展。有人说，中国文化是静态文化。这种说法不全对。当代中国的新文化认为发展是硬道理，更强调稳定中求发展。有人说，中国文化是静态文化、和善文化、水性文化、优美文化、柔美文化、弱美文化。这种说法点出了中国文化的一些特质，即我们的文化是多么令人感到亲和、温暖、愉悦和惬意。但也要看到，当代中国的新文化在保持、延续、发扬这种文化特质的同时，也强化了刚性和血性、骨气和底气、雄健和伟岸、崇高美和英雄主义精神。有人说，中国文化是中庸文化。这种说法道破了中国古代文化的一种习性，但不全对。为了维护人民安全和国家主权，当代中国的新文化开始表现出毫不动摇的坚定性、坚强性和坚韧性。有人说，中国文化是道德伦理文化。这种说法是有一定道理的，道家主张清心寡欲、返璞归真、拒绝一切欲望，虽很难做到，却体现了一种修身养性的境界。儒家力倡的忠、孝、仁、义、礼、智、信，对完善人格和治理国家仍然具有积极意义，但当代中国的新文化更强调时代精神、人文精神、爱国主义、主流意识和核心价值体系。有人说，中国文化是权谋文化。这种说法或许有一定史据，但我们应当着力把这种文化转换为正面的韬略和智慧。有人说，中国文化是官本位文化。这种说法或许是切中要害的。随着法治和民主建设的推进，官本位会得到一定程度的抑制，但想要彻底清除高度行政化和以官本位为核心的人身依附关系，还需要一个相当长的历史过程。有人说，中国文化是和谐文化。从全局和整体上而言，这种说法是正确的。当代中国的新文化致力于在建构和谐社会的同时，铲除滋生不和谐、不稳定因素的社会土壤和思想政治根源，并坚决进行必要的斗争。上述所论中华文化的各种视域、领域和层面，都体现了中华文化在内容、性质、功能和价值方面发生的不同程度的新变，中国传统文化开始实现向当代中国新文化的全方位的"美丽转身"。

3. 确立了人民的历史主体地位

人民的历史主体地位得到了充分的肯定。中国古代的政治家和政治文化思想家普遍存在着英雄史观的偏见，鄙视下层族群，把百姓称为"小人""下愚"，将其看作只能"使由之"和被"牧放"的对象。老子热爱他主张的"小国"里的"寡民"，是比较同情弱势群体的。孔子和孟子的"圣人之言"，只为上层立言，借用鲁迅先生的话说："孔夫子曾经计划过出色的治国的方法，但那都是为了治民众者，即权势者设想的方法，为民众本身的，却一点也没有。"① 此话可能说得有点过头，但基本上反映出古代政治文化思想的基本倾向。古代先哲曾提出过许多宝贵的民本思想。如孟子曾说："民为贵，社稷次之，君为轻。"圣贤们崇敬人"最为天下贵"，认定"夫民，神之主也"，"民者，君之本也"，"民惟邦本，本固邦宁"。从古籍所载的儒家的民本思想的总体精神意向和思想内涵中可以看出，这里所说之"民"多半指士人和上流社会的"劳心者"。当代中国新文化承接、改造和弘扬了我们先哲的民本思想，不仅把劳动人民纳入"民"中，还赋予他们历史的主体地位。

当代中国新文化坚守人民的历史观。人民是历史的创造者，是社会的物质财富和精神财富的创造者。在夺取政权时期和新中国成立初期，工农大众占有崇高的社会地位，发挥了伟大的历史作用。这是由我们国家的性质决定的。但也要看到，随着时空的转换，跨进以科学技术引领的建设时期后，怎样继续发挥工农大众的积极作用，是一个历史性的新问题。新的历史条件下，为了巩固人民的历史主体地位，培育人民群众的综合素质、提高工农大众的知识化和科技化水平势在必行、刻不容缓、至关重要。历史的政治经验告诉我们，一个政党和国家的政治命运取决于能否夯实群众

① 鲁迅. 鲁迅全集：第6卷. 北京：人民文学出版社，1981：254.

基础，永远坚定地为大多数人谋利益，永远真诚地站在大多数人一边。

4. 树立了向前看的历史观

当代中国的历史观正在经历着划时代的根本性巨变。历史的惰性开始被破除，人们不再以文物意识观照历史，从向后看的历史观转为向前看的历史观。这是一次史无前例的转型。孔子的"吾从周"和"克己复礼"的社会伦理追求，都属于"向后看"的崇古主义、复古主义的历史观。老子的"小国寡民"的社会理想，以及他的漠视社会进步的自然主义和唯古主义的历史观，都已经失去了历史的合理性，与实现现代化的历史要求不相协调。学习古人治国的经验和范式，并不意味着完全回到过去。"礼"是一个历史的概念，即便是"周礼"有可取之处，也不能和不应用其取代新"礼"。当代中国已经成为拥有约 14 亿人口的大国。这个国"小"不了，这个国的民也寡不了，回到"绝圣弃智""绝学无忧""绝巧弃利""结绳用之""复归于婴儿"也是不可能的。形形色色的反历史主义的观念必然会被历史的发展进程所淘汰。已经觉醒了的中国人民，正在听从历史的召唤，抓住机遇，迎接挑战，他们有权利、有能力告别历史的昨天，实现中华民族的伟大复兴。我们的现实是富有理想的，我们的理想是以现实为基础的。"两个一百年"的切实、宏伟的目标一定能够实现，也必然能够实现。一个富强、民主、文明的中国一定会屹立于世界的东方。

5. 从"不治""人治"到"法治"

在社会的管理和治理方面，当代中国也发生了前所未有的历史性转折。我们抛弃了老子的"不治"，即"无为而治"，开始摆脱孔子的"人治"。孔子以"仁""义""礼"所标榜的"人治"，实质上是通过行政系统、借助社会伦理进行的"官治"和"吏治"，即最大的官吏——皇帝之治或君主之治。中国古代的政治文化和官场文化的灵魂是权力中心论，其核心是官本位、一言堂、"一人定国"、"朕即国家"。这种人治培育了官吏的强权和庶民的奴性，铸成了一种以权力为轴心的人身依附关系。当代中国，这种高度行政化的思想和体制开始得到抑制，但尚未彻底去除非行政化领域中的行政化倾向。从"不治"到"人治"再到"法治"，是当代中国社会的巨大进步，实现了治理国家和服务人民的伟大变革。但法是由人来制定的，也是靠人来执行的。现实生活中，仍然存在着"人与法""权与法""情与法""钱与法""色与法"的矛盾和纠结。树立法律的权威和"法律至上"的理念，排除形形色色的因素对"以法治国"的干扰，创建名副其实的法治国家，还需要付出长期、艰苦的努力。在新的历史条件下适应新社会发展的需要，在伦理道德层面，对"忠""孝""仁""义""礼""智""信"加以改制和重塑，赋予它们新的时代内涵，并将它们作为稳定社会和滋润人心的利器，是当代学者不可推诿的历史使命。

6. 认知理性和科技理性得到空前发展

思想解放运动的东风吹散了中国传统文化守旧迷古的阴霾，召唤和激发出 21 世纪人无穷无尽的发明热情和创造能力。老子为了保护百姓曾宣扬"不为天下先"。但这一观点面对世界范围内达到白热化的经济、外交、科技、军事、文化各领域中的国际竞争时，显得不合时宜。老子力倡"空虚无为"，还主张"绝圣弃智""绝学无忧"，让人们"复归于婴儿"，说什么"善为道者，非以明民，将以愚之。民之难治，以其智多"，"绝圣弃智，民利百倍；绝仁弃义，民复孝慈；绝巧弃利，盗贼无有"，"见素抱朴，少私寡欲"。老子还说"小国寡民，使有什伯之器而不用"，"虽有舟舆，无所乘之；虽有甲兵，无所陈之；使人复结绳而用之"，"执无兵，乃无敌也"。这些观点都带有浓郁的愚民主义色彩。如今已到了高科技时代，老子的这些思想已经太老旧了。孔子同样忽视工艺技能和科技理性，如主张"君子不器"，即不接触机械器物，把从事农、工、商业的人贬为"下达"，认为那是"下愚"们的行当，为上流社会所鄙夷。

由于生产力水平的低下和历史屏障的遮蔽，先哲们不可能知道科技理性和科技成果为何物。孔子、老子等人的这些轻视科技理性、忽视创造精神的言论是不可取的。由于首创精神的缺乏，我们的国家和民族长期处于挨打、屈辱中。

当代中国对科技的认识已经大大超越了古代圣贤。科技被提升为"第一生产力"，全球化背景下的国际竞争实际上是科技的竞争，只有用最先进的科技把包括军事工业在内的一切领域武装起来，我们才能挺起胸、抬起头，立于不败之地。只有发明最尖端的科技产品，才能更好地建设和平的世界新秩序，对抗列强的霸权。我们的民族是富有智慧和创造力的民族。我们的文学艺术如诗画和书法，令全世界赞叹。我们的工艺美术作品，如花瓶等瓷器，精美绝伦。我们曾有引以为豪的"四大发明"：造纸术和印刷术，为传播世界文化和推动文化交流做出了卓越贡献；指南针用于远洋航海，促进了国际贸易；火药在古代主要用来制造鞭炮和礼花，以供辞岁和庆典之用。令人遗憾的是火药没有被中国人制造成军器，西方列强却利用中国发明的火药，造出威力强大的洋枪洋炮，侵略中国。英国发明了蒸汽机，运用蒸汽动力系统发起了第一次工业革命。列强将这种蒸汽动力系统与火药动力系统相结合，制造了远洋巨轮，使用改制过的更加灵巧精确的指南针抵达广东近海，敲开了中国的南大门。接连不断的侵华战争迫使晚清王朝签署一系列割地赔款、丧权辱国的条约，把无辜百姓推入苦海，举国上下陷入水深火热之中。科学技术落后，必然被打压、被欺负、被凌辱。科学技术的发展，关涉到一个国家和民族的命运，我们必须接受这个惨痛的历史教训。惨痛的历史教训唤醒了爱国志士，打在身上的痛，使人们感受到知识特别是转化为军事武器的科技理性，会爆发出足以改变一个国家和民族命运的雷霆万钧的力量。古代先人所蔑视的知识理性和科技理性的说教，在西方列强坚船利舰、洋枪洋炮的威逼和攻击之下，显得多么乖谬和荒唐。知识改变命运，知识体现力量，这是真理。

当代中国必须走科技兴国之路。我们已经体验到知识和科技的力量给当代中国带来的翻天覆地的变化。创新是国家和民族发展的驱动力和发动机，只有大力倡导创新，特别是自主创新，才能发展科技，追赶和超越世界上的其他科技大国。中国人应当努力拼搏，勇当世界科技大潮的弄潮儿，摒弃"不为天下先"的古训，誓做"敢为天下先"的勇士。当今世界的竞争，实质上是高科技成果的较量，是先进技术的比赛。一些霸权主义和军国主义势力之所以称霸世界，正是由于尖端科学技术的支持。因此，发展先进的科学技术，不只是卫国强国之手段，而且是抑制国际霸权、平衡世界秩序、维护世界和平所必需的。

7. 对"和合文化"的改制与重塑

"和合文化"是统摄中国传统文化的核心文化。马克思主义中国化过程中对"和合文化"的改制和重塑，实质上是真正意义上的"文化变革"，是已经和正在改造旧文化、构建新文化的前所未有的伟大的文化建设工程。新文化吸纳和利用中国传统"和合文化"的积极功能，协调人与自然的关系、人与社会的关系、人与他人的关系和人与自身的关系。就人与自然的关系而论，一方面要对自然进行开发和利用，另一方面又要认真吸取现代化过程中造成的对生态的破坏和对环境的污染等教训。尊重老子自然为本、回归自然和孔子关爱自然的理论思想资源，既向自然索取，又要考虑合理和适度，努力构建自然友好型和资源节约型国家，把建设物质文明和生态文明、精神文明结合起来。以"和合文化"精神创立和谐社会，并不意味着制造审美幻象粉饰太平，掩盖重大、尖锐、冷峻的社会矛盾。反腐运动的日益深入，增强了人们的凝聚力，坚定了人们的信仰，使人们看到了公平和正义，一个美好的、清廉的、健全的、开明的社会正在向人们走来。学者们往往把中国文化通称为"和合文化"。这种概括从总体和全局上说是正确的。对"和合文化"应当进行系统的、全面的、深入的科学分析。旧社会的"和合文化"具有一定的负面作用，正如鲁迅先生所指出的，它实质上是一种"治人文化"，甚至是"吃人文化"。特别是到了腐朽至极、风雨飘摇的晚清王朝，以残酷的封建宗法制为政体的专制文化铸成了儒家神学。新文化运动对这种已经异化、强化、泛化和被制度化、体制化、人格化和一体化了的被称为"孔家店"的儒家专制思想进行了猛烈的冲击。这种被儒学化了的政治思想体制，与西方倡导的民主、自由、科学思想相悖，会导致人文精神和批判精神的弱化与泯灭，不仅使国民赤贫而孱弱，而且酿成一种奢侈淫靡的不良社会文化氛围，造成民族生命力的退化，以致在面对强悍的异族入侵时失去抵抗能力，丧权辱国。正如孟子所指出的："生于忧患而死于安乐也。""和合文化"的负面作用应得到抑制，积极作用应得到发扬。

"和合文化"正在经历历史性的转型和变革，正在被当代中国化的马克思主义所改制，获得重塑和新生。"和合文化"具有极大的包容性，我们应当承接和弘扬"和为贵"的思想，"海纳百川，有容乃大"，坚守"和而不同"的原则。维护文化的主体性、主导性、主流性和主潮性，吸纳不同时空、不同人群和不同性质之文化，容纳多元性、差异性、具体性和多变性。我们有理由不把"天人合一"中的"天"理解为帝王和君主，而将其理解为人民。人民即天，要把人民当作天，把改革开放所取得的一切成果，都"合"到人民那里去。人民的利益高于一切，人民应当拥有一切。任何政党和集团都不应当强行占有特殊利益。为了人民的根本利益，要把人民应当拿到的东西都"合"到人民那里去。这是发展和壮大人民事业的策略，是把人民的利益做强、做大的手段。

中华民族的伟大复兴必然伴随着中华民族的文化复兴，中华民族的文化复兴必然伴随着中华文化的重塑和新生。中国的大地上，正在进行着

"和合文化"的承接、改制、利用和重建的伟大事业。这种"和合文化"不再是作为名词的静态的"和"，而是作为动词的动态的"和"；这种"和"不再是作为守势的"和"，而是作为攻势的"和"；这种"和"不再是降势的"和"，而是胜势的"和"；这种"和"不再是凝滞的"和"，而是发展流动的"和"；这种"和"不再是"和"于官本位和以权力为中心的人身依附关系，而是通过民主和法治"和"于人民；这种"和"不再是"和"于非人非理，而是"和"于真人真理。"和合文化"的性质、功能和价值正在发生根本性的转变。

"合"与"分"只不过是一个问题的两个方面。有"合"必有"分"，有"分"必有"合"，把该"合"的东西"合"进来，把该"分"的东西"分"出去。为了增进人民的福祉和推动社会的健康发展，应当铲除社会经济文化领域中的不稳定因素滋生的土壤，把不和谐的因素如腐败现象"分"出去；把现实生活中那些专制的、奢侈的、黑暗的、非人的、丑恶的、病态的、畸变的、异化的现象"分"出去，同时把那些美好的、和善的、清新的、崇高的、理想的元素"合"进来、"树"起来。只有从"和"中"分"出那些危害"和"与破坏"和"的因素，才能维护社会的长治久安，才能争取和稳定人心，筑起人心的长城。

"和合文化"不能排斥必要的斗争。"和"不是一厢情愿的。对具有敌对性质的势力是不能随意讲"和"的。不同质的矛盾，应当用不同质的方法去解决。对霸权主义、恐怖主义、分裂主义、军国主义和一切损害人民事业的敌对势力和犯罪分子，原则上是不能讲"和"的。为"和"而"斗"，为"和"而"分"，为"和"而"赢"。我们注意到，现代化历史过程所选择的"和"的基本的、主要的、常见的、普遍有效的形态是"双赢"，通过"双赢"实现"我赢"。这种"双赢"已经成为当代中国壮大自己的手段和策略。此时的"和"发生了根本性的变化。这种"和"不再是"庸和""滞和""降和",而表现为"竞和""胜和""赢和"。中国传统的"和合文化"为了适应现代化历史进程的需要,经过当代中国马克思主义的改制和重塑,经历着历史性的转型,已得到了创新性的发展。

8. "仁爱文化"发挥了稳定社会的积极作用

"和合文化"反映在社会伦理方面,则表现为"仁爱文化"。孔子是真诚地信仰、倡导和推行"仁义"和"仁爱"的。"仁义文化"和"仁爱文化"作为中华伦理道德文化的核心内容,对稳定社会、维护历史的和平发展,起到了一定的积极作用。但以史实观之,这种作用又是十分有限的。

我们应当是中华优秀传统文化真诚的继承者和切实的发扬光大者。只有真正"以人为本"、真正"以为人民服务为宗旨"的国家,才能真正施行"仁义文化"和"仁爱文化":对内团结人民,凝聚人心,稳定社会,和平发展;对外调整国际关系,和谐万邦,推动世界的多极化,建立全球的新秩序和利益的新平衡。然而,为了实现"仁爱文化"的目标,必须反对和抑制会破坏和消解这种文化的因素。我们应当牢牢树立居安思危的忧患意识,认真正视和解决多发的、突出的各种社会矛盾,如公私矛盾、劳资矛盾、官民矛盾、民族矛盾、生产与分配的矛盾以及现实生活中那些非公平、非正义、非民主、非人性的丑恶现象,只有这样,才能保持和维护社会的和谐与稳定。只有抑制和反对那些去"仁爱"、去"和合"的文化,才能真正实施"仁爱文化"与"和合文化",求得社会、历史和人的健全发展。

9. 中西文化新融通

中国古代传统文化需要与现代化的历史相适应,通过"古为今用""西为中用"的中西对话实践,关注和吸纳西方文化中的怀疑精神、批判精神、创造精神,将其融入中国的"和合文化"。中西文化对话,实际上是中西文化互动互化的过程。通过文化对话、文化竞争和文化交锋，可以体认到中西文化各自的强项和弱项、优势和劣势，从而取长补短、优化组合、择善而从，使中国传统文化和西方文化交汇融通，为中国的"今"所用。我们应当自觉地把中国传统文化和人类的先进文化"合"在"一"起，创构中西合璧的新质态的先进文化。马克思主义在本质上是革命的、批判的。可以明显地感受到，中国传统文化已经接受了中国化的马克思主义的改制和重塑，同时吸纳了西方文化的科学精神、民主精神、批判精神，大力弘扬了"敢为天下先"的创新精神，特别是原创精神和自我创新精神，牢固树立起了追赶世界先进水平的超越意识。中国传统文化在与西方文化对话、交流和冲突的过程中，接受了当代中国马克思主义的改造和重塑，发生了蜕变。中国化的马克思主义，以全球的先进文化为参照，与中国传统文化相结合，使中国传统文化产生了新质态，得到了创造性的运用和创新性的发展。将这种新文化运用于实现中华民族伟大复兴的伟大实践中，会展现出改天换地的伟大力量。马克思、恩格斯指出："对**实践的唯物主义者**，即**共产主义者**说来，全部问题都在于使现存世界革命化，实际地反对和改变事物的现状。"[①] 当代中国的文化已经开始为现代化的历史进程所需要、所选择，已经开始转化为中国化的马克思主义的新文化。这实际上是以一种更加平稳有效的方式进行并取得了巨大成功的"文化变革"。

---

① 马克思，恩格斯. 马克思恩格斯全集：第3卷. 北京：人民出版社，1960：48.

第八章　心理主义文论学理系统

第一节　文艺心理的作用

文艺反映生活不是径直的，文艺与社会生活之间是通过文艺家的心理发生关联的。文艺不是对社会生活的机械反映，不是对社会生活的简单摹写，不是经济和政治的粗陋的派生物和分泌物。艺术的，首先是心理的。文艺作品是社会生活在文艺家心理镜面上的投影和折光，艺术真实首先是由生活真实转化而来的心理真实。就哲学视域而论，心理现象属于精神范畴，是处于社会结构中的意识形态和观念形态的上层建筑。正如马克思所指出的："在不同的财产形式上，在社会生存条件上，耸立着由各种不同的、表现独特的情感、幻想、思想方式和人生观构成的整个上层建筑。"[①]社会的物质关系决定着社会的精神关系，人们的精神生活必然受物质生活

---

① 马克思，恩格斯.马克思恩格斯选集：第1卷.3版.北京：人民出版社，2012：695.

的影响和制约，而精神活动又能够反过来推动社会的进步。文艺作为一种精神现象，是通过反映人民心理和社会心理来促进时代的前进和历史的发展的。文艺心理作为文艺家掌握世界的手段和途径，发挥着一系列积极的作用。

一、文艺心理的中介作用

恩格斯在晚年对马克思主义哲学的基本原理，特别是对经济基础决定上层建筑的原理进行了新的解析，指出人们应当肯定这个根本原理，但不能做"机械性"和"狭隘化"的解读。经济基础的决定作用是复杂的，需要经过一系列的"中间环节"。精神现象具有相对的独立性，作为特殊意识形态的人的心理因素会起到一定的中介作用。普列汉诺夫承接和推进了恩格斯关于"中间环节"的论述，创造性地提出社会心理的"五层级说"："（1）生产力的状况；（2）被生产力所制约的经济关系；（3）在一定的经济'基础'上生长起来的社会政治制度；（4）一部分由经济直接决定的，一部分由生长在经济上的全部社会政治制度所决定的社会中的人的心理；（5）反映这种心理特征的各种思想体系。"① 普列汉诺夫发展了马克思主义的社会结构理论，既肯定了生产力和经济基础的决定作用，又确立了社会心理和具有心理特征的思想在社会结构中的位置。"社会中的人的心理"对社会存在具有能动的"反作用"。这种反作用是通过与社会存在相关涉的"中介作用"来实现的，我们可以把由心理的中介作用激发出来的能动作用统称为心理作用。文艺心理实质上是通过创作和作品表现的社会心理和"社会中的人的心理"。文艺通过塑造先进人物与各种其他人物来培育

---

① 普列汉诺夫. 普列汉诺夫哲学著作选集：第 2 卷. 北京：三联书店，1961：195.

和增强纯洁高尚的思想文化,从而促进社会的全面进步和人的全面自由发展。

二、文艺心理的创造作用

文艺作品的创造,首先是文艺心理的创造。文艺家将长期积累的记忆和素材贮存于心,并对这些分散无序的大量原始材料进行加工,通过"一番改造制作的功夫",把它们变成艺术的营养。文艺心理实际上是文艺家的心理。文艺家的心理结构是丰富多彩的。康德把人的意识结构和人的心理结构划分为知、情、意,或真、善、美。从大的方面而言,文艺家的心理结构和价值选择侧重于以下不同的方面:有的文艺家的心理结构是认知型或智慧型的,侧重于对真理的追求,自我塑造成思想家;有的文艺家的心理结构是情感型的,执着于对美的热爱,自我塑造成美学家;有的文艺家的心理结构是道德型的,迷恋于对善的尊崇,自我塑造成道德家。这种区分不是绝对的,而是相对的,文艺中的真、善、美是相互渗透和相互补充的。文艺家对认知内容的心理创造和艺术表现,有助于提升人们的思想水平;文艺家对情感的倾心,有助于培育人们的审美情操;文艺家对道德行为的礼赞,有利于净化和优化全社会的伦理道德风气。从心理创造的角度,关注文艺中的思想、审美和道德的关系,对推动人们的认知智慧、审美情感和伦理道德情操迈向新境界,一定会起到激发作用。

文艺家的心理创造的实质是发挥作为创作主体的文艺家的主观能动性。文艺家会根据自我的情感、愿望和意志,把加工对象创造成自己的"欲得之物"。由于主体能动性的驱使,每个人都会按照自己的方式来解释世界。创作主体的创作个性、风格、趣味、爱憎、好恶和价值标准都会对加工对象产生重要影响,或适应,或变形,或创新,或超越。徐悲鸿的画作《奔马图》为了凸显速度和力量的美，把马的骨骼画得棱角分明；米开朗琪罗的雕塑《哀悼基督》为了表现基督的伤痛和圣母对他的爱抚，特意把基督的身躯拉长。诚然，这里存在着一个主观逻辑和客观逻辑的相互关系问题。

从人物塑造来看，作家理应按照人物的性格逻辑展开描写，防止违背人物的客观属性和性格逻辑进行颠覆性描写，使人物成为作家主观倾向的传声筒。应尊重人物的客观性，不"剑走偏锋"，把人物的性质写歪了，写反了，写颠倒了。

从哲学层面看，人物所蕴含的客观规律性和作为创作主体的作家的主观能动性与主观倾向性之间，存在着一种既唯物又辩证的关系，既要发挥作家的创造性，又要尊重人物的客观本性、特征和内在的素质与逻辑。一方面，通过创造性的创作，人物的灵魂得到凸显；另一方面，人物增添了新的光彩，照亮了作家的创作能力。为了凸显创作主体的创造性，不尊重加工对象的客观性，或痴迷于加工对象的固有特征，抑制创作主体的创造性，都是违反艺术辩证法的。

大而言之，从历史发展规律和文艺家的历史发展观念看，人类的创造活动是遵循客观规律进行的，只有这样，才能取得成功。特别是在社会转型和历史变革的关键时期，文艺家如何理解和处理历史发展规律与自己的历史发展观念之间的辩证关系，是至关重要的。创作主体的历史主动性、能动性和创造性在于顺应与推动社会转型和历史变革，争当现代化历史进程的"促进派"，创造性地表现翻天覆地的巨大变化。现代化的社会、文化结构必然取代长期形成的封建宗法制社会的历史结构和文化结构，这是不可阻挡的、大势所趋的历史潮流。新时代的文艺应当通过表现历史发展大势所趋的社会心理，促进民族复兴。我们看到，一些文艺家没有牢固地树立"向前看"的历史观念，过于迷恋传统的生活方式，甚至把"乡土文学"和现代化的历史进程对立起来。诚然，乡土农村的绿色、净美、和谐是可亲可爱的，但从总的发展趋势看，作为一种社会历史结构，田园公社这样的社会组织，已经失去了历史的先进性和合理性。

三、文艺心理的动力作用

马克思主义的社会结构理论是动态的。马克思说："随着经济基础的变更，全部庞大的上层建筑也或慢或快地发生变革。"① 作为文艺和文艺心理观念形态的上层建筑也是如此。随着社会存在和经济基础的发展，文艺心理必然发生相应的嬗变，改变它的内容和形式，与此同时，人们的审美趣味也会发生相应的嬗变和演化。中国古代的艺术形式在每个朝代都表现出鲜明的特色，如唐诗、宋词、元曲、明清小说等。画家笔下的女性形象也各呈异彩：唐代画家笔下的妇女多半是丰腴美人，而宋代画家笔下的妇女主要是淡雅俊俏的仕女。随着时代的推进，青年人对小说中的女性人物的爱意也会发生新的变化：追求浪漫的英才恐怕很难再去选择小性、多病、冷俏的林黛玉，而多半会喜欢妩媚、艳丽、温存和善解人意的薛宝钗。普列汉诺夫曾经透辟地解释过 18 世纪法国的戏剧和绘画的思想内容的变化。从路易十四到路易十五之间，在封建专制到资产阶级革命的历史变革过程中，表现出了这两个阶级不同的心理需要和政治诉求。路易十四时代钟爱肉感的维纳斯，作品多表现贵族的享乐，也热爱在作品中给路易十四穿上古代的服装，让他扮演英雄的角色，赞颂这个"太阳王"的高贵和尊严。没有获得统治地位的市民阶级却在流泪。流泪喜剧是 18 世纪法国资产阶级文化的典型。资产阶级革命需要塑造市民社会的英雄，表现他

---

① 马克思，恩格斯. 马克思恩格斯选集：第 2 卷 . 3 版 . 北京：人民出版社，2012：3.

们坚忍不拔的精神风貌。这时第三等级的人们已经成为全社会的"家长"，拥有"革命者的政治美德"。这个时期的艺术是他们的革命情绪和审美理想的表现。文艺心理显然会伴随着时代发展和一定历史阶段的特定阶层的需要而发生相应的改变。

文艺心理的动力作用主要表现为对社会历史发展的推动。人的心理具有一种主动的、能动的、创造性的力量。晚年的恩格斯对历史唯物主义关于社会存在和社会意识的关系有许多新的解释，特别强调了意识和精神现象的动力作用。恩格斯说："政治、法、哲学、宗教、文学、艺术等等的发展是以经济发展为基础的。但是，它们又都互相作用并对经济基础发生作用。这并不是说，只有经济状况才是**原因，才是积极的**，其余一切都不过是消极的结果，而是说，这是在**归根到底**不断为自己开辟道路的经济必然性的基础上的相互作用。"① 在这种相互作用的基础上，突出强调意志、精神现象的积极的能动作用。肯定文艺和文艺心理的动力作用是一个不可忽视的重要观点。恩格斯指出："历史是这样创造的：最终的结果总是从许多单个的意志的相互冲突中产生出来的，而其中每一个意志，又是由于许多特殊的生活条件，才成为它所成为的那样。""有无数互相交错的力量，有无数个力的平行四边形，……产生出一个合力，即历史结果，而这个结果又可以看做一个作为整体的、**不自觉地**和不自主地起着作用的力量的产物。……所以到目前为止的历史总是像一种自然过程一样地进行，而且实质上也是服从于同一运动规律的。但是，各个人的意志——其中的每一个都希望得到他的体质和外部的、归根到底是经济的情况（或是他个人的，或是一般社会性的）使他向往的东西——虽然都达不到自己的愿望，而是融合为一个总的平均数，一个总的合力，然而从这一事实中决不应作

① 马克思，恩格斯. 马克思恩格斯选集：第 4 卷 .3 版 . 北京：人民出版社，2012：649.

出结论说，这些意志等于零。相反，每个意志都对合力有所贡献，因而是包括在这个合力里面的。"①

任何一个社会，都要特别重视人的心理和社会心理的力量。获人心者取得天下，得人心者稳定天下。文艺心理是反映人的心理和社会心理的。文艺和文艺心理是反映人的心理和社会心理的一面镜子。文艺心理作为一种"心力"，和社会的各种因素凝成的"合力"融合在一起，有利于将思想和理论诉诸实践，改变环境，推动社会和历史的发展，提升人的精神面貌。特别是在社会转型和历史变革的关键时刻，更应当关注社会的人的心理动态。文艺通过表现"人心所向"，揭示"大势所趋"的历史发展的前景。

第二节　文艺心理的机能

一、审美感受

文艺是感性的、直觉的、具体的、直接的，以个别的方式感知外部的对象世界。外部世界的对象和审美感受的主体构成一种对象性、对应性和同构性的关系，使文艺家的心理机能得以发挥。审美感受具有模糊性、新奇性和一定程度的神秘性等特点。如天上不断变幻着的云，给人以想象的无限空间。人们看到高山峻岭和绿色草原时的审美感受是不同的，可见伴随着想象、联想的审美感受是丰富多彩的。审美感受的最高形态是意境，但始终是以直觉性为基础的。胡塞尔的现象学和克罗齐的直觉主义都揭示了审美感受的直觉性特征。他们的发现是有价值的，但被极端地夸大了，沦为一种"深刻的片面的真理"。从感性直觉和思想理性的关系看，审美

---

① 马克思，恩格斯.马克思恩格斯选集：第4卷.3版.北京：人民出版社，2012：605-606.

感受尽管是具体直接的，但历史文化的贮存、积淀和传承，使文艺的感性中蕴含着思想理性的因子。马克思说："五官感觉的**形成**是迄今为止全部世界历史的产物。"①"因此，**感觉**在自己的实践中直接成为**理论家**。"② 完全忽略审美感受中的思想理性成分，会有意识无意识地淡化、降低和损害文艺的思想性。从个别性和普遍性的关系来看，没有脱离普遍性的个别性，个别性反映一般性，个体性反映整体性，审美感受的对象始终具有整体性。文艺的个别性和个体性是以总括和整一的面貌呈现出来的。没有典型的个别性和个体性，也不会有精彩深沉的文艺作品。创作主体的心理机能表现为生动的、富有概括性的艺术通感。心理动力，表现为创作主体的人格和审美感受的统觉性、整体性与创造性。我们应通过艺术通感把握形象的总体性特征，取得感觉之间的协调与平衡。

从审美感受的效果看，人们普遍认为，审美感受会带来感官愉快，与理智的思考和逻辑不同，人们可以直接、自然而然、不假思索地通过富有美感的加工对象的形象畅享审美所带来的愉悦，并把引起审美愉悦作为说明美感的主要形式。但这种界定多半适合于美学范畴中的优美。和谐是优美的对应性表征，但那些与人们的审美感受处于差异、矛盾、对抗和激烈冲突中的对象则不会引起观赏者的审美愉悦。因此，只用优美感和审美愉悦来界定审美感受的效果是不全面的。一些文艺家正是通过表现差异、矛盾、对抗和激烈冲突的对象揭露和批判社会及人生中的丑陋与黑暗的。如曹雪芹从没落腐败和利害冲突中寻找诗情，完成了鸿篇巨制《红楼梦》；巴尔扎克从充满铜臭的氛围中，创作了《高老头》；托尔斯泰描写充满血腥的战场，写出了《战争与和平》；雕塑家罗丹的《永恒的偶像》，塑造了两个互相依偎的裸体男女，"丑得很美"。审美感受的内涵理应包括崇高、

① 马克思，恩格斯. 马克思恩格斯全集：第3卷.2版.北京：人民出版社，2002：305.
② 同①304.

悲剧、丑和滑稽。

　　审美感受既是非功利的，又是带有不同程度的功利性的。康德将这一观点表述为"无目的的合目的性"或表述为"无功利的合功利性"。这种论点说明了审美的目的性和功利性的特殊性质及追求这种审美的目的性和功利性的特殊途径。康德的这个观点是有道理的，但他只是把美作为先验范畴来考量审美感受的功利性和非功利性的关系，尽管有利于防止和克服狭隘的功利主义，却脱离生活和实践，带有明显的形式主义和纯粹审美主义的结构性杂质。可以把康德的审美功利主义理解为审美功利主义的一种模式。其实，审美功利属于历史范畴，人们对审美功利的理解随着时代的发展而不断演进。普列汉诺夫研究原始人的审美趣味，发现审美和功利是不分家的。财富是美的象征，妇女们把当时最珍贵的金属做成饰物，以炫其美。审美感受的对象是功利，功利即美。随着时代的发展，审美感受才逐渐从功利观点转向审美观点。生活美转向文艺美，特别专注于文艺的审美品位和艺术情愫。文艺的超功利化、超商品化、超资本化和利益最大化，会造成对文艺的破坏。但对审美功利的淡化也不可取。自马克思提出"艺术生产论"以来，重视和研究艺术生产和一般生产的关系，考量艺术生产和艺术消费的关系，成为富有时代感的课题。文艺作品作为产品进入市场，必然遵循市场规律，便一定会遇到社会效益和经济效益、作品的审美属性和商品属性、文化品位和文化利益、审美规律和市场规律的关系问题。市场经济条件下的艺术生产尤其如此。一方面要遵循"市场规律"，获取一定的文化经济利益；另一方面更要遵循"美的规律"，攀登艺术高峰，创作出划时代的具有历史里程碑意义的精品力作。

二、情感体验

　　情感是人在社会生活中的心理反映，是情绪的高级形态。情感既有正面的，也有负面的。不同情境，会引发人的不同的情感。无论什么样的情感都是客观世界作用于人的心理世界的产物。社会存在决定社会心理。对此，中国古代思想家们具有深刻的阐释。《文心雕龙》①说："春秋代序，阴阳惨舒；物色之动，心亦摇焉。"《文赋》说："遵四时以叹逝，瞻万物而思纷。悲落叶于劲秋，喜柔条于芳春。"时序的更替和自然景物的变化，一定会引起人的情感活动。人的这种情感和社会心理会随着时代的发展而嬗变，可以概括为"情以物兴"和"情以物迁"。情感体验实质上要处理好情感和情境的关系，客观方面的情境决定主观方面的心境，情感体验是通过情境来实现的。情感体验需要设身处地的换位思维，体验主体应当和必须谙熟对象，钻到对象的灵府里，洞察对象的秘密，了解对象的特性和品味，与笔下的人物同生存、共命运，尽可能地把自己变成对象或把对象变成自己，甚至一道经历死亡的痛苦。如福楼拜在自己笔下心爱的人物《包法利夫人》中的主角无奈服下砒霜自杀后，感到嘴里也浸满了砒霜的味道。艺术家对自然景物的体验也是如此。画家郭熙在画论《林泉高致·山水训》中说："真山水之烟岚，四时不同：春山淡冶而如笑，夏山苍翠而如滴，秋山明净而如妆，冬山惨淡而如睡。"他们对某一季节如春天的体验也异常地精到，苏轼的"春江水暖鸭先知"，传达了河冰消融的早春的消息；韩愈的"草色遥看近却无"，描绘了万物复苏时小草萌生，显露出淡薄的绿意；贺知章的"二月春风似剪刀"，把春天的树叶剪裁得恰到好处，令人陶醉。情感体验需要精心观察，长期积累，丰富库存，贮备宝贵的心理经验。作家笔下的人物形象都是被作家的思想感情筛选过的、温暖过的、修饰过的、改造过的。创作主体应当遵循加工对象的内在逻辑，调动自己相关的情感体验，把人物形象描绘得更加完美。情感体验主要分

---

① 本书所引《文心雕龙》为齐鲁书社 2009 年译注版，下文中不再说明。（刘勰. 文心雕龙译注. 陆侃如，牟世金，译注. 济南：齐鲁书社，2009.）

为生存体验、认知体验、审美体验、道德体验。这些体验不仅是创作活动的驱动力，更是一种情感评价和心理意向。作为人对客观事物是否满足自己需求的评价标准，情感体验实际上是一种对于外界刺激所产生的喜怒哀乐的情感反应和心理态度。

正确理解和处理情感体验中的心物关系，即主客体关系，是十分重要的。从主导方面说，文艺创作是一种情感活动。《文心雕龙》对创作中的情感活动和心理意向有着系统的阐释。这部中国古代的文论经典认为："人禀七情，应物斯感；感物吟志，莫非自然"；"心生而言立"，"志足而言文"；"文之思也，其神远矣。故寂然凝虑，思接千载；悄焉动容，视通万里。吟咏之间，吐纳珠玉之声；眉睫之前，卷舒风云之色；其思理之致乎！故思理为妙，神与物游"；"登山则情满于山，观海则意溢于海"；"夫情动而言形，理发而文见"；"文辞气力，通变则久"，"通变无方，数必酌于新声"，"故能骋无穷之路，饮不竭之源"；"文律运周，日新其业。变则其久，通则不乏"；"旧练之才，则执正以驭奇；新学之锐，则逐奇而失正；势流不返，则文体遂弊"。有的"为文而造情"，有的"为情而造文"，有的"文附质"，有的"质待文"，但都要"述志为本"，达到"文不灭质"，防止"美言不信"，"繁采寡情"，追求"约而写真"，臻于"文质彬彬"。又言"辩丽本于情性"，"故情者，文之经；辞者，理之纬。经正而后纬成，理定而后辞畅：此立文之本源也"；"时运交移，质文代变"，"文变染乎世情，兴废系乎时序"，"知音其难哉"。文艺批评应做到"无私于轻重，不偏于憎爱；然后能平理若衡，照辞如镜矣"，主张"用而兼文采"，反对"务华弃实"。刘勰指出了情感在创作中居于核心地位，情感观物具有普遍有效性，洞察情志关系和情理关系，注重情感的嬗变和心理的变通等。这些思想都是非常宝贵的。

西方有一种影响很大的情感学说，即"移情说"。"移情说"首先由德国美学家费肖尔提出，为立普斯所发展。立普斯认为人可以把自己的情感外射到外部对象上去，赋予外界事物以一定的主观色彩，从而把主体的情感变成客体的情感。这种理论的核心内容，构成了形式主义、表现主义和浪漫主义流派的理论基础。"移情说"强调并论证了主体情感的外射作用，这是一个重要的发现，但忽略了审美移情现象的客观基础和社会历史根源。人的情感活动中，把主观的情绪、意志和趣味注入对象，使之染上主观色彩的现象是存在的，是人的主观能动性的必然表现。

　　我们应当对这种复杂的精神活动现象进行科学的解析：第一，人的情感归根结底是外界客观的社会生活作用于人的意识的产物。情感是从现实环境中产生的。人们春游时，踏青寻芳，徜徉于色彩缤纷的花海之中，会感到心旷神怡、如醉如痴，获得甜蜜的审美愉悦。清爽芬芳的风吹走了郁闷和烦恼的情绪，甚至可以改变人们的心态，使人笑逐颜开、心花怒放。人的美感和审美享受是从客观存在的美景中吸取来的，这是大自然的恩赐和馈赠。第二，情感对人的社会生活也具有一定的反作用，也能够对人的现实生活产生一定的影响。人们总是按照自己的包括情感在内的世界观来改造世界。如祖国大地的壮美，能够激起人们的爱国之情，促使人们加速生态文明建设，使中华大地的天更蓝、水更清，消除雾霾和沙尘暴，营造一个和谐的绿色世界。第三，应当把人的情感理解为生活对情感的决定作用和情感对生活的反作用这对矛盾彼此纠结所形成的交互作用的结果，是一种以客体为基础的主客体交互作用的"合力"。人与外界的对象性关系中，存在着物我之间的对应关系。自然的人化和人的自然化经过漫长的历史过程，物我关系已不断深刻化。艺术描写可能出现人化和物化的连续演化，使对象更加人化、人格化、心灵化。创作主体的审美感受和审美体验的过程中有时会发生物我交感、物我两忘和物我同一的境界，移情作用只是从情感上作用于人的心态和人的环境的一种方式。第四，解析移情作用要综合考虑上述三种作用形成的"合力"的复杂多变的审美感受和审美体验，有的侧重于物，有的侧重于心，有的侧重于心物同一方式的融通和建构。第五，移情作用的实现不是无所根据的，而是有限制、有条件、有边界的。德国谷鲁斯的"内模仿"说认为，人对审美对象的心领神会，可能会引发"由我及物"或"由物及我"的心理过程，即把自己的情感投射到审美对象上去，与审美对象融为一体。这是从交互作用的意义上阐释移情作用。李白曾说"相看两不厌，只有敬亭山"，这座使李白感到"不厌"的敬亭山的客观特性至少是李白所喜欢的。杜甫的名句"感时花溅泪，恨别鸟惊心"，使人"溅泪"的花一定不是欣欣向荣的，而是枯涩残败的，使人感到"惊心"的鸟一定不是伫立枝头欢唱的鸟，而是受惊乱飞之鸟。林黛玉的《葬花吟》以凄婉、忧伤的情调，展示了主人公在冷酷现实摧残下的心灵世界，表达了她的自怜、焦虑和迷茫。林黛玉感叹身世的不幸，倾诉哀音："花谢花飞花满天，红消香断有谁怜？……一年三百六十日，风刀霜剑严相逼……未若锦囊收艳骨，一抔净土掩风流。质本洁来还洁去，强于污淖陷渠沟。侬今葬花人笑痴，他年葬侬知是谁？一朝春尽红颜老，花落人亡两不知！"曹雪芹情景交融、人物相契地写出了林黛玉的悲苦命运。这些唱词都和主人公的隐痛与凄凉的心态发生一种心物交感的情境，把林黛玉悲惨的命运烘托得更加沉重和浓郁。

论述审美感受和审美体验时，不能忘记王国维。王国维的《人间词话》[①] 把审美情境分为"有我之境"和"无我之境"。"泪眼问花花不语，乱红飞过秋千去"，"可堪孤馆闭春寒，杜鹃声里斜阳暮"，有我之境也；"采菊东篱下，悠然见南山"，"寒波澹澹起，白鸟悠悠下"，无我之境也。"有我之境，以我观物，故物皆著我之色彩"；"无我之境，以物观物，故

---

① 本书所引《人间词话》为中华书局 2003 年校注版，下文中不再说明。（王国维. 校注人间词话. 徐调孚，校注. 北京：中华书局，2003.）

不知何者为我，何者为物"。其实"有我之境"和"无我之境"都是相对的。"可堪孤馆闭春寒，杜鹃声里斜阳暮"所表现的"我"的生息并不明显，恐怕也不能说"采菊东篱下，悠然见南山"和陶渊明超然物外的人生态度没有关系。王国维所言只关涉到我与境、我与物的主客二分考量，没有阐明审美对象的决定作用和审美主客体之间的交互作用。

我们应该正确理解和处理情感体验和思想体验、道德体验的相互关系。情感体验和思想体验、道德体验的关系是非常密切的，因为情感和思想、道德具有深层的、内在的关涉。从情感和思想的关系而论，没有无思想的情感，也没有无情感的思想。文艺中的情理关系是一个极其复杂的问题，鲁迅侧重于主张文艺揭示思想；托尔斯泰认为文艺表现情感；普列汉诺夫说，文艺既表现情感，也反映思想。三种观点，均有道理，表现出对文艺本质和功能的理解的多元性。作为具有多元合理性的学术观念，这三种思想都拥有自己的信奉者和推行者。与之相对应，也具有不同类型的作家，中国的著名作家中，相对而言，鲁迅是思想型的，郭沫若是情感型的，而茅盾是思想和情感结合型的。从文艺流派来说，现实主义的、浪漫主义的、现实主义和浪漫主义相结合的，都具有存在的合理性，都具有旺盛强劲的生命力。从情感和道德的关系看，情感必有道德内容和道德诉求，情感往往表现为道德情感。有人主张用美育和艺术教育来取代宗教，改造人生和世界。反过来说，道德也不能脱离情感，无情感的道德不能起到训导人的积极作用。有情感、有温度的思想体验和道德体验是陶冶人性和征服人心的重要手段。因此，应当尽可能自觉地把情感体验和思想体验、道德体验融通起来，应当把情感价值、思想价值和道德价值结合起来，应当把情感教育和思想教育、道德教育统一起来。情感和思想、道德的相互协调和交互作用，有利于实现真、善、美的和谐统一，对表现人的高级情感，提升人的思想文化素质和伦理道德情操，具有特别重要的意义。

三、形象思维

形象思维是艺术掌握世界的独特的、专有的思维方式。马克思在《〈政治经济学批判〉导言》中说:"具体之所以具体,因为它是许多规定的综合,因而是多样性的统一。""其实,从抽象上升到具体的方法,只是思维用来掌握具体、把它当做一个精神上的具体再现出来的方式。""具体总体作为思想总体、作为思想具体,事实上是思维的、理解的产物;但是,决不是处于直观和表象之外或驾于其上而思维着的、自我产生着的概念的产物……这个头脑用它所专有的方式掌握世界,而这种方式是不同于对于世界的艺术精神的,宗教精神的,实践精神的掌握的。"① 马克思的论述,对理解形象思维以及它和抽象思维的关系具有深刻的方法论启示。实际上,艺术形象正是一种"具体",是"具体总体"。这种"具体总体"是"许多规定的综合","是多样性的统一"。"从抽象上升到具体的方法"是经过艺术概括,得到由直观和表象呈现出来的这种总体性的具体,即"具体总体"。这个"具体总体"表现为典型化的艺术形象,而这个典型化的艺术形象正是形象思维的产物。马克思还通过对希腊神话的解析来论证形象思维的特点。希腊神话是"通过人民的幻想用一种不自觉的艺术方式加工过的自然和社会形式本身","任何神话都是用想象和借助想象以征服自然力,支配自然力,把自然力加以形象化"②。从马克思的相关论述中,可以提炼出形象思维的一些突出特性:作为艺术地把握世界的专有方式的形象思维和抽象思维必然发生复杂的关涉,人类的这两种思维方式具有互补性,形象思维不能脱离抽象思维,抽象思维依靠形象思维;抽象思维凭

---

① 马克思,恩格斯. 马克思恩格斯选集:第2卷.3版. 北京:人民出版社,2012:701.
② 同①711.

借语言，形象思维运用图像；想象是形象思维的重要特性，感性的、直觉形态的艺术，包含着一定的思想和理性；具体性和总体性相统一，个别的多样性和完整的综合性相协调。形象思维是一种通过具体可感的、想象的、情感的思维形态和艺术精神来把握世界的专有方式。

形象思维和美的规律。马克思在《1844 年经济学哲学手稿》中的相关论述，对于理解形象思维的性质和功能具有深刻的思想启示。人的生命活动是自觉的、自由的、有意志和有意识的活动。包括艺术活动在内的人的生命活动和生产活动"都是自由的自觉"的活动。这种活动"使自己的生命活动本身变成自己意志的和自己意识的对象"，"通过实践创造**对象世界，改造**无机界，人证明自己是有意识的类存在物"①。包括艺术活动在内的人的生命活动是主动的、感性的、自由的、全面的，以全部感觉实现对自我本质的全面占有。自由的、自觉的、自为的、有意识的生命活动正是审美活动的特征，也是形象思维的标志。这种包括精神活动和艺术活动在内的生命活动运用形象思维和抽象思维进行生命的生产和再生产，通过实践创造对象世界，证明人是有意识的类存在物。人类对世界的把握是自由的，这正是形象思维的特性。人是个体性和群体性的统一体，人类的思维，不仅是个别性和个体性的，而且是整体性和综合性的。人对人的本质和人的生命、对象性的人和人对产品的感性的占有，不应当仅仅被理解为直接的、片面的享受。人以一种全面的方式，作为一个完整的人，占有自己的全面的本质。人对世界的任何一种人的关系——视觉、听觉、嗅觉、味觉、触觉、思维、直观、情感、愿望、活动、爱，总之，他的个体的一切器官，是通过自己的对象性关系，现实地实现人对自己的全面占有。

自由性和综合性是形象思维的重要表征。人作为类存在物，把自己的

---

① 马克思，恩格斯. 马克思恩格斯选集：第 1 卷 . 3 版 . 北京：人民出版社，2012：56.

本质视为类本质。人类的生产不是像动物那样，只是维系自己的生命，满足低级的、狭隘的肉体需要，达到延续生命和传宗接代的目的。人可以排除狭隘的肉体需要的影响而进行真正的生产，并能自由地面对自己的产品。动物只是按照它所属的那个种的尺度和需要来构造，而人却懂得按照任何一个种的尺度来生产，并且懂得处处都把固有的尺度运用于对象。人按照美的规律来构造。这样，形象思维必须遵循美的规律。形象思维运用于生产过程，应当表现美的规律所揭示的"两个尺度"，以反映对象的规律和表现主体的价值需求。从客观方面说，应当揭示"对象的本质"，使产品成为体现"人的本质力量的现实"，成为"社会生活的表现和确证"；从主体方面说，反映主体的高级的多方面的精神需要，生产证明"个体是社会存在物"，是主体的"生命表现"，"成为确证和实现他的个性的对象"，成为"我的一种本质力量的确证"，并"以全部感觉在对象世界中肯定自己"[1]。"我们看到，工业的历史和工业的已经生成的对象性的存在，是一本打开了的关于人的本质力量的书，是感性地摆在我们面前的人的心理学"[2]，"我们的生产同样是反映我们本质的镜子"[3]。

形象思维和生产规律。马克思说人的物质生产是"人的生命的物质的、感性的表现"，"生产和消费——是迄今为止全部生产的运动的感性展现，……是人的实现或人的现实"[4]。他说："宗教、家庭、国家、法、道德、科学、艺术等等，都不过是生产的一些特殊的方式，并且受生产的普遍规律的支配。"[5] 艺术作为生产的一种特殊方式，作为一种特殊的精神生产，需要解决两个问题：一个是艺术生产的普遍性和特殊性的关系；另一个是艺术创作的生产和消费的关系。艺术生产既具有普遍性，又具有特

---

① 马克思，恩格斯. 马克思恩格斯全集：第 3 卷 . 2 版 . 北京：人民出版社，2002：302 - 305.
② 同①306.
③ 马克思，恩格斯. 马克思恩格斯全集：第 42 卷 . 北京：人民出版社，1979：37.
④⑤ 同①298.

殊性。艺术生产作为一种生产应当遵循生产的普遍规律；但作为一种特殊的精神生产，又具有生产的特殊规律。艺术不但具有商品属性，而且具有审美属性，是形象思维的产物。艺术生产不仅要服从普遍生产的价值规律，而且要遵循"美的规律"。作为运用形象思维进行的精神生产，艺术生产本质上属于社会的人的生命活动，应当拥有更多的独立性、自主性和自律性，把提升人的思想情感和文化素质放在第一位。通过形象思维进行的文艺创作的主旨是美化人、美化环境和美化社会。

第三节　西方现当代心理学述评

为了推动文艺心理学的学科建设，研究和解析西方现当代有价值的心理学的理论资源是完全必要的。

一、精神分析心理学述评

精神分析心理学是由弗洛伊德创立的。弗洛伊德是 20 世纪产生过重大影响的精神分析学家。弗洛伊德精神分析学说的产生不是偶然的。当时，资本主义开始进入帝国主义阶段，出现了严重的社会危机，引发了尖锐的阶级矛盾，造成人的精神紧张和心理病态。弗洛伊德亲历和目睹了第一次世界大战给人们带来的痛苦和灾难，疯狂的战争机器不仅夺去了千万人的生命，而且导致了大量精神病患者的出现。弗洛伊德作为职业的精神病医生掌握了丰富的病例资源，使他有可能把精神病的个案病症治疗的实证研究、从心理学视域对精神病的病理研究和精神分析相融通。受到叔本华无意识意志理论的启迪，弗洛伊德提出了潜意识理论，这一理论是他的心理学理论中的重大发现。潜意识是弗洛伊德主义的基石，表现为人的性本能和原始欲，这种性本能被称为力比多（libido）。弗洛伊德认为，这种带有野性的、处于潜意识领域中的力比多冲动是一切心理现象的最原始的根源。弗洛伊德的精神分析心理学是一个严谨的系统。他的相关理论都是围绕潜意识加以论证和阐释的。人们通常的、表面的意识只是露在浩瀚大海水面上的"冰山的一角"，而隐藏于海面下的潜意识才是硕大无垠的山体。弗洛伊德的精神分析心理学的重点研究对象并不是人们通常所说的意识，而是形体巨大、深奥莫测的潜意识。因此，弗洛伊德的精神分析理论也被称为"深层心理学"。

弗洛伊德构筑的人格结构和心理结构具有对应性的三个层面：本我——潜意识，实施快乐原则；自我——前意识，遵循现实原则；超我——意识，奉行道德原则。弗洛伊德推崇潜意识系统，认为其是一切原始欲和性本能冲动的根源。前意识介于潜意识和意识之间，保证快乐原则和现实原则的双重实现。弗洛伊德曾打过这样一个比方：属于潜意识领域的人的各种低级的原始欲望熙熙攘攘地、喧嚣无序地拥挤着强行闯入意识的空间地带。而前意识扮演着看门人和检查员的角色，绝不准潜意识中的欲望和冲动随意冲破和侵入意识的大门，进入自我的场所。意识系统，好比人的心理结构大家庭中的"家长"，统辖着整个精神家庭的协调与平衡。弗洛伊德的人格、心理和意识结构中，还有一个与超我相对应的高级意识，它追求心理和愿望的道德原则，带有鲜明的理想色彩。令人遗憾的是，这个高尚的部分的精神分析心理学理论，没有被弗洛伊德本人重视，也就被研究者和艺术家们忽略了。带有原始性和封闭性的潜意识受到压制，向意识发起冲击和侵扰，把原始欲加以浓缩和凝聚，通过想象和象征，转移和投射到能满足宣泄欲望的对象上去，形成升华，便创作出了文艺作品。20 世纪 80 年代的"性大潮"文学依据的便是弗洛伊德的张扬原始欲望的深层心理，但只表现了弗洛伊德精神分析学说的负面，忽略了弗洛伊德心理学尊崇道德原则的高尚的部分。还有人竟然把弗洛伊德的精神分析心理学斥为"淫邪"。我们应当还给弗洛伊德一个真正的弗洛伊德，应当还给中国当代的作家和读者一个全面、完整的弗洛伊德。有的西方学者对弗洛伊德对人的意识结构与人格结构的发掘和拓展的相关理论给予了高度评价，把弗洛伊德与发现新大陆的哥伦布和发现新物种的达尔文相提并论。

弗洛伊德通过对古希腊神话中的相关传说的发掘和研究，演绎出人的心理结构中贮存着的自恋情结、恋母情结、恋父情结等。一位美丽的姑娘痴情地爱恋着少年纳西索斯，但这位少年却冷酷无情地拒绝了姑娘的示爱，并因此受到神的惩罚。这位少年痴情地欣赏他映在水中的身影，不幸落水而死，化作水仙花，这个故事讲述了"水仙花自恋情结"。吸吮乳汁、母亲温柔的搂抱和爱抚会给男孩带来快感。男孩喜欢母之慈，厌恶父之严，天生具有"恋母仇父"的本能。弗洛伊德借喻古希腊索福克勒斯的悲剧中俄狄浦斯不知真情杀父娶母的故事创造出"俄狄浦斯恋母情结"。女孩的潜意识中对父亲一往情深，弗洛伊德从古希腊传说中一位名叫爱列屈拉的公主密谋杀害母亲以替她所眷恋的父亲报仇的故事，演绎出"爱列屈拉恋父情结"。弗洛伊德和他的学生们往往试图用"恋母情结"评论艺术作品，如认为达·芬奇的著名肖像画《蒙娜丽莎》是作者把童年时对慈母的爱的记忆转移和附加到了画中。婴孩时期母亲的爱抚和亲吻长期贮存在达·芬奇的心灵里，唤起爱恋的情感后，便会由于"恋母情结"的驱动，把蒙娜丽莎的嘴唇描画为自己母亲的嘴唇，将对母亲的爱投射到肖像中，使蒙娜丽莎露出"神秘的微笑"。弗洛伊德的弟子们研究《哈姆莱特》，最终得出"恋母情结"是跌宕的剧情和主人公哈姆莱特犹豫性格的终极成因。

弗洛伊德和荣格的意识理论对认识人的心理和意识结构都是有贡献

的。弗洛伊德专注于个体的心理意识结构，而他的学生荣格则通过对古希腊传说的研究，从族群的视域发现了人的集体无意识的原型。荣格从集体无意识中提取出来的各种"原始意象"催生出各种形态的原型创作和原型批评。荣格的意识理论和弗洛伊德的意识理论存在着差异性，但差异性中又包含着同一性。把两种相对立的东西整合起来，便可以把弗洛伊德的意识理论和荣格的原型理论视为一个有机的互补互渗的整体系统。一个是个体的，一个是群体的；一个是潜意识的，一个是无意识的；一个是本能的，一个是历史的；一个是生物学的，一个是遗传学和文化学的。可以将它们视为一个矛盾的统一体。人的心理动机不只是源于性本能和原始冲动，还会受人物、事件、思想、情感的历史贮藏和文化积淀的影响，作为遗传因子和传承要素，对批评和创作必然会产生潜在性的影响。无论是弗洛伊德的本能的潜意识理论，还是荣格发现的注重原始意象的集体无意识的原型理论，都具有一定的道理，但也存在着一个共同的局限，即忽视了现实生活对塑造心理结构和激发心理活动的重要作用。现实生活才是意识、欲望、心理动机的最直接、最根本的源泉。

弗洛伊德的潜意识和性本能理论中存在着一些值得研究的问题。从理性和非理性的关系来看，他的心理学中的与超我相对应的高尚意识的部分只是为了保持理论完整性的需要而存在，事实上却是被掩盖、被忽略的。弗洛伊德实际上把潜意识、原始欲和性本能视为心理结构的基础和心理行为的总根源，取消了意识对心理现象的统摄地位，表现出明显的、浓厚的非理性主义倾向。从生物学和社会学的关系来看，人的欲望不一定来源于潜意识、原始欲和性本能。人有别于动物，健康的人不同于有病的人。社会的、现实的活生生的人的欲望和心理动机有着大量的、更深层次的诱因，其中社会和政治因素比原始欲和性本能更为重要，如对权力、金钱、利益的追求，对价值的迷恋等。这些社会学意义上的贪欲和占有欲大大超越了人的生物学意义上的生理需求。弗洛伊德对潜意识、原始欲和性本能的推崇和解释，都带有浓郁的生物学色彩，模糊了人的社会本质，否定了社会文化环境对人的心理现象的制约。从封闭性和开放性的关系来看，弗洛伊德认为潜意识是与生俱来的，是人性本身所固有的，是封闭的，是生物性的原始存在，带有朴素的生物论意味的唯物主义特征，割裂了人的社会实践和人的社会活动，抑制了人的心理现象的活力，是一种僵化和凝固的东西。但人的意识结构和意识活动必须向人生和社会开放。人的心理和意识同文化、道德、风俗和宗教都有着复杂多变的关系，人的心理意识的结构和活动应当向相关的学科领域开放，更加自觉地走向多层级和立体化的跨学科研究。

随着时代的发展和社会环境的变化，精神分析心理学必然会发生演变，即便是弗洛伊德的学生，也对弗洛伊德对性本能和原始欲的绝对化、僵硬化、凝固化的看法表示不满。弗洛伊德的传人从内部进行修正，如荣格、阿德勒，随后是哈特曼，克莱因则创立了精神分析对象关系理论。还有的学者从与社会学、文化学、人类学和哲学的联系上对弗洛伊德的理论进行改制，出现了精神分析的社会文化学派、存在主义的精神分析学派和结构主义的精神分析学派等。对人的意识和心理现象的科学研究至今还是一项未竟的事业，需要经过一个漫长而又深刻变化的历史过程，才能洞察人们复杂多变的心理世界。

二、格式塔心理学述评

格式塔（gestalt）心理学，是西方现代心理学的主要学派之一，诞生于德国，转移到美国后获得了新的发展。这个学派不同于美国构造主义的心理学，也有别于行为主义主张刺激引起反应的心理学。格式塔心理学主张从意识的直接经验中，研究人的心理和行为的整体性。这个经验的整体性中蕴含着心理的动力结构，从整体的动力结构中研究人的心理现象。这个学派的诞生时间是 1912 年，创始人是韦特海默，主将有柯勒和考夫卡等人。

格式塔心理学的产生不是偶然的。当时的德国，社会进步，经济发展，政治分裂和诸侯割据的局面已经结束，追求统一性和整体性成为人心所向，强调经验和直观成为学界风尚。从学术背景看，格式塔心理学把康德的先验论范畴换成了"经验的原始组织"。康德认为，人的经验不是简单的元素，而是一种整体，并通过赋予经验材料以一定的形式加以组织和理解。康德的这种先验的形式主义成为格式塔心理学的核心思想立论的主要依据和学理本源。胡塞尔的现象学的直觉主义，尝试通过现象直观洞察和把握现象的本质，也为格式塔心理学提供了操作的可能性。

20 世纪初，科学界提出了关于"场论"的思想。科学家们把"场"定义为一种全新的结构，而非对象之间的引力和斥力的简单相加。格式塔心理学家们运用"心理场"的理论对人的心理机能做出了全新解释，被视为一项开创性的新发现。

格式塔心理学运用数学、力学和形式学的方法来解释人的心理现象。它的核心概念和最大发现是认为心理机能存在着格式塔质。格式塔心理学认为整体不等于并且大于部分之和，例如随意摆放着的三条线组成三角形，会使这三条线具有新的意义，产生一种特定的格式塔质。单音和和音是不同的，谐音的构组，大大超越了一个单独谐音的内涵，这些谐音的不同构组，还可以产生美妙的乐章。一本红色的书，可以隐去它的颜色，显露出一个长方形，用来解析一切长方形的对象，铸成一种力的图式。力是人内在的心理机能，形是力通过对数的运用而产生的模式和达到的新的目的。格式塔心理学家们做过一个实验：把一只猩猩和两根竹竿放在笼子里，将食物放在笼子外面。猩猩用一根竹竿够不着外面的食物，只好把两根竹竿插在一起，终于拿到笼子外的食物。两根竹竿好比两条线，合为一条线后，在心力的动态结构的驱动下，可以达到新的目的，呈现出创造性行为。这种创造性行为依据对象之间存在着的相似、相近和相同的形式，从整体上加以把握，并注重运用实验和实证的方法加以实现，因此，格式塔心理学也被称为"完形心理学"。格式塔心理学认为经验现象中都具有"相似形"的共同特征，存在着同构性和对应关系，即"完形"性质。格式塔心理学家把这种力的潜质、图式和机制称为同型论。有的格式塔心理学家认为，心理现象实质上是完整的完形。完形是心理本身固有的一种图式，具有整体性，不能被分为零散的元素，本身含有意义，不受外部经验的影响。心理现象的"同型"，创构了经验现象的"完形"。

同型论实质上是格式塔心理学家提出的一种关于心物关系的理论。心理活动的主客体之间存在着相似或同型的关系，心力和心理机制的图式结构与直接经验的对象发生一种互鉴融通的对应关系。这种对应和互视，使自我意识和对象意识产生同一性，心物交感，相互吸引，融为一体。这种主客体之间的相同图式，通过内心的力的作用，实现"完形"。格式塔心理学处理直接经验中的心物关系的过程，实际是一种可以产生新质的创造性活动。这种具有同型性的主客体关系，对理解美学范畴具有启示性意义。如果是正面的图式对应关系，则可以产生和谐和优美。格式塔心理学提出用"直观"和"顿悟"的方式审视和把握对象的本质。这种洞察经验中的事物和行为的手段显然是受到了克罗齐的直觉主义和胡塞尔的"感性直观"理论的影响。克罗齐的"艺术即直觉"的解说缺乏全面的真理性。胡塞尔的"现象学直观"具有片面的真理性。艺术灵感和审美顿悟是存在的。这种带有神秘意味的思维方式是偶然的、突发的、奇特的，企图通过"灵感""直觉""顿悟"来洞察对象的本质是很难的。但世界上确实存在着难以理解的东西，比如梦。对于梦，即便是弗洛伊德也不能做出令人信服的解析。人们普遍的见解经过经验的历史积累和文化积淀，由于遗传和内化，成为潜藏的感知因子，若遇到外部机缘的触发，便可刹那之间迸发出灵气，令人恍然大悟、豁然开朗，达到体验的巅峰。这种"灵感""直觉""顿悟"实际上需经过长期积累，方能瞬间爆发。俗语"熟能生巧""磨铁成针""水滴石穿"，都深入浅出地说明了这个道理。

格式塔心理学应当解析图式与内容的关系、形与质的关系。内容充实的图式不能脱净内容；无内容的图式沦为虚的线，变成无实际意义和无价值的空壳。无形的质是看不见的，没有形的质是虚浮的。猩猩不可能用两条虚线拿到食物，只有将竹竿这种实物作为工具才能把食物拿到自己的手中。格式塔心理学应当说明力的图式的先天固有与后天习得之间的关系。生理遗传和文化传承，使人历史地形成先天固有的能力，但个人能力不是固定不变的，通过大量的实践经验的后天习得，个人的能力会不断强大起来。

格式塔心理学通过"同型性""整体性""力的图式""完形理论"，有说服力地阐明了一种创造性的心理活动从结构到建构的机制和过程，颇具创新价值，富于启发意义。这一心理活动的创造性体现在从一个整体性和同型性的完形过渡到另一个全新的完形，凭借经验的转换，产生形式上相似的新对象。格式塔心理学者认为，人的创造性的思维和行动都是不断创新的过程，打破旧的完形、创造新的完形，颠覆旧结构、建立新结构。这个思想揭示了人类文化发展的基本规律。格式塔心理学关于人和环境相互作用的"关系场"的理论带有辩证意味，把力的图式视为与生俱来的、固有的、封闭的生物学机能，否定先前经验的影响，使"同型"和"完形"变成超验的东西，把整体和部分对立起来，注重"形"而忽视"质"，夸大心理的能动性，用先验模式解释心理结构的完整性。格式塔心理学用生

物学、数学、力学与形式学的观点和方法研究心理现象，把人的心理结构
视为人的生理所固有的、封闭自足的，忽视了与社会实践的联系。心理属
于精神现象，如何从人文情感学的视域解析人的心理结构和发展规律，是
摆在心理学家面前的重要课题。

三、日内瓦学派心理学述评

瑞士心理学家皮亚杰所创立并作为领军人物的日内瓦学派（Geneva
school）心理学的主要研究对象是儿童心理，通过对儿童心理的实验分
析，探索人的智力形成、认知结构、发生机制和心理发展规律。皮亚杰的
三卷本《发生认识论导论》，标志着发生认识论体系的建立。1955 年，皮
亚杰又在日内瓦大学创立了发生认识论国际中心，诚邀各国心理学家及相
关学科的学者会聚一堂，组成日内瓦学派，从事多视域、跨学科的综合研
究。日内瓦学派吸收了机能心理学关于有机体与环境相适应的思想，承接
了格式塔心理学关于知觉整体性的观点，发展了精神分析学派心理发生发
展阶段论的表述。日内瓦学派专注研究儿童的认知发生和智力发展，并以
此为基础，进一步探索人类的认知发生和智力发展，创立了发生认识论。

皮亚杰认为儿童心理的认知结构和动态过程是通过体现心理机能结构
的图式来实现的，心理机制和外部环境之间是同化和顺应的关系。同化指
生物对环境的适应，对环境的顺服；顺应要求通过调整旧图式建立新图
式，使旧图式发生质变，达到对新环境的适应。处理心理现象和社会环境
的关系，主要靠后天习得的经验的平衡作用。皮亚杰把儿童认知的发展分
为感知运动、前运算、具体运算、形式运算四个阶段。

发生认识论通过对儿童心理的研究，得出了一些关于认知的结论。儿
童的思维不是杂乱无序的，而是呈现为一种内化的运算活动。具体的运算

活动依靠表象思维和直观思维，语言伴随着符号化活动，使儿童的感知运动图式内化为表象。儿童在前语言阶段，会通过连绵不断的同化和顺应过程，掌握心理和对象之间的复杂关系，使语言和思维得以平行发展，促进活动的内化与认识的符号化和图式化。高级形式的运算结构通常通过语言来表达。思维不是源于语言，但在智力的发展过程中，语言的重要性十分突出，它作为交际手段，有利于开阔儿童的视野，帮助儿童解除自我封闭状态，建立和加强与社会的联系。儿童的前概念和前关系会不断消失和隐退，逐渐发展到追求目的性和价值性的阶段，清晰地区分个别和一般的关系。具体运算与形式运算的区别在于前者离不开具体事物，后者却能"使形式从内容中解放出来"，走向运用语言和符号进行假设和推论的抽象思维阶段。发生认识论对儿童心理的发生和发展的描述具有一定的合理性。

发生认识论的基本观点所表现出来的理论优势是动态地、辩证地考察认知的发生和发展，既不是单方面地、孤立地强调注重外部客观世界的"经验论"，也不是片面推崇主体内心世界封闭自足的"预成论"，而是把心理结构和活动视为一种从主体和客体的相互作用中逐渐建立起来的系列结构，心理机制和客观经验都从属于这些结构。认知结构的发展标志着儿童智力水平的提高，儿童心理的运算水平依赖于这种认知结构，尽管有的侧重于发挥主体内心机制的"基因型"，有的侧重于向外辐射和扩张的"表现型"，但都是主、客体相互作用的内化和外化的不同组合与不同形态的生动表现。发生认识论关于主客体交互作用的辩证思维，对其他相关研究具有方法论启示意义。

皮亚杰作为一个结构主义者，自然地、习惯性地运用结构主义的观点和方法来解析发生认识论，主要从形式和符号层面来论述人的认知、智力和思维的内在结构以及这种内在结构的嬗变。这个复杂的过程是通过调解和平衡主客体的交互作用来实现的。这是一个结构和建构的连续不断的过程。发生认识论把结构主义与建构主义结合起来，将人的认识的产生和发展描述为一个不断深化和完善的创造性过程。皮亚杰主张人的认知结构是由人自身逐渐建构起来的一种功能性结构。这种功能性结构既不是客体的简单复写，也不是主体预设的、天赋的先验存在。这种结构具有整体性和融贯性，内部结构之间不是分离的、孤立自足的混乱的存在，而是具有密切的有机联系。这种结构具有转换性，表现为结构的动态性和变化性，它不是一种凝固静止的、僵化的机制。心理的内在规律控制结构的存在和运动，使结构处于一种更新状态，旧结构可以转变为新结构。这种结构具有自我调节性，通过自身规律进行自我调适，无须借助外部因素。这种结构是独立存在和封闭自足的，具有新陈代谢的功能，这可以使结构发生部分改变，或引起相关部分的改变。这种结构可以遵循转换规律，调动各种因素之间的相互作用实现自身的充实和完善，使整体变得更加深刻和丰富。这种发生学意义上的结构主义向建构主义的转换是皮亚杰心理学的一个突出的特点。

发生认识论的建构主义具有辩证意味，但这种辩证法并没有强调逻辑学的"正、反、合"或对立统一规律，而是体现了心理机制的平衡作用。思维结构源于主体本身的不断自我建构，是主客体相互作用的结果。因此，发生认识论既反对外因论，又反对内因论，主张内外因结合和融通；既反对经验主义，也反对先验论和天赋论，主张后成论，特别重视学习的作用。

皮亚杰承认有独立于主体以外的客体。发生认识论具有唯物主义的思想因素，但认为经验反映只是主体的活动方式，并非客体属性，是心理结构的抽象图式。发生认识论本质上是从生物学出发，认为心理只是对现实的一种适应，包括同化和顺应两个方面。同化把客体纳入主体已有的行动图式之中，刺激输入引起心理结构的部分改变。顺应使行动更加灵活有效，引起行动图式的更新。智力行为依赖于同化和顺应，通过二者实现动态的稳定和平衡，使心理结构和行动图式得到发展。发生认识论带有明显的生物学痕迹，很少论述心理与现实生活和社会实践的关系。

四、人本主义心理学述评

以美国当代心理学家马斯洛、罗杰斯等人为代表的人本主义心理学派，与大众对社会不满的心理情绪相呼应，带有明显的反主流性质。人本主义心理学强调和弘扬心理学的人文属性，反对心理学把人的心理低俗化和动物化。

马斯洛提出人的"自我实现"的理论。他认为人的心理动机和内在驱动力并不是性本能、原始欲和近似于生物学层面的冲动，而是人的需要。人的需要具有不同的类别和层级，由下而上，堆成一个"金字塔"，依次表现为生理需要、安全需要、归属与爱的需要、尊重的需要、认知需要、审美需要、自我实现的需要、超越需要。这些需要之间形成一种波浪式的递进体系。自我实现是马斯洛心理学说和人格理论的核心。他将其定义为"不断实现潜能、智能和天资"的过程，或说成是"更充分地认识了人的内在天性"，并把人的内在天性理解为个人内部不断趋向统一、整合或协同的过程。个体的生命意义，就是完成自我实现。马斯洛和自己的学生，对历史上的著名人物，如斯宾诺莎、贝多芬、歌德、爱因斯坦、林肯、杰弗逊、罗斯福等人进行了个案研究，概括出了能够完成自我实现的人所共同具有的人格特征，如以探索问题为中心的洞察力、超然的独立性、自主性、意志驱使的积极行动、日新月异的新体验、社会感情、有助于自我实现的人际关系、民主性的人格结构、善于辨别善恶、富有哲理、创造力和对旧文化适应的颠覆等。这些人格和心理特征大体符合上述天才人物的性格特征。

马斯洛认为人类具有共同的真、善、美的需求和正义、快乐的内在本性，具有共同的价值和道德标准。人类的自我具有追求高级社会需要的内在潜能。人的本性的自我实现取决于内在潜能的发挥。人的潜能是人的内在本质。人本主义心理学发现实现人的自我需要的驱动力和原动力是人的潜能，必须由此出发来研究人的自我实现的途径。人类有一种天生的自我实现的动机。实现人的价值目标和道德需求，关键在于改善人的自我意识，提升人的心理潜能，促进人的自我实现。人本主义心理学派的自我实现理论显然受到了存在主义的影响。存在主义强调自由、价值和人生存在的本体意义，这些观点都为人本主义心理学奠定了理论基础。自我实现的理想状态是高峰体验。高峰体验是自我实现过程中经历的短暂快乐的时刻。换言之，个人的生活中只有出现高峰体验时，才能达到自我实现。

马斯洛是这样描述高峰体验的：这种体验是瞬间产生的、压倒一切的敬畏情绪，也可能是转瞬即逝的极度强烈的欣喜若狂、欢乐至极的幸福感，仿佛窥见了终极真理的归属感，洞析了人生的意义和世界的奥秘。这种高峰体验，可能来自美好爱情，来自天伦之乐，来自与大自然的交融，来自审美愉悦，来自创造冲动和发现激情，来自事业的成功和为了正义而献身的时刻。这种高峰体验，实质上是人们经过长年累月的勤勉奋斗和坚持不懈的努力取得光辉业绩的美好瞬间的感受。为了达到自我实现，培植高峰体验的根基，马斯洛人本主义心理学非常重视教育。他认为人的本性是善的，教育的功能和目的，是提高善性和德行，使人获得最高程度的发展，达到最佳的自我实现。发挥人的潜能、超越自我是人的最基本的需求，是对人生最大的幸福和快乐的追求。马斯洛关于教育的思想大致可以概括为自我同一性原则、启发性原则、美育原则、超越原则、价值原则，目的是发掘人的内在潜能，优化人的生存意义。

　　马斯洛人本主义心理学在人的心理研究方面取得了重大进展，表现为从人性和人的心理的生物化、动物化和机械化研究，转向人的社会化研究，同时转向包括人的需求、价值、情感和教育在内的人文研究，试图把人的心理的社会性和人文性融合起来。他强调要靠人的潜能实现基本需要。这种自然人性论认为潜能是有机体所固有的，不是由社会文化环境造成的。人本主义心理学实际上把心理学视为一种心理层面的人学。

　　当然，人本主义心理学具有明显的局限性。这种心理学把自我实现说成是人与生俱来的内在潜能和自然本性，忽视了社会环境和后天教育对人的心理和人的成长的重要影响，对人的需要和人的价值的表述过于抽象化。人是社会关系中的人，处于不同社会关系中的人的需要是不同的。人的社会地位、人的政治状态、人的财富占有情况、人的职业和角色，以及人的兴趣、爱好、习性和追求，对人的需要都会有一定程度的制约。同时，人本主义心理学对自我和群体的关系的解析不够辩证，对人格和高峰体验的描述过于幻想化。实现这些理想的人格，达到人生的高峰体验，需要充足的物质条件，需要付出艰辛的劳动，需要经过社会实践的长期培育。

　　人本主义心理学关注心理学的人文属性，开拓了改善人生道路的新方法，对研究人的本性和人的心理的价值需求、铸造美好人格、享受高峰体验具有重要作用，使人耳目一新。

　　　　　　（此节借鉴了当代中国著名心理学家鲁枢元教授的研究成果）

第九章　文本主义文论学理系统

文本主义文论学理系统是全方位和全过程研究文学的内部关系和内部规律的学理系统。文学的内部关系和外部关系、内部规律和外部规律是紧密相关的。一般而言，文学的内部规律总会受到外部规律的影响，内部规律也能体现和折射外部规律。

第一节　文本的内容与形式

一、文本的形式探索

文本形式是完成文本内容的手段。古希腊时代的毕达哥拉斯曾提出"黄金分割率"那样的"数理形式"，亚里士多德重视文本的"形式因"，柏拉图强调"理式"，德国古典哲学时期的康德倡导"先验形式"，荣格提出"神话原型说"。上述理论都对文本的形式进行了阐释。

文本的内容与形式的相互关系是复杂的，表现为内容决定论、形式决定论、形式消解内容论和内容形式相互征服论。这些论点在所属层面上都具有一定程度的合理性。我们应当在两者互释和互动的状态中阐释内容和形式的辩证关系。

文学作品的内容是指作品所描写的、渗透着作家思想感情的社会生活，是作家基于一定的文艺观念、审美理想和社会理想，从社会生活中选取素材，经过提炼加工而创造出来的。文本的内容既包含客观因素，也包含主观因素，是现实生活中客观对象所蕴含的思想因子和作为创作主体的作家的主观思想感情的这样那样的复杂组合。文本和作品，反映着客观的现实生活，也体现着作家对客观现实生活的主观态度和价值评估。

文学作品的形式主要是指语言和结构，即作品的内容赖以呈现的文学的语言、结构和体裁等表现手段。作品的形式是为作品的内容服务的。内容决定形式，形式为内容服务，是文学作品的内容和形式的一般关系。没有内容，形式无法存在；没有形式，内容也无从表现。这两者相互依赖、相互制约，各以对方为存在条件。形式并不是一种消极、被动的因素，好的形式能给内容以积极的影响。形式对内容的这种反作用表现在以下两方面：第一，完美的、适合于内容的形式，可以增强作品的艺术感染力，而且相同和相似的内容可以表现在不同的形式当中；第二，同内容比较起来，形式的变化要缓慢得多，它具有一定的相对独立性和稳定性，适应新内容的新形式往往是在旧形式的基础上经过不断革新、创造才逐渐形成的。因此，我们要求思想和艺术的统一，内容和形式的统一，健康向上的思想内容和尽可能完美的艺术形式的统一。

西方现当代文论中的形式主义学派对文本形式展开了系统的研究，对后人具有深远的影响。产生于 20 世纪初的俄国形式主义学派出现了两个专事研究文本语言形式的小组，一个是以罗曼·雅各布森为首的"莫斯科语言学学会"；另一个是以什克洛夫斯基为领军人物，后来改称为"诗歌语言研究会"的"彼得堡小组"。

俄国形式主义深受日内瓦学派、胡塞尔现象学、索绪尔语言符号系统理论的影响。一些主要成员对当时文学研究只注重文学的外部规律、忽视文学的内部规律的做法极为不满。过于强调外部规律，会使研究者片面关注作者的生平、社会环境与时代背景，只把文学研究当作其他社会学科研究的附庸。他们主张文学研究的对象应该是文学作品本身，即文学自身的特性和规律，特别是语言、结构、风格等文本形式上的特点和功能。文学有自己独特的话语体系和内部规律，文学研究是一门独立的学科。文学的内部规律寓于作品所表现的现象之中，又通过这些文学现象表现出来。而这种特定的文学现象只关涉文本的形式，不包括作品的内容。

俄国形式主义提出了两个标志性的理论观点。一个重要理念是"文学性"（literariness）的概念。什克洛夫斯基强调诗的语言结构与日常散文语言结构的区别；符号学家穆卡洛夫斯基以"突现性"界定诗的语言，把文学性理解为鲜明生动、感人心魄，具有强烈的感知性，反对墨守成规，拒绝文学的庸常化和平淡化，漠视传统的文学模式，倡导文学的创新精神。"文学性"主张凸显文本语言的文学性质和功能，强调文学语言和普通实用语言的差异与对立，要求在文学语言形式的范围内进行文学本质即文学的内部规律研究，确立文学批评的学科体系。"文学性"的理念，把文本形式是否具有"文学性"作为文学本质和内部规律的认定标准，具有强烈的排他性，把"非文学性"视为与文学完全无关之物并加以拒斥，绝对不考虑创作和作品的客体因素，排除文学的外部规律。可见，形式主义一开始便带有"文本中心论"的性质。形式主义的另一个重要理念是什克洛夫斯基提出的"陌生化"（defamiliarization）的概念。他认为艺术应当使那些已经变得习以为常、化为个体或集体无意识的东西陌生化。什克洛夫斯基针对模仿论和形象论提出"陌生化"，其作为内部规律，以艺术自身为目的，强调的是艺术的独立性、自主性和自律性，将模仿者和被模仿者排除在外，把文学作品视为一种与任何外部事物都无关的纯艺术现象。这一理念从文本视域和语言结构的角度倡导形式技巧的新奇性和陌生化，追求不同凡响的形式效果。形式主义认为文学作品是"意识之外的现实"，不受创作主体和接受主体的主观意识与主观心理的影响，通过语言形式结构的创造，使客观事物变形，增强感知的难度，催生文学的幻想性、多义性、开放性和暧昧性，达到"陌生化"，且不一定以审美为宗旨。但实质上形式主义所追求的独特的目的性，并没有超出唯美主义的范围，而是可以被理解为唯美主义的变形和延续。俄国形式主义显然夸大了文学独立于生活的自主性和自律性。什克洛夫斯基标榜"艺术总是独立于生活，在它的颜色里永远不会反映出飘扬在城堡上那面旗帜的颜色"，"这面旗帜已经给艺术下了定义"。20世纪20年代，俄国形式主义受到了严厉批判。托洛茨基的《文学与革命》特别指出了艺术不反映城堡上的旗帜颜色的荒谬性，以及形式主义脱离社会、历史和现实生活，表现出"对文字的迷信"。经过这场批判，俄国形式主义便开始式微。

布拉格学派是"莫斯科语言学学会"的领导者雅各布森到达捷克斯洛伐克后创建的，它的建立使俄国形式主义与布拉格学派之间建立起学术上的联系。作为捷克斯洛伐克结构主义的创建者和代表人物，马泰休斯和穆卡洛夫斯基等人对俄国形式主义持有异议，主张用"结构"和"结构主义"取代对形式技巧的崇拜。布拉格学派的核心理论是强调语言的功能，认为文学语言的特点是最大限度地偏离日常实用语言的指称功能，而把语言的表现功能提到首位。文学语言不是普通的符号，而是"自主符号"，它并不指向符号以外的实际的现实环境，而是指向作品本身的世界；语言是一个系统，应对语言结构进行共时性研究，把语言结构与语言功能结合起来；语言作为交际工具，是一个由多种手段构成的、为特定目的服务的功能系统。因为语言本身是发展的，应当把对语言的共时性研究同对语言的历时性研究结合起来。历时性研究体现语言的系统功能，从符号的实体内容，即社会与现实的联系中，研究语言结构的演变，以防止抛开实体和语言承载的社会历史内容，把语言结构纯粹化和空心化。布拉格学派从功能视域研究语言，进行了一些语言结构和发展的新探索，提出了一些具有学术价值的新理念。

20世纪20年代产生于英国，40—50年代兴盛于美国，随后渐趋衰落的英美新批评派，通过对文本尤其是诗歌进行语义分析，创立了一种新的批评理论，对文学批评产生了深远的影响。这一流派的起源可追溯到艾略特和瑞恰慈，但"新批评"这一术语却是由美国文艺批评家兰色姆提出的。作为新批评的思想先驱的艾略特提出"非个性论"，认为批评应该从作家转向作品，从诗人转向诗本身。这个观点构成了新批评文论的基石。瑞恰慈把语义学引入文艺批评，这一方法使批评家的注意力转向了语言结构。新批评派的几代批评家，第一代有英国的休姆和美国的庞德，第二代有燕卜荪和兰色姆，第三代有韦勒克和文萨特，他们共同建构了新批评的理论体系。他们的主要思想包括以下三个理论。

（1）文学本体论。文学本体论是由新批评派的主将兰色姆提出的。他首次将"本体"这个哲学术语运用于文学研究。新批评派认为，文学作品是一个完整、多层次、孤立自足的世界，文学作品本身即文学活动的本体。以作品为本体和本源，从文学作品或文本本身出发研究文学的形式特征即成为新批评派的理论核心。文萨特以创作时可能产生的"意图谬误"为由，反对"作者中心论"；比尔兹利以阅读中可能产生的"感受谬误"为由，反对"读者中心论"。两人皆为"文本中心论"立论，以消除作家和读者的认知倾斜和情感波动导致的对文本评价的谬误。这种理论毫不保留地斩断了作品与作家和读者的密切联系，把作品孤立起来，形成一种纯粹的文本中心论。

（2）文学肌质论。这一主张也是由兰色姆提出的。他认为，结构与肌质是一对相互对应又相互联系的概念。文本结构具有一定的逻辑线索，可以显示感性资料和具体事物的形象的秩序与方向。诗始终把握着这些感性材料和具体事物形象，即诗歌的肌质。正如人的肉体和精神不可分离一样，诗歌的结构-肌质同样是一个不容分割的有机整体。肌质论从与内容的关涉论中研究形式，是优于其他形式主义的。片面和极端的形式主义理论都是狭隘、短命的。肌质论主张形式和内容相融合的理论，认为其符合文本存在的实际，更加贴近文学的真面目，以自身的科学性，获得了普遍的赞同和长远的生命。这是形式理论中最有价值的思想和学说。

（3）文学语境论。文学语境论是瑞恰慈提出的。语境论作为新批评语义分析的核心问题，成为理解新批评派理论和方法的前提。语境指文本语言联系中蕴含的意义，词、句或语段之间的关系，规定了所强调和凸显的文本语言的性质、功能和意义。无论是创作时的语境，还是文本所体现出来的意义，都属于语境范围。这种语境构成的意义不是凭空产生的，而是贮藏着深厚的历史积淀。语境可以表现一个惊心动魄的事件，或抒发某种强烈的情感，但都有言外之意，以社会语境为依托，融入开阔的历史视野。新批评派对文学语境的这种新理解，构成了文本意义交互作用的语义场，为研究文学语境以及文学语境和社会语境的相互关系开拓了新视野。

此外，英美新批评派对文学语言的多义性、复合性、含混性、丰富性和意蕴的幽深曲折性，对反讽、隐喻等因素所形成的批评张力，以及注重洞观词义、领悟语境、深究修辞的细读理论，都进行了不同凡响的新探索。

首先是对形式和内容的辩证分析。从俄国形式主义到布拉格学派再到英美新批评派，都对文学形式问题进行了各有特色的研究。从广义上说，文学形式应当包括文学样式、文学体裁、文学情节等，但上述因素，形式主义都鲜有论述，而是偏重于文本的语言形式结构。这方面俄国形式主义更加明显，其对文学语言形式的研究，表现出脱离现实生活和社会历史内容的纯粹形式倾向，夸大和迷信文本形式，受到了托洛茨基的严厉指责，领军人物也做过真诚恳切的自我批评。俄国形式主义提出的"文学性"和"陌生化"限定于语言形式方面，由于形式和内容存在着天然的不可分割的联系，俄国形式主义的"文学性"和"陌生化"实际上被使用的人有意无意地善意地加以扩大和泛化，逐渐不再囿于文本形式，而是否属于生活，是否具有与生活相对应的"文学性"和"陌生化"，成为文本可否构成作品的必要条件。值得肯定的是，英美新批评派关于文学肌质论、文学语境论、文学语言的多义性、文本批评的张力论和文本的细读理论，不仅表现出新颖的创造精神，而且从与内容的联系中开拓和开掘对文本语言形式的研究，带有辩证意味，因而具有一定的科学性，产生了广泛而又深远的影响。英美新批评派从单纯的形式研究开始走向形式与内容相融合的形式研究，确证和昭示了形式和内容的辩证关系，具有令人警醒的深刻启发性。应当提及的是，英国文艺批评家贝尔倡导的"有意味的形式"，指明各种形式因素的组合可以引起和激发人们的审美感情，形式不是空心的。这种"有意味的形式"理论关注形式与内容的血肉关系，摆脱了纯粹形式理论的尴尬和困境。尽管这种"有意味的形式"标榜自己超然于生活，只是一种纯形式的情感，但这种纯粹形式毕竟是"有意味的"，无法脱尽和滤净社会生活的渗透，通过形式负载人的激情和心理真实，同时也反映人的生态和社会的生态。

二、形式和内容相向靠拢

对文学形式和文本语言的研究是不可或缺的。形式研究热的出现也不是偶然的，形式研究的产生和发展往往根源于深刻的社会历史原因。文学理论家和他们所置身的社会环境不相协调，对现实生活感到压抑、冷漠、厌倦和痛楚，对社会政体的压迫和扼制感到无奈，于是躲避、逃逸、潜藏到文本内部语言形式符号领域中去了，形成文学研究向文本形式的退却和转移。俄国形式主义学派的诞生，与俄国专制体制和意识形态的严酷不无关系。"语言学转向"是 20 世纪 60 年代社会运动失败的产物。作家作为文化精英和社会最敏感的神经，由于政治形势和社会语境的改变，不便直言对现状的真诚呼吁，只得转向模糊含混的形式语言，选取安全可靠、隐晦曲折的方式，向社会和世人发声，执拗地表达对现实的不满。同时，学科内部机制的触发，学术研究的需要，学者对形式研究的兴趣和专长，使对文本形式语言结构的研究不断拓展，特别是当对文学内容的研究压倒对文学形式的研究的时候，往往会形成强烈的反弹，引发对文本形式语言结构的进一步研究。内容和形式的互鉴、互释、互渗、互动，促进了内容和形式相向而行、竞相推进。或内容强势，形式弱势；或两者达到比较平衡的理想状态；或形式强势，形式压倒内容，甚至出现"炫形式"，用形式技术、音色、光照、图像效果弥补、掩饰和遮蔽内容的空洞、苍白和贫乏。

我们应当全面理解形式和内容的辩证关系。任何作品都具有内容和形式两个方面，都是内容和形式的统一体。有内容而无形式，或有形式而无内容的作品都是不存在的。内容是指构成作品的一切要素的总和，包括作品的内在矛盾，以及作品的结构、性质、价值和功能，作品的内容决定了作品的形成过程和发展趋势。形式作为把内容的结构和成分组织起来的手段，具有一定的相对独立性和相对稳定性，与内容相适应的形式，具有自治性和亲和性，会赋予内容强烈的吸引力、感染力和艺术魅力。从这个意义上说，没有完美的形式，也就没有完美的内容。忽视对形式的提炼，将有损于对内容的深化和美化。新内容和旧形式、新形式和旧内容之间可以进行传承和相互利用。新内容可以采取旧形式，旧内容也可以利用新形式。鲁迅先生在《论"旧形式的采用"》中说，"新形式的出现"，使作品"必有所增益"，形成"变革"；新思想的出现必然导致"新形式的发端"，催发"新形式的蜕变"。

形式和内容的辩证关系包含着两者之间的彼此征服和相互作用，具体表现为如下几种形态：一是形式和内容完美融合，和谐统一，这是一种理想的构成；二是在不脱离形式的情况下向内容倾斜，内容压倒形式，以内容取胜，体现内容对形式的决定作用；三是在不脱离内容的情况下向形式倾斜，形式压倒内容，以形式见长，体现形式对内容的反作用；四是单纯地强调内容，不讲究形式，造成作品的粗陋和低俗，此时应警惕庸俗社会学和机械反映论；五是孤立地夸大和推崇形式，不深究内容，酿成作品的空疏和浮华，此时应防止滑向形式主义和唯美主义。要充分考虑到形式和内容的结构与矛盾运动的复杂性。一般地说，内容决定形式，形式反作用于内容，内容是形式的内容，形式是内容的形式。实际上，没有脱离内容的形式，也没有脱离形式的内容。这些经典论述，仍然具有普遍的适用性。

第二节　文本的结构和解构

一、文本的结构

文学作品的结构，指内容的构成，包括作品的题材、文体、人物、情节、主题、语言结构等。笔者所见到的现当代西方研究文本结构的著作中，探讨题材、文体、人物、情节、主题的很少。特别是"语言学转向"

后，文本结构几乎等同于文本的语言结构。

结构主义理论的代表人物有瑞士语言学家费尔迪南·德·索绪尔、英国哲学家路德维希·维特根斯坦、法国人类学家克洛德·列维-施特劳斯。他们都从各自的相关视域，运用结构主义语言学的方法，介入文本的语言结构研究。被称为"结构主义之父"的索绪尔是将结构主义运用于语言研究的第一人。他反对把语言当作孤立静止的存在，认为语言要素之间相互制约、相互依赖，语言是一个整体的符号系统。语言学是研究符号的结构关系和组合规律的学问。把这种结构关系和组合规律确立为文本语言学研究的对象，是结构主义语言学的基本理论原则。维特根斯坦的《逻辑哲学论》提出了事物的系统关系构成"状态"总体，"状态"是一条结构链，处于确定的结构关系之中，这一观点被运用于语言学的研究之中。列维-施特劳斯从人类学角度，把结构主义语言学运用于对社会文化现象的研究中。他通过对原始人的逻辑、图腾和神话的考察，排除社会因素的作用，发现深层的语言结构的创造功能，认为是一种系统的语言元素构成的概念体系组织了世界，包括文本世界。

结构主义理论的出现具有双重性。一方面，它反映了结构主义者对现代文化精求局部、忽视整体的"原子论"倾向感到不满，渴望恢复自文艺复兴后中断了的注重整体综合研究的人文科学传统，故而重提"体系论"和"结构论"，强调从宏观、整体、系统方面研究文化和文学的语言结构与内在规律。另一方面，它反映了西方主流社会，特别是法国社会的社会危机和语言危机。20世纪60年代的法国学生运动失败后，人文知识分子痛苦地感受到了资本统治的牢固性和残酷性，于是躲避现实，纷纷逃逸到语言领域中去了。法国经济的飞速恢复与发展需要全民族的集体努力，以推崇"个人存在"和"自我意识"为宗旨的存在主义哲学同法国现实格格不入，普通群众和文化精英对存在主义感到厌倦，失去了信念和热情。世界不可能"以自我为中心"，只能以系统的结构或结构的系统为中心。这样，结构主义取代了存在主义。

文本结构具有两个重要的特征。一是整体性。结构主义关于包括文本在内的一切事物的整体和个别理论，都认为整体对于部分具有逻辑上的优先性。事物都是复杂的统一整体，任何一个构成部分的性质和功能都不是孤立的，只能从与整体关系网络的联系中去理解它们。事物的意义是由既定情境中的各种因素之间的关系决定的，脱离整体的个别是没有意义的，指称事物的语言是一个系统，任何事物包括文本的价值生成和体现都是各种语言要素同时存在和交互作用的结果。强调语言的整体性、系统性的语言学研究，从特定的语言符号系统对社会和文本的诸多方面加以宏观把控，反对进行个别、孤立的研究。推而广之，对于社会生活中的经济、技术、政治、法律、伦理、宗教等各种因素构成的复杂整体，也不能只限于对其中的某一领域进行单个、纯粹、孤立的考察，而必须从整体中理解部分，并厘清部分与整体的相互关系。结构主义倡导对事物和文本进行系统性、整体性的研究，把语言存在视为一种包含全部关系的复杂网络。这种理念、思想和方法突破了只注重个别因素的分析思维的围限，开创了宏观的、综合的、跨学科研究的新思路。

二是共时性。结构主义把语言视为一个符号系统，认为语言系统内部各种要素之间的关系是同时存在的，语言的生态是共时性的。索绪尔语言学对语言的共时性研究同对语言的整体性和系统性研究相一致。这种共时性研究可视为对整体性和系统性研究的丰富、扩展和延伸。索绪尔"理论符号学"非常关注语言系统，审视一定社会结构中的语言结构。由意符和意指所组成的各种语言符号的科学，优化了对语言的系统研究。索绪尔对语言和言语加以区分，认为语言是第一位的、社会性的；语言优于言语，言语的意义导源于语言；语言是一个整体，是由各种因素之间的关系构成的系统。而言语是第二位的、个别性的，是创造的产物，受经验的影响；语言是言语行为的社会机制，是社会成员共有的一种社会心理现象。语言是一种"永恒的结构"和"最终的本质"。结构主义标榜一个核心思想：语言系统是一种自主的、内化的、封闭的、自我满足的体系，不与外界事物发生任何联系。索绪尔对能指和所指加以区分，引发了对语言"意义"的追求。与实证主义不同，比起事实本身，结构主义更关注事实背后的意义，即指称事物的语言系统。意义的生成只取决于语言的各种关系，即相互依赖的要素所组成的符号系统。索绪尔对共时性和历时性加以区分。结构主义对事物和文本的共时性分析，泛化为一切事物的共同性特征，并上升为一种固定的二元对立关系，形成一种普遍的结构分析。他借用语言学符号系统的内部规律原则阐释一切社会文化现象，用语言学原理对文学的性质和功能系统做出解释。20 世纪 60 年代结构主义盛行，几乎成为具有普遍适用性的、为人类提供了统一标准的研究方法。罗兰·巴特和雅克·德里达是运用结构主义解析文学的突出代表。

二、文本的解构

后现代主义和解构主义集中研究文本的解构问题。德里达可被称为这方面的领军人物。他不满意传统的形而上学思维方式，凭借语言分析，对形而上学的稳固性结构和逻各斯中心主义进行消解，使旧结构中断、分裂、解体，同时产生新结构。事物和文本的发展表现为新旧结构的变异和更替。解构主义的创建是以索绪尔结构主义的二元对立的"差异论"为立论根据的，是以巴尔特的"作者已死"和"读者再生"的解构批评为基础的。德里达认为，索绪尔的语言"差异"说所强调的能指并非一个先在、固定和单一的概念，而是一个多义的、歧义的、差异的和流动的范畴。积淀于这个能指之中的无数潜在的因素，可以不断变化，因语言所指和能指关系的重组而富于颠覆性，产生新的意义，改变语言的深层结构。德里达所消解的不只是结构主义本身，还有结构主义所代表的西方文化传统，他打破传统思维方式所设定的"终极能指"，消解由一系列二元对立范畴构成的占统治地位的逻各斯中心论，排拒传统理性和思维方式的一致性与纯洁性。他不赞同结构主义所崇拜的中心的"在场"，关注事物结构的差异所造成的流动性、不确定性和不稳定性，这实际上是一种语言的"自由游戏"。这种解构行为导致了文本结构中心的消失和瓦解。

　　为了实施解构策略，德里达提出了"延异""踪迹""撒播"等特殊概念。拖延可以产生异质。语言符号的断裂和分化过程，会带来新意义的开放性和构成性，产生差异性的事物和文本。延异体现空间的开放性。从书写开始，通过语言符号表达在场的和潜在的事物，把那些缺席和短板的因素呈现出来，显示意义的所指。类似于"镜像"的"踪迹"指有迹可循的"积淀"，激活差异，赋予事物和文本意义。踪迹诱发歧义，时而"显现"时而"消失"。由阐释者界定符号的意义，产生"符号替代"，使符号踪迹自我消解，通过符号游戏，指向确定的事物。但事实上这是不能实现的，只能无限地"延异""扩展""撒播"，"终极所指"是永远无法完成的。德里达反对逻各斯中心论，实际上他所主张的正是一个可以解构的封闭的文本中心论。这个文本中心，恰似一个听任德里达摆布的文本暗箱，令人不可捉摸。

三、结构和解构辨析

　　由法国后结构主义哲学家德里达创立的后现代主义或作为后现代主义核心的解构主义批评学，通常被理解为解构阅读西方哲学的方法，同时被运用于文学的阅读、解析和评论。

结构主义和解构主义无疑都是具有双重性的。结构主义这种社会文化思潮，从正面意义上说，体现了西方传统形而上学哲学的主导性、完整性、统一性、稳定性和权威性，其中一些世代相传的经典学理，跨越了历史、地域、民族、阶级和国家的囿限，成为人类可贵的精神财富。其中那些合理的、进步的、先进的思想和学说，仍然蓬勃着无限的生命力，富有永恒的社会文化价值。后人理应珍惜前辈的创造。大树底下好乘凉，先哲的智慧永远放光芒，照亮人们前进的道路。然而真理是历史的、具体的，是发展的，不是凝固的、一成不变的。真理呈现出新旧交替、新陈代谢的特征，是特定条件和时空境况下的存在。随着时代的更替、历史的变革和社会的转型，真理必然发生相应的改变。从这个意义上说，世界上没有永恒的真理。

黑格尔说过这样一句至理名言：凡是存在的，都是合理的；凡是合理的，都是存在的。这句话应这样说：凡是合理的，都应当是存在的；凡是不合理的，都应当是不存在的。当事物和文本的结构具有合理性的时候，都是应当存在的；当事物和文本的结构不合理的时候，都应当是不存在的。当事物和文本的结构已经丧失了历史的和现实的进步性，趋于保守和僵化，形成新事物产生和发展的桎梏，蜕变为一种顽固的超稳定结构的时候，这样的旧结构必然被新结构取代，结构主义必然让位给解构主义。

解构主义作为结构主义的反题，揭示了真理的另一面。如果说结构主义看到了真理的共时性，解构主义则看到了真理的历时性；如果说结构主义看到了真理的稳定性，解构主义则看到了真理的暂时性和流动性；如果说结构主义强调整体性、中心性和权威性，解构主义则消解和颠覆事物和文本的集权主义，为打破精神牢笼、倡导思想解放提供理论利器。这种社会文化思潮所主张的边缘化、碎片化，客观上有助于关注和改变处于社会底层的人们的生态。任何一种学说所包含的真理都是有边界、有限定的。解构主义在解构应当解构的思想和体制时，竟然把不应当解构的思想和体制也一起解构掉了，滑向否定一切的虚无主义或绝对的相对主义。一个国家和民族是需要有一个稳定的、中心的、权威的思想和体制的，这种思想和体制是不能被随心所欲地加以解构的。这两种相反相成的社会文化思潮的错误都在于把自身提倡的东西绝对化，结果物极必反，造成结构主义和解构主义的交替发展。结构主义变成超结构，为解构主义提供攻击的口实，有助于解构主义的发展；解构主义不加区分地解构一切，为创建新的结构主义开辟道路。结构主义和解构主义的自我"捧杀"和他者"棒杀"形成一种循环往复，但这并不意味着机械的重复和简单的回归，每次交替都会催生一种新质。其实结构和解构是对立统一、彼此补充、相互转化的关系。事物和文本的存在与发展，既有结构，又有解构，或同时进行，或交替运作。只有不断地打破旧结构，创建新结构，才能对社会的进步和人的全面自由发展产生积极的影响。

第三节　文本的叙事、接受与解释

作品是通过叙事完成的。文本作为一种存在，需要读者、鉴赏家、批评家来接受。接受实际上是通过解释来实现的。叙事是创作文本的一度创造，对文本的接受和解释则可以被理解为对文本的二度创造。叙事、接受和解释是相互关联的，构成了一个完整的过程，呈现文本的全部意义。

一、文本的叙事

理论形态的叙事学发源于欧洲。20世纪，叙事学诞生于法国，是一门研究叙事性作品或作品的叙事性的科学，注重对文本的叙述结构进行解析。

"叙事学"最早是由托多罗夫提出的。叙事学的产生受到了结构主义和俄国形式主义的双重影响。结构主义强调从构成事物的整体结构的内在多种元素的关联上把握事物。特别是索绪尔的结构主义语言学，主张从共时性视域，即语言的内在结构，而不是从历时性角度与历史演变中考察事物和叙事文本的语言结构。

任何学科的产生，都具有历史渊源，都会经历漫长的历史过程。历代理论家都提出了一些很有价值的叙事学思想：柏拉图对模仿和叙事进行了区分；奥斯汀支持"不犯错误的叙事者"，主张"神性叙事者全知"，叙事的权利由全知叙事者独享，他们无所不能、通晓古今、无处不在；李斯特提出分析小说的"叙述视点"；洛克哈特提出作者和作品的"距离"说。叙事学研究所有形式叙事的共同特征和个体差异，描述控制叙事和叙事过程的以及与叙事相关的规则系统。叙事学理论源自俄国形式主义和结构主义。什克洛夫斯基、艾亨鲍姆等人都发现了"故事"和"情节"之间的差异。普罗普打破了按人物和主题对故事进行分类的传统观念，首创人物的"功能"理论。他提出叙述文由两个轴体组成，即纵向组合的替换轴和横向组合的接续轴。他的观点被《结构人类学》的作者列维-施特劳斯传到法国。这个观点不同于传统的叙事理论对作品内容及社会意义的重视，而是运用现代语言学结构主义文化理论展开分析，更注重对作品文本的结构分析，强调作品的共性，研究作者与叙述人、作品中的人物、读者的相互关系，以及叙述的话语结构和行为。列维-施特劳斯通过对神话的研究确立了一种不变的人类共同的语言模式和人类思维的基本结构。

20世纪60年代，分析叙事作品结构的著作大量出现。巴特发表了《叙事作品结构分析导论》，为叙事学研究提出了纲领性理论。他建议将叙事作品分为三个描写层次：功能层、行为层、叙述层。在不同的组合下，语言结构可能具有不同的意义。他的叙事学思想表现出叛逆性，反对同一性的信仰，对正统观念和流行看法提出质疑；反对非史化的文学批评；对心理学幼稚病和心理学决定论倾向深感不满；指出传统的文学批评否认批评具有意识形态特征的虚伪性，不能把历史和文化现象打扮成纯粹的自然现象。巴特的《S/Z》，将现实主义大师巴尔扎克的短篇小说《萨拉辛》分解成 500 多个"读解单位"，从语言符号视域对这位大师的作品进行分解，又加以创造性的重组，表现出语言结构批评的特异性。格雷马斯发表了《结构语义学》，研究话语组织产生的意义，探讨了符号学方阵作为基本构成模式，对组织叙述结构和话语结构的作用。他指出叙述是由一个能指和一个所指组成的整体。热奈特以普鲁斯特的小说《追忆似水年华》为个案，总结出文学叙事的规律。他的分析以叙事话语为重点，注重叙事话语层次和叙述故事层次之间的关系。叙事学理论传遍欧美大陆，发展到英美时产生了一些变异。英美学者更多地从修辞技巧着眼，比较直观化和经验化。布斯的《小说修辞学》、马丁的《当代叙事学》、瓦特的《小说的兴起》等都是英美叙事学研究的代表性成果。托多罗夫通过对叙事学、诗学和修辞学的研究，使文学观念、叙述结构批评理论方面焕然一新。师从巴特的托多罗夫扩大了叙事学的研究范围，转向小说这一叙事文体的主要形式，运用语法模式分析故事，把文学中语言的性质和功能提升到更加突出的位置。上述著作中的思想，都对当代中国学者的叙事学研究产生了重要影响。

　　叙事学是 20 世纪中后期影响最大的文论。这种叙事理论，以"叙述者"为主体、为核心，作者被隐蔽，有的公然说"作者已死"。这种以读者为中心的文本叙事中心论取代了作者中心论。实际上作者是不可能"死亡"的。作者创作出来的文本不仅反映历史社会和人生的内涵和意义，而且能体现作者的价值观念和主观态度。对文本的叙事学分析不能遗忘创作主体——作者。没有作者，就不会产生文本和文本叙事。但文本和文本叙事产生之后，也具有相对意义上的独立性和自主性。传统小说家把作家视为上帝，福楼拜和乔伊斯认为作家无处不在。萨特宣告作家不是"全知"的上帝。俄国形式主义强调文本形式和技巧作为"文学性"的基本特征，完全斩断了文本与外部世界的联系，有很大的片面性。新批评认为文本意义完全由文本自身决定，把文本视为批评的唯一对象。叙事学承接和超越了形式主义对传统的反叛精神，反对具有"权威性"和占据"中心地位"的"作者中心论"。诅咒"作者已死"还蕴含着抵制和消解为资本主义意识形态和思想体制所拥有的起主导作用的话语权力的企图。巴特曾把"作者"视为资产阶级统治秩序的代言人。"作者已死"说凸显了叙事学敢于否定权威的强烈的社会批判精神。巴特消解同一性的信仰，在质疑正统观念的同时，也反对把文学批评非史化。现代语境下对权威的否定和消解已经成为当今的客观现实，说明了叙事学颠覆传统"作者中心论"的合理性，只要文本存在，文本中的人与人的关系存在，"叙事学"就必然会表现出蓬勃的生命力。

二、文本的接受

接受美学的主要概念和基本理论是德国美学家姚斯和伊瑟尔提出的。他们集中研究读者对作品的接受、反应、阅读和读者的审美经验、接受效果所产生的文学的社会功能，把审美经验放到一定的历史社会条件下加以考察。接受美学提出了期待视野（expectation horizon）的理论，指读者接受文本的预先期待，是由先前所积淀和贮存的各种审美经验、艺术趣味、人文素养、审美理想等综合因素所形成的欣赏接受水平。期待视野寻求和开掘读者从接受活动中产生的对作品的整体性的价值追求，这种追求是由期待心理引发的。这种期待心理实际上是一种审美心理结构，会对文本的反应产生同化和顺化，并产生不同的价值效果。文本不再是一种孤立的存在，而是与接受主体的审美经验和价值选择有着一定的关系，因读者的积极介入，被读者的思想情感和心理结构支配，接受批评家的改制和二度创造。

读者的期待视野关注文本中存在着的召唤结构。这种召唤结构是读者所需要的和感兴趣的东西。这种对读者的召唤结构可以是空白的、模糊的、多义的、异质的，是能引发读者进行叩问和激起情感反应与思想共鸣的内容。这种召唤结构简直是一个宝藏，蕴藏着非常有价值的财富，有待读者去发现和开掘。正如法国作家法朗士在《乐园之花》中所想象的那样："书是什么？主要的只是一连串小的印成的记号而已，它是要读者自己添补形式色彩和情感，才能使那些记号相应地活跃起来，一本书是否呆板乏味，或是生机盎然，情感是否热如火，冷如冰，还要靠读者自己的体验。或者换句话说，书中的每一个字都是魔灵的手指，它只拨动我们脑纤维的琴弦和灵魂的音板，而激发出来的声音却与我们的心灵相关。"这种精彩的阐述说明了文本和读者理解之间"心有灵犀一点通"的关系，形象而生动地道出了接受理论发明的期待视野的丰富意蕴。

接受美学存在一些理论问题。

（1）关于客观主义和主观主义的关系。有的学者认为文学作品没有客观的、永恒不变的意义，历史研究者同样受到客观的历史条件的制约。有的学者主张接受主体的审美经验至关重要，"一千个读者会有一千个哈姆莱特"，接受是因人而异的，但一千个读者所了解的毕竟还是哈姆莱特。这里存在着对象的共同性和读者兴趣的差异性的关系问题。读者的审美经验存在着差异性，同时也具有审美共通感。姚斯援引了科学哲学家波普尔的"期待水平"概念,说明接受是读者通过审美经验创造作品,发掘出其中蕴藏的种种意蕴。艺术品不具有永恒的历史性,只具有被不同历史时期的读者不断接受的连续的历史性。读者的接受活动受到历史条件和作品内容的制约,不能随心所欲地对作品加以解读。读者应当培育和提高自己的期待水平,与作者创造的文本建立对话关系,通过审美经验和审美距离,处理和解决作品接受中的主客体关系。既反对结构主义化的客观主义趋向,又重视读者接受的积极参与,强调文学作品的社会效果。

(2)关于第一创作主体和第二创作主体的关系。这个问题实际上是作者和读者的关系问题。接受理论把文本和作品加以区分,认为它们是两个性质不同的概念。文本是作为第一创作主体的作家创作的,处于未同读者发生关系之前的自在状态;作品则已与作为第二创作主体的读者构成对象性关系,已经不是封闭孤立的存在,而是融入了读者的审美经验、思想情感和艺术趣味的审美对象。文本是以文字语言符号的形式贮存丰富的审美信息的载体;作品则是读者通过阅读和作家共同创作的审美信息的载体。文本独立于接受主体的感知之外,不依赖于接受主体的审美经验;作品则依赖接受主体的积极介入,只存在于读者的审美观照和艺术感受中,为读者的思想情感和心理结构所认同,是一种相对的具体存在。从文本向作品的转变,是读者接受理论的一个标志性观点。这里存在一个第一创作主体和第二创作主体之间的关系问题,存在一个作者创作的思想意图和读者阅读的情感需要与价值选择之间的关系问题。第一创作主体创作出的作品的主题理应受到尊重,作品的中心思想的基本、主导、重要方面必须得到肯定。小说有主调的、复调的、多声部的。第二创作主体对第一创作主体创作出来的作品所蕴含的思想内涵,原则上应当采取认同和肯定的态度,并通过还原作者的创作意图,产生新的开掘和发现,丰富和深化作品思想内容。但在这一过程中,也会有误解,将作者的原意曲解成己意,甚至产生颠覆性的消解、改写和重塑。正确阅读文本和作品的前提是忠于作者，但这并不是一件容易的事。第二创作主体和第一创作主体要保持一定的审美距离，通过阅读、欣赏、批评和研究，对作品的认知属性和价值属性进行解析和评价。

一般而论，文本和作品虽然有主调，但大多是多义的。鲁迅的《绛洞花主·小引》一文中这样说，一部《红楼梦》，"因读者的眼光而有种种：经学家看见《易》，道学家看见淫，才子看见缠绵，革命家看见排满，流言家看见宫闱秘事……"不仅文艺作品是这样，对历史人物的解读和评价也是如此。因为任何历史人物都不是单一的、纯粹的、毫无争议的，而是多义的、多层面的、多重性的，都是可以从不同视域进行解读和评价的。如秦始皇，人们常常只看到他的苛法暴政、焚书坑儒，而忽略他平定诸侯割据叛乱，终结了几百年来各国之间连绵不断的相互吞噬、相互绞杀的战争，挽救了无数生命，统一了中国。他下令修筑的万里长城作为全球最长的墙屹立于世界的东方，成为令中华民族感到骄傲和自豪的历史丰碑。传统观念中的"白脸曹操"是个大奸臣，但他具有文韬武略，思贤若渴，爱才如命，知人善任，不仅是伟大的军事家，而且是才华横溢的杰出诗人。李鸿章被唾骂为"卖国贼"，实际上他只是一个执行者。李鸿章不但是洋务运动的领军，还是中国现代工业化的先驱。曾国藩是太平天国运动的镇压者，但他又有着非凡的人格修养和超群拔类的家教礼仪。事物都是多维、复杂的存在，接受理论对解析事物、人物和事件的多重结构，具有重要的方法论启示。

（3）关于阅读传统和接受创新的关系。传统的接受观念和现代的接受观念是不同的，两者同样存在传统和创新的关系问题。既不能拘泥于传统，又不应当不恰当地反传统。尊重传统，又要古为今用、推陈出新。对文学接受问题上的传统与创新的关系，应当采取具体问题具体分析的辩证态度。对于中国古代先哲孔子和孔子的思想，传统的主流评价是充分肯定其价值。虽然现代思想史上几经反复，但以五四运动为标志的新文化运动"批孔"的主要锋芒也是指向孔子思想的负面因素。时下，由于建设和发展的需要，我们主要选择和借鉴了孔子思想的正面因素。实际上，孔子思想既有精华，也有糟粕。承接精华，也要抛弃糟粕；批判糟粕，切勿忘记精华。只有真正地传承精华，才能消除糟粕；只有去其糟粕，才能弘扬精华。区分精华和糟粕，并不是一件容易的事情。《红楼梦》的男主人公贾宝玉作为具有反叛思想的"富贵闲人"，戏艳、怡红、放浪、潇洒，厌恶"仕途经济"，不想当官，又拒绝从事经济活动，这在当今社会显然是不合时宜的。《红楼梦》中的两个女主人公林黛玉和薛宝钗，如果由当代青年来选择作为配偶，大多数人可能不会选择冷俏、多病、小性、忧郁、悲戚、不善人事的林黛玉，而去选择妩媚、丰腴、儒雅、欢洽、乐观、具有管理能力的薛宝钗。文学同样是历史性的。人们会根据变化了的历史条件，做出历史性的选择。

三、文本的解释

解释学又称诠释学。"解释学"（hermeneutics）一词来源于希腊语"ἑρμήνευω"，意思是"了解"。解释学是一种解释和了解文本的哲学技巧，认为应根据文本本身来了解文本，尽可能客观地把握文本的原意。"文本"包括一切书面文件，理解的实质是把握文本的意义。解释学有两种不同的含义。一种是传统解释学的"复原说"，即通过理解来发现作者的原意，以寻求理解与作品原意之间的一致性，认为意义和真理寓于文本中，是作者所赋予的。读者可以超越时空，重现文本固有的意义，即作者的原意。理解应当"避免误解"，解释学是"避免误解的艺术"，解释者应尽可能地消除主观成见，尊重文本的历史情境和作者的心理，再现作品的原意。另一种是哲学解释学的"意义创造说"。海德格尔和伽达默尔的哲学解释学认为，任何理解都依赖于解释者的理解，试图消除成见的"复原说"是一种不切实际的幻想。人不会生活在真空之中，人的自我意识先于反思，在反思之前就已经对事物有了先知先见，传统观念、文化背景、思想状况和当时的知识水平，都会对理解产生深刻的影响。

古希腊时代亚里士多德的诗学对理解和解释有所论及。具有理论形式的解释学是由19世纪德国哲学家施莱尔马赫和狄尔泰开创的。施莱尔马赫强调圣经释义学中的科学性和客观性，认为应当正确理解并避免误解，他把神学解释降为一种普遍的解释理论。狄尔泰实际上是西方传统解释学的集大成者。他仿效对自然科学的解释，为客观性确立了哲学基础。康德提出了作为"历史理性批判"的解释学，探讨了具体历史情境中的解释学对历史表述的客观性理解。他认为自然科学中的因果关系有别于精神科学中的"理解"原则，各有适用范围，互不逾越。他把一切社会文化现象都视为被语言符号固化了的生命表现，认为它们凸显了创作主体的精神世界。现代解释学的开创者海德格尔把传统解释学从认识论和方法论视域转向本体论视域，形成哲学解释学。他通过对"此在"的分析，使解释成为一种本体论的活动。他提出了"前结构""前理解""认识预期""解释学循环"等具有创见性的理论，这也使他成为存在主义解释学的代表人物。伽达默尔把海德格尔的本体论与古典解释学结合起来，使哲学解释学更加完善。人文科学不可避免地具有历史相对性与文化差距性。他认为人的存在都会受到历史传统的囿限，导致由各种力量积累而形成的偏见，当前的认识受制于传统因素的影响，因此他提出科学研究应当重视现在和过去的相互作用，人们对事物的理解应当具有"交互融合"的视野。这个观点很有学术价值。

20世纪60年代以来，解释学吸取了西方人文科学的相关成果，形成了一些新的解释学，如法国利科的现象学解释学和德国的批判解释学。现象学解释学实际上是存在主义、结构主义、弗洛伊德主义和日常语言哲学相结合的产物，主张运用本体论的方法，从多重意义结构中揭示出隐蔽的意义。批判解释学代表人物哈贝马斯和阿贝尔特别注重现实实践问题，着重讨论解释学对社会改进的影响。哈贝马斯公然反对解释学的主观主义，认为解释行为的意义不能由主观意识来确定，而根本因素是社会中的劳动与支配以及由语言系统构成的人的客观环境。阿贝尔指责唯心主义解释学忽略了历史发展的物质性条件，强调了社会内部存在着的限制主体自由的客体力量和改善环境的主观愿望之间的关系，探讨社会机制对行为意义的影响，以期改善人们的生活条件。这些思想表现出了解释行为的历史唯物主义精神意向。

哲学解释学鲜明地反对柏拉图主义，认为柏拉图先验的理想假设和智力直觉都是无稽之谈。海德格尔把"此在"的意念引入他的诠释学，赋予解释学现实性的人文意义。伽达默尔传承了海德格尔的本体论转向，创立了哲学解释学。他的哲学解释学，破除了解释学对解释者的历史性所造成的"偏见"，揭示了启蒙运动以牺牲人的历史性为代价。他的《真理与方法》的宗旨是用解释学的方法，把"逻各斯"理解为对话，并通过对话解读思想，寻求真理。借助语言表达思想时，语言是第一位的。这个见解被视为西方思想史上的一次重要转折。解释学不仅仅是一种方法论，更是人的世界经验的组成部分。理解不属于主体的行为方式，而是"此在本身的存在方式"。解释和评述应当排除一切异化，防止造成偏见和误解。狄尔泰认为文本的意义源于作者的主观意图，理解本质上是一种自我转换。伽达默尔则认为这种主观情境妨碍了正确理解，造成了偏见和误解。解释者只有通过一种有效的历史方法，才能消除主观意图的局限性，从疏离历史的偏见和误解中解脱出来。启蒙运动开启的科学主义认为唯有中立的意识才能保证认知的客观性。但伽达默尔指出这种观点忽视了人类存在和对其进行解释的时间性，把理解视为一种重建。从严格意义上说，理解不是重建，而是一种调解，人们只能从先在的偏见中了解、复述或再现历史。海德格尔在《存在与时间》中曾提出理解的先决条件具有三种存在状态，即"先有""先见""先知"。海德格尔指出，即使是最科学的解释，也要受到解释者具体情境的控制，根本不存在没有前提和偏见的解释。

自语言学转向后，解释学开始发生重大转移，掀起了通过语言进行解释的浪潮。语言渗透于人的主体性存在中，语言经验是人的存在经验。语言拥有的普遍性，包容一切。语言不仅是传统的贮存所，更是解释主体的存在方式。理解是一个互动过程。这样的互动正是通过语言完成的。语言和现实是一体的，没有任何"自在世界"可以超越语言而存在。语言和理解是人的存在的不可忽视的结构因素。人与解释对象的关系实际上是语言所定义的整个存在的关系。我们被语言拥有，是理解文本的本体论的本原性条件。解释完全依赖语言给定的东西，摒除那种带有偏见的"异化的经验"，抛弃天真的客观主义。理解不是人的主体意识的活动，应当树立"有效应的历史意识"，强调视域融合的解释方式，通过"对话"形成共同意义。胡塞尔发动针对唯科学主义的运动，认为事物没有本质，为了反对理论偏见，主张"回到事物本身"，进行"现象学直观"，直接把握真理，带有神秘意味。这种超验的现象学具有一定局限，不仅与伽利略和笛卡儿的客观主义相关涉，而且和尼采、柏格森、齐美尔和狄尔泰等人的"生命哲学"相抵牾。狄尔泰的"生命解释学"或"生活解释学"，排斥"科学解释学"，淡化和消解了历史主义的客体因素。

对叙事学和解释学应当进行辩证分析。创作和作品的"社会中心论""作者中心论""文本中心论""读者中心论"都是不可或缺的。作品是对社会生活这样那样的反映，作品中不仅具有时代和社会历史背景，而且描写了社会的人的生存和生态，是一定时代的社会历史的人文图和风俗画，脱净社会内容的作品是不存在的。作品作为一种精神生产，是作家创作出来的，创作主体的动机、愿望和理想必然以个性化的方式表现出来。作家创作的文本是一种精神产品和具有一定的意识形态性质的思想存在。作品作为被解析和评论的对象，为读者和评论家提供了叙事、接受和解析的根据。"社会中心论"忽视"作者中心论""文本中心论""读者中心论"的做法是不恰当的；"作者中心论"排拒"读者中心论"的做法是不正确的；"读者中心论"认为"作家死了""作品死了"的观点是荒谬的；"文本中心论"把自身视为一种封闭、孤立自足的固定语言符号结构，同样是不应当的。实际上，这几个"中心论"都没有死，也不可能死。它们构成了一个系统，构成了完整的生命共同体，为作家、读者、评论家、叙事学家、解释学家、社会学家、语言学家、心理学家、政治学家、美学家、哲学家提供了透视作品和文本的广阔天地。他们可以发挥自己的学术专长，"八仙过海，各显神通"，多维度、全方位和全过程地把握和解析文本，发现作品这个宝藏中所蕴藏的思想体系和价值体系。

文本的叙事和解释中都存在一些值得注意的问题。如对文本的解释，存在一个原意和创意的关系问题。对语言意义的探寻和解析可以生发出语言的衍生义、再生义和新生义。但应当注意到，中西方国家和民族的语码、组码和解码是不同的。这并不是说不能对中国汉字进行语码分析。例如，一位中国当代作家曾对"和谐"进行语言的组码和解码分析："和"即人人有饭吃，"谐"即人人都能说话，可以自由地发表意见。这个解释很有趣，很独到。对于解释的必要性和合理性，应做具体分析。有的解释是对事物的歪曲和误判，需要通过再解释进行拨乱反正，把被颠倒的东西再颠倒过来；有的解释存在片面、疏漏和缺失，需要通过再解释加以补充和丰富；有的解释基本上是正确的，不需要进行颠覆性解释，但随着历史的发展，应当根据现实生活的需要进行新的解释。解释是一个创造和再创造的过程。应当处理好原意和创意的关系，对复杂的事物不能做简单的解释，不能没有根据地胡乱解释，更不能歪曲和颠倒客观物和文本的真相，不能篡改历史事实和历史人物的本来面目。

人们可以从上述纷繁复杂的各种文本理论中，发现一些带有共同性的颇有价值的思想。尤其是伽达默尔关于交融视野的理论，带有明显的辩证意味。这些论述阐释了一系列具有辩证意蕴的"间性关系"，俨然构成一个庞大的系统：客体本身的间性关系、主客体的间性关系、主体本身的间性关系等。从客体本身的间性关系看，社会历史作为客体的空间和时间的存在方式，具有共时态和历时态两个重要向度。从共时态向度上说，不同地域、民族和国家的历史是存在着差异的，它们之间的关系是横向上的间性关系，需要运用交融视野加以阐释；从历时态的向度上说，同一个地域、民族和国家的历史及其过程，同样是一种间性关系，人们的看法肯定存在着这样那样的偏见和误解，需要运用交融视野加以把握。从主客体的间性关系看，有的叙事学和解释学思想侧重于历史的客体因素，强调时代背景与社会环境的制约和影响，现象学主张"回到事物本身"，表现出对客体性的尊重，带有唯物主义的思想成分；狄尔泰等人则凸显叙事和解释的主体性、心理性，海德格尔主张用"此在"调解主体和客体的间性关系。如果运用交融视野的观察和分析方法，可能会对主客体的辩证关系进行更加合理和更加科学的把握。从主体本身的间性关系看，不同主体的相互关系，如他们之间的距离和差异，同样可以运用对话理论和交融视野进行沟通与协调。西方现当代文论的一些有价值的思想和观念都散见于相关的著作与文本中，形成一个个的闪光点，被学者们称为"深刻的片面的真理"。如果运用宏观、辩证、综合、创新的思维方式，对其进行概括性整合，则可以创造出文论的整体性思想体系。

从结构和解构的相互关系看，德里达企图消解海德格尔所称的"在场的形而上学"，反对逻各斯中心主义，妄图蔑视一切规律，陷入谬误。实质上，事物或文本的存在都是结构和解构的统一体。既结构，又解构，形成事物的存在和运动。孤立的、凝固的、静止的、僵化的结构是需要加以改变的。无条件、无根据、无目标的解构，是一种盲目的行动。如果事物的结构是合理的、进步的，符合历史发展和人民利益的需要，则应当被坚守和维护。如果这种结构失去了历史的合理性和进步性，形成一种超稳定的社会历史文化结构，解构这种结构所造成的桎梏，则是正义和理所当然的。通过解构运动破除历史发展和社会转型的障碍，是必然的和必需的。解构旧结构，创建新结构，不断交替反复，螺旋式上升，正是人类历史发展的辩证运动过程。

从共时态和历时态的相互关系看，时间和空间是事物存在的方式，历时态和共时态是不可分割的。事物的静态和动态是紧密关联的，事物和文本的存在与发展都是以一定的时空条件为基础的。共时态是存在的静态，历时态是存在的动态。从这个意义上说，历时态是共时态的历时态，共时态是历时态的共时态。一个事物和文本，如果只看到它的静态的、共时态的、凝固不变的结构，看不到它的动态的、历时态的、流变不居的发展态势，则是片面的，既否定了结构的合理性，也忽视了解构的合理性。正常的、合理的、静态的共时态的结构和正常的、合理的、动态的历时态的解构，都是必需的。

从文本和历史的相互关系看，历史是第一性的存在，文学作品所反映和表现出来的文本是第二性的。读者所看到的历史都是文本形态的历史，他们是从文本中了解历史。但是，文本本身并不是历史真实。因此，不能用文本取代历史，也不能把文本说成历史。历史和对历史的书写所产生的历史文本是完全不同的两件事。把史实说成史书，说成故事，说成文本叙事，说成文学描写，可能会导致一个问题，即无法确定对历史的语言描述应在何种程度上切近史实。这种艺术真实和心理真实应当符合历史真实，防止游离、歪曲和篡改历史真实。

从现象和本质的相互关系看，事物和文本都是现象与本质的统一体。本质寓于现象之中，并通过现象表现出来。世界上不存在无现象的本质或无本质的现象，本质即事物和文本的内部规律。科学家和理论家的职责是通过现象探索、追寻和叩问事物和文本的本质，即事物和文本的内部规律与内在联系。真理性的认知是人类智慧的结晶，是世代相传的精神财富。纵令是相对真理也具有一定的绝对性。当一种真理的适用条件仍然存在时，它是不会消失的。诚然，真理也是发展的，没有万世不变的永恒真理。解构主义和后现代主义消解那些失去了历史的合理性和进步性的旧真理是正当的，但不能不加分析地、笼统地把那些还具有适用性的真理都颠覆和瓦解掉。一些解构主义者认为"世界没有本质"，倡导事物的多元结构，用多元否定主元。这种看法忽视了事物的主要矛盾和主导方面。事物的主导方面决定事物的本质。现象学反对本质和本质主义，主张"回到事物本身"，通过"现象学还原"进行"现象学直观"，实质上是在用现象取代本质。现象学有助于反对那些教条的、僵化的、陈旧的本质和本质主义理论，但这种理论实际上是用"现象即本质"取代"本质即现象"，即从一个极端滑向另一个极端，否定一切本质和关于本质的理论，可能会酿成认识世界的盲目性和一定程度上的蒙昧主义。

应正确认识语言的地位和作用。文学是语言的艺术，语言是劳动和社会交际的产物。但语言不是第一性的，也不是第一位的。唯物辩证史观认为，人们必须吃、穿、住、行，然后才能从事其他活动。社会存在决定社会意识。语言和话语体系作为社会历史结构中的思想文化结构，随着时代的发展而嬗变。语言是社会历史和现实生活内容的载体，世界不是空心的语言外壳。但语言和话语权力对促进社会文明的进步具有一定的积极作用。从第一性的意义上说，语言是人类历史和现实生活的产物。从第二性的意义上说，语言被人塑造，同时语言也塑造着人。自语言学转向后，语言崇拜愈演愈烈，语言哲学统领一切。有语言学家认为，不是人说语言，而是语言说人，语言是人栖居的家园。语言具有多种形态，除了书面文字语言外，还有表情、手势等各种肢体语言。现实生活中的人们应当用好语言，优化和强化语言的表达功能。有的语言学家面对现代科学技术的发展，寻求一种能和日常生活语言区别开来的精确语言，以满足表达自然科学经验的需要。但这种努力逐渐滑向一种极端，即把语言视为唯一的和普遍有效的世界观。对科学的迷信，导致新康德主义和新实证主义的膨胀，造成了语言哲学的逻辑至上主义。这种语言哲学中的逻辑至上主义，曾受到维特根斯坦和伽达默尔的严厉批评。他们主张"让语言回到生活实践的语境"，强调日常生活中的对话关系，通过民族的"母语"的视野观察周围的世界。伽达默尔认为一个民族的"母语"中，活跃着一个民族的伟大灵魂，蕴藏着强大的生命力和深厚的文化底蕴。激活"母语"是语言哲学家的使命。

应具体分析语言的作用。日常生活语言，具有实用性和交际性，对人们之间的沟通和对话而言是必需的。有的语言带有强烈的政治色彩，如《国际歌》的歌词具有动人心魄的鼓舞和感召作用。还有一些政策口号，如"将革命进行到底""将改革进行到底"，凸显了社会变革的意志和决心。现当代西方语言学家的研究对象主要是书面文字语言符号。这种对形式语言符号的研究，对通过语言解析手段组织社会意识形态、培育人的心理和意愿、铸造日常生活的风俗和习惯、倡导健康的审美趣味和爱好都是有益的。语言结构和语言行为可以辐射到社会现实生活中去，形成一种潜在的和隐性的影响力与推动力。但是这种作用是曲折的、有限的。西方现当代的语言学家大多是书斋学者。作为社会文化精英，他们的语言学研究过于艰深晦涩，术语繁杂、表述混沌，难以为普通大众所接受。这种精英语言文化研究缺乏透明度、群众性和适用性，脱离人民大众和现实生活实践，甚至沦为语言学家圈内的一种竞技和游戏。

从现实生活向语言王国退却和转移，本是 20 世纪 60 年代法国学生运动失败、社会变革处于低潮时的产物。学生运动的受挫，使左翼人文知识分子清醒地认识到统治制度的牢固性和残酷性，于是从现实的变革运动转向语言领域。语言学家、语言哲学家构建语言王国，通过语言运动、语言行为，延续他们的变革意图。这既显示出他们的意志和勇气，也表现出他们的软弱和怯懦。一些真有变革意识的左翼学者企图通过打破语言结构达到颠覆社会历史文化结构的目的。这只能是一种幻想。最近几年，又有一些语言学家推崇解构性的政治批评，企图通过发动语言领域中的人文主义革命，实现变革现实社会中的政治思想体制的愿望。然而，即便是瓦解了语言结构，也并不意味着现实生活中的政治思想体制会发生什么实质性的改变。当代中国有青年学者指出，这实际是一种语言乌托邦。左翼学者的语言学研究最大的问题是脱离群众、脱离生活、脱离社会实践。这种纯语言研究"在语言的笼子里""谈哲学""讲变革"，带有"坐而论道""述而不作""纸上谈兵"的性质，不会对现实生活产生什么实质性的影响。

这不禁使人想到马克思、恩格斯对青年黑格尔派的思辨哲学倡导的"词句革命论"的批评。青年黑格尔派的一些批判哲学家认为只要改变了哲学王国中的词句，便改变了现实生活环境。他们把哲学的变革和现实生活的变革混淆起来，把历史文本和历史本身的变革视为同一件事情。他们思想上很激进，行动上却很保守。"词句革命论"改变了哲学语言的词句，却不能使社会体制和现实生活产生什么实质性的变革。马克思和恩格斯指出，"尽管青年黑格尔派思想家们满口讲的都是'震撼世界'的词句，而实际上他们是最大的保守分子。他们之中最年轻的人确切地表达了他们的活动，说他们仅仅是为反对'词句'而斗争。不过他们忘记了：他们只是用词句来反对这些词句，既然他们仅仅反对现存世界的词句"，那么他们"绝不是反对现实的、现存的世界"①。批判的武器不能代替武器的批判。"要真正地、实际地消灭这些词句，要从人们的意识中消除这些观念，只有靠改变条件，而不是靠理论上的演绎。"② 对事物和文本的解释有助于改善生活环境，但不能从根本上改变世界。

语言本身是人的历史活动和社会实践的产物。实现人们追求的理想世界不是说出来的，而主要是干出来的。即便是用最科学、最先进的语言描绘出来的人的美好新天地也必须通过社会实践来实现，要让其真正成为现实生活的一部分。文艺创作必须遵循艺术规律，艺术规律则分为内部规律和外部规律。文艺的存在和发展既有内因，也有外因。外因是条件，内因是根据。文艺存在于外部规律和内部规律的交互作用之中。这两种规律可能出现轮流突出的情形。当一些国家、民族和地区强调外部规律时，另外一些国家、民族和地区可能热衷于内部规律。对于同一个国家、民族和地区而言，一个时期可能突出外部规律，另一个时期则彰显内部规律。这是很正常的，是符合文艺的存在和发展规律的。20 世纪 80 年代前，当代中国学坛宣扬以客体性为主导的外部规律占压倒地位时，西方把以主体性为标志的内部规律作为主旋律；20 世纪 80 年代后，当代中国学坛开始强调以主体性为主要目的的内部规律时，西方则通过提倡新历史主义和后现代主义重返外部规律，尤其关注社会历史的客体性。这种情况说明，文艺的内部规律和外部规律在时间和空间上都拥有一定的合理性。

---

① 马克思，恩格斯．马克思恩格斯全集：第 3 卷．北京：人民出版社，1960：22 - 23.
② 同①45.

第三编 | 文艺观念间性研究

文艺学理和文艺观念，都是对文艺的理论阐释，只是研究角度不同。文艺学理也是文艺观念，文艺观念也是文艺学理。两者之间有交叉、重叠，但主要是互补。实际上，文艺作为复杂多变的学理系统，存在着文艺学理网络和文艺观念群。对这个网络和群中的各种文艺观念的研究，已经有大量的论著问世。鉴于此，本书限于篇幅，不再阐发各种文艺观念本身，而是着重论述一些重要文艺观念之间的辩证关系和间性关系。

第十章　文艺本体论研究

　　文艺本体论问题，关涉到文艺的性质和功能、价值和作用。进一步梳理和研究文艺本体论问题，对推动文艺的综合创新、协调发展和全面繁荣，具有重要的意义。

第一节　文艺本体论的内涵

　　文艺本体是一个宏大的精神世界，也是一个具有不同层级的系统结构。它有广义和狭义之分，即广义的宏观大本体和狭义的微观小本体。人们都把作家创作出来的作品视为文本的主要形态。形式主义和唯美主义只注重文本本体论，这种观点大大压缩和局限了文艺本体论的内涵和意义。实际上，文本本体只是狭义的微观小本体，而不是广义的宏观大本体。解析广义的宏观大本体需要处理好与之相关的一些重大的理论问题。首先是广义的宏观大本体论和本原论的关系，这种广义的宏观大本体论具有原初性，是一种优先的存在物；其次是这种广义的宏观大本体论和本源论的关系，这种广义的宏观大本体论具有本源性，可以用于说明各种具体的本体论得以产生的根源；最后是这种广义的宏观大本体论和本质论的关系，这种广义的宏观大本体论蕴含着文艺的本质以及相应的价值、作用和功能。这种广义的宏观大本体论的包容性强和覆盖面广阔，是各种层级的本体论产生的依据。中国古代先哲领悟人和自然的关系，曾提出天、地、人"三杰说"。如果我们把"天"理解为自然，把"地"理解为社会，把"人"理解为自然和社会中的人，就可以大体上描述出广义的宏观大本体论的核心内容。实质上，各式各样的微观小本体论都是从天、地、人构成的广义的宏观大本体论中生发出来的。

对作家来说，他们创作的小本体和微本体是从广义的宏观大本体中产生的。这个作为创作源泉的广义的宏观大本体，是以人为中心的广阔世界。这个以人为中心的广阔世界作为文艺广义的宏观大本体，能全面地、完整地体现文艺的本原论、本源论、本质论的完美融合。这个广义的宏观大本体的世界是以人为中心的。人与自然建构和谐关系，使自然部分地成为属人的自然，社会历史是人的社会历史，文化是人的社会文化。作为创作主体的作家，通过艺术把握世界，凭借审美手段和艺术技巧，把广义的宏观大本体加以审美化，创作出具有典型意义的文本。从这个感性的文本中，可以洞察到以人为中心的自然生态、社会历史、文化心理精神的博大精深的对象世界。

第二节 文艺本体论的构成

和文艺的本原论、本源论、本质论密切相关的广义的宏观大本体是一个具有母元性质的网络系统。处于子系统中的各式各样的文艺本体论都是从这里产生出来的。最有影响的文艺观念表现为七大文论学理系统，即生态主义文论学理系统、历史主义文论学理系统、人本主义文论学理系统、审美主义文论学理系统、文化主义文论学理系统、心理主义文论学理系统和文本主义文论学理系统，宏观大本体成为这些重要的文艺本体论产生的依据。文艺本体论是一个有序的世界，好比一座庞大的建筑物，有底座，有层级，有立柱栋梁，也有墙体门窗。文艺本体论内涵丰富，最有影响的有自然本体论、社会本体论、人学本体论、文化本体论、心理本体论、审美本体论和文本本体论。这些本体论是怎样产生的呢？

从文学和自然的关系中产生文艺的自然本体论。实质上，自然本体是一切本体的本体，是文艺本体的本原。大自然是人类的母亲，没有自然本体，绝对不会有人本体、人的社会历史本体、文化本体、心理本体、审美本体，也不会有作家创作出来的文本本体。以自然为本体的生态文学对表现环境的自然美是至关重要的。生态文学对推动生态文明建设，营造绿色生态和创构美丽中国具有特别重要的意义。生态文学对清除环境污染，讴歌青山绿水蓝天，涵养人的性情，提升人的生活质量，创构社会文明是非常必要的。随着社会经济的繁荣和发展，文学和自然的关系会逐渐得到强化、优化和美化。生态文学承担着促进生态文明建设的职责。

各式各样的文艺的社会本体论是从社会历史结构中产生的。"文学是对社会生活的能动反映。"文艺的社会本体论包括各种社会历史学派的文艺观念和各种现实主义流派、科学主义社会文化思潮的文艺观念。车尔尼雪夫斯基关于"美是生活"的论断体现出一种社会存在本体论。卢卡奇晚年对文艺的社会存在本体论进行了新探索。马克思主义认为存在决定意识，作为对社会生活的反映的文艺是对社会生活和历史风貌的投影。马克思主义文艺理论善于从社会历史视域观察和研究文艺，属于强大的社会历史学派。

各式各样的文艺的人学本体论是从人文维度和人的存在生态以及人的

生命机能层面产生的。人学本体论影响巨大，呈现出错综复杂、多姿多彩的形态，恰似一个乱花迷人眼的"万花筒"。

第一，从人性出发，产生各式各样的文艺的人性本体论。"文学是人学"，研究文学和人的关系是非常重要的。一些关于人性的学说，各种各样的人性论、人道主义、人本主义、人文主义都从特定的视域和层面对文学和人的关系进行了有价值的阐发，经过传承改制，对正确理解文学和人的关系均有助益。马克思主义认为人是处于社会历史结构中的具体的、现实的、活生生的人。从总的倾向而论，这些人性理论远离社会历史结构的总体框架，只强调人的共同性，忽视人的差别性，使社会历史的人不同程度地抽象化了。

第二，从人的生态出发，产生各式各样的文艺的人的生态的本体论。存在主义的代表人物萨特和海德格尔关于人的"存在"和"此在"的描述，谋求人与环境之间的一种"亲和性"关系。海德格尔的"此在"的形而上学沉思把胡塞尔的"主体性自我之极"转向为"有根的本体论"或"基本本体论"。这种基本本体论构成了人的个体存在的根。海德格尔和萨特的存在主义的个体本体论所设计的一套在荆天棘地之中救出自我的方法，受到惶惶不可终日探寻生活出路的青年人的信赖和追捧。这种改善人的生态的设计，回避人的物质生活，停留于语言层面，带有幻想性质，具有明显的局限性。

第三，从群体的人出发，大而言之，可以引申出人类学本体论和审美人类学本体论。人类学本体论揭示了作为"类"的人的生存和命运的共同性和审美趣味的普遍性，有利于创构"人类审美共同体"，但忽视了人与人的社会存在以及人的审美风尚的差异性。

第四，从个体的人出发，产生各式各样的以个体为特征的人学本体论。这些以个体的价值取向作为追求目标，以个体的人为中心的本体论，其中最重要的有关注个体生存境况和生命存在的人生哲学以及文艺领域中的存在主义和现代主义。作为存在主义哲学先驱的克尔恺郭尔把个体对痛苦的主观体验视为衡量世界万物的唯一尺度。雅斯贝斯试图在忧虑、烦恼、消沉、颓废、恐惧和悲观失望的时代氛围中，力倡"基督教存在主义"，主张个体的"人"作为"存在者"应当追求和皈依上帝，带有浓郁的神秘主义色彩。萨特的存在主义作为对资本社会的拒绝和反抗，作为对受压抑的异化状态的躲避和逃逸，设计出一个自我解脱的方剂，使广大处于社会底层的青年群体得到精神的抚慰。但孤独的个人是缺乏力量的，改变命运的幻想是无法实现的。海德格尔的存在主义批判的主要锋芒是针对现实生活中的异化状态和科技理性。只靠诗意的幻想和语言的力量达不到这样的目的，关键在于通过社会实践和历史变革改变社会生产关系中的生产资料和生活资料、权力和财富的占有关系与分配关系。实现"诗意地栖居"需要最基本的物质条件，否则会流于苍白的幻想。海德格尔极度地夸大了语言的作用，认为不是世界赋予语言意义，而是语言"使世界有意义"；不是世界使语言存在，而是"语言使世界存在"。语言变成了被神化了的造物主。海德格尔反对科技理性所造成的异化现象的合理性。但我们不能忽视科技理性和科技理性所取得的尖端的科技成就对推动历史发展所起到的作用。

第五，从人的生命和人的生理机能出发，产生各式各样的人的生命哲学和人的生命本体论。生命哲学试图用人的生命来解释世界和文艺，蔚为大观。狄尔泰的生命哲学、叔本华的生命意志论、尼采的权力意志和悲剧精神、柏格森的"生命之流"、弗洛伊德的性本能和原始欲理论，对文艺观念和文艺创作产生了重大深刻的影响。

（1）狄尔泰的生命哲学主张生命是世界的本原。生命是一种不可遏止的永恒的创造力量。这种力量具有盲目的目标感。一切生活现象都是生命的客观化，整个人类社会都是由生命构成的有机整体，体现着一种"客观精神"。这种客观精神是自我精神的客观化，并表现出人的"精神世界"的共同性。万事万物都是生命冲动的外化或物化。狄尔泰的生命哲学对揭示人的生命的主动性、能动性和创造性是有贡献的，为强调主体性的文艺观念和文艺创作提供了理论支撑。他的生命哲学，好比是黑格尔的绝对精神的复写，以颠倒的方式和假定的客观精神，肯定了生命意志的创化作用。一些人类中心论者对人的生命、意志、精神的尊崇大大超越了客观真理的边界。他们否认自然界的先在性，把自然界说成是人的生命的外化和物化。实际上，人和人的生命是自然界的生命体经过亿万年长期进化的产物，自然界不是人的生命的外化和物化，人是自然界的历史发展到一定阶段孕育出的具有精神意识的高级的有机生命体。

（2）叔本华说："人生实如钟摆，在痛苦与倦怠之间徘徊。"叔本华是德国第一个公开反对理性主义哲学的学者，也由此成为生命意志论的创始人。他认为生命意志是主宰世界的力量。他是一个近乎绝望的悲观主义者，认为意志是世界的本体和本质，人的躯体是自我意志的表现，理性及其形式也是意志和欲望的显露。叔本华把艺术理解为解除人类痛苦的途径。美的最高价值在于把人从无限的欲望中解救出来，通过表象，把人的意志客观化，达到"饮鸩止渴"的效果。叔本华的观点，就像是哲学和文艺领域中的基督教的"原罪说"。他发现人生痛苦的一面会作为精神世界的常态无休止地困扰着人们。他体悟人生痛苦的现实，却没有找到这种痛苦产生的真正原因和解决这种痛苦的有效办法。文艺只能暂时地抚慰和缓解这种痛苦，不能从根本上消除滋生这种痛苦的深刻的社会政治根源。叔本华从负面揭示人的痛苦或许对追求人的幸福具有一定的启迪作用，但他的基于宣扬宗教意识的生命本体论带有悲观主义和虚无主义的特质，无疑是消极有害的。

（3）尼采作为西方现代哲学的开创者，对后来哲学的发展产生了极大的影响。他是叔本华主义的崇拜者。他的生命本体论的突出表现是权力意志和悲剧精神。他把权力意志视为人的生命意志中最原始、最强劲的战斗意志。这种意志凸显大无畏的反潮流精神，否定历史的文化传统，宣告"上帝死了"，资本成了压抑人的新上帝。他认为生活在资本主义世界中的人并不幸福，政治和文化都是维护荒谬的社会制度的工具。他主张创立一种新的政治和新的文化，呼吁解放生命，靠艺术来拯救人生，靠培育和塑造一种能激发出酒神精神、充满权力意志的"超人"摧毁腐朽的道德，疗救萎缩的生命，开启人生价值的重估。充溢着激情、欲望、狂放、拼斗的权力意志源于生命，归于生命。尼采的超人哲学，把超人作为人生的理想。超人并不是现实生活中具体的人，而是一个敢于否定天国、取代上帝的超越常人的虚幻形象。尼采的生命本体的权力意志说所具有的强烈的反叛精神、对资本世界的无情批判精神和否定陈旧传统的创新精神都是值得肯定的。然而我们不能在消解旧理性、旧文化、旧传统的同时，把那些先进的、合理的、有益的文化也一并抛弃掉。尼采不可能理解社会变革和人类解放的正确道路。他的虚脱的权力意志，狂放而又空洞、色厉而又内荏的非理性主义，表面激进而又迷幻的虚无主义，都是不可取的。

（4）柏格森的"生命哲学"传承了狄尔泰的生命哲学，宣扬一种"生命之流"，认为这种生命之流是世界的本原。他排除生命的物质性，强调人的生命冲动会产生一种自发的、无限的、时间上不断流转和"绵延"的生命之流，像河水一样"逝者如斯"，流动不止，成为一种"绵延"不断的带有神秘意味的"意识流"。这种"绵延"的"意识流"，是具有连续性的，融合着现在、过去和未来。人的生命意识好比一条流动和绵延的河。"绵延"并不发生于空间中，只限于在时间上流动。"真正的时间"绵延不绝、随意自由，没有明确的方向。柏格森论述了人的生命活动、意识活动与心理活动的一些特点和规律，对研究人的精神活动和引导文艺创作描写人的生命意识与心理活动具有一定的启示作用。但他完全排斥空间性，隔断精神世界和外部客观世界与人的社会关系的联系，显然是把人的生命意识之流绝对化了。柏格森把"自我"视为上帝。这种唯我主义的自由主义同生命哲学的意识绵延相结合，被提升为建构世界的神秘力量，演化出由生命冲动推动的"上帝创世说"。柏格森的生命哲学还表现出了非理性主义和直觉主义的思想成分。

（5）弗洛伊德把他做精神病医生时的实证研究和深层心理学的学术研究结合起来，开创了精神分析理论，对人类的心理结构进行了深刻的洞察。他对于人的意识和潜意识的论述具有史无前例的意义。他的关于前意识和潜意识的理论，关于生命冲动、原始欲和性本能的理论，都极具突破性。人的前意识处于意识和潜意识之间，要严防潜意识中的本能欲望窜入人的意识中，但难以被察觉的躁动不安的潜意识却始终顽强地支配着人的生命。弗洛伊德认为"本能"是人的生命的内在驱动力量，也是维持生命的创造性力量。生命的本能被称为"力比多"的能量表现出来。弗洛伊德关于人格结构的理论与人的意识、前意识和潜意识相对应，划分为本我、自我和超我。本我是指原始的潜意识，蕴含着兽性的本能冲动，遵循快乐原则。自我是指意识结构中的前意识，处于本我和自我之间，监督自我，遵循现实原则。超我是人格中的道德成分，体现良心、理想，处于人格高层，遵循道德（至善）原则。弗洛伊德的精神分析理论中存在着高尚的成分，却往往为研究者所忽略。他的关于人格结构和人的意识结构的框架式描述非常完整和系统。他对作为一种时代病的焦虑的心理现象及作为宗教和道德根源的俄狄浦斯情结都进行了精当的剖析。他的这些理论对现代心理学，对文艺创作和文艺理论，特别是对现代主义的文艺创作和文艺理论都产生了极为深远的影响。

第六，从人的思想结构出发，产生各式各样的属于思想意识方面的文艺本体论。从理性和感性、理念和直觉的关系来看，有主张理性和理念的本体论，也有主张感性和直觉的本体论。亚里士多德主张一种富有现实感的理性；柏拉图主张一种预先设计的被称为"图式"的理性；康德主张一种带有辩证意味的先验的思辨理性；黑格尔主张一种客观心理主义的理性，认为美不过是这种理性或理念的感性显现。艺术是一种感性形态的存在。艺术的感性本体论主张中影响最大的，当数克罗齐的直觉主义本体论、马尔库塞的新感性本体论和胡塞尔的现象学直观的本体论。这些观念力图从人的理性和感性的两极解释文艺本体论问题。从思想和情感的关系来看，有的学者主张文艺主要表现思想，有的学者认为文艺主要表现情感，有人主张文艺的思想本体论，也有人主张文艺的情感本体论。一般而论，浪漫主义艺术、表现主义艺术、现代主义艺术都倾向于情感本体论，古典主义艺术和现实主义艺术则心仪于思想本体论。但也有例外，现实主义大师托尔斯泰认为艺术只表现情感，普列汉诺夫则主张艺术既表现情感，也表现思想。实质上，从严格的意义上说，滤净思想的情感和游离情感的思想都是不存在的。从理性和非理性的关系来看，一切理性主义的艺术，都强调文艺的思想蕴含着高级情感，一切非理性主义的艺术都一定程度上表现出"去思想化""去理性化"，甚至"去高级情感化"的倾向。带有反中心、反主流、反稳定、反统一、反权威思想特征的后现代主义和解构主义社会文化思潮，以消解和颠覆本体作为理论旨趣，把本体边缘化和碎片化了。

第七，从心理所把握的事物的本质和现象的关系来看，有本质本体论，有现象本体论。文艺的本体和文艺的本质之间存在着内在的血肉联系，从文艺的本质的关涉中研究和界定文艺本体论是合乎逻辑的。现象学本体论，如直觉主义和现象学直观，企图悬置和避开本质与理论，直接面对、逼近和返归现象，通过现象学直观洞见真理。这只能是一种带有神秘感的预设和假想。对于阻碍真理新发现的那些过时的、僵硬的、强横的旧理性，自然需要用事实和现象重新加以检验、证实与审视，而对于作为人类认识成果的那些还具有合理性和进步性的理性，理应加以珍惜。回到事物本身并不能把握现象的本体和本质，只有正确的、先进的理论才能说明现象的本体和本质。从严格意义上说，世界上没有不呈现为现象的本质，也没有不蕴含本质的现象。

从文学和文化的关系出发，产生各式各样的文艺的文化本体论。以文化为本体的文艺创作和文艺评论，强调文学的文化内涵、文化品位、文化质量、文化价值，对传承和弘扬中华民族的优秀文化和世界各国的先进文化，增强文化自觉、文化自信、文化自立，实现文化化人和文化立国的崇高目标，提升人的综合文化素质，把当代中国建设成高度文明的文化强国而言，是十分重要的。

从文艺和人的心理的关系出发，产生各式各样的心理主义的本体论，主要表现为生命本体、意识本体、意志本体、思想本体和情感本体、直觉本体等。心理主义本体论中，影响最大、往往具有统领作用的是情感本体，即"情本体"。"情本体"是引发创作冲动和创作激情的直接诱因。但"情"是从哪里来的？情的本原、本源和本质，同样不能离开社会和人生的宏观大本体，生活现实决定和影响着作家的思想感情。

从文艺的审美属性出发，把文艺的本体界定为审美本体，这一观点得到了大多数文艺理论家的普遍认同。但怎样正确理解审美仍然是一个悬而未决的问题。在合理的范围内，强调审美是理所当然的，但也存在一些夸大审美的作用的理论和观念。如唯美主义的理论和观念、一些非理性主义的理论和观念、一些"去政治化"的理论和观念、一些"去意识形态化"的理论和观念、一些淡化和消解文艺的社会历史属性的理论和观念，都把文艺的审美本体推向极端，变成审美一元论和审美中心论，滑向唯审美论或纯审美论。如何正确地、适度地、恰当地理解文艺的审美本体论和文本本体论，依然是文艺理论界的一个重要的学术命题。

从文艺的文本本身出发，产生各式各样的文本主义的本体论。文本主义的本体论专注于对文本自身的研究，从俄国形式主义，到法国结构主义，再到英美新批评派，都从形式层面对文本进行了孤立封闭的研究。一些结构主义的理论、一些符号学的理论、一些语言学的理论、一些现象学的理论、一些解释学的理论都对文本存在的特性和定性进行了富有启示性的探索。文本本体，是文艺理论家和文艺评论家所面对的最重要、最基本的文艺事实，也可以说是最直接、最现实的文艺本体。形式主义对文本本体论的研究取得了相当显著的成果，但对文本本身的理解存在着殊异，因此强化和优化对文本的研究依然是必要和重要的。文本本体论包括对形式、语言、符号、结构和解构、叙述和阐释的探索。文艺理论家直接面对的作家创造出来的文本可以被理解为作品形态的本体。文本本体论所倡导的只是一种孤立封闭的微本体或小本体，这种文本不能充分地体现文艺的本原、本源和本质。这种孤立封闭的文本本体论是美国新批评派的代表人物兰色姆提出的。这种文本本体论割断了作品和人的社会生活与作家之间的血肉联系，是一种形式主义意义上的狭隘的文学本体论。文本研究永远是一个未竟的事业。

第三节　文艺本体论的结构透视

从自然生态视域、社会历史视域、人学视域、文化视域、心理视域、审美视域中创造出来的文本，都反映着自然与人的关系、人的社会生活与人的文化心理面貌，因而都是非常必要的。作家作为个体的人的认知范围、生活经历、体验和思维方式都是有限的，不可能谙熟、体验和覆盖整个外部世界。换言之，他们不可能全面了解广义的宏观大本体。他们实际上只是生活这片大海中的一滴水。他们作为富有创造性的个体的自由劳动者，只能凭借他们所创作的作品这种个别反映一般，以少总多，因小见大，于细微处见精神。一粒米可以透视大千世界，每滴露水都能映出太阳的光辉。作品和文本是他们安身立命的基础。为了创作出精品力作，他们应当培育艺术风格、凸显创意个性、倡导深切的生活体验、提升精湛的艺术描写、增强文本的经典意识和史诗品格。

我们应当正确地、熟练地把握大本体和小本体的辩证法。一方面，对于作家来说，他们创作的小本体是从大本体中吸取来的。另一方面，从这个感性的文本中，可以洞察以人为中心的自然生态、社会历史、文化精神的博大精深的世界。歌颂人民变革现实的伟大实践、创作具有划时代意义的史诗级精品力作是当代中国作家的历史使命。作家首先要读懂新时代的人民和人民生活这个大本体，研究、体验和表现人民改变环境和变革现实的伟大实践。唯有读深读透新时代、新使命这本大书，才能创作出与新时代、新使命相适应的优秀作品。切忌忽视大本体，片面强调小本体，或孤立地心仪小本体，冷淡、疏远和拒绝大本体。新时代的文艺工作者应当借鉴延安革命文艺所提倡的从"小鲁艺"走向"大鲁艺"的历史经验，使文艺创作和新时代、新群众、新使命紧密地结合起来。

从前面对各种本体论的论述中，可以感觉到其中常见的、大量的、基本的、重要的元素。如人的元素和社会历史元素，是我们所提倡的深入生活、扎根人民、以人民为中心的创作导向的坚实的理论根基。此外还有自然元素、文化元素和心理元素，以及一些文艺本身的语言符号元素。这些元素通过审美化和技巧化的创造与修饰，构成了一个文艺本体论的共同体。这个文艺本体论的共同体铸成一个框架式的系统存在和网络式的有序结构，具有宏观辩证的复合层次形态。各种文艺本体论都具有自身的合理性，都具有自身存在和发展的理论空间。换言之，都具有自身的学术方向、适用范围、法定边界。各种文艺本体论都在自己的合理的位置上，都在自己的合法边界中，都在自己的适用范围内，发挥着特定的、不可取代的作用。它们既彼此联系，相互融通，又各安其位，各司其职。从这些文艺本体论的地位和作用来看，有相对而言特别重要的，但每种本体论在自己的位置上，都是不可或缺的。

笔者非常赞赏俄国体验派戏剧大师斯坦尼斯拉夫斯基的一句话："一台戏要有主角，但每个演员在自己的位置上又都是主角。"有的文艺本体论是主角，有的文艺本体论在自己的位置上也是主角。道理是非常简单的。好比一株参天大树，主干固然重要，但没有枝丫也不能成荫；反过来，也不应当认为枝丫比主干还重要，这是因为没有主干就不会有枝丫。又好比一个人的身体中，头脑和心脏最为重要，但四肢也不能少；反过来，心智清醒的人绝对不会认为脚气比致命的脑出血更可怖。各种文艺本体论处于一个有差别的统一体中。它们作为生命的有机体，是相互依存、彼此协调、同生共长的。它们之间的关系，是一种网络系统中的多重结构：有的是母子关系，如生活大文本和文学小文本的关系；有的是交叉、重叠、互含的关系，如人学本体论和社会历史本体论的关系；有的是主次关系，如人学本体论和人的精神心理层面的各种本体论的关系；有的是并列关系，如人的精神心理层面各种本体论之间的关系；有的是决定和被决定的关系，如社会历史和人的存在与意识形态以及审美的关系；如此等等。但从语言运用的意义上来看，它们都是平等的对话关系。面对各种文艺本体论的地位、性质、作用和功能，理应采取具体问题具体分析的科学态度。

各种文艺本体论是可以超界和扩容的，但不应无限膨胀，加以不适宜的夸大。如果一味地扩张，侵占相邻学科的边界，剥夺相邻学科的领土和主权，可能会引起学科分工的边界之争。

一种新的文艺本体论的出现通常不是偶然的，而往往源于深刻的社会历史因素。如俄国形式主义本体论的滋生与当时文化专制主义的压抑有关。作家对黑暗腐朽的现实感到恐惧，具有浓郁文化专制氛围的精神生活使他们产生离心情绪，对社会历史和作品中的社会历史内容失去兴趣，从而采取一种逃避的态度，投身于一种狭隘的孤立封闭的文本世界中，创造出一种独特的形式主义的文本本体论。作为首创的形式理论，其对后来的布拉格学派和英美新批评派的形式主义的文本中心本体论产生了直接的影响。两次世界大战把人们推入血与火的苦海，使千千万万无辜的百姓死于非命。战争机器的碾压，不仅造成了肉体的殉难，而且给受折磨、遭蹂躏、被践踏的人们带来了梦魇般的心理创伤，社会中涌现出大量心理病变的患者。一些尚有良知的人文知识分子关注人的生态、命运和人的精神病痛，提出以抚慰和疗救人的心灵为目的的各式各样的心理本体论和个体生态本体论的学说。一些现代派的作家通过作品反映人的心理畸变，连自己也患上了精神疾病。有些描写蒙受灾难的不幸的人的遭遇和命运的作家也很不幸，忍受精神病的折磨，甚而自杀。弗洛伊德作为职业的精神病心理医生，以病例为实证，利用广泛的现实的病理资源，创立了精神分析理论。他的心理本体论，对后世产生了广泛深远的影响。

各种文艺本体论，一定条件下是可以相互"转化"的。现当代西方文论不断上演的忽而"向内转"、忽而"向外转"的"钟摆剧"充分证明了这一点。处于对立统一关系中的文艺本体论的双方，强势一方对弱势一方的压抑和禁锢，会引起弱势一方的反弹，使弱势一方得以变强。如文艺客体性和文艺主体性的关系中，文艺客体性对文艺主体性的压抑，会引发文艺主体性的抗争；过于强调文艺主体性，则会受到文艺客体性的诘难和反击。再如政治和审美的关系中，政治压抑审美，会激发审美的热潮，使审美走向极端，滑向唯审美或纯审美，此时便不得不重申审美离不开政治的观点。这种反复的对话活动推动了学术的进步，促进了观念的创新，形成两者相互转换、彼此提高的螺旋式上升。这正是学术思想发展的竞争机制和辩证逻辑。

每一种本体论在文论的总体框架中所处的位置，都是合理的、有效的。它们之间的关系不是一个吃掉另一个的关系。各种文艺本体论都拥有自己的人口、疆土和主权，都有自己的适用范围和有效限定，一旦超越了自己的边界，侵犯相邻本体所属的领域，便会酿成本体论的"边界保卫战"。我们经常发现，学术争鸣和观点论战的双方本来都有自己的道理，但往往会由于各执一端、随意僭越，发生"本体论内战"。任何一种文艺本体论都在自己的适用范围内具有生存和发展的权利，具有阐释的有效性，否则便会流于谬误。

我们注意到，争夺文艺领导权和本体话语权的斗争一直或隐或显、或强或弱、高一阵低一阵地继续着。这方面的角逐从来没有停止过，只是表现形式上会发生改变。维护人民主体的主导地位关涉到文艺的方向性。从严格意义上说，任何一种文艺本体论都具有局部的合理性和有限的实效性。不能把一种片面的小本体夸大为覆盖一切的大本体，而应建设一种合理的、健康的、有活力的学术生态，提倡开放包容、多元并存，共同协调发展，旗帜鲜明地反对学术上唯我独尊的一元论和单边主义，同时创构既有主导又有多元的一体化格局，形成有序的整体结构。

第十一章　关于文艺的社会性和人文性

第一节　如何理解文艺的社会性和人文性

当代中国广泛流行着两种并驾齐驱的文学观念：一为"文学是社会生活的反映"，二为"文学是人学"。这两种文学观念都是正确的，都具有学理依据：前者依赖文学的社会性；后者依赖文学的人文性。文学是兼有社会性质和人文性质的共同体。从其社会性质出发，可以把文学视为对社会生活的反映；从其人文性质出发，可以把文学界定为人学。文艺的社会性和人文性是一个带有母元性质的根本问题。文艺与社会历史的关系和文艺与人文的关系是密不可分的。因为人和社会历史是一个问题的两个方面。社会历史是人的社会历史，人是社会历史的人。脱离人的社会历史和脱离社会历史的人是不存在的，是不可思议的。马克思主义把人置于社会历史结构的总体框架中加以理解，说明人是社会历史的、现实的、具体的人，不是抽象的、孤立的、幻想的人。只有历史唯物主义的理论才能对人进行科学的阐释。然而，人是社会历史的主体。人的地位对社会历史的发展具有至关重要的作用。人具有社会历史的主动性、能动性和创造性。人民，只有人民才是社会历史发展的动力。社会历史条件对于人的社会历史变革而言具有重要的激发和诱导作用。社会历史和人的关系是辩证的，没有人的观念的更新，就不会有社会的进步，没有历史的转折和时代的变迁，就不会有人的自由、幸福和解放。

纵观文学史，主要有两大派系。一是注重文学和社会历史的关系的社会历史学派；二是强调文学和人的关系的人文学派。两个学派分别形成了影响深远的历史主义和人道主义两大传统。对文学的界说，正是从这两个方面进行的。应当肯定的是，"文学是人学"和"文学是社会生活的反映"两个命题都是正确的。主张"文学是人学"的学者，厌烦和拒斥"文学是社会生活的反映"这个命题。这是为什么呢？可能是因为社会的不和谐和制度的不完善。人和社会有时处于一种矛盾和冲突的异化状态中，人会感到受压抑、被伤害，或感到精神的独立性和自由度遭到了忽视。社会历史不是悬空的，它的背后站立着人。人和社会历史之间的矛盾可以还原和转换为人和人之间的矛盾。表面上看来是人和社会历史之间的矛盾，实质上却反映着社会历史中的这一部分人和那一部分人之间的矛盾。社会历史中，生产资料和生活资料的占有、权力和财富的分配与再分配都存在着一定程度上的不合理和不平衡。这一类问题是应当被逐步解决的。我们应当努力把当代中国的社会制度和体制建设得更加符合广大人民的需要，更加体现广大人民的利益，更加适合广大人民的生存和发展，使广大人民群众的生活变得更加幸福和美好。

研究文艺和社会的关系，会产生各式各样的文艺社会学，其中马克思主义的文艺社会学最为科学。马克思主义关于社会历史结构的理论把社会现象划分为两大层面，即社会存在和社会意识。社会存在决定社会意识，制约和影响人们的心理、思想和精神世界。这种决定、制约和影响不是机械的，而是辩证的，是受动和能动的有机统一。普列汉诺夫标举了包括社会心理在内的一系列不可忽视的中间环节。俄国民主主义文学批评了从历史主义观点去认识文学现象这一观点。别林斯基认为"文学是整个社会的所有物"。卢卡奇的统一性的思想，把社会的生产关系视为"一个整体"，主张在社会的整体关系中研究艺术生产和审美活动。葛兰西主张把文学史作为文化史的一部分，建构新的社会关系和上层建筑。他在《关于"民族-人民的"概念》一文中，提出夺取文化领导权，建立"民族-人民的"文学的主张，把文艺社会学的使命提到一个新的高度。此外，影响比较大的还有实证主义的文艺社会学和文化批判主义的文艺社会学。斯塔尔夫人在《从文学与社会制度的关系论文学》一书中考察了不同的社会状况、宗教、风俗、法律，乃至气候、地缘对文学的影响，被称为第一个"文学社会学家"。丹纳在《艺术哲学》中提出了有名的"三要素说"，即认为物质文明和精神文明的性质和面貌取决于种族、环境和时代。西方马克思主义法兰克福学派从文化批判视域强调文艺对社会的批判功能，对于消除社会弊端、拯救文化沉沦具有一定的积极意义。

在文学的社会性和文学的人文性的关系问题上，存在着趋向两个极端的两种错误倾向：一个极端是用社会性压抑人文性，导致庸俗社会学；另一个极端是用人文性消解社会性，滑向抽象人性论。实际上非人学的文学和非社会学的人学都是不存在的。文学可以侧重表现人，也可以突出反映社会生活。文学的理想境界应当是把社会生活中的人和人的社会生活有机地结合起来，把时代精神和人文精神完美地融合起来。

第二节　西方相关理论资源检视

他山之石，可以攻玉。认真梳理西方相关的理论资源，对建构当代中国文艺的社会性和人文性的优质结构与良性生态是有益的。

西方关于文学的社会性与文学的人文性的思想和观念源远流长，或同时并存，或交替发展，一直贯通古今。古希腊的"模仿说"和"再现说"强调文学的社会性；而"心灵说"和"表现说"则突出文学的人文性。西方的两大文艺根脉中的现实主义重视展现文学的社会性，而浪漫主义则宣扬文学的人文性。西方的两大文艺思潮中的科学主义注重文学的社会性，而人本主义则发掘文学的人文性。前者侧重揭示时代精神，后者侧重激荡人文精神。当然，这不是绝对的，是相比较而言的。研究文艺和人的关系，会产生各式各样的文艺人学、文艺心理学，特别是人的生命哲学。不同形态的人性理论、人文主义、人本主义和人道主义的理论都是从人和人学的视域探讨文学的奥秘。这种源于欧洲文艺复兴时期的人文思想，提倡关怀人、尊重人，主张构建以人为中心的世界观，倡导"自由""平等""博爱"。作为反封建和反神权的思想武器，它曾起过积极的历史作用。这方面的论述浩如烟海，值得进行系统的梳理和解析。

必须指出的是，在理解和处理文艺的社会性与文艺的人文性之间的关系时，确实存在着"一方吃掉另一方"的绝对化倾向。一方面，企图用文艺的社会性否定文艺的人文性，把人和人的生命视为社会物质存在的机械的附属物，把人的思想、心理和精神世界视为简单的派生物、分泌物和一定阶级政治的等价物，全然抹杀了人的生命和人的意识的能动性与创造性；另一方面，企图用文艺的人文性消解文艺的社会性，完全把社会的物质存在看作人的生命和人的生命意识的客观化、对象化和外在化。生命哲学是功过相伴的，这种理论以颠倒的方式，通过唯心主义绝对化的论证，肯定了生命需求和生命冲动对创作的终极作用。这是对文艺人学思想的一种发展，但也是一种片面的发展。狄尔泰是最早提倡"生命哲学"的德国哲学家。他把生命视为世界的本原，认为一切社会生活现象都是生命的客观化、生命冲动的外化。社会历史不过是生命在时间里的延展。他认为历史事实不是因果关系，而是意义关系。人的生命意识和精神世界不是历史的产物，而历史本身却是生命的客观化，是精神世界的产物。狄尔泰用人文性吃掉了社会性，完全把问题颠倒了。生命哲学家齐美尔和狄尔泰一样，也把世界的本原说成是"生命"和生命的"活力"。他否认社会历史的客观性、规律性和整体性，只靠生命的直觉和本能来把握"生命"世界。他认为历史是生命的外化，人类需要"生命的和谐"，革命则是对和谐的破坏。法国哲学家柏格森也主张生命冲动或生命之流是世界的本原。他认为生命是一种盲目的、非理性的、永动不息的生命冲动。这种冲动被称为"绵延"或"生命之流"，像一条河流那样流动不息。生命哲学以极端和颠倒的方式凸显了生命的性质和功能，宣扬生命的创造力，倡导直觉学和解释学的思维方式，为浪漫主义、表现主义、现代主义创作提供了理论支持，对人文科学的构建和发展起到了不可忽视的作用。但生命哲学对人文性的强调，完全否定了文艺的社会性，大大超越了两者辩证关系所能允许的合理边界，带有明显的生命决定论、唯心论、意志论和绝对化的倾向。

有的学者又企图用社会性消解和取代人文性。两次世界大战后，西方文明发生了极大的变异，世道恶化、人心畸形。斯宾格勒出版了《西方的没落》一书，描绘了欧美世界夕阳西下的景象。福柯高举起反人文性和人道主义的旗帜。福柯认为，人文性和人道主义只是文艺复兴时代的产物，此前并没有占据主导地位，且受到了神权和君权的压抑。两次世界大战撕破了古典人道主义伪善和罪恶的面具，使其质态发生了根本性的蜕变。那种理性的、群体的、洋溢着激情和怀抱着理想的高尚的人已经不复存在。福柯所说的"人之死"并非指所有的人都死了，只是说文艺复兴时代那些英雄式的伟岸的"大写的人"已经消失了。后现代被资本、物质与科技力量所主宰和压抑的人失去了文艺复兴时代伟人性格上的完整和坚强，而蜕变成软弱又"偏形"的"单面人"。后现代主义者把对传统的理性而富有信仰的人物的解构视为一种时尚，让这些人"死去"，退出历史舞台。海德格尔在《关于人道主义的书信》中说："每一种人道主义都是形而上学的。"列维-施特劳斯在《野性的思维》中说："我相信，人的科学的终极目标不是建构人，而是取消人。"福柯在《词与物》中写道："人将被抹去，如同大海边沙地上的一张脸。"实际上，福柯对"现代性的人"进行了后现代主义的解释。这是由现代的人向后现代的人的转型诱发出来的。福柯指出，这种人文性主要表现为个体的、微观的、庸常的、琐碎的、边缘的、底层的、欲望的、肉体的。这是"非正统人文主义"的另一种形态的"人文主义"。福柯想构建一种"人文科学考古学"，检测西方文化中的人作为知识对象的起源和演变。福柯提出一种"知识型"的新术语，并赋予其语言指称和表达知识的深层框架的特殊功能，淡化和消解人文性。他的这种理念遭到了尊崇人文性、主张"人本主义"或"人道主义"的存在主义者的质疑。福柯认为一种新生的认识构型（configuration）决定着事物的秩序。这种秩序存在于语言所创造的网络中。整个知识领域是通过一定的语言秩序建立起来的。文艺复兴之后的西方文化在 19 世纪初经历过一次认识型的转换，那时，物的存在方式和知识秩序的存在方式，都发生了深刻变化。然而，语言不是孤立的存在。引发物和知识构型变化的因由，除语言机制之外，还有深层的社会历史因素。语言具有相对的独立性和稳定性。非主流和非主导的语言构型与知识观念对非人的社会政治权力进行批判是非常必要的。先进、科学的语言文化批判，可以从舆论层面上起到一定的积极作用。

福柯关于语言和社会权力关系的理论，可以提醒人们对话语权力和政治权力的占有是何等重要，掌握和行使话语权和领导权是多么关键，它对大众争取话语权力和政治权力也具有重要的启蒙作用。统治阶级的思想通常是占统治地位的思想。由权力支撑的主流的知识和语言文化范式，具有一定的牢固性，其解释也具有长期有效性。不宜把语言模式和知识构型从社会和人文中孤立出来，铸成一种涵盖和创造一切的超验力量。"人文科学考古学"认为现代人只不过是19世纪初产生的现代认识型的产物。人文科学并非科学，只是貌似科学的假象。人只是现代认识型的一种构想。现代认识型使人产生有限性。人虽然为种种人文科学所强化，却受到精神分析学、人种学，特别是语言游戏的解构。随着语言学的发展，"人"将终结和消失，陷入"人类学的沉睡"。福柯的"人之死"理论实际上是一种伪科学，人永远活着。福柯夸大了语言塑造的知识型的抽象的造物主的功能。实际上语言和语言架构起来的知识构型，都是由人制定的。只有依靠实践人才能完成自己所追求的目标。福柯用语言架构的认识构型来建立事物的秩序，遮蔽和隐匿了人的现实存在和能动作用，消解和抑制了人文性。

人之死，人的自我解构，人的自我消除，这些命题都是违背人性的，也是不科学的。实际上，人永远活着，人永远在建构。人随着时代的变化和发展，不断改变自己的面貌，人既建构，又解构，经历在建构中解构、在解构中建构的连续不断的过程。资本、财富、物质文明和科技成果有压抑人的一面，但它们都是人创造出来的，同时凸显出人的蓬勃的生命力。我们理应对后现代历史条件下的人的本性、存在和生态做切合实际的实证研究，并进行真切的现象描述。应对人的传统和现状之间的辩证关系进行分析，既珍惜优秀的人文传统，又充分考虑到后现代历史环境下人的新的境况，做出深刻的理论概括。后现代社会生活中恐怕不只有福柯所描述的表现低俗庸常的一类人物，这有悖于人物存在和人物结构的多样性原则与主导性原则。事实上，文艺复兴的传统不可能完全被打破。现实生活中仍然有杰出的科学家、优秀的政治家、屹立于经济大潮尖端的企业家，他们是一个时代的文化旗手和精神领袖。在发达国家的后现代社会中，防止人的委顿、人文性的坠落及人文精神的倒退和滑坡，是人文科学应当担负的极其重要的历史使命。

实现文艺的社会性和文艺的人文性的辩证统一，关键在于考察文艺对人民和历史的态度。马克思主义认为文学实质上是人民的文学。文学为了人民、源于人民、从属于人民、服务于人民。一般而言，伟大的作家都是具有人民性的作家。巴尔扎克和托尔斯泰都是贵族，但他们都背叛了自己的阶级，站在人民一边。巴尔扎克在政治上是一个保皇党徒，但他看到了自己的阶级不配有更好的命运，于是改变了自己的阶级立场，倒向新兴的市民阶级一边，歌颂圣玛丽修道院的共和党英雄们。托尔斯泰是一个笃信基督教的地主，但他痛恶资产阶级的势利和贪婪。虽然他过于绵善和仁厚，不理解社会变革，但他谙熟农村的生活，热爱农民，同情农民的命运。他的思想情感与农民相通，向农民靠拢，最终成为为农民代言的思想家。他苛刻地进行道德上的自我完善，过着像农民一样简朴的生活。他拿着镰刀，戴着草帽，酷爱劳动，大家都夸赞他是一个有文化的农民。他不仅同情下层劳苦大众，还在《复活》和《战争与和平》等小说中塑造了聂赫留朵夫、安德烈公爵等脱离自己的贵族阶级向真正的人回归的赎罪者和复活者的形象。被人们称为"法兰西的莎士比亚"的伟大作家雨果的作品，一方面使压迫者"感到畏惧"，另一方面对不幸的人们充满同情。他的《悲惨世界》《巴黎圣母院》《九三年》都表现出了深沉的人文关怀。雨果被赞颂为"为穷人说话的人道主义作家"。这些文学大师都通过他们的创作和作品表现出浓郁的人民性和人文性，展现出与时代精神相融合的人文精神。

纵观西方的文化史，从大视野考察文学的社会性和人文性的存在与发展规律，可以发现这样一种具有主导性的现象：文学的社会性和人文性相比较而存在，相竞争而发展，或同时存在，或轮流凸显。在一个历史时期内，或以社会性为主导，或以人文性为统领。当社会性压抑人文性时，会引起人文性的反弹，社会性的沉沦；当人文性排拒社会性时，会激发社会性的新变，人文性跌入低谷。现实主义强调社会性，浪漫主义、现代主义、表现主义和泛表现主义宣扬人文性，后现代主义又解构人文性，如此等等。这样循环往复的运动，可能会使学术思想呈现出螺旋式上升的回归现象或钟摆现象。

第三节　弘扬新历史条件下的时代精神和人文精神

当代中国处于大变革的时代。新历史条件下的当代中国文学的社会性和人文性凸显了当代中国的时代精神和人文精神。新时代的时代精神和人文精神的统一集中的核心表现是现代化的变革精神或变革的现代化精神。实现现代化变革的光荣而又艰巨的历史使命包含以下几点：以表现人的现代化和社会的现代化为宗旨；随着生产力的高度发展，社会关系、人际关系以及人的生产方式、生活方式和交际方式，将会相应发生巨大的变化；反映摆脱孤立的、封闭的、单调的国别经济，迈向全球化的国际经济；书写从封建宗法制社会转化为高度发达的工业化国家的艰辛之路；描绘中国大地上的生态文明建设的壮丽景象；展示现代化过程中的文化交流和互鉴，实现中国传统文化的现代性转换和创新性发展。

我们要大力塑造具有创新意识和变革精神的社会主义新人形象。文艺创作通过反映历史大变革的伟大实践，推进了现代化的历史进程，有利于实现中华民族的伟大复兴。文艺创作理应表现新时代的伟大变革。我们热切期待具有划时代意义的、史诗般的精品力作不断涌现。大变革时代的人民和历史需要大变革时代的文学。新时代的文艺创作应当表现时代变迁、社会转型和历史变革。人们明显地感受到，中国当代的文艺创作中，表现历史大变革的历史使命的鸿篇巨制还不多，与现代化的伟大实践很不相称。为了求得文艺与当代中国现代化伟大事业的协作，优秀的文艺家应当珍惜这个伟大的历史变革给文艺发展带来的千载难逢的良机，捕捉富有时代感的重大主题，努力创作一些具有里程碑意义的精品力作。

正确地把握当代中国的国情是深刻表现当代中国的时代精神和人文精神的前提，是创造性地揭示当代中国现代化的伟大历史变革的基础。从全世界的范围看，不同的国家、民族和地区处于三种不同的历史发展状态，即前现代、现代和后现代。当代中国作为发展中国家，已经脱离了前现代，但远没有进入后现代。中国社会正处于并将长期处于社会主义初级阶段。在这个历史定位下，我们应以实现中国特色的现代化伟大事业为历史使命，弘扬新历史条件下的时代精神和人文精神。

马克思说："哲学家们只是用不同的方式**解释**世界，问题在于**改变**世界。"[1] 解释世界是很重要的，不能正确地解释世界，便不能真正有效地改造世界。但只是解释世界，纵令是正确地解释世界也是不够的。在正确地解释世界后，必须通过伟大的社会实践，才能实现改造世界的理想目标。马克思所说的"改造世界"实质上可以被解释为通过社会实践实现历史变革。就历史发展的不同程度而言，前现代的社会结构、生产方式和生活方式已经失去了历史的先进性和合理性。文艺家们应当树立正确的历史观，不要迷恋宗法制的田园生活，更不能用历史倒退主义和复古主义阻挡现代化的历史潮流。后现代主义对具有不同的国情与文情的国家、民族和

---

① 马克思，恩格斯. 马克思恩格斯全集：第3卷. 北京：人民出版社，1960：8.

地域来说，存在着明显的时代错位和历史反差。由于经济发展的不平衡，后现代主义只能部分地适用于当代中国，即那些已经发展起来的地区和富裕起来的人群。从宏观、整体和全局上看，当代中国更需要统一、变革和建构，更需要认知理性、科技理性和道德理性的支撑，更需要培育人文性和弘扬人文精神。

艺术家、评论家应当把握文学的现实性和社会历史性，尊重社会历史规律，自觉地跟着历史的脚步向前走，特别是准确、适度地驾驭历史前进的速度，使社会向好的方向发展。随意地超越历史和昏昧地拖慢历史，都可能对人造成不同程度的伤害。在这方面，我们有过沉痛的历史教训：不顾历史条件，从新民主主义飞跨到社会主义，用虚假的跃进取代社会的真正进步，给国家造成不可估量的损害。超越历史，可能会坠入社会乌托邦和审美乌托邦。

值得注意的是，创作界和理论界不同程度地存在着复古遗风，历史倒退主义有所滋长。当代中国正处于全面建设社会主义现代化国家的重要时期，正在经历广泛而深刻的社会变革。宗法制的社会结构和生产方式已经失去了历史的合理性和进步性。农村的田园生活，尽管留下了优秀的文化遗存、亲和的伦理道德和秀美的绿色生态，但作为一种历史形态和社会制度，其已不具备先进性。现代化取代宗法制的过程中，最难解决的根本问题和基本问题是农民问题。实现农业的高度现代化，还需要一个漫长而深刻的历史过程。农业的现代化是实现社会全面现代化的重要标志。宗法制的田园公社还带有浓厚的封建主义痕迹。有的乡土文学描绘了农耕岁月的真善美，虽然掺杂着对工业污染农村的批判，但主要是在表现宗法制社会的"岁月静好"和"田园牧歌"。宗法制农业社会确实存在着绿色宜人的一面，为当代中国的生态文明建设提供了可借鉴的范例，但我们对宗法制田园公社应当具有更加全面完整的体认。宗法制社会无疑是具有双重性的：既有安逸、平和、悠闲、宁静、恬淡、舒适的一面，也有专制、黑暗、腐朽、封闭、狭隘、贫困、愚昧、凝固、落后的一面。现代化的历史进程正是要通过农业变革，逐渐改变和消除宗法制田园公社的已经陈腐了的旧体制和旧环境，建设自由民主和繁荣富强的新农村。历史变革必然使农业的宗法制度让位于农业的现代化，这是不以个人的意志为转移的历史发展的铁律。

处于历史大变革时代的明智的文艺家应当更加自觉地紧跟历史的脚步，不要痴迷于宗法制社会，把这种已经失去了历史合理性和进步性的社会政治经济结构随意加以美化、诗化和理想化。具有变革意识的文艺家的创作宗旨和立场应当是坚定不移地站在推动社会进步和历史转折的一边，旗帜鲜明地反对人文惰性和历史保守主义、历史倒退主义，积极推动和促进农村的历史大变革。每个智者，都应当认清这个历史发展的大趋势，欣喜地迎接新时代，愉快地向旧时代揖别。这次中国历史的大变革和大转折，必然使中国的历史结构、社会制度、政治体制、经济结构、文化质态、伦理道德规范发生根本性的嬗变，必然给人们的生产方式、生活方式、交际方式带来全新的面貌。历史潮流不可阻挡，人们在新的历史际遇面前都应当做出正确的选择。

是推动或伴随着历史的脚步向前走，还是抱着陈腐的观念不放，把历史拉向倒退，作家必须通过自己的创作做出明确的回答。有的文艺作品不去表现社会变革的合法性，反而着意渲染宗法制社会的合理性，表现出一种迷恋过去的非历史主义的倾向。西方现代文学史上，工业革命后曾经出现过一种消极浪漫主义文艺思想。消极浪漫主义作家夸大工业化造成的负面作用，沉湎于和追忆他们失去的乐园，妄图恢复他们已然消失的"幸福天堂"。马克思、恩格斯从维护社会进步和历史发展的主旨出发，对消极浪漫主义的复古倾向进行了严厉的批判。马克思、恩格斯说，面对社会转型和历史变革，"浪漫主义者为此流下的感伤的眼泪是我们所不取的"①。
他们反对用"田园诗的笔调"，"把已经在所有文明国家中成为严峻的社会
变革的先驱者的现实社会运动，变为**安逸的、和平的改变，变为宁静的、
舒适的生活**"②。贵族阶级企图用传统的"旧善"来惩罚"新恶"，"例如
18 世纪，出现了正直而善良的大丈夫，出现了以停滞状态的**田园生活**来
同历史的颓废相对抗的素有教养、作风正派"的"田园诗人"③。当社会
变革的风暴即将来袭的时候，"反动势力便发出悲叹，祈求回到封建主义，
回到美好的宗法式生活里，恢复我们祖先的淳朴的风尚和伟大的德行"④。
马克思揭露了宗法制社会的狭隘性、封闭性、僵化性和落后性。这种社会
结构中，"那些不开化的人的利己主义，他们把全部注意力集中在一块小
得可怜的土地上，静静地看着一个个帝国的崩溃"；过着一种"有损尊严
的、停滞不前的、单调苟安的生活"，这是一种"消极被动的生存"；"这
些小小的公社带着种姓划分和奴隶制度的污痕；它们使人屈服于外界环
境，而不是把人提高为环境的主宰；它们把自动发展的社会状态变成了一
成不变的自然命运，因而造成了对自然的野蛮的崇拜"⑤。小农经济是一
种自然经济。自然经济铸成了自然化的凝固的社会组织，具有厚重的历史
积淀和很难克服的历史惰性。马克思深刻地指出，这种僵硬落后的社会形
态，如果自身不加以改变，必然会从外部被强行推翻。外部掠夺者扮演清
洁工的角色，充当"历史的不自觉的工具"。中国近代历史充分地证明了
这一点。具有先进思想的人文知识分子应当紧随历史发展的脚步向前
迈进。

---

① 马克思，恩格斯. 马克思恩格斯全集：第 42 卷. 北京：人民出版社，1979：83.
② 马克思，恩格斯. 马克思恩格斯全集：第 3 卷. 北京：人民出版社，1960：639.
③ 马克思，恩格斯. 马克思恩格斯全集：第 4 卷. 北京：人民出版社，1958：329.
④ 马克思，恩格斯. 马克思恩格斯选集：第 1 卷. 3 版. 北京：人民出版社，2012：263 - 264.
⑤ 同④854.

　　社会的进步和历史的发展是靠人的先进思想、创造精神和实践精神来推动的，而人文精神的高扬、人文关爱的体现、人的综合素质的培养和提升、人的信仰理想的树立和弘扬、人的伦理道德情操的优化和美化、人的英雄主义和献身精神的展现与发挥都是通过改变环境，实现社会变革和历史转折的伟大实践来实现的。这个伟大的社会实践，既推动了历史的发展，又促进了人的自我完善。当代中国已经拥有大量优秀作家，他们书写了大众群体的生活故事。但大变革时代更需要富有强烈的变革意识、表现改造环境和变革世界的大手笔的作家。他们是中国的文化精英和中国精神的代表。大变革的伟大社会实践，必然催生大手笔的文坛巨匠。作家应当树立正确的人学观和历史观，努力把文艺的社会性和文艺的人文性有机地结合起来，尽可能完美地把新历史条件下的时代精神和人文精神统一起来：既要当好"历史的书记官"，展示时代精神，推动社会的全面进步；又要当好"人类灵魂的工程师"，表现人文精神，促进人的全面自由发展。

第十二章　关于文艺的客体性和主体性

第一节　文艺的客体性和主体性的理论依据

马克思主义关于社会结构的理论和社会实践的理论是阐发文艺主客体关系的哲学依据。马克思主义关于社会结构的理论是人类思想史上的伟大创举和重大发现，是超越其他一切哲学社会科学学说的重要标志。马克思主义的社会结构理论对研讨文艺理论的创新具有深刻的方法论启示。马克思从人类的社会实践活动中总结出来的社会结构理论，把社会现象划分为社会存在和社会意识。它是考察文艺客体性和文艺主体性相互关系的理论基础，深层次的文学研究和文艺批评应当探讨作家作品与社会结构的关系，研究文本与特定时代的社会历史结构和社会思想结构的内在联系，做出具有历史深度和思想深度的阐发。马克思、恩格斯特别注重从社会结构的视域考察文学结构。恩格斯在《诗歌和散文中的德国社会主义》一文中，娴熟地运用社会历史结构理论对歌德的创作思想进行了全面深入的剖析。他说："歌德在德国文学中的出现是由这个历史结构安排好了的。"①
歌德的创作和作品的社会历史内容与政治思想结构都是由德国的"历史结
构安排好了的"，归根结底，都是由德国的社会历史结构决定的。

马克思主义的社会结构理论，把社会存在决定社会意识的原理运用于
解析文艺主客体的关系，强调一定时代和历史条件下的社会生活和人的社
会意识的关系。处于社会历史结构中的人是有意识的。人是有意识的社会
存在物。这样界定人的本质是必要的，却是不充分的。马克思主义的社会
实践理论，把人理解为社会历史的主体和社会实践的主体。这是人的社会
属性的更为重要的方面。但这个重要的方面被既往相关的理论表述忽略
了，或没有得到充分的阐发。我们应当自觉地把马克思主义的社会结构理
论和社会实践理论结合起来，更加完整地理解和体认人的主体性。人不仅
是意识主体，更为重要的是，人也是社会主体、生活主体和实践主体，是
有意识地生活、劳动、奋斗、创造、变革的能动力量。马克思说："全部
社会生活在本质上是**实践的**。"② 马克思把自己的哲学称为"实践活动的
唯物主义"。马克思和恩格斯认为："对**实践的唯物主义者，即共产主义者**
说来，全部问题都在于使现存世界革命化，实际地反对和改变事物的现
状。"③ 人的解放问题不只是思想意识活动，还是历史活动和社会实践活
动。必须把社会主体和生活主体作为在历史中行动的人去考察，"在社会
历史领域内进行活动的，是具有意识的、经过思虑或凭激情行动的、追求
某种目的的人"④。环境创造人，人也创造环境。消除陈旧的生活状态，
靠改变环境，而不是靠意识上的幻想和纯粹理论上的演绎。思想本身并不

①　马克思，恩格斯 . 马克思恩格斯全集：第 4 卷 . 北京：人民出版社，1958：254.
②　马克思，恩格斯 . 马克思恩格斯选集：第 1 卷 . 3 版 . 北京：人民出版社，2012：135.
③　马克思，恩格斯 . 马克思恩格斯全集：第 3 卷 . 北京：人民出版社，1960：8.
④　马克思，恩格斯 . 马克思恩格斯选集：第 4 卷 . 3 版 . 北京：人民出版社，2012：253.

能实现什么东西，为了实现思想，必须"要有使用实践力量的人"①。

从社会结构理论视域看，人的生活属于社会存在的范畴；从社会实践的理论视域看，人是社会实践的主体。被文艺作品表现的人，既是客体，又是主体，这种人的主体是作为生活主体、社会主体、社会实践主体和历史创造活动主体而被描写的。文艺创作主体和作为书写对象的社会生活与社会实践主体的人构成一种深层的对话关系。写作的人和被写的人之间产生一种对象性的主体间性和主客体间性关系。应当深入研究创作主体和具有主客体双重角色的人的复杂形态。文艺家需要努力运用社会结构理论和社会实践理论的融合视野，多方面地开掘和拓展作品的展示空间：可以反映作为生活主体的人的生态和命运；可以表现作为社会实践主体的人的创造性的历史活动；可以描写他们勇于改变旧环境，"敢教日月换新天"的飒爽英姿；可以赞颂造福人类的普罗米修斯式人物的英雄主义和献身精神。当代中国正在经历推进现代化的伟大事业。文艺家应当自觉地把握新时代的主客体关系的时代特征、社会内容和历史要求，通过文艺创作活动，促进人的现代化和社会的现代化，为实现社会转型和历史变革而不懈奋进。

第二节　时代的变迁和主体的命运

文艺复兴时期，人的社会地位处于前所未有的巅峰状态。恩格斯这样赞颂道："这是人类以往从来没有经历过的一次最伟大的、进步的变革，是一个需要巨人并且产生了巨人的时代，那是一些在思维能力、激情和性格方面，在多才多艺和学识渊博方面的巨人。……而尤其突出的是，他们

---

① 马克思，恩格斯. 马克思恩格斯全集：第 2 卷. 北京：人民出版社，1957：152.

几乎全都置身于时代运动中，在实际斗争中意气风发，站在这一方面或那一方面进行斗争，有人用舌和笔，有人用剑，有些人则两者并用。……他们具有成为全面的人的那种性格上的丰富和力量。"① 在文艺复兴所开启的新的历史时期，人的社会地位和人文价值得到了前所未有的高扬。以人道主义、人本主义和人文主义的思想观念与精神旗帜为支撑的人的民主、自由、公平和正义达到了人类文明的巅峰状态。新的社会人文环境，造就了灿若群星的积极浪漫主义和批判现实主义的伟大作家，这些作为创作主体的文化巨人对作为社会历史的人的精神境界和生态命运进行了全景式的描写，塑造了所属时代的艺术典型和英雄群像。他们是一些"大写的人"，以至莎士比亚抑制不住自己的激昂和亢奋，写下了人类的赞美诗："人类是一件多么了不起的杰作！多么高贵的理性！多么伟大的力量！多么优美的仪表！多么文雅的举动！在行为上多么像一个灵长！"这种讴歌充满着人的自尊、自豪和自信。这些作为创作主体的"大写的人"对作为社会历史主体的"大写的人"的肯定和颂扬，是一种深刻的历史印记。

文艺复兴之后，人与历史的关系发生了彻底的蜕变。战争机器的碾压、资本力量的蹂躏、物化世界的排挤和科技理性的压抑，抹去了社会历史主体的巨人素质和英雄气魄，人都变成了处于异化状态的"单面人""扁面人""畸形人"，甚至变成了病态的动物。人变得越来越孱弱和颓唐了。卡夫卡的《变形记》是一个形象的艺术标本。人的生态的异化、人的精神的内向化、人的心理的畸形化、人的追求的个体化、人的价值的虚无化、人的理想的空心化、人的力量的弱化，成为现代派艺术表现的重要的人文特性。荒诞派戏剧、"黑色幽默"只不过是存在主义文学的变种。

第一次世界大战后，整个欧洲笼罩着一种阴暗忧虑和悲观绝望的社会

---

① 马克思，恩格斯. 马克思恩格斯选集：第 3 卷 . 3 版 . 北京：人民出版社，2012：847.

氛围。处于异化状态下的人们普遍感到了人生的艰难和灾厄。正如存在主义所描写的那样，人们感到孤独、恐惧、焦虑、烦恼、空虚、荒诞、痛苦、毫无归属感，被抛弃，成了"局外人"，"无家可归"。基督教文明已经不复存在，信仰上帝的人们失去了自我。人们的生存没有了现实意义，只能"向死亡而生"。拯救自我，成为存在主义人学的主旨。陀思妥耶夫斯基的《卡拉马佐夫兄弟》《地下室手记》，卡夫卡的《审判》《城堡》，加缪的《局外人》《鼠疫》，萨特的《厌恶》《禁闭》等文学及戏剧作品，都不同程度地这样那样地表现了存在主义人学思想所阐述的荒诞的、痛苦的人的生态和心态。

存在主义的代表人物萨特和海德格尔等人从"人学"视域，对人的生态和主体的命运进行了自我意识内向化探索，提出了"存在先于本质"和"此在"等重要概念，强调人的自我塑造功能及自我存在的自足性和独立性。然而脱离人的历史条件、社会环境和人际关系，把主体从客体中孤立出来，只能使自我解放和自我救赎沦为一种不可能实现的幻想。存在主义夸大了人的自我存在意识，不仅是人的思想和行动的内在驱动力，而且是组织和创造世界的造物主。世界万物都是自我意识和自我存在的派生物。在这种由个体的人的意识所组织起来的世界中，人具有无限的绝对自由。这种自由只徜徉在内向化个体的主观头脑中。在当时的社会背景下，存在主义特别关注个人的生态和命运，这与弥漫于整个欧洲的自我失落的悲观主义社会心理相契合，因而得到了青年们的信赖、追随和崇拜。存在主义针砭时弊，做出判断："世界是荒谬的、人生是痛苦的。"这一观点得到了社会底层人民的强烈认同。从荒谬和痛苦的世界中救出自己，是受压抑的人的深切愿望。令人遗憾的是，存在主义给人们提供的救世方法实质上只是人的主观意识的一种乌托邦。存在主义所设计的人的自我救赎、自由选择以及人的个体的内向化的自我塑造、自我开放，都是脱离群众的文化精英们的幻想，都是脱离历史条件、社会环境、现实生活和社会实践的主观精神的自我扩张。任何一种社会文化思潮的产生和消失都是由客观存在的历史条件和社会环境决定的。存在主义的出现是如此，存在主义的隐退也是如此。随着战争的终结，社会的稳定，经济的繁荣，资本主义体制的人性化调整，社会福利的提高，民生和就业状况的改善，劳资矛盾的缓解，存在主义这种社会文化思潮逐渐潮退浪隐，淡出人们的视野。

存在主义所鼓吹的人，是一种封闭的、孤立自足的、以自我意识为主导的、内向化的人。这种人孤芳自赏，唯我独尊，附丽着高傲的水仙花自恋情结，不但鄙视社会环境，而且厌恶人际关系，认为"他人即地狱"。世道茫茫，迷失了人生的出路，只好玩世不恭、放浪形骸。人们的生存失去了现实意义，只能"向死亡而生"。死亡成为存在主义追寻的一个重要命题。无神论者尼采率先喊出"上帝死了"的口号。他认为上帝是制造人类痛苦和灾难的渊薮，人们不应指望这个空虚的偶像解救自己。现在的人类已经走向终结，他提出用"权力意志"和"超人哲学"重塑个体的人。他企图用绝对的强力意志论，创造出一种"超人"，用以取代旧人类，使人成为一种具有"权力意志"的全新的在世者。超人，即超越人类的人。尼采反对旧上帝，实质上又用"权力意志"制造出被称为"超人"的新上帝。让旧上帝死，请新上帝活。用权力意志驱逐"虚空"，进行价值重估。尼采的绝对意志论的人学主张显然是虚幻的，带有浓郁的乌托邦色彩。文艺复兴后，那种具有英雄气质的"大写的人"死了，而各式各样的非理性的人诞生了。这种非理性的人活着，而正常意义上的人却"死了"。人的主体性走向没落，坠入低谷，变得孱弱、畸形，陷入颓唐和沉沦。

美国学者弗莱德·R. 多迈尔在题为《主体性的黄昏》的书中，描述了西方的主体性思想的变异，以及西方主体性从兴盛和强势走向隐退和衰落的趋势。他面对物质世界和机器对人的碾压，提出一种呵护自我的"内向的主体性"。福柯对主体性的解构是总体性的，是深层次的和多方面的。福柯甚至令人惊诧地说："主体已死。"为了进行历史文化的批判活动，他从后结构主义视域，对历史过程中的主体性加以考察，发现并没有真实存在和普遍一致的主体性。传统的人文主义的主体性岌岌可危，正在消亡，完全可以被超越，随着他倡导的所谓"知识型"的改变而转换，衍生出另一种形态的非人文主义的主体性。福柯高举反对误导人的人文主义主体性的旗帜。他认为这种主体性的哲学迷信所指只是人的抽象观念，而不是区别于社会实践活动的人的内在、本真的实践活动。实施主体性，实质上是一个使人被主体性奴役的过程。对主体性哲学的迷信，可能会使人陷入"人类学沉睡"。观念的主体性造成了对人的本性的奴役，支撑着一种控制和依附的权力关系。福柯的具有批判精神和变革意向的解构活动，消除了抽象的主体性的桎梏，把人们从混乱和荒谬的处境中解放出来。福柯提出创立"交互主体"、建构"真理制度"、确立"生存权力"和"生存美学"，这些见解都是富有启示性的。福柯的"知识型"和库恩的"范式"作为思想史上的阐释模式，虽然能从不同视域说明一些问题，但都没有全面正确地揭示其思想的真实来源和适用范围，论述粗疏模糊，行文散乱，缺少逻辑上的统一性，表现出片面极端化的倾向。

后现代主义的学术思想总是不加分析地反对合理的抽象，批判科学的理论。诚然，观念不都是正确的，由于历史的局限和认识的迷误，有时不可能实现人的预期的目的。但真理的发现是一个过程，理解不可能一步到位，不能以认识过程中出现错误为由，否定观念指导实践的必要性和整体上的合理性。福柯倡导的本真主义语焉不详，只能被归属于人性论意义上的原始本能，其实质上是现象学和后结构主义、后现代主义的混合物。实践中屡屡胜利的主体性，成就熠熠生辉，不容抹杀。主体性并没有临近黄昏，人类学也没有陷入沉睡。新时代的科学取得了巨大成就。对自然的协调和利用，对人文领域和物质领域、宏观世界和微观世界的探索所取得的巨大成就，都显示出主体创造性的强势地位与蓬勃的生机和活力。

人的主体性长存。人的主体性永远活着，不可能死去，改变的只是人的主体性的存在方式。富有智慧的人们面对这个死了、那个死了的喊叫声，应当保持清醒、镇静。尼采所说的"上帝死了"，指人们失去了对上帝的信仰。福柯所说的"人死了"，指理性的"大写的人"消失了。罗兰·巴特所说的"作者已死"，是为了推行和宣扬"文本中心论"和"读者中心论"。作者死了，读者活了。随后，"读者也死了"。"读者之死"与21世纪初国内学界掀起的所谓"文学终结论"紧密相关。"文学终结论"夸张地认为，随着媒介文化、图像文化、快餐文化、大众文化、消费文化的走红，文学生存将陷入危机，阅读文学作品的人数会锐减。对文学经典的反常态的"祛魅运动"对文学的"消亡"起到了推波助澜的作用。阅读文学作品和文学经典的人虽然没有死，但确实越来越少了。青年读者对影像、图片等的阅读兴趣日趋炽烈。这种简单、快捷、直观的阅读活动对文学的鉴赏产生了强烈的冲击。对文学作品和文学经典的阅读仍然是一项不可或缺的审美欣赏活动。"人之死""作者之死""读者之死"都是被扭曲、被夸大了的虚假命题，表现出一种片面性和极端化的思维方式，具有强烈的排他性和咒他性。实际上，社会主体、创作主体和阅读主体之间存在着内在的有机关联。应当从这些主体的相互作用中，阐发作为社会主体的人和作为创作主体的人、作为阅读主体的人之间的规律性和情感性联系。中国当代学者应当具有理论自信，坚守"以我为主"和"为我所用"的原则，梳理和整合西方相关的思想理论资源，进行主体性综合创新。如巴赫金的"对话-整合"理论、海德格尔的共在理论、哈贝马斯的交互主体性理论，都具有一定的参照价值，特别是主体间性理论。主体间性不是孤立封闭的，研究主体间性，不能局限在孤立封闭的内向化个体的自我意识的界域内，忽视与客体性和社会实践之间的密切联系，脱离作为社会主体和实践主体的客观存在的现实的人的关系。因此首先应当研究客体间性、主客体间性，从客体间性和主客体间性的关涉中，探索主体性和主体间性，形成主体性和客体性观念交互作用的学理系统。

第三节　坚守文艺客体性和主体性的辩证法

客观规律性和主观能动性、实事求是和思想解放、马克思主义的坚持和发展的关系都是相互依赖、对立统一的辩证关系。遵循客观规律性，是为了最大限度地调动主观能动性；发挥主观能动性，是为了更确切地把握客观规律性。实事求是是思想解放的基础，思想解放是为了更深层地掌握对象的规律，更加实事求是，从而不断创新，达到超越旧事理和旧事物的新境界。坚持马克思主义是为了发展马克思主义，发展马克思主义是为了更好地坚持马克思主义。这些关系，都不能走极端，搞片面性和一点论，你死我活，一个吃掉另一个。一般来说，客体性是基础，主体性是动力。动力作用于基础，推动事物的变革和发展。那么，中华人民共和国成立后，究竟是客体性压抑了主体性，还是主体性超越了客体性？从总的境况来看，在一段时间内，超越历史的激进主义占了上风，不顾历史条件，随意发挥主体性或主观能动性，起着主导作用。频繁的政治运动和经济生产的"大跃进"，脱离和违背客观实际，不适度地发挥主观能动性，破坏了正常的政治和经济生态，给社会和人民造成了相当严重的危害。

中国理论界对于主体性和客体性的关系问题，一直存在着不同见解，曾发生过重大论争。关于主体性的争鸣，尽管出现了一些理论上的偏差和思想上的分歧，但从总体上而言，对完整地理解文艺主客体的相互关系，特别是对破除传统的思维定式，推动思想解放运动，起到了历史性的积极作用。

　　关于主体性和客体性的关系问题，思想史上，有许多可以借鉴的理论资源。黑格尔的理念主体说认为世界万物都是理念的外化，对象是理念的派生物，美是理念的感性显现。黑格尔的理念论虽然具有明显的客观唯心主义性质，但他的理念主体论包含着丰富的辩证法和纵深的历史感。如果把黑格尔颠倒了的主客体关系再颠倒过来，则可以为人的精神主体性建设提供可资参照的启迪。康德的先验的主体论具有非常深远的影响。他的两句名言"人给自然立法"和"人是最终目的"，把人的作用提高到了极致。在他看来，自然界并没有规律，外部世界的法都是人的主体按照一套先验理论范畴梳理、设定和赋予的。人通过给自然立法，实现人的主体需要，达到人的最高目标，实现人的最高目的。康德先验的主体论以特定的表述启示人们如何发现和利用自然规律，为人类谋求福祉。狄尔泰把哲学划分为精神哲学和历史哲学两类，并主张哲学的中心问题是生命。他认为历史是相对的、不可捉摸的，应当运用精神哲学进行批判。他从黑格尔主义，走向新康德主义，再转向生命哲学，认为历史理性只有通过人的体验才能被理解，特别强调了人的直觉心理因素，破除实证主义的历史方法。狄尔泰对生命价值和精神哲学的关注具有超越性意义。人对外部世界的认知是通过人的精神的体验、检视和过滤来实现的。这种表述是有道理的，但应当防止和克服用夸大了的生命哲学的主体性取代客体的规律性。尼采的权力主体性，把外部对象都视为权力意志的辐射、扩张和安顿，通过权力意志赋予世界价值，达到价值重估的目的。尼采的权力主体性，因膨胀到极端的包容性和涵盖面而具有不同寻常的意义。上述各种通过唯心主义方式表现出来的关于主客体关系的理论，都这样那样地用主体性消解和遮蔽客体性，没有给客体性以应有的独立位置。

　　如果说唯心主义的主体性理论只强调人的精神作用，那么唯物主义的客体性理论往往只描绘和钟爱外部世界的真实性，而较少论证人的生命主体性和精神能动性的创造性。费尔巴哈对自然美的礼赞由衷而精彩。车尔尼雪夫斯基对"美是生活"的界定突出了美的客体性以及同现实生活的联系，同时又强调这种生活是"感到理应如此的生活"，并不是机械的、平庸的，而是有选择、有提升的。但总的来说他们对人的主体性、能动性和创造性的论述还是不够。这两种阐释各有特色，一种是辩证而不唯物，一种是唯物而不辩证，因而都是片面的、不完整的，滑向失去理想境界的两个极端。既唯物又辩证的界说，只能到马克思主义的论著中去寻找。

马克思在《1844年经济学哲学手稿》中曾说过一段经典的话："对象**如何**对他来说成为他的对象，这取决于**对象的性质**以及与之相适应的**本质力量**的性质；因为正是这种关系的**规定性**形成一种特殊的、**现实的**肯定方式。"① 客体性对主体性具有决定作用，主体性对客体性具有反作用。正是这种作用和反作用的交互作用形成的主客体"关系的**规定性**"构造了作品的性质。这不是抽象的肯定方式，而是一种"特殊的、**现实的**肯定方式"。向客体倾斜会形成现实主义的作品，向主体倾斜则形成浪漫主义、现代主义、表现主义和泛表现主义的作品。对于作为创作主体的作家来说，这种"特殊的、**现实的**肯定方式""成为人**自己的**本质力量的现实"，"成为他自身的**对象化**，成为确证和实现他的个性的对象"②。作家和作品一方面反映人的现实生活，另一方面表现自己的风格、个性和趣味，甚至体现主体的思想特性和价值取向，从而实现主客体的有机融合和辩证统一。马克思倡导的由客体的决定作用和主体的反作用这两者之间的交互作用形成的主客体"关系的**规定性**"，对解释创作、批评和研究中的主客体活动具有原创性和经典性的意义。

---

① 马克思，恩格斯. 马克思恩格斯全集：第3卷.2版. 北京：人民出版社，2002：304-305.
② 同①304.

这种"关系的**规定性**"既然是由主客体双方的交互作用决定的,那么作品的思想感情必然是由主客体二者共同构成的。从对象方面说,作品蕴含着客观思想;从主体方面说,作品表现作家的主观思想。创作和作品中的思想是主客观思想的这样那样的融合,这里存在着一个作家的创作和对象的客观性之间的相互关系问题。这两方面对形成作品的思想感情和价值观念都是不可或缺的。一个相当长的时期内,有人只强调"怎么写",而忽视"写什么",这是有一定道理的,但这个道理是不全面的,还存在着另一个视角,即应当肯定题材特别是重大题材所蕴含的思想内涵的分量与丰厚程度对作品思想的制约和影响。写"杯水风波"和"一地鸡毛"虽然也能表现一些生活内涵,但却十分有限,无法与反映国家、人民和民族的前途和命运的大叙事相比拟,更不会反映出社会实践变革现实、改天换地的伟大作用。英雄人物身上的先进思想和崇高精神,卑微的人物身上是没有的。写假恶丑,也不一定能从反面表现出真善美。可见,客观对象对形成作品的思想具有一定的制约性。"题材决定论"只看到客观对象对形成作品的作用,而"题材无差别论"认为只有作家的创作才能对形成作品起促进作用。实际上,客观对象和作家对形成作品的思想感情都很重要。

当代中国文坛上主体性理论的沉浮与西方相比,呈现出一种有趣的现象。当中国的理论界注重客体性的时候,西方的学术界高扬主体性;当中国学者狂热追求主体性的时候,西方的思想界又来了一个 180 度大转弯,由"向内转",转为从新历史主义、新殖民主义及介入和干预政治的强烈愿望出发"向外转",重新关注现实生活和社会历史的政治境况。这一事实有力地表明文艺的主体性和客体性是辩证统一的关系,它们之间相互依存,不可缺席。"向外转""向内转"或同时出现,或轮番表演。每个时期的侧重点和主导面各有不同。

没有先进的理论,是不会有正确有效的运动和实践的。"本真"和过于内省的"神秘"这样一些非科学和非理性的个体的、内向化的盲目自信建构起来的主体性理论具有浓郁的虚无成分，必然坠入审美乌托邦，不可能造福人类。诚然，观念不可能是一直正确的，有时难免产生错误和混乱。这是可以改正的，不能因为一时的局部的荒谬，便去否定科学的理念。后现代主义和后结构主义的理论家应当处理好形而上和形而下、先验和经验、现象和本质、观念和事实、内在和外在、本真和生命、主体和客体、人和神的相互关系，对主宰生命活动的根本因素做出全面完整的解释，竭力避免形而上学的绝对和偏执。唯客体化非主体化或唯主体化非客体化，都是不正确的，也是行不通的。理论家应当推动人的主体性和客体性交互作用、彼此借力、良性循环、共同发展的辩证运动。

第十三章　文艺的反映论和价值论

马克思主义反映论存在着一个正名问题。相当长的一段时间内，存在着对马克思主义反映论的机械的、直观的、教条的、僵化的、庸俗的理解。这种理解，实质上是一种误解，不应当把这种误解说成是马克思主义反映论本身。不能因对马克思主义反映论的机械的、直观的、教条的、僵化的、庸俗的理解的存在，就把马克思主义反映论本身也视为机械的、直观的、教条的、僵化的、庸俗的。马克思主义反映论作为辩证唯物主义和历史唯物主义哲学的有机组成部分，作为改造世界的伟大思想工具，作为改变环境、使现实革命化的精神武器，是富有主动性、能动性、批判性、创造性和革命性的，不可能是消极被动的。

第一节　反映论和对文艺的科学研究

反映论侧重对真的追求。能动性和创造性的反映论致力于探索历史的真相、社会生活的真理和人生的真谛。生活真实和艺术真实是反映论的基本概念，揭示社会历史和现实生活的真实面貌及其发展趋势是现实主义文艺的重要特征。开拓和发掘人类社会关系的本质和历史前进的规律，凸显时代精神是文艺家的天职。扎根人民和反映生活的目的是变革环境和改造世界，逐渐地实现人的解放。中国化的马克思主义明确指出马克思主义反映论是革命的能动的反映论。文艺创作通过典型化的途径，使人们惊醒过来，感奋起来，走向团结和斗争，改变自己的环境，推动历史的前进。这种能动的反映论是同革命的实践论紧密相连的，通过改造制作的功夫，使创造出来的艺术美比生活美更高、更理想、更集中、更典型，因此更具有普遍性。恩格斯说："外部世界对人的影响表现在人的头脑中，反映在人的头脑中，成为感觉、思维、动机、意志，总之，成为'理想的意图'，并且以这种形态变成'理想的力量'。"[①] 应当自觉地把马克思主义的革命的能动的反映论同对它的机械的、直观的、教条的、僵化的、庸俗的理解严格地区分开来。革命的能动的反映论恪守忠于现实的原则，力求寻找和肯定那些富有真理性、规律性和科学性的对象。反映论有助于推动对文艺的科学研究，拒绝浮夸，消除惰性。一方面反对随意超越和盲目冒险，违背客观条件，不顾现实可行性，蔑视"实事求是"的原则，采取冒进和激进主义的态度，造成"揠苗助长"的悲剧；另一方面也要防止和克服历史的因袭和人文的惰性，特别是时代前进、历史变革和社会转型时期的人文惰性和历史保守主义。随意地超越历史或固执地滞后于历史，都是违反历史发展规律的，都是亵渎真理的，因而都是不科学的。

真实的文艺，反映真实的生活。遵循艺术规律和美的规律，有利于创作出揭示人生真谛、社会本质和历史发展规律的精品力作。对文艺的科学研究，主要考察作品所蕴含的合规律性。真实是艺术的生命。不真实的艺

---

① 马克思，恩格斯. 马克思恩格斯选集：第4卷.3版.北京：人民出版社，2012：238.

术不可能展现社会的真理、公正、道义，不可能展现人生的真谛、人的真实的生态和心态。胡编乱造的创作和作品是对生活规律和艺术规律的背离与亵渎。造假的文艺，会助长社会上的浮夸风、欺诈风和鄙俗气，造成对社会风气和人的心灵的腐蚀与污染。树立科学精神，需要发动一个求真的打假运动。只有崇尚和敬畏真理的民族，才能建构一个健康、纯正和公平的社会。

从真善美和知情意的关系来看，真是善和美的基础，脱离了真的善是伪善，脱离了真的美是虚美；知是情和意的基础，脱离了知的情是矫情，脱离了知的意是假意。追求真善美和知情意，理应把真置放于首位，求得真善美的和谐统一的理想融通。科学精神、道德精神和美学精神构成了一个人的思想意识结构的共同体。对文艺的科学研究，需要从道德精神和美学精神的关系出发，尊崇和敬畏社会与人生的规律和真理性。合规律性，才能合目的；弘扬科学精神才能有助于发扬符合科学精神的时代精神和人文精神。

第二节　价值论和对文艺的诗学研究

对文艺的诗学研究，更加注重诗学和价值论的关系研究，刻意追求主体、文化和历史的诗性所体现出来的意义与价值。中国是诗歌大国。《诗经》、唐诗、宋词以及其他优秀的诗歌作品灿然生辉，但缺少系统的诗论，对文艺的理论的诗性研究并不丰富。努力发掘和梳理中国文艺的诗性资源，强化和优化对文艺的诗学研究，创造中国文艺的诗学体系，是一个具有填补空白性质的开拓性的学术事业。

中国的诗学研究，影响最巨者，当推王国维。王国维以中国诗学所特有的诗化语言和形象化的表达方式，书写了中国诗学的主旨和趣味。王国维崇尚学问的三境界，进而扩展为人生的三境界，令人称颂。他在《人间词话》中说："古今之成大事业、大学问者，必经过三种之境界：'昨夜西风凋碧树，独上高楼，望尽天涯路'，此第一境也；'衣带渐宽终不悔，为伊消得人憔悴'，此第二境也；'众里寻他千百度，蓦然回首，那人却在灯火阑珊处'，此第三境也。"王国维认为学问和人生都是有境界的，这种境界是无休止的。学者需要艰苦跋涉，终生攀登，才能达到光辉灿烂的顶峰。王国维诗学中，最能开启人们智慧的是他对中国古代诗学意境说的演绎和推进，特别是他对"有我之境"和"无我之境"的阐发与论述。《人间词话》这样说："有我之境，以我观物，故物皆著我之色彩。无我之境，以物观物，故不知何者为我，何者为物。"这种理念，对理解审美主客体的一般关系和间性关系，具有深刻的思想启示。中国式的审美主客体关系，既有"以我观物"，使对象附丽着"我之色彩"，呈现浪漫主义和表现主义之诗性；又有"以物观物"，展示现实主义之特质，使诗的情感活动达到物我同一、物我两忘，即"不知何者为我，何者为物"。但需避免对王国维的审美主客体理念解读的绝对化。如所谓"无我之境"不是说作品不带任何创作主体的感情、个性、风格和价值诉求，而是指审美主体与审美对象"无利害关系"，创作时全然沉浸于对象之中，如"采菊东篱下，悠然见南山"，达到"与物俱化""物我两忘"的境界。所谓"有我之境"不是说作品只体现创作主体的情感和旨趣，而是指审美主体具有一定的意志和价值追求，如"泪眼问花花不语，乱红飞过秋千去"，与客观世界构成一种审美距离和差异关系。王国维对审美主客体的阐释尽管带有纯审美的意味，如强调审美主体的"无欲望"和审美客体的"无功利"等，但从总体上说，他关于审美主客体的辩证关系的论述具有很高的学术价值，对中国的美学思想、诗学理念和文艺理论有着重大贡献。

亚里士多德的《诗学》从哲学高度，通过总结古希腊的艺术经验、提炼古希腊的艺术精神，建构了他的系统的诗学理论，《诗学》也就此成为影响极为深远的美学经典。《诗学》原创性地提出了模仿理论。亚里士多德认为，人的本能和艺术的本质都是模仿，模仿作为人的天性不仅可以满足求真的欲望，也可以获得审美的愉悦。模仿不仅可以按照对象的本来面目反映实有的事，也可以表现应有的事，描写可能发生的事，即按照或然律或必然律可能发生的事。因此，写诗与写史相比，更具哲学意味，遵循事物的必然律和或然律，更能表现事物的普遍性和必然性，更加切近事物的真理。亚里士多德认为，应采取典型化的方法，突出模仿事物的本质特征，达到诗的理想化效果。《诗学》研究的核心是悲剧。悲剧是对人们行为的模仿，悲剧的"灵魂"是情节，要求严肃、完整和可信。《诗学》提出了一些非常有价值的思想。亚里士多德美学的主导方面是现实主义的。但他一方面遵从事物的因果关系，另一方面追求情节的心理感应；他强调诗人的天性与艺术模仿之间的辩证关系，把诗学和"思学"联系起来。一面求真，一面向善；一面模仿实有和应有的事、已经发生和可能发生的事，一面激起诗学的情感效果，引发人们的怜悯和恐惧，使情感得到陶冶和净化。这些精辟的学术观点使诗学理论逐渐趋于完善。《诗学》是西方诗学史上第一部系统的美学经典。这部天才著作中，充满了朴素明快的唯物论和辩证法，对后世的美学、诗学、文论都产生了广泛而又深刻的影响。

巴赫金的诗学理论传入当代中国后，引起了学界的普遍关注。巴赫金的诗学理论主要是通过他的代表作《陀思妥耶夫斯基诗学问题》阐释出来的。他的诗学理论十分丰富，包括复调小说理论、狂欢化诗学、对话理论等。巴赫金认为社会生活本身是复调的，小说的复调只不过是对现实生活的复调的艺术表现。生活和小说中的语言结构都是多元的、多面的、多样的和多层次的复调的杂语，不是单一的、一律的、纯粹的、专断的、大一统的独语。巴赫金的复调小说理论表现出一种开放的态度，实际上是针对了官方的语言统治。他的对话理论是实现复调理论的途径和手段。巴赫金反对独语。他确信，生活中的人际关系、人的思想、语言艺术本质上都是不同形态的对话，表现人与人之间的亲和与平等，他拒绝官方用对话来实施人与人之间的压制、隔绝和禁锢。巴赫金的狂欢理论则把对话和复调仪式化。通过多元杂语的复调和众声喧哗的对话，展示人的自由和欢乐，向往无约束的狂欢状态，对躲避和漠视官方思想的独语、压抑和控制，防止和克服停滞、凝固和僵化，激发人的生命和思想的活力等都具有积极的意义。巴赫金的复调、对话和狂欢理论，表现出一种开放和创新的精神，具有一定的人民性和民主性，有助于人的思想和行为的自由与解放。

巴赫金的诗学研究并不是孤立地考察封闭的文本，而是追寻文本诗学的社会历史根源。巴赫金所处时代的俄国文坛存在着两种对立的倾向：一是庸俗社会学的倾向，把文本视为生活的机械的派生物和简单的分泌物；二是形式主义的倾向，把文本视为与生活无关的绝对孤立的绝缘物。前者实际上是非文本的社会化，后者实际上是非社会的文本化。这两种倾向都是偏执的。巴赫金以文化诗学这个中介把社会诗学和文本诗学联系起来，进行了辩证的综合研究，实在难能可贵。他的文化诗学与文本诗学、历史诗学紧密相连，自觉地把文本的内部结构和内部规律与文本的外部结构和外部规律有机地结合起来，既可以避免脱离文本研究外部规律，流于庸俗社会学和机械反映论；又可以克服狭隘的专业化，防止撇开社会历史对文本进行孤立封闭的研究，滑向纯文本主义和形式主义。这种把文化诗学和历史诗学融通起来的整体诗学的综合研究，富于辩证意味，具有方法论的深刻启示。

初具学科形态的诗学研究有两种，即文化诗学研究和历史诗学研究。上述巴赫金的诗学理论包括文化诗学、历史诗学和文本诗学。他把文化诗学作为历史诗学和文本诗学的中介，对文化诗学的性质与功能进行了整体性和综合性的阐述。中国当代学者，基于社会现实中所出现的文化生态和文化征候，进行了有针对性的研究，试图通过对文学文本和文学现象的文化解析，提倡有深度的精神文化，执着于人文关怀，注重诗意追求，批判社会文化中一切浅薄的、俗气的、丑恶的、寡廉鲜耻的和反文化的东西。这个构想是积极的，从文化视野研究有诗意的文艺作品，通过语言发掘文本的文化品格、文化内涵和文化意义。这种文化诗学的基本内涵是，主张以文艺理论作为研究对象，关怀文艺生态，培养现实品格，通过文化诗学和文化批评追求诗意，拒绝反诗意和无诗意。

历史诗学的代表人物当数俄国形式主义的首倡者之一维谢洛夫斯基和当代美国著名的历史哲学家、思想史家怀特。维谢洛夫斯基的《历史诗学》力图"从诗的历史中阐明诗的本质"，从而把诗的历史和诗学理论有机地结合起来。他认为历史是具有诗性的。他的这种理念，作为他追求的美学理想，为文艺理论研究指明了新方向和新途径，具有开创性的意义。怀特的《元史学》被誉为跨学科研究的典范，成为西方历史哲学的语言学转向的标志。怀特历史诗学的核心思想是认定史与诗具有同一性和连续性。任何史学作品都包含了既是史学的又是语言诗学的双重结构。他运用形式主义方法使结构主义文本分析理论和历史主义思想相结合，通过由一定的语言规则所规约的主导性的比喻方式，确证历史作品中普遍存在着的诗学本质。怀特的历史诗学始终不脱离文学和文学批评的理论基础，通过语言的转义、虚构、叙事，勾勒历史修撰与文学创作、历史研究与文学批评之间的相关性。他和格林布拉特作为新历史主义的主将，张扬"主体"，强调文本和历史的互文性，使"文本的历史性"与"历史的文本性"成为文学批评的主要范畴。怀特把历史视为一种语言结构，通过这种语言结构把握历史的真实价值。怀特把历史诗意化的研究，受到文艺理论界和历史学界的双重批评。他的历史诗学混淆了文史哲的疆界，不仅叛离了传统的历史主义的观念，还冒犯了新批评形式主义信条，又违反了"文本之外一无所有"的结构主义的"文本中心论"，表现出"文本主义的谬误"，根源于认为"历史是一种文本"。历史首先是史实，对史实的书写产生史书，即历史文本。诚然，史实的真实性只有概率论层面的意义。史实中肯定有诗的元素，有诗的因子，有一定的诗性，但不能对此做全称判断，不能完全把史实说成是诗学，是"普遍存在着的诗学本质"。被鲁迅称为"史家之绝唱"的《史记》，之所以被颂为"无韵之《离骚》"，正是因为《史记》具有诗性。《史记》的诗性是由于史实本身具有《离骚》那样的诗性，由此才被史官写成"无韵之《离骚》"。可见史记的诗性是客体的史实的诗性和书写主体的诗情两方面相融合的产物。历史上的人物和事件都是具有一定程度的诗性的。《霸王别姬》和《鸿门宴》都是根据相关的史实演绎出来的。从创作主体方面说，史书所表现出来的史实的诗性，主要是由创作主体的爱憎倾向、情感评价、好恶态度、道德选择、价值取向和意识形态性质决定的。但书写主体的诗性追求无论怎样强烈，也不应当把史实和诗性同等看待，把历史事实和历史文本混淆起来。理应把历史和历史题材的文艺创作、历史剧严格地区分开来，暂且悬置历史题材的文艺创作，而专注讨论历史本身。怀特认为，没有真的"历史"，人们只能找到关于历史的叙述。诗人赋予历史以想象的虚构性。有多少种对历史的理论阐释，便有多少种相应的历史。历史是一堆"素材"，而对素材的理解连缀成历史文本的叙述话语结构，借此得以把握经过解释的历史。他断定历史的深层结构是"诗性的"，是充满虚构、想象和语言加工的诗意直觉。

这种历史诗学和历史事实语言文本，实质上是书写主体和叙述主体进行历史书写和历史叙述的产物。这种历史诗学把历史事实、历史意识和历史阐释混为一谈，表现出一种把历史主观随意性地诗化，用虚构、想象和语言加工的诗意直觉取代史实的意识论和意志论倾向。认定历史具有一定的诗性是对的，但说历史完全是诗性的，则是值得进一步探讨的。后人都没有也不可能亲眼见证已经消失的历史，多半只能从史书中了解过去的历史。但是崇真尚实的史官对史实的书写整体上和全局上是可信的。负责任的史家都是求真务实的。他们的历史书写与史实的切近程度相当高，大体上、基本上是与史实吻合的。这是问题的基本的、主导的方面。如司马迁的《史记》对史实的描述整体上是可靠的。

对历史事实的书写产生文本，但不能说历史本身也是文本。这种表述显然是把作为客体的第一性的史实存在和作为主体的第二性的历史书写混为一谈。必须说明，历史事实和对历史事实的书写、叙事、阐释、虚构、想象、隐喻、改编，完全是不同的事。用历史和文本的相关性与互文性，抹杀历史事实和历史文本的界限，这种历史诗学是消解和淡化所谓"历史决定论"的社会文化思潮的突出表现。历史具有基本面貌、基本规律、不同时空条件下的基本差异，也具有空白区、模糊点、多面性，存在着期待视野和召唤结构。历史人物和事件有双重性、复调性、多义性或多元性，但也存在历史人物和事件的主导方面，主导方面决定人和事物的性质。比如中国历史上的秦始皇被称为千古暴君，他有焚书坑儒的恶行，但他作为历史上首次完成中国大一统的皇帝，平息内战、拯救生灵，他下令修筑的万里长城也已经成为中华民族精神的象征。曹操被指骂为白脸奸臣，但他又是思贤若渴、爱才如命的统帅，是著名的军事家和诗人。惨绝人寰的两次世界大战是不义的罪恶战争，任何书写和叙述都应当尊重这个血淋淋的史实。史家可以根据新发现的史料，补充和丰富这段历史，但不能违背良知，随意歪曲和篡改这段历史。对历史的改写和重塑，都应当尊重和敬畏史实。事实胜于雄辩。每当有新文物被发现，史书必然会被改写。作家应尊崇新的史实，不能随心所欲地对历史进行无根据的诗化，历史事实和对历史事实的书写所产生的历史文本，尽管具有一定的同一性，却是完全不同的两回事。创作的诗化描绘和理论的诗学研究都是以史实所蕴含的诗性为基础的。

第三节　树立真理观和价值观的融合视野

无论是对历史的诗学研究，还是对文化的诗学研究、对文学的诗学研究、对语言文本的诗学研究，都存在一个原则性的问题，即它们与科学研究的关系问题。仅以文学而论，无论把文学归为社会科学、人文科学、人文社会科学，还是归为哲学社会科学，它都是科学。科学必须讲社会历史的客体性，探讨对象的规律性，叩问客观世界存在和发展的规律性。历史、文化、文学和语言文本，既具有"思性"，也具有诗性；既具有情感性，也具有思想性。相当长的一段时期内，我们只强调对文学的科学研究，忽视对文学的诗学研究，甚至用对文学的科学研究排斥对文学的诗学研究，这是不妥当的，但也不能反过来用对文学的诗学研究取代对文学的科学研究，这同样是不正确的。只崇尚诗学，会使历史学、社会学、文化学和文艺学的性质、功能和作用变得模糊。这是不利于上述学科的发展的。我们可以把对文学的诗学研究当作文学研究的新视域和新开拓，作为对文学的科学研究的丰富和补充，把对文学的诗学研究和对文学的科学研究融通起来。对文学的科学研究注重文学的"历史性""思性""思想性"，对文学的诗学研究钟情文学的"主体性""诗性""情感性"，这样便可以全面完整地强化艺术的说服力和感染力。

语言文本是文学的第一位存在，但语言文本并不是文学的第一性存在。语言文本也不是万能的。事实胜于雄辩，每当有新文物被发现，语言文本所记载的历史、文化史、文学史便会立即被改写和重塑。马克思主义是非常重视历史科学的。马克思曾这样说："我们仅仅知道一门唯一的科学，即历史科学。历史可以从两方面来考察，可以把它划分为自然史和人类史。"① 这两个方面是"不可分割"和"彼此相互制约"的，"意识形态本身只不过是这一历史的一个方面"，整个意识形态都不应该"曲解人类史"和"完全撇开人类史"②。人类的一切都属于历史。文学同样属于历史的范畴。历史真实是艺术真实的基础。生活真实是文学艺术的生命。求真的科学研究是非常重要、不可或缺的。脱离科学研究的诗学研究可能会导致文学研究失去明确的思想性和目标感，而脱离诗学研究的科学研究又可能使文学研究的情感温度与艺术魅力被降低和削弱。因此，应当自觉地把对文学的科学研究和对文学的诗学研究有机地统一起来。

反映论永远是价值论的基础。价值诉求、价值选择、价值目标都以对事物的体认为依据。价值渴望和价值追求永远是人们认知活动或反映活动的动力。价值这个原动力好比火车头，以人的价值理想和价值目标为方向，把人的反映活动引向适合人们价值需要的方向，并加以强化和优化，开拓和开掘价值的深度与广度。没有价值的导引，人们的认知活动和反映活动可能会变得僵化、凝固、空洞。实际上，不以反映论为依托的价值论和不以价值论为目标的反映论都是不存在的。消解反映论的价值论是盲的，失去价值论的反映论是空的。事物存在着两种属性：一是对象本身的物质属性，二是对象与人发生关系的价值属性。人们在活动中，首先考察对象本身的属性，其次关注事物的关系属性。实际上，人们对这两种属性的把握或是先后交替进行的，或是同时进行的。不蕴含价值意图的反映活动，或不依赖反映活动的价值追寻都是不可理解的。人们面对着对象的物质属性和依存于对象属性的关系属性。凡是和人发生关系的事物，对人而

---

①② 马克思，恩格斯 . 马克思恩格斯选集：第 1 卷 . 3 版 . 北京：人民出版社，2012：146.

言，都具有关系属性，产生价值关系和利益关系。

价值关系的产生是有条件的。价值主体和价值客体之间不是凭空产生价值关系的。马克思在《1844 年经济学哲学手稿》中说："任何一个对象对我的意义……恰好都以**我的**感觉所及的程度为限。"① 可见，对象对主体的价值和意义，是以主体对对象的认知为基础的。反映的深度和广度对形成价值的强烈度与亲和度具有一定的规约作用。一种事物，可能具有单一的价值属性，也可能具有多重的价值属性，主体的价值需要只能选择与之相对应、相适合的方面。"忧心忡忡的、贫穷的人对最美丽的景色都没有什么**感觉**；经营矿物的商人只看到矿物的商业价值，而看不到矿物的美和独特性；他没有矿物学的感觉。"② 只有音乐才能激起音乐感；对于没有音乐感的人来说，再动听的音乐也毫无意义。音乐盲没有音乐感，矿物商只专注于矿物和金钱的关系，看不到矿物的独特的审美属性。价值关系的构成和选择必然受到价值客体和价值主体两方面的制约。但是基于认知关系的价值关系是普遍存在的。正如马克思、恩格斯在《德意志意识形态》中所指出的："凡是有某种关系存在的地方，这种关系都是为我而存在的。"③ 这种关系即价值关系和利益关系，这种"为我"，这种所"为"的"我"实质是指个体和群体的统一，指个体、集体和国家民族的价值利益共同体，指有主导的多元价值利益结构。正确理解和处理个体、集体与国家民族之间的价值利益关系，总的原则是都要受益、互利均得、合作共赢，防止和克服以下两种极端：或以群体利益剥夺个体利益，或用个体利益侵害群体利益。俗话说，"大河没水小河干"，"小河没水大河干"。这两句话都是正确的。关键在于不断增强广大劳动群众的获得感，使之逐渐成为共同价值利益的主体。应当防止和克服用"一种虚幻的共同体的形式"，

---

① ② 马克思，恩格斯 . 马克思恩格斯全集：第 3 卷 . 2 版 . 北京：人民出版社，2002：305.

③ 马克思，恩格斯 . 马克思恩格斯全集：第 3 卷 . 北京：人民出版社，1960：34.

把某一阶层的"特殊利益"说成是普遍利益。这种"独特的'普遍'利益"，即所谓"共同利益和虚幻的共同利益"，实质上是用国家利益包装和掩饰起来的"特殊利益"。面对这种特殊利益，"进行**实际的**干涉和约束成为必要"①。社会主义核心价值体系应当是对人民群众的价值利益共同体的完整、集中的表现，是作家、评论家、理论家价值选择的重要依据和基本导向。在这个共同体中，人民的利益至上，国家的利益至上，理应铲除一切以非法行径侵犯人民利益和国家利益的特殊利益，努力为大多数人谋福祉。

从原始的意义上说，实用价值和审美价值本是浑然一体、不可分离的。根据普列汉诺夫的研究，人类历史发展的初期，起主导作用的是实用观念，审美观念则是从实用观念转换而来的。实用的即美的，蛮荒时代的妇女会把又大又重、打磨粗糙的金块当作饰物挂在自己的脖子上加以炫耀。可见，那个时代的人认为实用和富有是美的标识。生产力水平低下的时期，实用和审美是不分家的。随着人类文明的进步，审美逐渐从实用中独立出来。康德的审美判断把美界定为"无目的的合目的性"。这个经典的论述得到了大多数学者的赞同。康德的这个巧智、恰适、婉秀的论述表现出美的目的性和带有折中意味的含蓄性。现在看来，只能将其看作理解审美和功利关系的一种方式。有的功利主义目的非常鲜明，如战争时代高扬的革命功利主义。反映论求真，价值论向善。将反映论和价值论完美融合，则可达到真善美的有机统一。真和善、知和情、思和诗、合规律性和合目的性，都必须有机统一起来。实际上，人们的行为既要达到预期目的和价值目标，又要符合规律。恩格斯说，"历史进程是受内在的一般规律支配的"，"在社会历史领域内进行活动的，是具有意识的、经过思虑或凭

---

① 马克思，恩格斯. 马克思恩格斯全集：第3卷. 北京：人民出版社，1960：38.

激情行动的、追求某种目的的人；任何事情的发生都不是没有自觉的意图，没有预期的目的的"①。可见，人们是通过反映论探寻规律性，又通过价值论追求目的性，尽可能自觉地把反映论和价值论、合规律性和合目的性融合起来。学术界有人倡导反映论或认识论的文艺学，主张"知本体"。又有人特别强调情感的作用，主张"情本体"。正确理解"知"和"情"的相互关系，涉及学科的定位和发展。"知"和"情"是密切联系着的。如果以"知"排拒"情"，把认识论或反映论的文艺学混同于科学，便会使这场讨论变得冰冷。如果用"情"否定"知"，会导致诗学失去思想性和真理性。"情"不是封闭的，"情"也不是凭空产生的。"情"是在一定的时代背景、历史条件、社会现实、生活环境和个人的社会地位、生活际遇等多种客观因素的综合影响下形成的。从这个意义上说，"情"并不是根本意义上的"本"。"知"和"情"都是社会实践的产物，可以侧重于研究"知"，也可以钟情于探索"情"，但更鼓励对"知"和"情"进行宏观辩证的综合研究。作家、艺术家、评论家和理论家应当以科学与诗学的结合和思想与情感的结合完整地把握世界，树立真理观和价值观的融合视野。

---

① 马克思，恩格斯.马克思恩格斯选集：第 4 卷 .3 版 . 北京：人民出版社，2012：253 - 254.

第十四章　文艺创作论和艺术生产论

第一节　创作和艺术生产的二重化矛盾

文艺创作和艺术生产是既相互区别又相互联系的两大系列。文艺既是创作又是生产。创作的主要对应活动是欣赏，而生产的主要对应活动是消费，这就产生了二重化矛盾，两者既有差异性，又有共同性。马克思指出："宗教、家庭、国家、法、道德、科学、艺术等等，都不过是生产的一些**特殊的**方式，并且受生产的普遍规律的支配。"① 文艺创作和艺术生产都要遵循生产的普遍规律和特殊规律。文艺创作和艺术生产的主导方面是相同的，但也存在着一些差异。我们不妨把这些差异称为文艺创作和艺术生产的二重化矛盾。

首先，相对而言，艺术生产主要遵循生产的一般规律或普遍规律，服

---

① 马克思，恩格斯.马克思恩格斯全集：第 3 卷 . 2 版 . 北京：人民出版社，2002：298.

从市场规律和消费规律，而文艺创作主要服从生产的特殊规律，服从美的规律和艺术规律。

其次，文艺创作和艺术生产的基本特征是不同的。艺术生产是批量化、模式化、复制化、大众化的。而文艺创作属于个体的自由精神劳动，凸显创作的个性和风格，追求特定的审美趣味。精美的创造是不可重复的，尽管也可以做到雅俗共赏，但实质上是一种精英文化。大众业余文化也占有一定的地位。

最后，文艺创作和艺术生产的直接目的是各有侧重的。尽管两者都要通过创造活动实现生产者的物化和生产者创造的物的人化，在这个过程中，"生产不仅为主体生产对象，而且也为对象生产主体"，并"创造出懂得艺术和具有审美能力的大众"[1]，但文艺创作和艺术生产的着力点判然有别。文艺创作主要是通过吸引和调动读者进行艺术欣赏，满足人的精神需要，提升人的素质，追求文化价值；艺术生产主要是通过市场刺激大众消费，获取经济利益。这种差异不是绝对的。一方面，文艺欣赏需要依靠市场消费才能实现；另一方面，艺术生产也要考虑民众的艺术爱好和审美趣味，才能提高消费指数，获得更好的经济效益。

社会的物质生产和精神生产存在着发展的不平衡规律，相对而言，艺术生产和物质生产的发展大体上是平衡的，而文艺创作存在着相对平衡的一面，也存在着不平衡的一面。马克思指出："关于艺术，大家知道，它的一定的繁盛时期决不是同社会的一般发展成比例的，因而也决不是同仿佛是社会组织的骨骼的物质基础的一般发展成比例的。"[2] 文艺创作和艺术生产都要遵循精神生产和物质生产的不平衡规律。这种经常发生的不平衡现象可以理解为精神生产围绕着社会物质生产的中轴线上下浮动。从宏

---

① 马克思，恩格斯. 马克思恩格斯选集：第 2 卷 . 3 版 . 北京：人民出版社，2012：692.

② 同①710.

观意义上说，大体上是平衡的；从微观的意义上说，又往往是不平衡的。

　　艺术发展的不平衡规律所表现出来的状态是错综复杂的。首先，表现为精神生产和社会物质生产的基本平衡关系。马克思说："物质生活的生产方式制约着整个社会生活、政治生活和精神生活的过程。"① 确认和肯定物质生产与精神生产的基本上和总体上的平衡性，被认为"是一个具有革命意义的发现"②。如文艺复兴时期，文艺赞颂了新兴市民阶级的崛起，产生了一大批多才多艺的巨匠。如歌德的《浮士德》以新兴资产阶级走上历史舞台为背景塑造了狂飙式的英雄人物。这些艺术成就与所属时代的历史境况相适应，推动了社会的进步和文化的创新。

　　其次，表现为精神生产超越了社会物质生产的发展。文艺繁荣冲破了历史客观条件的约束，精神产品迸发出灿烂的光辉。如古希腊神话，在生产力和生产工具落后的情况下，作为希腊艺术的武库和土壤，借助想象征服自然力、支配自然力，把自然力加以形象化。希腊神话实质上是"通过人民的幻想用一种不自觉的艺术方式加工过的自然和社会形式本身"③。希腊神话通过想象、幻想和幻化的形式，对自然和社会进行形象的加工，流露和展示出人类童年时代的纯朴天真的愿望和憧憬。又如 18 世纪的德国，政治上处于分裂状态，社会的文化氛围低迷，经济上贫穷孱弱。当时的德国远逊于大革命后的法国。德国的先进分子正在忙于把法国的思想德国化。然而由于精神产品存在着相对的独立性、稳定性和文化传承的衔接性、连续性，因而可能会使一个国家的思想传统和哲学精神占据文化的高地。正如恩格斯所指出的："每一个时代的哲学作为分工的一个特定的领域，都具有由它的先驱传给它而它便由此出发的特定的思想材料作为前

---

① 马克思，恩格斯. 马克思恩格斯选集：第 2 卷 . 3 版 . 北京：人民出版社，2012：2.
② 同①8.
③ 同①711.

提。因此，经济上落后的国家在哲学上仍然能够演奏第一小提琴。"① 德国涌现出了像黑格尔、康德、费尔巴哈那样的伟大的哲学家和歌德、席勒、海涅等天才的文学巨匠。

最后，表现为精神生产滞后于物质生产的发展。马克思在《资本论》中说，资本主义生产往往"同某些精神生产部门如艺术和诗歌相敌对"②。唯利是图、金钱拜物教、追求利益最大化、功利性强的资本主义生产的本质是和文艺家个体的自由的审美天性不相协调的。马克思认为，正常情况下的生产应当是对人的肯定，是对人的自由自觉的生命活动的展示，创作和生产都应当是人的体验和人的天性的自然流露。马克思在《政治经济学批判》中以弥尔顿的《失乐园》为例，指出"弥尔顿出于同春蚕吐丝一样的原因而创作《失乐园》。那是**他的**天性的表现"③。像"春蚕吐丝一样"的"天性的表现"正是艺术创作的灵魂。当艺术品成为"商品"，艺术创作就不可能再凸显像"春蚕吐丝一样"的天性的能动表现。"一个自行卖唱的歌女是**非生产劳动者**。但是，同一个歌女，被剧院老板雇用，老板为了赚钱而让她去唱歌，她就是**生产劳动者**，因为她生产资本。"④

资产阶级通过革命取代了封建贵族阶级的统治后，物质生产迅猛发展。马克思和恩格斯非常客观公正地肯定了现代资本社会淘汰宗法制社会的历史过程和新兴资产阶级发动社会变革所起到的进步作用。令人不解的是，这个历史转折时期的精神生产并未从正面充分展示出资本主义战胜封建主义的历史过程和历史功绩。人们从现代派的文艺作品中，多半只看到了自我化、内向化、主观化和处于异化状态下的人。这种人由于受到资本社会的物质力量和科技力量的压抑与摧残，变得孱弱、颓唐、畸形。物质

① 马克思，恩格斯. 马克思恩格斯选集：第4卷. 3版. 北京：人民出版社，2012：612.
② 马克思，恩格斯. 马克思恩格斯全集：第33卷. 2版. 北京：人民出版社，2004：346.
③④ 马克思，恩格斯. 马克思恩格斯选集：第2卷. 3版. 北京：人民出版社，2012：862.

生产突飞猛进的历史时期，精神生产的产品所塑造的人物反而呈现出低迷和沉沦的病态。这种物质生产和精神生产的不平衡状况多多少少带有重复性地出现在中国。20 世纪 30 年代，半殖民地半封建社会的中国贫穷落后，战乱频发，却出现了空前的文艺繁荣，各种艺术门类的发展都达到了高峰。中华人民共和国成立后，中国人民站起来了，逐渐富起来了，开始强起来了。然而在实施现代化的顶层设计之后，似乎尚未出现与社会转型和历史变革相称的具有里程碑意义的标志性作品。这是一个值得研究的社会文化现象。无论用物质生产和精神生产的不平衡规律，还是用物质生产和精神生产的平衡规律来观察，当代中国都理应涌现出一批批划时代的、史诗级的精品力作。

第二节　审美和功利的博弈

审美与功利的博弈是一个古老而新鲜的命题。两者既对立又统一。只看到对立，忽视统一，或只看到统一，忽视对立，都是违反辩证法的。实质上，完全脱离审美的功利和完全脱离功利的审美都是不存在的。崇尚审美的学者是淡化功利的。从原始的意义上说，实用价值和审美价值原本就是浑然一体的。有的学者强调文艺的"无用之用"。至于那些唯美主义者则把审美视为神圣，把功利视为对审美的亵渎。有的观点则与之相反，特别强调文艺的功利性，特别是革命战争年代，人们认为"文学是战斗的"，力倡革命的功利主义，以求得文艺与革命事业的协作。即便是和平发展时期，我们也应该重视文艺家的担当意识，强调文艺的社会责任感和历史使命感，希冀文艺能够对推动时代变迁和历史转折、促进社会的全面进步和人的全面自由发展起到积极的作用。

市场经济条件下，审美和功利的矛盾与冲突变得更加突出。被强化和泛化了的市场经济加速了文艺商品化的进程，使一些主张和推崇纯审美的文化精英与书斋学者感到迷茫和困惑，陷入十分尴尬的境地。其实，文化贸易古已有之。将精神产品作为商品进行售卖实在是常见的事。旧社会的艺术家，因生活所迫卖画为生的屡见不鲜；民间戏曲班子活跃于城镇的街头巷尾；具有审美和观赏价值的器物往往被人们竞相购买。即便是文艺复兴时期的艺术大师们，如达·芬奇、拉斐尔也难免放低身姿，向宫廷、教堂售卖自己的作品。但这些艺术巨匠并不因为从事商业活动而出卖自己的良心，降低作品的审美格调。这是十分难能可贵的。他们向文化市场提供的作品，很多都是传世名作。换言之，出售或购买精神产品，并不意味着降低和损害艺术质量，也并不是在迎合低级趣味，使艺术变成粗劣的东西。

正视和研究当代中国新历史条件下市场经济运作过程中文艺所面临的新情况和新问题，从实践和学理的结合上，研究文艺本身所蕴含的内在矛盾，已经成为理论界的当务之急。文艺本身所蕴含的矛盾具有明显的二重化性质：从传统的文艺创作的意义上说，文艺是作品，应解析文艺创作和文艺欣赏的关系，追求文艺的审美价值；从文艺生产的意义上说，文艺是产品，应强调文艺生产和文艺消费的关系，追求文艺的经济效益。文艺作为一种特殊的精神生产，和一般的物质生产既有联系又有区别。探讨文艺创作和文艺欣赏、文艺生产和文艺消费这两大系列的内在的二重化矛盾，是学术界的难点和热点问题。我们应当全面、辩证地理解和处理文艺创作的作品和文艺生产的产品之间既对立又统一的相互关系。这是一个困扰学术界多年的理论和实践问题：文艺的社会效益和经济效益、文艺的审美属性和商品属性、文艺的审美属性和功利属性之间的关系问题。

实际上，完全排除功利属性、商品属性和经济效益的文艺创作，或完全脱离审美属性和社会效益的文艺生产都是不可理解的。只能有所偏重，而不可偏废，我们应当寻找恰当的平衡点和合理的倾斜度。审美与功利的关系往往表现出三种形态：一是两者的融合状态，即文艺同时作为作品和产品，既有很高的审美品位，又有可观的经济效益，获得审美与功利的双赢，这是应当鼓励和提倡的。二是两者的倾斜状态，即或审美品位并非上乘，但能获得可观的经济效益；或经济效益并不理想，但审美品位和艺术格调却很动人，这是应当允许和肯定的。三是两者的极端状态，即或只追求审美品位，不考虑经济效益，这种情况实际上是不存在的，具有高度审美品位的作品或产品肯定会获取一定的经济效益；或只追求作品或产品的经济效益，造成艺术作品的平庸低劣、粗制滥造、冗长乏味、以量代质，这可能会导致文艺的超商品化和极端的消费主义、功利主义、拜金主义，是我们所不取的。

然而，文艺产品作为文化产业的重要组成部分，承担着为国家提高文化软实力、增强社会的经济实力和综合国力的职能。因此，在确保文艺的审美品位和艺术格调的同时，应当尽可能地获取更大的经济效益，创造丰厚的精神财富。这里关涉到一个极其重要且不可回避的问题，即如何对待利益。毫无疑问，遵循市场原则、消费原则、票房价值原则，可以获取更大的文化利益。不加分析地鄙薄文化利益是不现实的。中国传统文化中就存在着一种忽视利益的理念和传统。一些先哲比较看重"仁""善""义"，而比较轻视"利"，甚至认为"君子喻于义，小人喻于利"，把"利"与"义""仁""善"完全对立起来。这种观点只看到了"利"的消极面，而无视"利"的积极面，具有明显的片面性。当前，这种"去利益化"的理念和传统已经显得不合时宜，对参与全球化背景下的激烈的国际竞争，赢取和发展民族利益与国家利益是不利的。一个民族和国家，只有在切实的、重大的、长远的、根本的利益的推动下，才能强大繁荣起来。利益对人的诱惑和驱动，是很难抗拒和抵御的。马克思、恩格斯认为，人们的行为"一旦离开'**利益**'","一定会使自己出丑","这种**利益**是如此强大有力，以至顺利地征服了马拉的笔、恐怖党的断头台、拿破仑的剑，以及教会的十字架和波旁王朝的纯血统"①。可见，利益原则是不可忽视的。"见利忘义"固然不善，而"忘利取义"也可能导致利益和价值的虚无主义。公平地、合理地、适度地谋求文化的利益是理所当然的事情。获取利益的原则应当是"善取"，分配利益的原则应当是"义分"。只遵循经济规律和市场规律，无视艺术规律和审美规律，或只强调艺术规律和审美规律，拒斥经济规律和市场规律，都是不妥当的。市场经济条件下，只考虑作品的审美属性，无视精神生产的利益原则，或只追求利益的最大化和文艺生产的超商品化与超功利化都是不正确的。无审美的功利和无功利的审美都是行不通的。

正确理解和处理好市场经济条件下的"艺"和"利"的关系，关涉到文艺队伍的素质建设和文艺创作、文艺生产的健康发展，是一个富有时代感的重要而迫切的课题。对精神生产的产品来说，追求经济效益是完全必要的。但对作为人文知识分子的作家、艺术家、评论家、理论家来说，信仰、理想、价值观念和文化操守更加可贵。有志向、有抱负的中国文艺工作者应当努力提升文艺的审美品位和思想文化水准，推动现代化的历史进程，肩负起实现中华民族伟大复兴的历史使命。

第三节　强化文艺的历史使命

马克思、恩格斯的艺术生产理论对西方马克思主义的艺术生产理论产生了深刻的影响。西方资本主义社会经济的高度发展，使艺术生产和艺术

---

① 马克思，恩格斯. 马克思恩格斯全集：第 2 卷. 北京：人民出版社，1957：103.

生产理论不断变异和创新。一些理论家不仅深化和细化了马克思的艺术生产理论，而且从不同视域关注新的历史条件下的社会文化批判、艺术的政治诉求、审美的救世情怀，适应西方当代的政治文化需要，着重研究人的异化、文化工业、文化政治霸权和阶级意识等问题。其中，葛兰西的实践哲学和关于创建文化领导权的理论、通过"战斗的批评"反对文化霸权的理论、关于建设社会主义文化和民族的人民文学的理论，至今仍然具有一定的导向意义。布莱希特的生产美学强调社会政治革命的信念。布莱希特的生产美学关注社会变革，期待"传统的大崩溃"。阿尔都塞的生产理论主张艺术生产是意识形态的生产。阿尔都塞拒绝平庸，追求崇高，防止艺术生产坠入官方意识形态的深渊。阿尔都塞在《保卫马克思》和《意识形态和意识形态国家机器》中反对利用强制性的国家机器，通过维护旧秩序，使工人屈服于占统治地位的主流意识形态。伊格尔顿采纳了威廉斯的"文化与社会"的理论框架，把文艺界定为审美意识形态，以叛逆的姿态对官方主流意识形态发起冲击和挑战。这些具有批判精神和变革意识的人文知识分子，在新的社会历史条件下，深化和细化了马克思的艺术生产理论，具有突出的时代感和现实感，表现出一定的人民性和民主性，凸显出强烈的政治色彩和意识形态性质，为当代中国学者研究新时代的艺术生产理论，提供了有价值的思想资源。同时应当看到，他们的艺术生产理论也存在着一些缺陷。他们对文艺创作和艺术生产的关系、艺术生产和艺术消费的关系，都没有进行集中的、明确的、系统的解析。

当代中国学者可以批判性地吸取西方的艺术生产论的意识形态诉求和政治改革意向，从新时代的新需要出发，熟练地驾驭和解决好文艺创作和艺术生产的二重化矛盾，担当起提高人的综合素质和推动社会进步的新的历史使命。文艺家应当熟练、灵活地把握文艺创作和艺术生产二重化矛盾中的主导方面。文艺创作和艺术生产理应追求社会效益和经济效益、艺术价值和交换价值、文化品位和市场利润、审美趣味和消费指数、审美规律与价值规律的双赢。当经济效益和社会效益发生矛盾时，理应把社会效益放在首位。

从创作和生产的主体来看，文艺创作者也是艺术生产者。他们需要面对、遵循和处理好艺术规律、审美规律、市场规律、价值规律之间的相互关系。作为文艺创作主体，他们应当提升作品的艺术思想水平、优化作品的审美品位、提高作品的文明程度，向大众输送最精美的精神食粮，满足人民的精神需要，担负着"创造出懂得艺术和能够欣赏美的大众"的使命。同时，作为文艺生产主体，他们应当具有一定的市场意识、利益意识，兼顾作品的审美属性和商品属性，使其实现社会效益和经济效益的有机统一。从受众的角度来看，随着物质文明和精神文明建设的推进，人民群众的鉴赏力和欣赏水平不断提高，他们的精品意识开始觉醒，为营造艺术价值与市场价值相一致的文化氛围奠定了良好的社会心理基础。受众具有多方面、多层次、多种类的审美需要，他们更喜爱艺术精品，拒绝粗劣不堪的文化垃圾，反对把文艺活动变成商业活动，厌恶把创作和生产变成牟利的工具，对"一切向钱看"特别反感。从政策视角来看，应当把握主导和多元相统一的原则，对不同的作品和产品采取不同的政策，支持和鼓励高雅的、经典的、体现主旋律的精品力作，这样的作品，社会效益和经济效益俱佳。对于艺术质量不佳的个别的作品和产品，则可采取包容的态度，不宜以经济收益作为衡量其好坏优劣的尺度。加强对文艺工作者的管理和教育，制定符合国情民意的政策，抑制超高的片酬、编导费和演出费，避免产生负面的社会影响。对大众文化，只要是有益无害的作品和产品，都可以放开，适当加以疏导和提升。同时，也要注意防止劣文化、恶文化的泛滥。文艺创作和艺术生产既要最大限度地发挥价值规律的积极作用，又要符合精神文明建设的要求，并有利于文艺自身的发展。

　　总之，文艺工作者作为创作主体，通过文艺创作追求作品的审美品位和艺术质量，有利于提升人民的综合文化素质，有利于加强社会的精神文明建设，有利于实现中华民族的伟大复兴；作为生产主体，通过艺术生产追求产品的文化利益和经济效益，有利于增强国家的软实力和综合国力，有利于建设文明的现代化强国，为国家创造财富。处理好艺术规律和市场规律、作品的审美属性和产品的商品属性之间的关系，在此基础上进行创作和生产，合法、合理、合情地谋取财富是正常的。但同时也要防止和克服对资本的过度痴迷和对金钱的极端崇拜。马克思规劝和提醒艺术生产者们不要醉心于无节制、无限度地攫取"黄金鸟"，如果利益至上，"一切情欲和一切活动都必然湮没在**贪财欲**之中"①。马克思旗帜鲜明地反对拜金主义。"莎士比亚把**货币**的本质描绘得十分出色"②，他借用莎士比亚的《雅典的泰门》中一个人物的话，这样讽喻地写道："金子！黄黄的、发光的、宝贵的金子……这东西，只这一点点儿，就可以使黑的变成白的，丑的变成美的；错的变成对的，卑贱变成尊贵，老人变成少年，懦夫变成勇士。"③ 金钱具有颠倒黑白的魔力，资本的负面作用是不可低估的。

　　当代中国正在进行着史无前例的伟大变革。现代化的历史创举，使生产力飞速发展，生产关系发生巨变，社会的经济结构、政治体制结构、思想文化结构重新组合。现代化的伟大的社会实践必然推动历史变革和社会转型，创造出一个繁荣、富强和文明的新时代的中国。几千年来宗法制社会的小生产将被现代化的生产方式取代。通过现代化实现民族复兴的中国梦不会是一帆风顺和风平浪静的。中国人民必须面对"崛起"和"反崛起"、"变革"和"反变革"的严酷斗争。既要借鉴欧美的尖端科技和先进

---

① 马克思，恩格斯. 马克思恩格斯全集：第3卷.2版. 北京：人民出版社，2002：343.
② 同①361.
③ 同①360.

经验，又要发扬"艰苦奋斗，自力更生"的民族精神，抵制霸权主义和唯西方马首是瞻的崇洋媚外主义，牢牢掌握发展的大方向和主动权。

大变革时代需要大变革的文艺。大变革的时代是催生和涌现文艺大家的时代。大变革时代的历史社会条件和现实生活语境，为文艺的大发展和大繁荣提供了丰沃的土壤，为文艺创作提供了富有时代感的新鲜的重大题材。有志向的文艺家应当全心全意地深入到实施现代化的伟大历史变革和社会实践中去，体验和表现新时代的生活形式与斗争形式，创作出划时代的精品力作。

结　语

　　宏观文艺学的研究内容、学术含量和理论框架都应当是宏大的。本书运用宏观、辩证、综合、创新的思维方式，从四个向度，即广度研究、深度研究、动态研究和关系研究，选择文艺的两大根脉、两大思潮、七大文论学理系统和建立在文艺本体论基础之上的文艺观念的"四副对子"，作为宏观文艺学研究的基本内容。由这些基本内容建构起来的框架体系，蕴含了最有影响的文艺观念，具有广博的覆盖面，完整地体现了文艺的系统本质、功能和价值。这些思潮、学理和观念都从不同角度和层面凸显了文艺的本质、功能和价值。

　　从多维度和大视野概括出来的文艺理论系统，既有全面性，又有重点性。文艺也是充满矛盾的，其中主要矛盾的主导方面决定事物的主要性质。各种创作思想、文艺思潮、文艺学理、文艺观念中所蕴含的主要内容有三种元素，即社会历史元素、人文元素和审美元素。创作理论中的现实主义侧重再现文艺的社会历史元素，浪漫主义则侧重表现人文元素；文艺思潮中的科学主义突出展示文艺的科学客体元素，人本主义则彰显人文主体元素。文论学理把历史社会学理、人文学理和审美学理放到十分突出的位置，专门加以论述，随后对文艺观念中的社会性、人文性和审美性进行了深入的辩证分析，凸显了文艺的社会性和人文性的间性关系。把历史、人文和审美视为文艺的三大基本要素，是笔者多年来一贯注重和推崇的思想。早在《宏观文艺学论纲》中，笔者就以恩格斯的"美学观点和史学观点"为依据——因为社会历史是人的社会历史，理应从史学观点中发掘出人学观点，从而提炼出三大观点：史学观点、人学观点和美学观点。这三大观点实质上是从批评模式视域中提出来的文艺观念，体现文艺的本质是社会历史本质、人文本质和审美本质的辩证融合与有机统一。与文艺的三大观点相对应，文艺可以表现三大精神，即文艺的历史精神、人文精神和美学精神；文艺可以展示三大理念，即为社会历史进步的理念、为人生的理念和为艺术而艺术的理念。本书提倡的一系列学理系统，实际上是这三大观点的延续、深化和拓展。

这个学理系统中的每一种学理都是具有自主性和独立性的，但它们的自主性和独立性又是相对的和相互依存的。处于文艺学理系统中的每一种学理都具有自身特殊的性质和功能、作用和价值，都具有自身的合理性和适用范围。每一种学理都拥有自身的人口、疆域和话语权。在适度的范围内，应当最大限度地发挥各种学理的优势和专长。同时，要尊重相邻学科的学理的自主权和话语权，不恰当地"扩界和增容"，无节制地侵犯相邻学科的边界，可能会诱发相邻学科之间的"边界战争"。这实际上是一个学科膨胀了的独立性和自主性，取代另一个学科的独立性和自主性。

处于学理系统中的每一个学科都拥有生存和发展的权利。各种思潮、学理和观念都是宏观文艺学框架体系中的有机组成部分，都是不可或缺的。它们之间是互补互渗、互释互鉴的关系，是平等对话、同生共进的关系，是和谐共处、以邻为伴的关系。

就创作理论而言，现实主义不可能脱离浪漫主义表现的人文主体性，浪漫主义也不可能滤净现实主义再现的社会客体性。再现中有表现，表现中有再现。或侧重于再现，或侧重于表现；或通过再现来表现，或借助表现来再现。

就思潮理论而言，科学主义实质上是人的科学主义；人本主义也是渗透着和凸显着科学精神的人本主义。世界上不会存在没有人文精神的科学主义，也不可能存在全然不蕴含科学精神的人本主义。

就自然和人的关系而言，自然本身是没有阶级性和意识形态性的，但对自然资源的占有和利用会在一定程度上反映出国家、民族和政治经济集团的利益，不可避免地带有一定的阶级性和意识形态性。人和自然的关系是从属性关系，从根本上说，大自然是人类的母亲，人是大自然中的高级生命体。自然中心论是有道理的。但以自然中心论反对人类中心论或以人类中心论反对自然中心论都是不妥当的。自然主义或生态主义文论学理对提升文艺工作者的绿色意识、讲究生态伦理具有积极意义。人本主义文论学理应当引导文艺工作者热爱自然，在作品中表现人与自然的和谐相处，创构新时代的生态文明，建设人类美好的绿色家园。

就社会和人的关系而言，历史主义文论学理和人本主义文论学理都是很重要的。"文学是社会生活的反映"和"文学是人学"这两个命题都是正确的。不存在无人的社会历史，也不存在无社会历史的人。社会生活是人的社会生活，人是社会的、历史的、现实的、具体的人。社会中心论和人学中心论相互平衡，但不可独尊。人的历史主动性、能动性与创造性推动社会的进步和历史的发展；反过来说，社会的进步和历史的发展也会提高人的综合素质，使人得到相应的自由、幸福和解放。从史学角度来说，应当提倡具有历史深度的、划时代的、史诗般的、具有里程碑意义的鸿篇巨制；从人学视域来说，鼓励创作具有人性深度的、富有浓郁文化思想情感魅力的精品力作，这些都是实现中华民族的伟大复兴所需要的。这两种倾向是可以相互转化的。如果把文学中的社会历史因素说过头了，便可能向人学倾斜；如果把文学中的人学因素夸大到不恰当的程度，便可能向社会历史回归。

就审美与人和社会历史的关系而言，审美是文学的性质、功能和价值的基础。文学中的人学内容和社会历史内容是通过审美的形式、手段和途径表现出来的。学界对审美的理解和界说是很不相同的。审美是内容和形式的完美融合。有人认为进入审美视野和审美领域的一切都是审美的和审美化的。社会历史的、人生的、政治的、文化的诸多内容，都是审美的和审美化的。与之相反，有人把审美内向化、主观化、心理化，认为作品只应表现心灵的秘密，而不屑于反映人的心灵之外的社会历史的伟大实践和卓越功绩，这是唯美主义和纯审美的观点。有的理论忽视审美，有的又极端地推崇审美，把审美提升到包罗万象、涵盖一切的高度，通过审美淡化、消解意识形态的意向。这种审美意识形态理论作为对政治强化和阶级斗争的泛化的拨乱反正具有积极作用。我们倡导审美主义文论学理系统，旨在加强审美与社会历史、人生、文化的紧密联系和深度融合，同时抑制各种形态的"审美一元论"。

就文化与社会历史、人本和审美的关系而言，我们提倡文化主义文论学理系统，是因为作品和文本实质上都是一种特殊的文化，与社会历史、人本、审美息息相关。作品和文本的文化实际上都是一定时代的社会历史的文化、人本或人文的文化、审美的文化。文化，纵令是大文化也不可能超越社会历史、人文或人本、审美。作品和文本的文化更不能空心化。有一种大文化理论，竟然把社会历史、人文或人本、审美囊括其中，并视之为文化的枝丫。文化，包括审美文化都是由一定时代的社会历史和人文决定的，同时表现出这样那样的反作用。作品和文本中的文化或表现为社会历史文化，或表现为人文文化，或表现为审美文化，但都指向一个鲜明的目标：提高现代人的文化素质，促进现代社会的文化建设和文明建设。只有提升作品和文本的文化思想水平与伦理道德情操，才能有利于培育人的综合素质，建构具有高度文明的现代化国家。

文艺创作首先是心理创作。文艺作品是被人的情感选择、温暖和加工过的精神产品。心理主义文论学理系统要求文艺家拥有敏感的神经，善于捕捉和把握大众的心理，表现人心所向的社会心理。作家、艺术家通过创作培根铸魂的作品和塑造摇人心旌的人物形象，揭示人民的企盼、期待和愿望，努力展示"大势所趋"的社会心理意向。

文本主义文论学理系统旨在研究作品和文本的自身结构与内部规律，具有不同的文本理论。有的文本理论把文本视为封闭、独立的结构，具有强烈的排他性，淡化和消解文本与作家的联系、与自然的联系、与社会历史的联系、与文化和心理的联系，甚至是与审美的联系，是一种文本中心论。这种文本至上主义实质上是一种语言乌托邦。文本是作家创作出来的作品，以高度审美化的形式反映人与自然、社会历史、人文、文化、心理等思想内容和情感体验，是特定的价值和功能的载体。作品和文本是作家安身立命之本。杰出的文本像璀璨的明珠光照历史，美化人心。攀登艺术高峰，关键在于创作出史诗般的精品力作。

上述文论学理系统全面完整地揭示了文艺的系统本质、功能和价值。通过对这些文论学理系统的宏观研究，从关系研究视域出发，可初步创构出一种大文艺学，即宏观文艺学的学理框架。

任何一种学术思想都是在阐发对象本身的道理。对文艺道理的系统论述，形成了文艺学理网络和文艺观念群。学理网络和观念群都是概括文艺道理的理论形态。学理是观念，观念也是学理。各种学理和观念是相互依存的。各种学理和观念都在宏观文艺学整体的学术框架中各司其职，起着特殊的、不可取代的作用。既不可用大道理消除小道理，也不能把小道理夸张为大道理。

俄国体验派戏剧大师斯坦尼斯拉夫斯基曾说过一句非常具有辩证意味的话："一台戏要有主角，但每个演员在自己的位置上又都是主角。"他的话对理解各种学理与观念的相互关系和功能作用具有方法论启示。中国当代文论的结构和格局应当是主导、多元、一体，表现为既有主旋律，又有多声部。

学术思想应当自觉地把握文艺存在和发展的规律，运用辩证规律、对立统一规律和审美学倾斜规律观察文艺的各种形态。运用辩证规律把握文艺的辩证运动，运用对立统一规律把握文艺的对立统一关系，运用审美倾斜规律把握文艺的既统一又倾斜的存在方式。

宏观文艺学基于艺术唯物论阐发艺术辩证法，全书贯彻着唯物辩证精神。从这个意义上说，宏观文艺学实质上是艺术哲学，也是艺术辩证法。恩格斯说，"形而上学同希腊人相比在细节上是正确的"[①]，但在总体上，"辩证法恰好是最重要的思维形式"[②]，"蔑视辩证法是不能不受惩罚的"[③]，因为"概念的"辩证法"是现实世界的辩证运动的自觉的反映"[④]。辩证法是"科学"，从这个意义上说，尊崇辩证法，实际上正是按照外部世界和人类思维的一般规律与文艺的特殊规律办事，考察文学艺术的辩证关系和辩证运动。事物的真既是唯物的存在，理所当然也是辩证的存在，即联系着和发展着的存在。我们理应尊崇事物的真。可见，唯物论和辩证法都应当是真。这种既唯物又辩证的真才是全面、完整的真。不讲唯物论，不讲辩证法，或只讲唯物论，不讲辩证法，或只讲辩证法，不讲唯物论，都

① 马克思，恩格斯. 马克思恩格斯选集：第 3 卷 . 3 版 . 北京：人民出版社，2012：876.
② 同①874.
③ 同①890.
④ 马克思，恩格斯. 马克思恩格斯选集：第 4 卷 . 3 版 . 北京：人民出版社，2012：250.

不是真，或都不是全面、完整的真。不讲唯物论，不讲辩证法，实质上都不是真正的真。文艺追求真，追求生活的真、体验的真、道德的真、情感的真，力求臻于真善美的理想境界。

文艺的存在和发展都是遵循辩证规律的。对立统一规律是辩证法的核心。对立统一规律，并不是简单的"主客二分"。这个规律既讲"分"，也讲"合"，既讲"对立"也讲"统一"。审美倾斜规律实际上是文艺中运用的对立统一规律的具体表现。文艺中的对立统一规律揭示了文艺的存在和运动具有三种形态：一是有机统一形态，二是倾斜形态，三是极端形态。如文艺的社会性和人文性的关系可以有机统一；可以向社会性倾斜，表现出正常的社会历史理性和时代精神，可以向人文性倾斜，表现出合理的人文理性和人文精神；推向极端，社会性可能会陷入庸俗社会学，人文性可能滑向抽象的人性论。又如审美主客体的关系可以和谐统一；可以向客体倾斜，形成各式各样的写实主义和现实主义，可以向主体倾斜，形成多种形态的浪漫主义、现代主义、表现主义和泛表现主义；客体性走向极端，形成自然主义和直观反映论，主体性走向极端，形成唯意志论和唯心主义。应当鼓励有机统一形态，支持合理的倾斜形态，抑制极端形态，但也要关注、吸纳和改制那些"深刻的片面的真理"。文艺观念的辩证运动实际上是遵循审美倾斜规律进行的。在这个过程中，往往会出现一波高一波低的升降浮沉，在一段时间内外部规律占上风，在另一段时间内内部规律较强势。一种文艺观念强调过头了，便会对处于辩证关系中的另一种文艺观念造成压制，引发其反弹，试图恢复原来的显著地位。这样，一类话语说过头了，便要退回来重新言说，即所谓的"否极泰来""物极必反"，呈现出一种富有规律的轮回现象。当然，这不是简单的重复。如"向内转"和"向外转"，西方当代文论开始由"向内转"转向"向外转"时，中国当代文论却由"向外转"转向"向内转"。这是一种值得深思和研究的社会文化现象。应当建构一种合乎学术思想生存和运动规律的良性的学术生态。任何一种学理实际上都是按照"否定之否定"的规律向前发展的，沿着"正、反、合"的轨迹不断向前推进。如当代西方的现代主义批判了传统的、古典的"正题"，做了一个否定性的"反题"，现在又开始做"合题"，出现了大量的宏观大视野跨学科综合研究。这种整体性的综合研究几乎已经成为一种时尚和学术发展趋势。明智的学者不再拘泥于自我，开始冲破个人心理和语言这些狭小天地，向社会、历史、人生、政治、民族、女权等更加博大的世界开放，走向宏观整体性的综合研究。

宏观理论思维对文艺的生存和发展是极其重要的。没有整体性、前瞻性和统领性的理论引导，就不会有文艺的全局性的健全发展。我们注意到，19世纪末以来，西方现当代文论思想领域，出现了一波又一波的非理性主义文艺思潮。人和文艺的非理性领域中的意识、思维、结构、性质和功能是需要探索的。作为人和文艺的思想元素，构成与理性互补共生的有机部分。这种非理性思想理论资源是极其复杂的。有的发现了潜意识的人格结构和意识结构，如弗洛伊德那样的拓荒者；大多数的学者则出于对古典的理性主义和资本的"理性王国"的反叛，倡导一些不同质态的非理性学说，既有合理性，又有片面性。对于这种带有双重性的理念，应当进行鉴别和分析，从中吸纳有价值的思想成分：对感性的、直观的、现象的、经验的、实证的研究加以检视，进行理论的整合和提升；对现代主义、后现代主义、解构主义的非理性的思想的合理性和悖谬性进行具体分析。这些不同形态的非理性主义思潮都不同程度地表现出反传统和极端化的倾向。拒绝那些过时的、僵化的、教条的、失去了历史的合理性和进步性的旧理性是正当的，但不能连同正确的、仍然有价值的传统理性也一并反对掉。这些非理性思潮既反对科学理性，也反对社会历史理性和人文理性。非理性主义的道路是没有前途的。有的中国当代学者呼吁旧理性过时了，非理性行不通，理应探寻一种新理性。这种倡导，适应了时代发展的迫切需要。笔者认为，创构与新时代相适应的科学的新理性，可以理解为社会历史理性和人文理性相融合的实践辩证理性或辩证实践理性。这是一种科学的、实践的、辩证的新理性。

　　建构新时代的新理性，是宏观理论建设的历史使命。创构宏观文艺学有助于文艺从大视野观察和表现历史的宏大气魄与社会的整体风貌，催生划时代和史诗级的精品力作。宏观的理论思维能够推动一代智者攀登时代精神的高地。确立宏观、辩证、综合、创新的思维方向是一个民族的哲学思想和文化精神开始走向成熟的标志，具有指导性和战略性的意义。正如恩格斯所指出的："一个民族要想站在科学的最高峰，就一刻也不能没有理论思维。"①

---

　　① 马克思，恩格斯. 马克思恩格斯选集：第 3 卷 . 3 版 . 北京：人民出版社，2012：875.

主要参考书目

伯林特 . 环境与艺术：环境美学的多维视角 . 刘悦笛，等译 . 重庆：重庆出版社，2007.

卡尔松 . 自然与景观 . 陈李波，译 . 长沙：湖南科学技术出版社，2006.

车尔尼雪夫斯基 . 艺术与现实的审美关系 .2 版 . 周扬，译 . 北京：人民文学出版社，1979.

车尔尼雪夫斯基 . 车尔尼雪夫斯基论文学：中卷 . 辛未艾，译 . 上海：新文艺出版社，1956.

詹姆逊 . 政治无意识 . 王逢振，陈永国，译 . 北京：中国社会科学出版社，1999.

尼采 . 悲剧的诞生 . 北京：商务印书馆，1911.

罗尔斯顿 . 哲学走向荒野 . 刘耳，叶平，译 . 长春：吉林人民出版社，2000.

黑格尔 . 美学 .2 版 . 朱光潜，译 . 北京：商务印书馆，1979.

列宁 . 列宁选集 .3 版（修订版）. 北京：人民出版社，2012.

罗素 . 西方哲学史：下卷 . 马元德，译 . 北京：商务印书馆，1976.

鲁迅 . 鲁迅全集 . 北京：人民文学出版社，1995.

马克思，恩格斯 . 马克思恩格斯选集 .3 版 . 北京：人民出版社，2012.

马克思，恩格斯 . 马克思恩格斯全集 . 北京：人民出版社，1956－1985.

海德格尔 . 在通向语言的途中 . 孙周兴，译 . 北京：商务印书馆，2004.

海德格尔 . 存在与时间 . 陈嘉映，王庆节，译 . 北京：三联书店，1987.

海德格尔 . 荷尔德林诗的阐释 . 孙周兴，译 . 北京：商务印书馆，2000.

海德格尔 . 演讲与论文集 . 孙周兴，译 . 北京：三联书店，2005.

毛泽东 . 毛泽东选集 . 2 版 . 北京：人民出版社，1991.

普列汉诺夫 . 普列汉诺夫哲学著作选集 . 北京：三联书店，1974.

钱钟书 . 谈艺录 . 北京：中华书局，1984.

瑟帕玛 . 环境之美 . 武小西，张宜，译 . 长沙：湖南科学技术出版社，2006.

后　记

　　2005 年第 5 期《文学评论》发表了我的《试论文学的系统本质》一文。文中表明了建构宏观文艺学的愿望，提出了研究宏观文艺学的四个向度和六大文论学理系统。有学界朋友建议，可考虑从宏观的大视野出发，运用多向度的思维方式，写一本讲宏观文艺学的书。我觉得这个意见很宝贵，不妨尝试一下。我开始构思，发现问题不少。如果建构大文艺学，内容显然太少了。就文艺学理系统而论，缺少文艺和心理的关系，应当增补心理主义文艺学理系统。但七大文论学理系统仍然不能涵盖宏观文艺学的全貌，对文艺的两大根脉和两大思潮也应进行宏观辩证分析。此外，对一些具有深远影响的文艺观念，诸如本体论、社会性和人文性、客体性和主体性、反映论和价值论、文艺创作论和艺术生产论，也需要进行系统性梳理和创造性整合。这些重大文艺理论问题和每一种文艺观念论都可以写成一本书。实际上已经有许多相关的著作问世。因此本书的重点不再是论述这些文艺观念本身，而是致力于阐发这些重要的文艺观念之间的辩证法。

　　这本书从设想到成书，断断续续，历时十几个春秋。我已经成为一个老人。此间，身体衰弱，视力减退，阅读吃力。书中的一些思想理论资料主要取自网上，并借鉴和吸纳了学术同人的研究成果，特表示衷心感谢，恕不一一注明。

宏观文艺学实际上是一种元文艺学。能够做到宏观而不空泛、全景而不虚浮是很难的。由于知识结构和理论功力的局限，对大文艺学的思想内涵和逻辑关系的驾驭，我深感力不从心。创构宏观文艺学是一个艰巨浩大的学术工程，需要几代学人的共同努力。我的研究只是一个开始和一种探索。请专家和读者不吝赐教。

作者

2022 年初春

图书在版编目(CIP)数据

宏观文艺学研究 / 陆贵山著 . -- 北京:中国人民
大学出版社,2025.4. --(中国自主知识体系研究文库
). -- ISBN 978-7-300-33820-0

Ⅰ. I0

中国国家版本馆 CIP 数据核字第 2025VD6331 号

中国自主知识体系研究文库
宏观文艺学研究
陆贵山　著
Hongguan Wenyixue Yanjiu

出版发行	中国人民大学出版社			
社　　址	北京中关村大街 31 号		**邮政编码**	100080
电　　话	010 - 62511242(总编室)		010 - 62511770(质管部)	
	010 - 82501766(邮购部)		010 - 62514148(门市部)	
	010 - 62511173(发行公司)		010 - 62515275(盗版举报)	
网　　址	http://www.crup.com.cn			
经　　销	新华书店			
印　　刷	涿州市星河印刷有限公司			
开　　本	720 mm×1000 mm　1/16		**版　　次**	2025 年 4 月第 1 版
印　　张	30.5 插页 3		**印　　次**	2025 年 7 月第 2 次印刷
字　　数	385 000		**定　　价**	189.00 元